Les feux de la vengeance

Du même auteur
aux Éditions J'ai lu

Les illusionnistes (n° 3608)
Un secret trop précieux (n° 3932)
Ennemies (n° 4080)
Meurtres au Montana (n° 4374)
La rivale (n° 5438)
Ce soir et à jamais (n° 5532)
Comme une ombre dans la nuit (n° 6224)
La villa (n° 6449)
Par une nuit sans mémoire (n° 6640)
La fortune des Sullivan (n° 6664)
Bayou (n° 7394)
Un dangereux secret (n° 7808)
Les diamants du passé (n° 8058)
Les lumières du Nord (n° 8162)
Coup de cœur (n° 8332)
Douce revanche (n° 8632)

Lieutenant Eve Dallas :
Lieutenant Eve Dallas (n° 4428)
Crimes pour l'exemple (n° 4454)
Au bénéfice du crime (n° 4481)
Crimes en cascade (n° 4711)
Cérémonie du crime (n° 4756)
Au cœur du crime (n° 4918)
Les bijoux du crime (n° 5981)
Conspiration du crime (n° 6027)
Candidat au crime (n° 6855)
Témoin du crime (n° 7323)
La loi du crime (n° 7334)
Au nom du crime (n° 7393)
Fascination du crime (n° 7575)
Réunion du crime (n° 7606)
Pureté du crime (n° 7797)
Portrait du crime (n° 7953)
Imitation du crime (n° 8024)
Division du crime (n° 8128)
Visions du crime (n° 8172)
Sauvée du crime (n° 8259)
Aux sources du crime (n° 8441)
Souvenir du crime (n° 8471)
Naissance du crime (n° 8583)
Candeur du crime (n° 8685)

Les frères Quinn :
Dans l'océan de tes yeux (n° 5106)
Sables mouvants (n° 5215)
À l'abri des tempêtes (n° 5306)
Les rivages de l'amour (n° 6444)

Magie irlandaise :
Les joyaux du soleil (n° 6144)
Les larmes de la lune (n° 6232)
Le cœur de la mer (n° 6357)

Les trois clés :
La quête de Malory (n° 7535)
La quête de Dana (n° 7617)
La quête de Zoé (n° 7855)

Les trois sœurs :
Maggie la rebelle (n° 4102)
Douce Brianna (n° 4147)
Shannon apprivoisée (n° 4371)

Trois rêves :
Orgueilleuse Margo (n° 4560)
Kate l'indomptable (n° 4584)
La blessure de Laura (n° 4585)

L'île des trois sœurs :
Nell (n° 6533)
Ripley (n° 6654)
Mia (n° 6727)

En grand format

Le secret des fleurs :
Le dahlia bleu
La rose noire
Le lys pourpre

Le cercle blanc :
La croix de Morrigan
La danse des dieux
La vallée du silence

NORA
ROBERTS

Les feux de la vengeance

Traduit de l'américain
par Dany Osborne

J'AI LU

Titre original
BLUE SMOKE

Éditeur original
G.P. Putnam's Sons,
a member of Penguin Group (USA) Inc., New York

À mon charpentier personnel

POINT DE DÉPART

Le lieu précis où le feu a pris.

« *Les choses que le mal a commencées*
se consolident par le mal. »

William SHAKESPEARE,
trad. François-Victor Hugo

Prologue

Fasciné, il regarda le feu jaillir dans un maelström de chaleur, de fumée et de lumière.

Il le vit s'expulser, tel un animal mythique, d'un utérus monstrueux et venir au monde dans un grondement furieux pour tout métamorphoser en quelques secondes.

Ses redoutables tentacules imprimèrent leur marque létale et noire sur ce qui était blanc, propre, net.

Le feu était doté d'yeux rouges auxquels rien n'échappait. Son intelligence, jointe à sa vision périphérique, lui permettait d'enregistrer le moindre détail.

Un démon, une créature maléfique faite pour détruire. Il n'épargnait rien ni personne, ce prédateur sans pitié ni remords. Il torturait puis réduisait à néant ce qui l'entourait. Tout tombait devant lui, suppliant à genoux au moment même de l'agonie.

Ce démon, songea-t-il, émerveillé, il l'avait créé ! Il lui avait donné vie ! Il n'était plus un humain mais un dieu, celui du feu. Il était plus puissant que les flammes, plus rusé que la chaleur, plus dangereux que la fumée.

Le démon lui devait tout. Sans lui, il n'était rien, il n'existait pas.

Il tomba amoureux de la créature faite de flammes aveuglantes dont il sentait le reflet s'imprimer sur ses rétines. Il prit une bière et savoura la sensation de froid lorsqu'il avala une longue gorgée. Le contraste avec la chaleur de sa peau lui parut délectable.

Tandis que le feu dévorait les murs, il le contemplait toujours, le ventre vibrant d'excitation.

Bon sang, que c'était beau !

Et jouissif.

En osmose avec le brasier qui gagnait en vigueur, il laissa celui-ci apposer sa marque sur son cœur et son âme, scellant ainsi sa destinée.

1

Baltimore, 1985

Catarina Hale cessa d'être une enfant par une nuit brumeuse d'août, quelques heures après que l'équipe des Orioles eut écrasé les Rangers au Memorial Stadium. Comme le disait son père, les petits gars avaient bien botté les fesses des Rangers : neuf à un. Une belle raclée.

Les parents de Catarina s'étaient octroyé l'une de leurs rares soirées de liberté afin d'amener toute la famille au match, ce qui aux yeux de la fillette avait rendu la victoire de l'équipe locale encore plus chouette. Son père et sa mère, qui en général finissaient si tard le soir, avaient fermé le Sirico, la pizzeria des grands-parents reprise dix ans auparavant lorsque ces derniers avaient décidé qu'il était temps de lever le pied et de voyager un peu.

C'était au Sirico que ses parents s'étaient rencontrés dix-huit ans plus tôt. Bianca, sa mère, n'avait même pas vingt ans et son père, le beau Gibson Hale, venait de les fêter. Il était venu chercher une part de pizza… et avait trouvé une déesse italienne. C'était ce qu'il disait toujours. Reena trouvait que son père racontait de drôles de choses, mais elle aimait ça.

En plus de la fille du pizzaiolo, il avait eu, dix ans après son coup de foudre, la pizzeria. Bianca, seule fille de la tribu et benjamine des cinq enfants, devint sa partenaire au restaurant comme dans la vie, aucun des fils n'ayant voulu passer son existence devant un four brûlant.

L'enseigne du Sirico brillait fièrement au même endroit, dans le quartier de Little Italy de Baltimore, depuis quarante-trois ans.

Ce chiffre émerveillait Reena : même son père n'avait pas cet âge-là. Il n'avait pas non plus une seule goutte de sang italien dans les veines, mais cela ne l'empêchait pas de faire tourner la pizzeria avec maman qui, elle, était cent pour cent italienne.

Le Sirico ne désemplissait quasiment jamais, et il fallait travailler dur, mais Reena ne rechignait pas à donner un coup de main. Ce n'était pas le cas, loin s'en fallait, de sa grande sœur Isabella : quand, de temps à autre, ses parents lui demandaient de l'aide le samedi soir, Bella geignait à n'en plus finir parce qu'elle préférait sortir avec ses copines ou son petit ami. De toute façon, elle se plaignait en permanence. En particulier quand on abordait le sujet des chambres : pourquoi devait-elle partager la sienne avec cette gamine de Reena alors que Francesca, l'aînée, en avait une pour elle toute seule au deuxième étage ? Et Xander ? Bien qu'il fût le plus jeune, lui aussi avait sa propre chambre parce qu'il était le seul garçon.

Reena regrettait l'époque où sa sœur était une petite fille comme elle. Qu'est-ce qu'elles s'amusaient, toutes les deux ! Et puis, Bella était devenue une adolescente et, à partir de ce moment, ne s'était intéressée qu'aux garçons, aux magazines de mode et à sa coiffure.

Reena avait onze ans et huit mois. Il ne lui restait donc que quatorze mois à passer avant d'être enfin, elle aussi, une adolescente. C'était actuellement son ambition numéro un, qui passait même avant son rêve de mariage avec Tom Cruise, ou celui d'entrer au couvent, ça dépendait des jours.

Au cours de cette étouffante nuit d'août, une douleur aiguë dans le ventre réveilla Reena en sursaut. Elle se recroquevilla sur elle-même en position fœtale et se mordit la lèvre pour s'empêcher de gémir. Dans son lit à l'autre bout de la chambre, Bella, imbue de ses quatorze ans et peu intéressée par le rôle de grande sœur, ronflait doucement.

Bon sang, qu'est-ce que ça faisait mal... ! pensa Reena en pressant ses deux mains sur son ventre. Elle n'aurait pas dû se gaver de pop-corn, de hot dogs et de bonbons, au match. Sa mère lui avait bien dit qu'elle regretterait sa goinfrerie. Si seulement, de temps en temps, sa mère pouvait se tromper...

Les religieuses assuraient que la douleur des uns lavait les péchés des autres. Est-ce que ce mal de ventre allait aider quelqu'un ? Dans l'immédiat, Reena s'en moquait. Elle souffrait trop.

Mais peut-être les hot dogs n'y étaient-ils pour rien ? Ce voyou de Joey Pastorelli lui avait fichu un sacré coup dans l'estomac. Il l'avait d'ailleurs payé cher. Bien fait pour lui. Qu'est-ce qui lui avait pris de la jeter par terre, de lui déchirer son chemisier et de la traiter de noms d'oiseaux, aussi ? M. Pastorelli et son père s'étaient disputés comme des chiffonniers quand papa était allé chez Joey pour parler de ce qui s'était passé. En fait, son père avait hurlé, lui qui ne hurlait jamais... presque jamais, plus exactement. À la maison, c'était sa mère qui poussait les cris, parce qu'elle était une vraie Italienne au tempérament volcanique.

En rentrant de chez les Pastorelli, papa avait serré Reena très fort dans ses bras, puis toute la famille était allée au match.

Un nouvel élancement lui vrilla le ventre. Mon Dieu ! Et si elle était punie de s'être réjouie que Joey se fasse passer un savon ? se demanda-t-elle soudain. Ce n'était pas charitable. D'autant qu'elle avait été largement consolée de ses déboires : les coups de Joey et le chemisier déchiré lui avaient valu une super soirée au stade.

Elle avait peut-être des lésions internes. Elle savait que ces trucs-là arrivaient, elle l'avait appris en regardant la série *Urgences* à la télé. On pouvait même en mourir !

Cette idée déclencha encore un spasme dans son ventre qui lui fit monter les larmes aux yeux. Maman. Elle avait besoin de maman.

Elle sortait de son lit quand elle sentit quelque chose de chaud et d'humide couler entre ses jambes. Affolée de se comporter comme un bébé qui mouille ses couches, elle se précipita dans la salle de bains, où elle retira en hâte son long T-shirt, celui avec un beau « Ghostbusters » imprimé sur le devant.

Puis elle baissa la tête.

Seigneur ! Elle était vraiment en train de mourir ! Du sang poissait ses cuisses ! La panique la submergea. Elle ouvrit la bouche pour crier.

Et comprit.

Mais non, elle n'était pas en train de mourir. Et elle ne souffrait d'aucune lésion interne. Elle avait ses règles. Ses premières règles.

Sa mère lui avait tout expliqué. L'histoire des œufs, enfin un nom qui y ressemblait, des cycles, et de tout ce bouleversement qui faisait que l'on devenait une femme. Ses sœurs avaient leurs règles tous les mois, et sa mère aussi.

Sa mère gardait des tampons hygiéniques dans le placard sous le lavabo. Elle lui avait montré comment s'en servir. Un jour, Reena s'était enfermée dans la salle de bains pour s'entraîner à les mettre en place.

Elle se nettoya en essayant de ne pas faire sa chochotte. Ce n'était pas tellement le sang qui la dérangeait, plutôt l'endroit d'où il venait.

Allons, sa mère lui avait dit que tout ça était naturel, un truc propre aux femmes, qu'il ne lui restait plus qu'à assumer parce que désormais elle en était une.

Bien réveillée par cette extraordinaire métamorphose survenue dans son corps, Reena descendit à la cuisine et sortit une bouteille de ginger ale du réfrigérateur. Quelle chaleur ! La canicule, disait son père. Elle alla s'asseoir sur les marches, sa bouteille à la main, pour réfléchir à son nouvel état.

Tout était calme. On n'entendait aucun bruit, mis à part l'aboiement asthmatique du chien des Pastorelli. Les lampadaires de la rue prodiguaient une clarté limpide. Reena avait l'impression d'être seule au monde. La nuit était à elle. Et elle seule savait ce qui s'était passé à l'intérieur de son corps.

Elle pensa à l'école. La rentrée avait lieu le mois prochain. Combien d'autres filles auraient eu leurs règles pendant l'été ? Ses seins commenceraient bientôt à pousser. Comment seraient-ils ? Et elle, comment vivrait-elle le fait d'être dotée d'une poitrine ?

Songeuse, elle passa la main sur son buste plat. On ne sentait pas pousser les ongles, les cheveux, mais peut-être se rendait-on compte de quelque chose concernant les seins ? Tout ça, c'était vraiment bizarre, mais très intéressant. S'ils commençaient à s'arrondir dès maintenant, elle les aurait avant d'être une adolescente !

Pour l'instant, elle n'était qu'une fillette aux cheveux couleur de miel que l'humidité faisait boucler, aux dents barrées de bagues d'orthodontie, dotée d'un grain de beauté au coin de la lèvre supérieure, à qui le présent paraissait rassurant et l'avenir bien mystérieux.

Reena finit son ginger ale et bâilla. L'envie de dormir revenait. Ses yeux lui picotaient. Il était temps de regagner son lit.

Elle se leva et, avant de rentrer dans la maison, dirigea machinalement son regard vers le Sirico, plus bas dans la rue. La pizzeria se trouvait là depuis toujours. Elle y était bien avant la naissance de son père.

Elle se figea : cette lueur, derrière la baie, qu'est-ce que c'était ? Un reflet ? Non. Quelqu'un avait dû oublier d'éteindre les lumières lors de la fermeture.

Intriguée, elle descendit les marches et s'avança sur le trottoir. Bianca serait furieuse si elle apprenait que sa fille s'était aventurée seule dans la rue en pleine nuit. Tant pis. Il fallait satisfaire sa curiosité et résoudre l'énigme de cette lueur anormalement rougeâtre.

Son cœur manqua plusieurs battements lorsqu'elle distingua la fumée qui s'échappait de la porte : elle était ouverte ! À pas prudents, elle s'approcha encore, la gorge nouée d'inquiétude.

Elle vit alors les flammes.

— Le feu…, murmura-t-elle.

Ses paroles se muèrent en cri lorsque, après avoir pivoté sur ses talons, elle se rua dans la maison.

De toute sa vie, elle le savait, jamais elle n'oublierait ces moments passés avec sa famille, dans la rue, à regarder le Sirico brûler.

La violence du rugissement des flammes, spirales écarlates qui s'engouffraient à travers les fenêtres, les faisant éclater les unes après les autres, lui blessait les tympans. Les sirènes hurlaient, de l'eau jaillissait en trombe de longs tuyaux, s'abattant sur le brasier dans un bruit assourdissant, il y avait des cris et des pleurs, mais rien ne parvenait à dominer la voix du feu déchaîné.

Reena se tenait le ventre, en totale empathie avec les souffrances de la maison à l'agonie. Elle souffrait pour les vieux murs et en même temps elle était fascinée par ce spectacle dantesque. Sa beauté la tétanisait.

Comment était-ce, à l'intérieur du bâtiment ? se demandait-elle. Les pompiers étaient entrés dans cet enfer. Les flammes oscillaient, tels de longs étendards pourpres. Certaines s'étiraient, évoquant des langues de dragon en quête de nourriture, s'enroulant autour de leurs proies de bois qu'elles semblaient goûter.

La fumée montait vers le ciel en longs rubans et en nuages compacts, irritant les yeux, le nez. Reena, les pieds nus sur le macadam de la rue, avait l'impression de se tenir sur des braises, mais elle ne bougeait pas, incapable de s'éloigner, de détacher le regard de cet incroyable spectacle tout de bruit et de fureur.

Quelque chose explosa dans le bâtiment. Les silhouettes des pompiers en combinaison, coiffés de heaumes, se déplaçaient dans la fumée noircie de suie en suspension. Des fantômes dans un univers d'apocalypse, songea Reena. Ou des soldats sur un champ de bataille comme dans un film de guerre, le feu jouant le rôle de l'ennemi, tapi derrière des cloisons, prêt à fondre sur les pompiers, rusant avec eux, avide de remporter le combat.

Elle sentit une poigne ferme lui enserrer l'avant-bras et l'obliger à reculer. Sa mère la contraignit à s'éloigner de l'incendie qui crachait des escarbilles, puis la pressa contre elle.

— Mets-toi là, ma chérie. Nous devons rester ensemble.

Oui, mais elle voulait *voir* ! Dans son oreille plaquée contre la poitrine de sa mère, elle ne percevait plus que les battements de son cœur. Si seulement elle pouvait se rapprocher un peu, rien qu'un peu…

Elle leva la tête. L'expression sur le visage de sa mère la bouleversa : elle n'était pas captivée par l'incendie. Elle était malheureuse et pleurait.

Tout le monde s'accordait à juger Bianca Hale extrêmement belle. Mais ce soir, ses traits durs et anguleux semblaient taillés dans du silex. La fumée avait rougi ses yeux, les cendres avaient blanchi ses cheveux. Son mari lui entourait les épaules d'un bras protecteur. Lui aussi pleurait, s'aperçut Reena avec consternation, et les flammes se reflétaient dans ses larmes.

Rien de tout cela n'était un film. C'était vrai. Ce à quoi ses parents avaient consacré leur vie cessait peu à peu d'exister.

Tout à coup, la fascination de Reena céda et elle put voir au-delà de la lueur hypnotique du feu : les murs noircis, les marches du perron de marbre blanc enduites de suie, les éclats de verre.

À travers la fumée, elle aperçut les voisins, pour la plupart en chemise de nuit ou en pyjama. Eux aussi pleuraient tout en serrant des bébés ou des petits enfants dans leurs bras.

Où étaient Pete Tolino, sa femme et leur bébé ? se demanda soudain la fillette, éperdue. Ils habitaient le petit appartement au-dessus de la pizzeria. Des nuages de fumée s'échappaient de leurs fenêtres !

— Papa ! Papa ! Pete et Teresa ? s'écria-t-elle.

— Ils vont bien.

Il la souleva comme quand elle était petite et enfouit son visage dans son cou.

— Tout le monde va bien, ma chérie.

Soudain honteuse, Reena cacha sa figure contre l'épaule de son père : pendant un long moment, elle n'avait pas eu une pensée pour les gens, ni pour les biens détruits, tout ce que contenait le Sirico – les tableaux, les nappes, les grands fourneaux. Elle n'avait pensé qu'au feu, à son éclat, son grondement.

— Oh, papa, je suis tellement, tellement désolée !

Reena pleurait maintenant, blottie dans les bras de son père.

— Chuuut, bébé. Ça va s'arranger.

La voix de Gib était enrouée par la fumée.

— Je peux arranger tout ça, rectifia-t-il.

Un peu rassérénée, Reena trouva la force de jeter un regard au feu, avant de le détourner vers ses sœurs et sa mère. Elles se serraient les unes contre les autres et Bianca portait Xander dans ses bras.

Elle vit le vieux M. Falco assis sur les marches de son perron, dévidant un chapelet. Mme DiSalvo, la voisine de la maison mitoyenne, vint passer un bras sur l'épaule de sa mère. À côté d'eux, sur le bord du trottoir, Pete était là, prostré, la tête entre les mains. Teresa, sa femme, berçait leur bébé contre son cœur.

Ce fut alors que Reena vit Joey. Debout, jambes écartées, pouces coincés dans les poches de son jean, il fixait l'incendie. Il arborait une étrange expression, quelque chose entre la joie et l'extase, comme les martyrs sur les images saintes.

Reena frissonna et resserra son étreinte autour du cou de son père. Joey se tourna vers elle à cet instant-là, la regarda et sourit.

— Papa…, chuchota la fillette.

Son père ne l'entendit pas : un pompier parlait dans un mégaphone. Il posait des questions à la cantonade.

Reena voulut s'accrocher lorsqu'il la posa par terre. Joey souriait toujours et lui paraissait bien plus inquiétant que l'incendie. Mais son père la poussa vers ses sœurs.

— Fran, dit Gibson à son aînée, ramène tes sœurs et ton frère à la maison.

— Je veux rester avec toi, papa ! s'écria Reena en agrippant la main de son père. Il faut que je reste avec toi !

— Non. Tu dois rentrer.

Il s'accroupit, se plaçant à sa hauteur, la regardant de ses yeux cerclés de rouge.

— C'est presque fini, Reena. Et j'ai dit que j'arrangerais tout ça, n'est-ce pas ? Alors je le ferai. Maintenant, rentre. Maman et moi ne serons pas longs.

Bianca s'était approchée.

— Catarina, tu vas aider tes sœurs à préparer du café et quelques sandwiches. C'est le moins que nous puissions faire pour tous ces hommes qui se battent pour nous.

Oui, elles pouvaient s'occuper de la nourriture. Les trois sœurs entreprirent de confectionner d'épais sandwiches, qu'elles allaient servir accompagnés de thé glacé ou de café. Ce soir, pour une fois, la cuisine n'était pas le théâtre d'une dispute entre elles. Bella pleurait sans bruit tout en s'activant, mais Fran s'abstint de lui donner une tape, et quand Xander annonça qu'il emportait l'un des pichets de thé, personne ne lui dit qu'il était trop petit pour ça.

Dans l'air flottait une odeur nauséabonde qui demeurerait gravée dans leur mémoire à tous. La fumée de l'incendie restait suspendue comme un rideau sale. Cela n'empêcha pas les filles d'installer une table pliante sur le trottoir pour y disposer boissons et sandwiches qui ne tardèrent pas à passer d'une main noircie de suie à une autre.

Quelques voisins étaient rentrés chez eux, fuyant la fumée, l'odeur, et les cendres qui maculaient sol et voitures d'une fine couche évoquant de la neige sale. L'aveuglante clarté de l'incendie enfin éteinte, Reena voyait les murs de brique noircis, les coulées de suie détrempée, les trous béants qui avaient été des fenêtres. Les jardinières qu'elle avait aidé sa mère à fleurir au printemps et à installer sur les marches blanches gisaient, pitoyablement brisées.

Ses parents se tenaient dans la rue, devant le Sirico, main dans la main. Son père portait le jean qu'il avait enfilé quand elle l'avait réveillé, sa mère, la jolie robe qu'elle avait reçue comme cadeau d'anniversaire, le mois précédent.

Quand les gros camions rouges partirent, les parents de Reena ne bougèrent pas. L'un des pompiers vint leur parler. La conversation dura un long moment, puis Gibson et Bianca, toujours main dans la main, se dirigèrent vers leur maison pendant que le pompier, une puissante torche à la main, pénétrait dans les ruines ténébreuses du Sirico.

Ensemble, ils remportèrent les restes de boissons et de nourriture. La fillette songea qu'avec leurs cheveux sales, leurs visages fatigués, ils ressemblaient aux survivants d'un bombardement.

Une fois les denrées rangées, Bianca demanda si quelqu'un voulait dormir.

Bella recommença à sangloter.

— Comment on pourrait dormir ? Oooh ! Qu'est-ce que nous allons faire ?

— On verra ça plus tard. Dans l'immédiat, si tu ne comptes pas te coucher, commence à te nettoyer pendant que je préparerai le petit déjeuner. Nous aurons les idées plus claires une fois propres et le ventre plein.

Étant la plus jeune des trois filles, Reena n'avait accès à la salle de bains qu'en troisième position. Elle patienta jusqu'à ce qu'elle entende Fran sortir et Bella entrer puis se glissa hors de sa chambre pour aller frapper à la porte de celle de ses parents.

Son père avait lavé ses cheveux, qui étaient encore mouillés, et enfilé un jean et une chemise bien nets. Il avait la même mine que lorsqu'il avait eu la grippe.

— Tes sœurs accaparent la salle de bains, Reena ? demanda-t-il avec un sourire qui n'atteignit guère ses yeux. Tu peux te servir de la nôtre, continua-t-il.

— Où est ton frère ? s'enquit sa mère tout en attachant sa chevelure humide avec un élastique.

— Il s'est endormi par terre.

— Ah bon. Très bien. Va prendre ta douche, je te donne des vêtements propres.

— Papa, pourquoi le pompier est entré tout seul après le départ des autres ?

— C'est un inspecteur. Il va essayer de découvrir ce qui s'est passé. Grâce à toi, Reena, parce que tu as vu les flammes, ses équipes ont pu arriver à toute vitesse. Pete et sa famille sont sains et saufs, et c'est le plus important. Mais dis-moi, qu'est-ce que tu faisais, debout aussi tard ?

Se rappelant l'événement qui l'avait bouleversée, Reena rougit.

— Je… je préférerais le dire à maman.

— Je ne me mettrai pas en colère, chérie.

Reena baissa la tête.

— S'il te plaît, papa. C'est un truc… euh… privé.

— Gib, descends donc mettre quelques saucisses à cuire, dit Bianca d'un ton égal. Je te rejoindrai dans quelques minutes.

— D'accord, d'accord, je me rends, assura Gib.

Il se frotta les yeux, puis regarda de nouveau sa fille et répéta avant de quitter la pièce :

— Je ne me mettrai pas en colère.

— Alors, Reena ? s'enquit Bianca, qu'est-ce que tu ne pouvais pas dire devant papa ? Tu lui as fait de la peine, et ce n'est pas le moment.

— Oh ! maman, je ne voulais pas, mais… je me suis réveillée parce que je… j'avais mal au ventre…

Bianca posa la main sur le front de la fillette.

— Tu es malade ?

— J'ai mes règles.

— Oh, mon bébé ! s'exclama Bianca en attirant Reena contre elle.

Elle la serra très fort et se mit à pleurer.

— Ne pleure pas, maman !

— Juste un peu. Mon Dieu, c'est trop d'un coup. Ma petite Catarina, ma *bambina* ! Trop de chagrin, trop de bouleversements. Tu as changé, cette nuit, et grâce à cette métamorphose, tu nous as sauvés. Nous serons reconnaissants pour ce qui a été préservé, et nous nous arrangerons de ce qui a été perdu. Je suis très fière de toi, ma chérie.

Bianca embrassa la fillette sur les deux joues puis enchaîna :

— Tu as encore mal au ventre ?

Reena hocha la tête.

— Tu vas d'abord prendre un bon bain chaud dans ma baignoire. Tu verras, tu te sentiras mieux. As-tu des questions ?

— Non, j'ai su quoi faire.

Bianca sourit mais aucune gaieté ne brilla dans ses yeux.

— Va prendre ton bain. Je t'aiderai.

— Tu comprends, maman, que je ne pouvais pas dire ça devant papa ?

— Bien sûr que non, tu ne pouvais pas le dire. Ce sont des affaires de femme.

Des affaires de femme... Reena se sentit tout à coup très spéciale et importante.

Le bain lui fit beaucoup de bien, et lorsqu'elle descendit à la cuisine, toute la famille était réunie autour de la table. Le geste plein de tendresse de son père, qui lui toucha la tête, démontra à Reena qu'il avait appris la grande nouvelle.

L'atmosphère était morose, calme et lourde de fatigue, mais au moins Bella semblait avoir vidé toute sa réserve de larmes. Pour le moment.

Gib se pencha vers sa femme et serra sa main avant de parler.

— Nous devons attendre, avant d'entrer, qu'on nous dise qu'il n'y a plus de danger. Après, nous commencerons à nettoyer. On n'a aucune idée de l'ampleur des dégâts ni de combien de temps il nous faudra avant de pouvoir rouvrir.

— On va être pauvres, geignit Bella, les lèvres tremblantes. Tout est fichu et on n'aura plus d'argent.

— Aurais-tu jamais manqué d'un toit au-dessus de ta tête, de nourriture dans ton assiette et de vêtements sur ton dos ? demanda sèchement Bianca. Ma fille, est-ce comme ça que tu vas te comporter dans l'épreuve ? En pleurant et en te lamentant ?

— Elle pleure tout le temps, accusa Xander.

— Précision inutile, Xander, remarqua Bianca. Les enfants, votre père et moi avons travaillé quinze ans pour faire du Sirico ce qu'il est : le restaurant le plus prisé de ce secteur de la ville. Et avant nous, mes parents se sont échinés pour lui faire cette réputation pendant un nombre d'années que vous n'imaginez même pas. Ce qui est arrivé est douloureux, mais ce n'est pas la famille qui est partie en fumée, c'est un lieu. Nous rebâtirons le Sirico.

— Par quoi on commencera ? demanda Bella.

— Eh bien, nous sommes assurés, expliqua Gibson. Nous utiliserons l'argent de l'indemnisation pour réparer ce qui peut l'être et reconstruire le reste. Nous avons aussi des économies. Nous ne sommes pas pauvres.

Il commença à manger, puis ajouta tout en regardant Bella :

— Cependant, nous devrons être très vigilants sur les dépenses, et ce pendant une durée indéterminée. Par exemple, nous ne pourrons pas aller à la mer pour le week-end de la fête du Travail. Si l'assurance ne couvre pas tout, nous puiserons dans nos économies, et éventuellement nous ferons un emprunt.

Dès que son mari se tut, Bianca prit le relais :

— N'oubliez pas que nous avions des employés, les enfants, et qu'ils sont désormais sans travail. Ils resteront au chômage jusqu'à ce que nous rouvrions. Nous ne serons pas les seuls à souffrir de ce qui s'est passé.

— Pete et Teresa… Ils n'ont peut-être plus rien à manger, ni de vêtements ni de meubles pour le bébé et pour eux, remarqua Reena. On pourrait leur donner des affaires.

— Voilà une proposition positive, approuva Bianca. Alexander, mange tes œufs !

— J'aimerais mieux avoir des céréales au chocolat…

— Et moi, un manteau de vison et un diadème de diamants ! Mange. Beaucoup de travail nous attend et tu vas nous aider. Tout le monde va participer.

— Personne, dit Gibson en pointant un doigt sur son fils, vous m'entendez bien, personne ne met un pied là-bas sans ma permission !

— Poppi..., murmura Fran, il faut mettre Poppi au courant.

— Oui, mais il est trop tôt. Nous n'allons pas le réveiller avec une nouvelle comme ça, dit Bianca. Je l'appellerai plus tard. Je téléphonerai à mes frères aussi.

— Comment est-ce arrivé ? s'enquit Bella. Comment les inspecteurs pourront-ils le découvrir ?

— Je ne sais pas, avoua Gibson, mais c'est leur boulot. Le nôtre, c'est de reconstruire, et nous le ferons.

Un silence, puis la petite voix de Reena :

— La porte était ouverte.

— Quoi ? s'exclama Gibson. Tu en es sûre ?

— Oui. Elle était ouverte, je l'ai vu. Peut-être que Pete avait oublié de la fermer.

Cette fois, ce fut la main de Bianca qui enveloppa celle de Gibson.

— Je ne..., commençait-elle quand un coup de sonnette bloqua les mots sur ses lèvres.

Elle se leva.

— J'y vais, dit-elle. Que ceux qui sont fatigués aillent dormir un peu : la journée va être longue.

— Finissez d'abord vos assiettes, ordonna Gibson. Et puis débarrassez.

Fran quitta sa chaise, contourna la table et alla étreindre son père. À seize ans, elle était mince et gracieuse, extrêmement féminine. Reena l'enviait.

— On va tenir le coup, papa. Quand on aura fini, le Sirico sera encore plus beau qu'avant.

— Je reconnais bien là ma grande fille ! approuva Gibson. On peut compter sur toi. Et sur vous tous. Reena, peux-tu venir avec moi une minute, s'il te plaît ?

En sortant de la cuisine, ils entendirent la voix rageuse de Bella :

— Tu te prends pour sainte Francesca ?

Gibson soupira puis fit entrer Reena dans la salle de télévision.

— Écoute, bébé, si tu n'es pas en forme, tu peux aller te reposer.

La tentation était forte, mais Reena sut y résister.

— Non, papa.

— Ah… Mais si ça ne va pas, dis-le.

Il lui donna une petite tape distraite sur la joue puis s'en alla. Reena le suivit du regard. Il était toujours aussi grand mais, aujourd'hui, ses épaules étaient voûtées. Elle aurait voulu faire comme sa sœur : prononcer les mots qu'il fallait, prendre son père dans ses bras. Mais il était trop tard.

2

Reena voulait revenir dans la cuisine et se montrer gentille, comme Fran, mais elle entendait la voix de Pete. On aurait dit qu'il pleurait.

Gibson lui parlait et Reena ne comprenait pas ce qu'il disait. Elle s'approcha de la salle de séjour.

Les yeux de Pete étaient secs mais il semblait sur le point de fondre en larmes. Ses longs cheveux tombaient de part et d'autre de son visage. Penché en avant, il fixait ses mains croisées sur ses genoux.

Pour ses vingt et un ans, Gibson et Bianca lui avaient organisé une fête d'anniversaire au Sirico, où il travaillait depuis l'âge de quinze ans. Pete considérait les Hale comme sa famille. Puis il avait fondé la sienne, un peu involontairement : il avait mis Teresa enceinte et s'était marié. Gibson et Bianca avaient alors loué au jeune couple, pour un tout petit prix, l'appartement au-dessus du restaurant.

Reena savait cela parce qu'elle avait entendu oncle Paul en discuter avec sa mère. À force d'écouter aux portes, elle était obligée de dire beaucoup de « Je vous salue Marie ».

Sa mère se tenait à côté de Pete et son père faisait face au jeune homme, assis sur la table basse, ce que les enfants n'avaient absolument pas le droit de faire. Gibson parlait si bas que Reena ne saisissait pas ce qu'il disait, et Pete secouait la tête.

Brusquement, il se redressa, les yeux brillants.

— Je jure que je n'ai rien laissé branché ! J'ai tourné et retourné tout ça dans ma tête au moins mille fois. Oh, mon Dieu ! Je me suis repassé tous les gestes que j'avais faits un par un. Gib, si j'avais déconné, je te le dirais ! Il faut me croire ! Je ne suis pas en train de me défiler ! Teresa et le bébé, si quelque chose leur était arrivé...

— Il ne leur est rien arrivé, dit Bianca en posant la main sur celle de Pete.

— Elle a eu si peur. On a eu si peur, tous les deux ! Quand le téléphone a sonné, quand tu as appelé, Bianca, et crié qu'il y avait le feu, qu'il fallait sortir immédiatement, je me suis cru en plein cauchemar. On a attrapé le bébé et on s'est enfuis. J'étais tellement affolé que je n'ai senti la fumée que quand Gib est arrivé pour nous aider.

— Pete, s'il te plaît, réfléchis bien : as-tu tout fermé ?

— Bien sûr ! Je...

— Non, ne réponds pas trop vite. Prends le temps de passer en revue dans ta tête tous les gestes que tu as faits. La routine endort l'attention. Il se peut que tu te rappelles quelque chose si tu te concentres. Alors, reviens en arrière. Qui étaient les derniers clients ?

— Jamie Silvio et sa petite amie du moment, une nouvelle. Ils ont partagé une pizza aux poivrons et bu quelques bières. Il y avait aussi Carmine. Il est resté jusqu'à la fermeture. Il essayait de persuader Toni de sortir avec lui. Lui et Jamie sont partis à la même heure, je dirais 23 heures 30. Toni, Mike et moi avons rangé, après leur départ. Je me suis occupé de la caisse et... Oh, mon Dieu,

Gib, l'enveloppe pour la banque est encore en haut ! Je...

— Ne t'en fais pas pour ça. Tu es donc parti avec Mike et Toni ?

— Non. Mike est parti le premier. Toni est restée un peu pendant que je mettais de l'ordre. Il n'était pas loin de minuit et Toni préfère qu'on la regarde rentrer chez elle. Je me rappelle avoir fermé la porte parce que Toni m'a dit qu'elle trouvait mon porte-clés très chouette. Teresa a fait placer la photo de Rosa dans le médaillon qui y est accroché. Pendant que je tournais la clé dans la serrure, Toni m'a dit que c'était très mignon. J'ai bien fermé, Gib, je te le jure ! Demande à Toni.

— OK. Ce n'est pas ta faute. Où est-ce que vous dormez ?

— Chez mes parents.

— De quoi as-tu besoin ? s'enquit Bianca. De couches pour Rosa ?

— Non. Ma mère a toujours des trucs pour le bébé. Je suis revenu ici pour te parler, Gib. À toi aussi, Bianca. Et pour donner un coup de main. On ne peut pas entrer dans le Sirico. Les pompiers ont placé une barrière de sécurité. Ce qu'on voit du trottoir a l'air plutôt moche.

Un temps, puis :

— Alors ? Qu'est-ce que je peux faire ? Il doit bien y avoir quelque chose que je puisse faire !

— Il y aura beaucoup de travail une fois qu'on aura l'autorisation d'entrer dans le restaurant. Mais pour le moment, tu devrais aller retrouver ta femme et ton bébé.

— Bon. Appelez-moi chez mes parents si vous avez besoin de quoi que ce soit. Vous pouvez compter sur moi : vous avez toujours été tellement chics avec moi...

Pete se leva et serra Gibson dans ses bras.

— Demandez-moi ce que vous voulez !

Gib se dégagea gentiment et se dirigea vers la porte.

— Bianca, je descends. Il faut que je jette un coup d'œil.

— Je t'accompagne ! lança Reena en se précipitant dans la pièce.

L'expression de son père n'échappa pas à la fillette. Il ne voulait pas qu'elle voie le désastre de près. Mais Bianca secoua la tête.

— Ne l'empêche pas de venir, Gib. Et quand tu la ramèneras, qu'elle sache que j'ai bien l'intention de lui dire ce que je pense de sa manie d'écouter des conversations qui ne la regardent pas. Je vais vous attendre avant de téléphoner à mes parents. Peut-être que ce n'est pas aussi terrible que nous le craignons.

Hélas ! Aux yeux de Reena, le spectacle dépassait leurs pires prévisions. À la lumière du jour, la vue des briques noircies, du verre brisé, des débris détrempés était horrible. L'odeur était encore pire. Comment le feu avait-il pu se propager si vite ? se demanda-t-elle en scrutant l'intérieur par l'ouverture béante de la grande baie, là où se trouvait quelques heures plus tôt une vitre décorée d'une pizza géante. Des étincelants sièges orange et des tables, il ne restait plus que des amas de métal et de plastique fondu. La peinture soleil des murs était noire et craquelée, et le grand menu accroché au-dessus du comptoir de la cuisine, là où Gib, et Bianca parfois, pétrissaient la pâte, sous les yeux de leurs clients réjouis, n'existait plus.

Le pompier casqué, celui qui était entré avec la torche, réapparut, portant une sorte de caisse à outils. Il était plus âgé que Gib, remarqua Reena : son visage était ridé et on apercevait des cheveux gris dépassant du casque.

John Minger avait attentivement détaillé l'homme et la fillette Hale avant de ressortir. Sa mission consistait à examiner non seulement le site de l'incendie, mais également les gens concernés par le sinistre.

Le propriétaire du Sirico, Gibson Hale, avait la silhouette longiligne de ces hommes qui ne prennent pratiquement jamais un gramme. Chevelure blond clair bouclée avec quelques mèches décolorées. Ce type ne devait pas souvent porter de chapeau en été. Il aimait manifestement le soleil.

La gamine était mignonne à croquer, malgré ses yeux cernés et rougis par le manque de sommeil. Cheveux plus foncés que ceux de son père mais pareillement bouclés. Adulte, cette enfant serait aussi grande et bien bâtie que Gibson Hale, estima John.

À son arrivée au milieu de la nuit, il avait remarqué le père et la fille au milieu des autres membres de la famille. Serrés les uns contre les autres, les Hale lui avaient fait penser à des naufragés. L'épouse, surtout, l'avait frappé : quelle femme ! Une vraie beauté, comme on n'en voyait d'habitude qu'au cinéma. La fille aînée lui ressemblait beaucoup, celle du milieu était juste un cran en dessous. Le garçon, lui aussi, était superbe, bien qu'encore tout gamin.

Il reporta son regard sur la silhouette souple de la presque adolescente. Ses longues jambes portaient des égratignures et des bleus. Elle devait passer plus de temps à jouer avec son petit frère qu'à la poupée.

— Monsieur Hale, dans l'immédiat, je ne peux pas vous permettre d'entrer.

— Je voulais simplement voir. Avez-vous trouvé l'endroit où le feu a pris ?

— Justement, je voulais vous en parler. Mais auparavant, présentez-moi à cette charmante petite demoiselle, dit John en souriant.

— Ma fille Catarina. Euh... Excusez-moi, mais j'ai oublié votre nom, monsieur... ?

— Minger, inspecteur John Minger. Vous m'avez dit que l'un de vos enfants a vu le feu et vous a réveillé ?

— C'est moi, intervint Reena d'un ton empreint d'orgueil. C'est moi qui ai découvert ce qui se passait.

Probablement était-ce un péché d'être fière d'avoir donné l'alarme, songea la fillette, mais ce n'était sûrement qu'un péché véniel.

— J'aimerais que nous discutions de ça aussi.

Il s'interrompit en voyant la voiture de police qui venait de se garer.

— M'accorderiez-vous une minute, monsieur Hale ?

Sans attendre la réponse, il se dirigea vers la voiture et se pencha à la portière pour échanger quelques mots avec le conducteur. Puis il revint auprès de Gib et Reena.

— Y a-t-il un endroit où nous pourrions parler tranquillement ?

— Nous habitons juste en face.

— Parfait. Je vous demande encore un instant.

Il marcha jusqu'à une autre voiture et ôta sa combinaison de protection. En dessous, il portait des vêtements civils. Il rangea la combinaison, le casque et la boîte à outils dans le coffre puis le referma et hocha la tête à l'intention du policier.

— Qu'est-ce qu'il y a dans la boîte ? s'enquit Reena quand il revint.

— C'est un kit pour les examens sur le terrain. Il contient plein de choses. Je te montrerai une autre fois, si ça t'intéresse. Monsieur Hale, je souhaiterais que vous restiez ici un petit moment, il faut que je m'entretienne avec votre fille.

— Il n'y a rien que je ne puisse entendre, s'insurgea Gibson.

John Minger alluma une cigarette, remit briquet et paquet dans sa poche, et tira une longue bouffée avant d'expliquer :

— Votre fille doit me raconter ce qu'elle a vu, et je ne voudrais pas que vous remplissiez les blancs à sa place. Alors je préfère lui parler en tête à tête, si vous le voulez bien.

— Ah, d'accord. Reena est très observatrice, vous savez.

— Très bien.

Minger retourna vers Reena. Lorsqu'il la regarda bien en face, il remarqua que la couleur de ses yeux tirait davantage sur l'ambre que sur le noisette. Et aussi que la fatigue n'amenuisait pas leur acuité. Ils marchèrent lentement vers la maison.

— Alors ? D'où as-tu vu le feu ? De la fenêtre de ta chambre ?

— Non. De l'escalier, dehors. J'étais assise sur le perron.

— Mmm. Tu avais un peu laissé passer l'heure d'aller au lit ?

Comment répondre à ça sans mentir ni révéler l'embarrassant événement qui l'avait amenée à sortir de la maison ? se demanda Reena.

— Euh… Il faisait moins chaud qu'au premier. La chaleur monte, on nous a appris ça à l'école.

— Et c'est vrai.

— Je ne me sentais pas trop bien. J'ai pris un soda dans le frigo et je suis venue le boire ici.

— D'accord. Peut-être pourrais-tu me montrer où exactement ?

Reena s'assit sur les marches blanches, après avoir vérifié que c'était bien là qu'elle s'était tenue cette nuit. Minger s'assit à côté d'elle, observant les alentours.

— Bon, je regarde le bâtiment exactement comme tu l'as fait. Tu es assise, tu bois ton soda et soudain, tu vois le feu.

— J'ai remarqué de la lumière. Une drôle de lumière, et je me suis demandé ce que c'était. Je me suis dit que peut-être Pete avait oublié d'éteindre en partant, puis que je me trompais, parce que ça bougeait.

— De quelle façon ?

— Eh bien… Comme si ça dansait. C'était joli et j'étais intriguée, alors je me suis levée et j'ai fait quelques pas… Je sais que c'est défendu.

Reena se mordillait la lèvre tout en fixant son père, qui attendait à quelques mètres.

— On en parlera plus tard, d'accord ?

— Oh, merci. Parce que, vous comprenez, je fourre mon nez partout, et ce n'est pas bien, grand-maman Hale me le dit tout le temps. Mais je voulais savoir, alors…

— Jusqu'où as-tu marché ? Tu peux me montrer ?

— Oui.

John suivit la fillette tout en essayant d'imaginer ce que pouvait éprouver un enfant traversant seul une rue sombre par une étouffante nuit d'été. L'excitation et l'interdit…

— Pendant que je marchais, je buvais mon soda, fit lentement Reena, très concentrée, tentant de se remémorer le moindre détail. Je crois que je me suis arrêtée… ici. Ou à peu près. Je venais de voir que la porte était ouverte.

— Quelle porte ?

— Celle de la boutique. J'ai pensé : Pete a oublié de fermer, maman va l'étriper. À la maison, c'est elle qui étripe. Après, j'ai vu les flammes, la fumée. Ça commençait à sortir par la porte. J'ai eu peur. J'ai crié aussi fort que j'ai pu et j'ai couru vers la maison, je suis montée au galop et je crois que je ne me suis pas arrêtée de crier parce que papa avait déjà mis son pantalon, et que maman enfilait une robe. Tout le monde criait comme moi, tout à coup. Fran répétait : « Quoi ? Quoi ? La maison brûle ? » et je lui ai dit que non, que c'était la boutique. C'est comme ça qu'on appelle le Sirico entre nous. La boutique.

— Et ensuite ? demanda John pour la remettre sur le bon chemin – il voulait des détails précis.

— Eh bien, Bella a commencé à pleurer. Elle pleure beaucoup. Il paraît que toutes les ados font ça, mais Fran ne pleurait pas, elle. Bon, enfin. Papa a regardé par la fenêtre et a dit à maman de téléphoner à Pete : il habite au-dessus de la boutique, vous comprenez. Il fallait qu'il sorte vite avec sa famille. Teresa et lui ont eu le bébé en juin et…

— Ta maman a donc appelé Pete ?

— Hein ? Oui, oui. Elle lui a dit de sortir, et pendant ce temps papa descendait au rez-de-chaussée, et il a demandé à maman de téléphoner aux pompiers, mais ce n'était pas la peine, elle était déjà en train de le faire.

— Demoiselle, je te félicite : tu m'as fait un rapport très précis.

— Je me souviens d'autre chose : on courait tous, mais papa courait encore plus vite que nous. Le feu avait grossi et la fenêtre s'est cassée et le feu a sauté dehors. Papa a fait le tour du bâtiment. Je ne l'ai plus vu et j'ai eu peur qu'il lui soit arrivé quelque chose, qu'il soit brûlé. Il était allé à l'escalier de derrière.

— Pour aider Pete et sa famille.

— C'est ça. Parce qu'ils comptent plus que la boutique. Pete tenait le bébé, et papa soutenait Teresa par le bras pendant qu'ils descendaient l'escalier. Les voisins commençaient à sortir de leurs maisons, et tous les gens criaient. Papa a voulu entrer dans la boutique mais maman l'a retenu, et lui a dit que non, il ne fallait pas qu'il y aille. Alors il n'y est pas allé. Il est resté avec elle, et il gémissait : « Mon Dieu, bébé… » Il appelle souvent maman comme ça. Bébé. Après, j'ai entendu les sirènes et les camions sont arrivés. Les pompiers ont déroulé les tuyaux. Mon papa leur a dit qu'il n'y avait personne à l'intérieur mais ils sont allés voir quand même. Je ne sais pas comment ils ont pu faire ça, avec toutes ces flammes, la fumée. En tout cas, ils l'ont fait. Ils avaient l'air de soldats. De soldats fantômes.

— Il n'y a pas grand-chose qui t'échappe, hein ?

— J'ai une mémoire d'éléphant.

John lança un regard entendu à Gibson tout en remarquant :

— Vous avez là une sacrée flèche, monsieur Hale !

— Appelez-moi Gib, je vous en prie. Et, oui, Reena est une gamine étonnante.

— Bon, Reena, as-tu noté autre chose ? Quand tu étais assise sur les marches, juste avant que tu voies le feu. Reviens en arrière et essaie de te rappeler.

Gib s'était approché. Son regard alla vers le restaurant puis revint sur John.

— C'est un acte de vandalisme, n'est-ce pas ?

— Qu'est-ce qui vous fait dire ça, Gib ?

— La porte. La porte ouverte. J'ai parlé à Pete. C'était lui qui était chargé de fermer la boutique, parce que moi, j'amenais la famille voir le match.

— Les Orioles ont écrasé les Rangers.

— Ouais, acquiesça Gib avec un petit sourire. Pete s'est chargé de fermer avec une autre de mes gosses, enfin, de mes employés. Il est sûr d'avoir bien tourné la clé : pendant qu'il le faisait, il était avec Toni – Antonia Varga – et elle lui a dit qu'elle aimait son porte-clés. Alors, si la porte était ouverte, c'est que quelqu'un l'a forcée.

— Nous reviendrons là-dessus, Gib. Maintenant, reprenons, Reena. Sais-tu quelle heure il était lorsque tu es sortie avec ton soda ?

— 3 heures 10 du matin. J'ai regardé la pendule dans la cuisine quand j'ai ouvert le frigo.

— Je suppose que tout le monde dormait dans le voisinage.

— Je crois. Toutes les fenêtres étaient noires. La lumière extérieure des Casto était allumée mais c'était parce qu'ils avaient oublié d'éteindre. C'était aussi éclairé dans la chambre de Mindy Young, parce qu'elle dort avec la lampe de chevet allumée, et pourtant elle a dix ans. J'ai entendu aboyer un chien. Je pense que c'était Fabio, celui des Pastorelli. Il semblait très excité, mais il s'est vite arrêté.

— Des voitures sont passées ?

— Non, pas une seule.

— Donc, dans le calme de la nuit, si une voiture avait démarré ou si une portière avait claqué à l'arrière du restaurant, tu l'aurais entendu.

— Sûr. Parce que à part Fabio qui aboyait, il n'y avait pas un bruit. Ah, si : le climatiseur de la maison juste à côté ronronnait. Mais à part ça, rien. Même pas quand j'ai traversé la rue pour aller vers la boutique.

— Très bon, Reena. Excellent travail.

La porte de la maison s'ouvrit sur Bianca et, de nouveau, John fut saisi par sa beauté.

— Gib, tu n'invites pas monsieur à boire quelque chose de frais ? Je vous en prie, entrez. Je viens de faire de la limonade.

— Merci, dit John qui s'était levé – Bianca était le genre de femmes devant lesquelles les hommes se levaient instinctivement. Je ne refuserai pas une boisson et un peu de votre temps, madame.

La salle de séjour était très colorée. John se fit la réflexion que les couleurs vives convenaient à une femme comme Bianca. La pièce était en ordre, le mobilier plutôt vieux mais soigneusement ciré : John sentait l'odeur d'encaustique au citron. Sur les murs étaient accrochés des lavis et des portraits de famille au pastel dans des cadres simples. Certains d'entre eux étaient de bonne facture.

— Qui est l'artiste ? demanda John. Il a du talent.

— C'est moi, répondit Bianca en servant la limonade sur des glaçons.

— Très beau, vraiment.

— Il y a des tableaux de maman dans la boutique aussi, précisa Reena. Mon préféré, c'est celui de papa : il porte une toque de chef et pétrit de la pâte à pizza. Il a disparu… Il a brûlé, hein, maman ?

— J'en ferai un autre. Un bien mieux.

— Il y avait aussi le vieux dollar ! Poppi avait encadré le premier dollar qu'il a gagné quand il a ouvert le Sirico. Et aussi la carte d'Italie, et la croix que Nuni avait fait bénir par le pape ! Et...

— Catarina ! lança Bianca en tendant la main pour arrêter le flux de paroles, quand on a perdu quelque chose, mieux vaut penser à ce que l'on a encore.

— Mais quelqu'un a allumé le feu exprès ! Quelqu'un qui se fichait pas mal des tableaux, du dollar, de la croix... et de Pete, de Teresa et du bébé qui étaient en haut !

La main de Bianca agrippa le dossier d'une chaise.

— Quoi ? dit-elle en crispant les doigts. Qu'est-ce que tu racontes, Reena ? C'est vrai ?

— Un inspecteur qui s'occupe des incendies volontaires va..., commença Gib.

Bianca le coupa :

— Un incendie volontaire ! Oh, non !

Elle se laissa tomber sur la chaise.

— Madame Hale, intervint John, j'ai rendu mon rapport préliminaire au service de police chargé de ce genre de crimes. Mon travail consiste à inspecter le bâtiment pour déterminer si le feu a pris accidentellement ou a été intentionnellement allumé. L'un des inspecteurs de la brigade viendra enquêter.

— Pourquoi pas vous ? s'enquit Reena. Vous savez tout.

John riva ses yeux dans ceux, intelligents mais fatigués, de la jeune fille. Oui, d'ores et déjà, il avait son opinion.

— Si le feu est consécutif à un acte criminel, alors c'est du ressort de la police.

— Mais vous savez ! insista Reena. Décidément, cette gosse était futée.

— J'ai contacté la police parce qu'il y a manifestement eu effraction. De plus, les détecteurs de fumée ont été déconnectés, et les foyers de départ sont multiples.

— Qu'est-ce que ça veut dire ?

— Que le feu a pris simultanément en plusieurs endroits. Des traces sur le sol, les murs, le mobilier montrent qu'on a jeté de l'essence pour faire démarrer le brasier. En plus, on trouve des traces de journaux carbonisés, de papier sulfurisé, de boîtes d'allumettes. Apparemment, quelqu'un est entré en forçant la porte, a répandu de l'essence dans la salle de restaurant puis a continué vers la cuisine, où se trouvaient des meubles de bois, des conteneurs pressurisés. L'incendiaire a aspergé les tables, les chaises, les cloisons avec de l'essence. Le temps que Reena sorte, le feu avait déjà pris.

— Mais qui a pu faire ça ? demanda Gib en secouant la tête d'un air incrédule. D'accord, on a quelques jeunes un peu agités dans le quartier, des idiots qui cassent des trucs, traînent dans les rues… mais de là à les imaginer incendiant le Sirico, non, surtout avec un couple et un bébé habitant au-dessus… Qui pourrait faire une chose pareille ?

— C'est ce que je vous demande, répondit John. Votre famille a-t-elle des ennemis ?

— Oh ! grands dieux, non ! Nous habitons cette rue depuis quinze ans. Bianca a grandi ici. Le Sirico est devenu une institution.

— Un concurrent, peut-être ?

— Je connais tous les propriétaires de restaurants du secteur. Je suis en excellents termes avec eux.

— Un ancien employé, alors ? Ou l'un des actuels, que vous auriez réprimandé et qui l'aurait mal pris ?

— Non. Je suis prêt à jurer que non.

— Un client avec lequel vous vous seriez disputé ?

Gib se passa les mains sur le visage en un geste empreint de lassitude puis marcha jusqu'à la fenêtre.

— Non, dit-il, le regard perdu sur les ruines de la boutique, je ne vois personne. Notre restaurant est une entreprise familiale fréquentée par des familles. De temps à autre, il y a quelques réclamations. On ne peut pas échapper à ça quand on gère un établissement de ce genre. Mais rien d'assez grave pour avoir déclenché une si épouvantable vengeance.

— L'un de vos employés a peut-être eu un problème avec quelqu'un en dehors du Sirico. Je veux la liste des noms de ceux qui travaillent pour vous, Gib. Il faut que je les interroge.

— Papa ?

— Attends, Reena. Laisse-nous finir. John, nous avons fait de notre mieux pour être de bons voisins et pour diriger le Sirico comme les parents de Bianca l'avaient fait avant nous. On a un peu modernisé, mais l'âme est restée la même. La boutique procure un bon revenu si on travaille dur. Je ne vois vraiment pas qui aurait pu nous faire ça.

— Nos voisins ont téléphoné toute la matinée, dit Bianca. Notre fille aînée se charge de prendre les appels. Les gens nous disent qu'ils sont désolés, ils proposent leur aide : pour apporter à manger, nettoyer, reconstruire. J'ai grandi ici, au Sirico. Tout le monde aime Gib. Pour faire quelque chose comme ça, il faut de la haine, n'est-ce pas ? Personne ne nous hait.

— Joey Pastorelli me hait !

— Catarina, s'il te plaît ! Joey ne te déteste pas. Il est simplement un peu brutal.

— Reena, pourquoi dis-tu que ce garçon te hait ? demanda John.

— Il m'a frappée, il a déchiré mon chemisier. Il m'a traitée d'un vilain nom mais personne ne m'a expliqué ce que ça veut dire. Xander et ses copains ont tout vu et sont venus à mon secours, alors Joey a filé.

— Ce Joey est un sale gosse, confirma Gib. Il aurait besoin de… de conseils, d'être suivi. Mais il n'a que douze ans et j'imagine mal un gamin de cet âge fracassant une porte et balançant de l'essence partout dans la boutique.

— Peut-être serait-il prudent de vérifier, énonça John. Reena, tu as dit avoir entendu aboyer le chien des Pastorelli, quand tu étais dehors.

— Oui. Enfin, il m'a bien semblé que c'était lui. Il fait peur et il a un drôle d'aboiement, comme une toux.

— Gib, si un garçon brutalisait ma fille, j'aurais une discussion avec lui et ses parents.

— Je m'en suis chargé. Reena pleurait et ce n'est pas son habitude. À cause de ça, j'ai été sûr qu'il lui avait fait mal. Son chemisier était déchiré. Quand elle m'a raconté ce qui lui était arrivé, j'ai vu rouge et… Ô mon Dieu, Bianca !

Tout à coup, Gib était blême.

— Qu'avez-vous fait, Gib ? demanda John.

— J'ai foncé droit chez les Pastorelli. En chemin, je suis tombé sur Pete, qui m'a accompagné, et j'ai sonné à la porte. C'est Joe qui m'a ouvert. Il est au chômage depuis le début de l'été. Je… J'étais tellement en pétard ! Reena n'est qu'une petite fille, sa chemise était déchirée, sa jambe saignait. J'ai crié à la figure de Joe que j'en avais marre que son gosse brutalise la mienne et qu'il fallait que ça s'arrête, que j'envisageais d'aller voir les flics. Que s'il n'était pas capable de dresser Joey, la police s'en chargerait. Joe a hurlé plus fort que moi et…

Reena prit le relais :

— Il t'a traité de foutu con et il t'a dit que tu ferais mieux de t'occuper de tes fesses.

— Catarina ! Ne t'avise plus de prononcer des mots pareils dans cette maison ! tonna Bianca.

— Je ne fais que répéter ce qu'a dit Joe, maman. Pour le rapport. Joe a dit aussi que papa élevait une bande de sales larves pleurnichardes qui n'étaient pas capables de se défendre elles-mêmes. Et il a crié d'autres choses aussi vilaines, et papa lui a répondu pareil.

— Je suis incapable de me rappeler ce que j'ai balancé à Joe, fit Gib en se grattant le bout du nez. Je n'ai pas un magnétophone dans la tête comme Reena, moi. Mais je me rappelle bien que c'était très chaud. On était à deux doigts d'en venir aux mains, et on l'aurait fait s'il n'y avait pas eu les gosses qui nous regardaient. Je ne voulais pas me montrer violent devant eux alors que j'étais précisément venu me plaindre de la violence de Joey.

— Joe a ajouté, reprit imperturbablement Reena, que toi et ta famille aviez besoin de recevoir une bonne leçon. Et il a encore dit des gros mots. Quand papa et Pete sont partis, il leur a fait des gestes grossiers. J'ai revu Joey cette nuit, quand il y a eu l'incendie, il m'a fait un sourire… un sourire méchant.

— Les Pastorelli ont-ils d'autres enfants ? demanda John.

— Non. Juste Joey, répondit Gib en s'asseyant sur l'accoudoir du fauteuil de Bianca. J'aimerais bien plaindre le petit parce que Pastorelli est très dur avec lui, mais ce gosse est vraiment une sale brute. Et…

Gib jeta un regard à Reena.

— … peut-être pire que ça.

— Tel père, tel fils, murmura Bianca. Je pense que Joe bat sa femme : elle a souvent des bleus. Elle est très réservée, je ne la connais pas très bien. Cela fait deux ans qu'ils habitent ici et je n'ai que très rarement bavardé avec elle. Une fois, peu de temps après qu'il eut perdu son travail, des policiers sont venus chez eux. C'étaient leurs voisins qui les avaient appelés parce qu'ils avaient entendu des cris et des sanglots. Mais quand ils sont arrivés, Laura – Mme Pastorelli – a assuré que tout allait bien, qu'elle s'était fait mal toute seule en se cognant dans une porte.

— Ce M. Pastorelli a l'air charmant, dit John. Je suis navré que cette histoire soit arrivée, Gib, mais la police va vouloir l'interroger.

— Je comprends. Quand pourrons-nous commencer les travaux à la boutique ?

— D'ici peu. L'équipe d'enquêteurs est au travail. Le bâtiment a bien tenu et les portes coupe-feu ont empêché l'incendie de gagner l'étage. Mais l'expert de votre compagnie d'assurances va avoir besoin de constater tout ça, et ça va prendre du temps. Nous ferons notre possible pour accélérer les choses. Vous savez, Gib, sans Reena-Œil d'Aigle, les choses auraient été mille fois pires. Je suis désolé pour tout cela, mais soyez sûr que je vous tiendrai au courant.

— Vous reviendrez, inspecteur ? demanda Reena. Comme ça, vous pourrez me montrer ce qu'il y a dans votre boîte à outils, et ce que vous faites avec ?

— Promis. Tu le mérites. Ton aide aura été très précieuse, Reena.

John tendit la main à la jeune fille qui, pour la première fois, parut intimidée. Elle serra la main offerte.

— Madame Hale, merci pour la limonade. Gib, voulez-vous faire quelques pas avec moi ? Jusqu'à ma voiture ?

Les deux hommes sortirent.

— Je me demande pourquoi je n'ai pas pensé tout de suite à Pastorelli, dit Gib en traversant la rue. Probablement parce que je n'arrive pas à croire qu'il ait pu aller si loin. Là d'où je viens, quand un mec vous emmerde, vous lui collez un bon coup de poing et basta.

— Ouais, approche directe. Pastorelli a pu vouloir vous atteindre d'une autre façon. En s'en prenant à votre commerce, votre mode de vie, vos traditions familiales. Il ne bossait plus, vous, si. Et maintenant, vous êtes à égalité.

— Mon Dieu…

— Avec votre employé, Pete, vous l'avez défié, en quelque sorte, et vos enfants ont assisté à la dispute. Des voisins aussi, j'imagine.

— Oui. Des gens sont sortis des maisons.

— S'en prendre à votre lieu de travail, c'est sûr que c'est une sacrée leçon pour vous. Pouvez-vous me montrer sa maison ?

— Là, sur la droite, celle avec les stores tirés.

— Je sais que vous allez avoir envie de lui arracher des explications, Gib, mais s'il vous plaît, maîtrisez-vous. N'allez pas l'affronter. Il a une voiture, Pastorelli ?

— Une camionnette. La vieille Ford, là-bas. La bleue.

— À quelle heure vous êtes-vous colletés, tous les deux ?

— Oh, un peu après 14 heures, il me semble. Le coup de feu du déjeuner était passé.

Alors que Gib et John passaient dans la rue, plusieurs personnes s'arrêtèrent, des portes s'ouvrirent, des têtes apparurent à des fenêtres. Tout le monde interpellait Gib. Mais chez les Pastorelli, les stores restèrent baissés. Une petite foule s'était rassemblée sur le trottoir devant le Sirico.

John attendit d'être hors de portée de voix pour dire :

— Vos voisins vont venir vous voir, vous parler, poser des questions. Il serait souhaitable que vous ne fassiez pas mention des hypothèses que nous avons évoquées.

— Je me tairai, assura Gib.

Il soupira puis reprit :

— On voulait changer la déco de la boutique. C'est l'occasion.

— Quand l'enquête sera terminée, vous allez découvrir de gros dégâts, mais la structure du bâtiment est intacte. Elle a tenu bon. Accordez encore quelques jours à la brigade, Gib, et dès que l'énigme sera élucidée, je reviendrai et je vous dirai tout. Moi-même. Vous avez une chouette famille.

— Merci. Vous n'avez pas rencontré tout le monde, mais c'est vrai que j'ai une famille formidable.

— Si, je vous ai tous vus, cette nuit, dit John tout en faisant sauter ses clés de contact dans la main. Vos enfants ont préparé des sandwiches et des boissons pour les pompiers. Les êtres qui pensent aux autres et agissent de façon constructive ont une excellente structure. Comme votre boutique. Ah, voilà les enquêteurs. Leur voiture arrive. Je vais leur dire quelques mots. Je resterai en contact avec vous.

Il tendit la main. Gib la serra. John se dirigea ensuite vers les policiers qui sortaient de leur véhicule. Ils se saluèrent, puis John s'alluma une cigarette.

— Il semblerait que je vous aie mâché le travail, les gars. Je vais vous faire un petit topo.

3

Le lendemain après-midi, les policiers emmenèrent M. Pastorelli. Reena assista à son départ en rentrant de l'école avec Gina Rivero, sa meilleure amie depuis le cours élémentaire.

Les deux filles s'arrêtèrent lorsqu'elles arrivèrent devant le Sirico. La police et les pompiers avaient tendu des cordons de sécurité de plastique jaune et installé des barrières.

— C'est triste, ça a l'air abandonné, murmura Reena.

Son amie posa la main sur son épaule pour la réconforter.

— Ma maman a dit qu'on mettrait des cierges à l'église pour toi et ta famille, avant la messe de dimanche.

— Ah, c'est gentil. Le père Bastillo est venu à la maison. Il a parlé de trucs comme la force qui naît de l'adversité, et des voies impénétrables du Seigneur.

— Le bon Dieu sait ce qu'il fait, approuva Gina d'un ton empreint de ferveur.

Elle toucha le crucifix qu'elle portait au cou.

— Sûr, c'est bien d'allumer des cierges, de prier et tout ça, dit Reena, mais c'est mieux de faire quelque chose. Enquêter, par exemple, et trouver pourquoi on a mis le feu, et se débrouiller pour que les coupables soient punis. Si on se contente de s'asseoir et de prier, on n'agit pas.

— Tu blasphèmes, souffla Gina.

Elle regarda autour d'elle d'un air craintif, de peur qu'un des anges du Seigneur se prépare à frapper.

Reena haussa les épaules. Dire ce que l'on pensait n'était pas blasphémer. Gina exagérait. Pas étonnant que son frère aîné Frank l'appelle sœur Marie…

— L'inspecteur Minger et deux autres policiers font quelque chose, eux ! Ils posent des questions, ils cherchent des preuves… Il faut savoir et il faut agir. J'aurais bien aimé faire quelque chose moi aussi quand Joey Pastorelli m'a tapé dessus, mais j'avais tellement peur que je ne me suis pas défendue.

— Il est plus grand que toi, déclara Gina en passant le bras autour de la taille de Reena. Et il est méchant. Frank dit que c'est un petit voyou qui aurait besoin d'un bon coup de pied au c.u.l.

— Tu peux dire cul, Gina. Tout le monde en a un. Oh, regarde, voilà les enquêteurs.

Même si aujourd'hui ils étaient en civil, costume-cravate, Reena les reconnaissait. L'autre nuit, quand ils étaient entrés dans le Sirico, ils portaient combinaisons et casques. Ensuite, ils étaient venus à la maison pour lui parler, comme l'inspecteur Minger.

Un frisson d'excitation la traversa lorsqu'elle vit qu'ils se rendaient chez les Pastorelli.

— Ils vont chez Joey !

Reena passa elle aussi son bras autour de la taille de sa camarade et l'entraîna vers l'angle de la rue, à l'instant où Mme Pastorelli ouvrait la porte.

— Regarde, Gina, elle refuse de les laisser entrer !

— Pourquoi ?

Ne pas révéler ce qu'elle savait exigea de Reena un immense effort.

— Ils lui montrent un papier.

— Elle a l'air d'avoir peur. Ah, ils entrent.

— Attendons. Il faut voir la suite. Viens, on va s'asseoir au bord du trottoir, entre les voitures.

— On devait rentrer directement chez toi, Reena.

— Oui, mais là, ça change tout. Va-t'en, si tu veux. Raconte à mon père. Oui, vas-y, explique-lui que j'attends pour savoir.

— D'accord.

Gina s'éloigna sur le trottoir et Reena s'assit, les yeux rivés sur les stores toujours baissés. Elle ne se remit debout qu'en voyant arriver son père.

Une pensée traversa l'esprit de Gib quand il vit sa fille : le regard de Reena n'était plus celui d'une enfant. Une dureté de glace l'habitait, que l'on ne trouvait d'ordinaire que dans des yeux d'adulte.

— Papa, elle a essayé de les laisser dehors, mais ils lui ont montré un papier. Je crois que c'était un mandat, comme dans *Deux flics à Miami*. Alors elle leur a ouvert.

Gib prit Reena par la main.

— Je ferais mieux de te renvoyer à la maison. Tu n'as même pas douze ans. Tu ne devrais pas être mêlée à tout ça.

— Mais tu ne me renverras pas.

— Non, effectivement, même si c'est cela que voudrait ta mère. Elle prend les choses en main à sa façon. Elle a la foi et un sacré caractère. Un bon sens à toute épreuve et un grand cœur. Quant à Fran, elle a aussi la foi et du cœur. Elle croit que tous les humains sont foncièrement bons, qu'il est plus facile pour eux d'être bons que d'être méchants.

— Mais ce n'est pas vrai pour tout le monde.

— En effet, ça ne l'est pas. Bella en ce moment ne regarde que son nombril et elle a les émotions à fleur de peau. Que les gens soient bons ou mauvais l'indiffère tant que ça ne l'affecte pas personnellement. En grandissant, elle changera, mais elle restera quand même toujours hypersensible, et ses émotions l'emporteront invariablement sur sa capacité de raisonnement. Xander est celui qui a la plus heureuse nature. C'est un enfant joyeux que la bagarre n'intéresse pas.

— Pourtant, il est venu à mon secours quand Joey m'a attaquée. Et il est arrivé à lui faire peur ! Alors qu'il n'a que neuf ans !

— Cela fait aussi partie de sa personnalité. Il n'hésite pas à se jeter dans la mêlée pour protéger les plus faibles.

— C'est parce qu'il est comme toi, papa.

— Ça fait plaisir à entendre. Quant à toi, mon trésor, dit Gib en se penchant pour embrasser la petite main qui était dans la sienne, tu ressembles à ta mère, avec un petit plus qui n'appartient qu'à toi. Tu es pleine de curiosité, tu décortiques tout, pour voir comment marchent les choses et le rapport qui existe entre elles. Quand tu étais bébé, nous ne pouvions pas t'interdire de ne pas toucher ceci ou cela. Il fallait que tu découvres le pourquoi et le comment. Les explications ne t'ont jamais suffi, tu as toujours eu besoin de constater de tes propres yeux.

Reena laissa aller sa tête contre le bras de son père. Au loin, on pouvait entendre le tonnerre. Elle aurait aimé avoir un très, très gros secret à lui révéler. En cet instant, elle se sentait prête à tout lui dire.

La porte de la maison des Pastorelli se rouvrit à ce moment-là.

Encadré de deux policiers, M. Pastorelli sortit, en jean et T-shirt blanc défraîchis. Il baissait la tête comme s'il avait honte mais Reena voyait la crispation de ses mâchoires, ses lèvres serrées et elle comprit qu'il était furieux. L'un des policiers portait un gros bidon rouge et l'autre un grand sac en plastique.

Mme Pastorelli pleurait. Immobile sur le seuil, elle pressait sur son visage son tablier d'un jaune éclatant. L'un des lacets de ses tennis était dénoué.

Les voisins sortirent de leurs maisons pour assister à la scène. En short rouge, ses jambes décharnées se confondant presque avec la pierre blanche de l'escalier, le vieux M. Falco s'assit sur les marches de son perron. Quant à Mme DiSalvo, avec son fils Christopher, elle s'arrêta sur le trottoir. Le garçonnet suçait un Esquimau au pamplemousse qui étincelait au soleil. La lumière du matin rendait tout net et scintillant. Le calme régnait, à tel point que Reena entendait les inspirations que prenait Mme Pastorelli entre chaque sanglot.

L'un des policiers ouvrit la portière arrière de la voiture, l'autre poussa M. Pastorelli à l'intérieur, puis ils rangèrent le sac en plastique et le bidon dans le coffre. Reena se rendit compte que le bidon était en fait un jerrycan d'essence.

Le policier qui ressemblait à Sony Crockett, l'un des héros de *Deux flics à Miami*, souffla quelques mots à l'oreille de son collègue tout en regardant en direction de Reena et Gib, puis ils se dirigèrent de concert vers eux.

— Monsieur Hale ? Bonjour. Inspecteur Umberio. Nous venons d'arrêter M. Pastorelli. Nous le soupçonnons d'être l'auteur de l'incendie de votre restaurant. Nous allons le placer en garde en vue.

— A-t-il avoué ?

— Pas encore, dit Umberio en souriant, mais avec tout ce dont nous disposons, il va y venir. Nous vous tiendrons au courant.

Le policier se retourna. Mme Pastorelli s'était assise sous la véranda et geignait toujours dans son tablier.

— Il lui a collé un œil au beurre noir et pourtant elle le pleure. Il faut de tout pour faire un monde...

Un petit salut de deux doigts réunis contre son front, puis Umberio repartit vers sa voiture. Il démarra. À l'instant où il quittait la rue, Joey sortit de la maison.

Comme son père, il portait un jean et un T-shirt rendu gris par trop de lavages. Il se mit à courir derrière la voiture de police, le poing levé, en hurlant des injures. Et il pleurait.

Reena sentit son cœur se serrer.

— Rentrons à la maison, bébé.

Main dans la main avec son père, Reena revint chez elle, mais les cris de Joey courant sans espoir après le sien résonnaient encore dans sa tête.

La nouvelle de l'arrestation de M. Pastorelli se répandit telle une traînée de poudre dans tout le voisinage, et l'indignation croissait en passant de maison en boutique, de jardin en trottoir.

Les stores, chez les Pastorelli, restèrent obstinément fermés, comme si leur toile pouvait faire office de bouclier. En revanche, la maison de Reena semblait ouverte à tous les vents. Les voisins allaient et venaient, apportant leur soutien affectif, des plats cuisinés, mais aussi des commérages.

Savait-on que Joe ne pourrait être libéré sous caution ? Que sa femme n'allait pas à la messe le dimanche ? Que Mike, à la station Sunoco, avait vendu le jerrycan d'essence ? Que le cousin d'Untel, avocat, assurait que Joe serait peut-être accusé de tentative de meurtre ?

Et ainsi de suite.

Mais la réflexion récurrente était que, oui, tout le monde l'avait prédit, Pastorelli finirait par avoir de gros ennuis.

Poppi et Nuni revinrent de Bar Harbor, dans le Maine, au volant de leur camping-car, qu'ils garèrent dans l'allée d'oncle Sal à Bel Air, parce que sa maison était la plus vaste de toutes.

La famille au complet, c'est-à-dire grands-parents, cousins, oncles et tantes, se rendit au Sirico pour examiner les lieux. Leur déplacement groupé évoquait une parade, sans costumes colorés ni musique. Quelques voisins suivirent le cortège à distance respectueuse.

Le grand-père de Reena était âgé mais en pleine forme. C'était ce que tout le monde disait en parlant de lui. Doté de cheveux blancs comme un nuage, d'une épaisse moustache couleur de neige, d'un ventre imposant et de larges épaules, il prisait les chemises de golf avec le crocodile cousu sur la poche. La chemise du jour était rouge. À côté de lui, Nuni paraissait toute petite. Elle cachait ses yeux derrière des lunettes de soleil.

On parlait beaucoup, en anglais et en italien. Enfin, c'était oncle Sal qui s'exprimait en italien. D'après Bianca, il se plaisait à se considérer comme plus italien qu'un habitant de la Péninsule.

Reena vit oncle Larry, « Lorenzo » pour ceux qui le taquinaient, s'avancer vers maman et lui poser la main sur l'épaule. Bianca prit cette main entre les siennes. Oncle Larry était le plus tranquille et le plus jeune de tous les oncles.

L'oncle Gio, qui était une tête brûlée, essayait de percer du regard les stores des Pastorelli et leur adressa entre ses dents quelques imprécations, des menaces aussi peut-être. Mais l'oncle Paul – Paolo – lui fit signe d'arrêter. Paul était le sérieux.

Le silence de Poppi dura longtemps et Reena se demanda à quoi il réfléchissait. À l'époque où sa chevelure n'était pas blanche ni son ventre protubérant, quand Nuni et lui avaient cuit des pizzas dans le four du Sirico et encadré le premier dollar gagné ?

Peut-être se remémorait-il le temps où ils habitaient au-dessus de la boutique, avant la naissance de Bianca, et aussi celui où le maire de Baltimore était venu déjeuner. Ou encore la fois où oncle Larry avait cassé un verre et s'était coupé la main : le Dr Trivani avait abandonné ses aubergines au parmesan pour l'amener à son cabinet en bas de la rue et lui poser des agrafes.

Poppi et Nuni racontaient plein d'histoires sur ce qui s'était passé autrefois et Reena adorait les écouter, même s'ils répétaient souvent les mêmes. Cela aidait ses grands-parents à les garder en mémoire, se disait la fillette.

Elle fendit la petite foule pour se rapprocher de Poppi et Nuni et logea sa main dans celle de son grand-père.

— Je suis triste, Poppi.

Le vieil homme lui serra les doigts puis, sous les yeux de Reena, stupéfaite, il poussa sur le côté l'une des barrières posées par la police. Le cœur de la fillette se mit à battre follement quand Poppi l'entraîna vers l'entrée du Sirico. À travers les rubans de protection, elle voyait les boiseries calcinées, les flaques d'eau sale, l'assise d'une chaise qui en fondant avait pris une forme étrange. Partout, les flammes avaient imprimé la trace de leur passage. Là où il ne s'était pas carbonisé, le revêtement de sol ondulait, gonflé de bulles. Un siphon d'eau gazeuse était incrusté dans le mur comme s'il y avait été projeté par un canon. Il ne restait rien des belles couleurs vives, des bouteilles sur lesquelles avait si joliment coulé la cire des bougies fichées dans le goulot, des tableaux de sa mère accrochés aux murs.

— Tu sais, Catarina, je vois des fantômes, ici, dit Poppi. Des fantômes gentils que le feu n'a pas effrayés. Gib, tu es bien assuré ?

— Oui. L'expert est déjà venu jeter un coup d'œil. L'indemnisation ne devrait pas poser de problème.

— Tu comptes utiliser l'argent de l'assurance pour reconstruire ?

— On ne va pas l'attendre. Je pense qu'il sera possible d'entrer demain. On commencera tout de suite à remettre en état.

L'oncle Sal ouvrait la bouche pour donner son opinion, car il avait une opinion à donner sur tout, mais Poppi leva l'index. Lui seul arrivait à faire taire l'oncle Sal.

— Gibson et Bianca sont les propriétaires du Sirico, alors c'est à eux et à eux seuls de décider ce qu'il convient de faire et comment le faire. Gib, en quoi la famille peut-elle t'aider ?

— Poppi, Bianca et moi sommes peut-être propriétaires, mais vous êtes l'âme et les racines de la boutique. Alors j'aimerais avoir votre avis.

Poppi se mit à sourire, et Reena regarda, fascinée, le mouvement ascendant de l'épaisse moustache, et la tristesse qui fuyait les yeux du vieux monsieur.

— Tu es mon gendre préféré, Gib.

Après avoir lancé cette bonne vieille boutade, Poppi descendit du perron et regagna le trottoir.

— Allons discuter chez toi, Gib.

La parade fit le chemin en sens inverse. Reena vit frémir les stores chez les Pastorelli.

« Discuter » était un verbe bien peu approprié pour décrire ce qui se passait lorsque la famille était réunie. D'incroyables quantités de nourriture circulaient, les enfants les plus âgés devaient surveiller les plus jeunes, ce qui générait des conflits. Selon l'humeur du moment, les rébellions étaient soit punies, soit sujet de plaisanterie.

La maison était remplie de l'odeur de l'ail et du basilic que Bianca venait de cueillir dans le jardin. Et aussi de bruit.

Poppi invita Reena à se joindre aux grandes personnes dans la salle à manger. La fillette se crut soudain sur un petit nuage.

On avait mis toutes les rallonges à la table, et pourtant elle n'était pas assez longue pour recevoir l'intégralité de la famille. La plupart des enfants avaient été cantonnés dans le jardin, où ils disposaient d'une table pliante et de couvertures. Quelques femmes s'occupaient des bambins, mais Reena avait le droit d'être dans la salle à manger avec Bianca, tante Mag, une remarquable avocate, et tous les hommes.

Poppi servit lui-même une grosse portion de pâtes à sa petite-fille.

— Alors comme ça, ce garçon, Joey Pastorelli, il t'a battue.

— Oui. Il m'a frappée à l'estomac, puis il m'a jetée par terre et il m'a donné d'autres coups.

Poppi renifla de mécontentement, produisant un bruit qui rappela à Reena un taureau soufflant avant de charger – Poppi avait un grand nez.

— Nous vivons une époque où hommes et femmes sont censés être sur un pied d'égalité, mais ce n'est pas pour autant qu'un homme a le droit de battre une femme, ni un petit garçon de battre une petite fille. Reena, avais-tu fait ou dit quelque chose qui l'ait mis en colère contre toi ?

— Non, au contraire. Je reste aussi loin de lui que je le peux, à l'école et dans le quartier, parce qu'il cherche tout le temps la bagarre. Une fois, il a sorti son canif et il a dit à Johnnie O'Hara qu'il n'était qu'un idiot d'Irlandais, et la sœur l'a attrapé et l'a amené à la mère supérieure. Quand il me regarde, j'ai l'estomac qui devient tout drôle.

— Le jour où il t'a frappée, que faisais-tu ?

— Je m'amusais avec Gina sur le terrain de jeu de l'école. On jouait au ballon mais on avait tellement chaud qu'on s'est dit que manger une glace, ce serait chouette. Alors Gina est allée chez elle demander de l'argent à sa mère, parce que moi je n'avais que quatre-vingt-huit *cents*, et ce n'était pas assez pour deux glaces. Pendant que Gina était partie, Joey est arrivé et m'a demandé d'aller avec lui parce qu'il voulait me montrer quelque chose. Je lui ai dit que non, que j'attendais Gina. La figure de Joey était toute rouge, comme s'il avait couru. Il s'est mis en colère et il m'a attrapée par le bras et m'a tirée. J'ai résisté et je lui ai crié que je ne le suivrais pas. Il m'a tapé dans le ventre, il a déchiré mon chemisier et il m'a traitée de… d'un nom qui veut dire…

Reena s'interrompit, le temps de regarder ses parents à la dérobée, puis souffla :

— J'ai vérifié dans le dictionnaire.

— Bien évidemment ! dit Bianca en gesticulant. Poppi, il l'a traitée de petite conne. C'est un très vilain mot, Catarina, et nous ne le prononcerons plus dans cette maison.

— Oui, m'dame.

— Ton frère est venu te secourir, reprit Poppi, et il a bien agi. Ensuite, ton père a fait lui aussi ce qu'il fallait. Il est allé voir le père de ce gosse, mais cet homme ne s'est pas bien comporté. Il s'en est pris à Gib de manière déloyale, comme un ignoble lâche, et nous a en même temps tous atteints. Était-ce ta faute, Reena ?

— Non, Poppi. Mais c'est ma faute si je n'ai pas été capable de me défendre contre Joey. La prochaine fois, j'y arriverai.

— Ah, non ! Apprends plutôt à courir. Ne te bats que si tu ne peux pas courir.

Poppi se radossa à sa chaise et prit sa fourchette.

— Voici ce que je suggère, lança-t-il à Gib. Ton beau-frère Salvatore est entrepreneur en bâtiment. Dès que nous saurons ce dont tu as besoin, Gib, Salvatore te l'aura au prix de gros. Gio, le cousin de ta femme est plombier, n'est-ce pas ?

— Oui, et je lui en ai déjà touché un mot. Gib, Bianca, c'est OK pour tout ce que vous voulez.

— Bien, approuva Poppi. Mag, peux-tu négocier avec la compagnie d'assurances ? Voir les étapes qu'on peut sauter afin d'avoir le chèque au plus vite ?

— Je serai ravie de le faire. Gib, j'aimerais lire ton contrat. Il y a peut-être des clauses qu'il faudrait modifier par prudence. Songeons à l'avenir. Ensuite, il y a la plainte. Il faut y penser, au cas où ce… cette affaire serait amenée devant un tribunal. Reena serait alors appelée à témoigner. Mais je ne pense pas qu'il y ait procès. En principe, il est difficile de retrouver les coupables dans les cas d'incendie volontaire. Notre affaire, exceptionnellement, semble réglée d'emblée.

Tout en parlant, Mag enroulait des spaghettis autour de sa fourchette et mangeait à petites bouchées.

— Les enquêteurs qui sont intervenus au Sirico ont été très méticuleux et l'incendiaire particulièrement stupide. Le procureur pense qu'il y aura une négociation, que Pastorelli préférera ça à un procès où il n'échapperait pas à une accusation de tentative de meurtre. Il adoptera un profil bas dans la mesure où il a déjà été interrogé pour deux incendies.

Des exclamations de stupéfaction fusèrent autour de la table.

— Eh oui, deux. Il a été mis à la porte cet été. Il était mécanicien, poursuivit Mag, et un départ de feu suspect a eu lieu quelques jours après son renvoi. Dégâts minimes parce que l'un de ses anciens collègues fixait des rendez-vous discrets au garage à sa petite amie et a donc pu donner l'alerte à temps. Les enquêteurs ont interrogé plein de gens, dont Pastorelli, mais sans obtenir la moindre preuve d'incendie volontaire. Il y a quelques années, Pastorelli s'est disputé avec son beau-frère, qui tenait un magasin de fournitures électriques à Washington. Quelqu'un a jeté un cocktail Molotov à travers la vitrine. Une...

Mag hésita, jeta un regard à Reena, puis reprit :

— ... une prostituée qui se trouvait dans la rue à ce moment-là a vu une camionnette, elle a même pu relever une partie du numéro d'immatriculation. Mais la femme de Pastorelli a juré sous serment qu'il n'avait pas quitté la maison de la nuit et les policiers l'ont crue, elle, plutôt que la prostituée. Ils vont revenir sur ces deux affaires et sans doute coincer Pastorelli.

— Si l'inspecteur Minger avait été chargé des deux autres enquêtes, Pastorelli aurait déjà été coincé ! s'écria Reena.

— Peut-être, concéda Mag en souriant. En tout cas, il l'est, maintenant.

Poppi reprit la parole.

— Bien. Revenons à la reconstruction. Lorenzo ?

— Je t'offre la force de mes bras. Et j'ai un ami qui travaille dans les revêtements de sol. Il nous aura un bon prix sur les matériaux.

— Et moi, ajouta Paul, j'ai des camions et des ouvriers à ta disposition, Gib. Mon beau-frère a un copain qui bosse dans les fournitures pour restaurants. Il te fera un rabais intéressant.

Gib éclata de rire.

— Entre les voisins et vous tous, je n'aurai plus à m'occuper de rien ! Bianca, les gosses et moi allons garder une bonne partie des sous de l'assurance et filer en vacances à Hawaii !

Gib plaisantait, comprit Reena, mais sa voix légèrement tremblante lui apprit qu'il était ému.

Une fois les restes distribués et la cuisine rangée, oncles, tantes et cousins partirent. Gib alla alors chercher une bière et sortit sur les marches du perron. Il avait besoin de réfléchir et préférait le faire en buvant.

Toute la famille était venue, et il n'en avait pas attendu moins. Ses parents avaient dit « Mon Dieu, c'est terrible ! », et il n'en avait pas attendu plus.

Tout était normal, en somme.

Mais ce qui l'était moins, c'était qu'il avait vécu deux ans près d'un type qui mettait le feu pour résoudre ses problèmes personnels, et qui aurait pu décider de brûler la maison des Hale au lieu de leur outil de travail. Son fils de douze ans avait attaqué Reena et… Dieu du Ciel, aurait-il projeté de la violer ?

Cette idée lui donna la nausée. Il fallait qu'il soit plus méfiant. Qu'il renonce à voir le bien partout et cesse d'être trop gentil.

Une femme et quatre enfants avaient besoin de protection, et en cet instant il se sentait totalement inapte et démuni.

Il avalait une gorgée de Peroni quand John Minger se gara devant la maison. Alors qu'il s'avançait vers Gib, celui-ci remarqua que le policier portait un pantalon kaki et des souliers montants en toile qui semblaient vieux comme le monde.

— Gib. Bonjour.

— Bonjour, John.

— Vous avez une minute ?

— Plus d'une, même. Une bière ?

— Je ne dirais pas non.

— Asseyez-vous, proposa Gib en tapotant la marche à côté de lui avant de se lever et d'aller dans la maison chercher la bière.

Il revint avec ce qui restait du carton.

— Il fait bon, ce soir, commenta John. Un peu moins chaud qu'hier.

— Ouais. Disons qu'on est juste à la porte de l'enfer plutôt qu'en plein dedans.

— Dure journée ?

— Non, pas vraiment. La famille de ma femme est venue aujourd'hui et c'était pénible de voir mes beaux-parents contempler ce désastre.

Gib montra le Sirico d'un mouvement du menton.

— Mais ils tiendront le coup. Mieux, ils sont prêts à retrousser leurs manches. Je vais avoir tellement d'aide que je pourrai rester assis là les bras croisés en attendant de rouvrir dans un mois.

— Vous êtes très touché par ce qui est arrivé, et c'était cela que voulait l'incendiaire. Vous faire du mal.

— Ah ! pour ça, il a réussi. À cent pour cent. Son gosse s'en est pris à la mienne, et plus j'y pense, plus je me dis que son idée, c'était de la violer.

— Il ne l'a pas fait, alors inutile de vous tracasser pour quelque chose qui n'est pas arrivé.

— Ouais, mais je dois protéger mes enfants, et je suis terrifié : mon aînée est sortie avec son petit ami. Oh, rien de sérieux entre eux, et c'est un brave gars, mais n'empêche, j'ai la peur au ventre.

— John, une des raisons qui poussent un type comme Pastorelli à s'en prendre à vous, c'est le désir de vous faire peur. Ça lui donne de l'importance.

— Je n'arriverai jamais à le sortir de mon esprit, c'est ce que vous pensez ? Et ça lui donne effectivement beaucoup d'importance. Et merde… Je pleure sur mon sort, c'est tout. Il vaut mieux que je pense à toute cette grande famille accourue à la rescousse, aux voisins… Ça m'aidera à expulser ce salaud de mon esprit.

— Vous y arriverez. Peut-être que ce que je suis venu vous annoncer y contribuera : vous avez l'autorisation d'entrer dans le Sirico. Vous pouvez commencer les travaux, ce qui diminuera l'importance qu'a prise Pastorelli.

— Sûr que ce sera bien d'agir enfin.

— Vous allez être débarrassé de ce type, Gib. Très peu d'enquêtes pour incendie volontaire débouchent sur des arrestations, or dans votre affaire, nous avons un coupable. Ce fils de pute gardait dans son appentis des vêtements qui puaient l'essence. Cette essence, il l'avait achetée à la station Sunoco, et le jeune qui y travaille l'a reconnu.

Pastorelli avait aussi, enveloppée de chiffons, une pince à levier. Nous pensons qu'il a forcé votre porte avec ça. En plus, il a été assez idiot pour prendre une bière dans le frigo du Sirico. Il l'a bue et l'a laissée sur place. Nous avons relevé ses empreintes sur la bouteille.

John leva sa Peroni vers le soleil, faisant jouer les rayons sur le verre.

— Les gens s'imaginent que le feu détruit tout, mais c'est faux. Il laisse intacts des objets surprenants. Les bouteilles, par exemple. Pastorelli a fouillé dans le tiroir de votre caisse enregistreuse et a pris les billets qu'il y a trouvés. Certains étaient dans une enveloppe destinée à la banque. Cette enveloppe, nous l'avons découverte chez lui et on a pu relever ses empreintes sur le tiroir. C'est suffisant pour que son avocat demande une négociation.

— Il n'y aura donc pas de procès.

— Non. Une négociation entre le juge et les avocats. Ne vous en faites pas, Gib. Je veux que vous vous persuadiez que justice sera rendue. Beaucoup de gens ne considèrent les incendies volontaires que comme des atteintes à la propriété, des crimes dont souffrent seulement des bâtiments, mais nous savons qu'ils ont tort. Quand on voit s'envoler en fumée son domicile, son affaire, avec tous les souvenirs qu'ils contenaient, c'est terrible. Ce que Pastorelli a fait, à vous et à votre famille, était vicieux et dirigé directement contre vous. Maintenant, il va payer.

— Ouais.

— Sa femme n'a pas pu réunir l'argent pour payer une caution, ni un avocat, mais il en aura un commis d'office.

— Et le gamin ?

— Il est devenu fou furieux, et la dernière fois où mes collègues étaient chez eux, il a jeté une chaise sur l'un d'eux.

La femme les a suppliés et ils ont laissé courir. Alors gardez un œil sur lui.

— Je le ferai, mais je ne crois pas que les Pastorelli resteront ici. Ils ne sont que locataires et je sais qu'ils ont déjà trois mois de loyer en retard. Peut-être que ce qu'il a fait était un avertissement. À sa sale façon, il m'a dit de faire gaffe à ce que j'ai.

— Vous avez pour épouse la plus belle femme que j'aie jamais vue, sans vouloir vous offenser.

— Difficile de m'en offenser ! dit Gib en décapsulant une autre bière. La première fois que je l'ai vue, j'ai eu le coup de foudre. Je suis entré au Sirico avec quelques copains. On envisageait d'aller faire un tour dans le quartier plus tard, de draguer quelques filles ou d'aller dans un bar, et tout à coup, elle était là. C'était comme si je venais de recevoir un coup de poing en pleine poitrine. Elle portait un jean à pattes d'éléphant, et un chemisier blanc, genre paysan, rustique, comme on appelait ce style à l'époque. Si, avant ce jour, on m'avait demandé si je croyais en l'amour au premier regard, j'aurais dit non, bon sang, non ! Mais c'est ce qui s'est passé. Elle a tourné la tête, a posé ses yeux sur moi et, *bang* ! J'ai su que je passerais ma vie avec elle. Ce qu'il y a de merveilleux, c'est que rien n'a changé. Cela fait presque vingt ans qu'on est ensemble, et elle est toujours tout pour moi.

— Vous êtes un veinard.

— Pour sûr. J'aurais renoncé à tout et à tous pour être avec elle. J'ai bâti cette vie, fondé cette famille. Vous avez des enfants, John ?

— Un fils et deux filles. Un petit-fils et une petite-fille aussi.

— Des petits-enfants ? Vous rigolez ?

— Non. Et ils sont la joie de mon existence. Je n'ai pas été un père parfait. À la naissance de mon aîné, je n'avais que dix-neuf ans. Ma petite amie était enceinte, alors nous nous sommes mariés. Le deuxième gamin est arrivé deux ans plus tard et le troisième, trois ans après. À cette époque, j'étais pompier. Mes horaires de travail étaient épouvantables. C'est dur à vivre pour une famille. Je n'ai pas su faire passer la mienne avant mon boulot. C'est ma faute si ma femme et moi avons divorcé.

— Il y a longtemps ?

— Dix ans.

— Désolé.

— Ce qui est drôle, c'est qu'après le divorce, nous nous sommes mieux entendus et avons été plus proches qu'étant mariés. Peut-être la séparation officielle avait-elle effacé le négatif pour ne laisser que le positif. Alors, je suis libre et… si votre femme a une sœur aînée également libre…

— Eh non. Juste des frères, mais les cousines sont légion.

Un silence s'installa, confortable, plein d'amitié.

— C'est un chouette endroit, Gib, dit finalement John entre deux gorgées de bière et deux bouffées de cigarette. Vraiment un chouette endroit. Si vous avez besoin d'une paire de bras supplémentaire pour la remise en état, je vous offre les miens.

— Merci. Ils pourraient être utiles.

Au premier étage de la maison, allongée sur son lit, Reena écoutait les deux hommes dont les voix montaient jusqu'à sa fenêtre ouverte, tout en regardant le ciel d'été que le crépuscule assombrissait lentement.

Il faisait nuit noire lorsque les cris réveillèrent Reena en sursaut. Elle bondit hors de son lit. Il y avait le feu !

Il était revenu ! Il était revenu pour brûler la maison !

Non. Les cris, c'était Fran qui les poussait, découvrit-elle en se penchant par la fenêtre. Elle était sur le trottoir, la tête nichée au creux de l'épaule de son petit ami, celui qui l'avait amenée au cinéma ce soir.

La télévision marchait encore dans le salon, volume sonore réglé très bas. Gib et Bianca étaient en bas. Reena dévala l'escalier et se rua dans la rue. Bousculant ses parents qui se tenaient sur le seuil, elle comprit pourquoi Fran avait crié.

Fabio, le chien des Pastorelli, le bâtard aboyeur, brûlait. De la fumée montait de sa fourrure qui se carbonisait ainsi que de la mare de sang qui s'était formée sous sa gorge ouverte.

Sous les yeux de la fillette, la police emmena Joey comme elle avait emmené son père. Mais Joey, lui, ne baissait pas la tête et dans son regard brillait une lueur mauvaise.

Cet événement fut l'un de ceux qui marquèrent ce long été caniculaire au cours duquel elle cessa d'être une enfant. Comme les autres, il resta gravé dans sa mémoire.

Elle n'oublia pas la lueur dans les yeux de Joey alors que les policiers le poussaient vers leur voiture.

Pas plus qu'elle n'oublia ses mains souillées, rouges du sang de son propre chien.

4

Université du Maryland, 1992

La voix sirupeuse de Mariah Carey, sur fond d'orchestre exagérément imposant, traversait le mur de la chambre voisine. C'était une vague déferlante, une coulée de lave à laquelle on ne pouvait échapper, enflant de manière terrifiante.

La musique ne gênait pas Reena lorsqu'elle étudiait. Les bringues de ses voisines non plus, et pas davantage leurs querelles ou les coups de tonnerre lors des orages. Après tout, elle avait grandi dans une famille nombreuse et bruyante. Mais si sa voisine d'à côté faisait encore une fois passer cette fichue chanson, elle allait lui crever les tympans à coups de stylo ! Cela fait, elle lui ferait avaler son damné disque !

Bon sang, elle était en plein dans ses examens de fin d'année ! Et elle croulait sous le boulot, ce semestre ! Mais ça valait la peine de bosser comme ça.

Elle s'écarta de son ordinateur et se frotta les yeux. Peut-être avait-elle besoin de faire une pause. Ou de mettre des boules Quies.

Elle se leva, et sans se préoccuper du désordre engendré par deux étudiantes partageant une petite chambre, elle alla ouvrir le minuscule réfrigérateur en quête d'un Pepsi light. Tout ce qu'elle trouva fut une bouteille de lait écrémé entamée, quatre Slim Fast, un Sprite light et un sachet de carottes en bâtonnets.

Et zut ! Pourquoi lui fauchait-on ses provisions ? Bon, d'accord, personne n'irait voler quelque chose à Gina-toujours-au-régime, mais quand même...

Reena s'assit par terre, la voix de Mariah Carey s'insinuant dans son cerveau comme de méchants tentacules, puis regarda les livres et les dossiers empilés sur son bureau.

Elle secoua tristement la tête. Pourquoi avait-elle voulu faire des études ? D'où lui était venue l'idée qu'elle en avait envie ? Elle aurait mieux fait d'imiter Fran, d'intégrer l'affaire familiale. À l'heure qu'il était, elle serait à la maison, ou bien en train de se balader avec un petit ami comme toute jeune fille normalement constituée. Dire que devenir adolescente avait été son grand rêve ! Et maintenant, elle avait presque fini de traverser cette ère et tout cela pour quoi ? Pour être assise dans un capharnaüm, sans Pepsi light, ployant sous le poids de son propre masochisme !

Elle avait dix-huit ans et était toujours vierge. Elle savait à peine ce qu'était un petit ami. Bella préparait son mariage, prévu pour le mois suivant, Fran écartait presque à coups de badine les soupirants envahissants et Xander s'ébattait joyeusement au milieu de ce que maman appelait son harem de beautés...

Et pendant ce temps, elle, elle passait son samedi soir seule avec son obsession de réussir à ses examens et Mariah Carey... Oh, noon ! Maintenant, c'était Céline Dion ! Elle allait craquer !

Elle était entièrement responsable de la situation. C'était de son propre chef qu'elle avait soumis son cerveau à rude épreuve au lycée, et plus souvent travaillé le week-end qu'accordé des rendez-vous.

Parce qu'elle avait su exactement ce qu'elle voulait. Elle le savait depuis cette longue et chaude semaine d'août.

Elle voulait le feu.

Elle avait donc étudié et travaillé au Sirico, mettant ses gains de côté comme un écureuil ses noisettes, au cas où elle n'aurait pas obtenu de bourse.

Mais elle l'avait eue, cette bourse tant convoitée, et elle était entrée à l'université du Maryland, où elle partageait une chambre avec sa plus vieille amie, Gina, et songeait déjà aux études de troisième cycle.

À la fin du semestre, elle rentrerait à la maison, travaillerait de nouveau à la boutique et passerait la plus grande partie de son temps libre à la caserne des pompiers. Ou elle demanderait à John Minger qu'il lui permette de l'accompagner lors de ses missions.

Bien sûr, il y aurait le mariage de Bella. Depuis neuf mois, dans la famille, on ne parlait que de ça. Ce qui, à bien y réfléchir, était une raison suffisante pour vouloir rester seule dans sa chambre un samedi soir.

Si un jour elle se mariait, ce qui impliquait qu'elle fréquentât d'abord un garçon, elle ferait simple. Elle laissait à Bella les innombrables essayages qu'exigeait sa robe de conte de fées, et les discussions à n'en plus finir sur les chaussures, la coiffure et les fleurs qui convenaient. Que sa sœur se dépatouille donc de l'incroyable organisation, digne d'un plan de bataille, qu'exigeait le gigantisme de la réception. Elle, elle choisirait une gentille cérémonie en famille à l'église Saint-Léon suivie d'une petite réunion intime au Sirico.

Plus probablement, elle resterait à jamais une demoiselle d'honneur. L'expérience acquise dans ce rôle faisait d'elle une quasi-professionnelle et... Nom d'un chien, combien de fois Lydia pouvait-elle écouter le thème de *La Belle et la Bête* avant de tomber dans le coma ?

Oh, mais voilà une idée..., songea Reena, qui se leva, se fraya un chemin jusqu'au lecteur de CD, y glissa *Smells Like Teen Spirit* de Nirvana et monta le volume au maximum.

La guerre faisait rage entre Céline Dion et le groupe grunge quand le téléphone sonna.

Reena décrocha sans baisser le son : les hostilités étant ouvertes, pas question de capituler maintenant. Elle allait tout simplement hurler dans le combiné.

— Il y a une soirée ! cria Gina au bout du fil.

— Je t'ai dit que je voulais bosser.

— Une soirée ! Allez, Reena, pointe-toi. Ça commence juste. Il faut que tu vives un peu !

— Tu n'aurais pas un examen lundi, par hasard ?

— Une soirée !

Comment ne pas rire ? Gina avait le don de la faire rire. Elle avait eu sa période mystique puis était passée par une phase « poésie », ensuite « rock'n'roll », pour finir sur « chanteuses à voix ».

Maintenant, elle était entrée dans un nouveau cycle : « soirées ». Les fêtes étaient devenues sa passion.

— Tu vas te planter, lundi, Gina.

— J'ai tout placé entre les mains d'une puissance supérieure et je nettoie mon esprit au vin bas de gamme. Allez, viens, Gina, Josh est là et il te cherche.

— Vraiment ?

— Oui. Il a l'air tout triste. Écoute, tu sais bien que t'auras la note maxi dans toutes les matières, alors viens me sauver avant qu'un sale type profite de mon ébriété ! Quoique, à bien y réfléchir…

— C'est chez Jen et Deb ?

— La soirée ? Ouiiii !

— Je serai là dans vingt minutes, assura Reena en riant de nouveau.

Les vingt minutes annoncées se révélèrent un peu justes pour échanger son vieux pantalon de survêtement contre un jean, décider quel petit haut enfiler et se débrouiller pour que ses cheveux ressemblent à quelque chose d'autre qu'à une éruption de boucles coulant jusqu'à ses épaules.

Tout en s'habillant et en masquant sa pâleur fin-de-semestre à coups de blush, Reena laissa la musique à fond.

Elle devrait travailler, se reprocha-t-elle, et ensuite s'offrir une bonne nuit de sommeil. Pas sortir… Du mascara… Vraiment, sortir n'était pas raisonnable… Mais elle en avait assez d'être tout le temps celle qui faisait ce qu'il fallait… Elle ne resterait qu'une heure chez Jen et Deb, s'amuserait un peu, et veillerait sur Gina.

Et puis, elle verrait Josh Bolton.

Il était craquant, avec sa chevelure méchée de blond par le soleil, ses yeux d'un bleu étincelant, son sourire doux, timide. Il avait vingt ans, était premier de sa promo en littérature et entendait bien devenir écrivain.

Il la cherchait…

Ce serait Josh, décida Reena. Elle en était sûre à quatre-vingt-dix-neuf pour cent. Oui, oui, Josh serait le premier.

Ce soir, peut-être.

Elle posa le tube de mascara sur l'étagère de la salle de bains et s'examina dans le miroir. La fille dont elle scrutait le reflet saurait enfin ce que c'était que faire l'amour.

Cette idée fit naître des palpitations dans son ventre. Soudain nerveuse, elle posa la main sous son nombril. Bon sang, c'était peut-être la dernière fois qu'elle voyait une vierge dans la glace. Elle était prête, et désirait que la grande expérience se réalise avec Josh, parce qu'il était doux, romantique et sans doute expert – enfin, un peu – dans les choses de l'amour. Avec lui, il n'y aurait pas de ces tâtonnements maladroits qui laissaient un souvenir amer de la première fois.

Être aussi ignorante l'agaçait, bien qu'elle se fût renseignée sur l'acte par le biais de romans, de films. Mais elle ne parvenait pas à s'imaginer nue contre le corps nu d'un homme. Là, elle serait en terrain totalement inconnu. Cela n'avait rien à voir avec des travaux pratiques de physique. Elle ne pouvait pas s'entraîner pour peaufiner sa technique. Seul un homme compréhensif et patient la guiderait sur le chemin semé d'embûches du sexe réussi.

Bon, d'accord, elle n'était pas amoureuse de Josh. Elle l'aimait bien, mais cela n'allait pas plus loin.

À la différence de Bella, elle n'aspirait pas à se marier. Pas pour le moment, en tout cas.

Tout ce qu'elle voulait, c'était découvrir des émotions, des sensations, et apprendre comment ça marchait. Elle désirait aussi, même si cela lui semblait bête, enterrer le dernier vestige de l'enfance : sa virginité. Songer qu'elle était encore une gamine était probablement ce qui l'avait perturbée au cours des derniers jours.

Et qui la perturbait doublement ce soir.

Elle ramassa son sac, éteignit le lecteur de CD et sortit.

La nuit était belle et chaude. C'était ridicule de s'abîmer dans des bouquins de chimie, se dit Reena tout en marchant vers le parking. Elle leva les yeux vers le ciel étoilé, sentit un sourire se former sur ses lèvres… et eut l'impression que quelque chose de glacé lui frôlait le dos. Elle regarda par-dessus son épaule, scruta la pelouse, les allées, les cercles lumineux des projecteurs de sécurité.

Personne ne l'observait. Il fallait qu'elle se calme – mais accélère néanmoins le pas. C'était le remords d'avoir délaissé son travail qui la suivait, voilà tout. Mais elle pouvait vivre avec un petit sentiment de culpabilité, n'est-ce pas ?

Elle monta dans sa Dodge Shadow d'occasion et, cédant à un accès de paranoïa, verrouilla les portières avant de démarrer.

La maison de Jen et Deb se trouvait à cinq minutes en voiture du campus. Le vieux bâtiment en brique de deux étages était illuminé comme un sapin de Noël. Il y avait des fêtards jusque sur la pelouse, et de la porte ouverte jaillissait une musique tonitruante. L'odeur douceâtre de la fumée de cannabis arriva aux narines de Reena. En même temps, une vive discussion sur le talent d'Emily Dickinson et un échange d'opinions sur les mérites des Orioles lui assaillirent les tympans.

Entrer dans la maison relevait du tour de force tant il y avait foule. Elle évita prestement le contenu d'un verre que quelqu'un renversa devant elle, et ne commença à se sentir bien que lorsqu'elle aperçut quelques têtes familières.

— Reena ! Tu es là ! J'ai des trucs terribles à te raconter ! s'écria Gina qui venait de fondre sur elle, l'attrapant par l'épaule, tout excitée.

— Oh, ton haleine... Ne me parle pas tant que tu n'auras pas sucé une boîte entière de Tic Tac !

— Oh, merde ! fit Gina en glissant la main dans la poche de son jean, si collant qu'il semblait peint sur elle.

Les Slim Fast n'étaient manifestement pas venus à bout des six kilos qu'elle avait pris durant le premier semestre.

Elle extirpa une petite boîte de sa poche et mit une poignée de bonbons dans sa bouche.

— J'ai picolé.

— Tu m'en diras tant ! Écoute, tu n'auras qu'à laisser ta voiture ici. Je te raccompagnerai.

— C'est bon, je vais bientôt vomir. Après ça ira mieux. Maintenant, les nouvelles !

Gina entraîna son amie vers la porte donnant sur la cour, à l'arrière. Il fallut traverser la cuisine, qui était aussi bondée que le reste de la maison.

La cour aussi regorgeait de monde, constata Reena une fois dehors. Le campus tout entier s'était donc donné rendez-vous à College Park après avoir décidé de faire l'impasse sur les révisions ?

— Alors voilà : Scott Delauter va se faire recaler, annonça Gina en esquissant un petit pas de danse.

— Qui est Scott Delauter et pourquoi son échec annoncé te donne-t-il envie de danser ?

— Scott est un des colocataires, ici. Tu l'as déjà vu. Petit, avec de grandes dents, et je danse parce que son échec, c'est le jackpot pour nous. Le mec qui partageait sa chambre doit partir en décembre, ce qui fait que, d'après Jen, nous devrions pouvoir avoir une piaule ici. Reena, on va quitter notre taudis !

— Pour déménager ici ? Reviens sur terre, Gina. C'est beaucoup trop cher pour nous.

— Oh, arrête ! Il s'agit juste de partager un loyer à quatre. Ce n'est pas tant que ça.

Les yeux verts de Gina pétillaient d'excitation... et d'excès de mauvais vin. Elle agrippa le bras de Reena et énonça, d'un ton empreint de respect :

— Il y a trois salles de bains, Reena. Trois pour quatre résidents ! Pas une pour six !

— Trois salles de bains, murmura Reena comme en extase.

— C'est miraculeux ! Quand Jen m'en a parlé, j'ai eu une vision. Une vision, tu entends ? J'ai vu la Sainte Mère sourire ! Et elle tenait un loofa à la main !

— Trois salles de bains... Non, non, je ne dois pas me laisser séduire par des contingences bassement matérielles et... Combien, le loyer ?

— Eh bien... Si on calcule en divisant par deux, et qu'on prend en compte le fait qu'on n'aura plus à payer la cantine parce qu'on pourra se faire à manger ici, c'est donné.

— À ce point-là ?

— Reena, on va travailler toutes les deux cet été. On peut faire des économies. S'il te plaît, dis oui ! Il faut que Jen et Deb aient tout de suite notre réponse. Regarde, on aura un jardin, on plantera des fleurs, on fera pousser nos légumes et on les vendra. En vivant ici, on va carrément gagner de l'argent !

— Gina, dis-moi combien.

— Je vais d'abord t'apporter un verre.

— Non. Accouche.

Gina soupira puis s'exécuta. Reena fit une grimace quand elle entendit la somme.

— Il faut que tu prennes en compte...

— Chut, laisse-moi réfléchir, Gina.

Les yeux fermés, Reena procéda mentalement à quelques additions, soustractions, multiplications... Bon, ce ne serait pas facile, mais c'était quand même jouable. Si elles mangeaient là, faisaient l'impasse sur le cinéma, les CD, les vêtements, alors oui, c'était possible.

Elle aurait donné tous les nouveaux vêtements de la terre pour une maison avec trois salles de bains.

— C'est bon.

Gina poussa un cri de joie, attrapa son amie par la taille et la força à danser avec elle.

— Ça va être super ! J'ai hâte d'y être. Allons boire à l'échec de Scott Delauter !

— Je trouve ça moche mais justifié. Et... Oh, Josh... Bonsoir.

Elle cessa immédiatement de s'agiter et se libéra du bras de Gina. Josh lui dédia ce sourire timide qui la faisait fondre.

— Salut, Reena. On m'a dit que tu étais là.

— Oui. J'ai pensé que je pouvais m'offrir une petite récréation. Mon cerveau commençait à se carboniser.

— Il te reste encore demain.

— C'est ce que je lui ai dit, intervint Gina. Écoutez, trouvez-vous un coin tranquille, tous les deux. Moi, je vais me retirer dans ce qui sera bientôt l'une de mes salles de bains...

Elle donna une dernière accolade avinée à son amie.

— Je suis très, très contente.

Sur ces mots, elle s'engouffra dans la cuisine.

— Je peux savoir pourquoi elle est si contente d'aller vomir ? s'enquit Josh.

— Elle est contente parce que nous allons emménager ici le semestre prochain.

— C'est vrai ? Extra.

Il se pencha et, sans retirer ses mains de ses poches, embrassa Reena, un baiser léger, à peine un effleurement des lèvres, mais qui suffit à donner la chair de poule à la jeune fille, une sensation qu'elle jugea extraordinaire et digne d'une vraie femme.

— Félicitations, dit Josh.

— Je pensais que ça me plairait d'habiter sur le campus, expliqua Reena. C'était exaltant : Gina et moi, qui sommes du coin, logeant dans une cité universitaire mixte ! Une vraie aventure. C'est du moins ce que je m'étais dit. Mais j'en suis revenue. À notre étage, ils sont quelques-uns à me rendre dingue. Par exemple en faisant passer Mariah Carey en boucle.

— Redoutable, ça.

— Oui. J'ai d'ailleurs peur que les dégâts dans ma tête soient déjà faits.

— Sois tranquille, tu m'as l'air tout à fait normale. Je suis content que tu sois venue. J'étais sur le point de me tirer quand j'ai su que tu étais là.

— Tu t'en vas ? demanda Reena, tout émue.

Josh lui sourit derechef, sortit une main de sa poche et prit la sienne.

— Non. Plus maintenant.

Bo Goodnight ne savait pas vraiment ce qu'il faisait dans cette drôle de maison bondée d'étudiants qu'il ne connaissait pas. Mais une fête, c'est une fête, et il avait laissé Brad l'entraîner.

La musique était bonne et il y avait plein de filles. Des grandes, des petites, des rondelettes et des minces. Un buffet de nanas où il suffisait de se servir, le mets de choix étant celle dont Brad était dingue. C'était à cause d'elle qu'ils étaient là.

Elle était l'amie de l'amie de l'une des filles qui vivaient dans cette maison. Bo la trouvait chouette. Si Brad ne s'était pas intéressé le premier à elle, il aurait tenté sa chance. L'amitié exigeait des sacrifices. Seule consolation pour Bo : Brad avait perdu à pile ou face et conduirait au retour, donc s'abstiendrait de boire. Même si aucun des deux n'aurait dû boire. Ils n'avaient pas l'âge légal. Mais une fête, c'est une fête, se répéta Bo en avalant une longue gorgée de bière. Et puis, il gagnait sa vie, payait un loyer, préparait ses repas. Il était donc dans les faits un adulte, ce qui n'était pas le cas de ces étudiants qui le bousculaient.

Il balaya la salle des yeux, s'interrogeant sur les possibilités qui s'offraient à lui.

Bo était grand et très mince, âgé de vingt ans, doté d'une épaisse tignasse noire et d'yeux verts au regard rêveur. Bien que filiforme, il s'était fait des biceps solides, longilignes, à force de soulever des poutres, des planches et de se servir d'un marteau.

Les conversations dont il captait des bribes lui donnaient l'impression d'être hors circuit. Les jeunes parlaient d'examens de fin de semestre, de sciences politiques... La fac, ça n'avait pas été son truc. Jamais il n'avait été aussi heureux que lors de son dernier jour de lycée. Chaque été, il avait travaillé en tant que manœuvre chez un charpentier, puis, une fois l'école définitivement finie, il était passé apprenti à plein temps. Maintenant, à vingt ans, il était lui-même charpentier, avait étendu son champ d'action à la menuiserie, et gagnait un bon salaire.

Il aimait travailler le bois, et il était un bon ouvrier. Il avait appris sur le tas, dans l'odeur de la sciure et de la sueur.

Oui, il aimait vraiment ça.

Il s'était débrouillé tout seul : à la différence de ces étudiants, il ne pouvait pas compter sur un père pour payer ses factures.

Ce petit noyau de ressentiment le surprit. Gêné de l'éprouver, il se hâta de le chasser et fit en sorte de se détendre. Puis il chercha dans la foule des filles susceptibles de l'intéresser. Ah, ces deux, là-bas, assises sur un canapé, qui bavardaient en gloussant. La rouquine était prometteuse mais si elle ne faisait pas l'affaire, la brunette serait une remplaçante valable.

Il se dirigeait vers elles quand Brad lui barra le passage.

— Barre-toi, lui lança Bo. Je me prépare à faire palpiter deux cœurs féminins.

— Je t'avais bien dit que tu prendrais du bon temps. Moi, j'ai un meilleur plan. Cammie va m'amener chez elle et je ne pense pas qu'on va jouer aux cartes.

Bo regarda son ami et, en dépit des lunettes, remarqua la lueur lubrique qui brillait dans ses yeux.

— Tu me laisses en plan dans une baraque pleine d'inconnus pour t'envoyer en l'air avec une fille, Brad ?

— Ouais.

— Mmm. C'est bon. Mais si elle te flanque dehors, ne viens pas me chercher. Démerde-toi pour rentrer seul.

— Pas de problème. Elle est allée récupérer son sac, alors...

— Attends...

Les doigts de Bo se fermèrent autour du bras de Brad : il venait d'apercevoir la blonde. Un vrai canon aux cheveux bouclés dont le doré rappelait celui du bois de chêne. Elle riait, et sa peau nacrée rosissait sur l'arrondi de ses pommettes hautes.

Il suivit avidement des yeux le dessin de sa bouche, vit le petit grain de beauté sur la lèvre supérieure. La foule, la fumée semblaient d'être dissipées. La fille lui apparaissait avec netteté. Ses grands yeux avaient exactement la même couleur que ses cheveux. Son nez était long et fin, ses lèvres pulpeuses. Aux oreilles, elle portait des créoles d'or, deux dans le lobe droit, une dans le gauche.

Elle était grande. Peut-être était-elle juchée sur des talons. De là où il se trouvait, il ne voyait pas ses pieds. En revanche, il voyait très bien la chaîne avec le pendentif, une pierre ou un morceau de cristal, à son cou, et la courbe de ses seins sous le corsage rose.

Quelques instants, il n'entendit plus la musique. Un silence total régna dans la salle. Puis quelqu'un se plaça dans sa ligne de vision et le brouhaha retentit de nouveau.

— Qui est cette fille, Brad ?

— Hein ? Laquelle ?

Brad regarda distraitement derrière lui puis haussa les épaules.

— C'est plein de filles, ici et... Bo, tu es là ? La prochaine fois que tu feras un trip, emmène-moi !

— Quoi ? fit Bo, désorienté : il se rappelait à peine le nom de son ami. Je vais...

Il n'acheva pas, logea sa bouteille de bière dans la main de Brad et se fondit dans la foule. Mais le temps qu'il atteigne l'endroit où se tenait la fille, elle avait disparu.

Un début de panique lui serra la gorge. Au bord de l'affolement, il se rendit dans la cuisine, la salle à manger… Des gens étaient assis devant, sur ou sous la table. Mais pas celle qu'il cherchait.

— Est-ce qu'une grande blonde est passée ici ? Des cheveux bouclés, chemisier rose ? demandait-il à tout le monde.

— Non, mais je pourrais devenir blonde, lui répondit une brune en lui décochant un sourire aguicheur.

— Une autre fois, peut-être.

Il fouilla toute la maison du rez-de-chaussée au deuxième étage, puis sortit et inspecta la cour arrière et le jardin sur le devant.

Il trouva des filles blondes, des filles aux cheveux bouclés, mais pas celle dont la magie avait arrêté la musique.

Le cœur battant la chamade, Reena conduisait. Qu'elle eût pris sa voiture était une bonne chose, songeait-elle. Cela montrait bien qu'elle ne s'était pas laissé manipuler, qu'elle avait fait un choix et l'assumait, comme elle en assumerait les conséquences.

Car faire l'amour pour la première fois devait être un choix.

Son seul regret, c'était de n'avoir pas pris le temps de s'acheter de jolis dessous sexy.

Josh habitait un appartement en dehors du campus. Son colocataire passait la nuit à bûcher avec un groupe de copains. Quand Josh lui avait appris cela, tout en l'embrassant, elle lui avait aussitôt proposé d'aller chez lui.

C'était elle qui avait fait le premier pas, elle qui posait le premier jalon d'une nouvelle phase de sa vie.

Cela n'empêchait pas ses mains de trembler sur le volant.

Elle se gara sur un emplacement proche de celui où Josh avait parqué sa propre voiture, coupa le contact et prit son sac. Elle savait exactement ce qu'elle faisait, se répétait-elle. Elle verrouilla sa portière et mit ses clés dans la petite poche intérieure de sa veste, là où elle les rangeait toujours.

Josh vint vers elle. Leurs mains s'accrochèrent l'une à l'autre. Ils traversèrent le parking et gravirent les marches du perron de l'immeuble. Ils atteignaient la porte quand une voiture arriva et se rangea dans une place de stationnement.

— Je te préviens, mon appart est un peu bordélique, s'excusa Josh tout en la guidant vers l'escalier conduisant à l'étage.

— Le mien est bon à être fermé par les services sanitaires.

Reena se rendit vite compte que la remarque du garçon concernant l'état de l'appartement minimisait la réalité. Vêtements, chaussures, emballages de pizza vides, livres et magazines jonchaient le sol. Le canapé semblait avoir été récupéré dans une décharge. Une couverture avait été jetée dessus, dans le vain espoir de masquer sa décrépitude.

— Très accueillant, remarqua Reena.

— Carrément répugnant, oui. J'aurais dû te demander de m'accorder dix minutes avant de monter. Ça m'aurait permis de jeter des trucs dans les placards.

— Aucune importance, assura la jeune fille en se nichant dans les bras de Josh. Il embaumait l'eau de toilette *Irish Spring* et sa bouche avait le goût des bonbons à la cerise.

Il lui caressa les cheveux, le dos, puis il se détacha et alla vers la chaîne stéréo.

— Tu as envie de musique ?

Elle hocha la tête.

— J'ai bien peur de n'avoir pas de disque de Mariah Carey.

— Dieu soit loué ! dit Reena en riant.

Puis elle pressa sa main sur son cœur.

— Je suis nerveuse. Je n'ai jamais fait ça, tu sais.

Il ouvrit la bouche, écarquilla les yeux, puis bredouilla :

— Ja... jamais ?

— Non. Tu seras le premier.

— Ô mon Dieu... Maintenant, c'est moi qui suis nerveux, dit-il avec gravité. Es-tu sûre de...

— Oui. Vraiment.

Elle s'approcha de lui et regarda la pile de CD.

— Que dirais-tu de celui-là ? demanda-t-elle en montrant Nine Inch Nails.

— *Péché* ? Tu as choisi *Péché* ? Est-ce que la petite fille catholique se réveillerait, par hasard ? demanda-t-il dans un doux sourire.

— Un peu, peut-être. Quoi qu'il en soit, j'aime bien leur adaptation de la chanson de Queen, « Get Down, Make Love ». Le titre me semble très approprié.

Josh mit le disque dans l'appareil puis se retourna et regarda Reena.

— Tu sais, je suis dingue de toi depuis le début du semestre.

— Oh ? Pourtant, tu ne m'as pas invitée à sortir avant les vacances de printemps, remarqua Reena qui éprouvait une délicieuse sensation de chaleur.

— J'ai failli le faire. Des dizaines de fois. J'ai renoncé parce que j'avais la trouille. Et puis, je te croyais avec ce mec, celui qui est en psycho.

— Kent ?

En cet instant, Reena était incapable de se rappeler le visage de Kent.

— Nous sommes sortis ensemble à plusieurs reprises. Nous bossons ensemble aussi. Mais il n'y a jamais rien eu entre nous.

— Et maintenant, tu es avec moi.

— Maintenant, je suis avec toi.

— Si tu veux changer d'avis…

— Non. Je ne change jamais d'avis, dit Reena en plaçant ses mains autour du visage de Josh.

Elle posa ses lèvres sur les siennes, puis ajouta :

— Je veux ce qui va arriver. Je te veux, toi.

De nouveau, il lui caressa les cheveux, entortillant ses longues mèches autour de ses doigts tout en lui donnant un long, très long et très sensuel baiser.

Leurs corps se plaquèrent l'un contre l'autre comme deux aimants. Reena avait l'impression que du courant électrique courait dans ses veines. Elle se sentait intensément vivante.

— Nous pourrions aller dans la chambre, proposa Josh.

Les dés étaient jetés, songea Reena. Le temps d'un battement de cœur, elle retint son souffle, puis murmura :

— Allons-y.

Il la prit par la main. Elle grava ce détail dans sa mémoire. Elle voulait n'en oublier aucun, pas même le plus infime.

La chambre de Josh se révéla en aussi grand désordre que la salle de séjour. Un lit à deux places tendu de draps à rayures bleues, une couverture bleu foncé, un seul oreiller aussi plat qu'une crêpe, un vieux et imposant bureau de métal qui disparaissait presque sous un gros ordinateur, des piles de livres et un amas de papiers... ce tiroir de la commode, un tout petit meuble qu'il devait avoir depuis qu'il était gosse, était ouvert et de guingois. Le dessus du meuble était poussiéreux, chargé de livres et d'un bocal de verre rempli de petite monnaie.

Il baissa l'intensité de la lampe de chevet.

— À moins que tu ne préfères que j'éteigne ? s'enquit Josh à voix basse.

— Non.

Comment pourrait-elle voir, dans le noir ?

— Euh... Josh...

— Oui ?

— Je n'ai pas de... de protection.

— Moi, j'en ai une. Enfin, pas en ce moment...

Il s'empourpra puis se mit à rire.

— Je veux dire que je n'en porte pas, là, mais j'en ai.

Les choses se passaient plus facilement qu'elle ne l'avait imaginé. La manière dont ils s'étreignaient, dont ils s'unissaient, le jeu des mains, des lèvres, les sensations qu'ils engendraient semblaient couler de source, s'enchaînant avec un naturel confondant.

Les baisers se firent ardents, les souffles courts lorsqu'ils s'assirent sur le lit. Puis ils s'allongèrent et Reena regretta fugacement de n'avoir pas pensé à retirer ses chaussures. Elle avait eu peur d'être maladroite, et maintenant elle était trop exaltée pour se donner cette peine.

La bouche de Josh courait sur son cou, sa main sur sa poitrine. Par-dessus le chemisier d'abord, puis par-dessous. Elle avait déjà laissé des garçons aller jusque-là, mais sans se dire qu'ils ébauchaient les prémices de l'acte d'amour.

La peau de Josh était si chaude, si veloutée, son corps tellement gracile qu'elle sentit une bouffée de tendresse l'envahir. Son imagination ne l'avait pas trompée. Elle s'était bien figuré la montée en puissance de l'excitation que procurait le contact de deux épidermes, le plaisir qu'elle ne pouvait contrôler. Josh avait les yeux d'un bleu ensorcelant, les cheveux d'une douceur incroyable. Elle aimait la façon dont il l'embrassait et se prenait à rêver qu'il l'embrassât jusqu'à la fin des temps.

Lorsque sa main s'insinua entre ses cuisses, elle se crispa. Voilà le point que nul n'avait franchi dans le passé, une privauté qu'elle n'avait jamais accordée à aucun de ses petits amis. Mais Josh était un gentilhomme. Il suspendit son mouvement. Elle percevait les battements effrénés de son cœur contre le sien.

— C'est OK, Reena. Nous pouvons juste…

Il s'interrompit : elle s'était emparée de sa main et l'avait replacée sur son sexe.

— Oui, murmura-t-elle. Vas-y.

Et elle ferma les yeux.

Son corps tout entier se mit alors à frissonner. Ça, c'était nouveau ! Jamais elle n'avait éprouvé de sensation aussi puissante, aussi délicieuse ! Pas davantage qu'elle n'avait prévu d'être aussi bouleversée. Le corps humain était en soi un miracle, et le sien était en proie à un ensorcelant prodige. Elle avait si chaud qu'elle se crut devenue incandescente. Des spasmes la secouaient. Elle s'agrippa aux épaules de Josh, essayant de recouvrer sa lucidité, mais le phénomène se reproduisit, encore et encore.

Elle entendit Josh qui chuchotait son nom à son oreille. Lui aussi tremblait, se rendit-elle compte alors que sa bouche chaude et humide dévorait ses seins dont les pointes s'étaient durcies à en devenir douloureuses.

Dans son ventre, un désir impérieux se manifestait. Elle l'attira sur elle, et osa toucher cette partie de son être devenue si exigeante, si dure. Elle l'entendit aspirer brutalement, puis il se redressa comme s'il s'était brûlé.

— Oh… Je suis désolée… J'ai fait quelque chose qu'il ne fallait pas ?

— Non, oh, non… Je dois juste… Tu sais bien… La protection…

— Ah, oui…

Elle vibrait des pieds à la tête. Elle en déduisit qu'elle était prête.

Du coin de l'œil, elle vit Josh ouvrir le tiroir de la table de nuit et en sortir un petit paquet carré. Elle faillit détourner le regard, puis se ravisa. Il allait venir en elle. Cette partie de lui s'apprêtait à s'immiscer dans son corps. Il fallait qu'elle voie, qu'elle sache et comprenne tout.

Mais lorsque Josh bascula sur elle, elle se raidit, comme tétanisée. Il eut tôt fait de la décontracter : il se remit à l'embrasser et, après force caresses, elle mollit entre ses bras.

— Ça va faire un petit peu mal. Pas longtemps et pas très mal, mais un petit peu quand même. Excuse-moi, Reena.

Bien sûr que ça allait faire mal. Un changement d'état aussi important ne pouvait s'opérer en douceur. Sinon, justement, il n'aurait pas eu la moindre importance.

Josh pesa tout à coup sur elle, et l'instant suivant, la pénétra. Sans forcer mais avec vigueur. Elle sentit une résistance en elle et instinctivement lutta contre cette intrusion avant de s'obliger à la passivité.

Il recommença à l'embrasser. Douceur en haut, dureté d'acier en bas, songea-t-elle tout en surveillant la douleur qui tiraillait son ventre.

Brutalement, elle eut vraiment mal, mais cela ne dura que le temps d'un battement de cœur. Quelque chose s'était rompu et maintenant Josh allait et venait. Elle éprouva alors une sensation confuse, un mélange de plaisir et d'inconfort.

Puis Josh enfouit son visage dans sa chevelure. Reena eut l'impression que leurs corps avaient fusionné et à partir de cet instant, tout ne fut que douceur.

5

Quel drôle d'effet cela lui avait fait de rentrer à la maison pour l'été..., songeait Reena. Empaqueter ses affaires, se dire que pendant trois mois elle n'aurait plus de cours, n'entendrait pas Gina gémir chaque matin lorsque le réveil sonnerait... Oui, c'était étrange, mais se retrouver dans sa chambre, chez elle, lui semblait maintenant aussi normal que respirer. Néanmoins, il y avait quelque chose de différent. Elle n'était plus une gamine. Délibérément, elle était sortie du cocon de l'enfance. Pourtant, d'une certaine façon, la petite fille de l'été précédent demeurait en elle, en dépit du fait que la Reena qui venait de se réinstaller dans sa chambre avait acquis des connaissances et fait des expériences. De plus, elle était déterminée à découvrir ce qui allait suivre.

La maison aussi avait changé. Dans les semaines à venir, il lui faudrait partager sa chambre avec Fran car Bella avait besoin de la sienne pour y loger tout son attirail de mariage. Fran, accommodante, lui avait donc offert sa propre chambre jusqu'au jour de la cérémonie.

— C'est mieux comme ça, expliqua-t-elle à Reena. On aura la paix et ça ne durera que quelques semaines. Elle a déjà presque tout emporté dans la maison que les parents de Vince leur ont achetée.

— Je n'arrive pas à croire qu'ils leur aient acheté une maison ! dit Reena tout en rangeant dans le second tiroir de son chiffonnier ses petits hauts préférés, par couleur.

La seule chose qui ne lui manquerait pas de sa vie d'étudiante, c'était le désordre.

— Ils sont pleins aux as, remarqua Fran en examinant l'une des robes de Reena. Elle est chouette, celle-là. Où l'as-tu trouvée ?

— Au centre commercial, juste après les examens. Faire les boutiques est un super déstressant.

Et il lui avait fallu de nouveaux vêtements pour la nouvelle personne qu'elle était.

— Ça fait un effet bizarre que Bella soit la première à quitter définitivement la maison, poursuivit Reena. Je pensais que ce serait toi ou moi. Elle a tellement besoin d'être gâtée !

— Vince la gâtera au-delà de tout ce qu'on peut imaginer, assura Fran en se retournant vers Reena.

Quelle beauté ! songea celle-ci en regardant le visage de sa sœur. Elle le connaissait pourtant aussi bien que le sien, mais était quand même saisie par la pureté de ses traits. Dans la lumière de l'après-midi, Fran évoquait une madone de tableau de la Renaissance.

— Je ne connais pas bien Vince, dit Reena, mais il m'a l'air d'un type bien et il est sacrément beau.

— Il est raide dingue de Bella. Il la traite comme une princesse. C'est ce dont elle a toujours rêvé. Qu'il soit riche ne gâche rien. Quand il aura fini son droit, il intégrera directement le cabinet de son père, en haut de l'échelle en plus. Mais ce ne sera pas un passe-droit : il est vraiment brillant, paraît-il. Papa et maman l'apprécient beaucoup.

— Et toi, Fran ? Que penses-tu de lui ?

— Je l'aime bien aussi. Il a de la classe, ce qui convient parfaitement à Bella, mais cela ne l'empêche pas d'être très à l'aise avec toute la famille. Dès qu'il est ici ou au Sirico, il s'adapte à notre style.

L'expression de Fran était devenue mélancolique.

— Il regarde Bella comme si elle était une œuvre d'art, poursuivit-elle. Je ne critique pas, hein ! Mais c'est marrant. On dirait qu'il ne croit pas en sa chance. Le plus sidérant, c'est qu'il se plie à tous ses caprices, qui sont légion.

— Il a donc eu droit au tampon « Approuvé », dit Reena en décrochant d'un cintre sa robe vert menthe de demoiselle d'honneur pour la montrer à sa sœur. Regarde. Ça aurait pu être plus moche.

Fran examina la robe.

— On ne s'en tire pas mal. Bella aurait pu les choisir couleur puce ! De toute façon, à côté d'elle, nous serons olivâtres et moches. Elle va irradier. Ce qui finalement est exactement ce qu'elle veut.

Reena grimaça en laissant tomber la robe.

— En tout cas, ce sera mieux que l'orange citrouille avec toutes ces fronces et ces manches ballon des robes que la cousine Angela nous a collées sur le dos l'an dernier.

— Pitié, oublions ça ! Même Bella n'est pas aussi rosse.

— Faisons un pacte : quand notre tour arrivera, nous nous choisirons des robes dans lesquelles on n'aura pas l'air d'être du deuxième choix.

Fran enlaça sa sœur et pressa sa joue contre la sienne.

— C'est bon de t'avoir à la maison, tu sais.

À l'heure du déjeuner, Reena descendit au Sirico, et retrouva immédiatement des odeurs et des sons familiers.

Les travaux réalisés après l'incendie étaient allés bien au-delà d'un nettoyage et d'une réfection. La tradition était préservée puisque la cuisine était toujours largement ouverte sur la salle de restaurant, des bouteilles de chianti faisaient office de bougeoirs, le grand présentoir vitré chargé de desserts livrés chaque matin par la pâtisserie italienne du quartier trônait à sa place.

Mais il y avait aussi des changements. Une façon de clamer au monde que la famille n'était pas abattue par l'adversité mais au contraire y puisait de nouvelles forces.

Les murs étaient désormais peints en jaune toscan mat, et Bianca avait exécuté de nouveaux dessins. Cette fois, elle n'avait pas seulement immortalisé les membres de la famille mais également le Sirico tel qu'il avait été et tel qu'il était désormais. Les stores étaient rouge vif, en harmonie avec les traditionnelles nappes à carreaux rouges et blancs. Un nouvel éclairage rendait la salle lumineuse même les jours de grisaille. On pourrait en baisser l'intensité si l'ambiance l'exigeait lors de soirées privées qu'ils organisaient maintenant depuis deux ans.

Gib se tenait derrière son vaste comptoir, répandant à la louche de la purée de tomates sur la pâte à pizza. Dans sa chevelure, des mèches grises étaient apparues quelques semaines après l'incendie. Il avait besoin de lunettes pour lire, ce qui le rendait fou de rage. Surtout quand quelqu'un lui disait qu'elles lui donnaient l'air distingué.

Bianca s'activait devant le four et Fran, les hanches ceintes d'un tablier rouge, servait des assiettes de lasagnes, le plat du jour.

Tout en se dirigeant vers la cuisine, Reena s'arrêtait de table en table pour saluer des voisins, des clients réguliers, éclatant de rire chaque fois que quelqu'un lui conseillait de manger pour se remplumer.

Le temps qu'elle passe derrière le comptoir, Gib avait sorti une pizza et en glissait une autre dans le four.

— Voilà ma petite fille !

Il posa le plat fumant sur la paillasse et serra Reena contre lui. Il sentait la sueur et la farine.

— Fran m'a dit que tu étais à la maison, mais nous étions débordés, ici. Impossible de faire un saut en face.

— Je m'en doutais, et c'est pour ça que je suis venue. Bella est rentrée ?

— Tu l'as manquée. Elle avait une urgence. Un truc pour son mariage.

Il prit un couteau et découpa la pizza avec les gestes précis et rapides que donne l'habitude.

— Une histoire de pétales de roses, poursuivit-il. Ou autre chose, je ne sais plus, sauf que ça avait un rapport avec des roses.

— Tu manques de main-d'œuvre, alors. Pour qui, la saucisse-poivrons ?

— Table six. Merci, bébé.

Reena alla servir la pizza, puis prit deux commandes. Tout se passait comme si elle n'avait jamais quitté sa famille. À cette différence qu'elle n'était plus la même. Une année de vie universitaire ajoutée à toute la connaissance engrangée pendant ce temps, cela changeait tout. Autour d'elle, les visages, les gestes de routine, les odeurs, tout était identique. Mais au fond d'elle, Reena ne ressemblait plus vraiment à la jeune fille de l'été précédent. Un plus faisait la différence : elle avait désormais un petit ami. C'était maintenant officiel, Josh et elle formaient un couple. Ils couchaient ensemble.

Elle aimait le sexe, ce qu'elle jugeait rassurant. La première fois s'était révélée fort plaisante mais hasardeuse, la nouveauté déconcertant son esprit et son corps, qui brûlaient de percer les mystères de la chose. Elle n'avait pas eu d'orgasme. La deuxième fois, si.

Maintenant, elle vibrait d'impatience, était pressée de retrouver Josh et de découvrir d'autres nouveautés.

Leur relation n'était toutefois pas uniquement axée sur le sexe. Ils passaient des heures à discuter. Elle adorait l'entendre parler de ses projets d'écriture, des histoires qui se dérouleraient dans une petite ville comme celle de l'Ohio dans laquelle il avait grandi, et qui parleraient des gens, et des rapports qu'ils entretenaient.

Josh savait aussi l'écouter. Apprendre qu'elle aspirait à comprendre ce qu'était le feu et ce qui animait les auteurs d'incendies volontaires l'intéressa autant que ses idées de roman avaient intéressé Reena.

Au mariage de Bella, elle viendrait accompagnée, non pas simplement d'un cavalier mais d'un vrai petit ami.

Un sourire naquit sur ses lèvres à cette idée, et y resta lorsqu'elle pénétra dans l'arrière-cuisine. Sa mère sortait des légumes de l'un des grands réfrigérateurs en acier inoxydable. Pete, maintenant père de trois enfants, se tenait devant la paillasse où il préparait et pesait des boules de pâte à pizza.

— Hé, mais c'est l'étudiante ! Un bisou !

Reena noua les bras autour du cou de Pete et lui donna un baiser bruyant sur les lèvres.

— Quand es-tu arrivée ?

— Il y a quinze minutes. J'avais à peine franchi la porte que papa m'avait déjà mise au boulot.

— Esclavagiste !

— Arrête de faire du charme à ma fille, Pete, sinon je le dis à ta femme ! lança Bianca en ouvrant les bras à Reena.

— Comment fais-tu pour rester aussi belle, maman ?

— C'est la vapeur de la cuisine. Ça nettoie la peau. Oh, mon bébé, laisse-moi te regarder...

— Tu m'as vue il y a deux semaines à l'enterrement de la vie de jeune fille du siècle, celui de Bella !

— Deux semaines et deux jours...

Reena vit le sourire de sa mère pâlir, et distingua une ombre dans ses yeux.

— Quoi ? Qu'est-ce qu'il y a ?

— Rien, assura Bianca en embrassant Reena sur le front comme si elle lui donnait une bénédiction. Tous mes petits sont de nouveau à la maison... Pete, prends le relais de Catarina en salle, elle te remplacera ici. Nous voulons rester entre filles.

— Ouais, pour parler du mariage... Ça commence à me filer la migraine.

— Ai-je des ennuis ? s'enquit Reena, ne plaisantant qu'à moitié, quand Pete fut parti. Est-ce que ma boutade à propos de la robe de demoiselle d'honneur qui me faisait ressembler à un oignon est revenue aux oreilles de Bella ?

— Non. Et tu seras magnifique... même si la robe est un choix malheureux.

— Ooooh... quel tact, maman.

— Dans cette affaire de mariage, je me raccroche au tact pour tenir le coup. Sans ça, il y a longtemps que j'aurais étranglé Bella. Mais que veux-tu, Bella n'y peut rien. Elle est excitée, terrifiée, follement amoureuse et elle veut que Vince soit fier d'elle. Elle veut aussi impressionner ses futurs beaux-parents, ressembler à une star de cinéma et se débrouiller pour meubler avec goût une grande maison.

— Elle est dans son élément.

— C'est vrai. Reena, papa a besoin de deux boules. Une grande et une petite. Pèse-les.

— J'ai l'impression d'avoir commencé à peser des boules de pâte dès ma naissance.

Reena alla donner à son père ce qu'il attendait, puis revint aider sa mère à préparer des salades.

— Deux « maison » pour la table six. La « grecque » pour la trois, précisa Bianca.

— C'est parti !

— Ce mariage, c'est le rêve de sa vie devenu réalité, tu comprends, Reena. Je veux que Bella ait exactement ce qu'elle souhaite. Je veux que tous mes enfants aient exactement ce qu'ils souhaitent.

Bianca chargea un plateau et le déposa sur le comptoir à l'intention de Pete.

— Commande prête ! cria-t-elle avant de revenir à sa salade. Toi, tu as été avec un garçon.

Reena crut avoir soudain une balle coincée dans la gorge quand elle essaya de déglutir.

— Que… Quoi ?

— Tu crois que je n'ai pas des yeux pour voir ? fit Bianca à voix basse, tablant sur la distance et le brouhaha ambiant pour n'être pas entendue de Gib. Tu crois vraiment que je ne vois pas les changements chez mes enfants ? Tu étais la dernière, Catarina.

— Xander a été avec un garçon ?

Au grand soulagement de Reena, sa mère éclata de rire.

— Il préfère les filles, je te le garantis. Le garçon, est-ce que je l'ai déjà rencontré ?

— Non. Je... Nous nous connaissions depuis un moment mais tout n'a commencé que la semaine dernière. C'est moi qui ai voulu que... que ça arrive, maman. Je serais navrée que tu sois déçue, mais...

— Ai-je dit que j'étais déçue ? Ai-je mis ton choix en question ? T'ai-je demandé si tu avais eu des problèmes de conscience ? Tu as été prudente ?

— Oui, maman.

Reena posa son couteau et passa le bras autour de la taille de sa mère.

— Nous avons été très prudents. Tu sais, je l'aime beaucoup. Tu l'aimeras aussi.

— Comment le saurais-je si tu ne l'amènes pas à la maison pour le présenter à ta famille ? Tu ne me dis rien sur lui !

— Il est étudiant en littérature, il veut écrire, il habite un appartement dégoûtant et il a le plus doux des sourires. Son nom est Josh Bolton et il a grandi dans l'Ohio, débita Reena d'une traite.

— Et sa famille ?

— Il n'en parle pas beaucoup. Ses parents sont divorcés et il est fils unique.

— Il n'est pas catholique, alors ?

— Je ne pense pas. Je ne le lui ai pas demandé. Il est gentil, et il m'écoute quand je parle.

— Bien. Il a des atouts. Tu vas nous le présenter ?

— Au mariage de Bella.

— Oh ! Cerise sur le gâteau, il est très courageux. S'il survit à l'épreuve, ça vaudra la peine de le garder un peu, ma chérie...

Lorsque la foule des clients du déjeuner s'éclaircit, sur les instances de son père, Reena s'assit devant une grande assiette de spaghettis. Pete ayant pris le relais au four, Gib commença alors sa tournée. Poppi faisait cela avant lui, et il perpétuait la tradition. Un verre de vin, d'eau ou une tasse de café à la main, il passait de table en table pour échanger quelques mots avec chacun. Il lui arrivait de discuter longuement avec les clients qu'il connaissait bien. Il s'asseyait avec les habitués et bavardait de sport, de nourriture, de politique, des faits divers locaux ou des nouvelles du quartier, comme les naissances, les décès et les mariages. Tous les sujets étaient bons, avait remarqué Reena. C'était le contact qui importait.

Aujourd'hui, son verre contenait de l'eau quand il s'assit en face de sa fille.

— Alors ? C'est bon ? demanda-t-il en montrant l'assiette d'un mouvement du menton.

— Parfait. Il n'y a pas mieux.

— Alors remplis-toi l'estomac.

— Comment va la bursite de M. Alegrio ?

— Elle fait des siennes : il dit qu'il pleuvra demain. Son petit-fils a eu une promotion et ses roses sont belles cette année. C'est toi qui l'as servi, Reena. Qu'a-t-il commandé pour déjeuner ?

— Le plat du jour, avec le minestrone, la salade, un verre de Peroni, une bouteille d'eau pétillante et des gressins.

— C'est bien. Tu enregistres tout. Quel dommage que tu suives ces cours de criminologie, de chimie, au lieu de faire une école hôtelière !

— J'aurai toujours du temps à consacrer au Sirico, papa. Toujours.

— Je suis fier de toi, bébé. Fier que tu saches ce que tu veux et que tu travailles dur pour réussir.

— Avec celui qui m'a élevée, j'ai été à bonne école… À propos, comment va le père de la mariée ?

— Oh, je n'y réfléchis pas encore. Je n'y penserai que le jour où elle s'avancera vers moi en robe blanche, lorsque je la conduirai à l'autel et la donnerai à Vincent. Je risque de laisser couler quelques larmes. Pour le moment, je mets tout ça de côté assez facilement, dans la mesure où toute l'organisation nous rend tous fous.

Gib s'interrompit, le temps de jeter un coup d'œil par-dessus la tête de Reena, puis enchaîna :

— Quelqu'un a appris que tu étais de retour, bébé. Salut, John !

Poussant une exclamation de plaisir, la jeune fille se leva d'un bond et se jeta au cou de John Minger.

— Vous m'avez manqué ! Je ne vous avais pas vu depuis Noël. Asseyez-vous, je reviens tout de suite !

Reena courut à la cuisine et en revint munie d'une nouvelle assiette qu'elle posa devant John, puis la remplit de spaghettis.

— Aidez-moi à manger tout ça ! Papa pense qu'à la fac, je me laisse mourir de faim.

— Que voulez-vous boire, John ? s'enquit Gib.

— Un truc sans alcool, merci.

— Je vous fais servir ça. Il faut que je me remette au travail.

Gib s'éloigna.

— Maintenant, racontez-moi tout, John, dit Reena. Comment allez-vous ? Vos enfants, vos petits-enfants, bref, la vie tout court.

— Ça va et je suis très occupé.

Effectivement, il semblait en forme, estima Reena après l'avoir bien regardé. Ses paupières s'étaient un peu alourdies et ses cheveux grisonnaient, mais cela lui allait bien.

L'incendie du Sirico avait fait entrer John Minger dans la famille. Non, pas seulement le feu, corrigea Reena in petto. Mais ce qu'il avait fait ensuite : il avait consacré un temps fou à leur affaire, travaillant sans relâche et répondant à toutes les questions qu'elle lui posait constamment.

— Des cas intéressants, John ?

— Tous les cas sont intéressants. Toujours partante pour jouer les limiers ?

— Absolument.

Un sourire adoucit le visage de John.

— J'ai eu un départ de feu dans une chambre d'enfant. Celle d'un gosse de huit ans. Personne n'était dans la maison quand ça a commencé. Il n'y avait pas de produits accélérants, pas d'allumettes ni de briquet, pas de trace d'intrusion dans la maison ni de composants inflammables.

— Court-circuit ?

— Non.

Reena se remit à manger ses spaghettis tout en réfléchissant.

— Des produits chimiques ? Les enfants aiment jouer au petit chimiste.

— Pas celui-là. Il m'a dit qu'il voulait devenir policier.

— À quelle heure le feu a-t-il pris ?

— Vers 14 heures. Le gosse était à l'école, les parents au travail, et il n'y avait jamais eu d'incident de ce genre.

John prit le temps d'enrouler des spaghettis autour de sa fourchette, de les porter à sa bouche et de les savourer avant de remarquer :

— Ce n'est pas honnête de ma part de te poser une colle alors que tu ne connais pas les lieux, pas même en photo.

— Attendez, je ne donne pas encore ma langue au chat !

Selon Reena, les puzzles étaient faits pour être assemblés, et elle adorait cet exercice.

— Point de départ du feu ? demanda-t-elle.

— Le bureau du gamin. Du contreplaqué.

— Je parie qu'il y avait dessus des tas de produits inflammables : de la colle, des élastiques, des jouets, du papier... Ce bureau se trouvait-il près d'une fenêtre ?

— Juste au-dessous.

— Ah. Il y avait donc des rideaux, qui ont servi de conducteur aux flammes. Voyons... Il est deux heures de l'après-midi...

Reena ferma les yeux et se concentra. Elle visualisa le bureau de Xander quand son frère avait huit ans. En désordre, couvert de jouets, d'albums de bandes dessinées, de cahiers d'écolier...

— La fenêtre, quelle orientation, John ?

— Tu es un as, Reena ! Sud.

— Le soleil entrait donc droit dans la pièce à cette heure-là, sauf si les rideaux étaient tirés. Or, un gamin ne prend pas la peine de tirer des rideaux. Quel temps faisait-il ?

— Ciel clair, soleil, chaleur.

— Le gosse veut être policier... il a sûrement une loupe.

— Gagné ! La loupe était sur le bureau, posée sur une pile de papiers. Un rayon de soleil est passé à travers, a chauffé le verre qui a enflammé les papiers, et le feu s'est propagé au bureau de bois et aux rideaux.

— Pauvre gosse...

— Ça aurait pu être pire. Un livreur a vu de la fumée et appelé les pompiers. Ils ont pu contenir le feu à la chambre.

— Oh, John, comme ça m'a manqué de ne pas pouvoir discuter boutique... Je sais, je sais, je ne suis qu'une étudiante et je ne pourrai pas suivre la plupart des cours qui me passionnent avant deux ans, quand je serai sur le campus de Shady Grove. N'empêche que lorsque je discute avec vous, dans mon esprit, je parle déjà boutique !

— Il y a quelque chose que je dois te dire, annonça John en posant sa fourchette.

Il regarda Reena droit dans les yeux et lâcha :

— Pastorelli a été libéré.

— Quand ? souffla Reena après avoir vérifié que ni son père ni sa mère n'écoutaient.

— La semaine dernière, mais je viens juste de l'apprendre.

— Mmm. Cela devait arriver, dit Reena sombrement. Il serait même sorti plus tôt s'il n'avait pas frappé un gardien.

— Je ne crois pas qu'il cherche à vous causer des ennuis. À mon avis, il ne viendra même pas traîner dans le coin. Il n'a pas conservé de relations dans le voisinage, sa femme est à New York avec sa tante. Quant au fils, il a fait de la prison pour coups et blessures.

— Je me rappelle le jour où les policiers l'ont emmené, dit Reena en regardant l'ex-maison des Pastorelli par la baie vitrée. Il y avait des pots de géraniums sur les marches et les stores étaient levés.

— Qui ? Le père ou le fils ?

— Les deux. Je revois M. Pastorelli sortant, menotté, et sa femme qui se cachait la figure dans son tablier jaune. L'une de ses chaussures était délacée... Joey a couru après la voiture de police en hurlant. Moi, j'étais à côté de mon père. Je crois qu'avoir assisté à ça avec lui a resserré les liens déjà très forts qui existaient entre papa et moi. C'est pour cela qu'il m'a permis de l'accompagner lorsque Joey a été arrêté pour avoir tué ce pauvre chien.

— Ton père voulait que tu poses le point final au chapitre te concernant, qui avait commencé quand ce petit salaud t'a agressée. Il n'y a pas de raison de penser que cette histoire ait une suite, je tenais néanmoins à ce que tu sois au courant.

— Je le leur dirai. Plus tard, John. Quand nous serons tous réunis à la maison.

— Très bien.

Reena regarda de nouveau par la baie et se dérida.

— Voilà Xander ! Je reviens, John !

Elle se rua vers la porte et traversa la rue à la rencontre de son frère.

D'une certaine manière, être à la maison, c'était comme être de nouveau une enfant, se dit Reena en humant les odeurs et écoutant les sons qui semblaient immuables. Le parfum de l'encaustique dont se servait sa mère, les arômes qui émanaient de la cuisine où trônait toujours le vieux billot de boucher… La musique qui s'échappait de la chambre de Xander, qu'il soit dedans ou non, le chuintement de l'eau, dans les toilettes, qui ne s'interrompait que si l'on imprimait quelques secousses au bouton de commande.

Il s'écoulait rarement une heure sans que le téléphone sonne, et lorsqu'il faisait beau, les bruits de la rue s'engouffraient dans la maison par les fenêtres. On entendait alors passer les voitures, mais aussi bavarder les passants.

Elle aurait pu avoir encore dix ans, assise en tailleur sur le lit de sa sœur pendant que Bella se maquillait pour sortir.

— Il y a tant à faire, gémit-elle tout en étalant de l'ombre à paupières avec un art consommé. Je me demande comment tout pourra être prêt pour la noce. Vince dit que je m'inquiète trop, mais il faut que tout soit parfait.

— Ce sera le cas. Ta robe est magnifique.

— Oh, je savais exactement ce que je voulais, assura Bella en repoussant en arrière un nuage de cheveux blonds très glamour. Après tout, j'ai rêvé de ça toute ma vie. Tu te rappelles quand on jouait aux mariées avec les vieux rideaux de dentelle ?

— Oui. La mariée, c'était toujours toi, répondit Reena en souriant.

— Maintenant, il ne s'agit plus d'un jeu. Je sais que papa était affolé par le prix de la robe, mais après tout, la toilette de la mariée est ce que l'on remarque le plus, non ? Et je n'aurais pas été remarquable dans une robe au rabais. Je veux que les yeux de Vincent scintillent quand il me verra. Oh, attends que je te montre ce qu'il m'a offert !

— Je croyais que tu porterais le collier de perles de Nuni.

— Non. Il est superbe mais démodé, et en plus, ce sont de fausses perles. Mais Vince m'a acheté ça chez un bijoutier spécialisé dans les pièces anciennes…

Bella ouvrit un tiroir de sa coiffeuse, en sortit un écrin puis alla s'asseoir sur le lit à côté de sa sœur.

— Regarde.

Elle souleva le couvercle de l'écrin et, montées sur des filigranes d'or d'une infinie délicatesse, des boucles d'oreilles de diamants apparurent, scintillant comme les étoiles que les fées font jaillir de leur baguette dans les dessins animés.

— Ô mon Dieu, Bella ! Ce sont de vrais diamants ?

— Évidemment ! fit Bella en agitant sa main à l'annulaire de laquelle un solitaire étincelait, Vince ne m'achèterait pas de la pacotille ! Il a de la classe. Toute sa famille a de la classe.

— Et pas la nôtre ?

— Ce n'est pas ce que je voulais dire, dit Bella d'un ton plat tout en faisant jouer la lumière sur la boucle d'oreille qu'elle tenait entre ses doigts. La mère de Vincent va faire son shopping à Paris ou Milan. Chez eux, il y a douze employés de maison. Si tu voyais ça, Reena… C'est un vrai château. Ils ont des jardiniers à demeure, tu te rends compte ? La mère de Vincent est tellement gentille avec moi… Je l'appelle par son prénom. Joanne. Le matin du mariage, elle m'amènera à l'institut de beauté qu'elle fréquente.

— Mais je croyais que maman, Fran, toi et moi irions chez Maria !

Bella eut un petit sourire. Elle se leva après avoir brièvement caressé la main de sa sœur et rangea les boucles d'oreilles dans le tiroir.

— Catarina, je ne peux plus charger Maria de me coiffer désormais. Je vais être l'épouse d'un homme très important. Mon style de vie va changer, j'aurai des obligations… Il me faudra une coupe de cheveux irréprochable, une garde-robe sans fausse note… Bref, tout devra être parfait.

— Qui détermine ce qui est parfait ou non, Bella ?

— Oh, ce sont des choses qu'on sent… Vince a un cousin très mignon, Reena. Je suis sûre que tu serais ravie de l'avoir pour cavalier. Il est étudiant à Princeton.

— Merci, mais j'ai mon petit ami. J'en ai déjà parlé à maman.

— Un petit ami ? s'exclama Bella.

Oubliant pour le moment de se pomponner, elle s'assit sur le lit.

— Raconte ! Quoi, quand, où, comment ? De quoi a-t-il l'air ? Comment s'appelle-t-il ? Dis-moi tout.

L'animosité qui pointait depuis un moment entre les deux sœurs s'évapora instantanément. La bonne vieille complicité se réinstalla, comme à l'époque où, serrées l'une contre l'autre, elles passaient des heures à parler des garçons.

— Il s'appelle Josh, il est étudiant en littérature, veut devenir écrivain et je l'ai connu à la fac. Ça fait plusieurs mois qu'on se voit.

— Plusieurs mois ? Et tu ne m'as rien dit ?

— Tu avais autre chose à quoi penser, Bella.

— D'accord, mais quand même ! Il est du coin ?

— Non. Il vient de l'Ohio, mais il vit ici maintenant. Il a pris un job pour l'été dans une librairie. Je l'aime beaucoup.

Un temps, puis :

— J'ai couché avec lui. Cinq fois.

— Seigneur ! s'écria Bella, les yeux écarquillés. Reena, c'est quelque chose, ça ! Est-ce qu'il est bon ? Attends…

Elle se leva pour aller fermer la porte puis se laissa retomber sur le lit.

— Vince est super au lit. Il peut tenir des heures.

Des heures ? Était-ce vraiment possible ? s'interrogea Reena tout en assurant :

— Josh est… bon, oui. Enfin, je crois : je n'ai pas de point de comparaison. Il est mon premier.

— Sois prudente. Protège-toi. Moi, j'ai arrêté.

— Arrêté quoi ?

— La contraception. Vince veut une famille tout de suite. Le mariage est pour bientôt, alors ça ne fait rien si je suis enceinte. On a balancé toutes les boîtes le week-end dernier. Pour ce que j'en sais, j'attends peut-être déjà un bébé.

Reena était éberluée : Bella comptait donc passer de la condition d'épouse à celle de mère en une seule étape ?

— Tu ne veux pas t'accorder un peu de temps, histoire de t'habituer au mariage, à la vie à deux ?

— Je n'ai pas besoin de temps, assura Bella en souriant.

Quand elle souriait, son expression se faisait rêveuse, ses intonations devenaient languides.

— Tout ce que j'avais besoin de savoir, c'était comment ça se passerait au lit, et je le sais, continua-t-elle. Ça va être la perfection.

Elle se remit debout.

— Bon, il faut que je finisse de me préparer. Vince sera là d'une minute à l'autre et il déteste que je sois en retard.

— Passe une bonne soirée.

— Elles sont toujours bonnes, assura Bella en se rasseyant à sa coiffeuse. Vince m'amène dans un restaurant fabuleux. Pour que je me détende et arrête de me prendre la tête avec tous ces détails concernant le mariage.

— C'est une bonne idée, approuva Reena.

Elle sortit de la chambre à l'instant où Xander montait l'escalier. Il s'arrêta sur le seuil et sourit à Reena.

— Alors ? Combien de fois elle a répété « Vince pense que... » ?

— J'ai perdu le compte. Il semble raide dingue d'elle.

— Heureusement pour lui, sinon elle aurait fini par le rendre dingue tout court. Tu sais quoi, Reena ? Je serai drôlement content quand tout ça sera fini !

Reena s'approcha de l'adolescent maintenant plus grand qu'elle. Elle dut se hisser sur la pointe des pieds pour l'embrasser sur la joue.

— Bella te manquera quand elle ne sera plus dans la chambre à côté, frangin.

— Ouais, peut-être.

— Qu'est-ce que tu fais, ce soir ?

— Je reste avec toi, tiens ! Tu viens juste de rentrer. Quel genre de frère je suis, à ton avis ?

— Mon genre de frère préféré.

Bella partie à son fabuleux restaurant et le reste de la famille installé autour de la table de la salle à manger devant des escalopes à la florentine servies en l'honneur de celle qui revenait de la faculté, Reena jugea le moment favorable pour faire sa délicate annonce.

— Il faut que vous sachiez quelque chose que John m'a appris aujourd'hui. Il m'a chargée de vous mettre au courant. Pastorelli est sorti de prison il y a une semaine.

— Oh, merde !

— Pas de gros mots à cette table, Xander ! dit Bianca automatiquement. Reena, sait-on où il est ?

— Maman, il a purgé sa peine. Il va où il veut désormais. John pense que nous n'avons pas de souci à nous faire, et je suis de son avis. Pastorelli n'a ni famille ni amis dans le quartier. Pas de raison, donc, de revenir ici. Et puis, tout ça remonte à loin, maintenant.

— À moi, il me semble que ça date d'hier, dit Gib. Mais je suppose que nous devons nous faire une raison. Nous n'avons pas le choix, il a été puni, il a payé. Ce qu'il devient ne nous concerne plus.

— N'empêche, ce ne serait peut-être pas du luxe de rester vigilants pendant un moment, suggéra Bianca. Et de ne rien dire à Bella avant le mariage, sinon elle va devenir hystérique.

— Bah, elle peut devenir hystérique pour un ongle cassé, remarqua Xander.

— Exactement. Donc, nous savons, et nous garderons l'œil ouvert. Mais, comme John l'a dit, nous ne devons pas nous inquiéter. Alors… mangez tant que c'est chaud.

6

Mis à part le fait qu'il irait quelque part, Bo ne savait pas encore exactement comment il passerait la journée. Son pote Brad était en pleine affaire de cœur avec Cammie, et comme dans toute histoire de ce genre à ses débuts, ça marchait du tonnerre. Tout le monde était heureux et, bonus, Cammie avait organisé pour Bo un rendez-vous avec une de ses copines. Très bien, quoique la perspective de passer la journée et la soirée avec cette nana inconnue n'eût rien d'enthousiasmant. D'accord, Cammie disait qu'elle était canon. Mais c'était l'opinion de Cammie. Ça ne garantissait pas que la fille lui plairait, à lui ! Même si elle ressemblait à Claudia Schiffer, ce serait peut-être un moulin à paroles. Ou bien elle glousserait tout le temps. Il détestait les nénettes qui gloussaient, et encore plus celles qui ne savaient pas rigoler du tout, le genre sérieux, pleines de grandes ambitions comme sauver la planète, et d'autres idées fumeuses du même tonneau.

De toute façon, il n'avait en tête que la fille dont il ignorait le nom, aperçue quelques instants lors de cette fiesta d'étudiants. Alors ce rendez-vous arrangé, c'était idiot, mais il ne pouvait pas dire non. Brad essayait par tous les moyens de lui remettre les pieds sur terre. Une jolie fille – enfin, c'était ce que Cammie prétendait –, une journée sympa au port de plaisance de Baltimore, à se balader dans l'aquarium, écouter de la musique, manger des fruits de mer, rigoler.

Oui, rigoler, se répétait-il tout en suivant les indications fournies par Cammie, laquelle était installée sur la banquette arrière avec Brad. Ils s'asseyaient toujours derrière quand il conduisait. Pour faire des choses, évidemment.

Il se gara puis attendit que ses passagers aient fini de s'embrasser.

— On y va tous ! annonça finalement la jeune fille en attrapant son sac. Ça va être super marrant. Une journée extra !

Elle n'avait pas tort, songea Bo. Le ciel bleu, le soleil... Mieux valait en profiter plutôt que de rester cloîtré dans son appartement à gamberger sur la fille de ses rêves ou traîner dans l'atelier de son contremaître.

Ce dont il avait envie, c'était d'un atelier bien à lui. Dès qu'il aurait assez d'argent pour louer une maison, ou – fantasme plus grand encore – en acheter une, il aurait un atelier. Un chouette local où il installerait ses outils, son matériel, ses tables de travail. Il pourrait alors peut-être envisager de se lancer seul, de monter son entreprise.

Il entra dans un immeuble qui ressemblait en tout point à tous les autres immeubles à l'extérieur du campus, le genre d'endroit qu'il ne voulait plus voir. Il fallait qu'il parle à Brad, lui propose d'investir avec lui dans un local à réhabiliter.

— Elle habite au rez-de-chaussée, dit Cammie en marchant vers une porte. Bo, tu vas adorer Mandy. Elle est marrante.

Le grand sourire de Cammie rappela à Bo pourquoi il ne supportait pas les rendez-vous arrangés. Maintenant, il était coincé. Même s'il n'aimait pas la fille, il allait être obligé de faire semblant. Sans ça, Cammie asticoterait Brad sans arrêt, et après, Brad l'asticoterait, lui, à n'en plus finir.

À son grand étonnement et à son soulagement, une partie de son inquiétude se dissipa quand la rouquine aux grands yeux bleus et aux courbes voluptueuses prises dans un jean et un T-shirt gris ouvrit la porte.

Elle était sexy. À condition de faire l'impasse sur le piercing au sourcil. Mais peut-être que cet anneau ajoutait quelque chose au côté sexy.

— Salut, Mandy ! Tu connais Brad ?

— Sûr. Salut, Brad.

Elle avait un minuscule cheveu sur la langue – plutôt sexy.

— Et lui, c'est Bo. Bowen Goodnight.

— Salut, Bo. Je prends mon sac et on y va. N'entrez pas, c'est le foutoir là-dedans. Ma locataire est partie hier, expliqua Mandy en riant, elle est allée passer un week-end de folie en Californie et a tout fichu en l'air pour trouver une paire de sandales. C'est moi qui ai mis la main dessus après son départ. Je ne rangerai pas. À elle de se débrouiller avec le bazar.

Elle parlait sans arrêt, se dit Bo, mais son verbiage était amusant et dynamique. Elle attrapa un sac à dos et une casquette noire à l'emblème des Orioles.

Ah, elle s'intéressait au base-ball, songea Bo. Un espoir était permis. Elle sortit, ferma la porte et décocha à Bo un sourire en tapotant son sac.

— J'ai un appareil photo là-dedans. Je te préviens, je suis une vraie casse-pieds, avec ce truc.

— Mandy est une excellente photographe, expliqua Cammie. Elle fait un stage au *Baltimore Sun*.

— Horaires infernaux, salaire zéro, et j'adore ça. Hé, mais regardez-moi ça !

Elle s'était tournée vers l'escalier et fixait un jeune homme qui le descendait. En costume-cravate, il paraissait un peu nerveux.

— Josh, tu as un look d'enfer !

— Je vais à un mariage, dit le jeune homme en portant la main à son nœud de cravate. Est-ce que ce truc va bien ?

— Cammie, Brad, Bo, je vous présente Josh, voisin du dessus, étudiant, bon copain et noueur de cravate nul. Laisse-moi t'arranger ça. Qui se marie ?

— La sœur de ma petite amie. Je vais rencontrer toute la famille et l'angoisse me fiche des crampes d'estomac.

— Ouh là ! Il va falloir que tu relèves le gant ! Tiens, voilà, c'est OK, ton nœud de cravate est parfait. Et ne t'en fais pas : pendant les mariages, les gens pleurent ou se saoulent.

— Ce sont – enfin presque tous – des Italiens.

— Alors ils feront les deux. Mais les mariages italiens sont très marrants. Il te suffira de lever régulièrement ton verre en criant : *Salute !*

— *Salute.* D'accord. Bon, j'y vais.

— Il est adorable, dit Mandy après que Josh les eut quittés. Il avait le béguin depuis le début du semestre pour une fille qui était en littérature avec lui, et ils ont fini par conclure. Sur ce, on y va aussi ?

Mandy coiffa sa casquette.

— Allons dire bonjour aux poissons, conclut-elle en entraînant le petit groupe dans l'escalier.

Bella avait voulu la perfection, et elle l'avait eue, se dit Reena en levant les yeux sur le ciel pur de ce début d'été : il ne faisait même pas humide. Les éclatantes compositions florales étaient raffinées et magnifiques. Mais le point d'orgue de tant de beauté, c'était bien Bella.

Dans sa robe vaporeuse, elle ressemblait à une princesse. Sa chevelure blonde paraissait d'or sous le voile immaculé. Elle serrait dans ses mains un bouquet de roses saumon et de lys nains.

Rejetant le traditionnel orgue, elle avait voulu un quatuor : harpe, violon, flûte et violoncelle et, Reena devait le reconnaître, c'était enchanteur. Et plein de classe.

Plus de robe en vieux rideaux de dentelle ni de bouquet fait avec des Kleenex, pensa Reena, les larmes aux yeux et la gorge serrée, lorsque Isabella Habe entra dans l'église Saint-Léon au bras de Gibson, royale, avec sa traîne étincelante de broderies d'argent et son beau visage illuminé par les diamants qui scintillaient à ses oreilles.

Son souhait s'était réalisé au centuple. Elle avait fait de son mariage un enchantement et Vince, séduisant et élégant, paraissait ébloui en regardant sa future femme. Il la fixait, apparemment incapable d'en détourner les yeux. Dans ceux de Gib luisaient des larmes d'émotion tandis qu'il soulevait délicatement le voile pour embrasser sa fille sur la joue, puis répondait au prêtre que, oui, il acceptait de donner cette femme à cet homme…

— Sa mère et moi la lui accordons.

Bella, qui pleurait en toutes occasions, garda les yeux secs pendant toute la cérémonie. Ils scintillaient comme des étoiles, et sa voix si souvent geignarde était d'une pureté de cristal.

Parce qu'elle avait obtenu exactement ce qu'elle désirait, se dit Reena. Ce qu'elle avait toujours voulu. Les projecteurs étaient braqués sur elle. Elle était la star, le point de mire de tous, et elle irradiait.

Quelque chose de magique se passait sous la voûte de cette église, et Reena sentit sa gorge se nouer d'émotion. Lorsque les mariés échangèrent les alliances, une larme roula sur sa joue. Les anneaux scellaient la fin de la vie qu'elle avait connue avec sa famille au complet sous le même toit, et le début d'une nouvelle pour Bella.

La réception était donnée au country club des parents de Vince où le père du jeune homme occupait des fonctions d'administrateur, ou quelque chose d'approchant. Ici aussi, l'endroit regorgeait de fleurs et, en plus, il y avait du vin, de la nourriture et de la musique. Sur chaque table, une nappe du même rose saumon que le bouquet de Bella coulait jusqu'au sol. Des pétales étaient éparpillés autour d'un centre de table floral d'un blanc pur.

La place de Reena l'attendait à la grande table tout en longueur réservée à la famille des époux. Heureusement, songea Reena, sa mère avait eu la bonne idée d'installer Josh à la table de Gina, qui saurait le distraire. Autre soulagement, les toasts seraient portés par Fran, le témoin de Bella, et le frère de Vince, témoin de celui-ci.

Tout en dégustant des mets délicieux, et en discutant plaisamment avec les convives proches d'elle, Reena s'inquiétait pour Josh, et quand elle balaya la vaste salle du regard, elle se demanda quelle sorte d'univers sa sœur avait intégré. Bien sûr, aujourd'hui, les deux familles se mêlaient. Mais même si elle n'avait connu personne, Reena aurait été capable de distinguer à l'œil nu qui appartenait au clan italien et qui était de pure souche anglaise. La classe laborieuse face à l'élite, les citadins et les banlieusards fortunés.

Bella n'était pas la seule à arborer des diamants et une robe dont le prix équivalait à une semaine de revenus du Sirico. Mais elle était la seule de sa famille à avoir réussi ce tour de force.

Probablement parce que, en dépit de ses origines sociales, Bella semblait avoir porté des vêtements griffés toute sa vie. À croire que sa première grenouillère était signée Prada.

Comme s'il venait de lire dans son esprit, Xander se pencha vers elle et murmura :

— Maintenant, nous sommes la branche pauvre.

Elle haussa les épaules et leva sa coupe de champagne.

— On s'en fout. *Salute !*

Le petit malaise qu'elle ressentait céda dès qu'elle put échapper à ses devoirs protocolaires et aller retrouver Josh.

— Ça va ? Je devrais être tranquille, maintenant. Du moins, pendant un moment.

— Bien. C'est quelque chose, ce mariage.

— Ouais. Je suis désolée de t'avoir abandonné si longtemps. Je voulais te prévenir que…

— Catarina !

Tante Carmela enveloppa sa nièce de lourds effluves de parfum.

— Ma chérie, tu es si jolie. Tu as l'air d'une mariée. Mais tu es si maigre ! Tu es rentrée à la maison, Dieu soit loué. Ta mère t'engraissera un peu. Qui est donc ce charmant jeune homme ?

— Tante Carmela, je te présente Josh Bolton. Josh, ma tante, Carmela Sirico.

— Bonsoir, madame Sirico.

— Oh, il est poli aussi ! C'est une noce, jeune homme. Aujourd'hui je suis Carmela. Elle est jolie, Reena, n'est-ce pas ?

Les bras de Carmela s'enroulèrent autour des épaules de la jeune fille.

— Oui, madame, elle est…

— Francesca est la beauté de la famille, et Isabella a la passion, le style. Catarina, elle, possède l'intelligence. Hein, *cara*, que tu es la plus intelligente ?

— C'est exact. Le cerveau, c'est moi qui l'ai eu.

— Oui, mais aujourd'hui, tu es belle ! Peut-être que des idées viendront à ce jeune homme quand tu attraperas le bouquet de la mariée. Josh, est-ce que je connais votre famille ?

— Non, tante Carmela, tu ne la connais pas. J'ai rencontré Josh à la fac. Et il faut que j'essaie de le présenter à quelques personnes.

— Oui, oui, c'est ça. Mais réservez-moi une danse, jeune homme !

— C'était de ça que je voulais te prévenir, dit Reena une fois que sa tante se fut éloignée. Tu vas avoir droit à ce genre d'épreuve, plus pas mal d'allusions et des questions sur ta famille, d'où tu es originaire, quelle église tu fréquentes… Tout le monde dans ma famille pense que c'est normal d'être au courant de tout. Alors je t'en prie, Josh, ne vois rien de personnel là-dedans, d'accord ?

— Oui. Gina m'a déjà fait un topo. Tout ça est assez stressant, mais ça ira. Je n'étais jamais allé à un mariage catholique. C'est vraiment quelque chose.

— Et ça dure une éternité, dit Reena en riant. Bon. Il faut que je te présente aux oncles, aux tantes… Sois fort.

L'examen se révéla moins difficile que prévu, dans la mesure où la fête battait son plein. Le brouhaha des conversations empêchait Josh d'entendre la moitié des questions qu'on lui posait, ce qui lui épargna des réponses détaillées. La musique maintenait l'animation au zénith. Il y en avait pour tous les goûts, de Dean Martin à Madonna. Lorsque le marié vint l'inviter à danser, Reena avait eu le temps de se décontracter.

— Je n'ai jamais vu ma sœur aussi heureuse, Vince. Et la cérémonie était magnifique. Tout est magnifique.

— Notre pauvre Bella s'est fait un sang d'encre.

Vince gardait les yeux rivés à ceux de Reena, qui se dit que, pour danser avec tant de confiance en lui, il avait dû prendre des leçons. On lui avait appris à jouer de son charme aussi.

— Maintenant, nous pouvons commencer notre vie, avoir notre propre foyer, fonder une famille. Tu viendras dîner dès que nous serons rentrés de notre lune de miel.

— Entendu.

— Je suis un veinard d'avoir trouvé une femme aussi belle, aussi enchanteresse. Et elle sait cuisiner !

Il rit et embrassa Reena sur la joue.

— En plus, j'ai maintenant une nouvelle sœur.

— Et moi un nouveau frère. Ça fait *una famiglia*.

— *Una famiglia*, répéta Vince en souriant.

Plus tard, couchée à côté de Josh, Reena songeait à cette journée si longtemps rêvée par Bella. La cérémonie grandiose, la solennité des mots, la décoration florale d'une élégance rare… Une réussite. D'autant que le côté guindé de la réception s'était rapidement dissipé au fil des heures, remplacé par une bruyante gaieté générale.

— Dis-moi, est-ce que ma tante Rosa a vraiment dansé du country ?

— Je ne me souviens plus qui était Rosa, mais je crois que oui. Ou peut-être le Hokey Pokey[1].

— Non, ça c'étaient mes cousines Lena et Maria-Teresa. Mon Dieu !

— J'ai bien aimé les danses, surtout la teranbella.

— La tarentella, corrigea Reena. Mais c'est sacrément difficile.

— Je me suis bien amusé. Ta famille est vraiment cool.

— Grande et bruyante aussi. Je pense que du côté de Vince, ils étaient un peu coincés, et ébahis, surtout quand mon oncle Larry a attrapé le micro et a entonné « That's Amore ».

— Il chantait bien. Non, décidément, je préfère ta famille à celle du marié. Trop snobinarde. Mais Vince est sympa. Et puis, avec ta sœur, il a l'air de voler sur un petit nuage. Tous les deux, ils me font penser à un couple de cinéma.

— Tu as raison.

— Et ta mère... Je peux te dire qu'elle est vraiment belle ? Elle n'a pas le look d'une mère. Ma famille à moi n'a jamais donné ce genre de réceptions. J'ai aimé, aujourd'hui. Je suis content que tu m'aies invité.

Reena se souleva et roula sur Josh.

— Alors tu viendras dîner, demain ? Maman m'a dit de te le demander. Tu verras comment elle est au naturel.

— Je viendrai. Tu ne voudrais pas rester, cette nuit ? Mon colocataire ne rentrera pas avant la fin

1. Sorte de ronde. *(N.d.T)*

du week-end. On peut sortir, si tu as envie, ou rester ici.

Reena baissa la tête pour embrasser la poitrine de Josh, à la peau chaude et douce.

— J'aimerais bien, mais je pense que mon père serait malheureux que je passe la nuit ailleurs qu'à la maison. Il va avoir le cafard, d'autant que plein de gens lui ont dit qu'il devait se préparer à marier bientôt Fran.

— Tu l'as bien poussée pour qu'elle attrape le bouquet.

— C'était un réflexe, dit Reena en riant. Bon, ce soir, je dois être à la maison pour occuper papa, sinon il va commencer à gamberger sur la nuit de noces de Bella et ça le mettra mal à l'aise.

Reena s'assit et caressa la joue de Josh.

— Je suis contente que tu aies passé une bonne journée.

— J'en passe toujours de bonnes quand je suis avec toi.

Reena se leva et se rhabilla, puis rafraîchit son maquillage. Pas question de rentrer à la maison avec sur le visage les stigmates d'une séance torride avec un garçon.

À la porte, Josh la dévora de baisers.

— Si nous allions quelque part la prochaine fois ? À la plage, par exemple ?

— Ce serait chouette. De toute façon, on se voit demain. Enfin, tout à l'heure.

Reena sortit puis descendit l'escalier d'un pas dansant. Quelques instants plus tard, dans la nuit chaude, elle se mettait au volant de sa voiture et tournait la clé de contact.

Bo entra dans le parking à l'instant où Reena s'apprêtait à démarrer. Il avait laissé Brad et Cammie chez celle-ci. La journée avait été agréable. Et riche de promesses. Mandy lui plaisait beaucoup, même si elle était vraiment pénible avec son appareil photo. Mais elle savait le faire rire, l'impressionner aussi. Une bonne chose.

— Je crois que je vais vouloir regarder quelques-uns de ces six millions de clichés que tu as pris aujourd'hui, dit Bo alors qu'ils sortaient de la voiture.

— Tu n'y échapperas effectivement pas. Tu sais, je suis contente que Cammie m'ait harcelée pour ce rendez-vous. Oh, merde, je ne devrais pas dire ça… J'ai encore parlé sans réfléchir.

— Pas de problème, moi aussi on m'a harcelé. Mais j'étais prêt : si ça avait tourné au cauchemar, Brad n'aurait jamais fini d'en entendre parler. Maintenant, il va falloir que je trouve autre chose à lui reprocher. Tu veux bien que je te rappelle ?

— Oui. Tiens, fit Mandy en sortant un morceau de papier de sa poche. J'avais déjà noté mon numéro. Si tu ne me l'avais pas demandé, je te l'aurais collé sur le front pendant que je faisais… ça.

Mandy prit le visage de Bo entre ses paumes et l'embrassa sur les lèvres. Un baiser brûlant, et prometteur.

— Bien. Voilà qui est fait. Bo, si on sort ensemble, on va avoir une dette vis-à-vis de Cammie et Brad.

— La vie est dangereuse. Euh… je ne pourrais pas entrer ?

— C'est tentant. Très tentant, mais je crois qu'il vaut mieux qu'on en reste là pour ce soir.

Ils étaient arrivés à la porte de Mandy. Elle l'entrouvrit, se glissa dans l'entrebâillement, puis dit avant de refermer :

— Appelle-moi.

Le morceau de papier dans sa poche, Bo souriait en revenant vers sa voiture.

Puisqu'il était libre pour la soirée et débarrassé de son colocataire fan de musique assourdissante, Josh se mit à son bureau pour écrire. Raconter une histoire en brodant autour du mariage de Bella serait amusant. Il voulait coucher ses nombreuses impressions sur le papier avant qu'elles ne commencent à se dissiper.

Reena lui manquait, mais, d'une certaine façon, il était heureux qu'elle soit partie. Avoir l'appartement pour lui tout seul lui permettait de se concentrer et de vraiment travailler.

Il avait rédigé un canevas quand on frappa à la porte. Son histoire tournant dans sa tête, il alla ouvrir.

— Oui ?

— Bonsoir. J'habite au-dessus. Avez-vous entendu… écoutez, ça recommence !

Par réflexe, Josh regarda derrière lui, dans la direction que le visiteur pointait de l'index.

La douleur explosa dans sa tête, un voile rouge descendit devant ses yeux.

La porte fut prestement refermée alors qu'il s'effondrait par terre.

Pauvre petit mec. Un jeu d'enfant, de trimballer cet abruti jusqu'à la chambre. La chaussette remplie de pièces de monnaie laisserait une marque. Peut-être que quelqu'un la remarquerait, plus tard. Mais il fallait tenter le coup, le laisser sur le sol, comme s'il s'était cogné la tête en tombant du lit.

Faire simple et rapide. Allumer une cigarette, bien nettoyer le filtre, et la placer entre les lèvres du mec. Coller ses doigts sur le paquet pour y laisser des empreintes, puis sur la boîte d'allumettes… Voilà. Maintenant, déposer la cigarette dans les draps, ajouter quelques feuilles de papier… Il en avait plein, du papier, ce type. Qu'est-ce qu'il gribouillait pendant ses cours ! Ensuite, balancer les allumettes et les clopes sur le lit, puis s'envoyer une petite bière avant que ça commence. Y avait rien de plus excitant que la naissance d'un feu. Comme une drogue puissante.

Tout était d'abord très lent, ralenti. De minuscules flammèches qui rampaient sournoisement sur leur proie, se renforçaient en secret, sans bruit, jusqu'au premier geyser doré.

Oh, les gants… Il fallait enfiler les gants et retirer la pile du détecteur de fumée. Les gens sont inconscients, n'est-ce pas ? Ils ne pensent pas à remplacer les piles mortes. Quel dommage.

Le mec risquait de revenir à lui. Il faudrait alors le frapper de nouveau. Oui, qu'il reprenne connaissance, ce bâtard maigrichon, qu'il ouvre ses foutus yeux, comme ça il aurait une raison de lui taper de nouveau dessus.

Oooh… La fumée s'élevait, ondulant silencieusement, sexy, lascive. Mortelle. La fumée, c'était ce qui les tuait. Allez, les papiers, laissez-vous dévorer par les flammes.

La première symbolisait toute l'énergie destructrice du feu. Elle s'exprimait en murmurant, puis bougeait, dansait. Maintenant, elle mordait les draps. Parfait. Il suffisait de tirer ces draps vers le mec.

Quelle beauté, ces couleurs… rouge, doré, orange, jaune…

Ceux qui découvriraient le mort concluraient qu'il s'était endormi avec sa clope. L'odeur de fumée l'avait réveillé mais, déjà comateux, il était tombé du lit et s'était assommé. Le feu l'avait alors attaqué sans qu'il s'en rende compte. Le pauvre !

Quelques feuilles de papier aideraient. Là, bien plaquées sur la chemise. Super. Mais ça traînait un peu. Il fallait boire calmement la bière, garder son sang-froid. Woooh... Ça brûlait bien, un petit mec comme ça. Tiens, la moquette prenait déjà. Bien fait pour lui. Mauvais plan, d'acheter des matériaux à bas prix.

Il crépitait en rôtissant comme un toast. Non. Un cochon. Il puait le cochon grillé.

Il était temps d'y aller. Quelle merde de devoir partir, de louper la fin du spectacle ! C'était tellement passionnant de regarder cramer quelqu'un, de voir les chairs fondre, se carboniser.

Hélas, impossible de s'attarder, d'assister au bouquet final. Alors, ciao, *le petit con d'étudiant !*

Prudence, maintenant, en ouvrant la porte. Est-ce que le couloir était désert ? Le longer sans se presser, sans regarder en arrière, du pas tranquille d'un type sans soucis. Puis regagner la voiture, démarrer et rouler en prenant bien garde de ne pas dépasser la vitesse, en vrai fils de pute de citoyen respectueux des lois.

On retrouverait le petit mec cuit à point. Bien croustillant.

Tout ça, c'était vraiment jouissif.

7

Bo se réveilla avec une telle gueule de bois qu'il avait l'impression que toutes les cloches d'une cathédrale sonnaient dans sa tête. Le visage pressé contre les draps qui empestaient la chaussette sale, il se sentait tellement mal en point qu'il envisageait de rester comme ça, immobile, à respirer le remugle jusqu'à la fin de ses jours.

Ce n'était pas sa faute si la fiesta que donnait son voisin du dessous battait son plein à son retour, après qu'il eut raccompagné Mandy. Faire une visite de politesse lui avait semblé un passage obligé avant d'aller se coucher, et il s'était laissé entraîner par la folie ambiante. Rentrer chez lui ne relèverait pas du tour de force, s'était-il dit. Juste quelques marches à gravir. Il pouvait donc s'offrir deux ou trois bières.

Non, rien de ce qui était arrivé n'était sa faute, se répéta-t-il – sauf les bières et ces foutus *nachos* trop épicés. Comment manger des trucs pareils sans boire ? Et pas qu'un peu. Il avait réussi à descendre un pack entier.

De l'aspirine. Il devait bien en avoir quelque part. Si le Seigneur était charitable, Il lui dirait où se trouvaient les cachets. S'Il savait dans quel état était ce malheureux Bo, Il ferait un petit miracle. Il enverrait le tube sur le lit, près de sa pauvre tête. En plus, Il tirerait les stores pour empêcher ce maudit soleil de déclencher des éclairs écarlates dans ses yeux larmoyants de douleur !

Il était puni pour avoir adoré le dieu Bière, voilà pourquoi le Seigneur n'intervenait pas. Il avait commis un péché, adoré le veau d'or liquide en bouteille et maintenant, il payait sa faute.

L'aspirine, son seul espoir, devait être dans la cuisine. Priant pour que ce fût le cas, une main masquant son œil droit, il s'arracha au lit. Il posa les pieds par terre dans un gémissement qui se transforma en cri lorsqu'il se prit les pieds dans ses chaussures et s'étala par terre.

À quatre pattes, il progressa vers la cuisine, se jurant de ne jamais recommencer à boire. S'il avait eu un couteau, il se serait tailladé et servi de son sang pour écrire ce serment sur le sol.

Il tenta de se mettre debout. Un étau écrasait son crâne, une baratte semblait pilonner son estomac. Bon sang, pourvu qu'il ne se vomisse pas dessus… Il préférait avoir mal que se gerber sur les pieds.

Par chance, son appartement était minuscule et la kitchenette à un saut de puce du canapé convertible.

Ça puait le rat mort, dans la cuisine, à cause des assiettes sales dans l'évier, des vieux emballages de nourriture abandonnés sur la paillasse.

Il commença à ouvrir ses placards. Des portes en aggloméré, songea-t-il comme à l'accoutumée. De la saloperie, juste un cran au-dessus du plastique. Voyons, qu'est-ce qu'il y avait là-dedans ? Des céréales. Un pot de crème et un sachet de chips à l'oignon, quatre boîtes de macaronis au fromage, tout un assortiment de soupes en briques, un bocal de framboises et un gâteau au fromage parfum café.

Et là, là ! Au milieu des céréales, l'aspirine ! Ô mon Dieu ! Merci.

Il ne restait que trois cachets. Ceux qui manquaient avaient fait leur office lors de sa précédente gueule de bois. Il les laissa tomber dans sa main tremblante, puis les posa sur sa langue. Il ouvrit le robinet mais, l'évier débordant de vaisselle, il ne put mettre sa bouche sous le jet. Ni trouver un verre propre. Alors il se servit de sa main pour recueillir un peu d'eau qu'il avala pour faire descendre l'aspirine.

Manquant s'étouffer avec un des cachets qui resta collé dans sa gorge, il se déplaça d'un pas instable jusqu'au réfrigérateur et prit une bouteille de Gatorade qu'il but d'un trait, appuyé à l'évier. Puis, louvoyant entre les vêtements, chaussures, clés et autres objets qui traînaient sur le sol, il se fraya un chemin jusqu'à la salle de bains. Là, les mains appuyées sur le lavabo, il s'arma de courage pour se regarder dans le miroir.

Bon sang ! Ses cheveux ressemblaient au poil du rat mort dans la cuisine. Son teint était crayeux, ses yeux injectés de sang.

Il ouvrit le robinet de la douche, entra dans le petit bac crasseux et se plaça sous le chiche jet d'eau. En se penchant en avant, il réussit à se mouiller la tête.

Il n'allait plus tarder à se tirer de ce gourbi, mais, dans un premier temps, il nettoierait. C'était une chose d'habiter dans un appartement pourri pour économiser du fric, et une autre de le laisser se transformer en fosse à purin à force de ne pas l'entretenir. La vie qu'il menait n'était pas normale, et il en avait marre d'essayer de se résigner à cette situation. Marre de trop bosser pendant la semaine puis d'évacuer la tension le samedi soir à coups de bières qui le laissaient comme une loque le dimanche matin.

Il était temps de se bouger. Une heure lui fut nécessaire pour se laver, arracher de sa bouche avec force brossages le goût amer de ses excès puis manger un peu, en espérant que son estomac accepterait de garder la nourriture.

Ensuite, il fit une pile de ses vêtements sales. Il y en avait une quantité incroyable. Il possédait donc tant de vêtements que cela ? Étonnant, songea-t-il en arrachant les draps du lit. Ils étaient tellement répugnants qu'il envisagea de les jeter, mais, son tempérament économe l'emportant, il en fit un sac qu'il ferma autour du linge à laver. Un regard à l'infecte montagne lui apprit qu'il passerait une bonne partie de sa journée à la laverie automatique.

La plus miteuse de ses serviettes lui servit de chiffon pour nettoyer la table. Il s'était donné un mal fou pour fabriquer ce meuble, et tout ça pour le traiter aussi mal !

Après avoir lustré la table, il alla dans la cuisine, où il trouva du produit détergent et un flacon intact de Mr. Propre. Il remplit des sacs-poubelle d'ordures. Ce qui empestait, ce n'était pas un rat mort mais un reste de porc à la sauce aigre-douce.

Il fit la vaisselle, opération qui nécessita une quantité phénoménale de nettoyant. Les jambes écartées comme un cow-boy prêt à se battre en duel, il empila assiettes et couverts propres sur la paillasse maintenant bien nette.

Ces tâches achevées, il se sentit redevenu à peu près normal. Il restait néanmoins du travail : vider le réfrigérateur et le laver, ainsi que le four dans lequel une pizza racornie et rancie avait été oubliée.

— Tu es un porc, se dit-il à haute voix.

Il restait la salle de bains, mais quatre heures après être sorti du lit et s'être attaqué à ce qui évoquait une porcherie, il posait devant la porte deux énormes ballots de linge sale dans la panière qui lui avait jusque-là servi de fourre-tout, trois monstrueux sacs de déchets, et son appartement était impeccable.

Quand il revint de la benne à ordures, il avait l'impression d'être un homme neuf.

De retour dans l'appartement, il se changea, glissa les vêtements dans lesquels il avait fait le ménage dans la panière puis enfila son jean le plus propre et son T-shirt le plus discret. Il prit les pièces de monnaie qu'il avait trouvées éparses sur le lit, en dessous ou coincées entre les coussins de son unique fauteuil et dans les poches de divers vêtements, puis chaussa les lunettes de soleil égarées des semaines auparavant et miraculeusement retrouvées grâce à son nettoyage par le vide. Enfin, il saisit ses clés.

On sonna à l'instant où il soulevait la panière. Il ouvrit la porte et Brad entra.

— Salut. J'ai essayé de t'appeler mais… Oh, merde ! Aurais-je basculé dans un univers parallèle ?

— J'ai fait un peu de ménage.

— Un peu ? Ça alors ! Un être humain pourrait vivre ici, maintenant ! Il y a même un fauteuil !

— J'ai toujours eu un fauteuil. Il était juste enterré. Je vais à la laverie. Si ça te dit de m'accompagner… Des fois, il y a de chouettes nanas qui font leur lessive.

— Ouais, je vais peut-être venir. Dis donc, je t'ai appelé sans arrêt et c'était tout le temps occupé.

— J'ai dû décrocher, hier soir. Pourquoi tu m'appelais ?

— Il y a eu un sale truc. Un feu dans l'immeuble de Mandy hier soir, expliqua Brad en allant prendre un coca dans le frigo.

— Un incendie ? Mon Dieu ! Elle va bien ?

— Oui. Mais elle a été très secouée. Elle est allée chez Cammie. J'en viens. Mandy tremblait de peur. C'était à la télé.

— Je n'ai pas regardé la télé. J'ai nettoyé la turne. C'était grave ?

— Oui, plutôt. Il a commencé dans un appartement au premier, dit Brad en se laissant tomber dans le fauteuil. Il paraît que le mec fumait au lit. Bon sang, Bo, un mec est mort. Il a brûlé, et tout ce qu'il y avait dans l'appart avec. Le feu est monté au deuxième, où il a fait pas mal de ravages, puis est passé au troisième. Mandy est sortie à temps. Les pompiers l'ont autorisée à faire un saut chez elle pour récupérer des trucs, mais elle est complètement effondrée. Le mec qui est mort, c'était celui qu'on a croisé hier, en costard-cravate, tu te rappelles ? Josh.

— Il est… mort ? demanda Bo en s'asseyant sur le canapé.

— Ouais. Sale histoire. Mandy a du mal à en parler. Son copain Josh y est passé, et d'autres gens ont été hospitalisés. Brûlures, inhalation de fumée… Tu vois le truc. Elle dit que ça a commencé juste après que tu l'as raccompagnée. Elle était encore debout. Elle a entendu crier, puis l'alarme d'incendie de l'immeuble s'est déclenchée.

— Il allait à un mariage, murmura Bo, et il ne savait pas comment nouer sa cravate.

— Et maintenant il est mort. Ça fait réfléchir. La vie tient à peu de chose.

— Ouais, approuva Bo tout en visualisant Josh, dans son beau costume, souriant d'un air penaud. Sûr que ça fait réfléchir.

Le dimanche midi, le Sirico tournait au ralenti. Quelques clients venaient traditionnellement déjeuner après la messe mais la plupart des gens rentraient prendre leur repas chez eux.

Reena et Xander se chargèrent du service avec Mia, la cousine de Pete. Nick Casto s'occupait de leur faire passer les commandes et assurait la plonge.

Les haut-parleurs diffusaient des chansons de Tony Bennett car les habitués du dimanche aimaient ce crooner, mais Xander, les écouteurs de son walkman coincés dans les oreilles, écoutait Pearl Jam pendant qu'il préparait pizzas et *calzoni* sur le vaste plan de travail.

Pour Reena, gérer les cuisines et passer de table en table comme le faisait son père était un plaisir quand il n'y avait pas de bousculade.

Fran prendrait le relais, comme prévu, mais Reena passerait encore quelques heures à travailler. S'il n'y avait pas eu d'invité pour le dîner, elle serait allée avec Xander assister à un tournoi de boules ou aurait rejoint un groupe d'amis pour jouer au base-ball.

Mais il y avait un invité. Josh. Son petit ami. Reena rentrerait donc à la maison, qui regorgeait de fleurs du mariage de Bella, pour aider sa mère. Dans quelques heures, elle dresserait la table : vaisselle d'apparat sur une belle nappe. Bianca préparerait son poulet au romarin et au jambon, et il y aurait du tiramisù comme dessert.

Josh serait intimidé, songeait Reena tout en versant du risotto dans un plat de service, mais sa famille saurait le détendre. Et puis, elle allait bien briefer Fran : qu'elle lui parle de son ambition de devenir écrivain.

— Alors ça y est, ta sœur est mariée, lui dit Mme Giambrisco lorsqu'elle alla la servir.

— Eh oui, c'est fait.

Mme Giambrisco hocha la tête tout en jetant un coup d'œil à son mari qui dévorait déjà son risotto.

— Il paraît qu'elle en a trouvé un riche. Elle a bien fait. C'est aussi facile de tomber amoureuse d'un riche que d'un pauvre.

— Sans doute, concéda Reena, qui à part soi se demandait l'effet que cela faisait d'être amoureuse, et peu importait de quel genre d'homme. Peut-être était-elle en train de tomber amoureuse de Josh sans le savoir.

— Pour le moment, les garçons tournent autour de tes sœurs. Mais ton tour viendra bientôt. Le mari de Bella, il a un frère ?

— Oui. Marié, père d'un enfant et sa femme est enceinte.

— Un cousin, alors ?

— Ne vous en faites pas, madame Giambrisco, lança Xander de derrière le comptoir, Reena a un petit ami ! Il dîne ce soir à la maison. Comme ça, papa pourra lui tirer les vers du nez !

— Il aura raison de le faire. Il est italien, ce garçon ?

— Non, et il vient manger du poulet. Pas se faire cuisiner ! rétorqua Reena en riant. Madame Giambrisco, monsieur Giambrisco, bon appétit.

En revenant vers la cuisine, Reena lança un regard noir à son frère, mais en réalité, elle était contente d'être taquinée parce qu'elle avait un petit ami.

Elle consulta la pendule, égoutta des *penne*, puis alla servir des spaghettis *alla putanesca* à un client. Gina déboula dans le restaurant à ce moment-là.

— Reena !

— Un instant, Gina.

Puis, à ses clients, tout en remplissant leurs verres d'eau :

— Gardez un peu de place pour le sabayon de maman, dit-elle.

— Catarina…

Gina lui avait agrippé le bras et l'entraînait loin de la table.

— Mais qu'est-ce que tu as ? Tu ne pouvais pas attendre ? J'aurai fini dans une demi-heure !

— Tu… tu n'es pas au courant ?

— Au courant de quoi ? demanda Reena, soudain inquiète : les doigts de Gina serraient trop fort son bras, et elle avait les larmes aux yeux.

— Que s'est-il passé ? Qu'est-ce qui ne va pas ? C'est… ta grand-mère ?

— Non. Mon Dieu, non. Oh, Reena… C'est… c'est Josh.

La main de Reena se pétrifia autour de la carafe.

— Il est arrivé quelque chose ?

— Il y a eu le feu dans son appartement. Viens.

Reena se dégagea lorsque son amie tenta de la tirer à l'écart. Son mouvement vif fit jaillir l'eau glacée qui restait dans la carafe, lui éclaboussant la main.

— Non, Gina. Dis-moi, tout de suite. Josh est blessé ? Il est à l'hôpital ?

— Il… Ô Sainte Mère de Dieu… Les pompiers ne sont pas arrivés à temps… Il est mort.

— Non ! Mais non, il n'est pas mort ! cria Reena.

La salle se mit à tourner autour d'elle, les couleurs semblèrent se fondre les unes dans les autres, le jaune se mêler au rouge et blanc des nappes. Elle entendait Dean Martin chanter « Volare » comme en rêve.

— Non, il n'est pas mort, répéta-t-elle. Pourquoi dis-tu ça ? tu es devenue folle ?

— C'était un accident, Reena. Un épouvantable accident. Oh, Reena…

Maintenant, les larmes roulaient sur les joues de Gina.

— Tu te trompes, affirma Reena. Je vais l'appeler et il va me répondre. Oui, c'est ça, je vais lui téléphoner !

Elle se détourna, et heurta Xander. Comme leur père, il sentait la farine. Il prit sa sœur dans ses bras.

— Viens avec moi. Viens derrière avec moi. Mia ! Passe un coup de fil à Pete ! Dis-lui que nous avons besoin de lui ici !

— Lâche-moi ! protesta Reena. Il faut que je téléphone à Josh !

— Tu viens avec moi. Tu vas t'asseoir.

Il réussit à l'entraîner dans l'arrière-cuisine, où il lui retira des mains la carafe et la tendit à Mia.

— Josh vient dîner à la maison. Il a déjà dû partir de chez lui. La circulation est…

Elle s'interrompit, brusquement agitée de tremblements. Xander l'obligea à se poser sur une chaise.

— Assieds-toi. Fais ce que je te dis. Gina, tu es sûre qu'il n'y a pas d'erreur ?

— Non. C'est Jen qui m'a prévenue. Une de ses amies habite au même étage que Josh. Elle a été amenée à l'hôpital.

Gina prit le temps d'essuyer ses larmes du revers de la main avant de poursuivre :

— Ils disent que le feu a pris dans l'appartement de Josh. Et personne n'a pu arriver jusqu'à lui avant que… que… C'était aussi aux informations locales. Ma mère l'a entendu à la radio.

Gina s'assit aux pieds de Reena et posa la tête sur ses genoux.

— Je suis désolée. Je suis tellement désolée.

Le regard de Reena était fixé droit devant elle mais elle ne voyait rien. Sauf un voile gris semblable à de la fumée.

— Quand ? Quand est-ce arrivé ? Je veux le savoir.

— Je ne sais pas exactement, répondit Gina. Cette nuit.

— Il faut que je rentre à la maison.

— Je te raccompagne dans une minute, dit Xander en lui tendant un verre d'eau. Tiens, bois.

Elle saisit machinalement le verre.

— Comment le feu a-t-il pris ?

— Josh aurait été en train de fumer une cigarette. Il s'est endormi.

— Non. C'est impossible. Josh ne fume pas.

— On réfléchira à ça plus tard, Reena. Pour l'instant, on va à la maison. Gina, tu peux attendre que Pete arrive ? Nous allons sortir par-derrière.

— Il ne fume pas… Ce n'était peut-être pas lui… Ils se sont trompés.

— Allons-y, Reena.

Xander la fit sortir. La chaleur et la clarté de juin la saisirent. Elle mettait un pied devant l'autre comme un automate. Ses jambes lui semblaient anesthésiées. Lorsqu'ils eurent contourné le bâtiment pour regagner la rue, elle perçut des cris d'enfants qui jouaient, puis de la musique s'échappant à plein volume d'une voiture qui passait, vitres baissées, et au-dessus la voix de Xander qui murmurait.

Il la ramena à la maison. Tous deux portaient encore leurs tabliers de travail. Ce souvenir resterait gravé à jamais dans sa mémoire. Comme demeurerait associée au drame l'odeur de farine qui émanait de son frère. Le soleil l'aveuglait et il la guidait, le bras passé autour de la taille. Devant chez eux, des fillettes jouaient à la marelle sur le trottoir sur le bord duquel était assise une gamine qui parlait à sa poupée Barbie.

Elle entendit un air d'opéra, *Aïda*. Les violons semblaient sangloter, mais pas elle. Ses yeux restaient douloureusement secs.

Puis sa mère sortit en courant, dévala le perron, courut à sa rencontre, comme elle l'avait fait le jour où Reena était tombée de vélo et s'était foulé le poignet.

Ce ne fut que lorsque les bras de Bianca se refermèrent sur elle que la réalité accabla Reena.

Pétrifiée au bas des marches, soutenue par sa mère et son frère, elle fondit en larmes.

Bianca mit Reena au lit puis resta auprès d'elle, attendant une nouvelle crise de larmes. La jeune fille finit par s'endormir, et lorsqu'elle se réveilla, Bianca était toujours là.

— Maman, John a-t-il appelé ? Est-il venu ?

— Pas encore. Mais il ne va plus tarder.

— Je veux aller voir.

— Tu as dit ça à John ?

— Oui.

— Et qu'a-t-il répondu ?

— Qu'il ne fallait pas que j'y aille, que de toute façon on ne me laisserait pas entrer.

Reena ne reconnaissait pas sa propre voix. Elle avait l'impression qu'il s'agissait de celle d'une grande malade.

— Sois patiente, ma chérie. Je sais que c'est difficile à dire, mais essaie de dormir encore un peu.

Je vais rester avec toi. Il faut attendre, il n'y a rien d'autre à faire. Fran est allée à l'église mettre un cierge pour que je puisse veiller sur toi.

— Maman, je n'arrive pas à prier. Je ne trouve pas les mots.

— Les mots n'ont pas d'importance, quand on prie, tu le sais.

Reena vit que Bianca serrait un chapelet entre ses doigts.

— Toi, tu trouves toujours les mots.

— Si tu éprouves le besoin de les prononcer, alors dis-les après moi.

Bianca plaça un crucifix dans la main de sa fille puis se mit à prier à voix basse. Elle demandait à Dieu de recevoir l'âme de Josh, mais Reena, in petto, faisait une autre prière : elle implorait le Seigneur d'avoir la bonté de changer la réalité en mauvais rêve. Oui, c'était cela. Il lui avait fait faire un cauchemar et dès son réveil, elle pleurerait, de soulagement cette fois.

Gib entra un peu plus tard dans la chambre et trouva sa femme et sa fille ensemble. La tête de Reena reposait sur les genoux de Bianca, qui tenait toujours son chapelet, mais elle ne priait pas. Elle fredonnait une de ces berceuses qui aidaient ses enfants à chasser leurs peurs, la nuit, lorsqu'ils étaient petits.

Il croisa le regard de Bianca et y lut une peine aussi intense que celle qu'il éprouvait.

— John est là, dit-il. Tu veux que je lui demande de monter, mon bébé ?

Reena se tourna vers lui.

— C'est vrai, papa ? Josh est vraiment...

Elle n'acheva pas. Gib jugea superflu d'acquiescer. Il se pencha et posa un baiser sur les cheveux de la jeune fille.

— Je vais descendre, fit-elle. Je descends tout de suite.

John l'attendait dans le salon avec Fran et Xander. L'expression de Gib était douloureuse, celle de John empreinte de sympathie. Il esquissa un sourire, un pauvre sourire qui réchauffa le cœur de Reena. Elle ne se laisserait pas abattre. Elle tiendrait bon, parce qu'il n'y avait rien d'autre à faire.

— Merci d'être venu, John. Merci de…

Sa voix se brisa. Aussitôt, John fit un pas vers elle et lui prit la main.

— Assieds-toi, Reena.

— J'ai fait du café, dit Fran à sa sœur. Il y a un coca pour toi : je sais que tu n'aimes pas le café, alors…

La phrase de Fran resta en suspens. Elle leva les bras puis les laissa retomber sur ses flancs.

— Je ne savais pas quoi faire d'autre, conclut-elle dans un murmure.

Bianca guida Reena vers une chaise et, de la main, invita John à s'asseoir aussi.

— S'il vous plaît, racontez à Reena ce que vous avez appris. Elle a besoin de savoir.

— Eh bien, j'ai discuté avec les policiers, les enquêteurs de la brigade chargée des incendies et les pompiers. Le feu serait d'origine accidentelle, causé par une cigarette.

— Josh ne fumait pas ! s'insurgea Reena. Vous le leur avez dit ? Vous leur avez expliqué qu'il ne fumait pas ?

— Oui, nous en avons parlé. Les non-fumeurs peuvent être des fumeurs occasionnels. Quelqu'un a peut-être oublié un paquet de cigarettes chez Josh et…

— Il n'a jamais fumé ! Jamais !

— Reena, il était seul chez lui, il n'y a pas trace d'effraction sur sa porte. Apparemment, il était allongé sur le lit. Il lisait ou écrivait… et il aurait laissé tomber sa cigarette sur la literie. Le point de départ du feu, sa progression, le chemin qu'il a suivi sont très clairs : c'est le lit. Josh devait somnoler, ou carrément s'être endormi sur son livre ou son manuscrit, et il s'est réveillé. Probablement à cause de l'odeur de fumée. Le problème, c'est que cette fumée l'avait déjà à moitié asphyxié. Il n'a pas réussi à se lever. Seulement à rouler à bas du lit en entraînant les draps, qui se sont enflammés. Ils ont fait office d'accélérant. Le médecin légiste va procéder à une autopsie, les enquêteurs vont passer une nouvelle fois l'appartement à la loupe, mais pour le moment, rien ne laisse à penser qu'il s'agisse d'autre chose que d'un tragique accident.

— Ils vont chercher des traces de drogue ou d'alcool sur Josh, mais il ne se droguait pas, il buvait très peu et il ne fumait pas ! À quelle heure le feu a-t-il pris ?

— Autour de onze heures et demie.

— Je suis restée avec lui, dans l'appartement, jusqu'à 22 heures. Nous avons passé un moment ensemble après le mariage. Il m'a demandé si… pardon, papa… si je ne pouvais pas rester avec lui toute la nuit : son colocataire n'était pas là. Mais je lui ai dit qu'il fallait que je rentre à la maison. Si j'étais restée, les choses…

— Reena, stop ! lança John. Tu ignores totalement si, toi présente, les choses se seraient passées différemment. Tu ne fumes pas, n'est-ce pas ?

— Non.

— Et Josh le savait. Peut-être ne voulait-il pas fumer devant toi.

— John, avez-vous examiné les lieux ?

— Non. Le secteur de Prince George County est hors de ma juridiction et les équipes responsables sont très compétentes. J'ai vu les photos, les croquis, lu les rapports, et si on m'a autorisé à le faire, cela a été par courtoisie. J'ai tiré du dossier la même conclusion que mes collègues. Reena, tu sais que le déclenchement d'un feu peut résulter de beaucoup de causes fortuites. À l'université, tu étudies les méthodes d'investigation. Tu sais qu'elles ne conduisent pas invariablement à un acte criminel. Très fréquemment, ce genre de tragédie n'est qu'un accident.

— Pastorelli est…

— Pastorelli est à New York, dans le Queens. Par prudence, j'ai demandé qu'on vérifie où il se trouvait. Il occupe un boulot de veilleur de nuit et il était à son poste.

Reena baissa la tête.

— Alors c'est comme ça… C'est arrivé par accident. Pourquoi est-ce que ça me semble encore pire ?

— Parce que tu cherches des réponses et qu'il n'y en a pas.

— Non, assura Reena en fixant ses mains. Souvent, les réponses ne sont pas celles que l'on cherchait… car on n'avait pas posé les bonnes questions.

8

Baltimore, 1996

Allait-elle vraiment en baver ? se demanda Reena en entrant dans le mobile home – surnommé le Labyrinthe – dont l'aspect extérieur était tout à fait anodin. L'aménagement intérieur avait gagné une réputation quasi mythique dans les brigades. Mais elle n'avait pas peur.

Bien sûr, elle avait eu droit à toutes les anecdotes, plaisanteries et avertissements au sujet des nouvelles recrues qui se retrouvaient enfermées dans la boîte, mais elle estimait que pour tenir le coup, il suffisait de se concentrer.

Elle avait commencé son entraînement dans un immeuble en feu ici, à l'Académie, avait appris à gérer le stress, descendre en rappel le long des murs, gravir des échelles, tout cela en équipement complet. À l'occasion de deux feux dans des villas, elle avait tenu la lance à incendie, et participé aux interventions des équipes. D'accord, elle les avait seulement accompagnées, et donné un coup de main quand besoin était. Manipuler les énormes tuyaux dans lesquels l'eau circulait avec la force phénoménale d'un geyser n'était pas à la portée des petites natures. Elle était désormais flic, et fière de porter l'uniforme. Mais elle aspirait à monter en grade, à intégrer la brigade d'investigation, à porter l'insigne de ce département, à comprendre comment naissaient les flammes. Tant qu'elle ne se serait pas comportée en parfait soldat du feu, elle ne réaliserait pas son rêve. Ce n'était pas le travail de laboratoire qui l'intéressait, ni les simulations. Elle ne serait satisfaite que le jour où elle s'immergerait dans… le feu de l'action.

Elle était en excellente forme, elle travaillait dur pour se faire des muscles de fer qui lui permettraient de monter et descendre cinq étages en quatrième vitesse.

Elle avait gagné le droit de passer cette épreuve, et elle gagnerait l'estime des hommes et des femmes qui se battaient en première ligne contre les pires incendies.

— Tu n'as pas à faire ça, tu sais.

Elle se retourna et vit John Minger. Maintenant qu'elle appartenait à la brigade, il la traitait comme une collègue.

— Si, je dois le faire. Pour moi.

— Drôle de façon de passer un si beau samedi matin.

John n'avait pas tort, mais son challenge, sa mission, sa récompense aussi, c'était cela.

— Le soleil brillera et les oiseaux chanteront encore quand je sortirai.

Mais elle se sentirait différente. Du moins l'espérait-elle.

— Ça se passera bien, John.

— Dans le cas contraire, ta mère aura ma tête.

Pendant qu'il fixait la caravane, Reena l'examina. Tout un réseau de fines rides cernait ses yeux. Il approchait de la soixantaine.

Il lui accordait toute sa confiance et son estime, comme un père. Il était fier d'elle mais, précisément comme un père, il se faisait du souci pour elle.

— Je n'ai jamais vu personne s'entraîner avec un tel acharnement.

— Oh, c'est gentil. Ça fait plaisir à entendre. Merci, John.

— Tu as beaucoup bossé, ces dernières années. L'entraînement, les cours, le travail sur le terrain. Tu vas vite.

Il songea que ce qui s'était passé au Sirico avait été le facteur déclenchant de sa vocation, et plus tard, la mort de Josh, la confirmation de celle-ci.

— Pourquoi j'irais doucement ?

John soupira. Difficile d'expliquer à une jeune fille de vingt-deux ans que la vie ne devait pas seulement être vécue mais savourée.

— Tu es encore jeune, ma chérie.

— Je me débrouillerai, dans le Labyrinthe.

— Je ne parlais pas seulement et du Labyrinthe.

— Je sais, assura Reena en embrassant John sur la joue. Vous vous dites que je mène une existence trop speedée. Mais c'est celle que je veux. C'est celle que j'ai toujours voulue.

— Pour l'avoir, il te faudra faire bien des sacrifices.

Reena ne partageait pas cette opinion. Les étés passés à travailler, étudier, s'entraîner, elle les considérait comme des investissements pour l'avenir. De surcroît, elle adorait sentir monter l'adrénaline quand elle enfilait son uniforme ou quand on l'appelait « officier Hale ». Ou lorsque les battements de son cœur s'accéléraient, à l'instant où elle se découvrait cernée par les flammes et devait livrer bataille.

Elle aimait aussi l'épuisement qui la terrassait, une fois la bataille terminée. Jamais elle ne serait comme Fran, satisfaite de gérer un restaurant, ni Bella, aussi à l'aise qu'un poisson dans l'eau avec ses rendez-vous, ses réceptions et ses déjeuners en ville.

— J'ai besoin de ça, John.

— Oui, je sais. Mais c'est dur, là-dedans. Il ne faut pas que tu sois trop sûre de toi quand tu entreras.

— Ce ne sera pas le cas. Je ne serai sûre de moi qu'en ressortant et je… Ah, voilà deux bouffeurs de fumée.

Elle leva la main pour saluer les arrivants, deux pompiers, tout en regrettant d'avoir fait l'impasse sur le maquillage. Steve Rossi, mince, ténébreux, aux doux yeux d'épagneul, était le béguin actuel de Gina. Reena les avait présentés l'un à l'autre six mois auparavant et leur petite histoire prenait une tournure sérieuse. Chasse gardée, donc. Mais pas son collègue, un Adonis costaud, bronzé, en jean et T-shirt à l'emblème du Baltimore Fire Department… Il s'appelait Hugh Fitzgerald. Reena avait pris un repas avec lui dans la cuisine bondée d'autres pompiers de la caserne. Puis ils avaient joué au poker et bu quelques bières. Ils avaient flirté, mangé une pizza ensemble quelques jours plus tard puis étaient allés au cinéma et avaient échangé plusieurs baisers brûlants. En dépit de ces moments d'intimité, Reena avait l'impression qu'il ne voyait en elle qu'une collègue.

Pour être honnête, en tenue de combat et bottes antifeu, elle-même se considérait comme l'un des mecs de la brigade.

— Salut, Steve. Qu'est-ce que tu as fait de ma colocataire ?

— Gina dort comme un loir. Impossible de la réveiller pour qu'elle vienne assister à ça. Tu es prête, Reena ?

— Oui. Tu es venu assister au spectacle, Hugh ?

— Je viens de finir mon astreinte et je me suis dit que je devais être là, au cas où tu aurais besoin de réanimation.

La jeune femme rit tout en commençant à revêtir son équipement. Le pantalon, en premier lieu, puis ajuster les bretelles…

— Vous y êtes arrivés, tous les deux. Alors il n'y a pas de raison pour que je n'y arrive pas aussi.

— Sûr. Tu es aussi coriace que nous, assura Hugh.

Reena tiqua : l'idée que Hugh se faisait d'elle n'était pas exactement celle d'une douce amante. Mais quand on jouait dans la cour des garçons, il fallait s'attendre à être considérée comme l'un d'eux. Seule différence, elle avait de longs cheveux et devait les ramasser sous le casque.

Jamais elle ne serait aussi féminine que ses sœurs mais, nom d'un chien, elle aurait son diplôme de pompier avant la fin de l'été !

— On pourrait aller manger un morceau quand tu auras fini, proposa-t-il.

Elle boutonna sa veste, si lourde pour la chaleur d'août, et leva les yeux vers Hugh. Les siens avaient la limpidité d'un lac de montagne. Une fascinante couleur qui passait du gris au bleu selon la lumière.

— D'accord. Tu paieras ?

— Tu traverses le labyrinthe et moi, je lâche les billets, OK ? dit-il en l'aidant à mettre son réservoir. Si tu te plantes, c'est toi qui paies.

— Marché conclu, dit Reena en coiffant son masque et son casque.

— Contrôle radio ! lança John.

Reena s'exécuta puis leva le pouce.

— Bien. Je te guiderai, Reena, dit John. Pense bien à contrôler ta respiration. La panique n'apporte que des ennuis.

Elle ne paniquerait pas. Le Labyrinthe n'était qu'une épreuve à franchir, une simulation. Elle respirait normalement et continuerait une fois à l'intérieur.

— Vas-y, ordonna John en actionnant son chronomètre.

Elle entra.

Il faisait noir comme dans une tombe, là-dedans, et aussi chaud qu'en enfer. C'était fantastique. Une épaisse fumée noire supprimait toute visibilité. À chaque passage de l'oxygène dans le masque, elle entendait un léger sifflement.

Elle s'orienta, calculant mentalement les distances, puis avança, se guidant avec ses mains et son instinct.

Elle trouva une porte. La franchit. Son visage était déjà baigné de sueur. Il y avait un obstacle. Elle essaya de l'identifier en le tâtant de ses doigts engoncés dans les gants. Un trou... Étroit et bas.

Elle s'y enfila : des gens pouvaient être pris au piège à l'intérieur, et les trouver était le but de cet exercice. Elle devait découvrir les victimes et les survivants et les arracher à la fournaise. Faire son job, sauver des vies et rester elle-même en vie.

La voix de John lui arriva, très lointaine et sonnant étrangement au fond de ce trou. Il lui demandait comment elle allait.

— Bien. Et je vous reçois cinq sur cinq.

Elle continua à progresser, escalada un mur puis s'insinua dans une étroite ouverture. Elle perdait ses repères, se rendit-elle tout à coup compte. Mieux valait faire une pause pour se reprendre.

Du calme, s'intima-t-elle. Pas de hâte. Entrer, traverser le Labyrinthe jusqu'à l'autre bout et ressortir… Se focaliser là-dessus… Mais la fumée était si dense, la chaleur tellement forte…

Elle repartit. Et aboutit dans une impasse.

Les prémices de la panique l'assaillirent. Elle se mit à respirer par à-coups trop rapides. John dut l'entendre, car il lui dit de ne pas s'affoler, de rester concentrée et de contrôler son souffle.

Elle s'y astreignait lorsque le sol s'ouvrit soudain sous elle. Elle tomba dans ce qui lui parut être un puits ténébreux. Son sang battait si violemment dans ses tympans qu'elle se crut devenue sourde. La transpiration coulait à grosses gouttes de son front, l'aveuglant. Elle était enterrée vivante ! Jamais personne n'aurait pu survivre dans ce boyau obscur !

Sortir de là ! À n'importe quel prix ! Ô mon Dieu…

« Reena ! Ta respiration, bon sang ! Je veux que tu maîtrises ta respiration ! »

Impossible, songea-t-elle, éperdue. Elle n'y arriverait pas. Personne ne pourrait y arriver ! Aveugle, à moitié étouffée, les muscles au bord de la tétanie, elle ne songeait qu'à sortir de ce piège, retrouver l'air, la lumière. Sa gorge desséchée l'élançait, le sel de ses larmes lui brûlait les yeux comme de l'acide.

Elle pleurait de désespoir, mais aussi parce qu'elle pensait à Josh. Avait-il enduré un tel supplice ? Elle l'imaginait suffoquant, affolé, terrifié… Son visage si doux, son sourire timide, ses cheveux qui balayaient ses joues tel un rideau de soie lorsqu'il secouait la tête… Était-il resté longtemps conscient avant que les flammes ne le dévorent ? Avait-il eu aussi peur, s'était-il battu pour trouver de l'oxygène, pour appeler, alors que la fumée le rendait muet ?

Avait-il compris ce qui allait se passer ?

Elle se trouvait dans le Labyrinthe en grande partie à cause de lui. Pour découvrir l'ampleur du calvaire que subit une personne prise dans la nasse du feu. Pour y survivre.

Tremblant de tout son corps, elle se mit à quatre pattes. Non, elle n'allait pas mourir, même si cet endroit ressemblait à un cercueil. Elle se hissa sur le parquet au-dessus d'elle, mais elle avait perdu tout sens de l'orientation. Sa capacité de réaction se limitait à se mouvoir. Une autre porte, une autre impasse. Comment cet endroit pouvait-il être aussi vaste ?

La fumée, la sensation d'égarement, la perte des repères tuaient plus insidieusement que le feu mais aussi efficacement. Un incendie n'était pas dangereux que par ses flammes, lui avait-on appris. Les plafonds effondrés, les murs abattus, les planchers écroulés recelaient autant de chausse-trappes. L'affolement et l'épuisement étaient les complices du feu.

Un trou, encore, une nouvelle chute… Elle tomba, vidée de toute énergie au point de ne même pas laisser échapper un juron. Ses mains touchaient un mur. Quel sadique avait dessiné le plan de ce labyrinthe ?

Elle se faufila dans un autre trou, tomba sur une nouvelle porte, qu'elle ouvrit.

Elle était dehors.

Elle arracha son masque, son casque et aspira l'air à longues goulées.

— Beau boulot, énonça John.

— J'ai presque perdu les pédales.

— « Presque » ne compte pas.

— J'ai appris un truc, là-dedans.

— Quoi ?

Elle prit la bouteille d'eau qu'il lui tendait et la vida goulûment.

— J'ai acquis une certitude : j'hésitais encore entre devenir pompier ou enquêtrice. Maintenant, je n'ai plus le moindre doute.

John lui tapota affectueusement le dos puis la débarrassa de la bouteille.

— Tu as été excellente.

Elle fléchit les jambes et, les mains appuyées sur les genoux, tenta de détendre ses muscles, d'assouplir ses articulations. Une ombre s'étendit soudain au-dessus d'elle. Elle releva la tête. Hugh était là. Il l'imita, ployant à son tour les jambes. Quand son visage fut à la hauteur du sien, il lui sourit.

Elle lui sourit en retour, d'abord piteusement, puis, quand elle eut repris sa respiration, rit carrément.

La joie l'inondait : elle avait gagné.

— Quelle saloperie, non !

— Ça, c'est sûr, répondit Hugh.

— Je mérite un déjeuner gastronomique chez Denny ! dit Reena, avant de placer sa tête entre ses genoux pour cesser d'hyperventiler.

— ... et après, je suis allée au vestiaire et je me suis regardée dans un miroir...

Reena s'interrompit, grimaça et fit passer d'une épaule à l'autre l'anse du sac contenant ses emplettes, la juste récompense qu'elle s'était accordée au centre commercial avec Gina.

— ... Mes cheveux n'étaient plus que des bouts de ficelle frisottés qui empestaient la sueur, ma figure était noire de fumée. Je sentais mauvais ! Oh, bon Dieu, ce que je sentais mauvais...

— Hugh t'a quand même invitée à sortir avec lui, remarqua Gina.

— Plus ou moins, dit-elle en tombant en arrêt devant une vitrine où des escarpins rouges venaient d'attirer son regard. On a déjeuné chez Denny, et on a bien rigolé. Demain, on frappera quelques balles. Je ne dis pas que je n'aime pas le base-ball ni que je suis contre le fait de passer une heure à jouer les batteurs, mais franchement, ça me plairait bien d'aller dîner dans un chouette endroit. Où j'aurais l'occasion de mettre ces chaussures rouges... Ça me donnerait une raison de les acheter.

— Elles sont super. Prends-les.

Gina l'entraîna dans la boutique.

— Tu es une vraie amie. Les amies, ça fait des trucs comme obliger la copine à entrer dans un magasin et claquer quatre-vingt-sept dollars pour des souliers de star !

— Ces chaussures sont sublimes. Elles sont sexy, elles sont rouges. Elles n'ont pas de prix, assura Gina avec conviction.

— Si, elles ont un prix. Trop élevé pour un salaire de flic débutant. Mais tu as raison. Je les veux. Il me les faut. Je ne supporterais pas que quelqu'un d'autre les achète – même si elles doivent rester au fond de ma penderie.

Reena montra le modèle et demanda sa pointure à un vendeur, puis elle se posa sur un siège, Gina et les paquets à côté d'elle.

— Ces souliers seront mon trophée. Ils symboliseront ma victoire dans le Labyrinthe. Et ne me fais pas remarquer que j'ai déjà dit ça à propos de l'ensemble que je viens d'acheter !

— Pourquoi te ferais-je remarquer ça ? dit Gina d'un ton faussement candide. L'ensemble, c'était ta récompense d'il y a trente minutes, les chaussures, celle de maintenant. C'est très logique.

— Je t'adore ! lança Reena en embrassant son amie sur la joue.

Puis elle l'examina : elle avait laissé pousser ses cheveux qui retombaient maintenant en vagues couleur d'ébène sur ses épaules.

— Tu as l'air toute languide.

— C'est parce que je me sens languide, Reena. Steve… Il est fort, doux, intelligent… C'est lui le bon !

— *Le* bon ?

— Oui, l'unique, et je vais me marier avec lui.

— Ça, par exemple ! Ça fait une heure qu'on fait les boutiques et c'est maintenant que tu m'annonces cette nouvelle ?

— Steve ne m'a encore rien demandé mais je vais le travailler au corps. Je pense qu'on pourrait se marier en mai. Ou bien attendre septembre, à cause des superbes couleurs de l'automne. Ça permettrait de trouver des harmonies fabuleuses pour les robes. Je te verrais bien en or rouge, ou en feuille morte.

Décidément, se dit Reena, son amie allait bien vite en besogne. En un clin d'œil, elle faisait passer directement Steve de l'état de petit ami à celui de mari, et elle réfléchissait aux teintes des tenues de ses demoiselles d'honneur. Était-elle sérieuse ? Oui, manifestement.

— Tu veux vraiment te marier ?

— Oui. Même si je sais que la vie d'une femme de pompier n'est pas toujours rose. Les heures seront longues quand il sera en mission. C'est un métier dangereux. Mais il me rend si heureuse et… oh, voilà les souliers rouges ! Mets-les vite !

Reena enfila les escarpins que venait de lui apporter le vendeur, puis se leva et marcha jusqu'au miroir pour les admirer.

Elle essayait des chaussures au-dessus de ses moyens et qu'elle ne porterait probablement jamais alors que Gina organisait son avenir. Bon, d'accord, elle préférait les chaussures à un mari, mais elle ne pouvait s'empêcher d'envier son amie.

— Steve envisage le mariage ?

— Non, pas encore. Mais je n'y pensais pas non plus jusqu'à ce matin ! Quand il m'a embrassée au moment de partir, j'ai pensé : Ô mon Dieu, je suis amoureuse et je me vois très bien me réveiller chaque jour auprès de ce mec. Jamais auparavant je n'avais eu ce genre de déclic. Reena, tu vas acheter ces chaussures ! C'est un ordre !

— Ah, dans ce cas…

Reena se rassit, retira les escarpins, les donna au vendeur et se rechaussa. Lorsque, à la caisse, elle tendit sa carte de crédit, elle remarqua :

— Je suis irresponsable.

— Mais non. Tu es une femme, c'est tout.

— Oui, et je compense. Je sais que c'est ça : ma meilleure copine est amoureuse et moi, je n'arrive même pas à avoir un petit ami régulier.

— Bien sûr que tu le pourrais : regarde-toi. Tu es bronzée, tonique et belle. Le matin, en cinq minutes, tu es nickel. Moi, les bons jours, il me faut une heure !

— Je porte un uniforme et, du coup, je ne suis pas la reine de la fringue, rétorqua Reena en jetant un dernier regard navré à la carte de crédit. Allez, j'arrête avec ça. Gina, ton Steve a tout pour plaire, je suis obligée d'en convenir. Alors, s'il ne se remue pas, s'il n'a pas assez de bon sens pour te demander en mariage le plus tôt possible, tout ce qu'il méritera, ce sera un bon coup de pied aux fesses.

— Merci, Reena, j'apprécie ton soutien.

— Je vais peut-être inviter Hugh à dîner et... Bon sang ! Je viens de dépenser une fortune pour des chaussures !

— On sortira dîner tous les quatre. Je vais charger Steve de s'occuper de ça.

— Tu es la meilleure amie du monde.

— Oui ? Dans ce cas, tu me prêteras les souliers rouges.

— Ils sont trop grands pour toi.

— Je m'en arrangerai. Hé, tu sais quoi ? Tu pourrais demander à Hugh d'être ton cavalier au mariage de Fran.

— En octobre ? C'est loin. J'aurai peut-être déjà fini avec lui d'ici là, assura Reena tout en réunissant ses paquets et se jurant qu'elle ne dépenserait pas un sou de plus.

— Quelle garce !

— Malheureusement, non, même pas. Je reconnais honnêtement que je ne cherche pas l'homme de ma vie. Du moins pour le moment. C'est juste que Hugh est sacrément bien fichu et qu'entre nous, il y a pas mal de courant.

Les deux jeunes filles sortirent du magasin et furent aussitôt aspirées par la foule des chalands du samedi après-midi.

— Fran sera super heureuse avec Jack, commenta Reena. Elle le regarde avec des yeux de merlan frit depuis qu'elle le connaît et elle est aux anges.

— Il faut dire que Jack est adorable.

— C'est vrai. Il est exactement celui qu'il lui fallait. Ils seront ridiculement heureux ensemble. Mais, tu vois, Gina, ça me fait vraiment réfléchir : je n'ai vraiment pas besoin de l'homme de ma vie pour l'instant. Si je l'avais, qu'est-ce que je ferais de lui, hein ?

— Tu seras ridiculement heureuse ?

— Je ne sais pas. Il y a des choses que je dois faire d'abord. L'amour avec un grand A, ça passe au deuxième plan.

Bo marchait à contrecœur, en traînant les pieds, mais il marchait quand même. Tout en protestant.

— Je ne veux pas aller faire les magasins ! Je ne veux pas !

— Oh, arrête de gémir ! s'exclama Mandy en le tirant par le bras. Tu es mon meilleur copain, ou pas ?

— Qu'est-ce que je t'ai fait ? Pourquoi obliges-tu ton meilleur pote à aller faire des courses un samedi après-midi ?

— Parce que j'ai besoin aujourd'hui de ce cadeau d'anniversaire ! Je ne pouvais pas savoir à l'avance que je n'aurais même pas le temps de souffler cette semaine et que je me retrouverais les mains vides au dernier moment ! Et tout ça parce que j'ai oublié la fête de ce soir. Oh, regarde cet ensemble !

— Pas de fringues ! Tu as promis.

— J'ai menti. Cette couleur verte, elle est faite pour moi. La coupe de la veste est fabuleuse. Je fais partie de la rédaction du *Sun*, maintenant, Bo. Il faut que je m'habille comme une pro. Je vais juste l'essayer. J'en ai pour deux minutes.

Bo mima un revolver sur sa tempe, puis une corde autour du cou, tandis que Mandy entrait dans la cabine d'essayage.

Il pouvait partir. Filer à toutes jambes. Rien ne l'en empêchait et il ne se trouverait pas un seul mec sur terre pour le lui reprocher. Le problème, c'était que lui aussi avait besoin de trouver un cadeau pour l'amie qui donnait cette ânerie de soirée. Il avait proposé d'acheter une bouteille de vin en route mais Mandy avait opposé son veto. Il fallait faire davantage, et mieux.

Pourquoi n'était-elle pas allée chercher ce foutu cadeau toute seule ? Il aurait payé la moitié de la note, et basta. Où était le problème ?

Et qu'est-ce qu'elle fichait dans cette sacrée cabine depuis une éternité ? Est-ce qu'elle finirait par en sortir, oui ou non ?

— C'est parfait, dit Mandy un moment plus tard tout en balançant à bout de bras le sac contenant le fameux ensemble. Je vais porter ça ce soir. Il faut seulement que je trouve les chaussures qui iront avec.

— Je vais te tuer !

— Oh, arrête ! lança la jeune fille en agitant une main chargée de bagues scintillantes. Tu n'as qu'à t'asseoir dans l'un des bars de la galerie marchande pendant que je pars à la chasse aux chaussures. Quoique, je vais d'abord acheter le cadeau. Avant que ma carte de crédit commence à fumer.

Mandy le poussa hors de la boutique, le jetant dans le ventre de la bête, le gigantesque centre commercial grouillant de monde. Il y avait du bruit, du mouvement. D'après Bo, cela ressemblait à la Maison des Horreurs qui l'avait tellement traumatisé quand il avait douze ans.

— À ton avis, Bo, j'achète un truc marrant ou utile ?

— M'en fous. Achète n'importe quoi et sortons d'ici.

Mandy le tractait sans faiblir, comme une habituée du terrain et de ses embûches, mais en plus comme si elle était capable d'arpenter cette saleté de galerie marchande pendant des heures. Voire des jours.

— Des bougies, pourquoi pas ? De grosses bougies sympas. Ce serait à la fois marrant et utile.

Mon Dieu… Il avait l'impression d'être Charlie Brown et Mandy était sa mère. Charlie aimait sa mère. Lui, il aimait Mandy. Mais cela ne les rendait pas pour autant compréhensibles. Il songea à la prière et leva les yeux.

Il regarda la voûte illuminée, se concentra, et les sons, l'agitation s'effacèrent. Il ne vit plus rien, plus personne, excepté une silhouette qui était restée gravée dans sa mémoire.

La jeune femme se tenait près de la balustrade du premier niveau, les bras chargés de paquets, la tête couronnée d'une somptueuse crinière de boucles cuivrées qui ruisselaient sur ses épaules.

Il sentit son cœur manquer plusieurs battements. Une prière pouvait donc engendrer un miracle ? Il se mit à courir, affolé à l'idée de la perdre de vue. Mandy cria :

— Bo ! Bo !

Elle le rattrapa alors qu'il bousculait un groupe d'adolescents.

— Qu'est-ce que tu as ? Tu ne tournes pas rond !

— C'est elle ! Elle est là ! Au premier ! s'exclama-t-il, le souffle court. Je viens de la voir ! Où est l'escalier ?

— Qui as-tu vu ?

— Elle ! La fille de mes rêves !

— Ah bon ? fit Mandy en regardant autour d'elle d'un air intéressé, étonné aussi. Où ça ?

Bo était déjà sur l'escalator, Mandy sur ses talons. Il atteignit le niveau supérieur et geignit en haletant comme un chien de chasse :

— Elle était là ! Juste là !

— Une blonde, c'est ça ? Enfin, blond vénitien, avec des cheveux bouclés, plutôt grande et très mince, hein ?

— Oui, oui ! Elle porte une chemise bleue sans manches avec un petit col remonté. Merde, où est-elle passée ? Ça ne va pas recommencer ! C'est pas vrai !

— On va ratisser la galerie. On se sépare. Tu vas de ce côté, moi de celui-là. Ses cheveux… longs, hein ? Je ne me suis pas trompée ?

— Oui, longs. Et elle portait plein de paquets.

— Plein de paquets ? Elle me plaît, cette fille. Rendez-vous ici dans une demi-heure.

Trente minutes plus tard, Bo et Mandy se retrouvaient. Bredouilles.

— Je suis vraiment désolée, Bo.

La déception et la frustration grondaient en lui. Tout à coup, il se sentait très mal en point.

— Je n'arrive pas à croire que je l'aie revue et n'aie pas réussi à l'approcher.

— Tu es sûr que c'était la même fille ? Parce que ça fait quand même… quoi… quatre ans ?

— Oui, j'en suis sûr.

— Alors essaie de voir les choses de manière positive. Elle est toujours dans le coin, donc tu retomberas sur elle un jour ou l'autre.

— Pffff…

— Je sais. Tu la retrouveras, assura Mandy en lui serrant le bras.

9

Reena ne connaissait pas de passe-temps plus agréable pour un dimanche après-midi qu'un tour au terrain de base-ball. Du beau soleil, du base-ball, un mec mignon tout plein… Que demander de plus ?

Elle ajusta son casque, se mit en position et frappa violemment la balle qui un instant plus tard arriva sur elle, l'envoyant haut et loin.

— Je dois reconnaître que tu es en forme, Hale ! lui cria Hugh.

Elle lui sourit, puis se prépara à frapper de nouveau. Évidemment, elle aurait préféré que Hugh la complimente sur son physique plutôt que sur ses talents de batteuse, mais son goût de la compétition l'empêchait de jouer comme une fille. La retenue, la délicatesse, l'affectation de la fragilité, ce n'était pas son truc.

— À propos de forme, Fitzgerald, tu n'es pas mal non plus. Tu as déjà tenu une batte, hein ?

— Oui, au lycée. J'étais dans l'équipe du bahut. Tu sais quoi ? On devrait faire une vraie partie à Camden Yards un de ces jours.

— Avec plaisir, répondit Reena, tout sourire.

Lorsque Hugh proposa de boire une bière tout en grignotant quelque chose, Reena fut sur le point de proposer d'aller au Sirico mais se ravisa. C'était prématuré. Elle n'était pas prête à affronter les regards inquisiteurs de sa famille et des voisins.

Hugh et elle s'installèrent donc à une table au Ruby Tuesday's et partagèrent des *nachos* et de la bière Coors.

— Alors, Hale ? Dis-moi où tu as appris à te servir d'une batte.

La jeune fille prit le temps de lécher le fromage qui avait coulé sur son pouce avant de répondre :

— Avec mon père. Il adore le base-ball. Quand j'étais gosse, nous allions voir plusieurs matchs chaque année.

— Tu viens d'une famille nombreuse, hein ?

— Un frère, deux sœurs, une mariée, donc un beau-frère, une nièce et un neveu, plus un deuxième beau-frère bientôt puisque mon autre sœur se marie cet automne. Des tantes, des oncles dont je perds le compte tellement il y en a, des cousins... Et toi ?

— Trois sœurs plus âgées que moi.

Un bon point. Ils avaient quelque chose en commun. Une grande famille n'allait pas l'effrayer, songea Reena.

— Tu es le petit roi, alors.

— Tu parles ! Elles sont mariées et à elles trois elles ont cinq gosses.

— Qu'est-ce qu'elles font ?

— Comment ça ?

— Eh bien, comme travail.

— Rien. Elles sont, tu sais... femmes au foyer.

— C'est un job à temps plein, ça, remarqua Reena avec un haussement de sourcils en avalant une gorgée de bière.

— Oui, je suppose que oui, quoique moi, il faudrait me payer cher pour que je reste à la maison.

Ta famille possède ce restaurant, le Sirico. C'est une excellente pizzeria.

— La meilleure de Baltimore. Fondée par mon grand-père et maintenant, on en est à la troisième génération. Ma sœur Fran est désormais codirectrice. Son fiancé, Jack, a déjà les mains dans la pâte. Et toi ? Tu es la deuxième génération à avoir intégré la brigade des pompiers, non ?

— La troisième. Mon père bosse toujours. Il parle tout le temps de prendre sa retraite, mais je n'y crois pas. Quand cette passion vous tient, elle ne vous lâche plus.

Reena pensa au Labyrinthe. Elle voulait y revenir, faire mieux, faire plus vite.

— Oui, je sais.

— Mon père a cinquante-cinq ans. C'est jeune mais les gens, les civils, je veux dire, ne comprennent pas à quel point ce boulot est épuisant.

— Sans compter la pression psychologique et émotionnelle.

— C'est vrai, il y a ça aussi, dit Hugh en s'adossant à son siège afin de détailler la jeune fille. Tu es dans une super condition physique. Le Labyrinthe, ça n'est pas pour les mauviettes. Tu t'es aussi entraînée dans des bâtiments en feu et tu as participé à des missions plutôt rudes. Tu as une bonne charpente. Tu me fais penser à... à un lévrier, tiens.

Bien qu'en période plutôt creuse dans ce domaine, Reena n'avait pas oublié tous les arcanes du flirt.

— Je me demandais si tu le remarquerais, fit-elle d'un ton badin.

Il lui sourit, et elle se dit pour la énième fois qu'elle adorait son sourire si expressif, celui d'un homme sûr de lui.

— Oui, je l'ai remarqué. Il faudrait être aveugle pour ne pas le voir, quand tu cours en petit short, à l'Académie. Peu de femmes sont capables de tenir le coup physiquement, dans ce boulot.

— Peu d'hommes également.

Hugh leva la main.

— Ce n'était pas une réflexion sexiste. Ce que je voulais dire, c'est que j'ai rarement vu une femme de ton calibre. Tu as tout ce qu'il faut. La résistance, l'instinct et la cervelle. En plus, tu n'as pas peur. Alors, je ne comprends pas pourquoi tu ne signes pas.

Tout en mâchant un morceau de *nacho*, Reena réfléchissait. Hugh n'était pas du genre à distribuer des compliments. Il lui parlait sérieusement et cela méritait une réponse sérieuse.

— J'y ai pensé, et parfois j'y pense encore. Lors d'entraînements, ou quand je suis une équipe sur le terrain, par exemple. Mais me battre contre le feu n'est pas ce qui m'attire. En revanche, comment il fonctionne, si. Je veux savoir ce qui le fait naître, découvrir qui l'allume. C'est ça, mon truc. Foncer dans un bâtiment en flammes exige un courage et une détermination extraordinaires.

— Et tu les as, je l'ai bien vu.

— Mmm. Il fallait que j'y aille, que je me rende compte de l'effet que ça me ferait. Ma conclusion, c'est que ce n'est pas ce qui m'intéresse. Je veux entrer dans un bâtiment après l'incendie et découvrir le comment et le pourquoi.

— La brigade a d'excellents inspecteurs. Minger est l'un des meilleurs.

— Oui, et mon ambition, c'est de suivre ses traces. Il est mon mentor, mon héros. Je veux comprendre les conséquences du feu sur les gens qui en sont victimes. Elles sont lourdes. Le quartier, les commerces, l'économie, la ville, même, en souffrent. C'est ça que je considère comme ma mission, Fitzgerald. Il faut que je passe derrière et remette tout en état. Dans le domaine humain comme matériel.

Hugh n'était pas du genre à la tenir par la main. Néanmoins, il la raccompagnait chez elle, se dit Reena tout en marchant à côté du jeune homme.

Arrivé devant sa porte, il la plaqua contre le battant et l'embrassa, un baiser lourd de sensualité.

— C'est encore tôt, remarqua-t-il après s'être détaché d'elle.

— Tu veux dire que c'est prématuré ? C'est vrai.

Comment avouer que, de toute façon, il était tôt pour elle parce que, selon ses critères, quelques rendez-vous ne suffisaient pas à établir une intimité.

— Je savais que tu dirais ça ! lança Hugh en souriant. Tu veux qu'on aille voir un match, cette semaine ?

— Oh, ça me plairait beaucoup.

— OK. Je t'appelle et on met ça au point.

Il fit quelques pas, rebroussa chemin et embrassa de nouveau Reena, qui sentit ses jambes flageoler.

— J'adore tes lèvres, lui murmura-t-il à l'oreille.

— J'aime aussi les tiennes…

— Dis, tu vas avoir droit à un congé, bientôt ?

— Je dois pouvoir prendre un jour de plus lors de mon prochain break de récupération. Pourquoi ?

— Ma famille a un cottage à Outer Banks, sur la plage. Ce n'est pas mal. Ce serait sympa d'y faire un petit séjour. On inviterait Steve et Gina.

— Quelques jours à la plage ? Wouah ! Quand ?

— On va organiser ça.

— Je prépare tout de suite ma valise !

Dès qu'elle fut seule dans son salon, Reena esquissa un pas de danse. La plage, un beau mec, de bons amis… Décidément, la vie était belle.

Trop belle pour rester seule dans un appartement lors d'une soirée d'été. Elle reprit ses clés et ressortit. La voiture de Hugh était encore en vue. Reena en remarqua distraitement une autre qui le suivait.

Elle souffla un baiser en direction de Hugh et se retourna pour marcher jusqu'au Sirico.

Quel bonheur de retrouver son quartier ! Elle appréciait son appartement actuel. Elle avait aimé la chambre de la taille d'un placard qu'elle avait occupée sur le campus de Shady Grove, mais ici, elle était chez elle.

Elle regarda avec émotion les rangées de maisons avec leurs volées de marches blanches décorées de pots de fleurs, leurs vérandas, leurs drapeaux italiens flottant sur les toits. Autour d'elle, tout semblait lui souhaiter la bienvenue.

Elle prit son temps, admirant les trompe-l'œil peints sur les moustiquaires, et songea à demander à sa mère d'en peindre un pour Gina et elle. Sans doute faudrait-il solliciter l'autorisation du propriétaire au préalable, mais, étant donné qu'il était le cousin au deuxième degré de Gina, il serait d'accord.

Deux vieux messieurs en chemises multicolores jouaient aux boules entre deux maisons. La tradition… Elle aurait dû inviter Hugh, lui montrer ce qu'était la couleur locale du quartier italien. Elle ne l'avait pas fait, mais en revanche, elle lui proposerait de l'amener au cinéma en plein air vendredi soir. Cela aussi faisait partie des traditions. Et après le cinéma, on allait danser. Une occasion de mettre les escarpins rouges. Elle dirait aussi à Gina et Steve de venir.

Elle allait y réfléchir. Dans l'immédiat, elle devait profiter de la soirée.

Les dimanches soir étaient très agités au Sirico. Si elle voulait profiter de quelques minutes avec sa famille, elle devait se dépêcher.

Le calme n'était déjà plus qu'un souvenir dans le restaurant lorsqu'elle y entra. Brouhaha de conversations, tintements de couverts, sonneries de téléphone... Pete s'occupait des pizzas et Bianca se tenait devant le four. Fran, avec deux jeunes serveurs que Gib s'obstinait à appeler « les gamins », travaillait en salle.

Reena s'apprêtait à appeler sa sœur aînée quand elle vit Bella qui pignochait des hors-d'œuvre dans une assiette.

— Hé, salut, l'étrangère ! s'écria Reena en s'asseyant en face d'elle. Qu'est-ce que tu fais là ?

— Vince joue au golf, alors je me suis dit que ce serait une bonne idée d'amener les enfants.

— Où sont-ils ?

— Papa et Jack sont allés les promener au port. Maman t'avait téléphoné pour te dire que j'étais à la boutique, mais ça n'a pas répondu.

— Je n'ai fait qu'un saut, je n'ai même pas écouté le répondeur.

Reena tendit la main et prit une olive dans l'assiette de sa sœur.

— Les joueurs de boules en sont à la dernière partie. Ils ne vont pas tarder à débarquer. Dans une demi-heure, nous serons submergées.

— Le restaurant marche bien.

Bella avait un look d'enfer, songea Reena après avoir examiné sa sœur. Son style de vie lui allait comme un gant. Elle était impeccable jusqu'au bout des ongles. Cheveux artistement apprêtés, lissés autour de son visage à la peau veloutée. À ses oreilles, ses doigts, autour de son cou, or et pierres scintillantes, qui relevaient le rose pâle de son chemisier.

— Comment vas-tu ? Aussi bien que tu en as l'air, Bella ?

— Oh. De quoi ai-je l'air ?

— D'une couverture de magazine.

— Merci. J'ai travaillé pour arriver à ce résultat. Perdre du poids après avoir eu un bébé, ce n'est pas facile. J'ai un coach particulier.

Elle montra son poignet ceint d'un bracelet de diamants et saphirs.

— Ma récompense, offerte par Vince pour avoir récupéré ma silhouette.

— Chouette. Ça en jette.

— Oui, hein ? Bon, je suis venue au nid pour briefer Fran à propos de son mariage.

— Qu'est-ce qu'il y a ?

— Je ne vois pas pourquoi elle insiste pour recevoir ses invités dans une salle de rien du tout alors qu'elle pourrait profiter du club. J'ai toute une liste de menus, de fleuristes, d'orchestres… Il lui suffirait de choisir. Je ne demande qu'à l'aider.

— C'est très gentil de ta part, mais je pense que Fran et Jack ont envie de quelque chose de simple. Il ne faut pas les critiquer, Bella. Ton mariage était splendide, spectaculaire. Il reflétait à la perfection ta personnalité, mais Fran n'est pas ici.

— Je voudrais la faire profiter de ce que j'ai eu. Quel mal y a-t-il à ça ?

— Aucun. Tu devrais effectivement lui donner un coup de main pour les fleurs. Tu feras ça bien mieux que maman ou Fran. Surtout si tu payes…

— J'aimerais bien mais elles ne vont pas accepter.

— Laisse-moi leur parler. Mais à une condition : si Fran veut des fleurs simples, tu ne vas pas acheter des trucs exotiques genre orchidées ou autre.

— Si elle veut de la simplicité, elle aura de la simplicité. Mais de la simplicité éblouissante. Je ferai de leur salle un jardin. Un jardin de cottage, ajouta-t-elle en réponse au coup d'œil sévère de Reena, romantique, un peu désuet.

— Impeccable. Quand je me marierai, je ne manquerai pas de faire appel à toi.

— Tu as quelqu'un en vue ?

— Je ne cherche pas de mari, Bella. Mais j'ai un petit ami. Un pompier.

— Comme c'est étonnant…

— Il semble posséder tous les atouts pour être top au lit, dit Reena en croquant une autre olive.

Bella rit.

— Tu me manques, Reena.

— Toi aussi, ma puce, tu me manques.

— Je ne pensais pas que ce serait le cas, fit Bella, l'air pensif.

Maintenant, c'était à Reena de rire.

— Non, sérieusement, reprit Bella, je n'imaginais vraiment pas que tu me manquerais. Ni tout ça.

Elle fit un geste large, montrant la salle du Sirico.

— Et pourtant, c'est le cas, conclut-elle.

— Eh bien, tu nous trouveras toujours ici.

Reena resta plus longtemps qu'elle ne l'avait prévu. Après que Bella eut récupéré ses enfants et regagné sa banlieue chic, elle s'attarda. Dès que l'activité du restaurant se calma, elle demanda à sa mère et à Fran de prendre place avec elle à une table.

— Réunion de nanas ! annonça-t-elle.

— Ça ou autre chose… L'essentiel, c'est que je puisse reposer mes pauvres pieds, commenta Bianca.

— Je voulais vous parler du mariage, et de Bella, déclara Reena.

Fran plaqua ses mains sur ses oreilles. Ses boucles voletaient tandis qu'elle secouait la tête.

— Je ne veux rien entendre ! Pas question de country club snobinard, ni de garçons en smoking servant le champagne et encore moins de cygne en glace sur le buffet, d'accord ?

— Je suis d'accord, mais tu veux des fleurs, non ?

— Évidemment que je veux des fleurs !

— Laisse Bella s'en occuper.

— Je ne…

— Fran, attends ! Tu sais ce dont tu as envie. Tu sais quel genre de fleurs tu aimes… mais Bella se débrouillera mieux que toi. Elle a…

Reena claqua des doigts.

— … le style.

— Elle va me noyer sous des roses couleur saumon !

— Non, assura Reena en se disant que si Bella faisait cela, elle se chargerait personnellement de la noyer après la cérémonie. Fran, tu désires un mariage simple, romantique, à l'ancienne mode, c'est ce que j'ai dit à Bella, et elle a bien capté. Non qu'elle ait compris, mais elle fera quand même ce qui te plaît. Elle veut t'aider. Elle a besoin de se sentir utile. De participer.

— Mais elle va participer ! Elle est ma première demoiselle… enfin, non… dame d'honneur.

— Laisse-la te donner quelque chose. Elle t'aime.

— Reena, gémit Fran, arrête de me culpabiliser !

— Bella s'ennuie un peu et se sent mise à l'écart.

— Maman ! Viens à mon secours !

— Non, ma fille, pas tout de suite. Je veux d'abord écouter ce que Reena a à dire. Pourquoi elle défend Bella dans cette affaire.

— Eh bien, en premier lieu, Bella s'occupera mieux des fleurs que n'importe laquelle d'entre nous. Ensuite, elle paiera, je le répète. Fran, un cadeau de ta sœur, ce n'est pas une insulte. Alors arrête de jouer les offensées. Elle tient à te faire plaisir, donc elle ne commettra pas d'erreur. Tu auras ce que tu souhaites. Mais mets-y du tien : cite-moi cinq fleurs autres que des roses.

— Euh... Lys... géraniums... pensées... et zut ! C'est trop stressant, tout ça !

— Calme-toi et écoute : voilà comment Bella voit la décoration. Un jardin de cottage. Je ne sais pas exactement ce qu'elle entend par là, mais ça a l'air chouette. Si elle réalise ce projet, elle sera heureuse, et toi, tu le seras aussi parce que le résultat sera super.

— Bon, capitula Fran. Je l'accompagnerai chez le fleuriste et je me ferai donner des détails sur ce qu'elle conçoit comme un « jardin de cottage ».

— Parfait, approuva Reena en se levant. Il faut que je rentre, maintenant.

Elle embrassait Fran quand Bianca se leva.

— Je vais faire quelques pas avec toi, histoire de prendre un peu l'air.

Dès la porte franchie, Bianca remarqua :

— Je ne m'attendais pas que tu soutiennes Bella.

— Je reconnais n'être pas souvent de son avis, concéda Reena, mais si ces deux-là se mettaient d'accord, ce serait formidable. Bella y trouverait son compte et Fran aussi.

— Tu es futée, ma chérie. Tu as toujours été la plus futée des trois. Puis-je faire une suggestion ?

— Oui, maman.

— Pourquoi n'irions-nous pas ensemble choisir les fleurs, nous, les quatre femmes du Sirico ?

— Bonne idée.

— Adjugé, alors. Allez, file. Et appelle-moi quand tu seras chez toi.

— Oh, maman…

— Si, si, appelle-moi, s'obstina Bianca. Comme ça, je serai sûre que tu es bien rentrée.

Cinq pâtés de maisons, songeait quelques instants plus tard Reena en marchant sans se presser dans la rue calme. Elle habitait le même quartier que sa famille et elle était officier de police.

Pourtant, à peine sa porte refermée, elle téléphona à sa mère.

En tant que bleue de la brigade, Reena était invariablement en queue de peloton lors des missions. Et ce en dépit de ses notes aux examens : elle était sortie major de sa promotion. Elle avait beau porter l'uniforme, elle était reléguée au dernier rang. Mais elle ne s'en formalisait pas. On l'avait avertie que cela se passerait ainsi.

Elle aimait partir en patrouille, parler aux gens, tenter de régler quelques contentieux.

Avec son coéquipier Samuel Smith, policier depuis dix ans, elle se rendait à West Pratt, au sud de la ville.

— Je croyais qu'on s'arrêterait pour acheter des doughnuts, se plaignit Samuel.

— Bon sang, comment fais-tu pour avaler toutes ces saloperies et ne pas prendre un gramme ?

— Métabolisme de flic.

Samuel lui fit un clin d'œil. Il mesurait près de deux mètres et pesait cent bons kilos. Peau caramel, yeux noirs au regard perçant, sans son uniforme, il était impressionnant. Lorsqu'il le portait, il paraissait carrément effrayant.

Pour sa première année dans la brigade, Reena appréciait d'avoir été accolée à un poids lourd. En plus, étant natif de Baltimore, Samuel connaissait la ville et ses faubourgs comme sa poche. Elle la connaissait aussi, mais pas aussi bien que lui.

Samuel s'engagea dans la rue d'où un habitant avait appelé à l'aide. Des badauds se tenaient sur le trottoir. Ce secteur de Baltimore était celui des galeries d'art et des demeures historiques.

La plupart des gens qui regardaient les deux hommes se battre au beau milieu de la chaussée étaient vêtus avec élégance.

Reena sortit de la voiture de concert avec son coéquipier puis fendit la foule à sa suite.

— Écartez-vous ! Écartez-vous ! répétait Samuel en jouant des coudes.

Et cela marchait. Les curieux faisaient un pas de côté, voire deux s'ils posaient les yeux sur le policier.

Les deux hommes se battaient toujours, plutôt maladroitement, se dit Reena. Les chaussures italiennes cousues main et les vestes griffées en avaient pris un coup mais il n'y avait pas de sang.

— Police ! cria Reena. Arrêtez-vous immédiatement !

Elle agrippa le plus petit des deux adversaires par le bras. Il roula sur lui-même, et de l'autre profita pour lui décocher un coup de poing, qu'elle bloqua de l'avant-bras. Dans un même mouvement, elle lui attrapa le poignet et le tourna sur le ventre. En un éclair, elle lui coinça les deux mains dans le dos.

— Vous vouliez me frapper ? C'est ça ? Vous vouliez me frapper ? demanda-t-elle en lui passant les menottes. Ça va vous valoir une inculpation pour rébellion envers un représentant de la force publique, mon vieux !

— C'est lui qui a commencé !

— Oh, bon sang ! Quel âge avez-vous ? Douze ans, ou quoi ?

Elle immobilisa l'homme face à elle et l'examina. Vingt-cinq ans à peu près et un visage marqué de quelques égratignures. Son adversaire – même allure de yuppie, mêmes légères coupures sur la figure, même âge – était assis sur le macadam, solidement maintenu par Samuel.

— Tu as tapé sur ma coéquipière, mon gars ? gronda le colosse à l'adresse du jeune homme neutralisé par Reena.

Samuel évoquait un gigantesque séquoia penché au-dessus d'un arbrisseau.

— Je ne savais pas qu'elle était flic ! geignit le jeune homme. Et lui, alors ? Vous ne lui dites rien ? C'est lui qui a commencé ! Vous pouvez demander à qui vous voudrez ! On vous dira que c'est lui !

De vigoureux mouvements du menton, il montrait son adversaire.

— Je n'entends pas d'excuses ! gronda Samuel. Agent Hale, entendez-vous ce petit con s'excuser ?

— Non.

— Je suis désolé ! Je ne voulais pas vous battre, mademoiselle !

En fait, nota Reena, il ne paraissait pas le moins du monde désolé mais mortifié et au bord des larmes.

— Tu ne m'as pas battue, petit con. Tu tapes comme une nana.

Elle se tourna vers les badauds et cria à la cantonade :

— Allez vous occuper de vos affaires, vous tous !

La petite foule se replia prudemment.

— Maintenant, tu vas me raconter ta version pendant que ton copain raconte la sienne à mon coéquipier. Et ne t'amuse pas à répéter que c'est lui qui a commencé !

— Une femme, fit Samuel en soupirant. C'est toujours à cause d'une femme...

— Hé ! Ne reproche pas aux femmes la stupidité des hommes !

Il tourna vers elle des yeux écarquillés de stupeur.

— T'es une femme, Hale ?

— Pffff... Pourquoi est-ce que je tombe toujours sur des petits malins ?

Samuel éclata de rire puis déclara :

— Tu as été très bonne sur ce coup. Tu as d'excellents réflexes et tu t'es arrangée pour qu'il ait les jetons pendant que tu le tenais.

— Ouais. Mais s'il avait réussi à me frapper, ç'aurait été une autre histoire, remarqua Reena.

Elle était cependant très satisfaite de la tournure qu'avaient prise les événements.

— Samuel, mets la main à la poche : tu vas payer les beignets.

Lorsqu'elle rentra chez elle, l'appartement était vide. Gina avait laissé une note, écrite de sa large écriture fleurie, collée sur la porte du réfrigérateur, juste à côté de la photo de sa très enveloppée tante Opal qui servait de repoussoir en cas d'envie de grignotage.

Suis sortie avec Steve. Si ça te dit de nous rejoindre, on sera au Club Dread. Hugh passera peut-être.

Plein de bisous

G.

Reena prit le temps de la réflexion. Si elle y allait, qu'allait-elle mettre ? Aucune idée. De plus, elle n'était pas d'humeur à finir la soirée dans un club bruyant et enfumé. Tout ce qui la tentait, c'était d'enlever son uniforme, se détendre et réviser ses cours. Se plonger dans l'étude d'anciens incendies et essayer de déterminer s'ils avaient été accidentels ou criminels. Les heures qu'elle allait passer à potasser lui seraient utiles, le jour où elle intégrerait la brigade d'investigation.

Elle entra dans la chambre, où son reflet dans le miroir capta son attention.

Elle regarda la femme en uniforme que lui renvoyait la glace. Une femme bien peu féminine mais pleine d'autorité, de confiance en elle et dont elle aimait l'image. Aujourd'hui, lorsque le jeune homme avait essayé de la frapper, elle avait pris conscience qu'elle risquait à tout moment d'être blessée, au cours d'une action. Mais elle avait su esquiver le coup. Samuel l'avait félicitée, jugeant qu'elle s'était bien débrouillée. Elle se sentait plus à son aise chez elle avec ses dossiers et ses livres que sur le terrain, mais était satisfaite de savoir qu'elle était capable de se défendre. Elle en était encore au stade de l'apprentissage, mais elle apprenait vite, se dit-elle en posant sa casquette sur la commode. Puis elle détacha son holster et rangea son arme.

Elle déboutonna sa chemise réglementaire devant le miroir et se renfrogna. Son soutien-gorge de coton blanc n'avait rien de sexy. Sa prochaine descente dans les magasins, elle la réserverait aux boutiques de lingerie. Le règlement ne spécifiait rien concernant les dessous des policiers de sexe féminin. Porter de délicates et raffinées petites choses en dentelle serait bon pour son moral, décida-t-elle tout en allant se faire couler un bain moussant. Puis elle alluma des bougies et se servit un verre de vin.

Elle s'allongea dans l'eau parfumée, ouvrit l'un des dossiers traitant d'un incendie à l'origine non élucidée… et jura : le téléphone sonnait !

Le répondeur va s'en charger, se dit-elle sans bouger.

D'une oreille distraite, elle écouta la voix enregistrée de Gina proposant de laisser un message. Il y eut un blanc après le signal sonore, puis une autre voix, masculine et inconnue.

« Salut, salope. Tu es seule ? Je vais peut-être te rendre une petite visite. Ça fait une paie qu'on ne s'est pas vus. Je parie que je t'ai manqué. »

En un éclair, Reena fut hors de l'eau. Nue et ruisselante, elle courut ramasser son arme. Le revolver bien en main, elle enfila un peignoir puis se précipita vers la porte pour vérifier que la clé était bien tournée et la chaîne accrochée.

— Une blague ! Quelqu'un m'a fait une blague, dit-elle à voix haute pour se rassurer. Un abruti s'est amusé.

Néanmoins, elle vérifia aussi les fenêtres, puis scruta la rue.

Elle fit repasser le message. Cette voix, elle ne la connaissait décidément pas.

Elle attendit, crispée, son arme sur les genoux, mais il n'y eut pas de nouvel appel.

Le vendredi soir, au grand regret de Reena, le match de base-ball et le cinéma passèrent à la trappe pour cause d'emploi du temps trop chargé, tant pour Hugh que pour elle. Ils durent se contenter de manger un hamburger sur le pouce dans un fast-food proche de la caserne des pompiers.

— Gina a déjà fait et défait ses valises trois fois, dit Reena. On croirait qu'elle part en safari plutôt que pour quelques jours à la plage.

— Je n'ai jamais vu de femme qui n'emporte pas le double de ce dont elle a besoin.

— Eh bien, tu en as une devant toi.

Hugh sourit puis mordit dans son hamburger.

— On verra bien quand tu y seras. Tu as bien compris les directions à prendre ? Si tu as peur de te perdre, je peux attendre demain pour partir.

— Non, c'est bon. Tout ce que je regrette, c'est qu'on ne puisse pas s'en aller de bonne heure, mais Gina est coincée jusqu'en milieu d'après-midi. Ça nous fera arriver vers minuit.

— Je laisserai éclairé dehors. Partir avant vous me donnera le temps de ranger et de nettoyer un peu, d'acheter de quoi manger. Il m'a semblé t'entendre dire que tu savais cuisiner...

— Je suis née avec une cuillère dans une main, une gousse d'ail dans l'autre. Trouve donc des crevettes. Je préparerai des *scampi*.

— Super. À mon avis, tu rouleras sans encombre. En milieu de semaine et à cette heure tardive, dès que tu seras en Caroline du Nord, tu n'auras pas beaucoup de circulation. Bon, il faut que j'y aille. Je pense être à Hatteras à deux heures du matin.

Il se leva, prit son portefeuille dans sa poche-revolver et posa quelques billets sur la table.

— Il n'y a pas le téléphone, au cottage, mais tu peux appeler l'épicerie et on me passera le message.

— Tu m'as déjà tout expliqué… papa ! Arrête de te faire du mouron.

Il se pencha pour l'embrasser.

— Conduis prudemment.

— Toi aussi. À demain soir.

C'était tellement facile… D'une facilité à pleurer. Il n'y avait pas un chat, sur ces foutues routes de campagne.

Belle nuit, bien étoilée mais sans lune. Exactement la semi-obscurité qui convenait.

Il se gara sur le bas-côté, ouvrit le capot. Pour faire bonne mesure, il aurait pu placer un triangle réfléchissant en amont de la voiture mais un autre bon Samaritain aurait pu s'arrêter. Or il n'avait besoin que d'un exemplaire. Il en avait déjà coincé comme ça, et il en coincerait d'autres, de ces pauvres cons. Mais ce soir, il n'avait pas le temps de s'occuper de plusieurs.

Voyons, il avait bien tout ? Oui. La vieille bagnole piquée à un plouc qui chialerait dans sa bière quand il s'apercevrait de sa disparition. La torche. Et le calibre 38.

Satisfait et confiant, il s'appuya à l'aile de la voiture et se mit à siffloter. Le temps risquait de lui paraître long. Et s'il fumait une cigarette ? Non, des phares approchaient. Mieux valait qu'il ait l'air désemparé. Il s'avancerait un peu sur la chaussée, lèverait timidement la main… et si ce n'était pas lui, il ferait signe à l'abruti prêt à rendre service de continuer son chemin.

Mais c'était lui ! Oh, bon sang, quelle veine… Et, comme prévu, il répondait à l'appel de détresse. Un grand type costaud qui ouvrait la portière d'un

Bronco bleu, avide d'aider son prochain dans les ennuis. Que c'était beau !

Mieux valait le choper pendant qu'il était encore sur son siège.

Il courut vers la portière du Bronco.

— Je suis sacrément content de te voir, mec !

Les yeux du conducteur cillèrent. Il l'aveuglait avec la torche.

— Vous avez un problème ?

— Non, non. Plus maintenant.

Le 38 mm se leva à hauteur de la vitre. Deux coups en pleine figure. Le grand type tressauta. On aurait dit une marionnette accrochée à des fils déglingués ! Super marrant. Mais sa figure, alors là, elle n'avait plus rien de marrant. Sa propre mère ne le reconnaîtrait pas.

Vite, les gants, pousser le mec sur le siège du passager, s'asseoir à sa place, faire redémarrer le Bronco et l'envoyer dans les bois, pas trop loin de la route mais bien à couvert quand même. Qu'on le retrouve rapidement.

Maintenant, redescendre du Bronco, crever l'un des pneus, pour qu'on conclue que le grand type avait eu un problème et que celui qui s'était arrêté lui en avait procuré un autre.

Aller chercher le jerrycan d'essence. Et puis le portefeuille et la montre, il fallait les récupérer. Qu'on croie que le gars s'était fait canarder par un voleur.

Une sublime tragédie. D'un geste rapide, le tuyau d'arrivée d'essence fut arraché alors que le moteur tournait toujours. Les allumettes... *Pouf!* Une petite flamme, déjà... Le costaud ne serait pas long à rôtir.

Ensuite, retour à l'épave. Bien. Monter dedans, mettre le contact... et s'offrir quelques instants de plaisir en contemplant la splendeur du feu qui rampait dans la voiture, montait le long des parois, s'attaquait aux garnitures du plafond… et au type. Les premières minutes étaient les meilleures. Un chef-d'œuvre. La suite non plus n'était pas mal, mais rester là était imprudent.

À regret, il fit faire demi-tour à la guimbarde et repartit vers le Maryland.

Des œufs au bacon frits le tentaient bien.

Ce fut Steve qui annonça la nouvelle à Reena. Il entra dans la salle commune où elle tapait un rapport concernant quelque incident mineur. Ses yeux brûlaient dans un visage livide.

— Hé, qu'est-ce que tu as ? s'exclama Reena. Ne me dis pas que tu as besoin de te faire remplacer ! Pitié ! J'allais rentrer chez moi préparer mes affaires !

— Je peux te parler une minute ? En privé ?

Reena s'écarta du bureau et se mit debout.

L'expression de Steve la glaça.

— Quelque chose ne va pas, hein ? C'est Gina ?

— Non, pas Gina.

— Mais alors… c'est Hugh ? Il a eu un accident ? C'est grave ?

— Non, non, pas un accident. C'est moche, très moche.

Elle le prit par le bras et l'entraîna dans le couloir.

— Qu'est-ce qu'il y a ? Dis-moi. Et vite !

— Mon Dieu, Reena, il est mort. Il est… mort. Sa mère vient de m'appeler.

— Sa mère ? La mère de…

— Hugh. Il a été assassiné. On lui a tiré dessus.

— Assassiné ?

Reena sentit sa main mollir sur le bras de Steve puis retomber comme un oiseau mort.

— D'abord, elle était incohérente, puis je suis arrivé à lui faire raconter… Quelqu'un lui a tiré une balle dans la tête. Il se trouvait à quelques kilomètres de l'île, là où est le cottage. Le tueur l'a fait sortir de la route. Ou bien il lui a crevé un pneu pour l'obliger à stopper. Je ne sais pas exactement. Sa mère n'a pas été précise. Mais je sais qu'il est mort, on a mis le feu à sa voiture, sans doute pour faire disparaître tout indice. Sa montre et son portefeuille ont disparu. Je ne sais rien d'autre.

La bile envahissait la bouche de Reena. Elle luttait contre la nausée.

— L'a-t-on formellement identifié ?

— Oui. Il y a des trucs qui n'ont pas brûlé, dans la boîte à gants. La carte grise de la voiture par exemple. C'est bien Hugh, Reena.

— Il faut que j'aille sur les lieux. Je vais appeler les flics locaux et leur dire que j'arrive, énonça Reena d'une voix atone.

— On l'a tué pour un portefeuille et une montre. Nom de Dieu ! On lui a tiré dans la tête pour ça !

— Assieds-toi, Steve, dit Reena en le tirant vers l'une des banquettes alignées le long du mur.

Il obéit. Elle s'assit à côté de lui et lui prit la main.

Elle allait chercher, oui, et elle trouverait peut-être quelque chose. Mais jamais elle ne retrouverait le gentil garçon qu'elle avait embrassé moins de vingt-quatre heures plus tôt.

Il était mort.

Une nouvelle fois, le feu venait bouleverser son existence.

RÉACTION EN CHAÎNE

Succession de phénomènes déclenchés les uns par les autres.

« *Quelqu'un prend-il dans son sein du feu sans que ses vêtements s'enflamment ?* »

Proverbes – 6 ; 27
Traduction œcuménique de la Bible

10

Baltimore, 1999

L'incendie éclata dans un immeuble de la partie sud de Baltimore par une nuit glaciale de janvier. À l'intérieur, les pompiers travaillaient dans une géhenne de chaleur et de fumée brûlante. À l'extérieur, ils affrontaient une température polaire, luttaient contre le vent qui changeait l'eau en glace et attisait les flammes.

C'était la première journée de Reena en tant que membre à part entière de la brigade des incendies criminels.

Elle savait pertinemment qu'elle devait son affectation sous les ordres du capitaine Brant à John Minger. Il l'avait pistonnée. Mais l'intervention de John n'aurait pas abouti si elle n'avait pas auparavant travaillé si dur : elle avait étudié, n'avait jamais lésiné sur les heures supplémentaires non payées, s'était entraînée avec une énergie confinant à la rage. Pas un instant, elle n'avait perdu son but de vue.

Désormais, elle arborait son nouvel insigne. Et elle l'avait obtenu au mérite. Le coup de pouce de John avait seulement accéléré les choses.

Lorsqu'elle disposait d'un peu de temps, elle donnait un coup de main aux pompiers de son quartier en tant que volontaire. Elle avait déjà avalé sa part de fumée.

Les causes et les conséquences des incendies étaient toujours ce qui la motivait. Qui, ou quoi, avait déclenché le sinistre ? Qui le feu affectait-il, et de quelle manière ? Quelqu'un en retirait-il un bénéfice ?

Lorsqu'elle arriva sur les lieux à l'aube avec son coéquipier, l'immeuble n'était plus que décombres de brique noire ornés d'étranges cascades de glace.

Elle faisait équipe avec Mick O'Donnell, de quinze ans son aîné. C'était un enquêteur de la vieille école mais il possédait du flair : il sentait les incendies volontaires.

Il était emmitouflé dans une parka, chaussé de bottes à bouts ferrés, et coiffé d'un casque enfoncé par-dessus un bonnet de laine. Reena portait à peu près la même tenue.

La voiture arrêtée devant le bâtiment, ils sortirent puis, chacun de son côté, examinèrent les ruines.

— Dommage qu'on laisse pourrir des immeubles comme celui-là, marmonna O'Donnell tout en fourrant deux tablettes de chewing-gum dans sa bouche. Les yuppies qui pourraient lui rendre sa beauté n'ont pas encore investi cette partie de Baltimore. Voyons, cette bâtisse date des années cinquante. Ce qui veut dire amiante, placoplâtre, revêtements intérieurs bas de gamme... En plus, avec toutes les ordures que laissent les SDF et les junkies, ça fait du combustible.

Reena hocha la tête puis sortit du coffre son matériel d'enquête, sa caméra numérique, et mit dans ses poches des gants et une torche supplémentaires. De là où elle se trouvait, elle apercevait la camionnette de la morgue.

— Apparemment, ils n'ont pas encore emporté le corps, constata-t-elle.

— Ça te dérange de regarder un cadavre cramé ?

— Non. J'en ai déjà vu. S'il est toujours là, j'aimerais bien avoir mes propres photos de la victime.

— Tu commences un album, Hale ?

Elle n'accorda un petit sourire à O'Donnell que lorsqu'ils marchèrent vers le bâtiment. Les policiers de garde les saluèrent d'un hochement de tête quand ils franchirent le ruban qui délimitait le périmètre.

Le feu et l'extinction de celui-ci avaient transformé le rez-de-chaussée en vaste dépotoir de bois carbonisé et trempé, de plaques de plafond calcinées, de métal tordu et de verre brisé. Cet immeuble, avait appris Reena, était un refuge de drogués.

Elle savait qu'ils allaient trouver des seringues, aussi enfila-t-elle les gants de protection.

— Tu veux que je commence à quadriller ici ?

— Non, je m'en occupe. Tu es plus jeune que moi, alors tu montes au premier, répondit O'Donnell en sortant son carnet.

Il commença à tracer quelques croquis.

Reena leva les yeux vers l'échelle qui remplaçait l'escalier effondré. Bon. Il fallait y aller.

Les cloisons étaient bien habillées de placoplâtre, se dit-elle en étudiant les marques laissées par la morsure des flammes. Elle prit quelques clichés, continua à gravir les barreaux de l'échelle, puis fit des photos en plongée du rez-de-chaussée.

Les traces sur les murs lui indiquaient que le feu était monté, sa progression préférée, et avait léché le plafond avant de le dévorer. Il s'était nourri d'une grosse quantité de combustible et avait bénéficié de tout l'oxygène nécessaire à sa survie.

Une bonne part du premier étage s'était effondrée et faisait maintenant partie des éléments qu'O'Donnell allait passer au peigne fin. Le feu avait couru le long du plafond, ici aussi, songea Reena, et s'était frayé un chemin à travers les carrelages, tout en s'alimentant de contreplaqué et, toujours, de placoplâtre ainsi que des déchets abandonnés par les squatters.

Elle remarqua les restes d'un vieux fauteuil rembourré et d'une table métallique. La faible hauteur des plafonds avait permis à la fumée et aux gaz toxiques de se répandre dans toutes les directions. Au passage, ils avaient tué l'inconnu qui gisait sur le sol. Recroquevillé en position fœtale, il s'était réfugié dans ce qui semblait avoir été un placard.

Un Noir de haute taille était penché sur le corps. Ses jambes étaient si longues qu'il devait carrément se plier en deux pour examiner le mort. Il portait des gants, des bottes de travail, un bonnet à oreilles en laine, une écharpe rouge enroulée autour du cou et du menton.

— Hale, brigade d'investigation, se présenta Reena.

Le froid créait un nuage de buée blanche devant sa bouche.

— Peterson, médecin légiste.

— Que pouvez-vous me dire sur lui ?

— Il a été carbonisé en un clin d'œil.

Il adressa à Reena un embryon de sourire, uniquement avec les yeux. Peterson avait la quarantaine, estima Reena, et sous ses épais vêtements d'hiver, il était manifestement mince et délié.

— On dirait que cet idiot a cru se protéger en s'enfermant dans un placard, reprit-il. La fumée l'a tué. Le feu l'a bouffé ensuite. Je vous en dirai davantage après l'autopsie.

L'intoxication par la fumée était une chance, songea la jeune femme en avançant prudemment, testant la solidité du sol sous ses pas. En brûlant, les bras de la victime s'étaient repliés, ses poings serrés, comme c'était le cas sur tout cadavre consumé : la chaleur contractait les muscles. Les brûlés, eux, semblaient avoir livré combat, comme s'ils avaient cherché à boxer les flammes.

Reena prit des photos puis demanda :

— Comment se fait-il qu'il ait été seul ici ? Ce genre d'endroit grouille d'occupants, surtout par les températures qu'il fait dehors. Les premiers rapports indiquent qu'il y avait beaucoup de couvertures, des chaises et une cuisinière au deuxième étage. Pas de traces de traumatisme ?

— Je n'en ai pas vu pour l'instant, mais je trouverai peut-être quelque chose au labo. Vous pensez qu'on aurait pu allumer le feu pour essayer de camoufler un meurtre ?

— Ce ne serait pas la première fois, mais on part d'abord avec l'hypothèse d'un incendie accidentel. Ça me trouble, qu'il soit la seule victime. Quand serez-vous à même d'identifier à peu près notre homme ?

— Il me faut ses empreintes, étudier sa dentition... Quelques jours.

À l'instar d'O'Donnell, Reena traçait des croquis sur son carnet.

— À votre avis, Peterson ? Nous avons là un individu de sexe masculin d'environ un mètre soixante-dix... On n'a pas réussi à joindre le propriétaire. Curieux, non ? Et intéressant.

Sans attendre de réponse, elle commença à examiner systématiquement l'étage, suivant un système de quadrillage qui ne laissait rien au hasard. Elle allait collationner un maximum d'éléments qu'elle passerait ensuite au crible. Sur le mur d'en face, Reena voyait une marque de flamme qui trahissait la présence d'un accélérant au sol. Elle recueillit des échantillons et les rangea dans des sachets qu'elle étiqueta. L'ampoule au-dessus de sa tête avait partiellement fondu. Elle prit un autre cliché du plafond et de la traînée laissée par le feu, puis la suivit, se déplaçant avec précaution à travers les débris et les cendres. Mentalement, elle dessinait le trajet du feu. Elle mit dans des sachets d'autres échantillons de matériaux carbonisés puis ferma les yeux et inspira profondément, pour mettre en route le processus d'analyse olfactive.

— O'Donnell ! Je crois avoir trouvé plusieurs points de départ ici ! Des preuves de la présence d'accélérants aussi !

Elle s'était accroupie devant un trou du plancher. De là, elle voyait son coéquipier travailler.

— O'Donnell, je veux qu'on cherche le propriétaire. Il me faut quelqu'un qui connaisse l'immeuble.

— À toi de décider.

— Tu ne veux pas monter jeter un coup d'œil ?

— Tu as juste envie que je grimpe sur cette échelle.

— O'Donnell, mes hypothèses t'intéressent ?

— Pas d'hypothèses, Hale ! Des preuves d'abord, les hypothèses après ! Mais dis-moi quand même.

— Eh bien, à mon avis, le mort est celui qui a mis le feu. Mais il l'a fait prendre du mauvais côté. Il aurait dû préparer le démarrage plus loin, loin de l'escalier. Il a été stupide : il a allumé le feu près de son chemin de sortie. Peut-être qu'il était saoul, ou simplement idiot. En tout cas, il s'est retrouvé piégé. Il a fini cramé dans un placard.

— Tu as mis la main sur un truc ayant contenu un accélérant ?

— Non. Peut-être est-ce sous les décombres, ou bien tombé au rez-de-chaussée. À mon avis, il l'a lâché ici, paniqué parce que le feu le poursuivait. Le feu atteint le bidon, ou je ne sais quoi plein d'accélérant. Ça a fait « boum » et un gros trou dans le sol. Tout est tombé. Le plancher et le bidon.

— Hale, tu es tellement futée que tu vas descendre et commencer à fouiller le rez-de-chaussée.

Reena apprécia l'attitude d'O'Donnell et lui fut reconnaissante de sa compréhension. Il la mettait à l'épreuve, il voulait savoir si elle parvenait à s'accommoder de la saleté, de l'odeur et de la pénibilité du travail, si dans ces conditions elle était capable de réfléchir avec cohérence. Oh, sans l'ombre d'un doute, le job était pénible et peu ragoûtant. Mais elle l'adorait.

Lorsqu'elle découvrit le bidon de cinq litres sous une montagne de débris et de cendres, tout le scénario se mit en place.

— O'Donnell ?

Il se retourna, regarda et haussa les sourcils.

— Bravo. Un point pour la bleusaille.

— Le fond a été perforé. Il l'a traîné derrière lui, répandant et allumant l'accélérant au fur et à mesure qu'il avançait. Au premier, il y a des traces qui montrent qu'on a tiré quelque chose sur le sol. Le mort n'est pas un type qui se trouvait là par hasard, pas une victime innocente. Un feu ne se propage pas selon ce schéma. Il était fatal que celui qui le mettait se retrouve coincé. Les fenêtres du rez-de-chaussée et de l'étage sont munies de barres antieffraction. Sortir par l'une d'elles était impossible. Je parie que le type est le proprio.

— Et pourquoi pas un pyromane, un junkie ou un mec qui en voulait au propriétaire ?

— Les pompiers ont constaté que toutes les issues étaient fermées de l'intérieur. Ils ont dû les briser pour entrer. Et ces barres antieffraction au premier, elles étaient neuves. Qui les a fait placer récemment ? Le propriétaire. Il a rendu son immeuble inviolable parce qu'il en avait marre des squatters, mais lui, il avait des clés pour entrer.

— Vas-y, Hale, finis ton enquête et fais ton rapport.

— Tu peux y compter : j'attends ça depuis l'âge de douze ans !

Encore tout excitée, ce soir-là, Reena s'assit avec Fran au Sirico pour manger une assiette de pâtes aux fruits de mer.

— ... et on n'arrive pas à trouver le propriétaire, qui a pris trois emprunts hypothécaires différents sur l'immeuble et toute une flopée d'assurances. Les gens auxquels nous avons parlé ont dit qu'il se plaignait constamment des SDF et des drogués qui foutaient en l'air son capital, et qu'à cause de ces parasites, il ne pouvait pas vendre son bien. Je mettrais ma main à couper que le médecin légiste va identifier le cadavre comme étant celui du propriétaire. Il me reste encore pas mal de boulot à faire sur le site, mais ça colle. Classique.

— Non, mais écoute-toi ! lança Fran en riant. Ma petite sœur la super enquêtrice ! Tu vas voir ça, quand papa et maman apprendront que tu as résolu ton premier cas !

— Mmm. Il n'est pas vraiment résolu. Il faut encore qu'on procède à des reconstitutions, qu'on interroge des gens, qu'on vérifie quelques trucs...

À propos de papa et maman, j'espérais qu'ils appelleraient pendant que je serais ici.

— Reena, il est une heure du matin, à Florence !

— C'est vrai. J'oubliais.

— Ils ont téléphoné cet après-midi. Ils passent un merveilleux séjour. Papa veut louer une Vespa. Tu imagines les parents sillonnant Florence en Vespa comme des gamins ?

— Oui, j'y arrive très bien, assura Reena en levant son verre à la santé de Gib et Bianca. Tu sais, Fran, sans toi, ils n'auraient jamais pu s'offrir ces vacances.

— Oh, allons.

— Si, c'est vrai. C'est toi qui fais marcher le Sirico, désormais. Tu assumes tant de responsabilités, tu travailles si dur qu'ils ont enfin réussi à partir en vacances, à voyager. Bella s'est toujours contentée de rincer un ou deux verres chaque fois qu'elle est venue ici, et moi je n'ai guère fait mieux.

— Tu as servi, dimanche dernier, et donné un coup de main pendant plus d'une heure mardi, après ta journée de travail.

— J'habite au-dessus. T'aider était un effort qui ne m'a pas beaucoup coûté. Et Bella ? Tu ne parles pas d'elle.

— Bella… Eh bien, c'est Bella. Et elle a trois gosses.

— Oui, et une nurse, une bonne, un jardinier et… Oh, j'allais oublier, un gardien ! Ne me regarde pas comme ça, Fran ! Pas la peine de froncer les sourcils. Je laisse tomber le sujet. Je n'en veux pas à Bella, en fait. Mais je me sens coupable parce que tu te coltines tout le boulot, et parce que Xander t'épaule alors qu'il a tant à faire à la fac de médecine.

— Oublie la culpabilité. Nous faisons tous ce que nous pensons être important pour nous.

Tout en parlant, Fran regardait en direction du comptoir et souriait à son mari, qui pétrissait de la pâte.

Il avait de grandes mains et des traits assez banals mais empreints de douceur. Sa chevelure rousse retombait sur son front, évoquant des flammèches. Il rendit son regard à Fran, et la gaieté illumina alors ses yeux.

— Qui aurait cru que tu tomberais amoureuse d'un Irlandais doué pour la cuisine italienne ? Tu sais, Fran, Jack et toi avez encore cette aura de bonheur autour de vous… pourtant, ça fait un bail. Trois ans, non ?

— Deux ans à l'automne dernier. Mais il y a peut-être un petit quelque chose de plus qui fait scintiller l'aura…

Fran saisit soudain la main de sa sœur et la serra.

— Oh, Reena, je voulais attendre que tu aies fini de manger et que Jack nous ait rejointes pour te l'annoncer avec lui, mais je n'y tiens plus !

— Mon Dieu ! Tu es enceinte ?

— De quatre semaines, oui ! Je sais que ça ne date pas d'assez longtemps pour que je le dise, que j'aurais mieux fait de garder ça pour moi mais… mais je n'ai pas pu !

Reena bondit de sa chaise, embrassa sa sœur puis se précipita derrière le comptoir et sauta sur le dos de Jack.

— Papa ! Tu vas être papa !

La figure de Jack devint aussi rouge que ses cheveux tandis que Reena l'embrassait sur la joue.

— Champagne pour tout le monde ! C'est moi qui offre la tournée !

Les clients applaudirent et firent la queue pour féliciter Fran.

— On voulait garder ça dans la famille, pour l'instant, grommela Jack, faussement grognon.

— Trop tard ! lança Reena.

La bonne nouvelle annoncée par Fran et son succès lors de sa première véritable enquête amenèrent Reena à boire un peu plus que ne l'exigeait la sagesse. Légèrement grise, elle gagna l'escalier à l'arrière du bâtiment et monta chez elle.

Cela faisait maintenant presque un an que Gina et Steve étaient mariés. Une fois seule, Reena avait jugé stupide de garder l'appartement de deux chambres partagé jusqu'alors avec son amie. Ses parents trouvaient bizarre qu'elle veuille s'installer au-dessus du Sirico dans le studio autrefois occupé par Pete – n'avait-elle pas sa chambre à la maison ? s'étaient-ils récriés quand elle leur avait fait part de son souhait. Elle voulait son indépendance, leur expliqua-t-elle. Et payer un loyer. C'était normal. Ils lui avaient inculqué le sens des responsabilités, n'est-ce pas ? Bianca et Gib s'étaient donc inclinés.

Loger au Sirico n'était pour Reena qu'une étape. Elle comptait bien s'acheter sa propre maison un jour ou l'autre. En attendant, elle trouvait confortable et rassurant le fait de se trouver au-dessus de la boutique, à un jet de pierre de chez ses parents et quelques centaines de mètres de chez Jack et Fran.

Elle mit le pied sur la première marche d'escalier puis se figea : le séjour était éclairé.

Instinctivement, elle déboutonna sa veste, de façon à pouvoir facilement sortir son arme si besoin était. Après toutes ces années passées dans la police, elle n'avait eu à dégainer que deux fois. Serrer la crosse du revolver entre ses doigts lui faisait encore un drôle d'effet.

Elle commença à gravir l'escalier tout en se répétant que, étant partie avant l'aube, elle avait dû oublier d'éteindre. Sans y croire. L'habitude était chez elle une seconde nature. Bianca avait inculqué à ses enfants des principes d'économie d'énergie.

Elle tendit la main vers la poignée, la tourna et en même temps poussa la porte à la volée. Elle abaissa immédiatement le revolver en poussant un soupir de soulagement.

— Luke ! Tu es là depuis combien de temps ?

— Quelques heures. Je t'avais dit que je passerais peut-être cette nuit.

Elle avait oublié. Tandis que son cœur reprenait un rythme normal, elle entra dans la pièce, fuyant le froid de l'extérieur, et lui offrit ses lèvres. Son baiser superficiel lui fit hausser les sourcils. Habituellement, il ne perdait pas une seconde pour se jeter sur elle.

Luke Chambers était doté d'une élégance très sexy, d'une sensualité pleine de classe qu'elle trouvait excitante. Comme l'avait excitée la cour pressante et cependant romantique qu'il lui avait faite dès leur première rencontre. Fleurs, coups de téléphone, dîners romantiques, longues promenades au bord de l'eau… elle avait aimé tout cela, et s'était très vite laissé séduire. Avec Luke, elle se sentait très féminine, et même un peu fragile. Un plaisant changement pour elle, que tous considéraient comme solide et compétente.

Cette tactique d'approche avait valu à Luke une très rapide invitation dans le lit de Reena. Néanmoins, elle avait mis trois mois avant de lui confier sa clé.

— Je me suis arrêtée à la boutique pour manger quelque chose et j'ai bavardé avec Fran. Quelle journée ! Succès sur toute la ligne. Et en plus, une formidable nouvelle quand…

— Je suis content que quelqu'un au moins ait eu une bonne journée, coupa Luke en s'écartant d'elle.

Il éteignit le téléviseur, puis se laissa tomber dans un fauteuil.

Bon, reçu cinq sur cinq, se dit Reena. Luke était sexy, intéressant et romantique, mais c'était aussi du boulot. Cela ne la dérangeait pas. Passant ses journées dans un univers professionnel rude et masculin, elle aimait bien, en réaction, montrer douceur et compréhension en privé.

— Sale journée ? demanda-t-elle en accrochant ses vêtements dans la penderie.

— Ouais. Mon assistante m'a remis sa démission. Elle s'en va dans deux semaines.

— Oh ? fit Reena tout en glissant les doigts à travers ses boucles – et si elle changeait de style ? Une nouvelle coiffure serait peut-être…

Zut. Elle n'accordait aucune attention à Luke.

— Je suis désolée d'apprendre ça, se hâta-t-elle de préciser tout en délaçant ses bottes. Pourquoi veut-elle partir ?

— Pour rentrer chez elle, dans l'Oregon ! Comme ça, d'un coup ! Et moi, je vais devoir recruter quelqu'un, faire défiler je ne sais combien de candidates avant de trouver la bonne. En quatrième vitesse, parce qu'il faudra que ma future ex-assistante mette la nouvelle au courant avant de s'en aller. Pour tout arranger, j'ai eu trois rendez-vous à l'extérieur aujourd'hui. J'ai un mal de tête…

— Je vais te donner de l'aspirine, dit Reena en se penchant pour lui effleurer les cheveux du bout des lèvres. Elle adorait sa chevelure marron doré, de la même teinte que ses yeux.

Elle se redressait quand il lui prit la main. Il esquissa un sourire las.

— Ma dernière réunion a fini tard, mais je voulais te voir, et décompresser un peu.

— Tu aurais dû t'arrêter au Sirico. La décompression est sur la carte.

— Trop de bruit, dit-il alors qu'elle se dirigeait vers la salle de bains. Je voulais une soirée tranquille.

— Tu vas l'avoir.

Elle rapporta l'aspirine.

— Moi aussi, je vais en prendre une. J'ai un peu forcé sur le champagne, à la boutique. Nous avions quelque chose à fêter.

— J'ai vu ça en regardant à travers la baie du Sirico quand je suis arrivé.

— Tu aurais au moins pu entrer une minute, remarqua Reena en lui tendant les comprimés et un verre d'eau.

— Mal au crâne. Pas envie de faire tapisserie dans un restaurant en attendant que tu aies fini de faire la folle.

S'il avait une telle migraine, pourquoi n'avoir pas cherché de l'aspirine ? Il savait qu'elle en gardait dans l'armoire à pharmacie ! Décidément, les hommes étaient de grands enfants.

— J'aurais fini plus tôt de faire la folle si j'avais su que tu étais ici. Fran est enceinte.

— Mmm ?

— Ma sœur Francesca. Jack et elle vont avoir un bébé. Quand elle m'a annoncé ça, elle était si lumineuse qu'on aurait pu éclairer tout Baltimore.

— Ils ne viennent pas de se marier ?

— Non. Ils se sont mariés il y a deux ans, et depuis ils essaient désespérément de faire un petit. En principe, dans ma famille, on ne met pas beaucoup de temps avant de devenir parents.

Bella a déjà trois enfants et elle envisage le quatrième.

— Quatre enfants, à notre époque, c'est de l'irresponsabilité !

Reena lui donna une bourrade dans l'épaule.

— C'est comme ça dans les familles catholiques italiennes. Et je te signale que Bella et Vince ont tout à fait les moyens d'entretenir une famille nombreuse.

— Tu ne songes quand même pas à avoir un gosse tous les deux ans, si ?

— Moi ? Non. Les enfants ne font pas partie de mon planning à court terme. Je commence à peine à grimper les échelons, au boulot. À propos, j'ai résolu mon premier cas aujourd'hui. Tu as entendu parler de cet immeuble qui a brûlé sur Broadway ? Pas de locataires, et une seule victime ?

— Pas eu le temps d'écouter les informations. J'ai bossé douze heures d'affilée et j'ai fait le siège d'un gros client potentiel.

— Ça a marché ?

— Pas encore, mais je suis en bonne voie.

Luke tendit sa longue main fine et caressa le mollet de Reena.

— Je l'ai invité à dîner jeudi soir, avec sa femme. Tu pourras mettre quelque chose de chouette ?

— Jeudi ? Mes parents rentrent d'Italie jeudi, Luke. Il y aura un grand repas à la maison, je te l'ai déjà dit.

— Tu pourras les voir vendredi ou dans le week-end. Tu habites en face, quand même ! Ma soirée est très importante, Cat.

— Compris. Je suis désolée que tu ne puisses pas participer aux retrouvailles familiales.

— Reena, est-ce que tu m'écoutes ? s'écria Luke, dont la main quitta le mollet de Reena pour se muer en poing serré. J'ai besoin que tu sois avec moi ! Il faut que je joue le jeu des relations sociales pour conclure cette affaire. Tout est déjà organisé.

— Navrée, mais je suis prise. Et je l'étais avant que tu fixes cette date de jeudi. Si tu peux décaler, je…

Luke se leva en gesticulant.

— Pourquoi faudrait-il que je décale une invitation si importante ? Je fais des affaires, et j'ai une opportunité qui ne se présentera peut-être pas de sitôt et qui pourrait me valoir une promotion. Alors que pèse, en comparaison, une soirée autour d'une platée de spaghettis quand tu peux en manger n'importe quand ?

Reena serra les dents et réussit à bloquer la repartie acide qu'elle s'apprêtait à lâcher.

— En fait, ce ne seront pas des spaghettis mais des *mani-cotti*, dit-elle en se levant à son tour. Mes parents sont partis depuis trois semaines, Luke. Et je leur ai promis d'être là jeudi soir, sauf si j'étais appelée à la brigade. Ils vont rentrer et on va leur apprendre que leur fille aînée va avoir un bébé. C'est quelque chose de très important dans mon petit monde.

— Alors moi, je ne compte pas ?

— Bien sûr que si. Mais si tu m'avais parlé avant de lancer cette invitation, je t'aurais rappelé que j'étais prise et tu aurais pu choisir un autre jour que jeudi.

— Le client veut jeudi, il aura jeudi. C'est comme ça que ça marche dans mon monde à moi ! As-tu la moindre idée de l'ampleur de la compétition qui règne dans l'univers de la finance ? Du temps et des efforts nécessaires pour accrocher un client multimillionnaire ?

— Non, pas vraiment.

Sans doute cette ignorance expliquait-elle le peu d'intérêt qu'elle éprouvait pour le problème de Luke.

— Je sais néanmoins que tu travailles dur et que tout cela est très important pour toi.

— Ouais, ça saute aux yeux !

Lorsqu'il lui tourna le dos, Reena leva les yeux au plafond. Mais elle fit un pas vers lui, dans le but de l'apaiser.

— Change le jour, Luke, ce serait…

— Je t'ai dit que ce n'était pas possible, merde !

Il écarta les bras, se retourna brusquement, et sa main atterrit lourdement sur la joue de Reena. Celle-ci recula et porta la main à sa figure comme si un insecte venimeux venait de la piquer.

— Ô mon Dieu, pardon, Cat, pardon… Je ne voulais pas… Oh, non ! Je t'ai fait mal ? Dis, je t'ai fait mal ?

Il la happa par le bras et l'attira contre lui, la maintenant étroitement tout en examinant son visage. Il semblait incrédule. Reena se doutait que son expression reflétait la même stupeur.

C'était un accident. Je te jure que c'était un accident !

— Ça va.

— Tu es allée droit sur ma main. Je suis tellement maladroit… Je gesticulais et… Je ne vois pas de marque.

— Ce n'était qu'une petite tape.

Et c'était la vérité, se dit-elle. Elle souffrait plus du choc que du coup.

— C'est rouge, dit-il en lui caressant la joue. J'ai honte de moi, Cat. J'ai l'impression d'être un monstre. Ton si beau visage…

— Ne t'inquiète pas. Tu ne l'as pas fait exprès et je ne suis pas une petite chose fragile, assura Reena qui s'était ressaisie.

— Pour moi, si, tu es fragile, dit Luke en la serrant plus étroitement. Dans l'état d'esprit qui était le mien, je n'aurais pas dû venir. J'étais de mauvaise humeur. Mais j'avais tellement envie de te voir… Et toi, tu t'amusais au Sirico. Alors que je te voulais tant auprès de moi.

Il l'embrassa puis répéta :

— Je te voulais tant auprès de moi…

— Je suis là, maintenant. Et je regrette de ne rien pouvoir pour toi jeudi. Vraiment.

Il sourit, de ce sourire coquin qui la faisait fondre.

— Peut-être bien que tu pourras te racheter…

Comme c'était bon de faire l'amour… C'était toujours bon avec Luke, mais ce soir, à cause de la dispute et de la gifle, il s'était montré particulièrement tendre et attentionné. Au fur et à mesure que son corps s'embrasait, porté vers l'extase, elle en avait oublié ses griefs.

Comblée et somnolente, elle se lova contre lui.

— Tu vas quand même songer à acheter un lit plus grand, Reena ?

— Un de ces jours.

— Pourquoi ne viendrais-tu pas chez moi ce week-end ? On pourrait sortir samedi soir et s'offrir un brunch dimanche matin.

— Mmm. On verra. Il se peut que je doive donner un coup de main à l'heure du déjeuner, samedi, au Sirico.

Il resta silencieux un si long moment qu'elle le crut endormi.

— Tu pourrais voir tes parents, plus tôt, jeudi. Partir à mi-dîner, et venir me rejoindre au restaurant.

— Luke, non.

— Très bien ! fit-il d'un ton sec en sortant du lit. Nous ferons donc comme d'habitude, c'est-à-dire en fonction de tes décisions.

— Tu es injuste et tu le sais.

— Ce qui est injuste, Reena, c'est ton refus de faire des compromis ! Et ton incapacité à prendre en considération mes besoins ou mes désirs !

Il s'habillait. La douce langueur n'était plus qu'un souvenir.

— Si c'est ce que tu penses, Luke, je ne comprends pas ce que tu fais avec moi.

— Là, maintenant, moi non plus. Tu prends plus que tu ne donnes. Tu ne tarderas pas à me vider.

— Je te donne ce que je peux, répondit Reena en le regardant se chausser.

— Alors c'est bien triste pour toi, lança Luke en sortant.

La porte se referma sur lui. Reena se rallongea. Était-elle égoïste ? Avare de sentiments ? Elle tenait à Luke, c'était indubitable, mais elle ne s'intéressait guère à son travail. Sans doute parce qu'elle s'investissait trop dans le sien.

Effectivement, ce qu'elle pouvait lui donner se résumait à peu de chose, et c'était peut-être bien triste.

Elle se tourna sur le côté et mit très longtemps à trouver le sommeil.

Trois douzaines de roses blanches à longue tige attendaient Reena sur son bureau. La jeune femme avait passé la journée avec O'Donnell à recueillir les témoignages, frappant à toutes les portes, dont celles de l'ex-femme du propriétaire de l'immeuble, son ancien associé, sa petite amie du moment... La vue du bouquet déclencha une avalanche de commentaires de la part des gars de la brigade. La carte jointe fit sourire Reena.

Cat,
je suis désolé.

L'Idiot

Elle dut aller déposer les roses dans la salle de repos : elle avait besoin de son bureau pour y écrire son rapport. Le cadavre n'avait pas encore été formellement identifié, mais le propriétaire semblait bien avoir disparu.

En compagnie d'O'Donnell, elle alla rendre compte de l'avancement de l'enquête à leur supérieur, le capitaine Brant.

Son coéquipier prit la parole en premier.

— On attend les résultats du labo. Le propriétaire, James R. Harrison, a été vu pour la dernière fois au Fan Dance, une boîte de stript-ease à quelques pâtés de maisons de l'immeuble incendié. Il s'est servi de sa carte de crédit à minuit et demi. On a le reçu. Sa camionnette Ford était garée à l'arrière de l'immeuble.

O'Donnell se tourna vers Reena, lui faisant signe de continuer.

— Nous avons trouvé une caisse à outils sous les décombres du rez-de-chaussée ainsi qu'un tournevis dont la pointe correspond aux trous percés dans le fond du jerrycan découvert sur les lieux. Harrison a été condamné pour fraude il y a cinq ans. Ses empreintes sont donc dans les fichiers. Elles correspondent à celles relevées sur la caisse à outils, le tournevis et le jerrycan. Le médecin légiste n'a pas pu relever les empreintes du cadavre, aussi procédons-nous à des recherches sur la dentition.

» On devrait avoir les résultats demain, continua O'Donnell. De nos entretiens avec les associés de Harrison, il ressort qu'il avait des problèmes d'argent. Il aimait les chevaux, et ils ne le lui rendaient pas…

Le capitaine Brant opina, puis s'adossa à son siège. Cheveux blancs, yeux bleu acier, l'officier prenait un soin maniaque de son bureau sur lequel s'alignaient des photos de ses petits-enfants.

— À votre avis, si je comprends bien, le propriétaire aurait mis le feu pour toucher l'assurance, et il s'est pris tout seul au piège.

— On le dirait, acquiesça Reena. Le légiste n'a pas trouvé sur le cadavre de traces de coups ni de blessures. Il nous manque les analyses toxicologiques, mais pour l'instant, rien ne montre que Harrison ait eu des ennemis désireux de se débarrasser de lui. Son assurance-vie n'était que de cinq mille dollars, qui iront à son ex-femme. Elle s'est remariée, mais il l'a laissée bénéficiaire de la police. Elle travaille, son mari aussi. Rien ne permet de penser qu'elle ait pu vouloir tuer son ex.

— Bien, agent Hale. Bon travail vite expédié.

Elle revint avec O'Donnell dans la salle commune.

— Je m'occupe du rapport, si tu veux, proposa-t-elle.

— C'est bon, vas-y : j'ai un monceau de paperasserie à faire. Au fait, c'est ton anniversaire ?

— Non. Pourquoi ?

— Les fleurs.

— Oh, c'est mon petit ami. Il a été plutôt moche hier soir, alors il a cherché à se faire pardonner.

— Eh bien ! C'est classieux. Ton histoire avec lui, c'est du sérieux ?

— Je n'ai pas encore décidé. Pourquoi me demandes-tu ça ? Tu as des vues sur moi ?

O'Donnell sourit d'un air embarrassé. Les pointes de ses oreilles s'empourprèrent.

— Ma sœur fait travailler un jeune. Il est menuisier et il bosse super bien. C'est un brave gars et elle essaie de lui présenter quelqu'un.

— Alors tu t'es dit que j'accepterais un rendez-vous organisé avec un menuisier ?

— Écoute, je n'ai fait que demander, d'accord ? Il paraît qu'il est mignon. C'est ce que dit ma sœur.

— S'il est si mignon que ça, qu'il se trouve une copine tout seul, dit Reena tout en commençant son rapport.

11

Bo avala le dernier biscuit au beurre de cacahuètes avec un verre de lait puis, assis au comptoir qu'il avait fabriqué de ses mains, il poussa un long soupir mélodramatique.

— Si vous plaquiez votre mari, madame M., je vous construirais la maison de vos rêves, et pour tout salaire je ne demanderais que vos biscuits au beurre de cacahuètes.

— La dernière fois, c'était ma tarte aux pommes! s'écria Mme Malloy en le souffletant gentiment d'un coup de torchon. Ce qu'il vous faudrait, c'est une gentille fille qui s'occuperait de vous.

— Mais j'en ai une! Je vous ai, vous!

Elle éclata de rire et il songea qu'il adorait sa façon de rire, tête renversée en arrière, ces grands éclats d'hilarité montant vers le ciel. Elle avait un corps tout en généreuses rondeurs, et il aurait le même s'il continuait à se gaver de ses biscuits au beurre de cacahuètes. Elle était assez âgée pour être sa mère, et autrement plus plaisante que celle que la nature lui avait donnée.

— Un joli garçon comme vous a besoin d'une petite amie! dit-elle en pointant l'index sur Bo.

— Oui, mais comme il n'y a que l'embarras du choix, je n'arrive pas à me décider. Et puis, mon cœur vous appartient, madame M.

— Vous êtes un fieffé flatteur ! Encore pire que mon Irlandais de grand-père !

— J'ai vu une fille qui me plaisait, avoua Bo, l'air songeur, mais je l'ai perdue. À deux reprises.

— Perdue ? Comment ça, perdue ?

— Oh, je l'ai à peine entrevue dans une pièce bondée de gens puis dans un centre commercial, et elle s'est évaporée, expliqua Bo. Vous croyez au coup de foudre ?

— Bien sûr que j'y crois.

— C'est peut-être ce qui m'est arrivé. Le coup de foudre. Et depuis, je la cherche. Je la chercherai jusqu'à ce que je l'aie trouvée. Bon, sur ce, madame M., il faut que j'y aille.

Il laissa glisser à bas du tabouret son mètre quatre-vingt-dix de muscles sculptés par des années de labeur.

Bridgett Malloy était peut-être deux fois plus âgée que son menuisier, mais cela ne l'empêchait pas d'apprécier le spectacle. Ce garçon lui plaisait. Toutefois, s'il n'avait pas été aussi honnête, dur à la tâche et doué de ses mains, elle ne lui aurait pas donné du travail depuis six mois juste pour le plaisir de le regarder. Elle avait l'esprit trop pratique pour succomber à ce genre de faiblesses.

— Je vais vous trouver une petite amie, Bo ! Je vous le garantis.

— Assurez-vous qu'elle sait faire la pâtisserie, alors, dit-il en se penchant pour l'embrasser sur la joue tout en enfilant son manteau. Saluez M. M. pour moi et appelez-moi si vous avez besoin de quoi que ce soit.

Bridgett lui tendit une boîte.

— Tenez, emportez ces biscuits. J'ai votre numéro de téléphone, Bowen. Vous ne tarderez pas à avoir de mes nouvelles.

Sur un dernier sourire, il sortit de la maison et se dirigea vers sa camionnette, marchant précautionneusement dans l'allée qu'il avait déneigée et qui était maintenant verglacée. Bon sang, pouvait-il faire encore plus froid ? À voir le ciel bas et gris, on aurait bien dit que oui.

Il s'arrêterait dans un supermarché sur le chemin du retour. Il ne pouvait pas vivre de biscuits au beurre de cacahuètes et d'eau fraîche. Avoir à la maison une femme capable de cuisiner ne lui aurait pas déplu, mais ce n'était pas impératif : il se débrouillait très bien aux fourneaux. Comme dans son job. Il avait désormais sa propre entreprise, songeait-il avec satisfaction en tapotant le volant de la camionnette. Menuiserie sur Mesure Goodnight. En association avec Brad, il avait acheté plusieurs petites maisons en piteux état, les avait réhabilitées et revendues en faisant de bonnes plus-values. Il se rappelait l'ardeur qu'il avait mise à convaincre Brad face à leur première ruine, lui expliquant qu'ils avaient un diamant brut sous les yeux et qu'il ne tenait qu'à eux d'en faire une pierre précieuse. Nul doute qu'il était redevable à son ami de lui avoir accordé sa confiance. Comme il était redevable envers sa grand-mère qui lui avait prêté de l'argent pour son investissement. À propos, il fallait qu'il lui téléphone dès qu'il serait chez lui. Elle avait peut-être besoin qu'il lui fasse quelques bricoles à la maison.

Avec Brad, ils avaient travaillé comme des esclaves pour remettre la première petite maison en état. Sa revente avait généré un joli bénéfice. Ils avaient remboursé sa grand-mère et réinvesti le reste de l'argent.

Tout de même, le destin était étrange… La mort d'un jeune homme était à l'origine de sa vie actuelle, de son changement d'orientation. La disparition d'un parfait étranger avait fait basculer son existence. Il ne comprenait pas vraiment pourquoi mais le fait était là : il avait cessé de se laisser porter par le cours des événements pour se prendre en main et aller de l'avant.

Le pauvre gars s'appelait Josh, et sa mort avait bouleversé Mandy. Bizarrement, le feu et cette tragédie l'avaient rapproché de la jeune fille, renforçant leur amitié. Brad avait rompu depuis belle lurette avec la petite blonde qui le faisait fantasmer à l'époque. Comment s'appelait-elle, déjà ? Ah, oui, Cammie. Maintenant, Brad ne rêvait que d'une brunette appétissante qui adorait danser la salsa.

Mais sa blonde à lui, celle qui l'avait fasciné lors de cette soirée si longtemps auparavant, habitait toujours son esprit. Pas en permanence mais tout de même… Jamais il n'avait oublié son visage, sa somptueuse chevelure bouclée, le petit grain de beauté sur sa lèvre supérieure. Il ne connaissait pas son nom, ne savait rien de sa voix ni de son parfum, et peut-être était-ce cette ignorance de tout ce qui se rapportait à elle qui la rendait si exceptionnelle. Elle s'était muée en être imaginaire, elle était ce qu'il désirait qu'elle fût.

Penser à la jeune fille lui permettait de prendre son mal en patience au milieu des embouteillages. À croire que tout Baltimore s'était donné le mot pour se rendre au supermarché à cette heure-ci ! Il aurait dû se contenter d'une pizza, la manger tout en peaufinant les croquis du nouveau travail qu'on lui avait commandé et compléter la liste des matériaux pour la maison qu'il venait d'acquérir avec Brad. Oui, décidément, il avait mieux à faire que rester coincé dans la foule des banlieusards.

La file dans laquelle il roulait s'immobilisa. Sur sa gauche, une voiture remontait à la hauteur de sa camionnette.

Une Chevrolet Blazer bleue, avec une femme, une très jolie femme, au volant. Une cascade de cheveux couleur caramel coulait sur ses épaules, s'échappant d'une casquette noire. Ses doigts battaient la mesure sur le tableau de bord. Elle devait écouter un air rythmé à la radio. Lui-même écoutait « Growin'Up » de Bruce Springsteen. Vu le tempo des doigts de la jeune femme et ses propres sautillements, il en déduisit qu'ils étaient branchés sur la même bande FM.

Voilà qui était amusant, se dit-il en se penchant légèrement pour mieux distinguer les traits de la conductrice du Blazer.

Son cœur manqua quelques battements : c'était elle ! Elle ! La fille de ses rêves !

Bouche bée, il la fixait. Elle lui retourna brièvement son regard. Ses grands yeux dorés croisèrent ceux de Bo. Totalement hébété, il cala. Des klaxons retentirent derrière la camionnette. Il redémarra mais la file dans laquelle il se trouvait s'immobilisa de nouveau alors que celle du Blazer avançait.

Il allait la perdre !

Il jura, ouvrit sa portière à la volée et descendit sur la chaussée, mû par l'idée folle de poursuivre le Blazer en courant.

Mais le 4 × 4 bleu était déjà trop loin. Il ne parvenait même pas à en lire la plaque minéralogique.

— Tu m'échappes encore…, murmura-t-il, immobile au milieu de la rue, inconscient du concert d'avertisseurs tandis que des flocons de neige s'accumulaient sur son visage et ses cheveux.

— C'était vraiment bizarre, dit Reena, accoudée au comptoir de la cuisine du Sirico pendant que sa mère s'activait devant le four. Il était très mignon, si on excepte le fait qu'il avait la bouche tellement ouverte que toute une armée de mouches aurait pu s'y engouffrer, et les yeux comme des soucoupes. Je… comment dire ?… je sentais qu'il me regardait. Et quand je me suis tournée vers lui, il était… eh bien… comme ça.

Reena mima la bouche ouverte et les yeux écarquillés.

— Le pauvre garçon était peut-être malade ! Il avait peut-être une attaque !

— Maman, il était juste bizarre, assura Reena en riant.

— Tu verrouilles bien tes portières, au moins ?

— Je suis flic, maman. Tiens, à propos, j'ai eu un nouveau cas, aujourd'hui. Des gamins qui sont entrés par effraction dans leur école et ont mis le feu à plusieurs classes. Par chance pour eux, ça n'a pas fait beaucoup de dégâts.

— Et les parents ? Que font les parents ?

— Tous les parents ne sont pas comme papa et toi. Les gosses incendiaires représentent un très gros problème. Dans l'affaire d'aujourd'hui, Dieu merci, il n'y a pas eu de victime et peu de dommages matériels. Avec O'Donnell, on a ramassé les gamins, mais il y en a un qui m'a inquiétée. Je pense que l'évaluation du psychologue confirmera mon sentiment. Dix ans et une lueur dans les yeux à faire froid dans le dos. Tu te rappelles Joey Pastorelli ? Il avait le même regard.

— C'est bien que tu l'aies attrapé.

— Pour cette fois, oui. Bon, il faut que je me prépare : je sors avec Luke.

— Où allez-vous ?

— Aucune idée. Luke s'est montré très mystérieux. Il m'a demandé de porter quelque chose de super. C'est pour ça que je suis allée faire les boutiques du centre commercial. Pour m'acheter une nouvelle robe. Et sur le chemin du retour, j'ai trouvé mon type bizarre.

— Est-ce que Luke est enfin le bon ?

— Pour le moment, il l'est, dit Reena en passant affectueusement la main le long du dos de sa mère.

Luke était le bon pour le moment, oui. Pas pour la vie.

— Maman, Bella et Fran ont toutes les deux la bague au doigt et ont déjà fait de toi une grand-mère.

— Je n'ai pas dit que je voulais que tu te maries et que tu aies des enfants. Ce que je veux, c'est que tu sois heureuse.

Moi aussi, je le veux. Et je le suis.

Luke avait fait dans la grande classe : il avait choisi un restaurant français étoilé. Reena était donc satisfaite d'avoir acheté la robe de velours bleu nuit. Le regard qu'il posa sur elle leva les regrets qui la taraudaient lorsqu'elle songeait au prix exorbitant de ce bout de chiffon.

Quand elle l'entendit commander du caviar et une bouteille de Dom Pérignon, elle n'en crut pas ses oreilles.

— Que se passe-t-il ? Que fêtons-nous ?

— Je dîne avec une femme sublime. Une femme qui est la mienne, dit Luke en prenant la main de Reena.

Il baisa ses doigts un à un, ce qui eut pour effet de ramollir chaque muscle de son corps, puis enchaîna :

— Tu es fabuleuse, ce soir, Cat.

— Merci, murmura-t-elle. Mais il y a autre chose, je m'en rends bien compte.

— Zut, tu me connais trop. Attendons le champagne, veux-tu ? Si un garçon finit par nous l'apporter…

— Il n'y a pas urgence. Patiente en me répétant combien je suis belle.

— Tu es belle de la racine des cheveux à la pointe des orteils. Tes cheveux, oui… J'aime quand tu les coiffes comme ça : raides, bien lissés.

Une coquetterie qui lui prenait un temps fou. À force de dompter ses boucles à grands coups de brosse ronde et de séchoir, elle avait mal au bras ! Mais du moment que Luke l'aimait avec les cheveux raides…

Le serveur apparut, montra l'étiquette de la bouteille de champagne à Luke. Sa flûte remplie, il goûta, fit savoir d'un signe de tête qu'il était satisfait et le sommelier se retira.

— À ma délicieuse, ma charmante Cat, dit-il en levant son verre.

— Mmm… Rien à voir avec le mousseux servi au Sirico, commenta Reena après avoir avalé une gorgée.

— Un vin français aussi exceptionnel que celui-ci ne convient pas à une pizza aux poivrons.

— Je n'en suis pas si sûre. Je pense que les deux seraient parfaitement complémentaires. Bon, cela dit, nous avons porté un toast… Qu'est-ce qui vient ensuite ?

— J'ai eu une promotion. Une très grosse promotion.

— Oh, Luke, c'est formidable ! Félicitations !

Cette fois, ce fut Reena qui leva son verre et l'entrechoqua avec celui de Luke.

— Merci, ma chérie. J'avoue avoir travaillé dur pour y arriver. Obtenir la signature des Laurder était un bel atout et je l'ai bien joué. Évidemment, ç'aurait été plus facile si tu m'avais donné un coup de main ce soir-là mais…

— … tu as fait ça tout seul. Et je suis très fière de toi. Alors ? Tu as un nouveau titre ? Un nouveau bureau ? Les détails, vite !

— J'ai désormais un joli salaire.

— Je m'en doutais. Promotion égale augmentation.

Le serveur étant de retour, ils passèrent commande. Reena trouva que Luke se haussait un peu du col : énoncer leur choix en français était tout de même limite prétentieux. Non, à mieux y réfléchir c'était charmant, voilà tout. Et ce soir, Luke le vainqueur avait le droit de s'octroyer quelques fantaisies.

— Quand l'as-tu eue, cette promotion ?

— Avant-hier. Je tenais à tout organiser pour ce soir avant de te mettre au courant. Réserver dans ce restaurant n'est pas une mince affaire.

— Comment doit-on t'appeler, désormais ? Le roi de la finance ?

Un sourire satisfait se dessina sur les lèvres de Luke.

— Ça viendra plus tard. Pour l'instant, je me contenterai du titre de vice-président.

— Oh la la… Ça mérite une fête.

— J'y ai pensé. À d'autres choses aussi. Par exemple, si tu en touchais un mot à ta sœur Bella. Maintenant que je suis monté en grade, elle pourrait persuader son mari de me confier la gestion de ses avoirs.

— Vince m'a l'air très content de la société qui s'en occupe…, commença Reena avant de s'interrompre en voyant Luke s'assombrir. J'en parlerai quand même à Bella, se hâta-t-elle de préciser. Je la verrai dimanche, pour l'anniversaire de Sophia. À ce propos, tu ne m'as toujours pas dit si tu serais des nôtres.

— Cat, tu sais ce que je pense de ces réunions familiales… surtout quand elles tournent autour de l'anniversaire d'un gosse. S'il te plaît, épargne-moi ça !

— Je comprends. Ça peut être pénible quand on n'appartient pas à la famille. Je tenais simplement à ce que tu te saches le bienvenu.

— Euh… Si tu estimes que ma présence pourrait être utile… par rapport à Vince, je veux dire…

Reena perçut la tension qui montait en elle. Elle s'empressa de la refouler et réussit à produire un éclatant sourire.

— Mettons la famille d'un côté et les affaires de l'autre, d'accord ? Je verrai si je peux en toucher un mot à Vince, mais à mon avis, l'anniversaire de sa fille n'est pas le moment idéal pour l'appâter.

— L'appâter ? Mon travail n'est pas d'appâter, Reena, mais de donner de bons conseils à ton beau-frère.

Le serveur arriva à point avec le premier plat, ce qui ménagea une pause.

— Je peux te garantir que Vince n'aimerait pas parler affaires lors d'une fête de famille, reprit Reena quand l'homme se fut éloigné.

— J'ai déjà eu droit à pas mal de fêtes de ta famille. Et on y parle affaires. Le pizza-business a la cote.

— Le Sirico est une affaire de famille, Luke !

— Pardonne-moi, Cat. Tu sais combien j'ai les nerfs à fleur de peau quand il est question de mon boulot. Nous sommes ici pour célébrer ma promotion, pas pour nous disputer. Et je suis sûr que tu feras ton possible pour vanter mes talents auprès de ton beau-frère, dit Luke en tapotant la main de Reena.

Avait-elle promis cela ? Non, certainement pas. Mais mieux valait laisser courir. Sinon, Luke ne la lâcherait pas et elle finirait par en perdre l'appétit.

— Dis-m'en davantage, monsieur le Vice-Président. Tu vas diriger un département ?

Luke ne se fit pas prier pour décrire l'avenir lumineux qui l'attendait. L'excitation le gagnait au fur et à mesure qu'il s'exprimait et Reena aimait l'allégresse et l'enthousiasme qu'exprimait son visage. Elle savait ce qu'était se fixer un but et l'atteindre. C'était grisant.

Les petites traînées d'amertume laissées par le début de la conversation se dissipèrent peu à peu.

— Ce poisson est fabuleux. Goûte ! dit-elle en tendant sa fourchette à Luke, avant de ramener sa main. Pardon, j'oubliais que tu détestais manger dans l'assiette des autres. Mais permets-moi de te dire que tu loupes quelque chose ! Et… Ah, oui, je voulais te dire un truc, mais ça n'a pas de rapport avec le poisson. J'ai eu un nouveau cas aujourd'hui. Il y a eu…

— Laisse-moi finir, Reena. Je n'en étais qu'à la moitié de l'histoire et le plus important est à venir.

— Ah bon ?

— Oui. Le Big Bang. Tu m'as demandé si j'aurais un nouveau bureau ? La réponse est oui.

— Vaste et clinquant ? Le genre qui en met plein la vue ?

— Exactement. Sur Wall Street.

— Que… Quoi ? Wall Street ? On te mute à New York ?

— Je me suis remué le cul pour y arriver et, oui, on me mute à New York. J'ai obtenu ça au mérite, conclut Luke d'un ton sévère.

— C'est formidable. Mais j'ignorais que tu voulais quitter Baltimore. Chapeau, mon chéri, fit Reena en frappant sa flûte contre celle de Luke. Tu me manqueras, tu sais. Quand pars-tu ?

— Dans deux semaines.

Elle lui voyait ces yeux de braise qui l'avaient enflammée des mois auparavant, ce sourire chaleureux qui la faisait invariablement fondre.

— Je prends le train demain pour aller poser mes jalons. Il faut que je trouve d'abord un appartement à New York.

— Ça va vite, tout ça.

— Aucune raison de perdre du temps. Ce qui m'amène à la deuxième partie de mon Big Bang : Cat, je veux que tu viennes avec moi.

— Oh, Luke, ce serait formidable ! J'adorerais faire un saut à New York, mais demain, je suis d'astreinte. Si tu m'avais prévenue un peu avant, j'aurais pu…

— Je ne parlais pas de demain. L'agent immobilier que j'ai mandaté pour qu'il me trouve un logement a reçu une consigne : appartement pour deux. Je veux que tu viennes à New York avec moi, et que tu y restes.

Il plongea la main dans sa poche et en sortit un écrin. Reena sentit son cœur se serrer… et commencer à se fissurer.

— Épouse-moi, Cat.

Le solitaire qui reposait sur son coussinet de velours rouge était splendide.

— Eh bien, je… Seigneur… que c'est beau… Mais…

— Pierre traditionnelle sur une monture classique. Le genre qui te convient. Nous serons heureux ensemble. Notre vie sera excitante, intense…

Son regard dévia et il fit un signe de la tête. Puis il lui glissa la bague sur l'annulaire.

— Attends, Luke.

Le serveur était de retour avec une nouvelle bouteille de champagne délicatement emmaillotée dans une serviette damassée blanche.

— Mademoiselle, monsieur, toutes mes félicitations.

Lorsqu'il remplit les flûtes, des applaudissements éclatèrent aux tables voisines. Luke se leva et tendit son verre à la ronde. Puis il se pencha et d'un baiser bloqua sur les lèvres de Reena les mots qu'elle s'apprêtait à prononcer.

— À nous, dit-il après s'être rassis.

Reena ne trouva pas le courage de dire quoi que ce soit.

Prise au piège… Elle était prise au piège, songeait-elle, en pleine détresse. Elle avait accepté sans regimber les félicitations du personnel du restaurant, des autres clients, et maintenant Luke la tenait par le bras, la guidant très courtoisement vers la sortie. Sur le trottoir, dans la clarté d'un lampadaire, elle vit le diamant scintiller à son doigt. Le joyau lui semblait aussi lourd que du plomb.

— Nous allons chez moi continuer la fête, lui souffla-t-il à l'oreille.

Elle s'écarta. Il la ramena contre lui.

— Non, Luke, il faut que je me couche tôt. Je prends mon service de très bonne heure demain matin et… Il faut qu'on parle !

— Comme tu voudras, ma chérie. Cette nuit t'appartient.

Mais non, la nuit ne lui appartenait pas ! Plus rien ne lui appartenait. Elle avait perdu ses repères, il lui semblait que ses certitudes coulaient entre ses doigts comme du sable. Un début de migraine irradiait dans ses tempes.

— Je ferai des photos de plusieurs appartements, comme ça tu auras une idée... À moins que tu décides de faire l'école buissonnière demain... Tu zappes le boulot et tu m'accompagnes... L'escapade improvisée. J'appelle mon assistant et je lui demande de nous réserver une suite au Plaza, et des billets pour une comédie musicale. On fera du shopping...

— Je ne peux pas. C'est trop...

— D'accord, d'accord ! coupa Luke en soupirant. Mais après, ne viens pas te plaindre que j'aie loué un appartement sans que tu l'aies vu. J'en ai trois en tête de liste, dans Lower Manhattan. Celui qui m'intéresse le plus est un loft avec trois chambres. Le quartier est super. Très vivant. Et le loft vraiment grand, idéal pour donner des réceptions. À un jet de pierre de mon bureau. Je pourrai y aller à pied quand il fera beau. Le loyer n'est pas donné mais avec le salaire que je vais avoir, je peux le payer. Je dois me montrer digne de ma nouvelle position. Il faudra organiser pas mal de réceptions, voyager aussi, aller dans les endroits où il faut être vu, Cat.

— On dirait que tu as déjà tout planifié, remarqua Reena d'une voix sourde.

— Je suis très doué pour ça. Tiens, j'ai organisé une petite sauterie que je vais donner avant notre départ. Ce sera notre au revoir et nos fiançailles en même temps. Il va falloir tout mettre au point sans perdre de temps parce que je dois préparer le déménagement.

Tandis qu'ils approchaient de l'appartement de Reena, la jeune femme restait muette.

— Ne l'annonce pas à ta famille ce soir, dit Luke en montrant le restaurant illuminé d'un mouvement de la tête. Je te veux pour moi tout seul. Tu montreras ta bague demain.

Il contourna la voiture pour lui ouvrir la portière, avec cette courtoisie un peu désuète qu'elle avait toujours trouvée si plaisante.

Une fois à l'intérieur, il l'aida à retirer son manteau puis inclina la tête pour l'embrasser dans le cou. Elle se déroba.

— Asseyons-nous, dit-elle en le regardant bien en face après avoir pris une profonde inspiration.

Il leva les bras, affectant une immense lassitude.

— Ah, les femmes… Elles veulent toujours discuter à n'en plus finir de l'organisation d'un mariage. Mais je t'en prie, pour ce soir, essayons de nous concentrer sur nos fiançailles ! Laisse-moi me concentrer sur toi.

— Luke, il faut que tu m'écoutes. Tu ne m'as pas laissé la moindre chance de placer un mot, au restaurant ! La bague, le serveur avec le champagne, les autres dîneurs pris à témoin… Tu m'as mise dans une position impossible !

— Qu'est-ce que tu racontes ? Tu n'aimes pas la bague ?

— Bien sûr que si, j'aime la bague ! Mais je ne l'ai pas acceptée ! Tu me l'as imposée ! Je suis désolée, Luke, mais tu as cru ce que tu avais envie de croire.

— De quoi tu parles, là ?

— Jamais, avant ce soir, nous n'avions parlé de mariage. Et en une heure, tu nous fiances et nous embarques à New York ! Je ne veux pas aller à New York ! Ma famille est ici, mon travail est ici !

— Au nom du Ciel, New York n'est qu'à quelques heures de train de Baltimore ! Tu pourras venir voir ta famille quand ça te chantera, quoique, si tu veux mon avis, il soit temps que tu te décides à couper le cordon ombilical !

— Ton avis, je n'en ai rien à faire, répliqua calmement Reena. Tout comme toi, tu t'es fichu du mien. Moi aussi, j'ai eu une promotion, figure-toi. Que, je te signale, nous n'avons jamais fêtée.

— Tu ne vas quand même pas comparer...

— Non. Je fais juste un bilan. Tu te moques complètement de mon travail, et tu es persuadé que je vais démissionner pour te suivre à New York, toute joyeuse et fringante.

— Mais qu'est-ce que tu veux alors, Reena ? Rester ici à faire joujou avec le feu ? Tu sais, j'ai entendu dire qu'il y avait aussi des incendies à New York...

— Ne dénigre pas mon métier, s'il te plaît.

— À quoi t'attendais-tu donc ? cria-t-il. Tu fais passer ton job avant moi. Tu t'imagines que je vais cracher sur ma promotion et rester à Baltimore pour que tu puisses faire cuire des spaghettis tous les dimanches ? Si tu n'es pas capable de te rendre compte à quel point ma carrière est importante, alors je me suis sacrément trompé sur toi !

— Non, je ne peux pas m'en rendre compte. Pas plus que tu ne te rends compte combien la mienne compte pour moi. Mais ce... détail mis à part, jamais nous n'avons parlé de nous marier, Luke. D'ailleurs, tu ne m'as rien demandé. Tu m'as mise devant le fait accompli. Tu n'as même pas attendu de réponse de ma part.

— Ne sois pas ridicule ! éructa Luke, le visage écarlate. Tu étais assise en face de moi et tu as dit oui ! La preuve : tu portes la bague !

— Je ne voulais pas t'embarrasser en faisant une scène en public.

— M'embarrasser ? Non, mais je rêve !

— Le serveur était à côté de nous, et il y avait ces gens aux autres tables… Je ne savais plus que faire, avoua Reena en se voilant brièvement le visage de ses mains.

— Qu'est-ce que tu as fait, alors ? Tu m'as mené en bateau ?

— Si tu ressens les choses ainsi, sache que j'ai agi involontairement. Je ne voulais pas te blesser. Pourquoi as-tu mis au point tous ces projets sans me consulter ? Le mariage est… Oh, je ne sais pas vraiment ce que c'est, sauf que je ne suis pas prête pour ça. Je suis désolée, Luke.

Reena fit glisser la bague sur son annulaire et la tendit à Luke.

— Je ne peux pas t'épouser.

Il l'attrapa aux épaules et la secoua, brièvement mais rudement.

— Non, mais qu'est-ce que c'est que cette histoire, hein ? Tu fais un blocage à l'idée de quitter Baltimore ? Pour l'amour de Dieu, Reena, grandis !

— Je suis heureuse, ici. Je ne considère pas ça comme un blocage.

Elle se dégagea et recula de deux pas.

— Ma maison est ici, Luke, ma famille est ici, mon travail est ici. Si j'étais prête pour le mariage et si pour cela je devais quitter Baltimore, je le ferais. Le problème, c'est que je ne suis pas prête.

— Et ce dont j'ai envie, moi, tu t'en fous ? Pourquoi ne penserais-tu pas à quelqu'un d'autre que ta petite personne pour une fois ? À ton idée, pourquoi suis-je avec toi depuis des mois ?

— Je pensais que nous prenions plaisir à être ensemble. Si tu as vu les choses autrement, je n'en ai pas eu conscience et j'en suis navrée.

— Tu es « navrée »... Tu m'as humilié et tu es « navrée ». Tout est simple, finalement, repartit Luke amèrement.

— Luke, je t'en prie, ne rends pas la situation plus difficile qu'elle ne l'est déjà...

— Reena, ça te passe par-dessus la tête, le mal que je me suis donné pour organiser cette soirée ? Pour qu'elle soit exquise, que la bague soit parfaite ? Oui, apparemment, sinon tu ne me renverrais pas tout en pleine figure.

— Toi et moi n'aspirons pas aux mêmes choses, Luke. Il n'y a rien d'autre que je puisse dire, si ce n'est, encore une fois, que je suis désolée.

Le regard qu'il riva sur elle lui fit soudain froid dans le dos.

— Ouais, c'est ça, tu es désolée ! Tu fais passer ton boulot idiot, ton étouffante et stupide famille de gagne-petit avant moi ! Après tout ce que j'ai investi, tu...

— Minute ! s'écria Reena, qui sentait son sang-froid se réduire comme peau de chagrin. « Investi » ? Tu as « investi » sur moi ? Comme si j'étais une stock-option ? Je ne suis pas l'une de tes valeurs, Luke, ni l'un de tes clients. Et je te conseille de faire attention à ce que tu dis concernant ma famille !

— J'en ai jusque-là de ta famille, lança Luke en passant la main au-dessus de sa tête.

La soupape de sécurité que Reena s'efforçait de maintenir bloquée commençait à lâcher de la vapeur.

— Il vaut mieux que tu t'en ailles, Luke. Tu es très en colère, nous avons tous les deux bu un peu trop de champagne...

— Ah, ça, tu ne t'es pas gênée pour vider ton verre plein de champagne à deux cent cinquante dollars la bouteille, pendant que tu réfléchissais à ce que tu me raconterais après.

Reena marcha droit vers son bureau, ouvrit un tiroir et en sortit son chéquier.

— Combien ? Je vais te payer ce foutu champagne et on tirera un trait sur toute cette histoire. Nous allons établir un bilan bien simple : nous nous sommes trompés tous les deux et…

Elle n'eut pas le temps d'achever : le bras de Luke était parti à la volée, droit sur sa joue, la déséquilibrant. Sa tête et son épaule heurtèrent rudement le mur. Elle lâcha le chéquier.

— Salope ! Un chèque ? Tu veux me faire un chèque ? Tu es une vraie salope castratrice !

Il l'attrapa par le bras et la secoua.

Des taches rouges dansaient devant les yeux de Reena. Elle inspira profondément, se remit bien droite et lui fit face.

— Enlève tes mains ! gronda-t-elle.

Elle entendait trembler sa voix. De peur et de fureur. Il fallait éviter l'affrontement, lui avait toujours répété son grand-père. Fuir valait mieux que se battre. Mais elle n'avait pas la possibilité de fuir.

— Lâche-moi, Luke. Immédiatement !

— Tu n'as pas d'ordres à me donner. Ce n'est pas toi qui mènes la danse, et tu vas apprendre ce que ça coûte de se foutre de moi.

Elle ne prit pas le temps de la réflexion. Ne se demanda pas s'il allait encore la frapper, ni si elle serait en mesure de l'en empêcher. Elle réagit comme on le lui avait appris.

Le coup de poing qu'elle lui expédia au menton, joint au coup de genou dans les parties, le neutralisa en un éclair. Les taches rouges brouillaient encore sa vision, mais, quand elle parla, sa voix ne tremblait plus.

— Maintenant, tu peux me traiter de salope castratrice ! Dommage pour toi, tu as oublié que les flics sont bien entraînés au combat rapproché. Sors de chez moi. Casse-toi, et vite !

Pour assurer sa sécurité, elle saisit une lampe et la tint par le pied comme une batte de baseball.

— À moins que tu aies envie d'un deuxième round, espèce de salopard ! Va-t'en, et estime-toi heureux de ne pas finir dans une cellule ou à l'hôpital.

— Je n'oublierai pas ça, lâcha-t-il, le visage d'une blancheur cireuse.

Il se remit avec peine sur ses pieds. Ses pupilles luisaient comme de l'acier poli.

— Non, je n'oublierai pas ça, répéta-t-il.

— C'est bien, parce que moi non plus. Fous le camp, et ne t'approche plus jamais de moi.

Lorsqu'elle l'escorta à travers le séjour, elle ne tremblait pas. Pas davantage en attendant qu'il ait enfilé son manteau de cachemire puis marché vers la porte. Elle garda son calme quand elle referma derrière lui puis gagna la salle de bains pour se regarder dans le miroir.

Elle alla chercher son appareil photo numérique, se photographia de face et de profil à l'aide du déclencheur automatique, puis expédia les clichés accompagnés d'un bref e-mail explicatif à son coéquipier.

Elle protégeait ses arrières, se dit-elle en sortant du congélateur un paquet de petits pois, qu'elle pressa sur sa joue tuméfiée.

À ce moment-là seulement, elle se mit à trembler de tout son corps.

12

C'est plaisant, cette surveillance dans la voiture, à fumer une Camel en attendant que M. Manteau-en-Cachemire sorte de chez la petite pute et monte dans sa Mercedes. Ce serait chouette d'avoir une bagnole comme celle-là… Trente mille bâtons au minimum. Et s'il la volait ? Ça, ça filerait un sacré coup au type ! Il se pointerait et, pouf ! *plus de belle auto. Quelle rigolade en perspective. Dommage de pas pouvoir se l'offrir : la priorité, ce soir, c'est la surveillance. Voyons, où sont les jumelles ? Ah ! sur le siège.*

La petite pute n'a pas tiré les rideaux. Elle doit aimer se faire mater par les mecs. Il n'y a pas pire, dans le genre petites putes, que les catholiques.

Les voilà dans le salon. Elle a l'air tendue. Une engueulade en vue ?

Pas malin de n'avoir pas pensé à emporter une bière. En avaler une bien fraîche tout en espionnant, ç'aurait été extra.

La petite pute est bandante, avec sa jolie figure et sa bouche à pipes. Elle a amené le mec dans sa chambre. Allez ! qu'elle vire ses frusques pour faire plaisir à papa… Ça alors ! Le mec lui tape dessus ! Ouais ! Encore ! Allez, allez… Et merde ! Elle se défend, et pas qu'un peu. Elle l'envoie au tapis. Le mec se fait démonter par sa nana. Pfff… Lamentable. Quoique, ça donne des idées. Quand le mec sortirait, pourquoi ne pas finir le travail ? Un bon coup de tuyau en plomb sur la nuque et le beau manteau tout sanguinolent ! On soupçonnerait immédiatement cette garce. Combien de temps on pouvait rester une pourriture de flic quand on était suspecté de meurtre ? La petite pute n'y comprendrait rien et se retrouverait dans un sacré pétrin. Tiens, le mec sort. Il marche comme s'il avait les roubignolles aussi grosses que des melons. C'est tordant ! Impossible de s'arrêter de rigoler, même en filant le train à la Mercedes. Cette idée qui germe, se précise, elle est intéressante... Un changement de programme qui vaudrait le coup d'être joué. D'accord, ça implique un petit retard. Il faut se procurer du matos. Et ensuite, faire simple. Le secret de la réussite, c'est ça : faire simple.

Les explosifs. Elle sait s'en servir, c'était sûr. Elle a bossé avec la brigade de déminage. Un truc simple comme bonjour, mais pas un joujou pour les gosses.

Reste maintenant, après ce détour, à aller à l'appart du mec. M. Manteau-en-Cachemire est monté se pieuter dans son joli nid. Il va essayer de dormir malgré ses roubignolles enflées. La petite pute, elle, doit pioncer tranquillement. Et seule. La ville est calme. À 4 heures du matin, Baltimore est aussi gaie qu'une tombe.

Quelques minutes sous le châssis de la bagnole à trente mille plaques, et tout est fin prêt. Maintenant, il suffit de se poster à quelque distance, allumer une autre clope et attendre le début du feu d'artifice.

Le compte à rebours... Cinq, quatre, trois, deux, un... Zéro.

Boum !

La Mercedes qui saute en l'air comme une mouche en folie, les flammes qui jaillissent. Super boulot. Pas une anicroche. M. Manteau-en-Cachemire va accuser son ex-nana.

Mais quand même, quel dommage d'avoir bousillé une Mercedes comme celle-là…

À 6 heures du matin, une demi-heure avant que sonne le réveil de Reena, des coups frappés à sa porte la réveillèrent. Elle quitta son lit, main sur la joue pour contenir les élancements qui commençaient à se diffuser jusqu'au fond de son tympan. Saleté… Les hommes de l'espèce de Luke savaient exactement où taper.

Elle enfila un peignoir et, évitant de se regarder dans le miroir, sortit de sa chambre. Au passage, elle jeta un coup d'œil par la fenêtre et resta un instant désemparée. Hâtivement, elle se coiffa avec ses doigts puis ouvrit au capitaine Brant, flanqué de l'inspecteur O'Donnell.

— Que se passe-t-il ? Il y a un problème ?

— On peut entrer une minute ? Nous ne prenons notre service qu'à 8 heures, expliqua Brant.

L'ombre qui ternissait les pupilles de son coéquipier acheva de désorienter Reena.

— Tu as une belle marque sur la joue, remarqua O'Donnell.

— J'ai passé un mauvais quart d'heure. Tu es ici à cause de cet e-mail que je t'ai envoyé cette nuit ? lui demanda-t-elle. Il n'y avait pas de quoi en faire tout un roman.

— Je n'ai pas regardé ma messagerie, Hale. Ce qui nous amène, c'est un incident dans lequel est impliqué Luke Chambers.

— Ah. Il a porté plainte parce que je l'ai jeté dehors ?

Reena sentait sa joue devenir plus chaude de seconde en seconde mais elle mettait ce phénomène sur le compte de l'embarras plutôt que sur celui de l'hématome.

— Je voulais rester discrète là-dessus, expliqua-t-elle. Je t'ai fait un petit topo et joint quelques photos, au cas où Luke ne s'en tiendrait pas là. Apparemment, c'est le cas, hein ?

— Inspecteur Hale, nous allons devoir vous demander où vous vous trouviez entre 3 heures 30 et 4 heures du matin, dit Brant.

— J'étais ici, capitaine Brant. Pourquoi ? Que s'est-il passé ?

— Quelqu'un a mis le feu à la voiture de Luke Chambers. Et il jure que c'est vous, inspecteur Hale.

— Sa voiture ? Est-il... blessé ?

— Non. Il n'était pas dans le véhicule quand celui-ci a explosé.

— Dieu merci... Mais je ne comprends pas.

— Vous vous êtes disputée avec M. Chambers cette nuit.

— Oui, et il m'a frappée et jetée par terre. Il ne s'est pas arrêté là. Il m'a menacée, il était manifestement prêt à remettre ça, alors je me suis défendue. Sans arme. Avec mes seules mains et mon genou. Puis je lui ordonné de sortir de chez moi.

— À aucun moment vous ne l'avez menacé avec une arme ?

— Une lampe. Ma lampe de chevet. Et je lui ai dit que s'il ne s'en allait pas, il allait le regretter. Mais j'avais la trouille : il pèse au moins vingt-cinq kilos de plus que moi ! S'il était revenu à la charge, j'aurais employé tous les moyens à ma disposition pour me protéger. Mais je n'en ai pas eu besoin : il est parti. J'ai fermé à clé, pris des photos de ma figure et envoyé un e-mail à O'Donnell avec les clichés en pièce jointe. Par précaution. Au cas où l'idée de porter plainte contre moi traverserait l'esprit de Luke.

— Attendez, Hale : un homme vous a agressée à votre domicile et vous n'avez pas porté plainte ?

— C'est ça. J'ai géré le problème et j'espérais qu'il s'arrêterait là. Je ne sais rien de cette histoire de voiture partie en fumée.

Le capitaine Brant s'assit. Reena l'imita.

— Chambers s'est livré à plusieurs allégations. Vous aviez bu, étiez furieuse qu'il soit muté à New York et vous l'avez agressé. C'est en essayant de contenir votre fureur à son encontre qu'il vous a blessée par inadvertance.

Ulcérée, Reena montra sa joue au capitaine.

— Regardez bien. Est-ce qu'on peut donner un coup pareil sans le vouloir ? Les choses se sont passées comme il les a décrites... jusqu'à un certain point. Oui, nous avons bu. Tous les deux. Mais je n'étais pas ivre ! Et lui, il était fou de colère parce que je refusais de quitter Baltimore avec lui. J'ai rompu toute relation avec cet abruti, et je n'ai pas mis le feu à sa voiture ! Je suis rentrée ici avec lui hier vers 22 heures et je n'ai pas bougé depuis !

— On va voir si on peut prouver ça, dit O'Donnell.

— Je peux vous les fournir, ces preuves, lança Reena, mains plaquées sur les accoudoirs de son fauteuil pour les empêcher de se transformer en poings. J'ai appelé une amie vers 23 heures. Je me sentais vraiment mal : j'avais la figure esquintée, j'étais à bout de nerfs... Il fallait que je parle à quelqu'un et... Un instant.

Elle se leva, alla ouvrir la porte de la chambre et appela :

— Gina ? Mets un peignoir et amène-toi, s'il te plaît. C'est important.

Reena referma la porte et revint vers les deux policiers.

— Gina Rivero, Gina Rossi plus précisément. Elle est la femme de Steve Rossi. Elle est arrivée avec deux litres de glace et on s'est assises à discuter jusqu'à plus de minuit. Elle a voulu rester au cas où Luke aurait décidé de revenir et de rentrer en force.

La porte de la chambre s'ouvrit sur une Gina échevelée et manifestement de mauvaise humeur.

— Qu'est-ce qui se passe ? Vous savez l'heure qu'il est ?

— Gina, tu connais mon coéquipier, O'Donnell, et mon chef, le capitaine Brant ? Ils aimeraient te poser quelques questions. Pendant ce temps, je vais faire du café.

Reena s'enferma dans la cuisine, appuya ses mains à plat sur le comptoir et inspira profondément. Il fallait qu'elle réfléchisse, et bien. Comme un flic placé dans la ligne de mire. Elle était en danger, mais ne parvenait pas à se concentrer sur son propre problème. Cette histoire, la voiture de Luke incendiée... Elle n'arrivait pas à la mettre au second plan dans son esprit. Comment l'incendiaire s'y était-il pris ? Et pourquoi avait-il agi ? Qu'est-ce qui avait poussé quelqu'un à s'en prendre à Luke Chambers ? Peut-être n'était-ce qu'un hasard...

Elle recula et réussit à se concentrer sur la préparation du café. Elle n'aimait pas le café. Elle n'en préparait que pour Luke, pour ce fichu salaud. Et en guise de récompense, à quoi avait-elle droit ? À la menace d'une enquête de la part de la police des polices.

La cafetière de verre commençait à se remplir quand l'intonation de Gina monta de plusieurs crans. Son amie se sentait insultée.

— Ce type puant a sans doute lui-même mis le feu à sa bagnole ! Regardez donc Reena ! Vous avez vu sa figure ?

Reena posa trois tasses sur un plateau et transvasa le café dans un pichet de faïence. Une crise ne devait pas lui faire oublier ses notions d'hospitalité, se rappela-t-elle, ainsi que sa mère le lui avait répété tant de fois...

— Hale ? Tu peux revenir ? lui cria O'Donnell.

Le plateau dans les mains, elle réintégra le salon. Les joues de Gina étaient toujours rouges de colère.

Elle posa le plateau sur la table basse.

— Ça fait partie de la routine, Gina, de la procédure normale, dit-elle pour la rassurer. Ils doivent poser des questions.

— Oui ? Eh bien, d'après moi, c'est nul. Il t'a frappée, Reena ! Et ce n'est pas la première fois.

— Cet individu vous avait déjà agressée physiquement ? s'enquit Brant.

— Il m'a giflée, et a réussi à me persuader que c'était un accident. Je ne sais plus que penser. C'était au cours d'une dispute, une toute petite dispute. Ça s'est passé très vite et arrangé aussitôt. Mais la nuit dernière, c'était différent.

— Mme Rossi a confirmé vos déclarations, inspecteur Hale, dit Brant. Si Chambers persiste dans ses accusations, il faudra en informer le Bureau des affaires internes mais je vais faire mon possible pour l'en dissuader.

Brant se servit du café, ajouta de la crème puis poursuivit :

— Voyez-vous quelqu'un qui puisse en vouloir à cet homme ?

Reena contractait les mâchoires. À aucun prix elle ne voulait montrer son trouble, mais elle était bouleversée. Les Affaires internes, alors qu'elle venait juste d'obtenir son insigne, de faire enfin le métier dont elle rêvait depuis toujours...

— Non, personne. Il vient d'avoir une promotion. J'imagine qu'il a battu ses concurrents pour obtenir le poste. Mais j'ai du mal à imaginer un agent de change possédant la connaissance nécessaire pour faire flamber une Mercedes.

— Facile. Le mode d'emploi se trouve sur Internet, lui rappela O'Donnell. Et ses clients ? Tu ne l'as pas entendu mentionner un client mécontent de la façon dont il gérait son portefeuille ?

— Non. Il se plaignait d'être débordé de travail, de ne pas être apprécié à sa juste valeur. Mais la plupart du temps, il se vantait.

— Une autre femme, alors ?

Elle soupira et regretta de ne pas aimer le café. Tenir une tasse entre ses doigts l'aurait aidée à se donner une contenance.

— Cela faisait quatre mois que nous sortions ensemble. À ma connaissance, il n'y avait personne d'autre dans sa vie. Avant moi, il a eu une amie... Jennifer. J'ignore son nom de famille. Évidemment, selon lui, elle était une garce égoïste, exigeante, horripilante. Tous les qualificatifs dont il doit m'affubler maintenant. Je sais qu'elle travaille dans une banque, mais ça s'arrête là. Capitaine, je pense que vous devriez fouiller mon appartement et ma voiture. Plus tôt ce sera fait, mieux ce sera.

— Vous devriez déposer une plainte.

— Non. Pas pour le moment. Il m'a battue, je lui ai rendu ses coups, point barre.

Et cela n'irait pas plus loin, se dit Reena. Elle ne laisserait pas cette stupide débâcle causer du tort à sa réputation ou à sa carrière.

— L'incendie de la voiture n'a rien à voir avec moi. Il faut élucider cette affaire tout de suite, de façon que je puisse reprendre mon boulot et que les enquêteurs se consacrent à autre chose.

— Je suis désolé pour tout ça, Hale.

— Ce n'est pas ta faute, O'Donnell. Ni celle de la brigade. Et pas davantage la mienne.

Reena s'interdit de se sentir embarrassée ou insultée lorsque ses collègues entreprirent de fouiller son appartement et ses effets personnels. Qu'ils fassent vite, c'était tout ce qui l'intéressait. Et qu'ils s'en aillent. Ensuite, elle tournerait définitivement la page.

Dès qu'ils eurent terminé leur inspection de sa chambre, elle s'y enferma avec Gina pour s'habiller.

— C'est honteux ! s'écria son amie. Je ne comprends pas que tu supportes ça.

— Je veux que mon dossier soit nickel. Il n'y a rien à trouver, et ils ne trouveront rien. Tout sera vite réglé et… Oh, Gina, je ne me sens pas très bien…

Reena avait plaqué la main sur son ventre.

— C'est trop dur pour toi, ma pauvre chérie, dit Gina en la serrant dans ses bras. Mais ça ne tardera pas à s'arranger dans… allez, disons cinq minutes !

— C'est ce que je me dis, mais être soupçonnée ne serait-ce que cinq minutes, c'est déjà trop long. La seule chose qui me rend suspecte, c'est que je me suis battue avec Luke hier soir. Dans des cas comme celui-ci, on cherche toujours en premier du côté de l'ex-amie, surtout lorsqu'elle est flic et appartient à la brigade chargée des incendies criminels, dit Reena en enfilant un chandail. Il est fréquent que ceux qui combattent les feux les allument, tu le sais. On met le feu, ensuite on joue les héros.

— Peut-être, mais pas toi. Ni personne de ma connaissance.

— N'empêche, ça arrive. Et si j'étais à la place de mes collègues, je regarderais attentivement cette petite amie qui n'ignore rien des moyens de déclencher un incendie.

— Tu enquêterais et tu l'innocenterais. Parce que tu aurais découvert qu'elle est incapable de faire du mal à quelqu'un et surtout de recourir au feu, même pour punir un salaud de la pire espèce. Surtout, tu la rayerais de la liste des suspects parce qu'elle aurait passé la nuit avec sa meilleure amie à se gaver de glace.

— Oui, mais je serais obligée de me demander si son amie ne la couvre pas. Heureusement, elle a un ami pompier qui confirme que sa femme est allée aider une copine. C'est un bon point pour moi. Un autre, c'est que Luke a nié m'avoir frappée. Un seul regard suffit pour se rendre compte qu'il ne s'agit pas d'un accident. Je suis contente que tu ne m'aies pas écoutée et que tu sois arrivée.

— Steve a insisté pour que je vienne tout de suite. D'ailleurs, il voulait m'accompagner. Je lui ai dit non, qu'il valait mieux qu'on reste entre filles.

— Tu avais bien raison.

Les spasmes dans son estomac s'apaisaient. La douleur s'amenuisant, elle parvenait à clarifier ses idées.

— Mon dossier est clean, Gina, et il le restera, assura-t-elle en étalant du fond de teint sur sa joue.

À quoi bon cacher ça ? se demanda-t-elle soudain. Au diable la coquetterie. Il fallait qu'elle aille voir ses parents et leur raconte toute l'histoire avant qu'ils ne l'apprennent par le journal télévisé.

— Je t'accompagne, Reena.

— Rentre chez toi, il faut que tu ailles travailler.

— J'appellerai et je me ferai porter pâle.

— Pas question.

Reena fit un pas et embrassa son amie sur la joue.

— Et merci.

— Tu sais, je ne l'ai jamais aimé. Je sais bien que je ne devrais pas dire ça maintenant, mais voilà : il était canon, mais dès qu'il ouvrait la bouche, c'était pour parler de lui. Toujours moi, moi, moi. Et puis il avait cet air condescendant…

Reena leva les mains en un geste fataliste.

— Que veux-tu que je dise à ça ? Que je le trouvais super séduisant, qu'il était fabuleux au lit et… Oh la la… Je suis aussi superficielle que lui !

— Pas du tout ! Qu'est-ce qui se passe ? Il t'a fait un lavage du cerveau ?

— Peut-être, oui. Mais je m'en remettrai.

Reena se regarda dans le miroir. Son œil poché et sa joue étaient de plus en plus colorés.

— Il faut que j'aille parler à mes parents. Ca va être une vraie partie de plaisir !

Bianca battait des œufs dans une jatte avec l'énergie d'un boxeur face à un punching-ball.

— Pourquoi n'est-il pas en prison ? voulut-elle savoir. Non. Pourquoi n'est-il pas d'abord passé par la case hôpital avant d'être jeté en prison, hein ? Et toi…

Elle leva si brusquement son fouet qu'un filament de blanc d'œuf jaillit sur Reena.

— … toi, tu n'es même pas venue appeler ton père au secours ! Lui, il l'aurait envoyé aux urgences, ce misérable déchet !

— Maman, je m'en suis occupée.

Bianca se remit à battre ses œufs avec une vigueur décuplée.

— Tu t'en es occupée…, grommela-t-elle. Laisse-moi te dire, Catarina, qu'il y a des choses, et ce quel que soit ton âge, dont ton père doit s'occuper !

— Papa n'aurait pas poursuivi Luke pour le réduire en bouillie.

— Détrompe-toi, bébé, lança Gib.

Reena ne l'avait pas entendu arriver. Appuyé au chambranle de la porte, les bras croisés, il venait de s'exprimer très calmement.

— Détrompe-toi, répéta-t-il.

Reena imaginait mal son paisible père se lançant dans un corps-à-corps avec Luke. Puis elle se rappela la façon dont il avait affronté M. Pastorelli des années auparavant.

— D'accord, papa. Mais je n'aurais pas aimé que, pour défendre l'honneur de la famille, tu sois arrêté pour coups et blessures.

— Tu ne veux pas non plus que ce petit salaud soit arrêté. Tu as le cœur trop tendre, pour un flic, Reena, dit Bianca.

— Je ne me suis pas montrée faible, maman.

— Comment était ta relation avec Luke ? demanda Gib.

— Pragmatique. Du moins, je croyais que j'avais les pieds sur terre. Et je suis tombée de haut. Je le fréquentais depuis des mois et j'ai quand même raté tous les signaux. Avec le recul, je les vois très bien. Mais sur le moment, quand il m'a frappée, j'ai été sidérée. Si ça peut vous rassurer, tous les deux, sachez que je lui ai rendu ce qu'il m'avait fait avec les intérêts. Il a dégusté, croyez-moi.

— Piètre consolation, commenta Bianca en versant les œufs dans une poêle. Parce que maintenant, c'est lui qui te cherche des ennuis.

— Le fait est que quelqu'un a mis le feu à sa voiture.

— Si je savais qui c'est, j'irais lui apporter un beau gâteau !

— Maman, tout ça est très sérieux, dit Reena en réprimant un rire. Il aurait pu y avoir des blessés !

La jeune femme marqua un temps puis :

— L'enquête ne m'inquiète pas trop. Gina peut jurer qu'elle a passé la nuit avec moi, et la seule chose qui me rend suspecte dans cette affaire, c'est ma dispute avec Luke hier soir. Je me sentirai mieux quand le coupable aura été découvert, mais je ne suis pas inquiète, je le répète. Je suis seulement très secouée. À cause de ce qui m'est arrivé, et parce que je suis obligée de vous embêter avec ça.

— Nous sommes tes parents, Reena. Tu ne nous embêtes pas, assura Bianca.

— T'avait-il frappée avant hier soir ? demanda Gib.

Dire non fut le premier réflexe de Reena, puis elle décida que mieux valait être honnête.

— Une fois, mais j'ai fini par me persuader que ç'avait été un accident. Vraiment. J'avais fait un pas en avant et sa main a heurté ma joue. Il a eu l'air tellement choqué, tellement désolé...

Elle prit la main de son père car elle l'avait vue se fermer en poing.

— Il faut me croire, papa : je n'ai jamais permis à personne de me brutaliser. Maman et toi m'avez bien élevée. Vous avez fait de moi une femme forte et indépendante. Vous avez fait du bon boulot. Luke est définitivement sorti de ma vie, et ce qui est arrivé m'a donné une bonne leçon : plus jamais je n'essaierai d'être différente de ce que je suis. Je ne ferai plus de concessions, même sur les petites choses. Je vais redresser la tête et me prendre en charge.

Gib passa doucement les doigts sur la joue tuméfiée de sa fille.

— Tu l'as bien corrigé ?

— Il a pris deux sacrés coups. *Paf*, re-*paf*, et il était par terre, recroquevillé sur lui-même comme une crevette cuite. Alors arrêtez de vous désoler pour cette histoire et pour moi !

— C'est à nous de décider ce qui doit nous désoler ou pas, ma chérie, dit Bianca tout en posant l'omelette sur la table. Maintenant, mange !

Reena mangea, sous l'œil vigilant de sa mère, puis alla travailler.

Les hommes de la brigade l'attendaient et la réconfortèrent, qui d'un mot d'encouragement, qui d'un sourire, d'une remarque sympathique ou d'une gentille plaisanterie. Un vrai comité de soutien, dont elle garda en elle la chaleur jusque dans le bureau du capitaine Brant.

— Le type persiste à dire que vous l'avez frappé la première, Hale. J'ai fait mention de son ancienne ex-petite amie. Là, il a eu un peu chaud, il dit que c'est une excitée qui lui est tombée sur le poil avant leur rupture.

— C'est indiscutable, j'ai choisi mon petit ami avec discernement, ironisa Reena.

— Nous allons interroger la fille. Quant à lui, il nous a communiqué quelques noms de gens qui pourraient lui en vouloir, qui seraient jaloux de son succès et de son look. Des clients, des collègues de travail, son ancien collaborateur… Ne vous en faites pas, Hale. Vous avez un solide alibi, et en plus vous avez accepté sans discuter une perquisition approfondie qui n'a rien donné. À moins qu'il ne produise des preuves irréfutables de ses assertions, vous êtes blanche comme neige. Allez reprendre vos fonctions.

— Merci, capitaine.

— J'ai reçu un coup de fil de John Minger. Il a eu vent de cette histoire.

— Oh, je vois d'où venait le vent. Mes parents… Je serais désolée que John crée un problème en interférant dans…

— Je ne vois pas en quoi John Minger pourrait créer un problème, coupa Brant.

Il s'adossa et observa Reena quelques instants en silence. Elle comprit qu'il l'évaluait.

— John est un type bien, et un excellent enquêteur. Il veut bosser sur cette affaire de Mercedes brûlée à ses moments perdus. Moi, je suis d'accord. Et vous ?

— Moi aussi.

— Si vous voulez des détails, allez voir Younger et Trippley : ce sont eux qui bossent sur le cas.

Reena sortit du bureau de capitaine, s'interrogeant sur la bonne façon d'aborder ses collègues. Avant qu'elle ait pris une décision, Trippley lui cria :

— Le dossier est sur ton bureau !

Elle vit l'épaisse chemise cartonnée et l'ouvrit en hâte. À l'intérieur se trouvaient des photos de la voiture de Luke, intérieur et extérieur, ainsi que les rapports préliminaires et les témoignages recueillis. Elle se tourna vers Trippley.

— Merci.

— Ce mec est un connard. Si tu aimes les connards, tu devrais sortir avec Younger.

Le coéquipier de Trippley, qui pianotait sur son clavier d'ordinateur, leva la tête, fit un bras d'honneur à son partenaire et décocha un sourire lumineux à Reena.

Reena dut faire un effort pour ne pas se rendre sur le lieu du crime, voir de ses propres yeux. Mais ce n'était pas la peine de créer des problèmes en y mettant son nez. Alors, elle étudiait le dossier initial et les différents ajouts des enquêteurs. Rester objective, se borner à étudier les éléments de l'affaire en ne songeant à rien d'autre exigeait d'elle un immense effort. Mais elle le fit, avec succès, en terrain neutre, deux jours plus tard, à la boutique.

Elle considéra le cas Luke Chambers-Mercedes comme un problème dont il fallait trouver la solution en ne s'impliquant pas.

Dans son esprit, l'affaire était simple : quelqu'un avait fait un sale boulot en deux temps, trois mouvements, et n'en était probablement pas à son coup d'essai.

Elle réfléchissait tout en buvant à petites gorgées un verre de chianti, sourde au brouhaha qui régnait au Sirico. Elle avait pris une table face à la porte, et elle vit John dès qu'il franchit le seuil. Elle se leva précipitamment, alla au comptoir chercher une Peroni, et le temps qu'il ait gagné la table, elle était de retour et lui offrait la bière.

— Merci d'être venu, John.

— Je viens toujours ici avec plaisir, Reena. On partage une pizza ?

— D'accord.

Elle passa commande auprès de sa sœur puis amena tout de suite sur le tapis le sujet qui l'intéressait. Ce n'était pas de pizza qu'elle avait besoin mais d'une bonne discussion.

— Je sais que vous avez pris sur votre temps libre pour étudier ce cas, John. Qu'en pensez-vous ?

— Toi d'abord, répondit Minger en portant la bière à ses lèvres.

— Bon. Alors voilà : boulot primaire fait par quelqu'un qui connaît bien les voitures : il a su déverrouiller les portières, déconnecter l'alarme. À moins qu'il l'ait laissée branchée et qu'elle ait sonné sans que personne bouge. Les gens ne remuent plus un cil en entendant une alarme de voiture. Il s'est servi d'essence comme accélérant. Il en a versé dans l'habitacle, sur et sous le capot, et a déclenché un court-circuit avec les fils des feux arrière, dans le coffre.

Reena marqua une pause, le temps de réunir ses idées et espérant une remarque de John, mais il resta silencieux. Faute de commentaire, elle reprit.

— Ce qu'il avait fait jusque-là aurait été suffisant. Les garnitures intérieures d'une voiture s'enflamment rapidement. En brûlant, les matériaux en plastique fondent et enflamment les éléments avoisinants. C'est très rapide. Il n'avait pas besoin d'essence. La ventilation était bonne, et il aurait réussi à déclencher un sacré brasier simplement en plaçant du papier journal sous le tableau de bord ou l'un des sièges.

— Minutieux ou bordélique ?

— Les deux, je dirais, John. Il a pris la peine d'enlever l'autoradio. Ce que font la plupart des incendiaires de voitures : ils retirent ce qui a de la valeur. Mais dans ce cas-ci, je ne crois pas que le but ait été de dépouiller la Mercedes. Elle a été choisie, pas prise au hasard.

— Pourquoi ?

— Le feu a été trop violent et trop bien organisé. Et puis il y a les pneus. Ils valaient une fortune, et il les a laissés. Ce mec savait ce qu'il faisait. On a de la suie et des traces de produit inflammable sur les débris de vitre, ce qui prouve la volonté de créer un appel d'air. Sans appel d'air, la plupart des feux de véhicules tournent court. Les vitres montées et les portières fermées étouffent les flammes. Notre client voulait un feu qui prenne vite et il a ajouté l'accélérant alors que le réservoir de la Mercedes était déjà plein d'essence. Tout a dû brûler dans les deux minutes.

— Dans quel but, tout cela ?

— Vengeance, John. Le type voulait que la bagnole crame de A à Z. Il a glissé un chiffon dans le conduit du réservoir d'essence et quelque chose comme un petit récipient de plastique contenant un pétard. Le truc simple et efficace. Et toujours très minutieux. On a plusieurs points de départ : sous le siège, dans le coffre… Des traces de sachets de chips, qu'il a dû jeter par terre. Ils sont super efficaces pour permettre à un feu de s'étendre. Ils produisent une intense chaleur, et l'huile donne un feu constant qui fait prendre les garnitures. Donc, si le système installé dans le réservoir foire, la voiture brûle quand même. Notre petit malin s'est servi d'éléments basiques que l'on trouve dans n'importe quelle maison, et il savait ce qu'il faisait.

— Une voiture haut de gamme avec toutes les options possibles et imaginables… Tu ne penses pas qu'il voulait juste s'approprier une stéréo de luxe et se faire un feu de joie, Reena ?

— Non. Je suis persuadée que c'était pour lui une affaire personnelle et que la stéréo a juste été le bonus. Nous avons là un travail exécuté avec rigueur, pas simplement un jeu marrant. C'était l'incendie qui était visé.

John opina.

— Eh bien, il ne me reste plus grand-chose à dire, remarqua-t-il. On a tes empreintes, celles du propriétaire, du serveur du restaurant où Luke et toi avez dîné et celles du mécanicien qui s'occupait de la Mercedes. Comment va ta joue ?

Deux jours et des applications de glace avaient atténué les élancements mais les hématomes prenaient des couleurs peu attrayantes, changeant au fur et à mesure de l'évolution vers la guérison.

— C'est moins moche que ça n'en a l'air, John.

Il se pencha vers elle.

— Dis-moi, as-tu appelé quelqu'un d'autre que Gina ?

— Non. Et j'ai donné mon accord pour que mes appels téléphoniques soient contrôlés.

— Et Gina ? Elle a contacté quelqu'un à qui elle aurait raconté ce qui t'était arrivé ?

— Non, à part Steve, bien sûr. J'ai eu besoin que Gina me réconforte et elle est venue m'apporter ce réconfort. Je...

Reena s'interrompit, le temps de vérifier que nulle oreille indiscrète n'écoutait, puis reprit :

— Aucune femme qui a été frappée par le mec avec lequel elle couche n'a envie de répandre la nouvelle, John. J'espérais que cette histoire resterait entre les quatre murs de mon appartement. Aucune de mes connaissances ne ferait un truc pareil.

— Tu ne fréquentais personne d'autre que ce type ?

— Non. Croyez-moi, je me creuse la cervelle pour voir s'il y a la moindre connexion entre ce qui est arrivé à la voiture de Luke et notre dispute, et je ne trouve rien. C'est une coïncidence. Lisez le rapport. Luke n'était pas très populaire parmi ses collègues ou ses ex-petites amies. Mais aucun d'entre eux ne semble davantage mêlé que moi à cet incendie. Je me demande si Luke ne l'a pas commandité, histoire de me coller dans le pétrin. Mais c'est difficile à croire, il n'avait pas le temps.

— C'était effectivement un peu juste. Mais considérer les choses sous cet angle, à savoir qu'il chercherait à te nuire, est intéressant. Tu devrais peut-être essayer de te rappeler si tu t'es fait récemment un ennemi, au cours d'une enquête.

— Les flics se font toujours des ennemis, grommela Reena.

Fran apporta la pizza à cet instant. John lui sourit et lui demanda de ses nouvelles.

— Ça va. Et ça ira encore mieux si vous arrivez à changer les idées à ma petite sœur et l'obliger à manger.

— On va s'occuper de ça.

Fran opina puis s'éloigna en souriant.

— Tu vas faire face à tout ce qui pourrait arriver, Reena. Officieusement tu es hors de cause. À force de travail, tu bénéficies d'un dossier sans faille, et ton alibi est inattaquable. Alors cesse de te ronger les sangs et laisse la procédure suivre son cours.

— Ouais. Vous savez, John, je me demande souvent si c'est moi qui ai choisi ce métier ou si c'est lui qui m'a choisie. Le feu semble me traquer. Le Sirico, puis Josh, le premier garçon auquel je me sois vraiment attachée, ensuite Hugh… et maintenant ça…

— Le destin est un sacré pervers, Reena.

13

Baltimore, 2005

Le sort en était jeté, et le cœur de Reena palpitait d'excitation. De peur aussi : elle s'était acheté une maison.

Debout sur les marches de marbre blanc, la clé dans sa paume moite, elle songeait qu'elle avait fait le grand plongeon. Désormais, tous les documents étaient signés et elle s'était endettée. Pour tellement d'années qu'elle ne cesserait de payer des traites qu'à la retraite.

Elle avait fait ses calculs. Et pas qu'une fois. Pour conclure qu'elle pouvait assumer cet achat, et qu'il était temps qu'elle possède sa propre maison.

Propriétaire ! Elle était propriétaire !

Au premier regard, elle était tombée amoureuse de la maison. Tout, dans cette bâtisse, lui plaisait. L'endroit où elle se situait, son aspect familier et rassurant, même si l'intérieur exigeait d'être quelque peu rafraîchi. Elle allait s'y atteler, selon ses goûts. La maison semblait attendre cela d'elle. Sur l'arrière, il y avait une courette. Un jardin de curé mais doté d'une pelouse et d'un arbre. Ce qui impliquait herbe à couper, donc achat d'une tondeuse, et feuilles à ramasser au râteau. Pour une femme ayant vécu les dix dernières années en appartement, c'était grisant.

Ça y est, songea Reena en examinant la bâtisse de deux étages située à trois pâtés de maisons de chez ses parents. Elle était restée dans le quartier, et pourtant il lui semblait que Gib et Bianca habitaient sur la lune. Mais que c'était bon ! De plus, ses oncles et son père avaient fait le déplacement pour inspecter la maison de la cave au grenier, toit inclus. Bien sûr, quelques travaux étaient nécessaires, et pour l'instant, elle n'avait pas les moyens de la meubler convenablement. Tout cela se ferait en temps voulu.

Elle baissa les yeux vers la clé dans sa main. Il lui suffisait de l'introduire dans la serrure, de la tourner, et elle serait chez elle.

Au lieu de cela, elle pivota sur ses talons et s'assit sur une marche. Elle avait besoin de reprendre ses esprits.

Elle avait plus que largement entamé ses économies, dépensé l'argent donné par ses grands-parents et, en plus, emprunté à la banque. Et tout cela pour quoi ? Pour continuer à engloutir des sommes folles dans le gouffre que représentait une maison. L'assurance, les impôts, les réparations, l'entretien... Jusqu'à maintenant, elle avait évité tout cela. Ces détails triviaux, elle les laissait à ses parents ou à ses propriétaires successifs. Jamais ils n'avaient fait partie de ses problèmes. Elle s'était débrouillée pour ne pas avoir à les gérer, comme elle s'était arrangée pour ne s'impliquer dans rien, mis à part son travail. Ne comptaient que son job, sa famille, ses amis d'enfance.

Elle était la seule Hale célibataire, la seule fille de Gibson et Bianca qui n'avait pas perpétué la dynastie. Elle n'avait pas le temps, disait-elle aux membres de sa famille quand ceux-ci la tannaient pour comprendre les raisons de cette solitude. Et elle n'avait pas trouvé l'homme de sa vie.

C'était la vérité… à quelques nuances près : chaque fois que l'occasion s'était présentée, qu'elle avait rencontré un homme séduisant, elle avait évité de s'impliquer dans une relation suivie. Elle aimait sortir, faire l'amour, mais ne s'investissait pas. Elle fonctionnait comme un mec, lui disait Xander.

Peut-être était-ce la vérité, et peut-être avait-elle acheté la maison pour compenser un manque que certains célibataires ou couples sans enfants comblaient avec un chien.

Mais, désormais, tout le monde en avait la preuve : elle était capable de s'engager, puisqu'elle avait fait la démarche d'acheter une maison.

Une maison qu'elle ne parvenait pas à considérer comme sienne, dans laquelle elle n'arrivait pas à entrer alors que tous les actes étaient signés, toutes les démarches terminées.

Et si elle faisait marche arrière ? Un petit coup de peinture ici ou là, deux ou trois bricoles réparées, et elle remettrait la maison en vente… Aucune loi ne l'obligeait à garder cette baraque trente ans, n'est-ce pas ?

Trente ans, mon Dieu, qu'avait-elle fait ? se demanda-t-elle en appuyant la main contre son estomac agité de douloureuses contractions.

Elle avait trente et un ans, nom d'une pipe. Elle était flic depuis dix ans. Ne pouvait-elle entrer dans cette maison sans souffrir de mille maux psychosomatiques ? Il fallait qu'elle se secoue, sinon sa famille qui ne tarderait pas à débarquer la trouverait assise sur la marche, à se ronger.

Elle se mit debout, inséra la clé et ouvrit la porte.

Et, à la seconde, comme si le bouchon d'une bouteille portant l'étiquette « Stress à 90° » avait sauté, elle sentit la tension s'évanouir.

Au diable les hypothèques, les crédits, la peur de mal choisir les teintes des murs ! Elle avait ce qu'elle voulait : une belle et ancienne maison aux hauts plafonds ornés de moulures et aux parquets de bois noble.

Trop grand pour une personne seule, songea-t-elle un instant avant de se morigéner : Et alors ? Aucune importance ! Une des pièces ferait fonction de débarras – quand elle aurait assez de biens pour avoir besoin d'un débarras –, une autre deviendrait son bureau, une autre encore serait transformée en salle de gym, et la dernière ferait une superbe chambre d'amis.

Ignorant l'écho que lui renvoyait le vide des pièces, elle pénétra dans la salle de séjour.

Finalement, elle accepterait peut-être les offres de sa famille qui lui proposait toutes sortes de meubles de deuxième main. Les installer pour un temps du moins, et accrocher quelques pastels et dessins de sa mère aux murs, afin de rendre confortable et intime cet immense espace. Il y avait aussi la bibliothèque... dépourvue de tout rayonnage, et a fortiori de tout livre. Et puis, il lui faudrait une grande table à manger et toute une batterie de chaises pour les jours où elle recevrait sa famille.

La cuisine était tout à fait correcte. Son état avait d'ailleurs été déterminant dans sa décision. Les précédents propriétaires l'avaient équipée d'appareils ménagers d'un noir brillant qui dureraient encore quelques années. Des plans de travail aux teintes douces, des placards couleur miel. Peut-être ferait-elle remplacer le bois de quelques portes par du joli verre dépoli ou des vitraux.

Elle prendrait un immense plaisir à préparer des repas dans cette pièce. Bella était apparemment la seule Hale à n'avoir pas hérité du goût familial pour la cuisine.

Au-dessus de l'évier s'ouvrait une grande fenêtre qui donnait sur le jardinet.

Elle regarda les lilas en fleur. SES lilas ! Pourquoi ne pas demander à oncle Sal de lui concevoir un petit patio ? Et solliciter Bella pour la conception d'un jardin ? Cela faisait des années qu'elle n'avait pas planté autre chose qu'un géranium en pot pour égayer une fenêtre. Des années qu'avec Gina elle avait fait pousser des tomates, des plants de poivrons et des marguerites dans la cour de la résidence d'étudiants dont elles occupaient un appartement. Oui, des années, et pourtant, elle se rappelait très nettement le plaisir pris à creuser la terre, à semer les graines. Un plaisir sans doute enjolivé par la nostalgie, mais bien réel tout de même.

Des fleurs seraient probablement la solution idéale pour le moment. Peu d'entretien et un joli résultat. Bella saurait quelles espèces conviendraient. Quand on avait besoin de conseils en matière de fleurs, de mode ou d'endroits tendance à fréquenter, Bella était l'experte à consulter.

La pelouse l'attirant comme un aimant, Reena repoussa à plus tard le moment d'aller examiner le premier étage : elle brûlait d'envie de marcher sur SON herbe.

Le jardinet était entouré d'un grillage. Le voisin de droite avait fait pousser une haie luxuriante sous laquelle le treillis métallique avait fini par disparaître. C'était joli et cela préservait l'intimité. Quant à celui de gauche, eh bien, elle ne pouvait pas dire grand-chose de son jardin, mais l'homme valait le détour. Pour l'instant, il lui tournait le dos, et cette vision était déjà très prometteuse. La température plutôt basse de cette mi-mai ne l'avait pas découragé d'ôter sa chemise. Il travaillait une grande pièce de bois et sans doute l'effort physique lui donnait-il chaud.

Son jean descendait bas sur ses hanches, entraîné par le poids de sa ceinture à outils, mais il s'était arrangé pour ne pas dévoiler ses fesses musclées, ce qui aux yeux de Reena lui valait un bon point. Il portait une casquette de base-ball noire à l'envers, sous laquelle semblait ramassée une épaisse chevelure noire bouclée.

De la musique s'échappait d'un poste de radio posé à côté de la boîte à outils. Un autre bon point : le volume sonore était réglé à un niveau tout à fait conforme au maintien des relations de bon voisinage. Il fallait tendre l'oreille pour reconnaître une chanson de Sugar Ray.

Pas loin d'un mètre quatre-vingt-dix, estima Reena, et quatre-vingts kilos de muscles. Quel âge avait-il ? Impossible de s'en faire une idée sans voir son visage mais, à vue de nez, elle l'estimait jeune.

L'agent immobilier avait mentionné la présence d'un menuisier dans la maison voisine, précisant qu'elle pourrait faire appel à lui au besoin. Mais l'agent immobilier avait omis de préciser que le menuisier en question avait un cul d'enfer. Pas de bagues de mauvais goût, ni de tatouages, encore moins de piercings... De mieux en mieux.

La pelouse du voisin était nickel et il avait installé le genre de petit patio dont elle envisageait de demander la réalisation à oncle Sal. Pas de fleurs, en revanche. Dommage. Elle estimait que des fleurs soignées témoignaient d'une personnalité énergique et responsable. Le jardinet parfaitement net semblait tout dédié à la gloire d'un impressionnant barbecue. Si le côté face du monsieur égalait le côté pile, elle s'arrangerait pour se faire inviter à déguster un steak sur le gril.

Il interrompit son ouvrage et posa un outil qui parut à Reena être une agrafeuse à projection. Le ronronnement du compresseur s'interrompit et elle entendit soudain clairement Sugar Ray. Le craquant menuisier prit une bouteille d'eau et but au goulot. Puis il recula pour contempler son travail, ce qui permit à Reena de découvrir son profil.

Joli nez, belle bouche sensuelle… En plus, il était assez intelligent pour porter des lunettes de protection… et assez beau pour qu'elles le rendent sexy ! Le visage semblait être à la hauteur du reste… Il n'avait guère plus que la trentaine. Décidément, la chance était avec elle.

Lorsqu'il pivota sur lui-même et l'aperçut, elle lui adressa un signe de la main, un salut amical et décontracté de voisin à voisin. Elle le vit se figer. Il remonta ses lunettes sur son front et elle découvrit ses yeux – pas leur couleur, il était trop éloigné d'elle, mais leur exceptionnelle intensité.

Un sourire aussi éclatant qu'un soleil d'été illumina ses traits. Il marcha droit vers la clôture d'un pas souple et rapide et se hissa par-dessus sans effort.

Il avait les yeux verts…

— Vous êtes là… Nom d'un chien, vous êtes enfin là…

— Euh… Oui, je suis là, confirma Reena avec un sourire prudent.

Il sentait la sciure et la sueur, une odeur de mâle qui eût été excitante s'il ne l'avait pas regardée comme s'il s'apprêtait à la dévorer d'une seule bouchée.

— Catarina Hale. Je viens juste d'acheter la maison.

Elle tendit la main. Il la prit et la tint serrée dans sa grande paume calleuse.

— Catarina Hale…, répéta-t-il dans un souffle. La fille de mes rêves.

— Oui ? Eh bien, je suis contente. (Sa cote dégringolait.) Il faut que je rentre, maintenant, fit-elle, vaguement inquiète.

— Pendant tout ce temps, toutes ces années, poursuivit-il comme pour lui-même, je vous ai cherchée. Et vous êtes encore plus belle que dans mon souvenir. Comment est-ce possible ?

— Pardon ?

— Je ne peux pas le croire ! Vous êtes là ! C'est de la magie ! Ou alors, j'ai une hallucination.

Il reprit sa main et la plaqua sur son cœur. Elle la dégagea en hâte.

— Oui, vous avez peut-être une hallucination. Trop de soleil. Vous devriez aller vous mettre à l'ombre, monsieur le Menuisier.

— Non, attendez. Vous ne comprenez pas. Je vous ai vue, puis perdue de vue. Plusieurs fois. Invariablement, vous avez disparu avant que j'aie le temps de vous rejoindre. Et voilà que vous êtes enfin devant moi, je vous parle, vous me répondez…

— Et ça va s'arrêter là ! Rentrez chez vous, étendez-vous et… et faites-vous aider.

Personne ne lui avait dit que le voisin était cinglé ! On aurait dû lui dire la vérité. Elle pivota sur ses talons et se dirigea vers la porte de sa cuisine.

— Attendez ! Attendez ! cria-t-il en se précipitant derrière elle.

Reena banda ses muscles, prête pour l'assaut. Quand il fut sur elle, elle passa derrière lui à la vitesse de l'éclair, lui attrapa le bras et le lui bloqua dans le dos.

— Ne m'obligez pas à vous arrêter, merde ! Ça ne fait que quelques minutes que je suis ici ! Laissez-moi souffler !

Il tourna la tête vers elle, tout sourire.

— Un flic. J'avais oublié que vous étiez flic. On me l'avait dit. C'est cool !

— Pas si cool que ça. Vous êtes à deux doigts d'avoir de gros ennuis.

— Et vous, vous sentez bon.

— C'est ça, acquiesça Reena en le plaquant contre le mur de la maison. Écartez les jambes !

— Attendez... Je sais que je dois vous paraître dingue, mais c'est à cause du choc. Ne me passez pas les menottes et laissez-moi vous expliquer. Voilà l'histoire : College Park, mai 1992. Une soirée dans une maison où je ne sais qui logeait... À l'extérieur du campus. Une Jill, ou Jessie, à moins que ce ne soit Jen, habitait cette maison.

— Continuez, ordonna Reena, la main posée sur les menottes.

— Je vous ai vue. J'étais venu avec un copain. Vous étiez à l'autre bout d'une pièce bondée et pourtant je n'ai vu que vous. Vous portiez un petit haut rose, vos cheveux étaient plus longs qu'aujourd'hui... Jusqu'aux épaules. Mais j'aime beaucoup votre coupe actuelle.

— Je dirai à mon coiffeur que vous êtes satisfait de lui. Ça lui fera plaisir. Donc, nous nous serions rencontrés à une soirée d'étudiants ?

— Non. Vous avez disparu, je vous l'ai dit.

Reena commençait à être intriguée. Il ne semblait pas fou – pas vraiment. Plutôt très exalté... Elle lâcha son bras, recula d'un pas.

— Restez devant ce mur. Ne bougez pas et poursuivez.

Il glissa ses pouces dans les passants de sa ceinture.

— Je vous ai vue, répéta-t-il, l'air extasié, et... je vous ai cherchée partout. J'ai écumé le rez-de-chaussée, l'étage, le jardin, devant, la cour, derrière. En vain.

— Vous m'avez vue dans une soirée d'étudiants il y a treize ans et vous vous rappelez ce que je portais ? demanda Reena, incrédule.

— Oui. Pendant un instant, il n'y avait que vous. Je sais que ça a l'air fou, mais c'est vrai. Il y a eu une deuxième fois. Dans un centre commercial. Vous étiez dans la galerie supérieure. Je me suis rué dans l'escalier mais le temps que j'arrive, vous aviez de nouveau disparu. Et puis, pendant l'hiver 99, j'étais dans ma voiture, coincé dans un embouteillage. J'écoutais « Growin'Up » à la radio et j'ai tourné la tête. Vous étiez dans la voiture à côté. Vous tapotiez le volant en rythme avec la chanson. Alors je...

— Ô mon Dieu ! Le type bizarre ! Je me rappelle ! s'écria Reena.

— C'était bien moi. Pendant un temps, j'ai cru que je vous avais imaginée. Mais vous êtes là.

— Et vous êtes effectivement très, très bizarre.

— Mais inoffensif. Il faut qu'on parle. Offrez-moi un café.

— Je n'ai pas de café. En fait, je n'ai rien de rien.

— J'aurais pu vous inviter à boire ce café chez moi mais je n'en ai pas non plus. Mais entrez quand même. Restez le temps de boire une bière, un coca... ou la vie entière.

— Je crois que je vais faire l'impasse sur cette invitation.

— Et dîner, hein ? Si je vous faisais à dîner ? Mieux, si je vous invitais au restaurant ?

— Il est 13 heures. L'heure du déjeuner.

Il retira sa casquette et passa les doigts dans ses épais cheveux noirs ondulés en riant.

— L'heure du déjeuner, oui. Je suis un peu paumé, excusez-moi, mais je ne m'attendais vraiment pas à voir la fille de mes rêves dans la maison d'à côté. Je ne me suis même pas présenté : Bowen Goodnight. Bo.

Il tendit sa main et Reena la serra après une brève hésitation. Elle apprécia la fermeté de l'étreinte des longs doigts, la rugosité de la paume, sa chaleur.

— Bo.

— Trente-trois ans, casier judiciaire vierge, dernier check-up impeccable... Je suis mon propre patron. Menuiserie sur Mesure Goodnights. Et j'ai une petite société immobilière avec un associé. Le copain avec lequel j'étais venu à cette fameuse soirée. Je peux vous fournir toutes les références que vous voulez : rapports médicaux, financiers... Je vous en prie, ne disparaissez plus !

— Je suis peut-être mariée, et mère de trois enfants !

Sidérée, elle vit le visage de Bo devenir blafard.

— Non. Non, ce n'est pas possible. Dieu ne peut pas être aussi cruel !

Reena commençait à s'amuser.

— Je pourrais être lesbienne, vous savez.

— Je n'ai rien fait pour mériter un tel sort ! Catarina, ça fait treize ans que je vous attends ! Donnez-moi un espoir !

— Je vais y réfléchir. Et appelez-moi Reena, c'est ce que font tous mes amis. Bon, il faut que j'y aille. J'attends des gens.

— Ne disparaissez pas !

— Pas tant que je n'aurai pas fini de payer ce fichu crédit. Salut, Bo. Cette rencontre a été très intéressante.

Elle rentra dans la maison.

Évidemment, tous apportèrent de la nourriture, du vin et des fleurs. Et la plupart des meubles dont elle avait besoin. Ils prirent tout le déménagement en charge et Reena se résigna à vider son appartement au-dessus du Sirico en emportant des cartons et des valises de vêtements et de dire au revoir aux murs qui avaient été les siens tant d'années durant.

Elle avait été bien, ici. Trop bien, peut-être. On s'encroûtait, dans un excès de confort moral comme physique, même si les repas pris au Sirico lui manqueraient. Quelques marches à descendre et elle était dans le restaurant, pour bavarder avec ses parents, sa sœur ou les clients.

— Maman, je ne pars pas au fin fond du Montana, mais à quelques pâtés de maisons ! s'exclama-t-elle quand les yeux de Bianca se remplirent de larmes.

— Je suis bête, je le sais. J'ai de la chance d'avoir tous mes enfants à proximité. Mais j'aimais bien que tu sois juste là. Je suis fière que tu aies acheté cette maison, chérie. C'est une bonne démarche. N'empêche, ça me fera quelque chose de savoir que tu n'es plus là.

— Je suis toujours là. À quelques centaines de mètres seulement. Tu sais, maman, j'ai peur de m'être lancée dans un truc trop grand pour moi.

— Il n'y a rien que ma fille ne puisse affronter.

— J'espère que tu as raison. Et n'oublie pas de me le répéter dès que j'aurai besoin d'un plombier.

— Tu appelleras ton cousin Frank. Au fait, tu devrais parler au cousin Matthew pour les peintures.

— Les bases sont assurées, à ce que je constate. D'autant que j'ai un voisin très bon bricoleur.

— Reena, ne laisse pas un étranger entrer chez toi !

— Il se trouve que je le connais. Enfin, que lui, il me connaît.

Tout en finissant de charger sa voiture, Reena raconta toute l'histoire à sa mère, et l'acheva en conduisant jusqu'à sa nouvelle maison.

— Il t'a entrevue une seule fois il y a des années et ne t'a jamais oubliée ? Il est amoureux, ce garçon.

— Je ne sais pas s'il est amoureux. Le fait est qu'il se souvient vraiment de moi et qu'il est très mignon, très gentil. Quand je l'ai menacé de lui passer les menottes, il l'a très bien pris.

— Il est peut-être sadomaso ! Ou alors, c'est un criminel et il a l'habitude des menottes !

— Oh, maman, arrête ! Il est charmant, habile de ses mains, un peu bizarre, et moi, je suis une grande fille qui porte un revolver.

— Ne me parle pas de cette horreur ! Et ce nom, Goodnight, d'où sort-il ?

— Ce n'est pas italien, c'est sûr.

Elle venait d'arriver devant son nouveau domicile. La porte de Bo était ouverte, nota-t-elle.

— À mon avis, maman, tu vas avoir l'occasion de te faire ta propre idée.

Effectivement, Bo venait d'apparaître sur le perron. Il avait pris une douche, remarqua Reena : ses cheveux étaient encore mouillés. Et il avait enfilé une chemise et un jean propres, sans ceinture à outils le faisant tomber scandaleusement bas sur les hanches.

— C'est lui ? s'enquit Bianca.
— Oui.
— Joli garçon, commenta-t-elle en sortant de la voiture.
Bo s'approcha.
— Je vois que vous avez des trucs à trimballer. Vous ne seriez pas contre un coup de main ?
D'autorité, il s'empara du carton que portait Bianca.
— Madame, permettez-moi de vous aider… et de vous dire que les belles femmes, c'est apparemment la spécialité de la famille. Moi, je suis Bo, le voisin.
— Je sais. Ma fille m'a parlé de vous.
— Elle pense que je suis un peu fêlé, et je la comprends : je lui ai donné toutes les raisons de le croire. Mais d'habitude, je suis beaucoup plus sain d'esprit.
— Vous êtes donc inoffensif ?
— J'espère bien que non.
Bianca sourit, manifestement conquise.
— Bianca Hale. Je suis la mère de Catarina.
— Enchanté, madame. Vraiment enchanté.
— Cela fait longtemps que vous habitez ici ?
— À peu près cinq mois.
— Cinq mois ? Je ne me rappelle pas vous avoir vu au Sirico.
— Le Sirico ? C'est la meilleure pizzeria de Baltimore ! Je me fais livrer tout le temps. Les spaghettis aux boulettes de viande sont extra.
— Mes parents sont les propriétaires du Sirico, expliqua Reena en soulevant le hayon du coffre.
— Oh ! C'est vrai ?
— Oui, confirma Bianca. Venez donc dîner ou déjeuner chez nous, au lieu de passer commande par téléphone.

— Je n'y manquerai pas. C'est juste que, jusqu'à maintenant, je n'ai pas trouvé le temps. J'ai travaillé d'arrache-pied et… Donnez-moi ce carton, madame… Je n'ai vu personne depuis un bon bout de temps. Pas le moindre rendez-vous, rien. Or je n'aime pas aller tout seul au restaurant.

— Qu'est-ce qui ne tourne pas rond, chez vous ? s'enquit Bianca. Vous êtes jeune et charmant. Pourquoi ne sortez-vous pas ?

— Mais si, je sors. Enfin, je sortais. Mais j'ai du boulot par-dessus la tête et en plus je remets la maison en état moi-même. J'y consacre tous mes moments de liberté.

— Vous avez déjà été marié ?

— Maman !

— Catarina, je discute avec ce jeune homme.

— Ce n'est pas une conversation, c'est un interrogatoire !

— Pas de problème, assura Bo. Non, madame. Pas de mariage, pas d'engagement d'aucune sorte. J'attendais Reena.

— Arrêtez ça !

— Votre maman l'a dit : nous discutons, remarqua Bo. Madame Hale, croyez-vous au coup de foudre ?

— Je suis italienne ! Bien sûr, j'y crois. Bo, appelez-moi Bianca. Et entrez, venez faire connaissance avec le reste de la famille.

— Ça me plairait beaucoup.

— Vous êtes un petit malin, lui souffla Reena alors qu'il s'effaçait pour laisser Bianca gravir les marches du perron. Posez cette boîte ici.

— Je peux mettre cette boîte là où elle doit aller.

— Pour le moment, elle va là, dit Reena en montant les marches.

— D'accord, obéit Bo. Vous savez, j'aime beaucoup votre mère.

Reena retira ses lunettes de soleil et tapota sa main avec l'une des branches pendant quelques instants.

— Allez, venez derrière. Mais n'oubliez pas : c'est vous qui l'avez demandé.

Elle se dirigea vers la cuisine, évitant au passage deux de ses neveux qui couraient en sens inverse. Une sauce au délicieux arôme mijotait sur la cuisinière, les verres de vin étaient déjà pleins et les conversations allaient bon train, s'entrecroisant.

— Je vous présente Bo ! annonça Bianca, ce qui provoqua un silence immédiat. Il habite la maison voisine, il est menuisier et il a le béguin pour Reena.

— À vrai dire, elle est l'amour de ma vie, corrigea Bo avec une assurance qui laissa Reena pantoise.

Puis elle éclata de rire et, les montrant de la main tour à tour, elle présenta les convives réunis autour de la table.

— Bo, voici Gib, mon père, ma sœur Fran, son mari Jack... L'un des deux sprinters que nous avons croisés dans le vestibule était leur fils Anthony. Ici nous avons Bella, mon autre sœur, et le deuxième coureur était à elle. Il s'appelle Dom. Ses autres enfants, Vinny, Sophia et Louisa traînent quelque part dans le coin. Là, c'est mon frère Xander, sa femme An et Dillon, leur bébé.

— Sympa de vous connaître, lança Fran. On peut vous offrir un verre de vin ?

— Avec plaisir, merci.

Reena continua ses explications.

— Fran et Jack s'occupent du restaurant pour le compte de mes parents. Le mari de Bella n'a pas pu se libérer aujourd'hui. Xander et An sont médecins et exercent au centre médical du quartier.

— C'est chouette de faire la connaissance de tout le monde en même temps, dit Bo en balayant l'assemblée du regard.

Il vit, devant le four, un grand homme séduisant qui étudiait attentivement le nouveau venu, la ravissante Fran, enceinte, qui servait du vin, pendant que son rouquin de mari faisait sauter sur ses genoux sa rouquine de fillette. Il vit aussi Bella, appuyée au comptoir, vraie gravure de mode avec ses chaussures de luxe et sa coiffure classieuse, Xander buvant un verre de vin debout à côté de sa superbe épouse qui tapotait le dos de leur bébé de six semaines.

Comme Reena s'y attendait, les questions fusèrent de toutes parts, mais Bo y répondit au pied levé. Il ne semblait d'ailleurs guère étonné par le mélange italien, irlandais, chinois.

Il était fils unique, entendit Reena, et ses parents avaient divorcé. Sa mère habitait la Caroline du Nord, son père l'Arizona. Il considérait son copain et associé comme un frère.

— Je le connais depuis toujours. Peut-être vous le rappelez-vous, Reena. Il sortait avec une fille qui s'appelait Cammie.

— Non. Je ne me suis pas fait beaucoup d'amis, à la fac.

— Elle a passé son temps à étudier, expliqua Bella. Et après, une tragédie lui a brisé le cœur.

— Bella !

L'intonation de Bianca avait été aussi coupante qu'une lame, mais Bella ne se laissa pas déstabiliser :

— Oh, allons, ça remonte à des années. Elle a dû s'en remettre, de cette histoire, depuis le temps !

— Quand une personne meurt, elle reste morte, peu importe depuis combien de temps. Et ça fait toujours mal.

— Je suis désolé, dit Bo en se tournant vers Reena.

— Vous n'y êtes pour rien, assura celle-ci en lançant un regard assassin à sa sœur. Tenez, prenez des hors-d'œuvre : tant que je n'aurai pas de vraie table à la salle à manger, il faudra se contenter de manger debout ou de s'asseoir par terre.

— Je pourrais vous en fabriquer une. J'adore faire des meubles. Donnez-moi une idée de ce que vous voulez et je vous fais cette table. Ce sera mon cadeau de pendaison de crémaillère.

— Je veux juste une table, pas un cadeau.

— Vous êtes aussi ébéniste ? intervint Bianca.

— Je réalise des travaux sur commande uniquement. J'ai proposé à Reena de lui fournir mes références. Vous connaissez M. et Mme Baccho, qui habitent Fawn Street ?

— Oui, je les connais. Dave et Mary Teresa. C'est vous qui avez fabriqué leurs vitrines ?

— Celles en chêne et vitraux, oui.

C'est un travail superbe. Tu sais, Gib, j'aimerais bien avoir un meuble comme ça.

Bianca se leva.

— Venez jeter un coup d'œil à la salle à manger, pour vous faire une idée de ce qui irait bien.

— Maman, s'il te plaît !

— Quoi ? Un conseil n'a jamais fait de mal à personne.

D'un pas décidé, Bianca précéda Bo jusque dans la salle à manger.

— Je ne suis même pas installée que maman cherche déjà à me caser avec le voisin ! se plaignit Reena à son frère.

— Et alors ? Si ça doit te rapporter une belle table gratuite, ça vaut le coup. Ce mec m'a l'air d'être très doué de ses mains.

Reena haussa les épaules et se dirigea à son tour vers la salle à manger.

Attentif, Bo écoutait Bianca qui expliquait avec force gestes le nombre de personnes à caser autour de la table. Le jeune homme se tourna vers Reena quand elle entra.

— Il vous suffit d'apparaître pour que mon cœur s'emballe ! dit-il, la main sur la poitrine.

— Il va vous falloir mettre la pédale douce, mon vieux.

— Sans doute. Mais c'est notre premier jour, alors je suis un peu trop expansif. N'hésitez pas à me remettre à ma place. Bon, cela dit, votre table devrait être à abattants, comme ça elle occuperait peu de place en dehors des repas spéciaux.

— Je ne sais pas ce que je veux pour le moment.

Concernant la table, concernant cet homme... Son seul repère inébranlable était son travail.

— Je vous ferai quelques croquis. Ce sera facile, ma salle à manger a exactement les mêmes dimensions que la vôtre. Je prendrai les mesures chez moi. Vous savez, ces maisons ont un potentiel exceptionnel. On peut vraiment les rendre super.

Il balaya une dernière fois la vaste pièce vide du regard puis annonça :

— Je dois m'en aller, maintenant.

— Mais non, restez manger ! protesta Bianca.

— Merci, une autre fois. Reena, si vous avez besoin de quoi que ce soit, je suis juste à côté, ne l'oubliez pas. Tenez, voici ma carte. Il y a mon numéro de fixe et celui de mon portable. Appelez-moi sans hésiter.

— Très bien. Je vous raccompagne.

Il lui tendit son verre de vin vide.

— Ne vous dérangez pas, je connais le chemin. Restez avec votre famille. Et comptez sur moi pour ce dîner dont nous avons parlé, Bianca.

Dès qu'elle fut sûre que Bo était hors de portée de voix, Bianca remarqua :

— Il a de bonnes manières, ce garçon, et de bons yeux. Tu devrais lui donner sa chance, ma fille.

— J'y réfléchirai, répondit Reena en empochant la carte.

14

Le feu prit dans le grenier d'une jolie maison victorienne de Bolton Hill, un quartier chic composé de bâtiments entourés de petits parcs très boisés et de rues aux trottoirs bordés d'arbres.

Le deuxième étage avait entièrement brûlé, ainsi que la presque totalité du toit et une partie du premier étage. Les flammes avaient commencé leur œuvre destructrice en milieu de matinée et la maison était vide de tout occupant.

Une voisine vigilante avait vu la fumée puis les flammes et avait appelé les pompiers.

Tout en se rendant sur les lieux de l'incendie, Reena parcourait le rapport préliminaire.

— Pas de signe d'entrée par effraction, système d'alarme… La femme de ménage qui vient une fois par semaine connaît le code. Le départ du feu se situe dans le grenier. Du papier journal, une pochette d'allumettes.

— Joli quartier, commenta O'Donnell en regardant par la vitre de la voiture.

— Oui. J'ai fouiné par ici quand je cherchais une maison. Et puis je suis revenue en terrain connu, près de chez mes parents.

— Ne le regrette pas : il paraît que tu as un charmant voisin.

— Comment es-tu au courant de ça ?

— Je ne sais plus. Peut-être que ton père en a parlé à John et que John me l'a répété.

— Et peut-être que vous pourriez tous trouver un sujet de conversation plus intéressant que le mec qui habite à côté de chez moi !

— En tout cas, il est clean.

— Ne me dis pas que tu l'as passé dans le fichier !

— Ta sécurité d'abord, assura O'Donnell avec un clin d'œil, tout en se garant. Tout ce qu'il a eu, c'est un PV pour excès de vitesse qui remonte à six mois.

— Je ne veux rien savoir ! cria Reena en descendant de voiture.

Elle ouvrait le coffre pour prendre sa mallette quand son coéquipier précisa :

— Célibataire. Jamais marié.

— La ferme, O'Donnell.

Il prit sa propre mallette et continua, imperturbable :

— Il paie sa patente professionnelle pour les comtés de Baltimore et de Prince George. L'adresse officielle de sa boîte est dans Prince George. C'est celle de son pote et associé parce que Goodnight, lui, bouge tout le temps. Jusqu'à maintenant, il a déménagé tous les six ou huit mois.

— Bon sang ! Je n'arrive pas à croire que tu aies pu fouiner comme ça !

— Eh si. Et c'est ça qui est marrant, dit O'Donnell en se dirigeant vers la maison sinistrée. Ce que ce mec fait avec son associé, c'est qu'ils achètent des maisons en mauvais état, donc à bas prix, lui les retape et ils les revendent avec un joli bénéfice. Ton petit copain...

— Ce n'est pas mon petit copain !

— Ton petit copain emménage à chaque fois dans la baraque, fait les travaux tout en y habitant, revend quand c'est nickel et recommence ailleurs. Ça fait dix, douze ans qu'il vit comme ça.

— Je suis bien contente pour lui. Bon, si tu envisageais de bosser, maintenant, au lieu de bavasser sur ma vie privée ?

Reena étudia d'abord l'extérieur du bâtiment, les briques roussies par la chaleur, les endroits où le toit avait cédé. Puis elle prit des photos.

— Le rapport mentionne que la porte et la fenêtre du grenier étaient ouvertes.

— Ouais. Ça a dû faire un sacré appel d'air. Les proprios avaient entreposé ce que tous les gens mettent dans un grenier : des vêtements rangés pour une saison, des décorations de Noël et de Halloween. Un super combustible, tout ça.

— Voilà la voisine qui sort de chez elle. Je vais lui parler, dit Reena en abaissant son appareil photo.

— OK. Moi, j'entre.

Il récupéra sa mallette qu'il avait posée par terre et se dirigea vers la porte.

— Bonjour, madame, dit Reena en montrant son insigne. Inspecteur Hale, de la police municipale de Baltimore, brigade des incendies criminels.

— Les incendies criminels ? Ça alors !

La petite femme brune à la peau mate était aussi nette qu'une nappe fraîchement repassée.

— Mon coéquipier et moi procédons à un examen approfondi de ce qui s'est passé. Êtes-vous Mme… Shari Nichols ?

— Oui.

— C'est vous qui avez signalé le feu.

— Oui. Je me trouvais dans le jardin, derrière la maison, et j'ai d'abord senti la fumée.

— Il était environ 11 heures du matin ?

— 11 heures 15. Je le sais parce que je me disais que ma dernière n'allait pas tarder à rentrer du jardin d'enfants et que c'en serait fini de ma tranquillité ! C'est un vrai diable, cette gosse, expliqua Mme Nichols en souriant.

— Depuis combien de temps étiez-vous dehors quand vous avez senti la fumée ?

— À peu près une heure. J'avais fait un saut dans la maison à moins le quart parce que je m'étais aperçue que je n'avais pas pris le téléphone. Les pompiers m'ont déjà demandé si j'avais vu quelqu'un et j'ai dit que non.

Elle leva les yeux vers la maison ravagée.

— Quel dommage. Mais, Dieu merci, personne n'était à l'intérieur. Il n'y a donc pas eu de victime. En tout cas, ça m'a terrifiée. Je me suis dit que le feu allait passer chez moi. Les pompiers sont arrivés très vite et ça m'a rassurée.

— Vous n'avez rien vu d'anormal mais peut-être avez-vous entendu quelque chose ?

— Oui, leur alarme incendie, mais je n'y ai pas vraiment prêté attention tout de suite. La radio marchait, voyez-vous. Ce n'est que lorsque j'ai senti l'odeur que je me suis inquiétée. J'ai regardé et j'ai vu de la fumée sortir de la fenêtre du grenier. C'est là que j'ai entendu la sirène qui s'était déclenchée chez mes voisins.

La femme marqua un temps, soupira, puis ajouta :

— Ce doit être un épouvantable fourbi, là-dedans, maintenant. Ça va la rendre malade.

— Qui donc ?

— Ella Parker. Elle habite cette maison. L'ordre, c'est son obsession. C'est une maniaque. Nous avons la même femme de ménage, même si je n'ai recours aux services d'Annie qu'une fois par mois depuis que je ne travaille plus à cause du petit mais… Enfin, c'est une obsédée de l'ordre. La pagaille la perturbera autant que l'incendie. Désolée, je sais que je dois vous paraître sans cœur, inspecteur, mais…

— Vous entendez-vous bien avec Mme Parker ?

— Très bien, dit Shari Nichols d'un ton qui démentait son affirmation. Nous avons des relations cordiales sans toutefois être amies.

Elle se balançait d'un pied sur l'autre, manifestement mal à l'aise.

— Vous pensez qu'il s'agit d'un incendie criminel ? Pas d'un accident, inspecteur ?

— Nous n'avons encore rien déterminé.

— Oh, grands dieux ! Je crois que je ferais mieux de tout vous révéler… Ella et moi avons eu des mots, il y a quelques semaines et… et je ne voudrais pas que la police en conclue que je suis mêlée d'une façon quelconque à ce qui est arrivé !

— Pourquoi la police conclurait-elle cela, madame Nichols ?

— Eh bien, nous avons eu une méchante prise de bec. J'en parlais à mon mari pas plus tard qu'hier soir, et il me disait que je cherchais les ennuis. Mais je n'arrive pas à me sortir ça de l'esprit.

Reena ne comprenait goutte à ce que lui racontait la femme.

— À quel propos vous êtes-vous disputée avec Mme Parker ?

— Les garçons. Son Trevor et mon Malcolm. Il y a trois semaines, j'ai découvert qu'ils faisaient l'école buissonnière. Complètement par hasard. Il faisait beau et ça m'a donné envie de marcher jusqu'à l'école, d'y récupérer ma petite dernière puis de l'amener au parc. Pour qu'elle se défoule un peu. Bref, ils étaient là tous les deux, Trevor et Malcolm, ils traversaient l'avenue en courant en direction du parc. J'ai eu vite fait de les calmer quand je les ai attrapés, je vous le garantis ! Je les ai engueulés, puis je les ai ramenés à l'école en quatrième vitesse !

— J'imagine qu'ils ont été étonnés de tomber sur vous.

— Pfff… Ils ne sont même pas assez malins pour faire leurs bêtises en douce. Quand on agit mal, on se débrouille pour ne pas se faire prendre, n'est-ce pas ? Lorsque Ella est rentrée du travail, je suis allée chez elle avec Malcolm pour la mettre au courant. Elle ne m'a même pas laissé le temps de finir mon histoire ! Elle s'est mise à crier que c'était la faute de mon fils et que je n'avais pas le droit de lever la main sur le sien !

Shari Nichols leva les mains, paumes tournées vers le ciel.

— Vous vous rendez compte, inspecteur ? Tout ce que j'ai fait, c'est de prendre ces deux petites teignes par le col et les ramener là où ils devaient être : à l'école. Moi, à la place d'Ella, j'apprécierais que quelqu'un s'occupe de mon gamin ! Pas vous ?

— Si, évidemment. Mais Mme Parker était contrariée et…

— Pas contrariée ! Carrément furieuse ! Alors, je lui ai dit ce que je pensais, et que la prochaine fois que je verrais son gosse dans la rue je passerais mon chemin sans m'occuper de lui ! Ensuite, ça a été l'escalade. Mais ce n'est pas la peine que je vous donne les détails.

— Je ne vous blâme pas. Vous avez voulu bien faire.

— Et pour tout remerciement, je me suis entendu dire de m'occuper de mes affaires. Si je l'avais fait, sa fichue maison aurait brûlé de fond en comble ! Pfff… Quel gâchis. Les deux garçons n'ont plus joué ensemble depuis cette histoire et ça me navre. Mais je ne peux quand même pas laisser la bride sur le cou à Malcolm. Il m'a avoué que ce n'était pas la première fois que Trevor faisait l'école buissonnière.

— Il vous a dit que le petit Parker était coutumier du fait ?

— Je ne veux pas créer d'ennuis à ce gamin.

— Je comprends, mais ce serait mieux pour lui, et pour tout le monde, d'ailleurs, que nous ayons connaissance de tous les éléments. Plus vous m'en apprendrez, plus vite l'affaire sera close.

— C'est vrai ? Bon. D'après Malcolm, Trevor sèche les cours de temps en temps et le jour où j'ai trouvé mon fils en sa compagnie, Trevor lui avait suggéré d'aller se balader avec lui. Que son camarade l'ait influencé n'excuse pas Malcolm, et il a été sévèrement puni. Depuis trois semaines, je l'accompagne à l'école tous les matins et je vais le récupérer tous les soirs. Il n'y a rien de plus humiliant pour un garçon de neuf ans que d'aller à l'école et de revenir avec sa mère.

— Ma mère a fait ça une fois avec mon frère. Il avait douze ans, et je crois qu'il ne l'oubliera jamais.

— Les parents feraient mieux de s'occuper de leurs gosses plutôt que d'être copains avec eux !

— C'est comme ça que cela se passe chez vos voisins ?

— Oh la la, voilà que je cancane... Mais c'est vrai qu'il n'y a guère de discipline chez les Parker. Bon, ce n'est que mon opinion personnelle, hein. Mon mari me dit que je parle trop. Trevor est un brave petit mais il a tendance à n'en faire qu'à sa tête. À cause de cette histoire, je ne suis pas en très bons termes avec Ella en ce moment. N'empêche, ce qui lui est arrivé me désole. Je ne le souhaiterais pas à mon pire ennemi. Quel accident stupide ! Un truc qui s'est enflammé tout seul ou quelque chose comme ça.

— Nous allons le découvrir. Madame Nichols, je vous remercie de m'avoir accordé tant de temps.

Sur ces mots, Reena regagna la maison des Parker et entra.

Elle s'immobilisa dans le vestibule et se concentra. Le feu n'était pas arrivé jusqu'au rez-de-chaussée, mais l'odeur de fumée, si. L'extinction de l'incendie n'avait causé que des dommages mineurs : de la poussière et de la suie maculaient le sol et l'escalier conduisant à l'étage. Elle comprit toutefois ce qu'avait voulu dire Shari Nichols en parlant du caractère maniaque de sa voisine. Au-delà du désordre et de la saleté causés par l'incendie, la maison était impeccable. Le moindre détail était raffiné, pensé. Il y avait des bouquets de fleurs artistiquement ordonnés dans des vases, les teintes des rideaux, des housses de fauteuil et des coussins étaient coordonnées, en harmonie avec les couleurs des murs.

Au premier étage, elle trouva la même recherche dans l'agencement des chambres. Hélas, l'eau avait saccagé les enduits, les plafonds moulurés.

Le cheminement du feu était visible à l'œil nu. Il était descendu par l'escalier du grenier, dévorant au passage les marches de chêne ciré, les tapis anciens. Les deux autres pièces faisaient office de bureaux à la décoration raffinée, riche d'antiquités.

La chambre du petit garçon se trouvait au bout du couloir. Vaste et aérée, organisée autour d'un thème : le football. Posters, bannières, beaucoup de noir, de blanc avec quelques touches de rouge.

Rayonnages de livres parfaitement rangés – pas de jouets épars ni de vêtements abandonnés en tas.

Reena nota tout cela sur son bloc puis passa un appel sur son portable. Ensuite, elle alla retrouver O'Donnell au grenier après avoir prudemment gravi l'escalier dévasté.

— C'est sympa de me rejoindre, Hale !

— J'avais des recherches à faire, dit-elle en levant les yeux vers les pans de ciel. Le feu est monté. Ces gens ont eu de la chance. Les dégâts au premier ne sont pas dramatiques. Quant au rez-de-chaussée, ça se limite aux dommages causés par l'eau et la fumée.

— Pour le moment, pas de trace d'accélérant, dit O'Donnell tandis que Reena prenait des photos. Le point de départ se trouve dans l'angle sud-est. Le feu a bouffé le contreplaqué et le matériau d'isolation qui est derrière, puis les flammes sont montées et ont atteint le toit.

Reena s'accroupit, enfila ses gants et mit en évidence quelques débris.

— Regarde ça, O'Donnell. Des photos. Des piles de photos. Le déclencheur, probablement. Un joli feu de joie. Tu ajoutes à ça les boîtes de rangement pleines de vêtements et de décorations, et tu as le carburant. La porte et la fenêtre du grenier ouvertes ont poussé les flammes vers l'étage inférieur. Tu as cherché des empreintes sur les poignées, les cadres de fenêtres ?

— Je t'attendais.

— Je parlais avec la voisine. Et j'ai appris que le petit Trevor Parker avait séché régulièrement l'école. Il l'a fait six fois au cours du dernier trimestre. Le jour de l'incendie, il était en retard.

Il n'est arrivé en cours qu'entre 11 heures et 11 heures 30, muni d'un mot d'excuse disant qu'il avait dû aller chez le toubib.

Tout en parlant, Reena avait commencé à relever les empreintes sur le bois brûlé du châssis de la fenêtre.

— L'école a dans ses dossiers le nom des médecins qui suivent les élèves, continua-t-elle. Trevor a un pédiatre, que j'ai contacté et qui a assuré ne pas l'avoir reçu ce jour-là.

— Il n'y a rien à ce sujet dans le rapport. Les adultes étaient au boulot. Ils ne sont revenus qu'une fois prévenus par les pompiers.

— Tiens, j'ai une empreinte, là, O'Donnell. Petite. Celle d'un pouce… d'enfant à mon avis.

— Mmm. Je crois qu'il est temps qu'on ait une petite discussion avec les Parker.

Ella Parker était une presque quadragénaire élégante et soignée jusqu'au bout des ongles. Elle occupait les fonctions de vice-présidente d'une société locale, et arriva au poste de police avec son attaché-case griffé Gucci. Son mari était son pendant parfait. Chef du département achats d'une grosse compagnie, il arborait au poignet une montre Rolex et aux pieds des mocassins italiens. Comme le spécifiait la convocation, les Parker avaient amené Trevor, neuf ans, petit et maigre et la mine renfrognée dans ses vêtements coûteux.

O'Donnell les remercia de s'être déplacés.

— Si vous avez un rapport préliminaire, nous voulons en connaître la teneur, dit Ella Parker en posant son attaché-case sur la table de la salle de conférences. Nous sommes en train de traiter avec la compagnie d'assurances, d'estimer le coût des dégâts... Il nous faut rentrer chez nous le plus rapidement possible pour commencer la remise en état.

— Je comprends, madame. Nous avons trouvé la cause du feu, néanmoins nous avons quelques questions à vous poser.

— Je présume que vous avez parlé à notre ancienne femme de ménage ? s'enquit Ella Parker.

— Ancienne ? interrogea Reena.

— Oui. Je l'ai renvoyée hier. Elle est responsable de cette catastrophe, c'est évident. À part elle, personne n'avait le code de notre système d'alarme.

Elle se tourna vers son mari.

— Je t'avais bien dit que c'était une erreur de le lui donner !

— Ella, rappelle-toi qu'elle est arrivée chez nous munie de références parfaites. Et elle a travaillé six ans à la maison. Pourquoi Annie aurait-elle allumé ce feu ?

— Oh, les gens n'ont pas toujours besoin de raisons pour semer la destruction. Ils le font, et voilà tout. Inspecteur, l'avez-vous interrogée ?

— Pas encore, mais nous allons le faire.

— Je ne comprends pas pourquoi elle n'est pas en tête de votre liste de suspects ! Ni pourquoi vous nous avez obligés à venir ici ! Nous avons autre chose à faire ! Avez-vous la moindre idée du temps et de l'énergie qu'il faut pour supporter une telle épreuve ?

— En fait, oui, dit Reena, et je suis navrée que vous ayez à faire face à tout cela.

— Mes biens détruits valaient plusieurs milliers de dollars ! Sans parler des dégâts dont a souffert la maison ! Et j'ai été obligée d'annuler de très importants rendez-vous, de réorganiser tout mon planning…

— Ella…, coupa William Parker d'un ton las dont Reena aurait juré qu'il lui était habituel.

— Il n'y a pas de « Ella » qui tienne ! C'est moi qui gère tout ! Ce n'est pas toi qui…

Ella Parker s'interrompit brusquement, leva la main en signe d'apaisement, puis acheva :

— Excusez-moi. Je suis à bout de nerfs.

— C'est compréhensible, lui accorda O'Donnell. Madame Parker, pouvez-vous nous dire si vous montez souvent au grenier ?

— Eh bien… Une fois par mois, et ma femme de ménage y va, enfin, y allait, régulièrement pour nettoyer.

— Et vous, monsieur Parker ?

— Je dirais deux ou trois fois par an, grand maximum. Pour monter ou descendre des cartons. Avant et après Noël, par exemple.

— Et toi, Trevor ?

— Trevor n'a pas le droit de monter au grenier, intervint Ella Parker.

Le bref regard que l'enfant lança à sa mère n'échappa guère à Reena.

— Moi, quand j'étais gosse, j'adorais aller jouer dans le grenier, dit-elle doucement. Il y a toujours plein de trucs passionnants, là-haut.

— Il n'a pas le droit d'y aller, répéta Mme Parker.

— Ce qui est interdit à un enfant et ce qu'il fait ne font souvent qu'un, madame Parker, remarqua Reena. Je sais qu'il arrive à Trevor de faire l'école buissonnière. Cela aussi, c'est interdit.

— Il n'a séché l'école qu'une fois ! D'ailleurs, je lui ai défendu de jouer avec ce gosse irresponsable qui l'avait entraîné. Et de toute façon, je ne vois pas en quoi cela vous regarde, inspecteur Hale.

— Cela me regarde parce que, précisément, le matin de l'incendie, votre fils n'était pas à l'école.

Où étais-tu, Trevor ?

— À l'école, bien sûr ! s'obstina Ella Parker d'une voix vibrante d'irritation. Mon mari l'y a récupéré après que nous avons été avertis qu'il y avait le feu !

Reena riva son regard à celui du petit garçon.

— Tu n'es arrivé que vers midi, n'est-ce pas ? Tu avais un mot d'excuse expliquant que tu avais dû aller chez le médecin.

— C'est ridicule ! s'exclama Mme Parker.

— Cela vous ennuierait-il de laisser votre fils répondre lui-même, madame ? demanda O'Donnell.

— Je suis sa mère, et je ne permettrai pas que la police harcèle mon fils ! Nous sommes victimes d'un grave accident et voilà que vous traitez comme un criminel un enfant de neuf ans !

Elle se mit debout.

— Cela suffit. Viens, Trevor. Nous partons.

À la grande surprise de Reena, ce fut le père du garçon qui intervint.

— Ferme-la, Ella, veux-tu ? Ferme-la cinq minutes, bon sang ! Quant à toi, Trevor, réponds-moi : as-tu ou non de nouveau manqué l'école ?

La tête baissée, le garçonnet haussa les épaules. Reena vit des larmes briller dans ses yeux.

— Es-tu monté au grenier au moment de l'incendie ? interrogea-t-elle avec douceur. Tu y étais pour jouer ?

— Je refuse que vous le questionniez ! clama Ella Parker.

— Moi, je l'accepte, dit son mari en se mettant debout à son tour. Alors, si tu n'es pas capable de supporter cet interrogatoire, Ella, sors. En ce qui me concerne, je ne bougerai pas. Je veux entendre ce que Trevor a à dire.

— Comme si tu en avais quelque chose à faire.

Tu fais toujours ce que tu veux et tu te moques pas mal de ton fils et de moi. Tu es trop occupé avec ta fichue blonde aux gros seins pour t'intéresser à nous !

— J'ai pourtant passé beaucoup de temps à essayer de vivre dans la même maison que toi ! Et ce temps-là, j'aurais mieux fait de le donner à Trevor !

— Arrêtez ! hurla le garçon d'une voix stridente en se plaquant les mains sur les oreilles. Arrêtez de crier tout le temps. Je ne voulais pas faire ça ! Je… je voulais juste savoir ce qui allait arriver et… et puis…

Ella se laissa tomber à genoux à côté de son fils.

— Ô mon Dieu, mon Dieu… Ne dis pas un mot de plus, Trevor. Je vais appeler notre avocat.

— Pousse-toi, ordonna Parker avant de faire reculer sa femme sans ménagement.

Puis il s'inclina et pressa sa joue contre celle de son fils.

— Je suis désolé, mon chéri. Ta maman et moi avons vraiment tout bousillé. Mais nous tiendrons bon, nous ferons face, et toi aussi, tu m'entends ? OK ? Alors maintenant, raconte ce qui est arrivé.

— Je… j'étais en colère. Parce que vous vous étiez encore engueulés. Je n'avais pas envie d'aller à l'école… alors je n'y suis pas allé.

— Tu es donc revenu à la maison, dit Reena en lui tendant un mouchoir.

— Oui. Je suis d'abord monté dans ma chambre pour regarder la télé, mais j'étais tellement en colère… Ils vont divorcer, vous savez, madame.

— Oh, Trevor, ce n'est pas à cause de toi ! assura William Parker.

— Maman dit que tu as ruiné notre foyer, que notre vie de famille est un naufrage. Alors, j'ai pensé que peut-être, s'il y avait le feu, tout serait abîmé et tu resterais à la maison pour la réparer. J'ai pris des allumettes, fait un tas avec des papiers, des photos, et je l'ai allumé. Et puis, je n'ai pas pu l'éteindre. J'ai eu peur. Je suis allé en courant à l'école, où j'ai montré le mot du docteur… Je l'avais tapé sur l'ordinateur.

— Tout est ta faute, William, éructa Ella Parker.

— Mais bien sûr. Pourquoi pas ? repartit son mari en prenant Trevor par la main. On va s'occuper de tout ça, fiston, et on s'en occupera bien.

L'enfant se nicha contre la poitrine de son père.

— La maison n'a pas brûlé. Juste un peu. Si elle avait brûlé en entier, tu serais resté pour la réparer… Ne t'en va pas, papa… Ne t'en va pas…

Ce soir-là, Reena rentra chez elle d'humeur sombre. Il n'y aurait pas de jolie fin à l'histoire de Trevor Parker. Sa vie n'était pas un conte de fées. Il ne manquerait pas d'aide psychologique, mais cela ne réunirait pas ses parents. Sa pathétique tentative pour changer son sort avait été d'emblée vouée à l'échec.

Il y avait des couples heureux, stables et unis comme Gib et Bianca, Fran et Jack, et puis, sur l'autre plateau de la balance, il y en avait qui se brisaient.

La maison du petit Trevor ne s'était pas entièrement carbonisée, mais son foyer, si, songeait Reena avec tristesse tout en approchant de chez elle.

Elle se gara dans son allée, sortit de sa voiture. Elle verrouillait sa portière quand elle vit Bo assis sur les marches de son perron, une bouteille de bière à la main.

Reena fut tentée de l'ignorer. Cet homme compliquait son existence et lui prenait trop de temps. Elle allait entrer droit chez elle, refermer sa porte, laissant dehors les soucis de la journée et…

Mais elle se ravisa, se dirigea vers lui. Un instant plus tard, elle aussi était assise sur une marche et buvait une gorgée de la bière dont elle s'était emparée d'autorité.

— Si vous me dites que vous étiez là à m'attendre, je vais m'inquiéter.

— Alors je ne vous le dirai pas. Toutefois, je peux révéler avoir eu envie de profiter d'une agréable soirée en buvant une bière sur mon perron. La journée a été rude ?

— Triste.

— Quelqu'un est mort ?

— Non, répondit Reena en lui rendant sa bière. Mais votre question m'oblige à remettre les choses à leur juste dimension. La mort, c'est ce qu'il y a de pire parce que c'est définitif.

— Et la réincarnation ? Vous n'y croyez pas ?

Reena se surprit à sourire.

— Aujourd'hui, je n'ai pas eu affaire à une personne qui se réincarnera en caniche. Seulement à un pauvre gosse qui a fichu le feu à la maison de ses parents dans l'espoir de les réunir.

— Il a été blessé ?

— Pas physiquement.

— C'est déjà quelque chose.

— Effectivement. Vous m'avez dit que vos parents avaient divorcé quand vous étiez gamin.

— Exact, et ça a été très désagréable. Non, en fait, ça a été un cauchemar. Mais je ne tiens pas, après ce que vous avez vécu aujourd'hui, à en rajouter avec mes traumatismes d'enfance.

La bière changea encore de mains.

— Mes parents sont mariés depuis trente-sept

ans, dit Reena. Parfois, ils sont tellement en osmose qu'ils ont l'air d'un seul corps à deux têtes, et parfois, ils se disputent comme des chiffonniers, mais jamais gravement. Il y a beaucoup de cinéma, de mélo, dans leurs querelles, si vous voyez ce que je veux dire.

— Bien sûr.

— Ils sont si étroitement liés l'un à l'autre que c'en est intimidant. Quand on a connu un couple comme le leur, on ne peut pas concevoir d'union moins intense. Un mariage, ça doit être comme cela et pas autrement.

— Pourquoi ne commencerions-nous pas par dîner ensemble ? On verra bien où ça nous mène.

Reena rendit une nouvelle fois la bouteille de bière. Songeuse, elle prenait le temps de humer le parfum de Bo. Savon. Et un soupçon d'autre chose. De l'huile de lin. Il avait dû en imprégner du bois.

— Nous pourrions aussi simplement entrer dans la maison et nous livrer à une orgie de sexe, si ça vous tentait, dit-elle.

Il émit un petit rire nerveux.

— Une orgie de sexe avec vous me dirait bien. Ça fait sept dix-septièmes de ma vie que j'ai envie de faire l'amour avec vous.

De surprise, Reena avala de travers et toussa.

— Sept dix-septièmes ?

— Bon, disons que j'arrondis un peu. Si ça devenait réalité, ce serait un grand moment pour moi. Mais après toutes ces années, attendre un peu plus longtemps ne me tuera pas.

— Vous êtes un drôle de type, Bowen Goodnight.

— Et un type drôle. Je peux aussi être sérieux, astucieux ou tout ce qu'il y a de normal. Ma personnalité comporte de multiples facettes. Nous pourrions aller dîner et je vous en ferais découvrir quelques-unes.

— Je vais peut-être accepter. J'ai reçu l'aval de mon coéquipier.

— Comment ça ?

— Il a fait sa petite enquête sur vous, avoua Reena en riant.

— Ça alors ! Et j'ai réussi l'examen ?

Il semblait plus intrigué que choqué.

— Apparemment oui. Comment se fait-il que vous ne soyez pas fâché ? Moi je l'étais.

— Bof, moi non. Je trouve ça intéressant. Jamais on n'avait enquêté sur moi avant.

— J'ai aussi une grande famille bruyante, surprotectrice, dont les membres se mêlent régulièrement de ce qui ne les regarde pas. Mais ma famille est le pivot central de mon existence, même si c'est à mon corps défendant.

— Moi, je suis le fils unique d'une famille… décomposée. Imaginez un peu ma souffrance !

— Vous ne m'avez pas l'air malheureux, objecta Reena.

— Je ne le suis pas. Je n'ai pas non plus peur de votre famille. Et je… je voudrais seulement vous toucher.

Lentement, il leva la main, la posa sur le bras de Reena avant de la faire glisser jusqu'à son épaule, puis le long de son cou vers son menton, qu'il souleva. Il riva alors ses yeux aux siens.

— Vous n'êtes peut-être pas telle que je vous imaginais mais il y a tellement longtemps que je rêve de découvrir celle que vous êtes vraiment.

— Je vous préviens : les relations suivies, ce n'est pas mon truc. Ou plutôt, avec moi, elles se refusent à fonctionner. Bo, avez-vous songé à l'enfer que ça serait si, vivant l'un à côté de l'autre, nous finissions par nous haïr ?

— L'un de nous deux devrait déménager, dit-il d'un ton enjoué. En attendant, si on allait faire un tour ? J'ai entendu dire qu'il y avait un super restaurant italien à quelques pâtés de maisons. On pourrait y manger un morceau…

Il s'était mis debout. Reena se leva à son tour, priant in petto pour n'être pas en train de faire une bêtise.

— D'accord, allons faire un tour.

15

Reena allait et venait dans la minuscule salle de séjour de l'appartement de poupée de Xander et An, leur bébé dans les bras. Pendant ce temps, le jeune couple emballait ses affaires. Maintenant qu'elle avait quitté le logement au-dessus du Sirico, son frère et sa belle-sœur allaient s'y installer.

Par la fenêtre ouverte montaient les cris d'enfants jouant dans le parc et le grondement des voitures sur l'avenue.

— Tu as donc dîné avec lui au Sirico, dit An en fermant un carton avec force ruban adhésif.

— Oui. Deux fois. Et j'ai aussi passé quelques moments avec lui sur les marches de son perron à bavarder. Il a dessiné ma future table de salle à manger. Elle sera super. Magnifique. An, je ne sais pas quoi faire de ce garçon !

— Fais-en ton amant.

— Quel élégant conseil pour une jeune mère ! railla gentiment Reena.

— Mettre un bébé au monde, l'élever, travailler, déménager a une conséquence : activité sexuelle en baisse ! Alors, je compense en fantasmant, en me servant des expériences des autres. Comment embrasse-t-il ?

— Aucune idée.

— Quoi ? Tu ne l'as même pas embrassé ? Il y a trois semaines que tu habites à côté de chez lui et tu ne l'as pas embrassé ? Mais c'est dramatique !

— Il bosse, moi aussi, et, bien que voisins immédiats, nous ne nous voyons pas tous les jours. Bon, j'admets que nous le faisons peut-être exprès. S'il ne fait pas le premier pas, je ne le fais pas non plus et vice versa. Nous tournons en rond, à nous observer. J'attends qu'il prenne l'initiative, et j'ai bien peur qu'il fasse pareil, ce qui entretient le suspense. Je suis admirative : il arrive à me déstabiliser.

— Bon, récapitulons : tu l'admires, tu as passé pas mal de temps avec lui, tu dois donc prendre un certain plaisir à sa compagnie. Il te plaît physiquement, mais tu ne lui as pas encore sauté dessus.

— Non. Qu'est-ce qui cloche chez moi ?

— Tu as peut-être peur, Reena.

— Je n'ai peur d'aucun homme.

Reena s'était toujours refusée à laisser la peur avoir de l'emprise sur elle.

Elle tendit à An le petit Dillon.

— En revanche, ce petit bout d'homme-là me terrifie, avec les odeurs qu'il trimballe. Tiens, maman, occupe-toi de bébé.

An emporta le bambin et l'installa sur la table à langer.

— Tu sais, Reena, moi aussi j'ai été un peu effrayée par Xander, au début. Il était trop… tout : trop mignon, trop gentil, trop bon médecin. Puis j'ai succombé. Et ensuite, j'ai de nouveau eu peur à l'idée de faire connaissance avec ta famille. J'avais en tête une image du genre Sopranos, sans le sang et les meurtres. Une famille italienne, tu te rends compte ? Comment une gentille petite Chinoise comme moi allait-elle réussir à s'intégrer ?

— Comme une fleur de lotus élégamment lovée dans une vigne.

— Jolie métaphore. Tu sais, je les adore. J'ai aimé ta famille avant même d'aimer Xander. Je l'admirais, j'avais envie de lui, mais eux m'époustouflaient. Et maintenant, regarde ce que ç'a donné.

An se pencha et embrassa le ventre rond de son fils puis se redressa et prit sa belle-sœur par la taille sans quitter le bébé des yeux.

— Ce bout de chou n'est-il pas la plus belle chose que tu aies jamais vue ?

— Il mérite effectivement le premier prix.

— Sais-tu que j'ai dit non, la première fois que Xander m'a demandé de l'épouser ?

Reena était éberluée.

— Quoi ? Tu as refusé ?

— La panique totale. Je lui ai dit que c'était très bien de vivre ensemble, qu'il n'y avait aucun besoin de changer quoi que ce soit, et de laisser tomber ce projet dément. Il l'a fait – pendant une heure. Et ensuite, il est revenu à la charge et m'a priée d'arrêter de faire l'idiote.

— Voilà qui est très romantique.

— Oh, il l'était. Et tellement enthousiaste aussi, et sexy. « Je t'aime, tu m'aimes, me disait-il d'un ton exalté, alors bâtissons notre avenir ensemble. » J'ai dit oui et nous avons posé la première pierre de cet avenir. Et je n'ai aucun regret, non, vraiment aucun.

Elle s'interrompit, le temps de presser tendrement la joue contre celle de son fils, puis enchaîna :

— Si je te raconte ça, Reena, c'est juste pour te faire comprendre que ce n'est pas grave d'avoir un peu peur, mais qu'il faut se résoudre à un moment quelconque à se dominer et foncer.

Cette réflexion tourna dans l'esprit de Reena pendant tout le trajet de retour jusqu'à chez elle. Qu'est-ce qui la retenait ? An avait raison, elle devait faire un pas en avant. D'autant que celui des deux qui prenait l'initiative démarrait avec un avantage.

Elle n'éprouvait nul besoin de prendre l'avantage dans une relation amoureuse, mais cela ne lui déplairait pas. D'autant que Bo la désorientait quelque peu. Il prétendait mourir d'amour pour elle depuis des années, et ce sans la connaître. Il s'était forgé une idée d'elle qui ne pourrait que se révéler fausse.

Si elle se décidait à faire ce premier pas, elle remettrait les compteurs à zéro. Ils pourraient jouer en terrain vierge. Ils seraient à égalité – enfin, pas vraiment, puisqu'elle aurait cet avantage de l'initiative.

Après s'être garée devant chez elle, elle sortit de sa voiture et au lieu de remonter son allée, elle alla sonner chez Bo. Il mit tant de temps à répondre qu'elle pensa qu'il était absent, ou travaillait dans le jardin, derrière la maison, comme il le faisait souvent le soir, et n'entendait pas le carillon.

Il ouvrit enfin et immédiatement, elle étira ses lèvres en un sourire aguicheur.

— Salut. Je passais dans le coin et comme il y avait de la lumière, je me suis dit… Que se passe-t-il, Bo ?

Elle avait abandonné son ton badin à la seconde où elle avait vu sa pâleur, sa mine défaite.

— Je dois sortir, Reena. Désolé, il faut vraiment que j'y aille et…

Il se tut, le regard vague, comme s'il avait oublié ce qu'il voulait dire et ce qu'il faisait là.

— Bo, qu'y a-t-il ?

— Hein ? Je… Ma grand-mère…

Consciente de sa détresse et de son égarement, elle lui prit le bras et le serra chaleureusement.

— Qu'est-il arrivé à votre grand-mère ?

— Elle est morte.

— Oh… Je suis navrée. Quand ?

— On vient juste de m'appeler. À l'instant. Je dois aller chez elle. Il faut que je m'occupe de… de ce qu'il y a à faire.

— Je te conduis.

— Hein ? Attends… Je suis complètement…

Il appuya ses pouces sur ses paupières.

— Tu es complètement désorienté. Je vais te conduire.

Le tutoiement était venu tout seul, naturellement.

— Non, c'est bon, je peux prendre le volant. C'est loin, à Glendale.

— Allez, monte dans ma voiture. Et emporte les clés de chez toi.

— Mes clés ? fit-il en tâtant les poches de son jean. Ah, oui, elles sont là. Mais ne te donne pas cette peine, Reena. Dans un petit moment, je me serai ressaisi.

— Tu ne dois pas conduire. Écoute-moi, c'est le flic qui parle.

D'une main ferme dans le dos, elle le poussa vers sa propre voiture, lui ouvrit la portière côté passager.

— Où à Glendale ? demanda-t-elle en mettant le contact.

Bo se passa la main sur le visage, comme quelqu'un qui essaierait de se réveiller. Il lui donna l'adresse et Reena hocha la tête. Pendant ses années de fac, elle avait habité tout près.

— Ta grand-mère était malade ?

— Non. Enfin, rien d'inquiétant. Ou alors, je n'étais pas au courant. Plein de petits trucs enquiquinants, normaux quand on a quatre-vingt-sept ans. Ou quatre-vingt-huit. Merde, j'ai oublié.

— Les femmes n'aiment pas que les hommes se rappellent leur âge. Tu as envie d'en parler, Bo, ou tu préfères le silence ?

— Je ne sais pas. Pas vraiment. Sa voisine l'a trouvée. Elle s'était inquiétée parce qu'elle ne répondait pas au téléphone et n'avait pas pris son courrier ce matin. Ma grand-mère était une femme d'habitudes. Tu vois ce que je veux dire.

— Oui.

— La voisine avait les clés de la maison. Elle est allée voir ce qui se passait. Il semblerait que ma grand-mère soit morte en dormant. Je ne sais pas. Elle vivait seule. Elle était tout le temps seule.

— Bowen, perdre quelqu'un que l'on aime, c'est terrible, mais quand l'heure a sonné, ne crois-tu pas que la meilleure façon de partir ce soit dans son lit, en dormant, dans sa propre maison ?

— Probablement. Je lui ai parlé hier. Je l'appelais tous les deux jours, pour prendre de ses nouvelles. Elle m'a dit que le robinet de sa cuisine fuyait et je comptais aller chez elle aujourd'hui ou demain pour m'en occuper.

— Tu veillais bien sur elle.

— Non. Je réparais ce qui avait besoin de l'être, c'est tout. J'aurais dû être plus présent. Mais je suppose que c'est ce qu'on se dit toujours, après.

— C'est le propre des humains d'éprouver de la culpabilité. Tu as de la famille près de toi ?

— Non. Mon père est en Arizona et... Merde, je n'ai pas pensé à l'appeler, et j'ai un oncle en Floride. Un cousin en Pennsylvanie aussi. Je ne connais même pas son numéro de téléphone.

Ainsi, Bo était seul dans l'épreuve, comprit Reena.

— Sais-tu ce qu'elle aurait souhaité ?

— Non. Une messe, je suppose. Oui, c'est ça qu'elle aurait voulu. Une messe.

— Tu es catholique ?

— Oui, mais pas pratiquant. Elle l'était. Mon Dieu, je me sens tellement démuni. Elle aurait aimé avoir les derniers sacrements. C'est trop tard, maintenant. Mais je n'ai jamais eu à faire face à cela auparavant. Mon grand-père est mort il y a une vingtaine d'années dans un accident de voiture. Quant à mes grands-parents du côté maternel, ils sont à Las Vegas.

— Ils habitent Las Vegas ?

— Ouais. Ils adorent. Ma grand-mère qui vient de partir, je l'ai vue pour la dernière fois il y a quinze jours. Elle m'avait fait du thé glacé ; tu sais, ce truc infect à base de faux sucre et d'arôme artificiel de citron ? On a bu du thé glacé et mangé des biscuits dans son patio. Elle n'était pas du genre à faire de la pâtisserie. De la cuisine non plus. Elle aimait jouer à la belote et regarder des émissions catastrophe à la télé. Des reportages comme « Les plus horribles attaques d'animaux familiers », « Les vacances les plus désastreuses », tu vois le genre ? Elle fumait trois cigarettes par jour. Des Virginia Slims. Trois. Pas une de plus, pas une de moins.

— Et tu l'aimais.

— Oui. Je n'y avais jamais vraiment réfléchi jusqu'à maintenant, mais je l'aimais vraiment. Merci, Reena. Merci de m'aider à parler et de m'écouter.

— Pas de problème.

Bo s'était ressaisi et ce fut d'une voix qui ne tremblait plus qu'il indiqua à Reena la direction à suivre lorsqu'ils atteignirent Glendale, jusqu'à une coquette maison de brique au jardin tiré au cordeau, avec des volets peints en blanc et une véranda de bois de même couleur, probablement fabriquée par Bo.

Une quadragénaire en survêtement bleu, les cheveux noués en queue-de-cheval, les yeux rougis, sortit sur le perron puis vint à leur rencontre. Elle serra Bo dans ses bras.

— Je suis si triste… C'est bon que tu sois là.

Elle s'écarta de lui.

— Désolée, dit-elle à Reena. Je suis Judy Dauber, la voisine.

— C'est Reena Hale, Judy, précisa Bo. Merci d'être restée auprès de grand-mère.

— C'était normal, mon petit.

— Il faut que j'entre, dit Bo en soupirant lourdement.

— Vas-y, dit Reena, je te rejoins dans une minute.

Elle lui prit la main et la serra très fort puis le suivit du regard alors qu'il marchait vers la porte.

— Pendant un moment, j'ai cru qu'elle dormait, expliqua Judy Dauber. Et j'ai pensé : Marge, bon sang, que faites-vous au lit à cette heure ? J'allais lui poser la question. Elle, tellement active, c'était anormal de la trouver couchée ! Et puis, j'ai compris. Mon Dieu, je n'arrive pas à le croire. Nous avons bavardé hier. Elle m'a dit que Bo allait venir dans un jour ou deux pour réparer son robinet. Elle avait quelques autres bricoles à lui faire arranger. Vous n'imaginez pas à quel point elle était fière de lui ! Elle n'avait rien de gentil à dire concernant son fils, mais son petit-fils, elle le portait aux nues.

Judy prit le temps de tamponner ses yeux humides avec un mouchoir avant de poursuivre :

— Bo était le seul à s'occuper d'elle. Le seul qui l'aimait.

— Non. Vous aussi, vous étiez là, madame Dauber.

Judy hocha la tête. Des larmes roulaient sur ses joues lorsque Reena ajouta :

— Bo m'a dit que sa grand-mère était catholique. Savez-vous quelle église elle fréquentait ? Connaissez-vous le prêtre ?

— Oui, oh, oui, bien sûr ! J'aurais dû y penser !

— Nous allons l'appeler. Et nous pourrions aussi chercher les numéros de téléphone de ses fils.

La mort peut survenir très simplement, mais les démarches qu'elle implique sont toujours compliquées.

Reena se chargea de contacter le prêtre pendant que Bo joignait son père. Dans un tiroir du bureau, la grand-mère du jeune homme gardait ses papiers, méticuleusement classés. Assurances, documents afférents à une concession au cimetière, copie du testament, titre de propriété de la maison, carte grise de la vieille Chevrolet dont Marge Goodnight se servait, ainsi que l'apprit Reena, pour se rendre à l'église ou au supermarché.

Le prêtre arriva, avec une expression solennelle et affligée. Apparemment, Marge avait été l'une de ses plus ferventes et fidèles ouailles.

Se trouver dans cette maison avec Bo permit à Reena de mieux la cerner. L'ordre méticuleux de son occupante régnait dans la villa, mais la patte de Bo était partout. Il n'y avait pas trace des menues dégradations et des réparations bâclées si courantes dans les maisons des personnes âgées. Comme l'avait dit Judy, Bo s'occupait de son aïeule et entretenait la villa, à l'intérieur comme à l'extérieur.

Bo prit avec l'ecclésiastique les dispositions souhaitées par sa grand-mère. Il passa tous les coups de fil nécessaires, décida de ce qu'il convenait de faire, jusqu'au moment où Reena se rendit compte que l'énergie du jeune homme faiblissait. Elle s'approcha de lui et lui prit la main.

— Dis-moi en quoi je pourrais t'aider.

— Eh bien... On me demande ce qu'elle doit porter. Les vêtements. Il faut que j'aille chercher quelque chose dans ses affaires et...

— Laisse-moi m'en charger. Les hommes ne savent jamais ce que les femmes ont envie de mettre.

— Merci. Tout est dans l'armoire de sa chambre. Mais tu pourrais attendre. Elle... elle est encore là.

— Ne t'inquiète pas. Je m'en charge.

C'était surréaliste, se dit-elle quelques instants plus tard. Elle se trouvait dans la chambre d'une inconnue décédée pour fouiller dans son armoire alors que la défunte était allongée dans son lit. Par respect, Reena s'avança au pied du lit, le cœur serré, en songeant que Bo avait fait la même chose, dit adieu à sa grand-mère tant aimée.

La tête de Marge Goodnight, couronnée de cheveux gris coupés court, reposait sur l'oreiller. Les mains étaient croisées sur sa poitrine. Une alliance brillait à l'annulaire gauche.

— Madame, c'est trop dur pour votre petit-fils de choisir vos vêtements, alors je vais m'en occuper, dit Reena, et je vous prie de me pardonner.

Elle alla ouvrir l'armoire et sourit en découvrant les étagères, les compartiments, les rangements astucieux, manifestement conçus par Bo.

— Il a fait un travail superbe, n'est-ce pas, Marge ? Vous aimez que tout soit bien organisé et il a exaucé vos souhaits. Je crois que je vais lui demander quelque chose de semblable pour chez moi. Le design est parfait. Que diriez-vous du tailleur bleu ? Très élégant et pas du tout vieux jeu. Et ce chemisier avec la patte de boutonnage en dentelle ? C'est vraiment joli. Je crois que je me serais bien entendue avec vous.

Reena prépara les vêtements, les accrocha à un portemanteau qu'elle sépara des autres puis choisit des chaussures. Avant de sortir de la chambre, elle retourna vers le lit.

— Je brûlerai un cierge pour vous, madame Goodnight, et je demanderai à ma mère de réciter un chapelet. Personne ne récite un chapelet aussi bien qu'elle. Partez en paix, Marge.

Reena prit quelques heures de congé pour assister à l'enterrement. Bo ne lui avait pas demandé de venir. Elle le soupçonnait de n'avoir pas osé. Mais elle était là, assise au fond de l'église, pas du tout étonnée que le sanctuaire fût bondé. Son bref entretien avec le prêtre lui avait confirmé que Margaret Goodnight était l'un des piliers de la paroisse.

Le chœur regorgeait de fleurs. Celles de Bo et de Reena, mais aussi des amis, des voisins. Reena suivit la messe, accomplissant tous les rituels aussi naturellement qu'elle respirait. Lorsque le prêtre prononça l'oraison funèbre de la défunte, ce fut avec des mots très touchants qui prouvaient qu'il la tenait en haute estime et éprouvait beaucoup d'affection pour elle.

Marge ne serait pas oubliée, songea Reena avec émotion. Elle allait laisser une marque indélébile dans la petite communauté.

Quand Bo monta sur l'estrade pour parler de sa grand-mère, Reena admira son allure. Il était superbe, dans son costume anthracite. De là où elle se trouvait désormais, Marge ne se formaliserait pas qu'une jeune femme admire son petit-fils. Au contraire, elle en serait fière.

— Ma grand-mère était une personne très énergique qui ne supportait pas la stupidité. Elle était convaincue que si Dieu nous a pourvus d'un cerveau, c'est pour que nous nous en servions. Sinon, nous n'aurions été sur terre que pour occuper de l'espace. Elle, elle a fait bien davantage qu'occuper de l'espace. Un jour, elle m'a raconté que lors de la Grande Dépression de 1929, elle travaillait dans un supermarché et gagnait un dollar par jour. Elle devait faire chaque jour sept kilomètres à pied, qu'il pleuve, vente ou neige. Elle ne s'en plaignait pas, elle faisait ce qu'elle avait à faire. Elle avait dans sa jeunesse songé à entrer dans les ordres. Puis elle s'est dit qu'une vie amoureuse serait plus plaisante.

Bo ménagea une pause et un rire général s'éleva dans la nef.

— Elle a épousé mon grand-père en 1939, reprit-il, et ils se sont offert une lune de miel de deux heures avant de reprendre l'un et l'autre le travail. Apparemment, ils se sont arrangés pour mettre en route mon oncle Tom pendant ces deux heures. Plus tard, elle a eu mon père, ensuite une fille qui est morte à six mois, puis un fils qui s'est fait tuer au Vietnam avant son vingtième anniversaire. Elle a aussi perdu son mari, mais ce qu'elle n'a jamais perdu, c'est la foi, et pas davantage son esprit indépendant. Elle m'a appris à tenir sur un vélo et à finir ce que j'entreprenais. Ses deux fils sont toujours de ce monde, comme mon cousin Jim et moi-même. Et... et elle va me manquer.

Reena attendait tandis que les gens présentaient à Bo leurs condoléances, lui disant quelques mots avant de rejoindre leur voiture.

La matinée était belle, le soleil chaud et la brise portait l'odeur de l'herbe fraîchement tondue.

Deux personnes se tenaient près de Bo, nota Reena. Un homme de haute taille d'une trentaine d'années, en costume et chaussures haut de gamme, le nez chaussé de lunettes très tendance, et une femme rousse du même âge, portant elle aussi des lunettes de soleil et une robe noire sans manches.

D'après ce que lui avait dit Bo, le couple ne faisait pas partie des parents proches, mais Reena savait reconnaître des liens familiaux quand elle en voyait.

Le jeune homme échangea quelques mots avec eux puis les quitta pour rejoindre Reena.

— Merci d'être venue. Je n'ai guère eu de temps à t'accorder, mais je veux que tu saches combien je te suis reconnaissant.

— Pas de problème. Sauf que je ne peux pas t'accompagner au cimetière : il faut que je rentre. C'était une très jolie cérémonie, Bo. Tu as fait ce qu'il fallait.

— C'était terrifiant : je n'avais pas eu à parler devant tant de gens depuis le speech que j'ai dû faire au lycée le jour où j'ai eu mon diplôme.

— Sois tranquille, tu as été excellent.

— Je suis soulagé que ce soit fini. Enfin, il me reste encore une épreuve : monter en voiture avec mon père pour aller au cimetière.

Ses mâchoires s'étaient crispées, nota Reena. Et un muscle tressauta à l'intérieur quand il désigna d'un mouvement du menton un homme séduisant en costume noir, aux cheveux couleur de jais à peine striés d'argent sur les tempes, qui semblait s'impatienter.

— Nous n'avons rien à nous dire, remarqua Bo. Comment cela est-il possible ?

— Je ne sais pas, dit Reena en lui effleurant la joue d'un baiser. Je file, Bo. Fais bien attention à toi, d'accord ?

À 10 heures, un chaud matin de juin dont la pluie changea l'air en vapeur, Reena se penchait sur les restes d'une femme de vingt-trois ans. Ce qui demeurait d'elle se trouvait sur la moquette usée jusqu'à la trame de la chambre miteuse d'un meublé miteux.

Si l'on en croyait son permis de conduire rangé dans le sac à main en skaï abandonné sur le lit et la déclaration du réceptionniste, elle s'appelait DeWanna Johnson.

Son visage et le haut de son buste ayant été presque entièrement carbonisés, l'identification officielle viendrait plus tard. Son assassin l'avait enveloppée dans une couverture, puis avait éparpillé autour d'elle le rembourrage retiré du matelas pour servir d'accélérant.

Reena prenait des photos pendant qu'O'Donnell passait la chambre au crible.

— Donc, DeWanna a loué une piaule ici il y a trois jours avec un mec. Elle a payé deux nuits d'avance, et même s'il est toujours possible qu'elle ait eu l'idée saugrenue de dormir par terre et de se faire brûler la figure, je pense plutôt qu'il s'est passé quelque chose de salement moche.

— Peut-être que la poêle à frire couverte de sang et de cervelle t'a fourni un premier indice, Hale ? suggéra O'Donnell en mâchant pensivement son chewing-gum.

— Oui, cette pauvre fille est morte sur le coup, mais Dieu sait les souffrances qu'elle a pu endurer avant qu'il la tue. Son assassin avait un parfait combustible doublé d'un accélérant : le rembourrage du matelas et la couverture. Ensuite, il a eu la graisse du corps de la victime, qui était plutôt dodue. Elle aurait dû fondre comme une bougie mais le salaud a été nul : il n'a pas ouvert de fenêtre pour faire un appel d'air ni répandu de liquide inflammable sur la moquette. Donc, pas assez d'oxygène, flammes étouffées, et job pourri inachevé. J'espère vraiment qu'elle était morte quand il lui a mis le feu. Je prie pour que le légiste confirme ça.

Reena s'écarta de la sinistre dépouille pour examiner le reste de la chambre et le semblant de kitchenette.

Assiettes brisées sur le sol, viande hachée d'un hamburger étalée sur le linoléum...

— On dirait qu'elle préparait le dîner quand il est entré. Il a dû attraper la poêle qui se trouvait sur le gaz.

Reena mima le geste, deux mains tendues en avant, comme serrées autour d'un manche, et pivota prestement à cent quatre-vingts degrés.

— Il l'a frappée par-derrière. Deux fois. Et elle est tombée. Il a certainement été éclaboussé de sang... Il l'a regardée, s'est dit qu'il avait fait une connerie qu'il serait astucieux de camoufler en incendie accidentel. Le problème, c'est qu'il ne savait pas que la graisse, humaine ou animale, ne brûle pas facilement. La peau, les tissus se carbonisent mais les flammes sont trop petites pour se répandre dans une pièce, surtout quand tout est fermé. Elles sont trop faibles pour faire prendre des matériaux comme le rembourrage ou la couverture dans lesquels il l'a enveloppée.

— Inutile, donc, de nous lancer sur la piste d'un petit chimiste.

— Ni de quelqu'un qui aurait prémédité le meurtre. Il a agi sur une impulsion. Il n'avait pas prévu de tuer, cela saute aux yeux.

Reena entra dans la salle de bains et y trouva tout un assortiment de produits cosmétiques : laque, gel lissant, rouges à lèvres, ombres à paupières, blush… Elle enfila des gants et plongea les mains dans la poubelle. Elle en ramena une boîte.

— O'Donnell, je crois que nous avons le mobile, annonça-t-elle en montrant à son associé un emballage de test de grossesse.

La vague description que fournit le réceptionniste de l'homme qui avait rejoint DeWanna Johnson, ajoutée aux empreintes relevés par Reena sur le manche de la poêle, fut décisive.

— On le tient ! dit-elle à O'Donnell tout en faisant pivoter son fauteuil pour lui faire face. Jamal Earl Gregg, vingt-cinq ans. Il est fiché. Agression, détention d'arme, coups et blessures. Il a fait un séjour à la prison de Red Onion, en Virginie, libéré il y a trois mois. J'ai une adresse à Richmond. Le permis de conduire de DeWanna Johnson porte aussi une adresse à Richmond.

— Alors on va peut-être faire un tour à la campagne.

— La victime avait une MasterCard. On ne l'a pas trouvée dans son sac ni sur les lieux.

— S'il l'a prise, il s'en servira. Quel connard ! Déclenchons l'alerte. Avec un peu de chance, nous nous épargnerons le voyage.

Reena rédigea son rapport et lança une recherche pour découvrir des gens en contact avec Gregg.

— Le seul lien que je lui trouve, c'est un compagnon de cellule à Red Onion. Le type est toujours en taule. C'est un dealer.

— Jamal s'était fait choper en possession de drogue, avec soupçon de trafic. Il est peut-être venu dans le coin pour y rencontrer les dealers qui fricotaient avec son pote.

— DeWanna Johnson n'est pas fichée, elle, dit Reena. Mais elle et Gregg ont fréquenté le même lycée.

O'Donnell fit glisser le long de son nez les lunettes de lecture qu'il était obligé de porter.

— Tu crois que ce sont d'anciens petits amis ?

— Va savoir. Des choses plus bizarres arrivent. Imagine le topo : Gregg sort de taule, contacte son ancienne chérie, et ils partent pour Baltimore, dans sa voiture à elle, avec son fric à elle. En ce qui la concernait, c'était peut-être le grand amour. Je vais téléphoner à l'adresse qui est sur le permis de conduire et voir ce que je peux dégoter.

— Moi, je vais parler à Brant, savoir s'il a l'intention de nous envoyer à Richmond.

O'Donnell s'absenta plusieurs minutes. À son retour, Reena lui fit signe de se taire : elle discutait au téléphone.

— J'apprécie beaucoup, madame Johnson. Si vous avez des nouvelles de votre fille ou de Jamal Gregg, contactez-moi, s'il vous plaît. Vous avez bien noté mon numéro ? Oui ? Bien, merci. Au revoir, madame.

Elle raccrocha et s'adossa à son siège.

— Bon. Ces deux-là étaient effectivement d'anciens petits amis de lycée. De très proches petits amis, même, vu que DeWanna avait une fillette de cinq ans. C'est sa mère qui s'occupe de la gosse. Jamal et DeWanna ont quitté Richmond il y a trois jours, contre l'avis de Mme Johnson. Soi-disant ils avaient trouvé du boulot ici. Mme Johnson m'a dit que sa fille n'avait plus le moindre plomb dans la cervelle dès qu'apparaissait ce bon à rien de Jamal. Elle espère que nous le coffrerons très vite et pour longtemps, pour que sa fille ait une chance de se faire une vie normale et décente. Je ne lui ai pas dit que, selon toute probabilité, DeWanna n'aurait jamais cette chance.

— Résumons : Jamal a eu une gamine avec DeWanna. Il sort de prison, il est prêt à redémarrer et DeWanna lui apprend qu'un deuxième mouflet est en route. Il voit rouge, perd les pédales, la tue à coups de poêle à frire, l'enroule dans une couverture et lui met le feu. Puis il lui pique sa carte de crédit, son pognon et sa bagnole et il file.

— Ça me semble tenir la route.

— Je crois qu'on va faire cette petite balade à Richmond. Je...

Le téléphone sonnait. O'Donnell décrocha.

— Hein ? Oui. D'accord, fit-il tout en prenant des notes. Préparez le mandat, on arrive.

Reena enfilait déjà sa veste.

— Où allons-nous ?

— Au magasin de spiritueux qui est sur Central.

Au passage, Reena attrapa une radio et demanda des renforts.

Lorsqu'ils arrivèrent au magasin, l'homme était parti. De colère, Reena donna des coups de pied dans l'une des roues de la voiture abandonnée par Jamal Gregg.

Son portable grésilla.

— Ici Hale ! Mmm. D'accord. Compris.

Elle coupa la communication et annonça à O'Donnell :

— La victime était enceinte de six semaines. Cause de la mort : coups sur le crâne.

— Le légiste a fait vite.

— Parce que je sais lui parler gentiment… Bon, le type ne peut pas être loin. Il est à pied.

— Alors, on va le chercher, dit O'Donnell en se remettant au volant. Il est furax parce qu'il n'a pas eu le temps d'acheter de quoi se bourrer la gueule. Lance immédiatement un avis de recherche.

— Attends. Où est le bar le plus proche ?

O'Donnell décocha un sourire à sa coéquipière.

— Ça, c'est futé, Hale. On va tourner un peu dans le coin.

Il redémarra et, quelques centaines de mètres plus loin, il s'arrêtait devant un troquet qui s'appelait La Planque. L'établissement semblait plein d'habitués dont la seule activité, par une après-midi pluvieuse, consistait à vider des bouteilles de bière.

Jamal était parmi eux, installé au bout du comptoir, en train de boire un whisky-bière.

Il glissa à bas de son tabouret à la vitesse de l'éclair et s'élança en courant vers l'arrière du bar. Manifestement, il savait reconnaître un flic d'un seul coup d'œil, se dit Reena en fonçant à sa poursuite.

Jamal s'engouffra dans une ruelle. Au passage, il ramassa une poubelle et la jeta derrière lui. Reena l'évita. Pas O'Donnell.

— Il t'a fait mal ? lui cria Reena sans ralentir.

— Non. Continue ! Je te suis !

Le fuyard était rapide, mais Reena aussi. Lorsque Gregg atteignit le grillage de l'arrière-cour et commença à l'escalader, la jeune femme était sur ses talons.

— Police ! Ne bougez plus !

Il sauta quand même. Reena l'imita et reprit la poursuite dans une ruelle qui se révéla être un cul-de-sac. Jamal pivota sur ses talons et fit face, un couteau à la main.

— Allez, viens, salope !

Reena leva son arme et la pointa sur l'homme.

— Tu es idiot, ou quoi ? Jette ton couteau, sinon je te tire dessus !

— T'auras pas les couilles !

— On parie ? lança Reena d'un ton ferme alors que ses paumes étaient soudain moites et ses genoux tremblants.

Elle entendait le pas lourd et le halètement de son coéquipier. Il arrivait à la rescousse, Dieu merci !

Comprenant qu'il était pris au piège, Jamal jeta le couteau loin de lui puis leva les mains, doigts bien écartés.

— J'ai rien fait. Je buvais juste un coup.

— Ouais ? On va dire ça à DeWanna et au bébé qu'elle attendait, rétorqua Reena en avançant vers Jamal.

Son pouls battait dans ses tympans comme un gong déréglé.

— À terre ! Les mains sur la nuque, fumier !

— Mais qu'est-ce que vous me voulez ? geignit Jamal qui s'allongea néanmoins et plaça prudemment ses mains comme Reena le lui ordonnait. Je sais pas qui vous cherchez, mais c'est pas moi ! Vous vous trompez de personne !

— Pendant ton prochain séjour en taule, utilise donc intelligemment ton temps : apprends les propriétés du feu, pauvre imbécile !

— Je ne…

— Jamal Earl Gregg, vous êtes en état d'arrestation pour suspicion de meurtre, énonça Reena en poussant d'un coup de pied le couteau hors de portée de l'homme.

Puis elle lui passa les menottes. Lorsque les sirènes retentirent, elle baignait dans la transpiration. O'Donnell lui adressa un large sourire.

— Tu es sacrément rapide, Hale, fit-il.

Maintenant que le rideau était tombé, elle pouvait s'asseoir par terre et essayer de retrouver une respiration normale.

16

Bon, c'était fini, se dit Bo en entrant chez lui. Du moins pour le moment. Les hommes de loi, les assureurs, les agents immobiliers. L'idée de devoir se colleter avec toute la paperasserie lui donnait la migraine. De plus, il s'était plusieurs fois accroché avec son père.

Terminé, décida-t-il, sans savoir s'il était soulagé ou déprimé.

Mieux valait s'occuper de charrier dans la maison les caisses rapportées de chez sa grand-mère plutôt que de gamberger. Il en avait déjà rentré deux. Il en restait une dans la voiture. Celle-là, elle attendrait.

Le problème, c'était la voix de sa grand-mère qui résonnait dans son esprit, lui disant de finir ce qu'il avait commencé.

— OK, OK ! fit-il en ressortant.

Ensuite, il s'offrirait une bière, prendrait une douche brûlante et regarderait peut-être un match sur le câble. Tout cela le réchaufferait et le décontracterait.

Il soulevait la bâche pour sortir la dernière caisse lorsque Reena arriva. Instantanément, il oublia son projet de soirée tranquille en sous-vêtements devant la télé.

— Salut, lui lança-t-il tout en songeant qu'elle était pâle et semblait fatiguée.

Peut-être n'était-ce qu'une impression due à la grisaille et à la pluie.

— Salut à toi aussi.

Elle ne portait pas sa casquette et ses cheveux trempés s'étaient enroulés sur eux-mêmes en une myriade de torsades cuivrées.

— Tu entres une minute, Reena ?

Elle marqua une courte hésitation puis hocha la tête.

— Tu as besoin d'un coup de main ? demanda-t-elle en montrant la caisse.

— Non, c'est bon, merci.

— Je ne t'ai pas beaucoup vu, cette semaine, remarqua-t-elle.

— J'ai été débordé : mon boulot, plus je ne sais combien de rendez-vous : je suis l'exécuteur testamentaire de ma grand-mère. Ça a l'air d'un super job mais ça n'en est pas un : ma grand-mère ne roulait pas sur l'or. On a surtout affaire aux avocats et aux tonnes de documents à remplir.

Reena se chargea de lui libérer le passage en lui ouvrant la porte.

— Merci. Tu veux un verre de vin ?

— Ah, oui ! Je donnerais n'importe quoi pour ça !

— Je vais d'abord te chercher une serviette, dit-il en déchargeant la caisse à côté des autres.

Il traversa le vestibule et disparut dans ce que Reena, pour avoir le même chez elle, savait être un cabinet de toilette. Leurs maisons étaient à l'origine en tout point semblables, mais Bo avait, avec le temps, modifié profondément la sienne. Il avait poncé les parquets pour rendre au bois sa teinte claire naturelle, peint les murs d'un vert forêt qui mettait en valeur les sols de chêne et accroché une grande suspension de monastère au haut plafond. Un tapis aurait fait joli dans le hall, songea-t-elle. Quelque chose d'ancien, de rustique et de caractère. Et Bo comptait certainement refaire la sellette sur laquelle il posait ses clés à côté de la porte.

— Tu as vraiment fait un superbe travail, lui dit-elle quelques instants plus tard quand il revint avec deux serviettes bleu marine.

— Tu trouves ? fit-il en regardant autour de lui tout en se frictionnant la tête. Disons que c'est un bon début.

— Un très bon même, confirma Reena en entrant dans la salle de séjour.

Les meubles laissaient à désirer. Sur les fauteuils et les canapés, les housses auraient eu besoin d'un bon coup de rafraîchissement, voire d'être carrément remplacées.

Bo possédait l'un des plus grands téléviseurs qu'elle eût jamais vus. Il dominait l'un des murs, peints, comme dans le vestibule, en vert forêt, d'un ton légèrement plus clair toutefois, nota Reena après un bref examen. Cela dit, les boiseries étaient splendides, la petite cheminée avait été habillée d'un manteau de granite couleur crème encastré dans un cadre de chêne identique à celui des parquets.

— Mon Dieu, Bo, c'est splendide ! Vraiment splendide. Et la fenêtre ! Je n'avais pas vu ce que tu avais fait !

Il l'avait flanquée d'étagères rivées dans de hauts miroirs dans lesquels se reflétait le bois noble travaillé avec raffinement.

— C'est exactement le genre de détail dont a besoin une pièce comme celle-ci. Cela apporte un plus sans en diminuer les proportions et ça la rend intime.

— J'avais envisagé de faire des vitrines fermées, mais comme j'en construis déjà dans la salle à manger, je pense que ces étagères resteront ouvertes.

Il était fier de son travail, observa Reena, et ses compliments lui faisaient vraiment plaisir.

— J'ai terminé la cuisine. Tu veux la voir ?

— Et comment ! Dis-moi, tu pourrais réaliser quelque chose de ce genre chez moi ?

— Je peux faire tout ce qui te plaira.

Elle lui rendit la serviette.

— Il nous faudra d'abord parler du coût.

— Tu auras droit à un énorme rabais.

— Je serais stupide de refuser, n'est-ce pas ?

Tout en se dirigeant vers la cuisine, elle jetait un coup d'œil aux pièces ouvrant sur le couloir.

— Que va devenir cette pièce-ci ? Une salle de télévision ?

— Oui, mais pas seulement : elle est assez vaste pour devenir une salle de loisirs : jeux et télé. Je suis en train de plancher sur le projet.

— Tu utilises le monstre qui est dans le séjour comme référence ?

— C'est ça. Si tu veux regarder la télé, autant la voir.

— Moi, de cette pièce, j'aimerais faire une bibliothèque. Plein de rayonnages, des couleurs chaudes, et peut-être une de ces petites cheminées à gaz qui font des flammes…

— Ce mur-là, indiqua Bo de la main, serait bien pour la cheminée, et je pourrais construire une banquette devant la fenêtre. Tu la couvriras de coussins bien dodus.

— Décidément, ta tête fourmille de projets. Tu n'as donc pas le temps de penser à autre chose ?

— Si. Je pensais précisément à boire une bière devant un match de foot quand tu es arrivée. Et du coup, j'ai oublié la bière et le match.

Sans relever, Reena se dirigea vers la cuisine. Sur le seuil, elle s'exclama :

— Bo, c'est fabuleux ! On dirait une photo de magazine de décoration !

— Les cuisines sont le cœur du foyer, dit-il en ouvrant la porte de la buanderie pour jeter les serviettes bleu marine dans le sac à linge sale. C'est la cuisine qui fait vendre une maison. C'est d'ailleurs par elles que je commence la rénovation.

Le carrelage était composé de grandes plaques couleur ardoise, que l'on retrouvait sur les plans de travail. Leur couleur grise contrastait merveilleusement avec celle, blanc cérusé, des portes de placard, alternant avec d'autres en verre dépoli. Bo avait installé un petit bar, et avait ajouté une fenêtre pour faire entrer la lumière venant de la cour. Sur les larges appuis en pierre des deux baies vitrées, des pots attendaient les herbes aromatiques ou les fleurs.

— Tu es au top, en ce qui concerne les appareils ménagers. J'aimerais bien avoir un four intégré comme le tien.

— Je peux t'en avoir un au prix de gros.

— J'adore aussi les éclairages.

Il tourna un commutateur et des petits spots, encastrés sous les placards ou dans des niches, firent briller les yeux de Reena.

— Extra. Maintenant, je meurs d'envie d'avoir une cuisine pareille. Tiens, la grande vitrine est vide. Pourquoi ?

— Parce que je n'avais rien à y mettre. Mais grâce à ma grand-mère, je vais y remédier. Elle m'a tout laissé, dit Bo en ouvrant le réfrigérateur pour en sortir une bouteille de vin blanc. Elle a fait un joli don à sa paroisse et m'a légué le reste de ses biens, la maison y comprise.

— Ça te rend triste, dit Reena doucement.

— Oui. Et très reconnaissant aussi. Je la vendrai… Une fois que j'aurai surmonté mon sentiment de culpabilité.

— Ta grand-mère n'aurait pas voulu que tu te sentes coupable. Et elle n'envisageait pas que tu habites sa maison. Ce ne sont que quatre murs.

Bo remplit deux verres et en tendit un à Reena.

— Ne t'inquiète pas, je ne serai pas long à reprendre le dessus. La maison est nickel, je l'ai toujours entretenue. J'ai commencé à la vider. Les caisses qui sont dans le vestibule contiennent les trucs que j'ai récupérés en premier. Des photos, quelques bijoux…

— Des choses qui comptent…

— Oui… Des dessins que j'avais faits pour elle quand j'étais gosse. Des maisons carrées avec des triangles en guise de toit. Un gros soleil rond et jaune, des oiseaux qui volaient…

— Elle t'aimait et tu le lui rendais bien.

— Oui. Mon père a décidé de jouer les outragés parce qu'elle ne lui a rien laissé. Il n'est allé la voir que deux fois au cours des cinq dernières années ! Et maintenant, il joue le fils martyr rejeté par sa mère. Je… Excuse-moi.

— Rien n'est jamais simple, dans les familles. Ta grand-mère avait fait ses choix, c'était son droit.

— Je sais. J'ai pensé donner une partie de l'argent de la maison à mon père quand je l'aurai vendue, puis je me suis dit que ma grand-mère n'aurait pas été d'accord. Alors je ne le ferai pas. Elle a laissé quelques bricoles à mon oncle et à mon cousin. Je suppose que c'est sa façon de faire connaître son opinion. Tu as faim ? Je te prépare à dîner ?

— Tu sais cuisiner ?

— Un petit peu. Et je me suis rendu compte qu'un mec qui cuisine, ça séduit les femmes.

— Pas faux. Qu'est-ce qu'il y a au menu ?

— Je vais y réfléchir. Et si, pendant ce temps, tu me racontais pourquoi tu as l'air si fatiguée ?

— Ça se voit tant que ça ? Mais c'est exact, j'ai eu une dure journée. Tu as vraiment envie que je t'embête avec ça ?

— Oui, assura Bo qui enfourna dans le micro-ondes deux cuisses de poulet surgelées puis fouilla dans le tiroir à légumes du réfrigérateur.

— Eh bien, avec mon coéquipier, on a travaillé sur une bien triste affaire... Un hôtel borgne, une femme morte, la tête et la moitié du buste carbonisés... En voilà un sujet de conversation d'avant-dîner !

— Pas de problème, j'ai l'estomac bien accroché.

— Mmm. Alors voilà : elle était brûlée, mais ce n'était que le camouflage d'un meurtre. Elle a été battue à mort. Celui qui lui a fait ça a loupé son coup. Merde, je n'arrête pas d'avoir des flashs de ce que j'ai eu sous les yeux cet après-midi.

Bo travaillait une sauce épaisse dans un bol. Il donna un dernier coup de fouet puis versa la sauce sur le poulet.

— C'est dur ce que tu fais, Reena. Très dur, ce que tu es amenée à voir.

— Il faut trouver le juste milieu entre objectivité et compassion. Parfois, oui, c'est dur. Cette pauvre DeWanna... je suis encore sous le choc. Ses produits de beauté dans la salle de bains, le pauvre dîner qu'elle préparait... Elle aimait ce fils de pute qui l'a tuée parce qu'elle attendait un bébé de lui !

Comme si elle était seule coupable d'être enceinte ! Il lui a fracassé le crâne à coups de poêle à frire et puis, pris de panique, il a essayé de maquiller son crime en mort par incendie accidentel. Il faut manquer totalement de sensibilité pour faire un truc pareil.

— Mais vous l'avez eu.

— Oui. Facilement, parce qu'il est complètement idiot. Il a essayé d'utiliser la carte de crédit de DeWanna. Dès que nous sommes entrés dans le bar où il buvait tranquillement un coup, il a pigé qu'on était des flics et il a filé par-derrière. On l'a poursuivi. Il a balancé une poubelle sur mon coéquipier. J'ai couru derrière, gagnant du terrain, je suis passée par-dessus une clôture. Il pleuvait à seaux et je ne m'en rendais même pas compte. J'agissais, c'est tout. Il ne connaissait pas la ville et s'est engagé dans un cul-de-sac... Il m'a alors fait face, un couteau à la main.

— Seigneur...

— J'ai sorti mon arme. Un revolver, nom de Dieu ! Il croyait que j'allais faire quoi ? M'enfuir ? Une partie de moi y a pensé, Bo... Il m'était déjà arrivé de mettre quelqu'un en joue, mais je savais que je n'aurais pas à appuyer sur la détente. Alors que là... Mes mains tremblaient, et j'étais toute froide à l'intérieur. Parce que je savais que j'aurais peut-être à tirer. Et parce que je savais que j'y étais prête. Peut-être même que je le voulais. À cause de ce qu'il lui avait fait. Et j'avais peur. C'est la première fois où j'ai eu peur au cours d'une action. Peut-être parce que je n'étais pas préparée... En tout cas, ton invitation à boire un verre et à dîner avec toi tombe à pic. La solitude ne me tentait pas, ce soir. Et ce genre d'histoire, ma famille, ça la bouleverse.

Cela le bouleversait aussi, faillit dire Bo. Il se retint à temps. Reena n'avait vraiment pas besoin d'entendre cela.

— La plupart des gens ne peuvent pas comprendre ce que tu dois vivre. Pas seulement le stress, ni les situations dangereuses, mais les émotions. Ce que tu vois, ce que tu en fais, à l'intérieur.

— Il y a des raisons qui m'ont poussée à choisir ce métier. Ce qui est arrivé à DeWanna Johnson en fait partie. Je me sens mieux, maintenant. Merci. Écrire un rapport n'a pas le même effet cathartique que se confier à quelqu'un. Tu veux un coup de main, pour préparer le dîner ?

— Non. Tous mes efforts de séduction seront réduits à néant si je te demande d'éplucher des patates.

— Ah bon ? Tu essaies de me séduire, Bo ?

— J'y travaille, oui.

— Et normalement, ça te prend combien de temps, ce genre de travail ?

— Moins longtemps que ça. Surtout si on compte les treize ans écoulés.

Elle posa son verre et s'approcha de Bo.

— Alors, disons que ça n'a que trop duré. Tu vas laisser mariner ce poulet un moment, n'est-ce pas ?

— Je… je crois que je devrais dire quelque chose de particulièrement intelligent maintenant, mais, dans ma tête, c'est le vide absolu.

Il posa ses mains sur les hanches de Reena, puis les fit glisser jusqu'à ses aisselles et attira la jeune femme contre lui. Il se pencha et resta là, sa bouche à quelques centimètres de celle de Reena, respirant le parfum de son haleine, écoutant son souffle rapide qui trahissait l'excitation. Luttant contre l'envie de fermer les yeux pour mieux savourer cet instant, il la regardait. Puis il n'y tint plus.

Il lui mordilla la lèvre inférieure, et enfin prit sa bouche. Son nez frôlait l'oreille autour de laquelle elle avait enroulé ses cheveux humides desquels s'exhalait une senteur d'herbe mouillée par la pluie.

Elle l'agrippa par les épaules et se plaqua contre lui, moulant son corps au sien. Lentement, il la fit reculer, l'appuya au comptoir et ne se modéra plus : il explora les saveurs de sa bouche, s'en grisa, sentit un feu gronder en lui, la lave en sommeil depuis tant d'années s'apprêter à jaillir. Elle se mit à gémir doucement.

Les mains de Reena s'activaient sur sa chemise, la sortant de la ceinture du jean puis s'insinuant dessous pour caresser sa peau nue. Éperdu, il dut ménager une pause entre deux baisers pour reprendre sa respiration.

— Allons… en… haut…, bredouilla-t-il.

Reena hocha la tête pendant qu'il suivait l'arc de son cou à petits coups de langue. Elle était prête, déterminée, enthousiaste. Oui, elle voulait aller en haut et faire l'amour comme jamais elle ne l'avait fait.

Fébrilement, il lui retira sa veste, et il commençait à déboutonner le chemisier de ses doigts rendus maladroits par l'excitation quand on sonna à la porte.

— Oh, non ! Pour l'amour du Ciel, non !

— Elle s'était figée.

— Tu attends quelqu'un ?

— Non. Peut-être qu'ils vont… Et flûte !

La sonnette tintait avec insistance.

— Merde ! Ne bouge pas. Je t'autorise à respirer mais c'est tout. Reste où tu es, le temps que j'aille étrangler le fâcheux qui ose nous déranger !

— Tu veux mon arme pour faire plus vite ?

Il rit.

— Merci, mais je me débrouillerai à mains nues. Ne disparais pas, hein ? Ne change pas d'avis ! Ne fais rien !

Elle joignit son rire au sien. Lorsqu'il fut sorti en trombe de la cuisine, elle posa la main sur son cœur. Bo serait un amant d'exception, elle le pressentait. Un homme qui embrassait comme ça... Elle brûlait d'impatience qu'il revienne et la porte jusqu'au premier étage.

Mais, auparavant, elle allait regarder si l'indésirable avait été renvoyé. Elle se rajusta sommairement puis s'avança dans le vestibule. Et y découvrit Bo, une ravissante rouquine dans les bras. Elle sanglotait sur son épaule. Reena la reconnut tout de suite. Elle l'avait vue aux funérailles.

— Je me sens si mal, Bo ! Oh, jamais je n'aurais imaginé que je me sentirais si mal. Je ne sais pas quoi faire.

— Ça va aller. Entre. Je ferme la porte.

— Je suis bête. Je sais que je suis bête mais je n'arrive pas à me dominer.

— Mais non, tu n'es pas bête. Entre, Mandy.

Il l'attirait à l'intérieur lorsqu'il vit Reena, qui distingua dans les yeux de Bo une succession d'émotions fugitives. Surprise, embarras, regret...

Les larmes inondaient le visage de la jeune femme rousse. Lorsqu'elle découvrit Reena, elle s'écarta de Bo et ses joues prirent instantanément la couleur de ses cheveux.

— Ô mon Dieu, je suis désolée ! Je ne savais pas que tu étais avec quelqu'un. Je suis confuse. Je m'en vais !

— Non, je vous en prie, intervint Reena. J'étais sur le point de partir.

— Vous ne bougez pas. C'est moi l'intruse, c'est moi qui pars. Faites comme si je n'étais pas venue.

— Je n'étais là qu'en visite, assura Reena. Pour admirer la maison. J'habite juste à côté. Au fait, je ne me suis pas présentée : Reena Hale.

— Moi c'est Mandy… Attendez. Reena ? Je vous connais. Enfin, pas vraiment. J'étais à l'université du Maryland en même temps que vous. Vous avez dit Reena ? J'étais la voisine de Josh Bolton ! Je vous ai vue un jour, juste une minute, avant qu'il…

La voix de Mandy se brisa.

— Ô mon Dieu…

— Vous connaissiez Josh ?

— Oui. Quelle horreur, tout ça. Le monde est vraiment moche.

— Parfois, oui. Bon, il faut que j'y aille.

— Mandy, accorde-moi une minute, demanda précipitamment Bo.

Reena avait déjà renfilé sa veste et approchait de la porte d'entrée.

— Nous nous verrons plus tard, Bo.

Elle referma la porte sur elle et Bo resta là, à fixer le battant. Mandy se balançait d'un pied sur l'autre, image vivante de la désolation.

— J'aurais dû appeler. Je suis vraiment désolée. Bon sang, j'aurais dû appeler, ou me bourrer à mort. Va la chercher, Bo ! Cours-lui après !

Il secoua la tête. Il savait avoir laissé échapper l'instant magique. Et puis, il avait vu l'expression douloureuse de Reena quand Mandy avait prononcé le nom de Josh Bolton.

— C'est bon, Mandy. Ne t'en fais pas et viens t'asseoir.

Était-ce cette journée pourrie, le vin ou la pluie ? En tout cas, Reena alla remplir sa baignoire, se servit un autre verre de vin, se laissa glisser dans l'eau, et pleura. Tellement qu'elle en eut mal. Quand enfin les larmes se tarirent, elle se sentit hébétée et vaguement nauséeuse.

Elle se sécha, enfila un pantalon d'intérieur en fine flanelle et un T-shirt puis gagna la cuisine pour se préparer un dîner sur le pouce.

La pièce lui parut triste et sans vie. Dans sa cuisine qu'elle appréciait tant d'ordinaire, elle éprouvait une déprimante impression de solitude. Trop de pleurs, trop de vin lui avaient laissé un début de migraine. Se confectionner un repas lui semblant au-dessus de ses forces, elle ouvrit l'une des boîtes entreposées par sa mère dans le réfrigérateur et mit du minestrone à chauffer à petit feu. Puis elle se servit encore un peu de vin.

Étrange, cette capacité de la mémoire à ranimer les vieilles douleurs. Elle pensait rarement à Josh, et lorsque cela lui arrivait, sa gorge se nouait. Elle avait du chagrin pour le jeune homme qui n'avait même pas eu le temps de devenir adulte, et ressentait une profonde amertume, mais elle n'était pas aussi bouleversée que ce soir.

Ses défenses étaient au plus bas, analysa-t-elle en contemplant le minestrone. Une sale journée, et maintenant cette solitude qui lui faisait aussi mal qu'une lame plantée dans le cœur.

Quelques petits coups frappés à la porte arrière retentirent, et elle soupira. Elle savait que c'était Bo avant même d'ouvrir la porte.

— Je peux entrer, Reena ? Il faut que je t'explique ce…

— Tu n'as rien à m'expliquer, tu sais, dit-elle en se détournant, laissant la porte ouverte.

— Si. Parce que tout ça prêtait à confusion. Mandy et moi, on est juste amis. Bon, il y a longtemps, nous étions plutôt proches. Mais c'est fini, et bien fini, tout ça. Reena, s'il te plaît, regarde-moi !

Reena savait qu'il avait vu les traces laissées par les larmes. Non qu'elle eût honte d'avoir pleuré, mais en cet instant elle s'en voulait de l'avoir fait. Et en voulait à Bo. Néanmoins, elle se tourna vers lui.

— J'ai eu une mauvaise journée, et j'ai eu droit à une accumulation de détails désagréables, mais ça ira. Ton amie semble avoir eu une pire journée encore.

Bo avait plongé les mains dans les poches, trop mal à l'aise pour savoir qu'en faire.

— Ce qui a mis Mandy sens dessus dessous, c'est d'apprendre que son ex-mari allait se remarier. Ce mec est une ordure. Le divorce s'est très mal passé, elle en a pris plein la tête. Les derniers papiers ont été signés il y a à peine quinze jours et voilà qu'il en épouse déjà une autre. Ça a fichu un sacré coup à Mandy.

Appuyée au comptoir, Reena buvait son vin à petites gorgées tout en attendant que Bo soit allé au bout de ses explications. Vaguement amusée, elle songeait que, par cette chaude soirée pluvieuse, le pauvre garçon avait été pris en tenaille entre deux nanas bouleversées.

— Je crois que je suis un peu saoule, gloussa-t-elle. Tu veux boire un coup ?

— Non, merci. Mais, Reena…

— Stop ! Premièrement, je suis une observatrice professionnelle. Je n'ai donc pas confondu l'attendrissante scène dans ton vestibule avec une étreinte entre deux amants, d'accord ? J'avais remarqué la rouquine à l'enterrement de ta grand-mère et compris ce qu'elle était pour toi.

— Nous sommes seulement…

— … comme de la même famille. Elle est ta famille, Bo.

La tension sur les traits du jeune homme diminua.

— Oui, c'est ça.

— Deuxièmement, ce que j'ai vu, c'était une femme en détresse et je ne pense pas qu'elle aurait eu envie qu'une étrangère soit présente pendant qu'elle se confiait. Moi, à sa place, ça ne m'aurait pas plu. Troisièmement, tu mérites un bon point pour n'avoir pas renvoyé une amie dans la peine alors que tu t'apprêtais à te mettre au lit avec moi. Où est-elle, maintenant ?

— Elle dort. Elle a pleuré toutes les larmes de son corps puis elle s'est endormie. Je l'ai portée dans la chambre d'ami, et de la fenêtre j'ai vu ta cuisine éclairée. Alors je suis venu. Pour t'expliquer.

— Et tu l'as fait. Je ne suis pas en colère, Bo.

Non, elle ne l'était plus. Et elle ne se sentait plus seule non plus.

— Je ne suis pas du genre jaloux, poursuivit-elle. De toute façon, nous n'avons pas établi de règles de conduite, que je sache. Ni même si nous en avions besoin. Nous allions faire l'amour, nous ne l'avons pas fait… Une deuxième chance se présentera.

— Tu n'es pas en colère, mais tu es contrariée.

Pour se donner une contenance, elle se mit à remuer la soupe.

— Pas à cause de toi. Enfin, pas totalement. C'est le passé qui m'a rattrapée, ce soir. Josh était un gentil garçon.

— Tu sortais avec lui ?

— Oui. Il a été mon premier petit ami, mon premier amant.

Elle parlait maintenant de Josh sans difficulté. Elle n'avait plus de larmes à verser sur lui, pour le moment.

— Cette soirée à laquelle tu m'as vue, il y a plus de dix ans… j'étais avec lui. Et nous en sommes partis pour aller chez lui. C'était la première fois pour moi.

— Je l'ai rencontré, tu sais.

La cuillère cogna la casserole lorsqu'elle se retourna brusquement.

— Quoi ? Tu connaissais Josh ?

— Non. Je l'ai rencontré. Le jour où il est mort. C'est aussi ce jour-là que j'ai connu Mandy. Un rendez-vous en aveugle, organisé par la petite amie de mon copain Brad. Quand nous sommes arrivés chez elle, Josh descendait l'escalier. Il allait à un mariage.

— Ô mon Dieu ! Le mariage de ma sœur Bella…

Peut-être lui restait-il quelques larmes, finalement : tout à coup un voile liquide lui obscurcissait la vue.

— Il n'avait pas réussi à bien nouer sa cravate. C'est Mandy qui la lui a arrangée.

— C'était vraiment un gentil garçon. Oui, vraiment.

— Il a changé ma vie.

Reena essuya ses larmes.

— Je ne comprends pas.

— À cette époque, je sortais beaucoup. Il y avait toujours une soirée quelque part et j'y allais. Qui n'a pas fait ça à dix-neuf ans ? Je me laissais porter et en même temps je me disais que je devais trouver un sens à mon existence. Que je fasse le ménage dans ma tête et dans ma vie. Ce matin-là, je me suis levé avec une gueule de bois de première. Je me suis cru sur le point de mourir. Quand j'ai compris que je survivrais, j'ai regardé autour de moi. L'appartement était un vrai bordel. Je me suis alors décidé à nettoyer cette poubelle.

Je faisais ça tous les six mois environ, quand je ne pouvais plus le supporter. J'ai vidé les ordures, fait la vaisselle, tout décrassé, et je commençais à me dire que je serais tranquille pendant les six prochains mois lorsque Brad est arrivé et m'a raconté ce qui était arrivé au type qui habitait dans le même immeuble que Mandy.

— Mais tu ne le connaissais pas.

Bo secoua la tête, essayant de trouver les mots pour se faire comprendre.

— Je ne le connaissais que de vue mais il avait mon âge. Et il était mort. Mandy lui avait noué sa cravate… et il était mort. Il n'a pas eu la possibilité d'organiser son avenir, de mettre ses idées en place en devenant adulte. Dans son beau costume, il est allé à un mariage… et il est mort.

Bo marqua une pause. Lorsqu'il reprit, sa voix tremblait.

— Sa vie s'était arrêtée net, et moi, me suis-je alors demandé, qu'est-ce que je faisais de la mienne ? Je la foutais en l'air, exactement comme mon père avait foutu en l'air la sienne. D'un seul coup, tout a basculé. À la place des interrogations fumeuses, j'ai eu des certitudes. Au lieu de me dire « je ferai peut-être ceci ou cela un jour ou l'autre », je me suis lancé. Je suis allé à la Chambre de commerce m'inscrire comme entrepreneur et j'ai persuadé Brad d'acheter une maison en ruine avec moi. Ma grand-mère m'a avancé l'argent. Je n'ai jamais travaillé aussi dur que sur cette baraque. Quand je… Oh, tout ça sonne tellement stupide et embrouillé…

— Non, ça ne l'est pas. Continue.

— Eh bien, chaque fois que je me sentais dégoûté ou découragé, lorsque je me demandais ce que je faisais à travailler dix, douze heures par jour, je pensais à Josh et au fait qu'il n'avait jamais eu cette opportunité. J'ai découvert ce que j'étais capable de faire, et je l'ai fait. Peut-être en aurais-je pris conscience un jour ou l'autre malgré tout ? Je l'ignore. En tout cas, je n'ai jamais oublié Josh. Sa mort a fait prendre un virage radical à mon existence.

— Le destin est très doué pour donner de sacrés coups de pied aux fesses, n'est-ce pas ?

— Oui. Et c'est le destin qui t'a mise sur ma route. Je ne voudrais à aucun prix te perdre, Reena.

— Tu n'as rien perdu, lui assura-t-elle. Mais sache que rien n'est gagné. Après Josh, j'ai eu plusieurs histoires, qui ont duré plus ou moins longtemps et ont toutes mal tourné. Pour quelle raison ? Erreur de jugement de ma part, mauvais timing, ou tout simplement manque de chance.

— Je prends le risque.

Il lui pinça doucement le menton entre deux doigts, releva son visage vers le sien et l'embrassa.

— Je ne peux pas laisser Mandy seule cette nuit, dit-il.

— Cela va de soi. C'est aussi pour ça que tu n'as rien perdu. Tiens, emporte donc cette soupe. Pour Mandy, quand elle se réveillera. Il n'y a rien de mieux que le minestrone de ma mère pour chasser les idées noires.

— Merci, dit-il en lui frôlant la lèvre supérieure du bout du pouce. Que dirais-tu si je te faisais à dîner demain soir ?

— Que ce serait une bonne idée, répondit Reena en souriant.

Lorsqu'elle monta se coucher, Reena vit de la lumière dans le salon de Bo. Regardait-il une émission sur son gigantesque téléviseur pendant que Mandy dormait dans son lit ? Pourvu qu'il ait partagé avec elle un peu de minestrone, et aussi un peu de tendresse.

Jamais, songea-t-elle, elle n'avait eu d'ami masculin, un garçon de son âge qui aurait fait ça pour elle. Les hommes de sa vie, en dehors de ceux de sa famille, étaient des mentors, comme John, ses collègues de travail et son coéquipier. Ou des amants. Il était intéressant et différent d'être l'amie d'un homme avant de faire l'amour avec lui, songea-t-elle après avoir éteint la lampe de chevet.

Elle ferma les yeux, espérant qu'un sommeil réparateur effacerait les traumatismes de la journée.

Le téléphone sonna à 3 heures du matin. Reena, immédiatement éveillée, alluma la lampe puis décrocha. Les coups de fil en pleine nuit faisaient partie de son métier. Pourtant, son cœur se serrait toujours quand cela arrivait. Immédiatement, elle envisageait un drame, une mort dans sa famille, ou parmi ses amis.

— Allô ?

— J'ai une surprise pour toi.

La voix masculine un peu rauque lui était inconnue. De même que le numéro affiché sur l'écran.

— Quel numéro demandez-vous ?

— Une grosse surprise…, reprit la voix. Elle ne va pas tarder à arriver. Quand tu la recevras, je me branlerai en imaginant ta bouche sur ma bite.

— Oh ! bon sang, si vous aimez passer des coups de fil porno la nuit, n'appelez pas un flic ! cria Reena en raccrochant.

Puis elle nota sur un papier le numéro et l'heure de l'appel.

Elle éteignit de nouveau, se rallongea et se rendormit, oubliant l'obsédé dans la seconde.

17

Cela faisait une éternité que Reena n'avait pas consulté le dossier de Josh Bolton. Pourquoi le faisait-elle ce matin, elle l'ignorait. D'autant que le document ne contenait rien de neuf. L'affaire Bolton avait été close des années auparavant sur la conclusion d'incendie accidentel.

Un jeune homme s'était endormi avec une cigarette allumée et il en était mort, point barre.

Sauf qu'il ne fumait pas.

Mais les enquêteurs avaient retrouvé un paquet de cigarettes et des allumettes portant les empreintes de Josh. Cette découverte avait infirmé les déclarations de Reena Hale, sa petite amie, qui répétait que la victime ne fumait pas.

Si Josh avait été un inconnu et elle chargée de l'enquête, elle aurait procédé aux mêmes déductions, nonobstant les allégations de la petite amie. Et clos, elle aussi, le dossier.

Le problème, c'était qu'elle sortait avec Josh et, même tant d'années après, n'en démordait pas : non, il ne fumait pas !

Elle tournait les feuillets, s'attardant sur les épouvantables photos, quand son téléphone sonna.

— Brigade des incendies criminels, inspecteur Hale.

— Reena ? Ici Amanda Greenburg – Mandy. Nous nous sommes vues dans des circonstances assez humiliantes pour moi, chez Bo, hier soir. Vous vous rappelez ?

— Bien sûr que je me rappelle, répondit Reena tout en continuant à étudier ce que le feu avait fait à Josh.

— Évidemment. Vous n'avez pas pu oublier. Écoutez, je vous appelais pour m'excuser.

— C'est inutile, vraiment. En revanche, pourrions-nous nous rencontrer ? J'aimerais bien vous parler.

— Pas de problème. Quand ?

— Pourquoi pas tout de suite ?

Il faisait beau. Reena s'installa donc à la terrasse du petit café qui se trouvait à cinq minutes de la brigade. À peine s'était-elle assise que Mandy arrivait d'un pas rapide, une grande besace passée en bandoulière lui battant les hanches. Sa chevelure était d'un roux éclatant et son petit visage pointu évoquait celui d'un renard. Elle portait des lunettes de soleil style Jackie Onassis qui, bizarrement, lui allaient parfaitement.

— Salut ! lança-t-elle en se laissant tomber sur une chaise.

— Merci d'être venue.

Le serveur arriva. Mandy commanda un café et Reena un Pepsi light.

— Bon, alors voilà, Reena, je voulais vous dire que j'étais au trente-sixième dessous, hier soir, et j'avais besoin de Bo : il est mon meilleur copain et, pour un mec, il se débrouille comme un chef avec les nanas hystériques. Mais nous ne couchons pas ensemble !

— Vous ne couchez *plus* ensemble, rectifia Reena.

— C'est fini depuis des années. Tous les deux, on est comme Jerry et Elaine, de la série *Seinfeld*... sauf que Bo n'est pas du tout cynique. Mon ex... Il s'appelle Mark et notre mariage a duré un an. On était allés se marier à Las Vegas sur un coup de tête, et entre nous ça a commencé à foirer à la seconde où on est rentrés à Baltimore. Je ne sais pas pourquoi. Il me semble que ce serait plus facile si je le savais, vous ne pensez pas ?

— Si. C'est toujours mieux de savoir.

Mandy soupira lourdement, puis reprit :

— Un soir, il m'a dit qu'il était désolé mais qu'il avait rencontré quelqu'un d'autre, et qu'il était amoureux... Il se tenait devant moi, avec l'air d'un chien battu, et à moi, sa femme, il expliquait qu'il en aimait une autre. Comme il ne voulait pas me tromper, il préférait qu'on divorce.

— Sale coup.

— Ah, pour ça, oui, dit Mandy en portant sa tasse de café à ses lèvres, faisant briller dans le soleil la large bague argentée sur son pouce. Évidemment, ça ne s'est pas passé aussi simplement qu'il l'espérait. Je me suis mise à hurler, puis j'ai pleuré, et j'ai couru vers Bo, bien entendu. Mon Dieu, qu'est-ce que je vais faire ? Mon salaud de mari ne veut plus de moi ! Hier, j'ai appris qu'il se remariait et je me suis encore effondrée.

— Je suis navrée.

— Oui, bon, laissons tomber. Le seul truc important, c'est que je ne voudrais surtout pas faire capoter une histoire entre vous et Bo parce que j'avais besoin d'une épaule amicale. Je ne suis que sa vieille copine, vous, vous êtes la fille de ses rêves.

Reena fit la grimace.

— C'est difficile à assumer, un titre pareil !

— Moi, je n'ai jamais été la fille des rêves de personne, dit Mandy en souriant, mais j'imagine qu'effectivement, c'est lourd à porter. Quoi qu'il en soit, vous l'êtes et vous n'y pouvez rien. Brad et moi, on le mettait souvent en boîte à cause de ça.

— À quoi servent les amis ?

— Exactement. Tout de même, c'est fou : vous avez emménagé juste à côté. Et maintenant, il a des petits cœurs qui scintillent dans les yeux... Euh, Reena, est-ce qu'on pourrait parler d'autre chose ?

— Oui ?

— De Wanna Johnson, ça vous dit quelque chose ?

— Naturellement. Mais vous, d'où sortez-vous son nom ?

— Je travaille pour le *Sun*.

— Vous êtes journaliste ?

— Photographe. Vous avez rendu le rapport sur cette affaire hier et je sais que le journal va vouloir des détails. Alors, j'ai pensé que si je pouvais avoir une photo de vous...

— Jamal Earl Gregg a été arrêté pour meurtre au second degré sur la personne de DeWanna Johnson. Si vous souhaitez obtenir des détails, il faut vous adresser au bureau du procureur.

— Vous êtes une femme, et vous êtes du coin, avec des liens locaux. Les femmes ont sur les événements un regard différent de celui des hommes.

— J'ai arrêté Gregg avec mon coéquipier, qui est un homme. Procurez-vous le dossier de presse à la brigade, il est clos. Quant au fait que vous me preniez en photo, si j'ai l'aval de mes supérieurs, c'est d'accord. Cela dit, je voulais vous voir pour vous parler d'autre chose. D'une autre victime du feu : Josh.

Mandy baissa les yeux vers sa tasse de café, qu'elle buvait noir et en quantités incroyables.

— D'accord. Ce qui lui est arrivé m'a rendue malade, à l'époque. Les journalistes m'ont longuement interrogée. Moi, je faisais déjà des piges pour le *Sun*. La tête pleine de projets ambitieux, j'ai passé six mois à New York après avoir eu mon diplôme, et là je me suis rendu compte que je n'étais pas faite pour les grandes villes. Alors je suis revenue à Baltimore. J'ai parlé avec la mère de Josh juste après sa mort, le jour où elle est venue récupérer ses affaires. C'était sinistre.

— Les enquêteurs vous ont-ils interrogée ? Ceux de la police ou ceux de la brigade des incendies ?

— Oui. Je me rappelle qu'ils ont questionné tout le monde dans l'immeuble, et aussi les étudiants de sa classe, ses amis… J'imagine qu'ils vous ont posé des questions à vous aussi.

— Oui. Je suis probablement la dernière personne à l'avoir vu vivant. Nous étions ensemble, ce soir-là.

Mandy remonta ses lunettes sur son front. Reena put alors voir son expression navrée et empreinte de sympathie.

— Mon Dieu, Reena, je ne savais pas… J'étais partie en virée avec Brad et sa copine, qui m'avaient organisé ce rendez-vous en aveugle avec Bo.

— Vous êtes rentrée chez vous entre 22 heures 30 et 23 heures.

— Ah bon ? J'ai oublié.

— C'est ce qui est enregistré dans votre déposition.

— Alors ce doit être vrai. Bo m'a laissée à la porte. Je m'étais dit que j'allais lui proposer d'entrer. Ma colocataire était partie pour le week-end… Mais Bo a préféré rentrer chez lui. Je me souviens d'avoir écouté de la musique, tout en fumant un joint, détail que je me suis gardée de mentionner à la police. Je faisais ça de temps à autre, quand j'étais en fac. Bref, ensuite, j'ai regardé *Saturday Night Live* jusqu'à minuit à peu près, puis je me suis couchée. L'alarme incendie m'a réveillée, j'ai entendu courir dans le couloir, crier…

— Vous connaissiez la plupart des résidents de l'immeuble ?

— Oui. De vue si ce n'était de nom.

— Josh avait-il eu des problèmes avec l'un d'entre eux ?

— Non. Vous savez comment il était, Reena. Un type super gentil.

— Même les types « super gentils » peuvent avoir des problèmes avec des gens. Avec une fille par exemple.

Mettre le feu à la chambre d'un amant qui veut rompre était un comportement plutôt féminin. Une agression d'origine émotionnelle, une façon très personnelle de régler ses comptes.

Tout en réfléchissant, Mandy faisait tourner entre ses doigts l'un de ses colliers d'argent.

— Josh sortait avec des filles, il buvait un peu trop de temps en temps. Comme tout le monde, d'ailleurs. Les logements extérieurs au campus étaient des endroits passablement agités. Trop de soirées, de sexe, et du coup une panique générale à l'approche des examens. Mais il y avait du roulement parmi les locataires. À la fin du semestre, en mai, pas mal d'entre eux rentraient chez eux, diplôme en poche, et de nouveaux les remplaçaient. Début juin, tous les appartements n'étaient pas encore occupés. À partir du moment où vous êtes sortis ensemble, Josh n'a eu d'yeux que pour vous. Avant, il avait eu d'autres petites amies mais jamais aucune histoire sérieuse, que ce soit dans l'immeuble ou sur le campus. Les gens aimaient Josh. C'était si facile de l'aimer !

— Oui, c'était facile. Mandy, l'aviez-vous vu fumer ?

— Je n'en ai pas gardé le souvenir mais j'imagine qu'il faisait comme tout le monde : il tirait sans doute deux ou trois bouffées d'une cigarette au cours d'une soirée. Parmi nous, il y avait quelques fumeurs forcenés, mais Josh n'en faisait pas partie.

— Avez-vous remarqué ou entendu quoi que ce soit de particulier le soir de l'incendie ?

— Rien. Le dossier va-t-il être rouvert ?

— Je vous pose toutes ces questions à titre personnel, parce que trop d'interrogations tournent encore dans ma tête.

— Je comprends ça, dit Mandy en remettant ses lunettes sur son nez. Ça me fait pareil. Je n'arrive pas à oublier. Nous étions si jeunes… et Josh était l'un d'entre nous. On ne doit pas mourir à vingt ans ! Ce n'est pas possible ! On se dit qu'on est éternel, qu'on a plein de temps devant nous.

— DeWanna Johnson avait vingt-trois ans. Il y a toujours moins de temps qu'on ne pense.

Reena remit le dossier de Josh de côté comme elle l'avait déjà fait si souvent et se concentra sur le présent.

Lorsque la mère de DeWanna Johnson entra et se dirigea vers le bureau d'O'Donnell, Reena l'intercepta :

— Madame Johnson ? Je suis l'inspecteur Hale. Nous nous sommes entretenues au téléphone.

— On m'a dit de venir ici… Qu'on ne pouvait pas encore me rendre ma fille…

Reena prit la femme par le bras et la guida jusqu'à la salle de repos. Sur un petit comptoir se trouvaient une machine à café, un micro-ondes antédiluvien, des gobelets et des sachets de thé.

— Asseyez-vous, madame Johnson. Voulez-vous un café, un thé ?

— Non, merci.

Les yeux de la mère de DeWanna étaient las et tristes. Elle avait à peine quarante ans et elle allait enterrer sa fille.

— Je vous prie d'accepter mes condoléances, madame.

— J'ai perdu mon enfant le jour où il est sorti de prison, dit Mme Johnson dans un soupir. Ils auraient dû le garder, l'enfermer à vie ! On l'a lâché et il a tué ma fille et fait de son bébé une orpheline !

— Il paiera pour tout cela, madame.

— Oui ? Et moi, comment j'expliquerai à ma petite-fille que son papa a tué sa maman ? Comment est-ce que je le lui expliquerai ?

— Ah ! mon Dieu, je ne sais pas.

Mme Johnson se pencha en avant.

— Le feu… Est-ce qu'elle a souffert ?

Reena couvrit de ses mains celles de la femme, jointes sur ses genoux.

— Non, elle n'a pas souffert.

— Je l'ai élevée seule et j'ai fait de mon mieux. C'était une brave petite. Dès qu'il s'agissait de ce salaud de Jamal, elle perdait tout bon sens, mais c'était une brave petite. Quand pourrai-je la ramener à la maison ?

— Je ne sais pas. Je vais me renseigner.

— Vous avez des enfants, inspecteur Hale ?

— Non.

— Parfois, je me dis qu'avoir des enfants ne sert qu'à avoir le cœur brisé.

Les mots de Mme Johnson ne cessaient de tourner dans la tête de Reena, aussi s'arrêta-t-elle au Sirico en rentrant chez elle.

Bianca s'activait devant le four, Gib derrière le comptoir. Oncle Larry et tante Carmela étaient là aussi, installés devant des assiettes de champignons farcis.

— Assieds-toi, ma chérie, lui dit oncle Larry en tapotant la chaise à côté de lui quand elle se pencha pour l'embrasser. Raconte-nous tout !

— Ça me prendrait au moins deux minutes, et je ne les ai pas, dit Reena en riant. Je suis déjà en retard.

— Oh, oh ! Un rendez-vous qui ne saurait attendre ? demanda tante Carmela avec un clin d'œil.

— On peut dire ça comme ça.

— Comment s'appelle-t-il ? Que fait-il ? Quand vas-tu te marier et donner de beaux petits-enfants à ta maman ?

— Il s'appelle Bowen, il est menuisier… et grâce à Fran, Bella et Xander, maman a tous les petits-enfants dont elle rêvait.

— Faux. Il n'y en a jamais assez. Ce garçon, est-ce ton voisin ? Quel est son nom de famille ?

— Il n'est pas italien, dit Reena en riant. Allez, *buon appetito* !

Reena prit un soda dans le distributeur et alla retrouver son père. Les mains comme toujours dans de la pâte, il tendit la joue à sa fille.

— Salut, jolie demoiselle. Bianca ? Qui est cette ravissante jeune fille qui vient de m'embrasser ? Il me semble que je la connais.

— Papa, ça ne fait même pas une semaine que tu ne m'as pas vue, et je vous ai appelés il y a deux jours !

— Ah, ça y est, je te remets ! Tu es ma fille prodigue, dit Gib en pinçant de deux doigts enfarinés le menton de Reena. Comment t'appelles-tu, déjà ?

— On se fiche de moi ! feignit de se plaindre Reena. On se paie ma tête. C'est tout ce que je récolte en venant ici ! Maman, ça sent délicieusement bon. Sauce bolognaise, hein ?

— Assieds-toi, je te prépare une assiette.

— Navrée, mais on m'attend pour dîner. Quelqu'un me prépare un repas fin.

— Oh ? Le menuisier cuisine ?

— Je n'ai pas dit que c'était lui mais... Oui, c'est lui et oui, il cuisine – d'après lui. Maman, je voudrais te poser une question : tes enfants t'ont-ils brisé le cœur ?

— Oui, et je ne sais même plus combien de fois. Allez, emporte quelques champignons farcis : il va peut-être brûler le dîner.

— Bon, j'en prends. Maman, si tes enfants t'ont brisé le cœur, pourquoi en as-tu eu quatre ?

— Parce que ton père ne me laissait pas dormir...

Gib haussa les épaules en ricanant.

— Sérieusement, maman.

— Je suis sérieuse. Je ne peux pas faire un pas sans que ses mains s'activent. Non, pour tout te dire, j'ai eu quatre enfants parce que même si vous m'avez souvent brisé le cœur, vous l'avez encore plus souvent rempli de bonheur. Mes enfants sont mes trésors, mais ils sont aussi de sacrés casse-pieds !

Bianca attira Reena à l'écart.

— Dis-moi, tu n'es pas enceinte, par hasard ?

— Non, maman.

— D'accord. C'était juste pour savoir.

— De drôles d'idées m'ont traversé l'esprit ces jours derniers. C'est tout. Ne t'inquiète pas. Bon, donne-moi ces champignons : il faut que je m'en aille.

— Viens dîner dimanche et amène ton menuisier. Je lui montrerai comment on cuisine !

— Je vais d'abord voir de quelle façon ça se passe ce soir. Ensuite, peut-être que je lui demanderai.

Il avait de nouveau préparé du poulet parce qu'il estimait se débrouiller très bien avec la volaille. Il avait acheté des légumes frais et songé à s'arrêter à la boulangerie, mais Mme Malloy, pour laquelle il construisait une tonnelle, une fois au courant de ses plans pour la soirée, avait confectionné une tarte au citron meringuée. Peut-être pourrait-il faire croire à Reena qu'il l'avait faite lui-même...

Il avait mis un CD jazzy de Norah Jones et donné quelques coups de chiffon à poussière çà et là. Ses projets de faire un grand ménage étaient tombés à l'eau. Il avait passé plus de temps que prévu chez les Malloy, surtout à cause de sa faiblesse pour les gâteaux... Mais la maison avait bonne allure, décida-t-il après un ultime examen. Et puis, il avait changé les draps du lit, au cas où...

Lorsqu'il ouvrit la porte et vit Reena, il se dit qu'il aimerait vraiment que les draps frais servent à quelque chose.

— Bonsoir, voisin !

Il la prit dans ses bras et l'embrassa. Pas une bise de copain.

Apparemment, elle apprécia car elle mollit entre ses bras, achevant de le stimuler. Puis elle recula.

— Pas mal, l'amuse-gueule. Quel est le plat principal ? lança-t-elle en lui tendant une bouteille enveloppée dans un papier d'argent. Quel que soit ce plat, j'espère qu'il se mariera bien avec du pinot grigio.

— Nous avons du poulet, ce sera parfait, dit-il en la prenant par la main jusqu'à la cuisine.

— Des fleurs..., s'extasia-t-elle devant le bouquet de marguerites dans leur vase bleu. Et des bougies ! C'est astucieux.

— Ça m'arrive parfois. Le vase, les bougies étaient dans les affaires de ma grand-mère. J'ai passé pas mal de temps à fouiller dans les caisses hier soir. Et j'ai rangé tout ça.

Il montra la vitrine, vide quelques jours plus tôt. Maintenant s'y trouvaient de la verrerie ancienne aux formes originales, de la vaisselle bleu outremer, des tasses de porcelaine finement décorée.

— C'est très joli. Je suis sûre que ta grand-mère aurait été heureuse que tu exposes ces pièces.

— Je n'avais rien de ce genre avant. Trop pénible à emballer quand on déménage.

— Ce que tu fais régulièrement.

— Mieux vaut posséder le moins de choses possible. On fait difficilement des travaux dans une maison encombrée.

— Tu ne t'attaches jamais à la maison ?

— Ça m'est arrivé deux ou trois fois d'avoir un coup de cœur, mais ça n'a jamais duré : à la seconde où je voyais la nouvelle maison, je commençais à gamberger sur ce que j'allais en faire. L'excitation due au projet et la perspective du profit l'ont toujours emporté sur la notion de confort et d'habitude.

— Tu es un traître, avec les maisons ! Elles croient t'avoir séduit, et toi, tu les abandonnes.

— C'est ça, acquiesça Bo en riant.

Il déboucha la bouteille de pinot, remplit deux verres pris dans la vitrine, puis trinqua avec Reena, qui se jucha sur l'un des tabourets devant le comptoir.

— Pourquoi n'as-tu jamais commencé de zéro ? Acheté un terrain et tout construit de A à Z ?

— J'y ai pensé. Je le ferai peut-être un jour. La maison de mes rêves... Pour le moment, je trouve mon bonheur en retapant des baraques à moitié en ruine. Je me rends compte de leur potentiel, je calcule comment je peux les améliorer en plus de les remettre en état. Je les ressuscite.

Il ouvrit le four pour vérifier la cuisson de ce qui y mijotait et un délicieux arôme de romarin arriva aux narines de Reena. Si leur relation se poursuivait, elle lui apporterait des pots d'herbes aromatiques pour ses jardinières.

— Tu m'as dit que tu pourrais réaliser chez moi tout ce dont j'ai envie. C'étaient des paroles en l'air, ou une proposition sérieuse ?

— Sérieuse, Reena. Tu peux avoir à peu près tout ce qui te ferait envie.

— Une cheminée dans ma chambre par exemple ?

— Une cheminée à bois ?

— Pas nécessairement. On en a déjà parlé : à gaz ou électrique, ça ferait l'affaire. En fait, ce serait même peut-être mieux : je ne me vois pas monter l'escalier chargée de bûches.

— Va pour la cheminée.

— C'est vrai ? J'ai toujours rêvé de ça. Comme dans les films : des cheminées dans la bibliothèque et dans la chambre... Mais si je vais jusqu'au bout de mon idée, je dirai que j'aimerais que ma chambre devienne une sorte de suite, ouvrant sur la salle de bains et plus grande qu'elle ne l'est actuellement. Et je voudrais un velux juste au-dessus de la baignoire.

— Mmm. Un velux au-dessus de la baignoire.

— Il me semble que ce n'est pas déraisonnable. À condition que ce soit réalisé par étapes :

il faut que j'intègre le coût de ces travaux à mon budget.

— Je jetterai un coup d'œil à ta chambre, dit Bo tout en pilant un peu d'ail, je ferai quelques croquis puis j'établirai un devis. Ça te va ?

— Super. Ce qui m'inquiète, c'est qu'en toute chose, tu m'as l'air trop bien pour être vrai.

— C'est exactement ce que je me disais à ton sujet.

Les coudes appuyés sur le comptoir, son verre de vin à la main, Reena sourit.

— Bo, je ne sais pas ce que je désire. Je n'ai pas davantage de projets pour demain que pour l'année à venir.

— Moi non plus.

— Toi, si. Tu as au moins une vague idée. Quand tu prends une maison en charge, le fait de réfléchir à ce qu'elle deviendra une fois les travaux finis t'oblige à te projeter un an plus tard au minimum.

— Je n'ai qu'une certitude quant à ce que je veux : toi. Ce soir. Je sais que je te veux depuis des années. Mais je ne sais absolument pas de quoi demain, et encore moins après-demain, sera fait.

Il prit le temps de tourner le poulet dans le plat avant d'ajouter :

— Je crois que tu n'as pas emménagé à côté par hasard. Il y a une raison pour que je t'aie entrevue à plusieurs reprises mais que nous n'ayons fait connaissance que maintenant. Je pense que je n'étais pas prêt pour toi.

Il la regarda. Ses yeux de lionne étaient posés sur lui, ses longs doigts caressaient le verre de sa grand-mère.

— Peut-être tout cela signifie-t-il que les pièces sont en train de se mettre en place. Ou bien autre chose ? Mystère.

— Tu parlais de potentiel lorsqu'une nouvelle maison t'attire. Bo, tu as un potentiel qui pourrait me faire tomber amoureuse de toi. Et ça me terrifie.

Il eut l'impression d'une vague de chaleur montant jusqu'à son cœur.

— Tu as peur que je te fasse du mal ?

— Peut-être. Ou bien que moi, je t'en fasse. Ou encore que notre histoire tourne mal.

— Ou devienne quelque chose d'exceptionnel.

Reena secoua la tête d'un air dubitatif.

— Quand je tire le bilan des relations que j'ai eues, je vois un verre à moitié vide. Et je crains que ce qui reste dedans ne soit même pas buvable.

Il prit aussitôt son verre et y versa du vin jusqu'à ras bord.

— Ce qui t'a manqué jusqu'à maintenant, c'est le type qui savait le remplir.

— Possible. Eh, ne laisse pas brûler le poulet !

Non content de ne pas faire brûler le poulet, Bo réussit un dîner qui impressionna fortement Reena.

— C'était parfait, le complimenta-t-elle. Tout était excellent, et je viens d'une famille où la nourriture n'est pas seulement un art mais une façon de vivre, tu peux donc être flatté.

— Mon poulet au romarin les fait toutes craquer !

— Parle-moi de ton premier amour, dit Reena en riant.

— Je devrais répondre : « toi », mais pour être honnête, il y a d'abord eu Tina Woolrich. J'étais tout juste adolescent. Elle avait de grands yeux bleus et des petits seins qu'elle m'a généreusement permis de toucher, un après-midi d'été dans un cinéma. Et toi ?

— Il s'appelait Michael Grimaldi, j'avais quatorze ans, j'étais folle de lui, et lui il ne voyait que ma sœur Bella. J'espérais que ses yeux se dessilleraient et que la femme de sa vie, c'était moi… Hélas, mon amour n'a jamais été payé de retour.

— Quel sot !

— Exactement ! Bon, ensuite ? Qui t'a brisé le cœur pour la première fois ?

— Eh bien, à part toi, personne.

— Moi non plus. Je ne sais pas si c'est une chance, d'ailleurs. Bella passait son temps à crier son désespoir et à désespérer des garçons. Fran, on l'écoutait gémir dans la chambre d'à côté parce que telle ou telle petite garce du collège lui avait piqué son petit ami ou que celui sur lequel elle avait jeté son dévolu avait invité une autre fille à sortir. Moi, ce genre d'histoires m'a toujours laissée de glace, et c'est peut-être dommage.

— Et le mariage ? Tu t'en es approchée ?

— Le mariage… Oui, il y a eu un truc. Mais je te raconterai ça un autre jour. Je voulais te parler d'autre chose : j'ai pris un verre avec Mandy, aujourd'hui.

— Ah bon ?

— Elle m'a appelée pour s'excuser et je lui ai demandé si on ne pourrait pas se rencontrer. Tu sais, régulièrement, je ressors le dossier de Josh et je le relis. Pour rien, mais je continue quand même. Tomber sur Mandy ici m'a fait l'effet d'un signe que je ne devais pas négliger. Alors je l'ai vue, et je l'ai trouvée vraiment sympa. C'est une boule d'énergie. C'est sûrement le café : elle en a bu à peu près un demi-litre en une demi-heure.

— Elle carbure effectivement au café, et n'a jamais compris comment je faisais pour m'en passer.

— Tu n'en bois pas ?

— Non, je n'aime pas le goût.

— Bizarre, moi non plus.

— Encore une case à cocher sur la grille « Nous étions faits l'un pour l'autre ». Tu reprends du poulet ?

— Non, merci. Bowen ?

— Catarina ?

— Tu couchais avec Mandy quand elle était mariée ?

— Non.

— D'accord. J'avais juste besoin de savoir. Je n'ai pas tant de principes que ça, mais celui-là en fait partie. Bon, je fais la vaisselle.

— On va juste la poser dans l'évier et je la laverai plus tard et... Non ? Ça aussi, ça fait partie de tes principes ? Dans ce cas, on la fait. Mais prends un peu de dessert d'abord. Il y a de la tarte au citron meringuée. Et faite maison, s'il vous plaît.

— Tu sais faire la pâtisserie ?

— Il suffit d'un peu de farine, de sucre, de... Et zut. En vérité, c'est un cadeau d'une de mes clientes.

— Elle te paie en nature ?

— Non. C'était un bonus. Elle m'a aussi donné un sac de biscuits au chocolat mais je ne les sortirai pas avant demain matin... pour notre petit déjeuner.

— Cette proposition pourrait te valoir quelques jours à l'ombre pour tentative de corruption d'un policier !

— Tu portes des micros sur toi ?

Reena éclata de rire, puis regarda l'évier. Au diable la vaisselle ! Elle retira des mains de Bo le plat à tarte qu'il venait de sortir du réfrigérateur et le posa sur le comptoir.

— Laisse ce gâteau là où il est, Goodnight, et viens vérifier par toi-même.

18

Il se pressa contre Reena, ses yeux rivés aux siens, qui brillaient d'une lueur amusée mêlée d'excitation sexuelle. Il songea que la jeune femme était tellement sexy qu'aucun homme n'aurait été assez fort pour résister longtemps.

Les bras en arrière, les mains appuyées sur le comptoir, son corps souple manifestement prêt à répondre à toutes les sollicitations, elle attendait, frémissante, qu'il se montre audacieux.

— Tu as ton revolver ? lui souffla-t-il.

— Dans mon sac à main. Pourquoi ?

— Parce que si un visiteur sonne à la porte, on le descend !

Reena se mit à rire et se détendit jusqu'à ce qu'il la soulève dans ses bras.

— La vaisselle, on y pensera demain.

— Quelle énergie !

— Nous n'allons pas faire ça sur le carrelage de la cuisine. Je ne suis pas contre, mais pas cette fois-ci.

— Tu comptes me porter jusqu'au premier ?

— Cette nuit, Scarlett, tu vas oublier Ashley.

Elle noua les bras autour du cou de Bo et lui constella le visage d'une myriade de petits baisers.

Il avait oublié de laisser une lampe allumée dans la chambre – au temps pour la planification...

Heureusement, il connaissait le chemin vers le lit. De toute façon, la pénombre extérieure suffisait.

La bouche scellée à celle de Reena, il entendit son cœur battre comme un tambour dans ses tympans lorsqu'il l'étendit sur le lit.

— Attends, il fait trop sombre, murmura-t-il. Je veux te voir. J'ai besoin de te voir.

À tâtons, il chercha des allumettes dans le tiroir de la table de nuit et alluma la bougie achetée exprès pour l'occasion. Quand il se retourna vers elle, elle était appuyée sur les coudes, et ses cheveux défaits coulaient en cascade cuivrée.

— Tu es romantique, remarqua-t-elle.

— Avec toi, oui.

La cascade ondula alors qu'elle penchait la tête.

— En principe, je me méfie des hommes qui disent le mot qu'il faut à l'instant où il faut. Mais je dois admettre qu'avec toi, ça me convient tout à fait.

Il s'allongea à côté d'elle, l'entendit soupirer. Toute sa vie d'adulte, il avait fantasmé sur cette femme. Dans ses rêves, elle avait été tout ce qu'il voulait, et voilà qu'il découvrait que dans la réalité Reena était bien plus encore. Tout en elle l'exaltait et l'émerveillait : la douceur et le parfum de sa peau, les petits bruits qu'elle émettait. Ce n'était pas une chimère qui l'étreignait et lui rendait ses baisers. Elle était miraculeusement sortie de ses songes pour venir vers lui.

Ses mains fiévreuses couraient sur les seins, l'arc de la taille fine, la rotondité des hanches puis, arrêtées par le T-shirt qu'elle portait encore, le firent prestement passer par-dessus la tête, et ses lèvres prirent alors le relais de ses mains. À peine découvrit-il le soutien-gorge en dentelle que Reena bascula, se plaçant sur lui et jouant habilement des doigts pour le débarrasser de sa chemise.

— Tu es bien fichu, Goodnight, murmura-t-elle d'une voix rauque.

De la pointe de la langue, elle suivit le tracé de la cicatrice qui lui barrait la poitrine. Il frissonna en détachant l'agrafe du soutien-gorge. Les seins généreux jaillirent lorsque Reena s'inclina en arrière, les lui offrant en gémissant. Il les saisit à pleines mains, attira la jeune femme vers lui et les porta à sa bouche sans cesser de caresser le buste élancé et pourtant musclé, des muscles longilignes de danseuse. Les épaules carrées, la taille fine qu'il arrivait à ceindre à deux mains, les bras graciles et cependant si fermes, si solides.

Elle l'aida à faire coulisser la fermeture Éclair de son jean. Prestement, elle le fit glisser le long de ses jambes et il ne resta plus à Bo qu'à faire disparaître la culotte de dentelle. Et à se gorger du bonheur d'avoir enfin cette femme nue dans ses bras.

Sa bouche parcourut le corps de Reena qui ondulait. Ses mains agrippèrent la tête de Bo, la pressant contre elle lorsqu'elle jouit.

Il attrapa un préservatif dans le tiroir de la table de nuit, déchira l'emballage avec les dents et s'en couvrit. Aussitôt, elle noua les jambes autour de sa taille et vint vers lui, l'accueillant avec ferveur. Il prit le temps de la regarder, se soulevant sur ses bras tendus pour l'admirer. Tant de beauté, c'était irréel. À la clarté de la bougie, sa peau luisante de transpiration, ses cheveux, ses yeux semblaient couverts d'or. Il doutait encore, ne parvenait pas à croire qu'il faisait l'amour à la femme de ses rêves, et qu'elle était moite de désir pour lui. Ce fut elle qui bougea la première, l'obligeant à pénétrer plus profondément en elle, jusqu'à ce qu'ils ne fissent plus qu'un seul être, se confondant l'un dans l'autre. Il voyait sa tête couronnée du halo doré de sa chevelure osciller sur l'oreiller, sa bouche entrouverte d'où s'échappaient de petits cris et des halètements.

L'orgasme les saisit tous deux au même instant et leurs corps ne furent plus que sensations étourdissantes, ensorcelantes fulgurances où leur esprit se vida de toute pensée cohérente.

Reena se rendit compte qu'elle avait crié lorsque l'ultime vague de plaisir reflua : les derniers accents d'un gémissement vinrent mourir sur ses lèvres à la seconde où la lucidité reprenait ses droits. Elle caressa le dos de Bo, qui pesait sur elle, haletant, se délectant du contact avec la peau de velours tendue sur des muscles d'acier. Puis elle ferma les yeux et se laissa emporter par la léthargie la plus douce qu'elle eût jamais connue.

En sueur, moulue, elle réintégra lentement la réalité. Elle avait l'impression d'avoir livré un combat. Allongé sur elle, Bo ne bougeait toujours pas.

— Ce n'est pas le téléphone que j'entends ? lui souffla-t-elle à l'oreille.

Il ne fit qu'enfouir plus profondément le visage dans la chevelure de Reena.

— Non, grommela-t-il.

Elle se concentra, et comprit.

— Mon Dieu, ce sont mes oreilles qui tintent ! Eh ben dis donc !

— Je te soulagerai de mon poids dès que j'aurai retrouvé l'usage de mes jambes.

— Il n'y a pas urgence. Tu sais, Bo, tu avais raison : nous n'étions pas prêts pour ça, il y a treize ans. Nous nous serions entre-tués !

— Je ne suis pas certain que nous soyons vivants. Mais ce n'est pas grave. Qu'on nous enterre juste comme ça.

— Si nous sommes morts, nous ne pourrons plus faire l'amour.

— Bien sûr que si : au paradis, le sexe doit être roi, sinon ce ne serait pas le paradis.

Elle rit, songeant que Bo était le premier homme qui la faisait si facilement rire.

— Bowen Goodnight, je crains qu'une réflexion comme celle-là te vaille l'enfer !

— Mais non. Si Dieu n'a pas inventé le sexe, alors qui l'a fait ?

Il se hissa en appui sur les coudes pour la regarder.

— Ce que nous avons vécu, c'est une fabuleuse expérience mystique.

— J'ai bien entendu chanter, mais pas des anges, à mon avis.

— Non, c'était moi, dit Bo en l'embrassant tendrement.

Ils mangèrent la tarte au lit, s'aimèrent de nouveau, avec le goût du citron sur la langue et des miettes dans les draps.

Puis Reena, après un ultime baiser, roula sur elle-même, se leva et ramassa ses vêtements.

— Tu t'en vas ?

— Il est presque deux heures du matin, et nous travaillons tous les deux, demain. Nous avons un gagne-pain, ne l'oublie pas.

— Tu pourrais rester dormir ici. Tu n'es pas bien loin de chez toi. Et rappelle-toi, j'ai des biscuits pour le petit déjeuner.

— C'est tentant, reconnut Reena en enfilant jean et chemisier, négligeant ses sous-vêtements qu'elle fourra dans sa poche.

Elle se sentait merveilleusement fatiguée, le genre de fatigue causée par le sexe réussi.

— Oui, c'est tentant, répéta-t-elle, mais combien d'heures de sommeil aurons-nous si je reste ? Nous n'arrêterions pas de faire l'amour.

— Mais non. Je suis incapable de repartir pour un tour. Je suis vanné.

Elle étudia le visage de Bo à la douce clarté de la bougie puis énonça :

— Menteur !

— Prouve-le, que je mens, fit-il en tapotant le matelas à côté de lui.

Elle secoua la tête en riant.

— Merci pour le dîner, le gâteau, et tout le reste.

— Tout le plaisir était pour moi, mademoiselle. Un très grand plaisir. On se voit demain soir ?

Il s'apprêtait à se lever.

— Tu n'as pas besoin de te lever, je connais le chemin.

— Je tiens à te raccompagner, dit-il en se mettant debout. On dînera ensemble ? Ici, chez toi, n'importe où. À toi de décider.

— J'aurai peut-être des billets pour le match des Orioles. Des places juste derrière les bancs, au troisième rang. Ça t'intéresserait ?

— C'est comme si tu me demandais si la pluie mouille ! Tu aimes le base-ball ?

— Mieux que ça : j'adore le base-ball.

— Vraiment. Qui a gagné la saison en… attends… 2002 ?

— Voyons… C'était l'année des Californiens. Les Angels contre les Giants. Lackey a emporté le dernier jeu.

— Ô mon Dieu, s'extasia Bo en riant, tu es vraiment la fille de mes rêves ! Épouse-moi ! Fais-moi des bébés ! Mais après le match de demain.

— Parfait. Ça me laisse assez de temps pour acheter une robe blanche. Bon, j'y vais. Je t'appelle si j'ai bien les billets.

Il lui prit la main alors qu'elle franchissait le seuil et descendit l'escalier avec elle.

— Pas besoin de me raccompagner, Bo.

— Bien sûr que si. Tu pourrais te faire agresser, il y a peut-être des extraterrestres dans le jardin… On ne sait jamais. Et puis, je suis romantique et vieux jeu.

— Et viril, avec des réflexes de fauve.

— Ce qui nous serait utile face à des extraterrestres, conviens-en.

Ils sortirent, traversèrent le jardinet puis gravirent ensemble le perron de Reena. Devant la porte, elle le laissa l'embrasser longuement puis le repoussa.

— Rentre chez toi.

— Et si tu me raccompagnais ? Tu es flic, après tout.

— Rentre ! s'exclama Reena en lui donnant une pichenette dans l'estomac. Bonne nuit, monsieur Goodnight.

Elle lui ferma la porte au nez.

La surveiller impliquait de la patience et l'obligeait à faire des plans, découvrait-il. Bon sang, jamais il n'aurait cru que ça durerait si longtemps. C'était ennuyeux, mais d'un autre côté, ça rendait le challenge encore plus excitant : la pute qui se faisait tirer par le voisin ! Pratique.

Pourquoi pas le tuer maintenant ? Il suffisait d'aller sonner chez lui, il ouvrirait parce qu'il croirait que c'était sa poule qui avait des regrets… Un coup de couteau dans le ventre et au revoir. Ah, il en resterait baba, le mec.

Non. Mieux valait attendre. Continuer à surveiller. Et se faire le mec plus tard.

Pendant que la ville brûlerait.

Les lumières s'allument dans la chambre. Sa chambre. Elle est sûrement nue. Elle se touche, là où l'autre l'a touchée. Putain de garce.

Il faudra en profiter avant de la cramer.

La lumière s'éteint. Elle est au lit. Il lui faudra attendre qu'elle s'endorme, c'est plus marrant. Prendre son temps, fumer une cigarette.

Allez, il est temps de sortir le portable. Réveille-toi, salope.

La sonnerie du téléphone réveilla Reena en sursaut. Quelle heure était-il ? 1 heure 30. Elle avait à peine dormi dix minutes et voilà qu'on l'appelait. Quelqu'un qu'elle ne connaissait pas : le numéro qui s'affichait sur l'écran, bien qu'appartenant à la zone de Baltimore, ne lui disait rien.

— Allô ? grommela-t-elle dans le combiné.

— Le moment de la surprise ne va plus tarder !

— Oh, pour l'amour du Ciel...

— Elle sera grosse et lumineuse. Tu comprendras qu'elle t'était réservée. Es-tu nue, Catarina ? Es-tu mouillée ?

Son cœur fit un bond dans sa poitrine. L'inconnu connaissait son prénom !

— Qui est...

Elle n'eut pas le temps d'aller plus loin : on avait raccroché. Elle nota le numéro et se promit que, cette fois, elle allait chercher à qui il appartenait. Et cette personne-là aurait droit à un coup de fil pas sympathique du tout de bon matin.

Elle sortit du lit, prit son arme et vérifia qu'elle était chargée, puis elle inspecta les portes et fenêtres. Pour finir, elle s'allongea sur le canapé du salon, son arme à portée de main, et essaya de se rendormir.

— Chaque fois un portable, expliquait Reena, flanquée d'O'Donnell, au capitaine Grant, utilisateurs différents mais ce sont tous les deux des numéros de Baltimore.

— Le type vous a appelée par votre nom ?

— Lors du deuxième appel, oui.

— Vous n'avez pas reconnu la voix ?

— Non, monsieur. Peut-être la déguise-t-il. Il parle bas, d'un ton un peu rauque, mais ça ne m'a rien évoqué. La première fois, j'ai cru à un maniaque qui s'amusait à composer des numéros au hasard. Mais ce coup-ci, l'appel m'était bel et bien destiné.

— Occupez-vous de cette histoire.

— Je me sens toute bête de te mêler à ça, dit-elle à son coéquipier en se dirigeant vers leur voiture de service. J'aurais dû faire des recherches en dehors de mes heures de service.

— Ce type passe des appels menaçants...

— Il ne m'a pas menacée.

— Si, implicitement. De plus, il se livre à son sale petit jeu avec un flic, appelle le flic par son nom. Donc, c'est du boulot pour les flics, affirma O'Donnell après avoir signifié son mécontentement d'un froncement de sourcils quand Reena se mit d'autorité au volant de la voiture.

— Beaucoup de gens connaissent mon nom, et parmi eux il y a à l'évidence un cinglé de pervers. Voyons, le numéro de l'appel numéro deux correspond à quelqu'un qui habite près d'ici. On commence par là. Le portable est enregistré au nom d'Abigail Parsons.

Ils se présentèrent à l'école où Abigail Parsons, une sexagénaire assez corpulente, en robe d'un bleu éclatant et chaussée de solides souliers, était enseignante. Manifestement, elle était un peu impressionnée que la police l'ait obligée à interrompre ses cours.

— Mon portable ?

— Oui, madame. Vous en avez bien un ?

— Naturellement, dit la femme.

Elle alla chercher une besace gigantesque, fouilla à l'intérieur et en sortit un petit Nokia.

— Il est éteint. Je le débranche pendant la classe mais je le garde avec moi. Y a-t-il un problème ? Je ne comprends pas.

— Qui, à part vous, a accès à cet appareil ?

— Personne.

— Vivez-vous seule, madame Parsons ?

— Oui, depuis la mort de mon mari, il y a deux ans.

— Vous rappelez-vous quand vous avez utilisé votre portable pour la dernière fois ?

— Hier. J'ai téléphoné à ma fille à la fin des cours. Je devais aller dîner chez elle et je voulais savoir si elle souhaitait que je lui apporte quelque chose. Mais pourquoi ces questions ?

— Nous avions besoin de quelques renseignements. Merci, madame Parsons.

L'adresse correspondant au deuxième numéro les amena dans une salle de sport, auprès d'une jeune fille qui donnait des cours d'aérobic. Elle sortit le portable du casier mis à sa disposition par son employeur.

La pétillante demoiselle de vingt-deux ans assura être rentrée seule la veille après une soirée entre filles. Elle vivait seule. Pas davantage que sur celui de Mme Parsons le numéro de Reena n'apparaissait dans la mémoire des appels passés avec l'appareil.

— Chou blanc, lâcha laconiquement Reena en sortant du gymnase.

— À croire que le cinglé a cloné les portables.

— Ouais, et c'est ça qui est bizarre : je ne connais personne qui se donnerait la peine de dupliquer des téléphones pour le seul plaisir de m'enquiquiner la nuit.

— Tu ne connais personne mais, indéniablement, quelqu'un te connaît. Il faut fouiller dans tes vieux dossiers, voir si on tombe sur quelque chose.

— Il a dit qu'une surprise m'attendait... Qu'elle serait grosse et éclatante... Des allusions d'ordre sexuel.

— Un ancien petit ami ? Un nouveau petit ami ?

— Aucune idée. Tout ce que je sais, c'est que ce fêlé va avoir droit à toute mon attention.

Toute la journée, elle s'efforça d'oublier cette affaire, en restant mal à l'aise. Qui s'était donné tant de mal dans le seul but de perturber Catarina Hale ? Reproduire la carte-mère d'un téléphone n'était pas très compliqué si l'on disposait du matériel nécessaire et de bonnes notions techniques, faciles à se procurer.

Mais tout cela exigeait de la détermination, impliquait l'élaboration d'un plan bien net, et une intention très précise.

C'était elle qui était visée, elle et personne d'autre, elle le sentait. Cette surprise, cette grosse surprise éclatante... quelle serait-elle ? Et quel domaine concernait-elle ? Privé ou professionnel ?

L'après-midi s'étira en longueur au tribunal, où Reena dut longtemps patienter pour témoigner dans une affaire d'incendie allumé par vengeance qui avait fait une victime. Enfin libérée, elle se rendit dans le bureau de son ami, au service du procureur, et récupéra les billets promis pour le match de base-ball. Puis elle regagna la brigade avec la désagréable sensation d'une démangeaison au milieu du dos. Le pervers... Il savait son nom. La surveillait-il ? Elle avait l'impression d'être espionnée. Marchant dans les rues pourtant familières, elle se sentait exposée et vulnérable.

S'il rappelait – ou plutôt *quand* il rappellerait, car il le ferait –, elle essaierait de le garder longtemps en ligne et l'enregistrerait. Elle le ferait parler dans l'espoir d'en sortir quelque chose. Et alors, on verrait bien qui aurait droit à une grosse surprise…

Rassérénée par cette idée, elle composa sur son portable le numéro de Bo. Elle l'avait enregistré dans son répertoire. Un signe. Leur relation prenait une tournure sérieuse.

— Salut, ma belle !

Reena se mit à chanter :

— « Amène-moi au match… Amène-moi au milieu de la foule. »

— J'achète les cacahuètes ! À quelle heure ?

— Si rien ne se met en travers… je touche du bois… 18 heures 30.

— Je serai prêt. Qu'est-ce que tu fais en ce moment ?

— Je marche dans la rue. Il fait bon. Je viens de témoigner au tribunal et je crois avoir bien aidé à envoyer une ordure en prison pour vingt-cinq ans.

— Moi, je n'ai rien d'aussi excitant à raconter.

— Tu as déjà témoigné devant un tribunal ?

— Oui, j'ai été acquitté, répondit Bo, ce qui fit rire Reena.

À tout à l'heure, gibier de potence.

Elle referma son portable, déroula ses épaules afin de chasser la tension qui la tenaillait, puis s'arrêta et regarda autour d'elle. Trafic de voitures, piétons… Rien d'anormal a priori.

Elle repartait en direction de la brigade quand son téléphone sonna. Elle se crispa, puis se décontracta en identifiant le numéro affiché.

— Bonjour, maman ! Oh, pour samedi ? Non, je ne lui ai pas encore demandé, mais je vais le faire. Promis. Ciao, maman.

Quelques instants plus tard, elle entra dans le hall de la brigade.

Se garer à Camden Yards relevait de la performance. Chaque fois qu'elle voyait les files de voitures, Reena ressentait une satisfaction un peu suffisante d'habiter assez près pour venir au stade à pied.

L'ambiance qui régnait lui plaisait. La foule enthousiaste de tous ces amateurs qui se dirigeaient en gigantesque mais sympathique troupeau vers les entrées l'enchantait, de même que la beauté du stade. Elle aimait presque autant le magnifique Camden Yards qu'elle aimait le base-ball.

Elle portait son jean le plus confortable, un T-shirt blanc uni et une casquette à l'emblème des Orioles, un oiseau au plumage éclatant.

Des enfants se déplaçaient sur des rollers, d'autres sautillaient à côté de leurs parents. Elle avait fait la même chose, se rappelait-elle. À cette différence près qu'à cette époque les matches se jouaient dans le vieux Memorial Stadium. Elle retrouvait cependant les mêmes odeurs qu'autrefois, celles des hot dogs et de la bière.

Dès qu'ils eurent franchi le tourniquet, Bo passa le bras autour de ses épaules. Il était habillé lui aussi en jean, avec une chemise bleu pâle.

— Que penses-tu des grillades de Boog's ?

— Le plus grand bien.

— Parfait. On va acheter un petit en-cas ?

— Petit ? Énorme, oui ! Je mange comme quatre, lors d'un match.

Ils se frayèrent un chemin à travers la foule en tenant fermement leurs victuailles. Elle fit un effort pour ne pas détailler tous les visages, ne pas regarder par-dessus son épaule. Pour quelqu'un de malintentionné, c'était tellement facile de se fondre dans une foule, de suivre une proie sans être remarqué. Il suffisait d'acheter un billet au guichet et de se faufiler dans la cohue.

Pas de paranoïa, se dit Reena. Elle n'allait pas se laisser gâcher la soirée.

Main dans la main avec Bo, elle commença à gravir la rampe conduisant aux gradins.

— J'ai toujours adoré ce moment, fit-elle en balayant l'immense stade du regard. La pelouse qui apparaît, tout ce vert, le brun des lignes de fond, le blanc des bases, l'envolée des gradins vers le ciel… Et puis les odeurs, les bruits…

— Reena, tu vas me faire pleurer.

Elle sourit et fit une nouvelle halte. De là où elle se trouvait, elle avait désormais une vue d'ensemble. La cacophonie de conversations, de cris de marchands ambulants, de musique déversée par les haut-parleurs sonnait à ses oreilles comme une merveilleuse symphonie. Tout le stress engendré par les coups de téléphone du maniaque, les heures passées au tribunal, le catastrophique relevé de carte bancaire reçu le matin se dissipa comme le brouillard dans le soleil.

— La réponse à toutes les questions fondamentales, on peut la trouver dans le base-ball, énonça-t-elle.

— Parole d'évangile, confirma Bo.

Ils trouvèrent leurs places, s'assirent et posèrent les provisions sur leurs genoux.

— J'ai assisté à mon premier match à six ans, dit Reena en mordant dans son sandwich à la grillade.

Je ne me rappelle plus quelles équipes jouaient, mais les sensations et l'excitation, si. J'ai été fascinée. Ce jour-là a commencé mon histoire d'amour avec le base-ball.

— Je n'ai pas assisté à un match de première division avant le lycée. Quant aux émois que tu as éprouvés, ils ne m'ont pas touché parce que je regardais les matches à la télé. L'écran rapetisse tout, y compris les émotions.

— Ah, voilà qui te fera un beau sujet de conversation avec mon père. Maman et lui aimeraient que tu viennes dîner samedi. Si tu es libre.

— Peut-être que je le suis... Et toi ? Tu es prête pour cette épreuve ?

— Oui. J'ai passé plusieurs fois l'examen avec succès.

Tout en grignotant leurs sandwiches, ils regardaient le stade se remplir alors que tombait le crépuscule printanier. Ils poussèrent des vivats lorsque l'équipe des Orioles entra sur la pelouse, et se levèrent pour l'hymne national. Puis ils burent chacun une bière pendant les trois premiers tours de balle.

Bo aimait la façon dont elle criait, applaudissait, huait et jurait. Rien dans son comportement n'était féminin. Elle repoussait sauvagement ses cheveux en arrière, se tournait vers lui pour lui frapper l'épaule, et échangea quelques mots avec son voisin de droite sur les capacités sexuelles de l'arbitre lorsqu'il expulsa le leader de l'équipe des Orioles. L'inconnu et Reena se mirent vite d'accord : ce type n'était qu'un minable.

Au cours du septième jeu, elle dévora une friandise remplie de crème, amenant Bo à se demander comment son estomac parvenait à engranger autant de nourriture. Elle manqua l'entarter lorsqu'il y eut un claquement de batte et qu'elle se leva d'un bond pour suivre avidement des yeux la trajectoire de la balle.

— Voilà ! C'est exactement ce que je voulais dire ! cria-t-elle tout en dansant sur place. Tu en veux un peu ?

— J'en ai presque eu.

Elle se tourna vers lui, rit et déclara :

— J'adore le base-ball.

— Ça se voit.

Leur équipe perdit d'un point et Reena hurla que c'était une erreur de l'arbitre de troisième base.

Bo s'abstint de lui avouer qu'il n'avait jamais pris autant de plaisir à un match. Pour regarder Reena vivre le déroulement d'un match, il était prêt à voir perdre son équipe bien-aimée pendant toute une saison.

La foule sortait du stade. Ils suivirent le mouvement et, une fois à l'extérieur de l'enceinte, elle le coinça contre un arbre, le bloquant des hanches.

— Tu sais ce qui me plaît aussi, dans le base-ball ?

— J'attends avec impatience que tu me le dises.

— Ça m'excite. On va chez moi ?

D'autorité, elle lui prit la main et l'entraîna le long du trottoir. Bien qu'obligés de zigzaguer au milieu de la foule, ils trouvèrent le plus court chemin qui les ramènerait à la maison.

19

Bo était tellement impatient qu'à peine Reena eut-elle fermé sa porte qu'il la plaqua contre le battant et se pressa contre elle.

Elle laissa tomber son sac par terre, fit passer sa chemise par-dessus sa tête, puis lui mordilla l'épaule.

— Là, tout de suite, fit-elle tout en déboutonnant le jean de Bo.

Il avait les pensées en déroute, se sentait incapable de freiner son ardeur. Il la prit debout et la posséda à la hussarde, avec son consentement enthousiaste.

Un rapport brutal et merveilleux, qui les laissa tous deux pantelants, effondrés sur le parquet, en sueur et le souffle saccadé.

— Seigneur… si c'est ainsi lorsque ton équipe perd, qu'est-ce que ça donnera le jour où elle gagnera ? gémit-il, les yeux levés au ciel.

Elle se mit à rire aux éclats, repliée sur elle-même, se tenant les côtes. Dans son hilarité, elle perdit l'équilibre et roula sur lui.

— Bo, c'est fabuleux. Tu es fabuleux ! Tu n'es pas loin d'être parfait !

Elle remontait son jean lorsque le téléphone sonna. Les oreilles bourdonnantes, elle alla décrocher.

— Surprise !

Bon sang, elle se serait battue ! Elle n'avait songé ni à regarder le numéro affiché, ni à brancher le magnétophone.

Elle le fit et, d'un geste, indiqua à Bo qu'elle exigeait le silence, puis lança :

— Salut ! J'attendais que vous rappeliez.

— Brendan Avenue. Tu verras.

— C'est là que vous êtes ? Là que vous habitez ? demanda-t-elle en consultant sa montre.

Même pas minuit. Il était en avance, ce soir.

— Tu verras, répéta-t-il. Mais t'as intérêt à te grouiller.

Il raccrocha.

— Merde ! Il faut que je sorte, Bo.

— Qui était-ce ?

— Je ne sais pas, dit-elle en ouvrant le placard dans lequel elle rangeait son arme. Un pervers me passe des coups de fil tordus. Des messages énigmatiques à connotations sexuelles. Il a cloné des portables, ce qui fait que je n'arrive pas à le localiser.

Elle accrocha son holster et glissa le revolver dans l'étui.

— Et où vas-tu, là ?

— Il a dit qu'il y avait quelque chose pour moi sur Brendan Avenue. Il faut que j'aille voir.

— Je t'accompagne.

— Non, dit Reena en enfilant sa veste de façon à cacher l'arme.

Bo se leva et se posta devant la porte d'entrée.

— Il n'est pas question que tu t'en ailles seule pour essayer de choper un cinglé. Appelle ton coéquipier.

— Je ne vais pas réveiller O'Donnell pour une bricole de ce genre.

— Dans ce cas, je viens. Tu veux que je conduise ?

— Je veux que tu te pousses de là. Je n'ai pas de temps à perdre.

— Ou tu appelles O'Donnell, ou tu joins une voiture de patrouille, ou je viens. Si tu refuses, alors mets-toi à l'aise parce que tu ne sortiras pas d'ici.

Reena sentit la colère monter en elle.

— Il faut que je fasse mon boulot, Bo. Ce n'est pas parce que nous avons couché ensemble que…

— Non, pas de ça.

La soudaine dureté du ton, la froideur du regard amenèrent Reena à réviser son opinion sur lui.

— J'ai compris que tu faisais ton job, Catarina. Mais ton travail n'implique pas que tu ailles seule à la rencontre d'un cinglé sous prétexte que c'est après toi qu'il en a. Alors, qu'est-ce qu'on fait ?

Reena entrouvrit sa veste.

— Tu vois ça ?

Il regarda le revolver.

— Difficile de ne pas le voir. Bon. Je repose ma question : qu'est-ce qu'on fait ?

— Bon sang, Bo, enlève-toi du passage ! Je ne veux pas être obligée de te faire mal !

— Moi non plus. Peut-être que tu réussirais à m'esquinter, mais j'espère que nous ne le saurons jamais. Toutefois, sache que si c'était le cas, je mettrais ma dignité dans ma poche et sauterais dans ma camionnette pour te suivre. Tu n'as donc pas le choix. Où que tu ailles, je serai là. Si tu as un problème d'ego, nous en reparlerons plus tard. Oublie ça pour l'instant parce que tu es train de perdre du temps.

Reena jurait rarement en italien. Elle ne le faisait que dans les moments d'intense contrariété. Comme maintenant, où elle dévida un chapelet de gros mots dans la langue de sa mère sous le regard tranquille de Bo.

— Je conduis ! cria-t-elle en attrapant ses clés. Mais tu ne comprends rien. Aucun de vous ne comprend jamais rien !

— « Vous » étant les hommes, bien entendu.

— Je qualifie mon coéquipier de partenaire « homme » par opposition au fait, indubitable, que je suis une femme.

Bo s'assit sur le siège du passager pendant que Reena faisait le tour de la voiture.

— Tu es une femme, ça ne se discute effectivement pas, Reena, mais ce n'est pas pour ça que je veux t'accompagner. C'est tout simplement que ça peut être dangereux que tu sois seule sur ce coup.

— Je suis assez grande pour m'occuper de moi.

— Je n'en doute pas. Mais tu ne le montres pas en prenant des risques inutiles.

Avant de démarrer, elle lui jeta un regard noir.

— Je déteste qu'on me dise ce que je dois faire.

— Comme nous tous. Revenons à ce cinglé. Combien de fois t'a-t-il appelée ? Et que te dit-il ?

Elle tambourinait sur le volant du bout des doigts.

— Ce soir, c'était son troisième appel. Il dit qu'il a une surprise pour moi. J'avais cru au début que c'était un maniaque sexuel. Mais il connaît mon nom. Il me contacte à partir de portables clonés.

— Il connaît ton nom. Cela signifie qu'il ne téléphone pas au hasard.

— On peut le supposer.

— On peut en être sûrs. Tu sais très bien que c'est toi qu'il vise, et c'est ça qui te met en rogne.

— Occupe-toi de tes affaires.

— Mmm, mmm.

— Dans ma famille, quand on se bat, on crie.

— Je privilégie la stratégie du « essaie-donc-un-peu-pour-voir ». Et regarde qui a gagné ce soir !

— Ouais, ce soir.

Brendan Avenue n'était plus très loin. Reena ralentit et commença à scruter la voie, les bâtiments : le cinglé avait dit qu'elle saurait quand elle verrait…

Son cœur manqua quelques battements lorsque, effectivement, elle vit.

— Merde ! Oh, merde ! s'exclama-t-elle en frappant sur le clavier de son portable la touche de code de police secours. Ici l'inspecteur Catarina Hale, matricule 45391. Il y a un incendie au 2800 Brendan Avenue, à l'école élémentaire Little Flower ! Le feu est déjà bien lancé. Informez les pompiers et les différentes brigades de police. Il s'agit probablement d'un incendie volontaire.

Elle coupa la communication et se gara.

— Reste dans la voiture, ordonna-t-elle à Bo.

Munie d'une torche, elle sortit du véhicule et appela O'Donnell, lui annonça sans préambule qu'ils avaient un incendie sur les bras, lui donna l'adresse et fonça vers le bâtiment en flammes, Bo sur ses talons.

— Nom d'un chien ! Je t'ai dit de rester dans la voiture !

— Apparemment, j'ai refusé. Tu crois qu'il y a des gens là-dedans ?

— En principe, à cette heure-ci, non, mais on ne sait jamais.

Elle dégagea son revolver du holster, le prit en main et se dirigea vers l'entrée.

SURPRISE !

Les huit lettres étaient tracées à la peinture rouge sang sur la double porte de l'école.

— Fils de pute ! gronda Reena. Reste derrière moi, Bo. S'il te plaît. Ne pense pas avec ta queue, OK ? Rappelle-toi qui, de nous deux, est armé.

Elle essaya de tourner la poignée de la porte, puis la secoua.

— Fermé !

Que faire de Bo maintenant qu'elle était obligée de contourner le bâtiment ? Le laisser là, exposé, ou l'emmener avec elle ? Elle se décida.

— Suis-moi. De très près.

Les premières sirènes hululaient dans le lointain alors que Reena contournait le bâtiment. Elle trouva immédiatement la fenêtre brisée, et vit les flammes qui ravageaient une classe, dévoraient les pupitres, léchant avidement les murs, se répandant dans le couloir.

— Tu ne vas pas entrer là-dedans, Reena !

Non, pas sans protection. Mais de l'endroit où elle se tenait, elle distinguait le point de départ et les accélérants, du papier paraffiné, probablement. Il y en avait à travers toute la pièce, dans le couloir et, à coup sûr, dans les autres classes. L'air empestait l'essence dont les traînées luisantes étaient bien visibles sur le sol.

Est-ce que ce fumier était en train de l'observer ?

Elle fit un pas en arrière, scruta un à un les immeubles environnants. Quelque chose craqua sous son pied. Elle baissa sa torche et s'accroupit.

Une boîte d'allumettes. Portant le logo du Sirico.

La gorge soudain nouée, Reena demanda à Bo d'aller ouvrir sa mallette dans le coffre de la voiture.

— Il y a des sachets à indices dedans. Il m'en faut un.

— Tu ne vas pas entrer quand je serai parti, hein ?

— Non, je ne vais pas entrer.

Elle resta là, à fixer la boîte d'allumettes. Puis elle releva la tête et regarda de nouveau les immeubles avoisinants.

D'accord, le type la connaissait et voulait qu'elle le sache. Avait-il aussi besoin de se trouver très près pour bien se repaître du spectacle de l'incendie ?

Des gens approchaient, en voiture, à pied. On entendait des cris, des sirènes. Lorsque Bo revint avec un sachet, elle fit glisser la boîte d'allumettes à l'intérieur en prenant bien garde de ne pas la toucher avec les doigts.

— Qu'est-ce qu'on fait, maintenant ? s'enquit Bo.

— On reste là.

Reena mit son badge en évidence et entreprit de maintenir les badauds à distance.

— Qu'est-ce que je peux faire pour t'aider ?

— Ne pas rester dans mes pattes, dit-elle en se dirigeant vers sa voiture pour enfermer dans le coffre le sachet contenant les allumettes. Je vais devoir faire un rapport au chef de brigade. Tu as une bonne vue, alors surveille les curieux. Si tu remarques quelqu'un de particulièrement intéressé par l'incendie, dis-le-moi. Cherche un adulte de sexe masculin, seul, qui me regardera autant que le feu.

— D'accord.

Mis à part dans des films, il n'avait jamais été témoin d'une intervention des pompiers. Le mouvement extrêmement rapide, les couleurs, les sons, les rugissements des camions-citernes lui donnaient l'impression d'assister à un mystérieux événement sportif.

Cela lui rappela le match de la soirée. Le même genre de travail d'équipe, efficace et parfaitement coordonné, s'organisait sous ses yeux. Mais au lieu de battes et de balles, les joueurs brandissaient des haches, des tuyaux, des réservoirs à oxygène et des masques.

C'était eux qui avançaient vers les incendies, tandis que le reste du monde s'en éloignait. Avec leurs casques brillants, ils entraient dans la fumée et la fournaise.

Alors que Bo observait, les premiers pompiers en tenue brisèrent la porte de l'école et y pénétrèrent, munis de lances, projetant devant eux des geysers d'eau.

Les forces restées à l'arrière établissaient un périmètre de sécurité. Comme Reena le lui avait demandé, il examinait les visages des gens agglutinés en deçà des barrières. L'éclat des flammes se reflétait dans des yeux écarquillés, maquillait leurs peaux de fluctuants reflets rouges et dorés, et Bo se dit que lui-même devait avoir la même allure. Il y avait des couples, des solitaires, des familles avec leurs enfants dans les bras, en pyjama et les pieds nus. Et d'autres arrivaient en voiture, qui avaient pris le temps de s'habiller.

Quel spectacle ! Et gratuit, en plus.

Les flammes s'échappaient maintenant du toit et s'achevaient en longues spirales de fumée qui se déroulaient vers le ciel. Des cendres voletaient comme de minuscules flocons de neige grise. L'odeur lui picotait les yeux. Il se demanda comment la structure du bâtiment pouvait résister aux assauts de l'eau projetée avec une force inouïe. On entendait se briser du verre : les vitres explosaient. Des cris montèrent de la foule. La chaleur, même à bonne distance, était à la limite du soutenable. Comment les pompiers pouvaient-ils tenir bon au milieu de cet ouragan chargé de feu, de fumée, d'eau ?

Les échelles se déroulèrent et des hommes les escaladèrent, les jets d'eau évoquant d'étranges banderoles.

Lorsqu'il aperçut l'homme qui fendait la foule, Bo fit un pas en avant, prêt à intervenir, sans bien savoir comment. Puis il vit son insigne briller dans la lumière d'une gerbe de flammes. Les pompiers et policiers qu'il croisait le saluaient d'un signe de tête. Grand, corpulent mais large d'épaules et doté d'un faciès d'Irlandais lugubre, il se dirigea droit vers Reena.

O'Donnell, conclut Bo. Il commença à se détendre, jusqu'à ce qu'il voie O'Donnell aider Reena à enfiler sa tenue de combat. Éperdu, Bo s'élança mais les policiers le bloquèrent.

— Reena ! hurla-t-il, Reena, bon Dieu !

Elle se tourna brièvement vers lui et il vit l'irritation peinte sur ses traits. Néanmoins, elle dit quelques mots à son coéquipier, qui fit signe aux gardes de laisser passer Bo.

— Goodnight ? Je suis O'Donnell.

— Ouais, c'est bien. Mais elle, qu'est-ce qu'elle fait ? Hein ? Qu'est-ce que tu fais ? demanda-t-il à Reena.

— Je vais entrer, dit Reena en ajustant son casque. Je suis entraînée pour ça.

— Sûr que pour un flic, elle est une sacrément bonne bouffeuse de fumée, commenta un pompier.

Reena lui adressa un sourire.

— Merci pour le compliment ! Bo, je t'expliquerai plus tard. Il faut que j'y aille, maintenant.

Avant que Bo ait eu le temps de faire le moindre mouvement, O'Donnell avait plaqué une main de fer sur son épaule.

— Elle sait ce qu'elle fait, et elle est très qualifiée, assura-t-il alors que Reena marchait vers l'entrée de l'immeuble avec deux pompiers.

— Les autres aussi, merde ! Pourquoi elle ?

— Parce que nous sommes face à un incendie criminel, commença O'Donnell avant qu'une quinte de toux due à la fumée l'oblige à s'interrompre.

La main toujours sur l'épaule de Bo, il guida celui-ci à l'écart, là où la fumée était moins dense.

— Éteindre un feu peut faire disparaître les preuves, expliqua O'Donnell. Entrer maintenant permettra peut-être à Reena de trouver quelque chose avant que tout soit réduit en cendres. Quelqu'un a allumé cet incendie pour elle, et elle n'est pas du genre à rester en retrait dans des circonstances pareilles. Ne vous en faites pas, elle a déjà travaillé avec cette équipe. S'ils jugent qu'il n'y a pas de risque à la laisser entrer, faites-leur confiance, OK ?

— Être flic ne lui suffit donc pas ? murmura Bo, et O'Donnell le gratifia d'un sourire.

— Être flic est satisfaisant, mais Reena n'est pas un simple flic. Elle appartient à la brigade chargée des incendies, ce qui implique qu'elle travaille avec la police mais aussi avec les pompiers. Et elle en sait bien plus sur ce foutu enfant de salaud de feu que n'importe lequel des collègues avec lesquels j'ai précédemment fait équipe. Ouais, cette fille en connaît un bout. Mais, et vous, qu'est-ce que vous savez ? De cette histoire, je veux dire.

— Rien. Nous sommes allés au match de baseball, puis chez elle, et quelqu'un a téléphoné.

Rongé d'angoisse, Bo gardait les yeux rivés sur la porte de l'école. Quand Reena ressortirait-elle ?

— Elle m'a parlé de trois appels, ceux d'un cinglé qui connaît son nom et se sert de portables piratés. Cette fois, il lui a annoncé qu'il avait une surprise pour elle. Il lui a donné cette adresse et quand nous sommes arrivés, le feu avait déjà pris.

— Comment se fait-il qu'elle ait accepté que vous l'accompagniez ?

— Pour m'en empêcher, il aurait fallu qu'elle me tire dessus et elle n'avait pas de temps à perdre avec ça.

La réponse fit rire O'Donnell, et sa nouvelle tape sur l'épaule de Bo fut plus amicale.

— Ne vous en faites pas, rien ne va lui arriver, assura le policier en sortant de sa poche un paquet de chewing-gums.

Il en offrit une tablette à Bo, puis ajouta :

— Depuis quand allez-vous voir des matches de base-ball avec ma coéquipière ?

Pendant que les deux hommes discutaient, Reena se déplaçait à travers un épais rideau de fumée. Elle entendait sa propre respiration, ainsi que le bruit de la pompe à oxygène et le craquement du feu que les pompiers n'avaient pas encore réussi à maîtriser. Dieu merci, pour l'instant, aucune victime n'avait été trouvée.

Le pervers avait disposé de tout son temps pour organiser son crime. Mais ce qu'elle constatait, c'était un travail d'amateur. Le procédé employé aurait pu être l'œuvre d'un enfant ou d'un pyromane ordinaire.

Même s'il s'était servi d'accélérants aussi basiques que de l'essence ou du papier paraffiné, le pervers n'en était pas un, elle en aurait mis sa tête à couper. Elle allait sûrement trouver autre chose.

Le feu avait suivi la piste tracée par l'essence répandue jusqu'au bas de l'escalier conduisant à l'étage. Si le cinglé ne l'avait pas avertie, les marches de bois auraient brûlé comme une torche. Que tout le bâtiment soit détruit ne l'intéressait apparemment pas.

Le premier étage était atteint. La température montait et la fumée s'épaississait. Reena était sûre de découvrir un deuxième foyer de départ là-haut. Elle distinguait les silhouettes des pompiers se déplaçant dans le brouillard mortel, tels d'héroïques fantômes.

Reena ne fut pas longue à trouver des restes d'accélérants. Elle mit dans un sac une boîte d'allumettes et marqua l'endroit où elle l'avait ramassée.

— Ça va, championne ? lui lança Steve.

En réponse, elle leva le pouce.

— Le deuxième foyer de départ se situe au pied du mur et le feu a touché le plafond ici, dit-elle en montrant l'endroit du doigt, puis est redescendu par là. Le mec était déjà loin à ce moment-là.

Ils continuèrent côte à côte, recueillant des indices, les rangeant dans des sachets tout en montant à la rencontre du cœur du feu.

Il léchait les murs et les pompiers l'attaquaient férocement. Mais cela ne l'empêchait pas de danser le long des poutres du plafond avec un rugissement guttural qui donnait la chair de poule.

C'était splendide, abominablement splendide. Les flammes ondulaient lascivement, exerçant une fascination morbide sur Reena, qui s'obligea à résister à cette séduction fatale pour se concentrer uniquement sur les accélérants, le modus operandi et les éventuelles empreintes digitales.

Elle pouvait humer l'odeur de l'essence sous celle de la fumée et des matériaux détrempés. L'eau se déversait par les fenêtres brisées, envoyée par les hommes armés de lances dans la rue.

Une nouvelle portion de toit s'effondra dans une sorte de craquement jubilatoire, créant immédiatement un appel d'air, nourrissant le feu qui se mua en ouragan orange.

Reena bondit et s'empara d'une lance, frappant le feu de son jet surpuissant. L'image d'un dompteur armé d'un fouet et tentant de soumettre un fauve enragé lui vint à l'esprit. L'effort mettait ses muscles au supplice. Les trépidations de l'eau pulsée la secouaient de la tête aux pieds.

Elle aperçut l'endroit où le mur avait été dénudé jusqu'au châssis. En dépit de sa vision brouillée par l'eau et la fumée, et bien que carbonisées, les traces du point de départ lui sautèrent aux yeux.

Voilà. Elle avait trouvé.

Les bras tremblants, regardant le feu mourir doucement, elle sut que celui qui avait fait cela n'en était pas à son coup d'essai.

Lorsque Bo vit sortir Reena, il éprouva un tel soulagement qu'il en resta un instant pétrifié. Elle portait un casque, était aussi grande que ses collègues masculins, et pourtant il l'avait reconnue à la seconde.

O'Donnell avait eu beau se montrer rassurant, Bo entendit le soupir de soulagement que Reena poussa lorsqu'elle sortit de la fumée et des ruines.

Elle retira son masque à oxygène, révélant un visage noir de suie.

— Voilà votre nana, annonça O'Donnell. Attendez ici. Je vous l'envoie dans une minute.

Elle enleva le casque et une masse de boucles dorées déferla sur ses épaules quand elle se pencha en avant, mains sur les genoux, pour cracher par terre. Elle demeura quelque temps ainsi. Un infirmier s'approcha d'elle, qu'elle renvoya d'un geste de la main. Après avoir déboutonné sa veste de protection, elle se dirigea vers Bo.

— Il faut que je reste ici : je dois repartir là-dedans. Mais je vais trouver quelqu'un qui te raccompagnera.

— Ça va ?

— Oui. Ç'aurait pu être pire, à l'intérieur. Il aurait pu en faire beaucoup plus. Mais nous n'avons pas de victime, le bâtiment était vide, les élèves en vacances... Tout ça, c'était pour le spectacle.

— Il a laissé cette boîte d'allumettes du Sirico. Le spectacle a été conçu à ton intention.

— C'est indéniable. Tu as remarqué une personne suspecte ?

— Euh... non. J'avoue que dès que tu es entrée, je n'ai pas fait attention à ce qui se passait autour de moi. Prier a exigé toute ma concentration.

Elle eut un petit sourire, et haussa les sourcils lorsqu'il passa le pouce sur sa joue pour essuyer la suie.

— Je ne suis pas très à mon avantage, hein ?

— Je me fiche de l'allure que tu peux avoir. Tu m'as foutu une telle trouille ! Reena, je pense que nous avons beaucoup de choses à nous dire, mais j'aimerais mieux en discuter loin de tout ce public.

Elle regarda par-dessus son épaule. Les pompiers avaient encerclé le feu et le noyaient. Le pire était passé.

— Je vais te trouver un chauffeur. Je suis navrée que notre soirée ait fini comme ça, Bo.

— Et moi donc !

Elle s'approcha de lui mais il recula. Elle n'insista pas et partit en quête d'un policier et d'un véhicule disponible tout en songeant que l'incendie n'avait pas seulement saccagé un bâtiment. Il avait aussi fait des dégâts dans sa relation avec Bo.

Le retour de celui-ci organisé, elle alla à sa voiture. Elle y prit sa mallette et une bouteille d'eau. Elle se désaltérait avidement quand Steve la rejoignit.

— Alors ? C'est lui le type avec lequel tu sors ? Celui dont Gina m'a parlé ?

— Le type avec lequel je *sortais*, oui. Je crois qu'il a balisé en découvrant l'univers d'un flic affecté à la brigade des incendies. Mon boulot est apparemment difficile à supporter pour lui. Il va prendre ses distances.

— Tant pis pour lui.

— Peut-être, ou peut-être qu'il l'a échappé belle. Je suis un cauchemar pour les mecs, Steve.

Elle referma le coffre. Sa voiture était couverte de cendres, et elle-même puait, pas de doute. Elle but de l'eau et passa la bouteille à Steve, tandis qu'O'Donnell s'approchait.

— Nous pourrons entrer dans quelques minutes, Hale. On nous appellera. Qu'est-ce que tu as dégoté ?

Reena brancha son dictaphone de façon à n'avoir pas à répéter plusieurs fois son témoignage, depuis le coup de fil annonçant la « surprise », jusqu'aux indices relevés sur place, de visu, comme ceux recueillis dans les sachets. Puis elle éteignit l'appareil.

— Selon moi, dit-elle, il a fait semblant d'être un amateur. Il a voulu faire croire à un procédé simple. Mais il a pris la peine de démolir un mur à l'étage, et de mettre le feu de façon qu'il se propage aussi bien dans la pièce que derrière le mur. Il y avait une fenêtre cassée. Peut-être que c'est lui, peut-être pas, en tout cas, l'appel d'air a poussé le feu. Il a utilisé des trucs de base – essence, papier, pochettes d'allumettes – qui peuvent être très efficaces. On ne dirait pas que c'est un pro, mais moi je le sens.

— Tu crois que c'est quelqu'un qu'on connaît ?

— Je ne sais pas, O'Donnell. J'ai repris tous les anciens dossiers et rien n'a attiré mon attention.

Peut-être que c'est un cinglé que j'ai repoussé, et c'est sa façon de déclarer sa flamme... Mais ce qui me trouble, c'est que cette école, c'est celle que je fréquentais quand j'étais gosse. Tiens, regarde.

Elle tendit à son coéquipier la boîte d'allumettes.

— Du Sirico. Il s'en est servi pour que je comprenne bien qu'il me connaît et a les moyens de m'atteindre. Il l'a laissée bien en évidence, pour que je ne la loupe pas. Pas à l'intérieur, où elle aurait pu être détruite, mais dehors, où j'étais sûre de la trouver, à l'endroit qu'il veut faire passer pour celui par où il est entré. Cet incendie est une vengeance personnelle contre moi.

— On va travailler sur le site, et les vieux dossiers. Et s'il te rappelle, Hale, tu ne bouges pas de chez toi sans moi, OK ? Tu me joins d'abord.

Reena courba le dos.

— Il m'a foutue en pétard ! Tu as raison, O'Donnell. Je me suis imaginé qu'il s'agissait seulement d'un petit saligaud qui s'amusait à me foutre en rogne et que j'étais assez grande pour régler ça toute seule mais c'est autrement plus sérieux. Et il faut le prendre, lui, autrement plus au sérieux, dit Reena en regardant les ruines du bâtiment estompées par la fumée. Alors ne t'inquiète pas, je ne serai plus assez stupide pour faire cavalier seul.

— Je suis content de l'entendre. Maintenant, allons bosser.

20

Reena ne quitta la scène du crime qu'à six heures du matin. Elle dit au revoir à O'Donnell et partit avec Steve à la caserne des pompiers. O'Donnell se chargerait de classer les indices relevés et de la rédaction du rapport préliminaire. Pendant ce temps, elle s'entretiendrait avec tous les pompiers qui étaient intervenus sur le sinistre et se trouvaient encore à la caserne. Elle pourrait y prendre une douche : elle gardait toujours des vêtements de rechange dans le coffre de sa voiture. Et puis, comme d'habitude lors de nuits de travail aussi agitées, elle était affamée et sûre de trouver de quoi se sustenter à la cuisine.

— Alors, ce mec, Goodnight, qu'est-ce qu'il se passe avec lui ? demanda Steve, haussant les épaules en réponse à son regard de travers. Gina va me bassiner, et quand elle n'a pas tous les détails, elle devient pénible.

— T'inquiète : moi aussi, elle me bassinera, alors dis-lui de s'adresser directement à la source.

— Oh, merci ! Ça me soulage sacrément.

— Tu es pompier et elle vit avec toi. Ton boulot n'a jamais été un problème entre vous, n'est-ce pas ?

— Elle se fait souvent du souci, c'est sûr. Mais non, il n'y a rien de difficile. Quand on a perdu

Biggs l'an dernier, ça oui, ç'a été difficile. Autant pour elle que pour moi. Alors on a parlé des risques du métier. Il faut prendre le lot entier, tu vois ce que je veux dire ? Ça ne marche pas avec certaines femmes, mais Gina est super.

— Inutile de le préciser.

— On a les enfants, un autre en route – il faut qu'elle soit forte.

— Gina t'aime, et l'amour, c'est formidable.

Ils arrivaient à la caserne. Reena franchit le portail et se gara.

— S'il te plaît, quand tu l'appelleras tout à l'heure, demande-lui de passer un coup de fil à mes parents. Qu'elle leur dise que je suis sur une enquête et que tout va bien. Pas de détails, d'accord, Steve ? Pas pour le moment en tout cas.

— Entendu.

Un groupe d'hommes lavaient un camion-pompe. Steve alla échanger quelques mots avec eux et Reena se dirigea directement vers les vestiaires, ses vêtements propres sur le bras. Elle se savonna les cheveux jusqu'à en avoir mal aux bras, puis ferma les yeux et offrit son visage à l'eau revivifiante qui coulait à flots sur son cou, son dos, ses reins.

Elle avait l'impression d'avoir les yeux pleins de sable. Ils lui brûlaient, mais cela passerait, elle le savait par expérience. Comme elle savait que le goût de cendre dans sa bouche perdurerait, quelque quantité d'eau qu'elle boive.

Le feu laissait aussi une odeur qui imprégnait longtemps la peau, et même lorsqu'elle se dissipait enfin, elle restait ancrée dans la mémoire olfactive.

Une fois lavée, Reena prit tout son temps pour s'enduire le corps de crème hydratante parfumée. Entrer dans un bâtiment en feu, c'était une chose.

Mais de là à permettre à la chaleur de saccager sa peau, pas question. Ni sa coquetterie, songea-t-elle en se maquillant soigneusement devant le miroir.

Propre, vêtue de frais, elle jeta son sac sur son épaule et gagna la cuisine.

Qu'est-ce qui mijotait aujourd'hui ? Il y avait toujours un plat ou un autre sur les brûleurs de la gazinière. De grandes marmites de chili, de ragoût ou de daube. À part, gardée au chaud, on trouvait invariablement une jatte d'œufs brouillés. Après chaque repas, la longue table, la cuisinière et les plans de travail seraient scrupuleusement nettoyés mais dans l'air demeurerait une délicieuse odeur de café et de bonne nourriture.

Elle avait suivi son entraînement dans cette caserne, s'était souvent portée volontaire lors de ses périodes de congé. Elle avait dormi dans les dortoirs, joué aux cartes autour de la table, ou regardé la télévision dans la salle de repos, aussi personne ne s'étonna-t-il quand elle entra. Elle eut droit à des saluts sous forme de dodelinements de tête fatigués et à des interpellations enjouées. Ainsi qu'à une grande assiette d'œufs au bacon.

Elle s'assit à côté de Gribley, douze ans d'ancienneté, au menton doté d'un bouc bien taillé et aux clavicules, elle le savait, zébrées de brûlures. Blessures de guerre, disait-il.

— Il paraît que tu as eu un tuyau pour l'incendie d'hier soir ?

— Oui, confirma Reena en faisant descendre ses œufs avec un Coca. Il semblerait que ce type fasse une fixation sur moi. Quand je suis arrivée, le feu avait déjà pris, dix minutes à peu près après son appel.

— Comme temps d'intervention, on fait mieux.

— Il ne m'a pas précisé qu'il allait allumer un feu, sinon j'aurais fait plus vite. Mais la prochaine fois, je ne perdrai pas une seule seconde.

— Tu penses déjà à la prochaine fois ? Tu penses vraiment qu'il va remettre ça ?

— Je m'y prépare, en tout cas. Et vous allez tous devoir vous tenir prêts aussi. Cette nuit, il a fait un petit test, histoire de voir ma réaction. Alors c'est bien le mur côté est du premier étage qui a flambé en premier ?

— Oui. Quand on est montés, tout ce secteur était déjà un brasier. Une partie du mur avait été démolie, il y avait des trous dans le plafond.

— Le mode opératoire a été le même au rez-de-chaussée. Il a mis un peu de temps. On a trouvé quatre pochettes d'allumettes, dont une intacte.

— Il avait répandu un accélérant allant du premier au rez-de-chaussée. Le feu n'avait plus qu'à suivre la piste, dit Sands, un autre pompier, mais il n'était encore qu'à mi-chemin à notre arrivée. Mauvais boulot, si tu veux mon avis.

Mmm… Mauvais boulot, ou roublardise ? se demanda Reena.

— On aurait dit un travail de gamin, remarqua-t-elle, se balançant sur sa chaise, assise en face d'O'Donnell. Essence, papier et allumettes. Si on met de côté la création d'appels d'air, c'est vraiment ce qu'on pourrait croire. Des pochettes d'allumettes qui n'auraient pas pris – pour qu'on les retrouve… Et la ventilation ? A-t-il pensé que nous ne le remarquerions pas, ou au contraire a-t-il fait en sorte que ça nous saute aux yeux ?

— Tu essaies de comprendre comment ce mec fonctionne ? Moi, je suis sûr qu'il voulait que tu voies. Nous autres n'étions là qu'accessoirement. La personne qui est sous ses projecteurs, c'est toi.

— Oh, merci de me rassurer ! railla Reena. Je suis donc face à une énigme. Qui ? Pourquoi ? Où nous sommes-nous rencontrés ? Est-ce que tout ça n'est pas seulement un produit de son imagination ?

— On va encore décortiquer les vieux dossiers et commencer à interroger les gens impliqués à l'époque. Ce mec, on l'a peut-être envoyé en cabane, ou au contraire on l'a écarté des suspects. Ou encore, tu as flirté avec lui puis envoyé paître et il n'a pas apprécié.

— Non. Je n'ai pas eu d'histoire sérieuse depuis…

Les mots moururent sur ses lèvres. Sous le regard attentif de son coéquipier, elle se frotta la nuque pour se donner une contenance, puis reprit :

— Tu es au courant de tout. Tu sais très bien qu'après ce qui est arrivé avec Luke Chambers, je n'ai eu personne.

— Depuis Luke, personne ? Ça fait long.

— Oui, peut-être, mais ça me va. Et si tu penses à Luke, fais une croix sur cette idée. Jamais il ne se baladerait à proximité d'un bâtiment crasseux. Il aurait trop peur de salir son beau costume griffé.

— Peut-être qu'il portait ses vêtements de sport. Il est toujours à New York ?

— À ma connaissance, oui. OK, OK, dit-elle en levant les mains, je vais m'en assurer ! Même si je déteste devoir faire ça.

— Hale, il t'arrive de réfléchir au mal que ce type t'a fait ?

— Bon sang, quelques bleus, c'est tout. J'en ai eu de pires en jouant au football.

— Je ne parlais pas de ta figure mais de ce qu'il y a dans ta tête. Il t'a esquintée. C'était son but et ça me fait râler qu'il y soit parvenu. Bon, je vais me chercher du café.

O'Donnell se leva et Reena comprit qu'il faisait en sorte de lui donner du temps pour réfléchir. Mais elle se tourna aussitôt vers son ordinateur et chercha le fichier « Luke Chambers ». Elle lisait ce qui s'affichait sur l'écran quand O'Donnell s'approcha.

— Luke Chambers a une adresse à New York, débita-t-elle, et il est toujours employé par la même société. Il a épousé en décembre 2000 une dénommée Janine Grady. Il n'a pas d'enfants et il est veuf : sa femme se trouvait au soixantième étage de la tour numéro un du World Trade Center le 11 septembre 2001.

— Ah, ça, c'est vache. Le genre de truc qui te démolit un mec. Mais il n'en serait pas là s'il était resté avec toi.

— O'Donnell, tu me fais penser à un chien avec un os. Comme tu ne lâcheras pas, je vais demander aux flics new-yorkais de vérifier qu'il était bien en ville la nuit dernière.

O'Donnell posa sur le bureau de Reena un Pepsi light qu'il avait sorti de sa poche.

— Hale, écoute-moi : si j'étais à ta place, tu ferais exactement la même chose. Et si je ne le faisais pas moi-même, tu t'en chargerais.

— Je suis fatiguée et à bout de nerfs, O'Donnell. Tu as raison et ça me donne envie de te taper dessus.

Un sourire satisfait sur les lèvres, O'Donnell s'assit derrière son propre bureau.

Quel soulagement de rentrer enfin ! se dit Reena en ouvrant sa porte. Elle avait avant tout besoin de dormir.

Elle accrocha son sac à la rampe d'escalier, et la voix pleine de reproche de sa mère résonna dans sa tête. Aussitôt, elle reprit son sac et le rangea dans la penderie.

— Ça va ? Tu es contente, maintenant ?

Le voyant de sa boîte vocale clignotait. Elle le négligea et alla droit à la cuisine, où elle posa son courrier et la pile de dossiers rapportés de la brigade sur la table. D'abord, un petit somme, se dit-elle. Les messages attendraient…

Vœu pieux. Elle revint dans le vestibule et appuya sur le bouton « marche » de l'appareil. L'écran afficha l'heure d'enregistrement du message qui allait suivre : 2 heures 10 du matin.

Son cœur se mit à battre follement.

« Alors ? Tu as aimé ma surprise ? Je pense que oui, puisque tu es encore là-bas. Toutes ces flammes… Dorées, rouges, bleues… Je parie que ça t'a fait mouiller, hein, salope ? Je parie que tu crevais d'envie d'entrer et de te faire baiser par ton voisin, cernée par le feu… Mais moi, je t'offrirai mieux que ça. Patiente, et tu verras… »

Elle dut attendre que son pouls et sa respiration s'apaisent avant de réécouter le message.

Il l'avait surveillée. Il savait que Bo était avec elle, et qu'elle avait trouvé la fenêtre par laquelle il était entré. Il s'était trouvé très près d'elle mais elle ne l'avait pas vu. Faisait-il partie des gens sortis des immeubles avoisinants ? De ceux qui étaient arrivés en voiture ? Son visage était-il l'un de ceux des badauds ?

Il l'avait regardée pendant qu'elle, elle regardait les flammes.

Elle ne put réprimer un frisson. Son but, c'était qu'elle tremble de peur, et elle n'y pouvait rien. Mais elle pouvait se contrôler elle-même.

D'un index rageur, elle appuya sur la touche « suivant ».

Il y avait un autre message, enregistré à 7 heures 30.

« Toujours pas à la maison ? Occupée, hein ? Très, très occupée… »

— Salaud ! Foutu salaud ! Tu es sacrément gonflé, et ça, c'est toujours une erreur.

Troisième message à 7 heures 45.

« Reena… »

Elle serra les dents à en avoir mal aux mâchoires, puis sa tension se relâcha comme par magie au son de la voix de Bo.

« … ta voiture n'est pas dans l'allée. Je suppose que tu travailles encore. J'ai je ne sais combien de devis à faire aujourd'hui et je dois livrer des fournitures chez un client. Tout ça semble bien banal comparé aux aventures de cette nuit… Bon. Quand tu rentreras, passe-moi un coup de fil. »

L'appel suivant datait de 9 heures : Gina voulait la voir. Pour se faire raconter sa romance avec le voisin.

— Navrée, ma chérie, mais tu arrives après la bataille. J'avais un petit ami, oui, et maintenant je n'en ai plus, fit Reena en riant amèrement.

Son rire s'éteignit quand elle entendit la voix brisée par les larmes de sa sœur Bella.

« Pourquoi n'es-tu jamais là lorsque j'ai besoin de toi, Reena ? »

Fin des messages. Immédiatement, elle décrocha le combiné… et le replaça sur son socle : parfois, elle devait être flic avant d'être une sœur.

Elle effaça tous les messages personnels, ne conservant que les deux premiers, retira la cassette de l'enregistreur, la glissa dans un sachet puis mit une cassette vierge dans l'appareil. Elle appela O'Donnell pour le mettre au parfum.

— O'Donnell ? Écoute un peu ça…

Elle raconta, et lorsqu'elle eut terminé, son coéquipier poussa un soupir rageur.

— Alors, il était là !

— Apparemment. Ou alors, il planquait devant chez moi et m'a vue partir avec Bo. Il m'a peut-être suivie jusqu'à l'école. Je n'ai pas regardé. Je n'y ai même pas songé.

— On va mettre au point une autre tactique dans la matinée. Et ce soir, une patrouille de surveillance restera dans une voiture devant chez toi.

— Bonne idée, approuva Reena alors que sa première réaction avait été de refuser. Envoie-moi quelqu'un de la brigade, d'accord ? Dans une voiture banalisée, sinon il jouera les filles de l'air quand il verra une bagnole de flics.

— Je m'en occupe. Maintenant, repose-toi un peu, Hale.

— Oui, je vais faire ça, dit-elle en frottant ses yeux fatigués… et en pensant à Bella.

Il fallait l'appeler. Et tant pis si à l'origine de la déprime de sa sœur, il n'y avait qu'un ongle cassé.

Voilà qui était méchant, et faux, se reprocha immédiatement Reena. Bella était loin d'être futile à ce point-là. Enfin, loin, pas vraiment, mais tout de même…

Peut-être avait-elle un problème avec les enfants. Non. Si cela avait été le cas, une bonne douzaine de membres de la famille auraient déjà appelé. Et ses parents l'auraient jointe sur son portable s'il y avait eu une urgence.

Bon sang, mais qu'est-ce qui la retenait de rappeler sa sœur ?

Elle soupira et reprit le combiné. Quelques instants plus tard, elle soupirait de nouveau, mais avec soulagement mêlé d'irritation : la femme de ménage lui apprit que Madame s'était rendue à l'institut de beauté.

Ce qui pouvait quand même signifier une crise. Dès qu'elle allait mal, Bella courait à l'institut comme d'autres aux urgences.

Finalement décidée à aller se coucher, Reena s'apprêtait à monter l'escalier lorsqu'on frappa à la porte. Bo ? se demanda-t-elle, le cœur battant. Non. Une exubérante Gina enceinte de six mois se tenait sur le seuil.

— Steve m'a dit que tu serais chez toi. Il fallait absolument que je voie comment tu allais ! lança-t-elle en serrant Reena dans ses bras. Quelle nuit, hein ? Tu tiens le coup ? Tu as l'air crevée. Tu devrais dormir.

— Voilà une excellente idée, approuva Reena en suivant son amie qui traversait d'autorité le vestibule pour passer dans le salon.

— Asseyons-nous un moment. Ma mère me garde les enfants quelques heures. Que Dieu la bénisse et lui offre la beauté et la jeunesse éternelles ! s'écria-t-elle avant de se laisser tomber dans un fauteuil.

Elle passa doucement la main sur son ventre rebondi puis fit la grimace en regardant autour d'elle. Le précédent propriétaire avait peint les murs en un curieux vert kiwi.

— Tu as déjà choisi la couleur ? Tu devrais t'en occuper, par ce beau temps. Tu pourrais laisser les fenêtres ouvertes, comme ça l'odeur de peinture ne te gênerait pas. Steve te donnerait un coup de main.

— Merci, c'est gentil, mais je ne me suis toujours pas décidée. Je réfléchis. À quelque chose de plus classique que ce vert.

— N'importe quelle couleur sera mieux. Je peux t'aider, tu sais. J'adore choisir des couleurs. Alors, est-ce que je te remonte le moral ?

— Ai-je l'air d'en avoir besoin ?

— Steve m'a un peu parlé, tu sais. Mais ne t'en fais pas. Je ne répéterai rien à ta famille ni à personne d'autre. Si tu veux que je me taise, je me tairai. Pour le moment, je me fais du souci pour toi, toute seule dans mon coin.

— Tu n'as pas à te faire de souci.

— Non, c'est ça ! Un maniaque fait une obsession sur ma meilleure amie, au point d'aller mettre le feu à son école élémentaire, et je dois rester calme ?

Reena soupira puis alla chercher dans la cuisine deux grands verres de San Pellegrino.

— Tu n'as rien pour accompagner ça ? demanda Gina dans son dos. Quelque chose de bien calorique, avec plein de sucre ?

— Un reste de gâteau au café, mais il date déjà de quelques jours.

— Ça ne fait rien, donne. Si l'écorce des arbres était saupoudrée de sucre, je la dévorerais, dit Gina en s'asseyant devant l'immense billot de boucher que Reena avait converti en table. Ces derniers temps, tu as été très occupée et moi aussi, mais maintenant il est temps que tu me racontes tout sur ton menuisier. Ta mère a dit à la mienne que tu l'avais connu à la fac. Je sais qui tu fréquentais et je n'ai gardé aucun mec du nom de Goodnight en mémoire.

— Nous ne le connaissions pas. Il m'a vue quand nous étions à la fac, c'est tout.

— Ma mère mélange toujours tout. Assieds-toi et raconte ! ordonna Gina en s'attaquant au gâteau desséché.

Reena obéit et au fur et à mesure qu'elle déroulait son histoire, elle se rendait compte que sa fatigue diminuait, alors que Gina ponctuait le récit d'exclamations, portait la main au cœur, les yeux levés au ciel.

— Il t'a aperçue dans une pièce bondée de gens et ne t'a jamais oubliée ! Il a gardé et chéri ton souvenir… C'est tellement romantique ! Comme Heathcliff et Catherine dans *Les Hauts de Hurlevent*.

— Heathcliff et Catherine étaient cinglés.

— D'accord, disons comme *Nuits blanches à Seattle*. J'adore ce film.

— Tu négliges quelques détails, ma chérie : lui et moi n'habitons pas à des milliers de kilomètres l'un de l'autre, je ne suis pas fiancée à un autre et il n'est pas veuf avec un petit garçon. À part ça, c'est exactement pareil.

— Oh, arrête ! Pas la peine d'être sarcastique, tu ne réussiras pas à me gâcher le plaisir. Ça fait six ans que je suis mariée, je vais avoir mon troisième enfant, alors je ne vis plus grand-chose de romantique. Ton menuisier, il est beau ?

— Oui. Et très costaud. Super musclé. Ça doit venir du fait qu'il a un travail manuel.

— Maintenant, le plus important : côté sexe, comment c'est ?

— Ai-je dit que je couchais avec lui ?

— Reena, je te connais depuis combien de temps ?

— Bon, bon… Le sexe avec lui, c'est fabuleux.

— Tu n'avais encore jamais dit ça.

— Dit quoi ?

— Fabuleux. Bien, intense, plaisant ou médiocre. Jamais fabuleux. Si je devais donner une note entre zéro et dix, « fabuleux » mérite un… huit.

— Non. Dix sur dix. Et là-dessus, on ferme le chapitre : tu es bien trop curieuse, concernant ma vie sexuelle.

— À quoi servent les amies ? Avoue que, côté sexe, tu es en train de vivre les plus beaux moments de ton existence.

— Je l'avoue. C'est merveilleux, intense, très gai et romantique. Même quand c'est sauvage. Et depuis hier, c'est fini.

— Quoi ? Je viens juste d'être mise au courant et tu me dis que c'est fini ?

— Il est venu avec moi sur le lieu d'un incendie dans lequel j'étais professionnellement et personnellement impliquée. Quand il m'a vue en action, avec l'équipe, courant à droite et à gauche, aboyant des ordres, crasseuse comme un cul de poêle, ça l'a… refroidi.

— Alors il n'a vraiment rien dans le pantalon.

Reena secoua la tête en riant.

— Faux dans tous les sens du terme. Le bal venait juste de commencer, Gina. Nous n'en étions qu'à la première danse quand le rythme a brusquement changé, et d'un seul coup, nos pas ne se sont plus accordés.

— Mmm. Si c'est là son attitude, je crois que je ne l'aime pas tant que ça.

— Si tu le connaissais, tu l'aimerais. Il est vraiment adorable. Et je ne vais pas lui reprocher de faire marche arrière.

— Ce qui veut dire qu'il ne l'a pas encore fait ?

— Non. C'est moi qui ai senti comme un frein chez lui. Mais il n'y a rien de confirmé pour l'instant.

— Reena, tu sais quel est ton problème ? Tu es pessimiste. Particulièrement en ce qui concerne les hommes. Là, tu es d'un pessimisme noir. Et c'est pour ça que…

— Que quoi ? Continue, Gina.

— D'accord. Je vais continuer parce que je t'aime. Eh bien, c'est à cause de ton pessimisme que tes relations ne sont jamais allées loin, n'ont jamais pris une tournure sérieuse, et ça date de l'époque de la fac. De ce pauvre Josh. Ensuite, par la faute de Luke, ça a empiré. Ce mec était un connard de grande envergure. N'empêche, ça t'a bloquée, ça a déclenché dans ta tête un signal « stop » qui reste au rouge en permanence. Du coup, tu n'as jamais pu avoir de rapports normaux avec les hommes.

— C'est faux, repartit Reena d'un ton dépourvu de conviction.

Gina lui prit la main.

— Ma chérie, je t'ai entendue parler de Bo avec une ferveur inconnue jusqu'à ce jour. Je sens que quelque chose de très sérieux peut s'installer entre vous... Et toi, qu'est-ce que tu penses ? Que c'est fichu, et tu t'y es déjà résignée ! Bon sang, pourquoi n'attends-tu donc pas de voir la suite, de découvrir comment il se comporte avec toi maintenant qu'il t'a vue au boulot, avant de rayer son nom de la liste ?

— Parce qu'il m'importe, Gina. Son regard sur moi m'importe. Ça ne m'était jamais arrivé avant. Pas une seule fois. Peut-être as-tu raison, peut-être que quelque chose m'en empêchait, mais ça ne me dérangeait pas. J'avais une vie bien remplie – ma famille, mon travail, mes amis... Si j'avais voulu un homme, ça n'aurait pas été difficile. Mais lui est important. Le problème, c'est que tout est arrivé trop vite, c'est trop. Je ne voudrais pas être au trente-sixième dessous s'il me quitte.

— Tu es amoureuse de lui ?

— Complètement. Et j'ai peur.

Le sourire aux lèvres, Gina se leva, vint passer les bras autour du cou de son amie et l'embrassa sur le dessus de la tête.

— Félicitations.

— Non, je crois que j'ai tout fichu en l'air, hier.

— Attends pour voir. Rappelle-toi dans quel état j'étais quand ça a commencé à devenir sérieux avec Steve ! Complètement paumée.

— Oui, c'était vraiment mignon.

— Pour moi, c'était terrifiant ! Je devais aller passer un an à Rome et vivre une histoire dingue avec un artiste fauché. Comment j'étais censée faire ça alors qu'un pompier super craquant venait de croiser ma route et me mettait le cœur et la tête sens dessus dessous ? Et ça continue ! Même aujourd'hui, ça continue ! Et j'ai toujours peur. Des fois, je regarde Steve et je me demande ce que je deviendrais si quelque chose lui arrivait, si je le perdais. S'il tombait amoureux d'une autre.

Gina se tut, le temps de reprendre sa respiration, puis continua :

— Donne sa chance à ton menuisier. Tu entends, Reena ? Je ne l'ai jamais rencontré, et pourtant je te dis de lui donner sa chance.

Elle détacha ses bras du cou de Reena et lissa sa jupe sur son ventre.

— Bon, je dois récupérer mes gosses et reprendre mon rôle dans ce cirque qu'est ma vie. Appelle-moi demain.

— D'accord. Mais tu sais quoi, Gina ? Tu m'as remonté le moral.

— Alors j'ai bien accompli ma mission. Ciao, ma chérie.

— Ciao.

Reena dormit trois heures et se réveilla le cœur battant, l'esprit troublé par les vestiges d'un cauchemar. Feu, fumée, panique et ténèbres... Des éléments enchevêtrés qu'elle ne parvenait pas à remettre en ordre, et c'était peut-être aussi bien ainsi, se dit-elle tout en attendant que ses pulsations ralentissent.

De temps à autre, elle faisait de mauvais rêves, surtout lorsqu'elle était stressée ou très fatiguée. Tous les flics en faisaient. Ce qu'ils voyaient, touchaient, sentaient, personne d'autre qu'eux ne pouvait ne fût-ce que l'imaginer.

Le souvenir du cauchemar de ce matin se dissiperait, sans toutefois s'effacer. Elle pouvait vivre avec ces images en tête car dans son travail elle luttait de toutes ses forces contre ce qui les avait fait naître.

Elle s'assit dans le lit et alluma la lampe de chevet. Elle pourrait se lever, manger un morceau puis travailler un peu. Cela lui permettrait d'oublier la nuit blanche et les soucis.

Gina avait raison, décida-t-elle une fois au rez-de-chaussée. En priorité, elle devait s'occuper des peintures. Y réfléchir sérieusement à partir d'échantillons. Cette maison, il fallait la personnaliser.

Souffrait-elle d'une phobie des engagements ? Elle était incapable de s'investir. Avant d'acheter la maison, elle avait traîné les pieds pendant une éternité, alors qu'elle en rêvait depuis des années. Et maintenant qu'elle en était propriétaire, elle traînait encore les pieds pour la transformer en un foyer reflétant ses goûts, son style à elle.

Bien. Le premier pas était de reconnaître qu'elle avait un problème. Une semaine de congé serait donc consacrée à acheter peinture et papier peint, à courir les antiquaires et les brocanteurs. Et elle planterait des fleurs.

Il aurait fallu qu'elle mange plutôt que s'abandonner au cafard qui la tenaillait. D'accord, elle était flic et son métier se révélait souvent peu gratifiant, et à exercer dans l'urgence. Mais ce n'était pas sa faute si Bo n'assumait pas. Et d'abord, elle n'avait aucun problème à s'investir. Elle avait été à deux doigts de s'engager – pour la première fois – et lui abandonnait le navire à la moindre petite houle. Qu'il aille se faire voir. C'est lui qui était venu à elle, avec ses yeux verts et sa bouche sexy.

Elle sortit de l'ail, des tomates Roma qu'elle commença à hacher en imaginant Bo à leur place. La fille de ses rêves ? Pfff... Elle n'était le rêve d'aucun homme et n'avait pas la moindre intention de l'être. Ou il la prenait telle qu'elle était, ou il débarrassait le plancher.

Avec des gestes nerveux qui trahissaient son irritation, elle versa de l'huile dans une poêle puis se servit un verre de vin.

Elle n'avait pas besoin de Bo ! Si elle avait envie d'un homme, il lui suffisait de puiser dans le vivier qui l'entourait. Et au diable le menuisier sexy, charmant et charmeur, elle n'avait nul besoin de lui pour combler des vides dans son existence.

Elle écrasait de l'ail dans l'huile et sursauta quand elle entendit frapper. Tu es trop nerveuse, se dit-elle mais attrapa néanmoins son revolver posé sur la paillasse.

— Qui est là ?

— C'est moi, Bo.

Après avoir glissé le revolver dans un tiroir, elle déverrouilla la porte.

Elle se sentait oppressée : la gorge serrée, le ventre soudain étrangement palpitant... C'était nouveau, chez elle, ce genre de réaction à cause d'un homme. Déplaisant et déstabilisant.

— Tu viens m'emprunter du sucre ? demanda-t-elle en lui ouvrant avec un sourire désinvolte.

— Non. Tu as eu mon message ?

— Ah, oui, désolée. Je ne suis rentrée qu'à 4 heures du matin, ensuite j'ai eu de la visite puis j'ai fait un somme. Je me lève à l'instant.

— Les rideaux de ta chambre étaient tirés quand je suis revenu chez moi. J'en ai déduit que tu te reposais. Et puis j'ai vu de la lumière dans la cuisine, alors j'ai tenté ma chance. Eh ! Quelque chose sent sacrément bon, là derrière !

— Oh, merde !

Reena pivota sur ses talons et se précipita vers la gazinière pour sauver l'ail.

— Je me préparais des pâtes, expliqua-t-elle en ajoutant les tomates émincées, un peu de vin, du basilic et du poivre.

Elle n'avait pas faim. Mais cuisiner lui donnait une contenance… et occupait ses mains… dont elle ne savait que faire.

— Je suppose que cet art d'accommoder les pâtes te vient tout naturellement… Mais tu as l'air fatiguée.

— Merci. Ça fait plaisir à entendre, répondit aigrement Reena.

— Je me faisais du souci pour toi.

— Normal. Le métier que je fais est inquiétant.

— J'imagine que oui.

— Un verre de vin ?

— Oui, merci. Alors, tu peux m'en dire davantage sur ce qui s'est passé cette nuit ?

— Entrée par effraction, incendie volontaire avec plusieurs foyers de départ, messages destinés à l'un des policiers enquêteurs, en l'occurrence moi, pas de victime, dévida Reena d'une voix mécanique.

— Reena, tu es de mauvaise humeur parce que tu es crevée, parce que ce fumier te pourrit la vie, ou à cause de moi ?

— À ton avis ?

— Bon, je comprends les deux premières hypothèses. Mais pour la troisième, il va falloir m'expliquer.

Elle s'adossa au comptoir et croisa les bras sur sa poitrine.

— Eh bien, j'ai fait ce qu'on m'a appris à faire, ce que je suis obligée de faire, ce pour quoi on me paie.

— Et ?

— Et quoi ?

— C'est exactement ce que je te demande ! Pourquoi cherches-tu la dispute ?

Il fallait qu'elle se montre courtoise et fasse preuve de maturité, se dit Reena.

— J'ai préparé plus de pâtes que nécessaire. Si tu as faim...

— J'en mangerai avec plaisir, oui. Reena, est-ce que tu m'en veux parce que j'ai refusé de te lâcher, hier soir ?

— Tu n'aurais pas dû.

— Écoute, quand une personne à laquelle je tiens se prépare à faire quelque chose d'imprudent et de dangereux, je reste avec elle.

— Je ne suis pas imprudente.

— Pas d'habitude, j'en suis sûr, mais ce dingue t'a amenée à baisser ta garde.

— Tu ne sais pas à quelle hauteur je place ma garde ! En fait, tu en sais très peu sur moi.

Elle prit le faitout et le posa sur la gazinière. Puis se figea quand elle sentit la main de Bo sur la sienne, et qu'il la tourna pour lui faire face.

— Je sais que tu es intelligente, que tu es flic parce que c'était ta vocation. Tu es très proche de ta famille, et quand tu ris, tout ton visage s'illumine. Je sais aussi que tu aimes le base-ball et je connais les caresses qui te font fondre. Tu apprécies la meringue au citron mais tu ne bois pas de café. Tu es capable de foncer droit dans un brasier… Apprends-m'en un peu plus, ainsi j'en saurai davantage.

— Pourquoi es-tu ici ?

— Pour te voir, pour te parler, et en plus j'ai droit à des pâtes.

Elle recula et alla récupérer son verre de vin.

— Je pensais qu'après la nuit dernière tu serais mal à l'aise avec moi.

— Parce que nous nous sommes accrochés quand tu as voulu partir seule et que je t'ai accompagnée contre ton gré ? Non, ce n'est pas ça, j'en suis sûr. Il y a autre chose. Attends… je me suis mis en travers de ton chemin alors que tu étais en mission ? Non plus. Je suis resté à l'écart. Reena, je ne comprends pas.

— Quand je suis entrée dans l'école, ça ne t'a pas plu.

— Évidemment que non ! Tu entres dans un bâtiment en feu et je devrais adorer ça ? Alors, on a un problème, parce que ça n'arrivera jamais. Considérant que c'était ma première expérience en la matière, je me suis bien comporté : je ne t'ai pas couru après, je ne t'ai ni bloquée ni ramenée de force, bien que cette idée m'ait traversé l'esprit. Suis-je censé aimer te voir prendre des risques pour que nous puissions nous entendre ?

Reena le dévisagea.

— Seigneur… Je suis vraiment une pessimiste…

— Qu'est-ce que tu racontes ? Pourrais-tu traduire ce langage codé de femme en termes clairs à la portée de l'homme moyen ?

— Oui. Bo, veux-tu vraiment de moi ?

Il leva haut les mains, l'image même du mâle frustré et totalement déconcerté.

— Je suis là.

Elle rit en secouant la tête.

— Oui, tu es là, et je vais te présenter mes excuses.

— Oh, très bien ! Mais pour quoi ?

— Pour avoir imaginé que tu étais un sale type, que tu me laissais tomber parce que tu étais incapable d'assumer mon métier. Pour m'être mise en condition de n'en avoir rien à faire. Je n'y suis pas parvenue, à vrai dire. Mais j'ai sacrément essayé. Pardon de t'en avoir voulu alors que c'était moi qui étais en tort. Bo, je me rends compte que j'ai vraiment quelques problèmes dans le domaine des relations à deux…

Elle se rapprocha de lui, prit son visage entre ses mains et l'embrassa sur les lèvres.

— En résumé, je te prie de m'excuser.

— Est-ce là le gong de fin de notre première dispute ?

— On dirait.

— Très bien, assura Bo en l'embrassant à son tour. La première querelle est toujours la plus délicate. Est-ce qu'on pourrait parler d'autre chose pendant le dîner… qui je l'espère ne sera pas trop long à venir parce que tout ce que j'ai dans l'estomac, c'est un sandwich au beurre de cacahuètes ?

— Ceci sera bien meilleur, assura Reena en posant le faitout au centre de la table.

— Ça l'est déjà.

COMBUSTION TOTALE

Dernier stade du processus de montée en puissance d'un feu.

« Autour de nous, en cercle et en troupe dansaient, à la nuit, des feux de mort. »

Samuel TAYLOR COLERIDGE,
trad. Auguste Barbier

21

— Je veux en savoir davantage sur cette fille que vous fréquentez.

Bo enfonçait des clous dans l'abri de jardin dont Mme Malloy avait estimé avoir un besoin absolu. Il n'interrompit le mouvement de son marteau que le temps de lui décocher un clin d'œil.

— Madame M., ne soyez pas jalouse. Vous savez bien que vous êtes l'amour de ma vie.

Elle renifla tout en posant sur le chevalet de sciage la limonade fraîche qu'elle venait de préparer pour lui. Les cheveux toujours d'un rouge éclatant, des lunettes très tendance aux verres couleur ambre sur le nez, un tablier à bavette fleuri tendu sur son opulente poitrine, Mme Malloy fixait Bo.

— Mon petit, la lueur qui brille dans vos yeux me dit que j'ai perdu ma place dans votre cœur. Alors je veux tout savoir sur cette jeune personne.

— Elle est belle.

— Ça, je m'en doutais. Dites-moi autre chose.

— Eh bien… Elle est intelligente, pleine d'humour, douce et passionnée…, déclara Bo en buvant un peu de limonade. Ses yeux font penser à ceux d'une lionne et elle a un petit grain de beauté, juste là.

Il posa l'index sur sa lèvre supérieure.

— Oui ? Et à part ça ?

— Elle vient d'une grande famille. Ses parents tiennent un restaurant italien dans mon quartier et elle a grandi là. Eh, peut-être que votre frère la connaît ! Il est policier, n'est-ce pas ?

— Oui, depuis vingt-trois ans. Pourquoi ? Il l'a déjà arrêtée ?

— Voilà qui m'étonnerait : elle est flic, elle aussi. Elle appartient à la brigade des incendies volontaires, ici, à Baltimore.

— Mon frère aussi.

— Mais alors, ils doivent se connaître ! Comment s'appelle votre frère ?

— Michael O'Donnell.

— Ça alors ! Il n'y a pas que dans *La Quatrième Dimension* qu'on voit des trucs bizarres ! Le monde est petit, madame Malloy, parce que Michael O'Donnell est le coéquipier de mon amie. Catarina Hale.

Stupéfait, Bo avait retiré son masque de protection.

— Le monde est petit, oui, accorda Mme Malloy, parce que la jeune fille que je voulais vous présenter il y a des années, c'était elle.

— Quoi ?

— Eh oui. Mon frère m'avait dit qu'il avait une nouvelle coéquipière, charmante et célibataire. Et moi, je lui avais répondu que j'avais un charmant garçon célibataire qui faisait des travaux pour moi à la maison. J'ai demandé à Michael de lui proposer de sortir avec vous, mais à cette époque-là, apparemment, elle avait quelqu'un. Il s'est révélé que ce n'était pas un type très bien, le petit ami, et après Michael n'a plus osé en parler.

— C'est fou, quand même. Reena et moi, nous avons tourné en rond. Pendant des années, nous sommes passés très près l'un de l'autre sans jamais nous rencontrer. Vous l'avez déjà vue ?

— Une fois, lors d'une soirée organisée par mon frère. Ravissante. Et très bien élevée.

— Demain soir, je vais dîner chez ses parents. Un repas de famille.

— Des fleurs.

— Pardon ?

— Vous devez apporter des fleurs à sa maman, mais pas dans une boîte. C'est trop cérémonieux. Il vous faut un bouquet très gai que vous lui offrirez en arrivant.

— D'accord.

— Vous êtes un brave petit, dit Mme Malloy.

Sous prétexte de laisser Bo travailler, elle se précipita sur le téléphone pour appeler son frère en vue de lui soutirer des informations sur la fameuse Catarina Hale.

Des fleurs... On en vendait au supermarché, et de toute façon il devait s'y arrêter pour acheter quelques bricoles.

Le magasin était très proche de la maison de Mme Malloy. Il gara la camionnette, prit un caddie et entra. Voyons... De quoi avait-il besoin ? De lait. Il manquait constamment de lait. Des céréales aussi... Bon sang, pourquoi les céréales ne se trouvaient-elles pas à côté du lait ? Ça n'avait pas de sens ! Ah, c'était ici. Bien. Des steaks, maintenant. Il inviterait Reena et lui ferait une grillade.

Il mit deux ou trois autres articles dans son caddie puis se rendit au rayon fleurs. Là, les pouces coincés dans les poches de son jean, il examina les bouquets. Mme Malloy avait dit qu'il fallait quelque chose de gai. Ces gros machins jaunes, là... Des lys, pour ce qu'il en savait. C'était gai. Mais n'était-ce pas des fleurs d'enterrement ? Dans ce cas, elles n'avaient rien de gai.

Le choix se révélait finalement plus difficile que prévu, au point qu'il exprima cet avis à voix haute et se rendit compte que quelqu'un l'avait entendu.

— Vous vous êtes fait jeter dehors, vous aussi ?

— Pardon ? fit Bo, déconcerté.

L'homme qui s'était approché lui décocha un sourire empreint de tristesse puis tourna un regard sévère vers les fleurs.

— Je me disais que vous vous étiez fait virer, vous aussi... Comme moi, la nuit dernière. Il faut que j'apporte des fleurs à ma femme pour qu'elle me laisse rentrer.

— Les miennes sont pour la mère de ma petite amie : je dîne chez ses parents demain. Dans votre cas, je pense que des roses conviendraient.

— Et merde, vous avez raison. Une douzaine de roses rouges. Ah, les femmes...

L'homme héla la vendeuse et demanda qu'elle lui prépare le bouquet.

— Moi, je vais prendre celles-ci, dit Bo à l'employée, les grosses de toutes les couleurs, là.

— Les marguerites, monsieur ?

— Oui. Ce sont des fleurs gaies, n'est-ce pas ?

— Je crois que oui, confirma la jeune fille en souriant.

— Parfait. Faites-moi un beau bouquet aux couleurs bien variées.

— Les mères reviennent moins cher que les épouses, remarqua l'homme en regardant le prix des roses.

La réflexion fit hésiter Bo : allait-il passer pour un radin ? Il voulait quelque chose de gai et de joli, pas d'un bouquet au rabais. Que tout ceci était compliqué !

L'employée emballa les roses de l'autre client qui partit, son somptueux présent à la main.

— Mademoiselle, à votre avis, ces marguerites vont faire bien ? C'est pour un dîner dans la famille de ma petite amie. Combien en faut-il ? Une douzaine ? Davantage ?

— Les marguerites sont parfaites. Ce sont des fleurs très gaies, je vous l'ai dit, et en gros bouquet, c'est superbe.

— Alors, c'est exactement ce qu'il me faut.

Bo soupira de soulagement. Quelle épreuve ! Il était épuisé.

Du gâteau... C'était vraiment du gâteau de suivre le voisin de la garce, de le voir de près. Quel naze quand même : il bossait le samedi. Il aurait pu le choper dans le parking du supermarché quand l'autre sortait avec son stupide bouquet de marguerites. Le héler pour lui demander un coup de main. Il serait venu au triple galop, cet abruti, et il lui aurait troué les tripes, alors qu'il souriait encore.

Bon, ces foutues roses, hop ! sur la banquette arrière. Fichu dehors de chez lui, hein ? Quelle blague. Comme s'il était du genre à se laisser marcher sur les pieds par une bonne femme. Toutes des garces et des putes ! Le seul truc valable, avec elles, c'était de les remettre à leur place, ça, c'était vraiment le pied. Ouais, les remettre à leur place, et qu'elles y restent !

Voilà le mec qui sortait du magasin avec ses deux sacs à provisions et ses fleurs. Un pédé. Ouais, c'était un pédé. Quand il baisait la garce, il devait rêver de la prendre par-derrière. Un coup de couteau dans le bide débarrasserait le monde d'une tapette. Qu'est-ce qu'elle ressentirait, la pute, quand elle apprendrait que son bonhomme s'était fait suriner sur un parking de supermarché ?

L'occasion était passée, mais il y en aurait d'autres. Le voisin quittait le parking au volant de sa camionnette. Chouette camionnette... Ce serait marrant d'y mettre le feu. Encore plus marrant si le pédé était à l'intérieur... Tiens, bonne idée. À creuser.

Décidément, Mme Malloy avait fait mouche, songea Bo. Non seulement Bianca Hale rayonnait de plaisir en voyant les fleurs, mais elle l'avait embrassé sur les deux joues !

Quelques membres de la famille se trouvaient déjà là. Xander, le frère, assis dans un fauteuil du salon, devant la télévision qui retransmettait un match de foot, en train de bercer un bébé niché au creux de son bras. Jack, le beau-frère, accroupi par terre à jouer aux petites voitures avec un des enfants. Fran, la sœur aînée, qui sortait de la cuisine en se massant le ventre comme le font toutes les femmes enceintes. Un autre enfant apparut derrière ses jambes et posa sur Bo un regard de hibou.

Reena s'avança, les étreignit, les embrassa tous comme si elle ne les avait pas vus depuis une éternité. Puis elle souleva dans ses bras le petit hibou qui se mit aussitôt à rire.

Bo ne savait plus où donner de la tête. On lui offrit à boire, un siège... Les femmes quittèrent le salon et Xander détourna son attention du match pour lui lancer :

— Quand vous épouserez ma sœur, vous pourrez abattre le mur entre vos maisons. Ça vous donnera assez d'espace pour cinq ou six gosses.

Incapable d'articuler un seul mot, Bo resta bouche bée. Un ange passa. On n'entendait plus que le commentaire du reporter à la télévision.

Xander éclata de rire et frappa sur le genou de son père.

— Tu as vu, papa ? J'avais raison ! On dirait qu'il vient d'avaler une gousse d'ail cru !

Gib garda les yeux rivés sur le téléviseur.

— Vous avez quelque chose contre les enfants, monsieur Goodnight ?

— Hein ? Qui, moi ? Non… non, assura Bo, regardant autour de lui en quête de secours.

— Très bien, approuva Xander. Dans ce cas, prenez le mien. Je reviens.

Et il posa le bébé dans les bras de Bo.

Le petit fixa sur lui ses grands yeux sombres. Comment bouger, maintenant ? Il se sentait au bord de la panique et incapable de prendre sur lui. Il leva la tête et se rendit compte que Gib l'observait.

— Qu'est-ce qu'il y a ? Vous n'avez jamais tenu un bébé ?

— Pas aussi petit que celui-là.

Le garçon assis par terre délaissa ses autos miniatures et courut vers Bo.

— Ils font pas grand-chose ! déclara-t-il en montrant le bambin. Ma maman va avoir un autre bébé. J'espère que ce sera un frère.

Le garçonnet décocha un coup d'œil plein de reproche à son père.

— J'ai fait de mon mieux, mon gars, se justifia Jack.

Le petit reprit le fil de ses doléances à l'intention de Bo.

— J'ai déjà une petite sœur et elle aime que les poupées !

Bo hocha la tête, feignant l'apitoiement.

— C'est moche, ça.

Manifestement, le gamin se sentait en confiance, car il se jucha sur l'accoudoir du fauteuil de Bo.

— Je suis Anthony et j'ai cinq ans et demi. J'ai une grenouille qui s'appelle Nemo mais grand-maman veut pas qu'elle dîne avec nous.

— Ah, les filles…

Le bébé se tortilla soudain et commença à pleurer. Selon les critères de Bo, il mugissait. Sans grand espoir, il fit doucement tressauter le petit sur ses genoux.

— Prenez-le, conseilla Ryan, un autre enfant, plus âgé. Il faut poser sa tête dans votre main parce que son cou est encore tout mou, et ensuite, vous l'appuyez sur votre épaule et vous lui tapotez le dos. Ils adorent tous ça.

Le bébé s'exprimait avec véhémence. Pourquoi cette bande de sadiques ne venaient-ils pas l'aider ? se demanda Bo. Il finit par suivre les conseils de son expert en bébés.

— C'est bien, approuva Ryan. Mais tenez bien son derrière parce qu'il remue dans tous les sens.

En pleine détresse, Bo resserra son emprise autour du petit corps. Mon Dieu, mais pourquoi les humains faisaient-ils des bébés aussi minuscules ? Et aussi bruyants ? N'auraient-ils pas pu se reproduire de façon plus pratique ?

Il souleva le petit corps, et l'intensité des cris baissa de plusieurs octaves jusqu'à n'être plus qu'un geignement.

Pendant ce temps, dans la cuisine, Fran battait des œufs dans une jatte, Reena émincait des légumes et Bianca arrosait le poulet. Reena adorait ces moments d'intimité féminine et familiale. La porte de derrière s'ouvrait sur la chaleur extérieure, il flottait de délicieux arômes de cuisine et de parfum. Les fleurs de Bo avaient été artistiquement arrangées dans un vase de cristal. Pas le moins du monde intéressée par le joli bouquet, la nièce de

Reena frappait son bol de plastique à grands coups de cuillère.

Son travail et les soucis qui allaient de pair semblaient appartenir à un autre univers. Dans cette maison, la jeune femme serait toujours en partie une enfant. Un état rassurant qui ne l'empêchait pas d'être fière de l'adulte qu'elle était devenue.

— Bella sera en retard, comme d'habitude, dit Bianca en se redressant après avoir fermé la porte du four.

Elle se tourna vers Reena et, les mains sur les hanches, détailla longuement sa fille.

— Regardez-moi ça ! Tu as l'air heureuse, Catarina !

— Pourquoi ne le serais-je pas ?

— Tes yeux brillent, dit Fran en écartant les œufs et en se penchant sur le plan de travail autant que le lui permettait son ventre. C'est sérieux, avec lui ?

— Chaque chose en son temps, Fran.

— Il est sexy, et… Oh, ne me regarde pas comme ça ! Je n'ai pas le droit de dire qu'un homme est sexy ? Et il a un doux regard de chiot. C'est super, Reena : il est doux et chaud… Un bonbon fondant.

— Mon Dieu, Fran, tu t'entends ? demanda Reena en riant.

— Je n'y suis pour rien. Ce sont les hormones qui me travaillent.

— Où que je pose les yeux, je ne vois que des femmes enceintes. J'ai vu Gina l'autre matin. Elle a dévoré un quart de gâteau au café vieux de trois jours.

— Moi, ce sont les olives, dit Fran. Je pourrais manger des jarres entières d'olives.

— Quand je vous attendais, c'étaient des chips, déclara Bianca. Quatre fois neuf mois ? Oh, sainte Vierge, ça fait combien de pommes de terre ?

Elle s'approcha de Reena, prit doucement son visage entre ses doigts et examina successivement les deux profils.

— J'aime quand tu as l'air aussi heureuse, ma fille. Et j'aime aussi ce garçon. Je pense que c'est le bon.

— Maman…

— Je pense que c'est le bon ! Pas seulement parce qu'il fait scintiller tes yeux, comme l'a dit Fran, ni parce qu'il te regarde comme si tu étais la plus belle de toutes les femmes de l'univers, mais parce que ton père a eu ses yeux de fouine. C'est comme un radar. Il s'est dit : « Alors comme ça, ce jeune homme veut m'enlever ma fille ? Eh bien, on va voir ce qu'on va voir ! »

— Bo, m'enlever ? Et où m'emmènerait-il ? Sur Pluton ? Il habite dans le quartier, maman.

— Il est de la même race que ton père, ma chérie. Énergique, solide, chaud et doux. Et c'est exactement ce que tu attendais.

Avant que Reena ait pu répondre, An entrait dans la cuisine, le petit Dillon jeté sur son épaule.

— Désolée d'être en retard. Alors, à propos de quoi cancaniez-vous, mesdames ?

— À propos du Bo de Reena.

— Il est mignon tout plein. Dillon lui a donné du fil à retordre et il s'en est sorti comme un champion, dit An en s'asseyant pour donner le sein au bébé. Reena, ton père est en train de le soumettre à la question concernant son métier et… Où vas-tu ? Reste là. Laisse-les discuter. Bo se débrouille très bien. Bianca, je crois que vous ne tarderez plus à avoir cette terrasse à l'arrière de la boutique dont vous rêvez.

— C'est vrai ? Ah, j'aime quand mes enfants invitent des personnes utiles à dîner !

Xander passa la tête par la porte.

— On va faire un tour au Sirico. On en a pour cinq minutes, maman.

— Le dîner sera servi dans une heure. Si à ce moment-là tout le monde n'est pas assis autour de la table, j'assommerai les retardataires à coups de spatule !

— Oui, m'dame.

— Prends la petite, dit Fran en tendant sa fille à Xander, qui la cala sur sa hanche.

— Reena, ce mec est OK, précisa-t-il avant de se retirer.

— Oh, merci... mais cela ne fait que quelques semaines que nous nous fréquentons.

— Quand c'est bon, c'est bon, assura Bianca, et elle s'en fut laver des poivrons sous le robinet.

Bo se tenait au pied du bâtiment en compagnie de Gib, Xander, Jack et quelques enfants. Il étudiait la nature du sol à l'arrière du Sirico, notait l'exiguïté de l'espace disponible pendant la saison estivale, le schéma à respecter pour que toutes les tables soient accessibles à partir de l'entrée.

— Bianca aimerait avoir une terrasse plus vaste, expliqua Gib, quelque chose dans le style italien, avec des carreaux de terre cuite. Je pense qu'un parquet de bois traité serait plus facile et rapide à poser, et moins cher, mais elle veut sa terre cuite. Ou à la rigueur de l'ardoise.

— C'est sûr qu'on pourrait facilement installer une plate-forme de bois, dit Bo. Elle partirait d'ici et contournerait l'angle du bâtiment. En réalisant un trompe-l'œil sur le mur, ça donnerait quelque chose de joli. Ou bien, plus simplement, une peinture rappelant la terre cuite. Quoique, il serait aussi possible de réaliser un enduit imitant la pierre naturelle.

Gib se mordilla la lèvre.

— C'est une bonne idée, dit-il. Bianca pourrait aimer ça.

— Mais…

— Oh, oh ! Ce « mais », je vois où il va mener : « mais ça va coûter un paquet de dollars ».

— Mais, reprit Bo tout en mesurant approximativement avec ses pas les dimensions de l'hypothétique terrasse, vous pourriez aller plus loin. Mettre de la terre cuite et envisager une cuisine d'été. À l'intérieur, la cuisine est ouverte sur la salle. On pourrait reproduire ça côté terrasse, en plus petit et plus simple.

— Qu'entendez-vous par « cuisine d'été » ?

— Eh bien, un autre four, un autre comptoir et d'autres plans de travail. Des deux côtés, on installerait un treillis avec de la vigne grimpante. On ferait une pergola qui donnerait de l'ombre et de la fraîcheur tout en laissant passer juste ce qu'il faut de soleil. Comme ça, vos clients ne fuiraient pas en période de canicule ou à midi.

— Votre projet est plus élaboré que celui que j'avais à l'esprit.

— Bon, alors revenons à votre idée première. On étend juste un peu la surface existante, on refait les sols et…

— Non. Dites-m'en un peu plus sur votre pergola.

Xander pinça le coude de Jack et lui souffla à l'oreille :

— Papa a mordu à l'hameçon.

— Voyons…, reprit Bo en fouillant dans ses poches. Quelqu'un a un crayon, un bout de papier et quelque chose sur quoi je puisse écrire ?

Une serviette en papier plaquée contre le dos de Jack fit l'affaire. Bo traça les grandes lignes du plan qu'il avait en tête.

— Mon Dieu, maman va adorer ! s'écria Xander. Papa, tu es cuit.

— Mmm. Combien me coûterait un truc comme ça ? s'enquit Gib après avoir examiné le dessin.

— Je peux vous faire un devis, mais il me faut d'abord les mesures exactes.

— Hé, je peux me retourner, maintenant ? demanda Jack. J'aimerais bien voir, moi aussi !

Gib tendit la serviette à son gendre, qui prit son temps pour étudier le croquis, puis leva les yeux vers son beau-père.

— Xander a raison, vous êtes cuit, Gib. Le seul moyen de vous en tirer, maintenant, c'est de faire avaler cette serviette à Bo, de le tuer ensuite et de vous débarrasser du cadavre.

— J'y ai déjà songé mais ça nous mettrait en retard pour le dîner, dit Gib en riant. Rentrons et montrons ça à Bianca. Quant à vous, Bo, une fois que ma femme aura lu le devis de cette fantaisie, je ne donne pas cher de votre peau.

— Il plaisante, n'est-ce pas ? demanda Bo à Xander et Jack.

— Vous n'avez jamais regardé *Les Sopranos* à la télé ? repartit Xander alors que Gib s'éloignait, sa petite-fille sur les épaules.

— Il n'est même pas italien ! s'esclaffa Jack.

— Il ne faut pas le lui dire : il l'a oublié, dit Xander avant de se tourner vers Bo. Dans l'ordre des priorités de mon père, il y a ma mère, puis les enfants, les petits-enfants, le reste de la famille, et la boutique. Le Sirico n'est pas seulement un commerce, Bo. Que vous vous y soyez intéressé a plu à papa. Et vous lui avez plu.

— Comment le savez-vous ?

— Facile. Si Reena avait invité un type qui ne plaisait pas à mon père au dîner du samedi, croyez-moi, il se serait montré nettement plus amical plus rapidement.

— Pourquoi ça ?

— S'il ne vous aimait pas, il ne serait pas inquiet parce qu'il serait sûr que Reena n'aurait pas de visées sérieuses sur vous. Aux yeux de mon père, vous n'existeriez même pas. Si mon père avait un enfant préféré, ce serait Reena. Entre eux, il passe des ondes très spéciales et… Ah, voilà Bella.

D'un mouvement du menton, il montra la rue, où quelqu'un venait de garer le dernier modèle de Mercedes 4 × 4. Une adolescente élancée en sortit en premier, ses cheveux blonds soyeux voletant sur ses épaules.

— La Princesse Sophia, commenta Xander. L'aînée de Bella. Elle va nous la jouer « je-suis-belle-et-je-m'ennuie-à-mourir ». Les autres sont Vinny et Marc et Magdalene. L'homme, c'est Vince, un avocat plein aux as qui vient d'une famille pleine aux as.

— Vous ne l'aimez pas beaucoup.

— Oh, il est OK, il a donné à ma sœur ce qu'elle attendait, il lui permet de mener le genre de vie très classe qu'elle estimait mériter. C'est un bon père, il adore ses enfants. Mais ce n'est pas le genre de gars à aller boire des bières avec les potes. Ah, maintenant, la star.

Son mari lui ayant ouvert la portière, Bella apparut.

— Vous avez une sacrée fournée de belles femmes, dans la famille, remarqua Bo.

— Sûr. C'est pour ça que nous sommes vigilants. Hé, Bella ! Ciao !

Abandonnant Bo, Xander se dirigea vers sa sœur, la prit dans ses bras et la souleva avant de l'embrasser.

Le niveau sonore était incroyablement élevé. Bo avait l'impression de se trouver dans une surprise-partie qui aurait commencé des années plus tôt sans que l'ambiance montre le moindre signe d'essoufflement. Le sol était constellé de gamins de tous âges, et les adultes passaient par-dessus et autour.

— Tu tiens le coup ? vint lui demander Reena en posant la main sur son épaule.

— Ça va. Ils avaient envisagé de me liquider puis y ont renoncé à cause du dîner.

— Nous avons nos priorités, dans la famille. Qu'as-tu…

La voix de stentor de Bianca fit taire Reena.

— À table !

Ce ne fut pas vraiment une ruée, mais un mouvement de foule confus. Apparemment, quand Bianca Hale donnait un ordre, on obéissait. Bo fut dirigé vers une chaise, entre Reena et An, et on lui servit une assiette qui contenait la quantité de nourriture qu'avalait en une semaine un homme normalement constitué.

Le vin se mit à couler à flots, à l'instar des conversations. Être interrompu, ignoré ou avoir la voix couverte par celle, plus forte, de quelqu'un d'autre, ne gênait apparemment personne. Chacun avait quelque chose à dire et le disait quand ça lui chantait. Les règles générales de la vie en société ne s'appliquaient manifestement pas chez les Hale. Un tel ou une telle évoquait la politique ? Très bien. Tous se lançaient sur le sujet. Et abordaient avec le même enthousiasme la religion, le commerce, la nourriture. De plus, ils aiguillonnaient Bo à propos de Reena.

— Alors, Bo ? Comment voyez-vous les choses par rapport à ma sœur ? lui demanda Bella.

— Oh, de dix centimètres plus haut qu'elle.

Bella lui sourit et il songea à un chat matois.

— Le dernier qu'elle a amené à la maison…

— Bella ! fit Reena d'un ton menaçant.

— … était acteur. Nous nous sommes dit qu'il arrivait sans mal à mémoriser ses textes parce que rien d'autre n'encombrait son cerveau.

— J'ai eu une petite amie comme ça, une fois, repartit Bo sans s'émouvoir. Elle était capable de décrire en long, en large et en travers les tenues de toutes les vedettes de la soirée des oscars mais elle ne connaissait pas le nom du président des États-Unis.

— Bella est polyvalente, intervint Xander. Elle a toutes les réponses concernant les stars des oscars, et en plus sait qui est notre président. Vince, comment va le bras de ta mère ?

— Beaucoup mieux, merci. On lui enlève le plâtre dans une semaine. Ma mère s'est cassé le bras en tombant de cheval, expliqua Vince à Bo.

— Je suis désolé pour elle.

— Ça ne l'a pas calmée pour autant, dit Vince. Maman est une femme extraordinaire.

— Un vrai parangon, susurra Bella avec un doux sourire. Et votre mère à vous, Bo ? Reena devra-t-elle entrer en compétition avec elle… et perdre le match ?

Consciente de la soudaine tension qui régnait autour de la table, Bo se hâta de répondre avec légèreté :

— Pour vous dire la vérité, je ne vois guère ma mère.

— Reena, tu es une veinarde, commenta Bella aigrement. Excusez-moi.

Elle se leva et quitta la pièce. Une fraction de seconde plus tard, Reena l'imitait. Gib choisit ce moment pour tirer de sa poche la serviette en papier sur laquelle Bo avait tracé le croquis de la pergola.

— Il faut que vous voyiez tous l'idée qu'a eue Bo pour la boutique, annonça-t-il en passant la main sur la serviette pour la défroisser.

Du coin de l'œil, Bo vit Bella traverser le vestibule, son sac à la main, Reena sur ses talons.

— Mais enfin, qu'est-ce que tu as ? demanda Reena à sa sœur quand elles furent dehors.

— Rien. J'avais juste besoin d'une cigarette. Interdit de fumer dans la maison, tu te rappelles ?

Elle sortit de son sac un paquet de cigarettes et un briquet incrusté de pierres.

— Tu asticotais Bo !

— Ni plus ni moins que les autres, répliqua Bella en lâchant vers le ciel une longue bouffée de fumée.

— C'est faux, et tu le sais très bien.

— Qu'est-ce que ça peut te faire que j'asticote ce mec ? Tu vas juste baiser avec lui pendant quelques semaines et puis passer à autre chose ! Comme d'habitude.

Dans sa colère, Reena poussa sa sœur de deux pas en arrière.

— Même si c'était le cas, c'est mon affaire !

— Alors occupe-toi de tes affaires ! C'est ce que tu fais de mieux. Tu ne me parles que parce que tu as un os en travers de la gorge. Sinon, tu ne m'aurais pas dit un mot.

— C'est faux ! Je t'ai appelée, deux fois, je t'ai laissé des messages ! se justifia Reena.

— Moi, je n'avais pas envie de te parler.

— Alors pourquoi m'as-tu téléphoné ?

— Parce que, à ce moment-là, je voulais, précisément, te parler. Il fallait que je me confie à quelqu'un et... et tu n'étais pas là, dit Bella en se détournant.

— Je ne peux pas rester confinée chez moi à attendre que tu donnes signe de vie sous prétexte que tu es en crise. Ça ne fait pas partie des règles de La-Bonne-Entente-Entre-Sœurs.

À la grande surprise de Reena, les yeux de Bella s'emplirent de larmes.

— Ne sois pas méchante avec moi... Je t'en prie, Reena, ne sois pas méchante avec moi.

Chez Bella, les larmes étaient une seconde nature. Mais ceux qui la connaissaient savaient faire la différence entre les pleurs de dépit, la comédie ou le vrai chagrin. Là, il s'agissait bien de chagrin.

— Ma chérie, qu'est-ce qu'il y a ? demanda Reena en prenant sa sœur par les épaules pour l'amener au fond de la cour, à l'abri des regards.

— Oh, Reena, je ne sais pas quoi faire... Vince me trompe.

— Il... Ô mon Dieu... Je suis désolée. Mais es-tu sûre que...

— Oui ! Il me trompe. Depuis le début de notre mariage. Il a eu toujours eu des maîtresses. Mais il faisait en sorte de m'épargner, il m'aimait assez pour se montrer discret. Ce n'est plus le cas. Il a cessé de me ménager. Il sort deux ou trois fois par semaine et quand je lui pose des questions, il me répond d'aller faire du shopping et de lui fiche la paix.

— Tu ne peux pas tolérer ça, Bella !

— Ah non ? Tu crois que j'ai le choix ?

— S'il couche avec d'autres femmes, il ne respecte pas les lois sacrées du mariage. Quitte-le.

— Pour que je sois la première de la famille à divorcer ?

— Il te trompe, bon sang ! Tu viens de le dire !

— Le verbe « tromper » implique que l'on fasse en sorte que l'autre ne soit pas au courant. Vince ne se donne plus cette peine. Maintenant, il s'affiche, il me jette carrément à la figure qu'il a des aventures à droite et à gauche. J'ai essayé d'en parler à sa mère et tu sais quelle a été sa réaction ? Elle a haussé les épaules ! Parce que mon beau-père a eu des maîtresses toute sa vie, alors pour elle, quelle importance si son fils fait pareil ? Dans son esprit, l'épouse en retire tous les bénéfices : la maison, les enfants, les cartes de crédit, le standing social. Le reste n'est qu'une affaire de sexe.

— C'est un raisonnement complètement stupide. Tu as parlé à maman ?

— Je ne peux pas. Et tu ne le peux pas non plus, dit Bella en essuyant ses larmes. Seigneur… Je me sens si mal, si bête. C'est un tel échec. Tout le monde autour de moi est heureux, et moi, je suis… je suis malheureuse. J'ai investi treize années de ma vie dans mon mariage, j'ai eu quatre enfants… et je n'aime même pas Vince !

— Tu ne… Quoi ?

— Je ne l'ai jamais aimé. Je le croyais, Reena. J'avais vingt ans et il était tellement charmant… et plein aux as ! Il pouvait m'apporter ce dont je rêvais. Ce n'est pas anormal d'avoir voulu un homme beau et riche. J'ai été fidèle.

— Pourquoi n'avoir pas consulté ? Une conseillère conjugale, un psychologue…

— Reena, je vois une psychothérapeute depuis trois ans. Elle estime que je progresse. Bizarre, je n'ai pas cette impression.

— Tu as ta famille ! Tu n'es pas obligée de vivre ça toute seule.

— Parfois, il faut se débrouiller seul. Fran est la douce, toi, l'intelligente. En fait, Fran était la plus jolie, mais aux yeux de tous, c'était moi parce que j'ai su me mettre en valeur. C'était mon atout, j'ai cru bien le jouer et voilà où j'en suis.

— Tu mérites mieux que ça.

— Pas sûr. Mais je suis sûre, en revanche, que je ne peux pas tout laisser tomber. Vince est un bon père, les gosses l'adorent. Et il pourvoit largement à mes besoins.

— Mais écoute-toi donc ! Il te trompe dans les grandes largeurs, quand même !

— Voilà pourquoi je t'avais appelée, et toi seule, dit Bella en écrasant sa cigarette par terre. Parce que je savais que tu me dirais quelque chose comme ça. Ce qui m'arrive est peut-être en partie ma faute, mais je suis certaine de n'avoir rien fait pour que mon mari passe de notre lit dans celui d'une autre.

— Absolument.

— Je vais parler de nouveau avec Vince, dit Bella en sortant un mouchoir de son sac, puis son poudrier. Je parlerai aussi à ma thérapeute… et peut-être à un avocat, pour tâter le terrain.

À coups de houppette, elle répara les dégâts que les larmes avaient causés à son maquillage.

— N'oublie pas que tu peux toujours me parler à moi, Bella. Je ne suis pas toujours à la maison, mais laisse un message. Je te rappellerai, je te le promets.

— Merci. Oh la la, regarde le désastre ! s'écria Bella en s'examinant dans le petit miroir.

Elle étala soigneusement son rouge à lèvres puis reprit :

— Excuse-moi pour tout à l'heure. Les réflexions que j'ai balancées à Bo… Il m'a l'air d'un mec bien. Et c'est ce qui m'a énervée.

— Ne t'en fais pas, assura Reena en embrassant sa sœur sur la joue, ça va aller.

22

— Alors ? J'ai réussi l'examen ? demanda Bo sur le chemin du retour.

— Je suis désolée qu'ils t'aient posé toutes ces questions, répondit Reena, qu'ils t'aient parlé de tes devoirs, des tests sanguins…

— J'irai en faire faire un demain.

— Tu es vraiment un chic type, Goodnight, dit la jeune femme en passant son bras sous celui de Bo.

— Sûr. Mais l'examen, je l'ai réussi ou pas ?

Elle le regarda. Était-il sérieux ? Apparemment, oui.

— Haut la main, je dirais. Ceci mis à part, c'est dommage que Bella se soit comportée comme elle l'a fait.

— Rien de bien grave.

— Elle a été rude sans raison, mais ce n'était pas vraiment contre toi. Quelque chose la tracasse, dont elle n'avait soufflé mot à personne jusqu'à aujourd'hui. Elle traverse de sales moments.

— Il n'y a eu ni échange d'insultes ni blessés, c'est l'essentiel.

— En tout cas, ma mère n'aura pas un instant de paix tant qu'elle n'aura pas sa pergola.

— À ton avis, ton père va me taper dessus quand il verra le devis ?

— Ah… Ça dépend de la somme. Tu sais, Bo, quand j'étais gamine, je rêvais que par une belle nuit d'été je rentrerais à pied chez moi au bras d'un homme me disant qu'il était fou de moi…

— Je ne suis pas le premier à avoir réalisé ton rêve, mais je ferai en sorte que celui-ci soit inoubliable.

— Si, Bo, tu es le premier.

— Oh, allez !

— C'est vrai. Depuis… Attends, combien de mes plus sombres secrets suis-je censée révéler ?

— Tous. Alors ? Depuis quand ?

— À l'âge de onze ans, j'étais certaine qu'à l'adolescence tout s'organiserait à la perfection et selon mes souhaits. Mon corps, les garçons, ma vie en société, et les garçons, encore les garçons… Puis je suis devenue une ado, et rien n'a marché comme prévu. En partie, je crois, à cause de l'incendie du Sirico.

— J'ai entendu parler de ça par les gens du quartier. Un type en voulait à ton père et a mis le feu au restaurant pour se venger.

— C'est la version condensée. Pour moi, tout a changé cet été-là. J'ai commencé à étudier en collant aux basques de John Minger, l'inspecteur chargé de l'enquête. Je me suis mise à traîner constamment autour de la caserne des pompiers. À mon entrée en fac, j'étais plutôt nunuche.

— Je ne te crois pas.

— Pourtant, c'est vrai. J'étais studieuse, sportive, obéissante et timide avec les garçons. Pour eux, j'étais la partenaire idéale au labo de chimie, une pote d'études, une épaule sur laquelle pleurer, mais pas la fille qu'on invite au bal de fin d'année. J'ai suivi mon parcours seule, j'ai été classée troisième de ma promo… et je pouvais compter le nombre de rendez-vous que j'avais eus sur les doigts d'une seule main. Ça me filait le cafard. Et je me languissais.

Elle posa la main sur son cœur et poussa un soupir mélodramatique.

— Je me languissais pour le garçon qui me suppliait de l'aider à comprendre ses leçons de chimie ou qui me racontait les problèmes qu'il avait avec sa petite amie... Je voulais être comme les autres filles, celles qui savaient se mettre à leur avantage, parler, flirter et gérer trois petits amis en même temps. Je les ai observées. Je suis une observatrice-née. Puis je me suis entraînée à les imiter, toute seule dans ma chambre. Mais je n'ai jamais eu le courage de montrer ce que j'avais appris. J'ai continué à raser les murs, jusqu'à cette fameuse nuit avec Josh, celle où tu m'as vue pour la première fois. Là, enfin, je suis sortie de ma coquille.

— Josh a découvert ce que les autres avaient loupé.

— Merci. C'est bon à entendre.

— Facile, parce que moi aussi je l'ai découvert.

D'un accord tacite, ils se dirigèrent vers la maison de Bo.

— Après Josh, quelque chose s'est bloqué en moi. Et il en a été ainsi pendant pas mal de temps. Je ne voulais plus de petit ami. Le feu avait essayé de voler les trésors de ma famille, et voilà que maintenant il avait pris la vie du premier garçon qui m'avait touchée. Ça m'a complètement déprimée. Pendant des mois, je n'ai fait que travailler. Quand j'étais d'humeur, je voyais un garçon ou un autre, j'en profitais et le laissais profiter de moi, avant de passer à autre chose. Il y en a eu très peu, et ils ne comptaient pas du tout pour moi. Je ne voulais d'ailleurs pas compter pour eux. Tout ce qui m'intéressait, c'était travailler, encore et encore. Au labo, sur le terrain. Parce que le feu était aussi en moi, m'interdisant d'approcher quelqu'un de trop près. C'était une lutte permanente entre lui et moi.

Elle entra dans le salon, se demandant comme elle avait pu en venir à aborder des sujets aussi intimes, à exprimer des idées aussi sérieuses.

— Il y a eu un autre garçon avec lequel j'ai ressenti une petite étincelle. Nous en étions encore au stade de l'observation mutuelle. Nous ne savions pas ce qui se passerait entre nous. Et il a été tué.

— Ça, c'est dur. Tu as reçu plus que ta part de mauvais coups.

— Sa mort a été un sacré choc, oui. À partir de là, je suis devenue... comment dire... aigrie. J'ai commencé à penser que m'intéresser de trop près à quelqu'un impliquait que je le perde.

Elle s'assit sur le canapé. Bo se posa à côté d'elle, lui prit la main et se mit à jouer avec ses doigts.

À jouer avec le feu, songea-t-il.

— Qu'est-ce qui a changé, Reena ?

— J'ai peur que ce soit toi.

— Tu as peur ?

— Un peu. Il faut que je te dise que si on continue ensemble, il faudra que notre relation soit basée sur l'exclusivité. Si tu as l'intention de voir d'autres femmes, ça ne marchera pas.

— Je ne veux voir qu'une seule femme, et c'est toi, assura Bo en la regardant droit dans les yeux.

— Si jamais tu changes d'avis, dis-le-moi.

— D'accord, mais...

— « D'accord » me suffit. Maintenant, arrêtons de parler de tout ça.

Elle se souleva un peu, se déplaça sur le côté et s'assit sur les genoux de Bo.

Cela avait l'air d'un classique feu de cuisine. Capharnaüm, dégâts causés par la fumée, blessures légères pour la maîtresse de maison.

— Elle faisait du poulet frit pour le dîner. Elle s'absente une minute, la graisse s'enflamme, le feu gagne les rideaux, expliqua Steve tout en désignant de la main le plan de travail roussi, les murs noircis et les lambeaux de rideaux carbonisés encore accrochés aux tringles. Elle dit avoir baissé le gaz, mais elle a dû le monter quand elle est allée à la salle de bains. Puis elle a entendu le téléphone et n'a plus pensé à son poulet, jusqu'au moment où l'alarme incendie s'est déclenchée. Elle a alors essayé d'éteindre le feu elle-même, s'est brûlé les mains, a paniqué et couru appeler les secours de chez ses voisins.

Reena s'approcha, marchant sur le sol couvert de suie pour examiner de plus près les traces de brûlures sur le couvercle de protection de la gazinière.

— L'appel est arrivé à 16 heures 30 ?

— 16 heures 36.

— C'est tôt, pour faire la cuisine, dit Reena en regardant le plan de travail et la vilaine traînée de graisse calcinée qui s'étalait sur la surface. Elle a dit avoir enlevé la poêle, renversant de la graisse sur le plan de travail, et puis l'avoir lâchée ?

Reena se pencha sur la poêle et renifla le poulet carbonisé.

— Quelque chose comme ça. La femme était assez incohérente. Les infirmiers ont dû lui soigner les mains : elle a des brûlures au deuxième degré.

— Elle devait être trop affolée pour songer à se servir de ça, intervint O'Donnell en montrant l'extincteur à usage domestique accroché dans le placard à balais.

— Voyons... Nous avons de grandes flammes qui ont touché les rideaux... Le poulet est en train de cuire... Il est sacrément doué, ce feu, pour avoir réussi à faire un saut de plus de trente centimètres hors de la poêle pour les embraser. Nous avons aussi une coulée de graisse ici, qui a pris un virage et atteint le mur. Et puis – Ô mon Dieu, qu'est-ce que j'ai fait ? – elle attrape la poêle, la jette dans la direction opposée, tout en déversant au passage encore plus de graisse enflammée, puis elle s'enfuit.

— Les gens font des choses idiotes.

— Oui, ils en font. Mais les placards sont sales, le plan de travail défraîchi, tout rayé, les appareils ménagers vieux comme Hérode, et le revêtement de sol a connu des jours meilleurs... Le téléphone est un sans-fil. Où est la salle de bains dans laquelle elle se trouvait ?

— Elle donne sur le salon.

Reena sortit de la cuisine, suivie des deux hommes.

— Joli mobilier, nota-t-elle au passage. Cette partie de la maison est neuve. Les couleurs sont coordonnées, tout est nickel, et il y a un autre appareil sans fil sur la table basse. Voyons un peu la salle de bains... Mmm... Serviettes de toilette assorties, mignons petits savons, parfum d'ambiance au citron... On croirait voir une photo de magazine. Je parie que cette cuisine était une épine dans le pied de la dame.

— Le caillou dans sa chaussure, commenta O'Donnell en souriant.

Reena souleva le rabat des toilettes.

— Eau bleue… Cette femme est méticuleuse, sa maison est impeccable, bien décorée. Elle ne supporte pas d'avoir un four graisseux. Dis-moi, Steve, tu en arrives aux mêmes conclusions que moi ?

— À cent pour cent.

— Bien. Nous ferions mieux d'aller discuter avec elle.

Ils s'assirent avec Sarah Greene et son mari Sam dans le charmant salon. Elle croisa ses mains bandées sur ses genoux. Le visage de la jeune femme âgée de vingt-huit ans, gonflé tant elle avait pleuré, était encadré de cheveux châtains brillants attachés en queue-de-cheval.

— Je ne comprends pas pourquoi nous avons affaire à la police, commença Sam Greene. Nous avons déjà parlé aux pompiers. Sarah a passé un sale moment. Elle a besoin de se reposer.

— Nous avons simplement quelques questions à vous poser. Pour éclaircir deux ou trois points. Nous travaillons avec les pompiers, expliqua Reena. Comment vont vos mains, madame Greene ?

— Le médecin m'a dit que ce ne serait pas trop grave, et il m'a donné des cachets contre la douleur.

— Quand je pense à ce qui aurait pu arriver…, fit Sam Greene en frissonnant.

— Je suis désolée, dit sa femme, les yeux soudain noyés de larmes, l'air contrit. Je me sens tellement stupide !

— Le feu, c'est quelque chose d'effrayant, déclara Reena. Vous travaillez chez Barnes & Noble, madame Greene ?

— Oui. Je suis chef de service. Aujourd'hui, c'est mon jour de congé. Alors, je me suis dit : Pourquoi ne pas faire à Sam la surprise d'un bon petit dîner mitonné à la maison ? Il en a eu une, de surprise.

— Ma chérie, s'il te plaît…

— Vous vous êtes mise de très bonne heure aux fourneaux, coupa Reena.

— Oui. J'ai agi sous le coup d'une impulsion.

Non, faux, pensa Reena. Dans la poubelle, elle avait trouvé l'emballage du poulet. Sarah Greene l'avait acheté le samedi précédent, puis congelé. Donc elle avait pris le temps de le décongeler, ce qui ne collait pas avec un acte impulsif.

— Vous avez une maison ravissante, madame Greene.

— Merci. Nous avons fait beaucoup de travaux depuis que nous l'avons achetée, il y a deux ans.

— Je viens juste d'acheter une maison ancienne, moi aussi. C'est un sacré boulot de la rendre habitable. Ça prend un temps fou et ça coûte une fortune.

— Ah, ne m'en parlez pas ! s'exclama Sam Greene. Dès qu'on croit avoir fini quelque chose, on se rend compte que le truc à côté a besoin d'une réfection, et ainsi de suite. Comme des dominos.

— Je sais de quoi vous parlez, assura Reena. J'ai commencé à refaire les peintures et du coup je me suis rendu compte que les rideaux avaient besoin d'être changés. Le sol m'a paru dater de Mathusalem et de fil en aiguille… Bref, je vais être obligée d'acheter des meubles neufs. Ensuite, des ouvriers vont intervenir, et ils en auront pour des semaines. Mais qu'est-ce que vous voulez… Si on souhaite habiter une maison agréable, il faut faire des sacrifices.

Reena avait prononcé cette dernière remarque en souriant, tout en fixant Sarah, qui détourna les yeux.

— Je vais demander des devis, continua Reena, pour les choses que je ne peux pas faire moi-même. La plomberie, la menuiserie, l'aménagement de la cuisine... On m'a dit que c'était le poste le plus lourd dans un budget. Je peux vous demander de combien étaient les devis pour le vôtre ?

— Celui qu'on a eu il y a deux semaines : vingt-cinq mille dollars. Et si vous avez envie de placards sur mesure, de jolies faïences, ça double. C'est ridicule !

— J'imagine que c'est dur pour vous, madame Greene, d'avoir une si jolie maison avec une cuisine délabrée.

— Je suppose que maintenant, on va pouvoir la refaire, dit Sam Greene en passant le bras autour des épaules de sa femme. Le bonheur après la tragédie, ma chérie ! L'assurance va payer les trois quarts des travaux. Évidemment, ça ne compensera pas le fait que tu aies été blessée...

Il prit les mains bandées de sa femme et les porta à sa bouche pour les embrasser. Aussitôt, Sarah se remit à pleurer.

— Allons, bébé, ce n'est pas si grave que ça... Ne pleure plus. Ça fait toujours mal ?

— Sarah, fit Reena avec douceur, si vous ne faites pas jouer l'assurance, nous fermerons le dossier. Mais si vous présentez une demande d'indemnisation, cela deviendra une escroquerie à l'assurance, un incendie volontaire, un crime.

— Qu'est-ce que vous racontez ? s'écria Sam Greene, en colère maintenant. De quoi parlez-vous ? De fraude ? D'incendie volontaire ? C'est comme ça que vous traitez les personnes blessées, les gens qui ont des problèmes ?

O'Donnell prit le relais :

— Nous nous efforçons de vous faciliter les choses. Nous avons des raisons de penser que le feu ne s'est pas déclenché comme le décrit votre femme. Si vous faites une déclaration à votre assurance, nous ne serons plus en mesure de vous aider.

— Je veux que vous partiez ! Ma femme a été blessée ! Est-ce que vous l'avez oublié ? Et vous, vous êtes là, tranquillement assis, à essayer de lui faire dire qu'elle a mis elle-même le feu ! Vous êtes fous !

— Je ne l'ai pas fait exprès ! gémit Sarah Greene.

— Bien sûr que non, ma chérie, tu ne l'as pas fait exprès !

— Je... je voulais juste une cuisine neuve...

— Alors vous avez mis le feu, dit Reena en tendant des mouchoirs en papier à Sarah Greene.

— Elle n'a pas...

— Sam, j'ai... j'étais en colère, coupa la jeune femme. Je t'en voulais. Je déteste faire la cuisine là-dedans ! Je déteste quand tu invites tes amis et qu'ils voient ce gourbi ! Je te l'ai dit je ne sais combien de fois mais tu m'as répété que des travaux, c'était trop cher pour le moment. Qu'il fallait que je prenne mon mal en patience et que tu en avais marre que cette maison soit en chantier.

— Ô mon Dieu, Sarah...

— Je ne pensais pas que le feu prendrait une telle ampleur. Quand j'ai vu ce qui arrivait, j'ai eu peur. Vraiment peur. Dans mon esprit, ça allait brûler les rideaux et le plan de travail... mais tout est allé si vite que j'ai perdu mon sang-froid. J'ai voulu enlever la poêle et je me suis brûlée. Je me suis dit que la maison tout entière allait prendre feu ! Alors je suis sortie en courant, terrorisée, et je suis allée chez les voisins... Je suis vraiment désolée. Je regrette. Oh, comme je regrette...

— Sarah, tu aurais pu y laisser la vie ! Tout ça pour… pour une cuisine !

Elle éclata en sanglots. Sam prit sa femme dans ses bras et s'adressa à Reena :

— Nous ne ferons pas de déclaration à l'assurance. Si nous ne demandons rien, vous n'inculperez pas Sarah, n'est-ce pas ? Reena se mit debout. O'Donnell fit de même.

— Vous êtes chez vous, monsieur Greene. Tant qu'il n'y a pas de fraude avérée, il n'y a pas de crime. Vous savez, Sarah, on fait parfois des choses idiotes. Mais sachez que le feu est cruel. Ne le défiez pas une deuxième fois. Tenez, voilà ma carte. Appelez-moi si vous avez des questions à me poser ou simplement besoin de parler. Et… bon, cela ne me regarde pas, mais quand vous voudrez vous attaquer à la remise en état, je connais un artisan qui vous fera un devis correct.

— Ah, les gens…, dit O'Donnell en soupirant alors qu'ils marchaient vers la voiture.

— Mmm. J'ai eu l'impression de frapper un chiot à coups de fouet. J'espère qu'ils seront capables de rire de tout ça un jour. Avec le temps, la tragédie peut se muer en comédie. Je les imagine expliquant à leurs amis qu'ils adorent les nouveaux plans de travail, et qu'ils les ont fait placer parce que Sarah avait mis le feu aux précédents. S'ils n'arrivent pas à tourner cette histoire en dérision, dans deux ans ils auront divorcé. Qu'est-ce que tu penses du divorce, O'Donnell ?

— Connais pas. Ma femme ne m'en a pas donné la possibilité.

Il s'assit à la place du passager et Reena se mit au volant.

— Ta femme est sévère. Dans ma famille aussi, on est très stricts. Notre côté catholique, je pense. Plusieurs de mes cousins ont vécu des périodes très agitées au cours de leur vie conjugale mais ils ont réglé les problèmes et aucun n'a divorcé. Je trouve que c'est impressionnant de s'engager. Ça peut être un sacré carcan.

— Tu songes à sauter le pas ? Avec le menuisier ?

— Non. Enfin, le menuisier, si, mais sans sauter. Ma question était d'ordre général.

Elle hésita, puis conclut qu'un coéquipier, c'était comme un membre de la famille.

— Ma sœur Bella m'a appris que son mari ne marchait pas droit. Apparemment, il la trompe depuis des années, avant c'était dans la discrétion, mais maintenant, il le lui jette en pleine figure.

— C'est moche.

— Tu as déjà trompé ta femme ?

— Non. Ça non plus, elle ne me le permet pas.

— Je ne sais pas ce que ma sœur va faire. En tout cas, je suis sidérée qu'elle n'ait soufflé mot de ça à personne, qu'elle ait tout gardé pour elle pendant des années.

— C'était un sujet sensible.

— Dans ma famille, on adore les sujets sensibles, O'Donnell. Bella est allée consulter un psychothérapeute, ce qui m'a également sidérée. Je me dis que le mariage, c'est un champ de mines, qui s'étend de l'adultère aux incendies volontaires dans les cuisines.

O'Donnell pivota sur son siège de manière à bien voir le profil de Reena.

— Avec ton menuisier, c'est sérieux, conclut-il.

Elle faillit nier, puis renonça et haussa les épaules d'un air fataliste.

— En ce qui me concerne, oui, ça prend ce chemin-là. Et ça me file des sueurs froides rien que d'y penser. Alors je vais essayer de réfléchir à autre chose. Par exemple, à mon pyromane qui ne m'a pas appelée depuis l'incendie de l'école.

— Tu crois qu'il a arrêté ?

— Non. Je me demande simplement combien de temps il va me faire attendre. Euh, O'Donnell, ça t'embête si on fait un détour ? Il y a un truc que je veux faire.

— C'est toi qui conduis.

Le cabinet d'avocat de Vince se trouvait au centre-ville. Reena n'était venue à son bureau, d'où il jouissait d'une vue imprenable sur l'arrière-port, qu'une seule fois, mais elle se rappelait fort bien l'assistante de son beau-frère, une très belle brune. Était-ce la maîtresse en titre ?

La salle d'attente était somptueuse, toute en tons neutres, avec quelques taches prune, meublée dans un style ultracontemporain. Reena n'eut pas à patienter longtemps. Une secrétaire vint la chercher et l'escorta jusqu'au spacieux bureau de Vince. Entre les immenses baies vitrées étaient accrochés des tableaux modernes spectaculaires.

Vince l'embrassa sur les deux joues.

— Quelle surprise ! Qu'est-ce que tu fais dans le coin ? Tu as besoin d'un avocat ?

— Non. Et je ne vais pas te prendre beaucoup de temps, Vince, alors je ne m'assieds pas, mais merci quand même.

Il lui décocha l'un de ses fameux sourires charmeurs.

— Allons, ne sois pas si pressée. Le budget de la ville est assez solide pour te payer une petite récréation. Nous ne discutons jamais en tête à tête, et c'est dommage.

— Nous ne discutons pas parce que tu ne viens jamais aux réunions de famille.

— Ah, que veux-tu, les exigences du travail…

— … et les femmes avec lesquelles tu t'envoies en l'air. Tu trompes Bella, Vince, et ça, ça ne regarde qu'elle et toi…

Le côté charmeur de Vince se dissipa instantanément comme un masque qu'il aurait laissé tomber.

— Mais que tu lui jettes tes infidélités en pleine figure, que tu l'humilies, ça, ça me regarde, continua Reena. Tu veux t'offrir des à-côtés ? À ta guise. Fiche en l'air le serment du mariage. Mais cesse de démolir ma sœur ! Elle est la mère de tes enfants, et tu devrais la respecter ne serait-ce que pour cela !

— Catarina, commença Vince, très calme, je ne sais pas ce que t'a dit Bella, mais…

— Attention. Ne songe même pas à traiter ma sœur de menteuse !

Même si elle bouillait à l'intérieur, Reena s'exhortait à afficher un calme identique à celui de son beau-frère.

— Bella est peut-être une pleurnicharde, mais pas une menteuse. S'il y en a un de vous deux qui est une saleté de menteur, c'est toi ! Un menteur et un tricheur !

Elle vit l'éclair de rage dans les yeux de Vince.

— Tu n'as pas le droit de débouler dans mon cabinet pour me parler comme ça ! De choses qui ne te concernent en rien, par-dessus le marché !

— Tout ce qui touche Bella me concerne. Tu es dans la famille depuis assez longtemps pour savoir comment nous fonctionnons. Ou tu respectes Bella, ou tu divorces. À toi de choisir. Mais dépêche-toi, sinon je ne serai pas longue à te rendre la vie infernale.

— Tu me menaces ? demanda-t-il en ricanant.

— Oui, c'est exactement ça. Respecte la mère de tes enfants comme elle le mérite, sinon je me chargerai de rapporter à tous les gens que tu connais où tu passes tes soirées. Ma famille me croira sur parole, mais j'aurai des preuves. Chaque fois que tu feras une petite escapade nocturne, tu seras suivi et un rapport détaillé me sera remis. Une fois que j'aurai fini, tu seras devenu persona non grata à la maison. Et tes gosses se demanderont pourquoi on ne veut plus de leur papa.

— Mes enfants...

— ... méritent autre chose de leur père ! Pourquoi ne réfléchis-tu pas à ça ? Ou tu honores ton mariage, ou tu divorces. La balle est dans ton camp !

Sur ces mots, Reena tourna les talons et sortit du bureau. Cette fois, ce n'était pas un chiot qu'elle avait frappé avec un fouet, se dit-elle en se dirigeant vers l'ascenseur. Et elle éprouvait une immense satisfaction.

Bo entra dans le Sirico, son porte-documents à la main. Il ne s'en munissait que lorsqu'il voulait impressionner des clients. En l'occurrence, aujourd'hui, les parents de sa petite amie.

Peut-être aurait-il dû venir à un autre moment. C'était l'heure du dîner. Tout n'était qu'agitation, dans le restaurant. Mais, bon, il était là, alors autant en profiter pour commander une pizza à emporter.

À peine avait-il fait quelques pas dans la salle que Fran se précipitait vers lui et l'embrassait sur les deux joues. Il resta un instant indécis : comment était-il censé réagir ?

— Salut, Bo ! Comment va ? Je vais te trouver une place.

— Non, c'est bon, j'allais juste…

— Assieds-toi, ordonna Fran en le prenant d'autorité par le bras pour le conduire à une table déjà occupée par un couple qui dévorait des pâtes. Bo, je te présente tante Grace et oncle Sal. Faites-lui une petite place, vous deux. C'est Bo, le petit ami de Reena. Il va se mettre là, en famille, le temps qu'une table se libère.

— Mais je ne veux pas…

— Assieds-toi.

Il obéit, sous le regard scrutateur de la tante Grace.

— Nous avons entendu parler de vous, jeune homme. Tenez, prenez un peu de pain. Des pâtes aussi. Fran ! Apporte une assiette au petit ami de Reena ! Et un verre !

— Je voulais seulement…

— Alors comme ça, vous êtes menuisier.

Bo s'avoua vaincu.

— Oui, madame. C'est d'ailleurs ce qui m'a amené ici ce soir. J'ai quelque chose pour M. Hale.

— M. Hale… Mon Dieu, quel formalisme ! Donc, vous allez concevoir la pergola de Bianca.

Les nouvelles vont vite, songea Bo.

— J'ai fait quelques croquis que j'aimerais que M. et Mme Hale regardent.

— Vous les avez là-dedans ? demanda Sal en montrant la serviette de la pointe de sa fourchette.

— Euh… Oui. J'allais…

— Montrez-moi ça, ordonna oncle Sal en fourrant une sidérante quantité de pâtes dans sa bouche.

Fran réapparut, et posa une salade devant Bo.

— Maman a dit que tu devais manger une bonne salade, et qu'ensuite tu aurais des spaghettis avec de la saucisse italienne. Et voici un verre de vin rouge. Tu aimeras, tu verras.

— Oui, c'est sûr.

— Fran, dis à ton père de nous rejoindre, dit oncle Sal. Nous regardons la pergola.

— Dès qu'il aura une minute. Besoin d'autre chose, Bo ?

— Non. Je crois que je ne manque de rien.

Fran partie, Sal fit de la place sur la table en repoussant les couverts et Bo étala les croquis.

— Voici des dessins de face, de côté et d'en haut, commença-t-il.

— Mais vous êtes un artiste ! s'extasia tante Grace. Comme Bianca.

De la main, elle montra le dessin de Venise réalisé au fusain par Bianca, accroché sur le mur derrière elle.

— Je ne lui arrive pas à la cheville, mais merci quand même, madame.

— Ces colonnes, sur les ailes, c'est joli, commenta Sal.

— Ça fait plus italien.

— Ça fera plus cher.

— Dans ce cas, on peut envisager des poteaux de fabrication industrielle, et je les peindrai. Des couleurs vives, festives.

— C'est une chose de faire un dessin, c'en est une autre de construire. Vous avez des exemples de vos travaux ?

— Oui. J'ai un portfolio.

— Il est dans la serviette ?

Bo se borna à hocher la tête à cause de sa bouche pleine de salade.

— Faites voir, ordonna de nouveau Sal.

Bianca se faufila derrière son frère.

— Gib sera là dans une minute. Oh, les croquis... Ils sont magnifiques ! Vous avez du talent.

— C'est un artiste, répéta tante Grace avec conviction, et Sal est en train de l'embêter.

— Ça ne m'étonne pas, dit Bianca tout en donnant un coup de coude à son frère et, dans la foulée, s'emparant des feuillets. C'est encore mieux que ce que j'avais en tête.

— On peut corriger des…

— Non, non. C'est cent fois mieux que ce que j'imaginais. Tu te rends compte, Sal ? Toi et Grace pourriez être assis dehors, ce soir, à la lumière des ravissants petits éclairages, sous la treille, à profiter de la douceur de l'air…

— Et transpirer, au mois d'août !

— Ça nous fera vendre davantage de bouteilles d'eau.

— Mmm. Une cuisine extérieure implique davantage d'employés, de dépenses et de problèmes.

— Et plus de clients, Sal, rétorqua Bianca en fixant son frère d'un air de défi. D'abord, qui fait marcher la boutique, depuis trente-cinq ans ? Toi ou moi ?

Sal haussa les sourcils, puis il débita une longue tirade en italien, à laquelle Bianca répondit avec véhémence, accompagnant ses paroles de force gestes. Se disputaient-ils ? Bo ne prit pas de risque et garda le nez dans sa salade.

Quelques minutes plus tard, le calme revint et Gib posa devant Bo le plat de spaghettis à la saucisse promis.

— Où est Reena ? lui demanda-t-il.

— Je ne sais pas. Je ne suis pas passé chez moi alors je…

Elle avait dit qu'elle finirait tard.

— Gib, regarde ce que Bo va nous construire, intervint Bianca.

Gib sortit des lunettes de sa poche puis, les lèvres serrées, étudia les croquis.

— Des colonnes ?

— Vous pourrez vous contenter de poteaux.

— Je veux ces colonnes ! clama Bianca.

— Ça va au-delà de ce que je projetais, remarqua Gib.

— Oui, mais c'est tellement mieux ! riposta Bianca. Tu as besoin de nouvelles lunettes, Gib ? Tu ne vois plus ce qu'il y a devant tes yeux ?

— Je cherche à lire le prix de tout ça mais je ne le vois pas.

Bo rouvrit sa serviette et en sortit le devis, qu'il plaça devant Gib, lequel arrondit les yeux de stupéfaction avant de commenter :

— C'est raide. C'est le prix du grand luxe.

— C'est ce que vaut mon travail. Mais on peut discuter. Vos spaghettis sont super, Bianca.

— Merci. Régalez-vous.

— On peut discuter sur quoi ? demanda Gib.

— Eh bien, le vin, les repas, fit Bo en souriant à Bianca. J'accepterais d'être payé en *cannoli*. De bouche à oreille, je me fais une réputation. Je pourrais vous fournir les matériaux à prix coûtant, et si de votre côté, vous vous chargiez de quelques gros travaux comme les chargements et les transports, la peinture, ça diminuerait le prix.

— De combien ? s'enquit Gib en regardant Bo par-dessus ses lunettes.

Bo extirpa encore un document de sa sacoche et le tendit à Gib qui le lut en détail avant d'énoncer :

— Vous devez sacrément aimer les pâtes.

Il passa le devis à Sal, mais Bianca l'intercepta.

— Tu n'es qu'un idiot, dit-elle en italien à son mari. Ce qu'il aime, c'est ta fille.

Gib s'adossa à sa chaise et pianota sur la table du bout des doigts.

— Quand pouvez-vous commencer, Bo ?

Là-dessus, il lui tendit la main.

23

— Bo, je ne veux pas que tu te sentes obligé de faire une croix sur les bénéfices, de travailler tellement au-dessous de tes tarifs habituels sous prétexte qu'il s'agit de ma famille, expliqua Reena.

Il continua à caresser la jambe nue de la jeune femme tout en marmonnant :

— Qu'est-ce que tu dis ? Je n'entends pas bien. Je suis en plein coma post-*cannoli* aggravé par un brouillard postcoïtal.

Évidemment, songea Reena, amusée. Trois énormes *cannoli* de Bianca et une séance torride à même le sol de la cuisine avaient de quoi anéantir le plus costaud des hommes.

— Tu fais du bon travail et tu mérites d'être payé en conséquence.

— C'est le cas. J'ai déjà dévoré les trois quarts du premier acompte. Le deal est excellent. Et puis, le Sirico est le pivot du quartier. Cette pergola sera vue de je ne sais combien de gens, qui en parleront à d'autres. Tes parents dirigent le service de bouche à oreille du coin.

— Insinuerais-tu que nous sommes bavards, dans la famille ?

— Sûr. Les oreilles m'ont sifflé pendant tout le repas. Positivement. Je crois même avoir séduit ton oncle Sal.

— L'aîné, radin célèbre entre tous. Mais nous l'aimons malgré tout.

— Bon, alors tout va bien. C'est une bonne affaire. Je vais faire un travail qui me plaît, et j'aurai droit à de la publicité gratuite. Bonus, je mangerai la cuisine de ta mère jusqu'à la fin de mes jours.

— Tu oublies le bonus sexe.

— Ah, ça, c'est personnel. Ça ne compte pas. Mais, dans la mesure où j'ai griffonné quelques projets concernant ta maison, tu pourrais me proposer de monter dans ma chambre et me corrompre à coups de faveurs de cet ordre.

Reena roula sur lui, lui arrachant un gémissement, qu'elle estima dû à l'excès de pâtisseries plutôt qu'au désir.

— Tu as travaillé sur des plans pour ma maison ?

— J'y ai réfléchi. Je n'ai pas eu beaucoup de temps. Mais j'ai presque terminé ta table de salle à manger.

— Je veux la voir ! Je veux tout voir.

— Ce ne sont que des griffonnages. Pour la table, le dessin sera fini dans quelques jours.

— Je veux voir ! Tout de suite.

— La moitié des plans sont encore dans ma tête, grommela Bo.

Néanmoins, dès que Reena l'eut libéré, il se leva et enfila ses vêtements.

— Je veux voir l'autre moitié, dit-elle.

Elle plaqua un baiser sur les lèvres de Bo et conclut :

— Merci d'avance.

— Tu me remercieras après.

Il ouvrit le réfrigérateur pour prendre une bouteille d'eau.

Le téléphone sonna.

— Qui peut bien m'appeler à cette heure-ci ?

Pourvu que ce ne soit pas Brad qui ait besoin que je le fasse sortir de taule ! Quoique je me doive d'avouer que ça n'est arrivé qu'une fois.

— Attends, ne décroche pas tout de suite.

Son chemisier à moitié boutonné, Reena se rua sur le téléphone.

— Tu connais ce numéro ?

— Non, ça ne me dit rien. Merde, tu crois que c'est lui ?

— Laisse-moi répondre… Oui, allô ?

— Prête pour une autre surprise ? Je sais que je me répète, mais quand on a un but, il faut s'y tenir, hein ?

Reena hocha la tête en regardant Bo puis, d'un signe de la main, lui fit comprendre qu'elle voulait un crayon et du papier.

— Je me demandais quand vous rappelleriez. Comment se fait-il que vous ayez pensé à me joindre ici ?

— Je sais que tu es une pute.

— Oh ? J'ai couché avec vous ? demanda Reena tout en prenant note de la conversation.

— Tu te souviens de tous ceux avec lesquels tu as couché, Reena ?

— Pour ce genre de choses, j'ai une excellente mémoire. Donnez-moi un nom, un endroit, et je me rappellerai dans quelle mesure c'était mémorable.

— Réfléchis. Réfléchis à tous les mecs qui t'ont baisée. En commençant par le premier.

Reena sentit sa main se mettre à trembler autour du combiné.

— Une femme n'oublie jamais son premier amant. Et ce n'était pas vous !

— On va s'amuser, toi et moi. Mais dans l'immédiat, pourquoi n'irais-tu pas faire un petit tour ? Pour découvrir ce que j'ai laissé pour toi ?

Clic. Il avait coupé la communication.

— Salaud…, gronda Reena tout en prenant son portable dans son sac. Il a fait quelque chose par ici. Pas loin. Ne touche pas au téléphone.

Elle accrocha son holster et composa un numéro sur le portable.

— Ici l'inspecteur Hale. J'ai besoin que vous localisiez ce numéro, dit-elle en récitant les chiffres. C'est un portable. Voici, où il a appelé. Je garde la ligne ouverte.

Elle donna le numéro de fixe de Bo puis sortit de la cuisine.

— Il a peut-être allumé un incendie à proximité, continua-t-elle. Je veux une patrouille. Je sors voir ce qu'il en est. Vous pouvez me joindre au… Oh, le salaud ! J'ai un véhicule en feu, à cette adresse ! Donnez l'alerte !

Bo passa devant Reena, un extincteur à la main.

Le capot de la camionnette était relevé. Le moteur brûlait, de la fumée noire s'élevait en tourbillons et sous le châssis une nappe d'essence était en feu. Les pneus fondaient et l'odeur acide du caoutchouc en fusion empuantissait l'atmosphère.

D'autres flammes se mirent à lécher le toit du véhicule, poussées par la brise.

La colère de Reena se mua en peur lorsqu'elle découvrit la mèche de chiffons enflammés qui menait droit au réservoir d'essence, d'où dépassait, soigneusement pliée, une serviette en papier rouge au logo du Sirico.

— Recule ! cria Reena à Bo.

Elle lui arracha l'extincteur des mains et visa le moteur de la camionnette.

L'appareil cracha sa mousse blanche. Le vent lui renvoyait la fumée en plein visage. Sa bouche était envahie par le goût du feu tandis que celui-ci approchait du réservoir.

— Oublie la camionnette ! cria Bo en l'entraînant par la main de l'autre côté de la rue.

Ils couraient tête baissée lorsque celle-ci explosa. L'arrière se souleva puis retomba, faisant trembler le sol. Le souffle les déséquilibra. Des morceaux de métal chauffés à blanc furent projetés en tous sens, s'abattant sur le voisinage, tandis qu'ils se réfugiaient sous une voiture.

— Ça va, Bo ? Tu es blessé ? Brûlé ?

Il secoua la tête, fixant l'enfer qui avait été sa camionnette. Ses oreilles bourdonnaient, ses yeux lui piquaient et son bras était chaud. Il y porta la main et la retira vivement quand sa paume toucha un liquide gluant. Du sang.

— J'y étais presque, Bo… Quelques secondes de plus…

— Tu as été à deux doigts de finir en miettes à cause d'une connerie de camionnette !

— Ce salopard s'amuse avec moi ! Il a tout minuté ! s'écria rageusement Reena en frappant l'asphalte de son poing serré. Le moteur, le châssis, tout ça n'était destiné qu'à détourner mon attention. Si seulement j'avais vu la mèche plus tôt… Mon Dieu, Bo, tu saignes !

— J'ai dû m'écorcher quand on a été projetés par terre.

— Montre-moi ça. Où est mon portable ? Où est ce foutu portable ?

Elle sortit de leur abri et le vit en morceaux au milieu de la rue.

— Merde ! Ah, ils arrivent, dit-elle en entendant les sirènes. Assieds-toi et laisse-moi regarder ton bras.

— Ça va. Viens t'asseoir avec moi.

Des gens sortaient des maisons mais restaient à distance prudente du brasier.

Bo se sentait confus. Il tremblait. À moins que ce ne soit Reena ? Il se laissa tomber au bord du trottoir, sans la lâcher, l'obligeant à faire de même.

— Tu as une entaille. Elle est profonde. Tu vas avoir besoin d'agrafes.

La vue du sang de Bo la bouleversait. Elle s'exhorta au calme.

— Enlève ta chemise. Il me faut quelque chose pour comprimer. Ça arrêtera le saignement jusqu'à l'arrivée des ambulanciers.

Il ne retira pas sa chemise mais sortit un bandana de la poche arrière de son jean.

Ça fera l'affaire. Je suis tellement désolée, Bo.

— Tu n'as pas à l'être. Tu n'as pas non plus à t'excuser.

Pendant qu'elle faisait le bandage, il fixait sa camionnette. Il ne souffrait pas encore, mais la douleur ne tarderait pas à se manifester. Pour l'instant, il ne ressentait que de la rage à la vue de son bien parti en flammes.

L'équipe d'intervention arriva et entreprit immédiatement d'éteindre le feu. Reena, après avoir fini le pansement de fortune, resta assise quelques instants, le menton appuyé sur ses genoux remontés.

— Il faut que j'aille parler à ces gars, dit-elle enfin. Je t'enverrai un infirmier. Sauf avis contraire, je t'amènerai aux urgences.

— Non, ne t'en fais pas à cause de cette bricole.

Bo n'avait pas du tout envie d'aller à l'hôpital. En revanche, il était d'humeur belliqueuse.

Il se leva et tendit la main à Reena.

— Viens. Allons raconter ce qui s'est passé.

Lorsqu'elle eut fini de décrire les événements, la moitié des gens qu'elle connaissait étaient agglutinés dans la rue et sur le trottoir : ses parents, Jack, Xander, Gina et Steve, d'anciennes camarades d'école, des cousins de celles-ci... Elle entendit son père parler à Fran dans son portable, lui assurer qu'il n'y avait pas de blessés et lui demander de transmettre à An ce qu'il venait de dire.

— On a localisé l'appel ? s'enquit-elle auprès d'O'Donnell quand il s'approcha d'elle.

— On y travaille. Tu es blessée ?

— Non. Quelques bleus quand on a été projetés, mais Bo a joué les héros : il a amorti ma chute.

Reena se tut quelques instants, le temps de frotter ses yeux douloureux.

— Quand ce salaud m'a appelée, il m'a tenue assez longtemps au téléphone. Je comprends maintenant pourquoi. Il s'est débrouillé pour qu'il n'y ait d'abord que de la fumée, de façon que je me concentre là-dessus et tente d'éteindre le feu. Cette fumée masquait la mèche. J'ignorais que l'explosion était imminente.

Et si Bo ne l'avait pas écartée de force de la camionnette, il n'y aurait pas seulement eu une voiture brûlée mais aussi un inspecteur du nom de Catarina Hale.

— Le temps que j'aperçoive la mèche – il avait enfoncé une serviette du Sirico dans l'embouchure du réservoir d'essence –, c'était trop tard. J'ai quand même essayé de faire quelque chose mais Bo m'a attrapée comme un ballon de rugby et m'a obligée à courir jusqu'à la ligne de fond. En plus de sa camionnette, il a perdu tous ses outils qui étaient sur la plate-forme.

— Il t'a appelée chez Goodnight. Tu as écouté ton répondeur ? Il a peut-être essayé de te joindre chez toi d'abord.

— Je ne sais pas. Je n'ai pas encore mis les pieds chez moi.

— Vas-y, je t'attends.

— OK, je reviens dans une minute.

Elle s'éloigna, dit quelques mots à son frère puis se dirigea vers sa maison.

— Mon vieux, dit Xander à Bo, je vais vous conduire à la clinique et arranger votre bras.

— Allez, Doc, ce n'est qu'une égratignure.

— C'est à moi d'en décider.

— Oui, Bo, suivez Xander, intervint Bianca. Je fais un saut chez vous et je vous rapporte une chemise propre.

— La porte est ouverte.

— Vous avez vos clés ? Je fermerai en sortant.

— Non. Elles sont à l'intérieur.

Bianca lui entoura le visage de ses mains.

— Nous allons nous occuper de cela. Nous nous occupons toujours des nôtres. Vous partez avec Xander bien sagement et demain, quand vous irez mieux, vous irez voir mon cousin Sal.

— Je croyais que c'était votre frère.

— C'est un autre Sal. Il a un garage. Il vous trouvera une camionnette à un prix défiant toute concurrence. Je vous donnerai son adresse.

Gib s'était approché à son tour.

— Bianca, Jack va rester avec toi. Moi, je les accompagne. Je n'ai pas envie que le patient joue les filles de l'air.

— Papa adore me regarder planter des aiguilles dans la peau des autres, plaisanta Xander.

Effectivement, Bo songeait à se défiler. Mais il constata qu'il était bien encadré. Aucune échappatoire possible.

— L'infirmier m'a dit que la pose d'agrafes pouvait attendre demain, essaya-t-il néanmoins.

— Ce qui est fait n'est plus à faire. Est-ce qu'il vous faut une piqûre antitétanique ?

— J'y ai eu droit l'an dernier ! gémit Bo. Laissez-moi tranquille, par pitié… Vous aussi, Gib. Je n'ai pas besoin d'anges gardiens.

Pour toute réponse, Gib le prit par le bras et le contraignit à marcher jusqu'à ce qu'ils aient franchi la compacte muraille humaine formée par les badauds.

— Maintenant, entre nous, dit Gib en s'arrêtant, expliquez-moi. J'ai entendu des trucs à droite et à gauche, et j'aimerais bien connaître l'histoire dans son intégralité. Que se passe-t-il exactement ? Quelqu'un a téléphoné à Reena chez vous, il paraît.

— Oui. Le même type que les autres fois. Celui qui la harcèle. Apparemment, c'est lui qui a incendié l'école. Reena ne vous a donc rien raconté ?

— Non, mais vous, vous allez le faire.

— Je préférerais que ce soit elle qui s'en charge.

— Vous préféreriez peut-être aussi que je vous immobilise de force pendant que Xander vous ferait un examen de la prostate ?

— Oui, ce serait amusant, approuva Xander en riant.

— Bon. Je vais vous dire ce que je sais mais Reena sera furieuse. Finalement, c'est peut-être bien d'être fils unique de parents divorcés. Parce que vous deux, vous êtes des coriaces.

Bo leur rapporta toute l'histoire tandis qu'ils parcouraient les deux pâtés de maisons qui les séparaient du centre médical. Xander, le visage sévère, lui indiqua une table d'examen.

Bo s'y installa pendant que Gib demandait :

— Quand tout cela a-t-il commencé ?

— À ma connaissance, juste après que Reena a emménagé dans la maison.

— Et elle n'en a pas soufflé mot !

Gib se mit à faire les cent pas dans le cabinet.

— Steve non plus, remarqua Xander en commençant à nettoyer la blessure. Vous avez une belle entaille. Il va falloir poser au moins six agrafes.

— Tant que ça ? Merde !

— Je vais vous faire une anesthésie locale.

Il prépara une seringue et Bo retint son souffle lorsque l'aiguille s'approcha de son bras.

Bo fixait la seringue, puis décida qu'il valait encore mieux regarder le visage livide de Gib.

— Monsieur Hale, je n'en sais pas davantage que ce que je vous ai dit. Je ne comprends pas le genre de jeu auquel se livre ce type, mais il a réussi à la mettre à cran. Elle tient le coup, mais ça la mine.

— Quelqu'un qu'elle avait envoyé en prison, peut-être, murmura Gib, et qui serait sorti. Il est temps que j'aie une discussion avec ma fille.

— Pour votre gouverne, Bo, discuter, chez nous, signifie crier, jurer et éventuellement se jeter des assiettes à la tête, jugea bon de préciser Xander. Allez, Bo, la petite piqûre…

— Aïe ! Euh… Gib, vous êtes le père de Reena. Vous la connaissez donc mieux que personne mais à mon avis, crier, et jurer et se balancer des trucs à la tête ne réglera rien dans cette affaire.

— Ça ne coûte rien d'essayer.

La porte du cabinet s'ouvrit sur Jack, chargé d'une chemise et d'un pantalon propres. Il jeta un coup d'œil à Bo, fit une mimique exprimant la sympathie puis déclara :

— Bianca a pensé que vous auriez besoin de ces vêtements. Mmm… Des agrafes, hein ?

— Ouais. Dr Jekyll a estimé que c'était nécessaire.

Ç'aurait pu être pire, décida Bo. Il aurait pu s'humilier en couinant comme une fillette. En fait, il rentra chez lui sa dignité relativement intacte, tout en léchant la sucette que lui avait donnée Xander à la fin du supplice. La plupart des curieux étaient partis. Reena, Steve, O'Donnell et une poignée d'hommes qui, supposa Bo, étaient des techniciens, tournaient encore autour de l'épave de la camionnette.

Est-ce que son assurance paierait pour les dégâts occasionnés aux autres voitures ? Si ce n'était pas le cas, ses tarifs allaient s'envoler comme ces fichus morceaux d'acier.

— Alors, ton bras ? demanda Reena qui, le voyant, avait abandonné le groupe d'enquêteurs.

— On ne m'amputera pas. Et en plus, j'ai eu droit à une sucette.

— Pour qu'il arrête de pleurnicher, expliqua obligeamment Xander. Dommage que je n'aie rien pu faire pour la camionnette : on ne peut que constater le décès.

— Oui, ça se présente mal. Il y a eu de sérieux dommages sur les voitures garées à proximité, y compris la mienne. Nous avons presque fini l'enquête sur le terrain. Si tu es d'accord, tu peux signer l'ordre d'enlèvement de l'épave, Bo.

— Et mes outils ? Ils y sont tous passés ?

— Dès que nous aurons terminé, je t'apporterai ceux que nous avons récupérés. Papa, maman est chez moi. Elle t'attend, et elle veut avoir des nouvelles de Bo.

— Bien. Je vais attendre avec elle.

— Vous feriez mieux de rentrer. J'en ai encore pour un moment.

— Nous attendrons, répéta obstinément Gib avant de se diriger vers la maison.

Reena fronça les sourcils.

— Que se passe-t-il ? demanda-t-elle à la cantonade.

Xander s'empressa de passer le bras autour des épaules de Jack.

— Viens, je te raccompagne… Bo, appliquez la pommade que je vous ai donnée et gardez le pansement bien sec. Je vous reverrai demain. Et toi, Reena, surveille tes arrières parce que tu as les fesses rôties.

Xander effleura la joue de sa sœur d'un baiser puis s'éclipsa en compagnie de son beau-frère, laissant la jeune femme seule avec Bo.

— Ils ont filé comme s'ils avaient une meute aux trousses, remarqua-t-elle. Que se passe-t-il ?

— Tu ne leur avais rien dit.

— Je ne… Oh, bon sang ! Toi, tu leur as parlé ?

— Oui. Tu aurais dû tout leur raconter parce que ton silence m'a mis dans une situation impossible.

— Ah, bien. Très bien, fit Reena en regardant sa maison où ses parents l'attendaient. Tu ne pouvais pas la fermer et me laisser m'occuper de ça le moment venu ?

Pendant quelques instants, Bo resta silencieux, puis il lança :

— Tu sais quoi ? Cette nuit a été un vrai cauchemar, et je ne me sens pas de taille à me disputer avec toi. Alors, fais ce que tu veux, moi je vais me coucher.

Un signe de la main en guise d'au revoir, et Bo se dirigea vers sa propre maison. Reena se retrouva seule avec une colère qu'elle ne savait sur qui déverser.

Elle ne rentra chez elle qu'à 4 heures du matin, ne rêvant que d'une douche et de la douceur de son lit. Mais apparemment, ni Gib ni Bianca ne l'entendaient ainsi. Blottis l'un contre l'autre sur le canapé comme deux gamins, ils dormaient... Reena, soulagée, commença à monter l'escalier sur la pointe des pieds.

— N'y songe même pas ! tonna Gib.

Elle s'immobilisa, ferma les yeux. Jamais, mais alors, jamais, aucun des enfants Hale n'avait réussi à rentrer en catimini à la maison après une escapade nocturne. À croire que Gib était doté d'un instinct de reptile.

— Il est tard, papa. Je souhaite me reposer un peu.

— Tu es assez grande pour supporter que tes souhaits ne soient pas exaucés.

— Je déteste t'entendre dire ça !

— Catarina, n'emploie pas ce ton avec nous, dit Bianca. Nous sommes toujours tes parents et nous le resterons jusqu'à la fin des temps !

— Je suis vraiment crevée. Est-ce que ça ne peut pas attendre demain ?

— Quelqu'un s'en prend à toi et tu ne nous en as rien dit ? Bon. Aucune chance de se défiler, constata Reena avec accablement.

Elle retira le bandeau qui retenait ses cheveux en arrière et fit face à son père qui venait de se mettre debout.

— Il s'agit de mon travail, papa. Je ne peux ni ne veux parler des cas dont je m'occupe.

— Non, Reena, là, quelqu'un t'en veut personnellement. Il t'appelle, il connaît ton nom, sait où tu habites, et cette nuit, il a essayé de te tuer.

— Est-ce que j'ai l'air morte ? Est-ce que je suis blessée ?

— Est-ce que tu serais là si Bo n'avait pas réagi au quart de tour ?

— Oh, ça va ! Bo est le preux chevalier blanc et moi la damoiselle en détresse. Dites, vous avez remarqué ça ?

Elle arracha son badge de sa ceinture et le brandit sous le nez de Gib.

— Vous croyez qu'on en donne à de fragiles damoiselles ?

— Non, mais on en donne à des femmes entêtées et égoïstes qui sont incapables d'admettre qu'elles puissent avoir tort !

Gib avait crié et Reena répondit au diapason :

— Quoi ? Égoïste ? Non, mais d'où tu sors ça ? Je fais mon travail ! Est-ce que je te dis comment faire le tien ?

Le père et la fille se faisaient face comme des duellistes.

— Tu es mon enfant, et ce qui te concerne me concerne. Quelqu'un t'attaque, et maintenant il va avoir affaire à moi.

— Voilà exactement ce que je voulais éviter. À ton avis, pourquoi ne t'ai-je rien dit ? Non, papa, tu ne vas pas te mêler de ça. Tu ne vas pas te mêler de mon job, ni de cette affaire qui ne regarde que moi.

— Je t'interdis de me dire ce que j'ai à faire !

— Je te renvoie la pareille.

— *Basta ! Basta !* Ça suffit ! s'écria Bianca en jaillissant du canapé. Catarina, ne hausse pas le ton quand tu t'adresses à ton père, et toi, Gib, ne hurle pas aux oreilles de ta fille ! C'est moi qui vais hurler contre le duo d'idiots que vous formez ! Vous avez l'un et l'autre raison, mais ça ne m'empêchera pas d'attraper vos deux caboches vides et de les frapper l'une contre l'autre jusqu'à ce que j'entende craquer les os !

Bianca planta un index accusateur dans la poitrine de son mari.

— Toi, Gib, tu tempêtes, tu accuses, mais tu ne vas pas à l'essentiel. Tu vas t'excuser d'avoir traité ta fille d'égoïste, parce qu'elle n'en est pas une. Quant à toi…

L'index se déplaça pour aller se vriller l'estomac de Reena.

— … nous sommes fiers que tu sois policier, nous sommes fiers de la femme que tu es, mais ceci est différent et tu le sais. Il y a un fou qui t'en veut personnellement. Sois honnête, ma fille : t'avons-nous déjà dit « fais attention quand tu entres dans un bâtiment qui pourrait te tomber dessus » ? Ou bien « ne deviens pas policier, nous nous ferions trop de souci, le jour comme la nuit » ?

— Maman…

— Je n'ai pas fini. Quand tu as suivi la carrière dont tu rêvais, nous avons ressenti une fierté que tu n'imagines même pas ! Et voilà que maintenant tu nous écartes, tu prétends que nous n'avons pas à nous mêler de cette histoire alors que ce fou veut te faire du mal ?

— Je… je ne voulais pas vous inquiéter.

— Nous inquiéter, c'est notre job à nous. Nous sommes tes parents.

— D'accord. J'aurais dû tout vous raconter et, après ce qui est arrivé cette nuit, je l'aurais fait mais Bo…

— C'est sa faute, maintenant ? coupa Gib.

— Il n'est pas là pour se défendre, alors oui. Et après ? Il est devenu votre meilleur ami ?

— Il s'est blessé en te protégeant. Sans Bo, ce soir, c'est toi que Xander aurait peut-être été obligé de soigner. Ou pire.

— Excuse-toi, Gib, lui rappela Bianca.

Il leva les yeux au ciel, soupira puis lâcha :

— Pardonne-moi de t'avoir traitée d'égoïste, ma chérie. Tu ne l'es pas, c'est entendu. Je t'ai dit ça sous le coup de la colère.

— C'est bon. Je l'ai été d'une certaine façon, mais si j'ai tout gardé pour moi, c'était pour vous épargner. Parce que je vous aime.

Reena se nicha dans les bras de son père et prit la main de sa mère.

— Je vous aime, répéta-t-elle, et j'ai peur. Je ne sais pas qui fait toutes ces horreurs, ni pourquoi. Sur le lieu de chaque incendie, il a laissé quelque chose provenant du Sirico.

— Du Sirico ? répéta Gib.

— Oui. À l'école, une boîte d'allumettes. Ce soir, une serviette de table. Il me fait savoir qu'il peut vous atteindre… Il s'arrange pour que je comprenne que vous êtes en danger. S'il vous faisait du mal, je… je ne le supporterais pas.

— Alors tu as compris ce que nous éprouvions. Va dormir un peu, maintenant. Nous fermerons à clé en partant.

— Oui, ma chérie, renchérit Bianca, va te reposer. Oublie tes soucis jusqu'à demain.

Reena monta dans sa chambre. Dès qu'il fut seul avec sa femme, Gib lui dit à voix basse :

— Nous n'allons pas la laisser seule !

— Si, nous allons la laisser seule. Nous devons lui faire confiance. C'est très dur, c'est toujours très dur de laisser son enfant voler de ses propres ailes, mais il faut le faire. Viens, Gib. On rentre à la maison… où nous pourrons continuer à nous ronger les sangs.

La sonnerie du téléphone réveilla Reena à 5 heures 45. Elle s'arracha avec peine à un sommeil plombé par l'épuisement, alluma la lampe de chevet et brancha l'enregistreur avant de décrocher.

— Mmm ? fit-elle dans le combiné.

— T'as pas été assez rapide, hein ? T'es pas aussi douée que tu le croyais.

— Parce que vous, vous l'êtes, c'est ça ? Sauf que vous vous êtes donné tout ce mal pour pas grand-chose : faire sauter une voiture !

— Le mec, il a dû être sacrément fumasse. J'aurais bien aimé voir sa tronche quand ça a pété.

— Pourquoi n'êtes-vous pas resté dans le coin ? Si vous aviez quelque chose dans le pantalon, vous seriez resté pour assister au spectacle !

— J'ai des couilles, sale garce. Et quand j'en aurai fini avec toi, tu te mettras à genoux pour les lécher !

— Si c'est ce que vous voulez, dites-moi quand et où.

— C'est moi qui en décide. Mais t'as rien pigé, hein ? Même après ce soir, t'as rien pigé. Tout le monde te prend pour un petit génie mais t'es qu'une conne.

— Dans ce cas, donnez-moi quelques indices. Je suis larguée, alors le jeu n'est pas marrant. Allez, jouons !

— C'est mon jeu, selon mes règles. Allez, à la prochaine !

Il raccrocha.

Reena n'avait plus sommeil et son esprit tournait à plein régime. Qu'avait-il dit ? Qu'elle ne comprenait toujours pas, même après ce qui s'était passé ce soir ? Quelles conclusions pouvait-elle tirer des événements de cette nuit ? Nouvelle méthode, nouvelle cible. Alors que le pyromane type opérait invariablement selon le même schéma, lui modifiait le mode opératoire à chaque fois et laissait derrière lui des éléments provenant du Sirico. Comme une signature, ou un message destiné à Catarina Hale.

S'agissait-il de quelqu'un qu'elle aurait amené autrefois au Sirico ? O'Donnell enquêtait sur Luke, qui n'appréciait guère la boutique. Mais il se trouvait à New York. Bien sûr, il était toujours possible qu'il ait fait un saut à Baltimore, mais pourquoi ? Qu'est-ce qui aurait pu le pousser à la harceler après tant d'années ?

De plus, le pervers s'exprimait mal. Luke aurait pu endosser un personnage, voix comprise, en vue de la tromper. Mais encore, pourquoi aurait-il fait cela ? D'autant qu'il ne connaissait rien aux feux, aux accélérants. Bon, d'accord, sa Mercedes était partie en fumée. Mais tout de même…

— Ô mon Dieu ! s'exclama Reena en se redressant d'un bond.

Ce n'était pas pareil – pas tout à fait. La camionnette de Bo n'avait pas été ouverte, ni l'alarme déconnectée, et rien n'avait été placé à l'intérieur pour l'enflammer. Mais l'essence s'était écoulée à l'identique, sur les pneus, sous le châssis. Et une mèche avait été placée dans l'embouchure du réservoir d'essence.

Cela s'était passé bien longtemps auparavant. Le pyromane pouvait-il être le même ? Quelqu'un qui n'en voulait pas à Luke mais cherchait à l'atteindre, elle, à travers Luke ?

L'histoire remontait à six ans. Y avait-il eu d'autres incendies volontaires depuis, sur lesquels elle aurait enquêté sans établir le rapport entre ce maniaque et elle ? Décidément, il fallait qu'elle se penche sur les dossiers non classés.

Car ce cauchemar semblait bien avoir commencé des lustres plus tôt. Il essayait de lui faire savoir que c'était elle qu'il visait. Et elle avait mis bien du temps à en prendre conscience.

« Tu ne comprends rien », avait-il dit.

Elle noua les bras autour de son buste. Soudain, elle était frigorifiée. Elle dévala l'escalier, et ses mains tremblaient lorsqu'elle saisit le carnet sur lequel elle avait scrupuleusement noté toutes les paroles de l'homme.

« Réfléchis. Réfléchis à tous ces mecs qui t'ont baisée. En commençant par le premier. »

— Le premier… murmura-t-elle en se laissant tomber sur une chaise, les jambes flageolantes. Le premier était… ô Seigneur… Josh !

24

À 7 heures 55, Reena frappa à la porte de Bo jusqu'à ce qu'il ouvre.

Il avait les yeux alourdis de sommeil, les cheveux rabattus sur un seul côté de la tête, et était vêtu en tout et pour tout d'un caleçon bleu. Son regard, bien qu'endormi, était rien moins qu'aimable.

— Il faut que je te parle ! annonça-t-elle en passant devant lui.

— Mmm. Ouais, d'accord, Reena. Entre. Assieds-toi. Je vais préparer le petit déjeuner, fit-il d'un ton aigre. Demande ce que tu veux. Je suis là pour te servir.

— Pardonne-moi de t'avoir réveillé. Je sais que tu as passé une mauvaise nuit, mais c'est vraiment très important.

Il haussa les épaules, déclenchant un élancement dans son bras blessé qui le fit grimacer, et se dirigea vers la cuisine, où il prit un coca dans le réfrigérateur. Il l'ouvrit et le but debout.

— Je sais que tu m'en veux, continua Reena d'un ton de maîtresse d'école, mais ce n'est pas le moment de nous comporter de façon puérile.

De la main de Bo serrée autour de la boîte de soda jaillit un majeur dressé.

— Ça, c'est puéril, l'informa-t-il.

— À ce que je constate, tu as envie d'une dispute, mais ça attendra. Il faut que tu m'écoutes, Bo.

Il se laissa tomber sur une chaise et lui décocha un regard indifférent, du genre « puisque tu y tiens, allons-y ».

Reena percevait le ressentiment, la fatigue et aussi de la douleur dans ses yeux. Mais dorloter Bo ne faisait pas partie de ses priorités du moment.

— J'ai des raisons de croire que le lien qu'il y a entre l'incendiaire et moi remonte à bien plus longtemps que nous ne l'avions imaginé au départ.

— Et ?

— Je me base sur les conversations que j'ai eues avec lui, y compris celle de ce matin.

La main de Bo se crispa autour de la boîte.

— Il t'a offert un réveil en fanfare et tu as décidé de me sortir du lit pour m'en faire profiter.

— Bo…

— Va te faire voir, lâcha-t-il d'un air las tout en repoussant sa chaise avant de se lever pour ouvrir un placard.

Il en sortit un flacon d'aspirine, vida quelques cachets dans sa main, les fourra dans sa bouche comme des bonbons et les fit descendre avec une gorgée de coca.

— Ça fait mal ? demanda Reena en montrant le bras bandé.

— Mais non, quelle idée ! Je croque de l'aspirine pour le plaisir et je prends toujours du coca au petit déjeuner.

— Tu es vraiment en colère, murmura Reena, l'estomac serré.

— J'en veux au monde entier, si tu veux savoir ! Aux hommes, aux femmes, aux enfants, à la faune et à la flore de cette foutue planète, et même de tout l'univers s'il y a, comme je le crois, de la vie ailleurs. J'ai eu droit à cinq minutes de sommeil et j'ai l'impression d'avoir été roué de coups.

Reena remarqua alors des bleus auxquels elle n'avait pas prêté attention jusque-là. Elle en avait aussi toute une panoplie mais ceux de Bo étaient infiniment plus spectaculaires. Et tout cela parce qu'il l'avait protégée en se jetant par terre pour amortir sa chute.

En venant chez lui, elle avait prévu d'être rapide, précise, de condenser son récit. Mais maintenant qu'elle voyait son regard bougon, ses cheveux en bataille, son corps meurtri, elle changeait d'avis. Après tout, même sa sévère maîtresse d'école, autrefois, avait su se montrer indulgente et l'avait embrassée le jour où elle s'était méchamment écorché le genou dans la cour de récréation.

— Pourquoi ne pas t'asseoir, Bo ? C'est moi qui vais préparer le petit déjeuner, et mettre un sac de glaçons sur ce genou enflé.

— Je n'ai pas faim. Et j'ai un sac de petits pois surgelés dans le congélateur.

Les petits pois feraient l'affaire. Elle-même y avait déjà eu recours. Elle sortit donc le sachet du compartiment et le plaça sur le genou de Bo, qui s'était assis en maugréant.

— Je suis désolée que tu te sois blessé, désolée pour ta camionnette et encore plus désolée de t'avoir engueulé parce que tu as raconté à mon père quelque chose dont j'aurais dû lui parler depuis longtemps.

Elle s'assit à son tour, pressa brièvement ses poings serrés sur ses yeux fermés, puis répéta :

— Je suis sincèrement désolée, Bo.

— S'il te plaît, Reena, ne pleure pas, sinon tu vas fiche en l'air une bonne et saine colère.

— Je ne pleurerai pas, promit-elle tout en luttant pour tenir sa promesse. Toute cette affaire est grave et tu te retrouves en plein dedans à cause de moi.

— Grave à quel point ?

— Il faut que je passe un coup de fil, dit Reena en sortant son portable de sa poche. Tout ça va prendre un peu plus de temps que je ne le pensais… Allô ? O'Donnell ? C'est Hale. J'aurai du retard. Je serai là dans trente minutes.

Tout en parlant, elle ouvrit le frigo, après avoir demandé à Bo d'un geste de la main la permission de se servir. Au milieu des cocas normaux, il y avait des canettes de Pepsi light. Elle savait que Bo les avait achetées pour elle. Cette marque d'attention ranima son envie de pleurer, et elle se sentit ridicule.

Elle referma son portable, décapsula la canette et regarda Bo.

— Il y a plusieurs années, je sortais avec quelqu'un. Ç'a duré quelques mois. Quatre, si ma mémoire est bonne. Il n'avait rien du type d'homme qui m'attire en général. Un peu trop lisse et exigeant pour mon goût, mais bon… j'avais envie de changement, et avec lui, je l'avais. Le genre BCBG, Mercedes, costumes italiens, sachant choisir les vins. Il m'amenait voir des films intellos sous-titrés qui, j'en suis sûre, l'intéressaient aussi peu que moi. Mais j'aimais être avec lui parce que ça me donnait l'impression d'être vraiment une femme.

— Qu'est-ce que tu es, sinon ? Un caniche ?

— Rectification : je me sentais féminine, sophistiquée, très accommodante et…

Elle marqua une hésitation : c'était vraiment désagréable de se rendre compte à quel point elle avait été sotte.

— C'était un bouleversement pour moi. Je le laissais choisir les restaurants, faire des projets pour nous deux... C'était reposant. Quand on est constamment dans les starting-blocks, comme c'est le cas dans mon boulot, on ne peut pas se montrer très féminine. On est toujours sur la brèche et... Bref, ce qui m'a attirée, ç'a été la différence.

— Tu penses que c'est ce mec qui te téléphone ?

— Non. On ne peut pas l'exclure totalement mais a priori, je dirais non. C'est un gestionnaire financier qui va chez la manucure deux fois par mois. Il habite maintenant New York. À l'époque, il a commencé à me taper sur les nerfs, mais j'ai laissé couler parce que... Bref, je ne suis pas tout à fait sûre de mes raisons, et c'est d'ailleurs sans importance.

» Le soir de ma première mission avec ma brigade, nous nous sommes querellés... et il m'a frappée.

— Ouh, là !

Bien. Maintenant qu'elle avait commencé, il fallait aller jusqu'au bout, se dit Reena, et revivre la honte.

— Je me suis dit que c'était un accident. C'était ce qu'il prétendait. Il gesticulait, je me suis avancée vers lui par-derrière... et j'ai reçu dans la figure le revers de sa main. Oui, cela aurait vraiment pu être accidentel, et je l'ai pris comme tel. Jusqu'à la fois suivante.

Le voile de fatigue avait disparu des yeux de Bo. Soudain, ils étaient durs, luisaient d'un vert pur et limpide.

— Il t'a à nouveau frappée ?

— Oui, et ça n'avait rien à voir avec la fois précédente. Il avait organisé un dîner dans un restaurant français haut de gamme. Champagne, fleurs… je ne me doutais de rien. Il m'a annoncé qu'il avait reçu une promotion et était muté à New York. Je lui ai dit que j'étais heureuse pour lui… et au fond de moi pointait le soulagement. Je sais que ça paraît dur, mais je commençais à penser que nous allions rompre en douceur. Et là, il m'a annoncé qu'il voulait que je l'accompagne à New York. Sur le moment, je n'ai pas compris qu'il parlait d'un départ définitif. J'ai cru qu'il ne s'agissait que d'un week-end. Quand j'ai enfin saisi ce qu'il désirait, j'ai pensé, non, je n'irai pas à New York, et j'ai essayé de lui expliquer pourquoi.

— Bon, je résume : le gars que tu fréquentes depuis quelques mois veut que tu abandonnes tout : travail, famille, amis, parce qu'il a été muté. Tu vois, j'avais raison de dire qu'il n'existe pas que notre monde. Ce mec vient d'une autre planète. Il ne pense pas comme nous.

Reena ne put se retenir de sourire.

— Eh bien, ensuite, on est passés à la vitesse supérieure. Il m'a sorti une bague avec un diamant gros comme une étoile, m'a annoncé que nous allions nous marier et partir nous installer à New York.

Elle ferma un court instant les yeux : les émotions pénibles vécues à ce moment-là ressuscitaient, l'assaillant en force.

— J'étais complètement sonnée, reprit-elle. Tout me tombait dessus sans prévenir et, alors que j'essayais de lui parler, le serveur est arrivé avec du champagne, les gens aux autres tables se sont mis à applaudir et la fichue bague était à mon doigt.

— Un vrai guet-apens.

Bo comprenait, et elle lui en était reconnaissante.

— J'ai été condamnée au silence tant qu'on est restés dans le restaurant. J'ai attendu qu'on soit chez moi pour tout lui sortir. Et là... Eh bien, disons qu'il n'a pas très bien pris les choses. Il a commencé à m'insulter, m'accuser de l'avoir humilié, m'a traitée de salope. Là, j'ai cessé d'être navrée pour lui et je lui ai balancé en retour ce que je pensais. Ça l'a rendu fou. Il m'a expliqué qu'il allait me faire comprendre lequel de nous deux était le chef, et il m'a tapé dessus. Tout d'abord, j'ai été prise au dépourvu. Mais une fois que je me suis ressaisie, je l'ai flanqué par terre, je lui ai collé un coup de pied dans les parties puis je l'ai jeté dehors.

— Reena, je te félicite. Mais compte tenu de ce que tu viens de me raconter, pour moi, ce type est en tête de la liste des suspects.

Il ne l'estimait en aucune manière responsable de ce qui s'était passé, ne la trouvait ni stupide ni faible ! C'était formidable, un homme capable de comprendre qu'on avait vécu une très mauvaise expérience dont on était sortie mortifiée. Un homme qui vous empêchait de vous sentir souillée et rabaissée, songea Reena, le cœur battant.

— À mon avis, il n'est pas suspect. Mais il est indirectement mêlé à ce qui est arrivé. Le lendemain matin, le capitaine Brant et O'Donnell ont débarqué chez moi pour m'apprendre que quelqu'un avait fait flamber la Mercedes de Luke, et ce quelques heures à peine après que je lui avais fait quitter mon appartement à quatre pattes. Et Luke m'accusait. Mais ça n'a pas marché. D'abord, Gina avait passé la nuit avec moi et elle était encore là. Ensuite, mon coéquipier comme mes supérieurs m'ont crue. Tu sais, Bo, la méthode utilisée n'était pas tout à fait la même que la nuit dernière, mais elle comportait des similitudes.

Lorsque le maniaque m'a appelée ce matin, il y a fait allusion.

— Ce sale con de Luke aurait pu incendier sa voiture pour te mettre dans le pétrin. Et il a peut-être remis ça hier soir pour faire bonne mesure.

— C'est possible, sauf que le maniaque m'a dit autre chose, cette nuit. Sur le moment, ça n'a pas fait tilt. Ce n'est que ce matin que j'ai eu le déclic. Il m'a conseillé de me rappeler les hommes avec lesquels je suis sortie, en commençant par le premier.

— Et ?

— Le premier, c'était Josh. Qui est mort dans un incendie, longtemps avant que je rencontre Luke.

— Il avait fumé au lit…

— Je n'y ai jamais cru. J'ai été obligée de l'accepter, mais…

Reena entendait trembler sa voix. Même tant d'années après le drame, elle était bouleversée.

— Cela fait maintenant trois hommes auxquels j'ai été liée qui sont touchés, directement ou indirectement, par le feu. L'un d'eux est mort, et je n'arrive pas à croire qu'il s'agisse d'une coïncidence. Plus maintenant.

— Maintenant, tu penses que Josh a été assassiné, dit Bo en prenant un autre coca dans le réfrigérateur.

— Oui. Et je pense que se servir du feu a été délibéré parce que quiconque me connaissait à l'époque savait que j'étudiais dans le but d'intégrer la brigade chargée des enquêtes sur les incendies criminels. C'était une passion née en moi…

— … lors de l'incendie du Sirico.

— Oui. Mon Dieu… Pastorelli. Tout a commencé cette nuit-là. Bo, il faut que je m'occupe de tout ça. Te serait-il possible de prendre quelques jours de congé ?

— Pourquoi ?

— Josh est mort, Luke a déménagé à New York, mais toi, tu habites juste la porte à côté. La prochaine cible, ce pourrait être ta maison. Ou toi.

— Ou toi.

— Prends quinze jours de vacances, le temps de clore cette enquête.

— Pourquoi pas ? Où aimerais-tu aller ?

— Nulle part : si je suis sa cible, il attendra que je revienne.

— Non, Reena. À mon avis, nous sommes tous les deux ses cibles. Tu as dans l'idée de t'offrir une balade avec un autre mec pendant que je ferais du ski nautique avec un copain ? Non, n'est-ce pas ? Alors je ne bougerai pas d'ici. N'y compte pas. Je tiens à ma peau, ou ce qu'il en reste. Mais je ne vais pas m'enfuir et attendre que tu me donnes le feu vert. Je ne fonctionne pas de cette façon.

— Le moment est mal choisi pour jouer à l'homme avec un grand H !

— Tant que des seins ne m'auront pas poussé, je me considérerai comme un homme.

— Bo, tu m'embrouilles les idées. Me faire du souci pour toi m'embrouillera encore plus. Si quelque chose t'arrivait…

Sa voix se brisa lorsque sa gorge se noua.

— Reena, si nos rôles étaient inversés, tu me rétorquerais que tu es assez grande pour t'occuper de toi toute seule, que tu n'es ni stupide ni imprudente.

Il s'interrompit, attendant, l'air interrogateur, qu'elle relève. Mais elle resta muette.

— Laissons tomber cette discussion ou nous nous renverrions les mêmes arguments. Ce fils de pute s'en est pris à moi, Reena, il a fait sauter ma camionnette. Tu ne penses quand même pas que je vais partir en courant ?

— Je t'en prie, quelques jours... Trois jours, accorde-moi trois jours pour...

— Arrête ! Tu ne vas pas pleurer ! Ce serait un coup bas et en plus, ça ne marchera pas !

— Je ne me sers pas de larmes pour te manipuler, imbécile ! lança Reena en s'essuyant rageusement les yeux du revers de la main. Écoute, je peux te placer sous protection.

— Ouais, peut-être.

— Bo, ne te rends-tu pas compte que je ne sais pas quoi faire ? Que je me sens impuissante ?

— Nous trouverons bien une solution.

— Non ! Oh, bon sang ! s'emporta Reena, tournant autour de lui, faisant de grands gestes. Tu es aveugle, ou bête ? L'affaire, je suis capable de la gérer ! C'est comme un puzzle dont j'aurais toutes les pièces en main. Je cherche à les mettre en ordre. Mais il y a un élément qui interfère : je suis complètement... complètement...

Elle se frappa la poitrine du poing.

— Asthmatique ? suggéra Bo tandis qu'elle restait haletante.

Elle poussa un cri de rage, attrapa une tasse sur l'égouttoir et la jeta contre le mur où elle se fracassa. Bo se figea, bouche bée.

— Tu n'es qu'un idiot ! cria-t-elle. Je suis amoureuse de toi, Bowen Goodnight !

Il leva les mains, comme pour se protéger d'un nouveau jet de tasse.

— Pouce, OK ? Pouce !

— Oh, va te faire voir ! lança-t-elle en marchant à grands pas vers la porte.

Il lui happa la main au passage.

— J'ai dit « pouce », ce qui signifie « accorde-moi une minute ».

— J'espère que tu auras un malaise, et que tu partiras en zigzaguant dans toute la cuisine, comme ça tu te mettras la plante des pieds en lambeaux sur les morceaux de porcelaine !

— L'amour peut se manifester sous des formes diverses et surprenantes, marmonna Bo.

— Ne te fiche pas de moi, s'il te plaît ! C'est toi qui as commencé toute cette histoire. Tout ce que j'ai fait, ça a été de bêtement sortir dans le jardin, le jour de mon installation !

— Reena, je ne me moque pas de toi. J'essaie juste de reprendre mon souffle.

La main de Bo serrait fermement celle de Reena, alors qu'il restait assis sur sa chaise, un paquet de petits pois congelés plaqué sur le genou.

— Quand tu dis être amoureuse de moi, s'agit-il d'amour avec un petit a ou un grand A ? Hé, ne me frappe pas !

Il avait vu le poing de la jeune femme se serrer.

— Je n'ai pas l'intention d'utiliser la force physique.

C'était un mensonge. Elle avait été à deux doigts de lui expédier un direct du droit.

— Ça me ferait plaisir que tu lâches ma main, Goodnight.

— D'accord. Et moi, j'apprécierais que tu ne sortes pas d'ici en trombe : ça m'obligerait à te courir après, j'aurais peut-être un malaise, et je serais obligé de tituber sur les morceaux de porcelaine.

Reena ne put s'empêcher de sourire.

— Tu vois. Nom d'un chien, ce doit être à cause de ça que j'ai craqué ! En toutes circonstances, tu gardes un calme olympien, tu restes tellement aimable qu'on croit que tu es malléable. Tu es accommodant, jusqu'à la limite que tu t'es fixée en esprit. Pour t'obliger à franchir cette limite, il faudrait au minimum de la dynamite. Ma mère avait raison ! Elle a toujours raison.

Dans un grand soupir, Reena marcha jusqu'au placard, l'ouvrit, en sortit pelle et balai et alla ramasser les débris de la tasse.

— Tu es comme mon père, Bo.

— Mais non.

— Si, assura-t-elle en souriant. Je ne suis jamais tombée vraiment amoureuse parce que, avant toi, aucun mec n'a été capable de soutenir la comparaison par rapport à l'homme que j'admire le plus au monde : papa.

— Bon, tu as raison, nous sommes pareils. On nous a séparés à la naissance.

— Au début, c'était l'amour avec un petit a. Et je me sentais déjà déconcertée. Et puis ce matin, quand tu m'as ouvert la porte, tout à coup, le petit a est devenu un grand, un gigantesque A majuscule lumineux ! Pourtant, regarde-toi... Tes cheveux ont une de ces allures !

Bo se tâta le crâne et grimaça après avoir mesuré l'ampleur des dégâts.

— Et ton caleçon part en lambeaux...

Il passa le doigt sous l'élastique détendu de la ceinture, examina le tissu élimé, puis énonça :

— Il peut me faire encore quelque temps.

— Tu es couvert de bleus et grognon et... et ça n'a aucune importance ! Pardonne-moi, pour la tasse.

— Ton frère m'avait averti que dans ta famille, on se jetait des trucs à la tête. Reena, je t'aime depuis le 9 mai 1992, 22 heures 30.

— Mais non, ce n'est pas possible, dit-elle, tout sourire, en vidant les débris dans la poubelle.

— Et pourtant si. D'accord, c'était avec un petit a, et tout un fantasme autour. Mais ça a pris une autre tournure quand j'ai fait ta connaissance pour de bon. Néanmoins, j'en étais encore au petit a.

— Je comprends… Mon Dieu, je suis en retard, dit Reena après avoir jeté un coup d'œil à sa montre. Je vais assigner deux agents à ta protection jusqu'à ce que…

— Il a grandi.

Elle resta silencieuse.

— Le petit a. Il est devenu grand. Et maintenant, il va falloir qu'on se débrouille avec ça.

Elle s'approcha de lui, pressa sa joue sur la tête surmontée de cheveux embroussaillés, et sentit aussitôt ses battements de cœur se calmer.

— C'est la chose la plus étrange qui me soit jamais arrivée, Bo… Mais il faut que je m'en aille. Il le faut vraiment.

— Pas grave, ça peut attendre.

Elle se pencha un peu plus, et l'embrassa sur les lèvres.

— Je t'appellerai. Sois prudent. Qu'il ne t'arrive rien, hein !

Un instant plus tard, elle quittait la maison en hâte, avant que Bo ait eu le temps de se lever de sa chaise. Il resta donc où il était, dans la lumière du matin, un coca désormais trop chaud posé devant lui, à songer que le destin empruntait décidément de bien étranges et tortueux chemins.

À peine avait-il vidé sa boîte de coca que l'on frappait à la porte.

— Et merde !

Il se mit debout, constata que l'aspirine et les petits pois avaient fait leur œuvre, et s'apprêta à aller ouvrir. Il allait falloir qu'il donne une clé à Reena, il le pressentait. C'était l'étape qui précédait la vie en commun, la suivante étant le mariage. Bon, il n'avait pas envie de réfléchir à ça…

Il ouvrit et, à la seconde, une femme se jeta dans ses bras, mais il ne s'agissait pas de Reena.

— Ô mon Dieu, Bo… Nous sommes venus dès que nous avons appris…

— Mandy, de quoi parles-tu ? Et qui est « nous » ?

— De la bombe dans ta camionnette ! Mon pauvre bébé ! Ils ont dit que tu ne souffrais que de blessures mineures, mais on dirait que tu es passé sous un train ! Et tu as le bras bandé ! Tes cheveux… Qu'est-ce qu'ils ont, tes cheveux ?

— Oh, ça va ! grogna Bo en passant la main sur sa tête.

— Brad est en train de se garer. Trouver une place dans ce quartier, c'est le parcours du combattant.

— Brad…

— Je n'ai pas été au courant plus tôt parce que je n'avais pas branché mon portable et je n'étais pas chez moi, alors le journal n'a pas pu me joindre. Nous n'avons rien su jusqu'à ce matin. Mais pourquoi ne nous as-tu pas appelés ?

— Brad… Brad et toi ? Ensemble ? MON Brad ?

— Oui. TON Brad. Et tout ça était absolument imprévu. Viens, je vais t'aider à t'asseoir.

Il agita les bras comme un agent de la circulation à un carrefour.

— Attends, Mandy, attends ! Est-ce que je suis à Bizarre Land ?

— Mais enfin, qu'est-ce qu'il y a de bizarre à ce que je sorte avec Brad ? Nous nous connaissons depuis des années. On s'est donné rendez-vous, on a décidé d'aller manger un morceau puis de se faire une toile et, une chose en entraînant une autre… Bref, c'était super !

Le sourire de Mandy était immense et radieux.

— Tais-toi, ne me dis pas ! s'écria Bo en plaquant les mains sur ses oreilles. Mon cerveau est incapable d'assimiler l'information. Il va imploser.

— Tu n'es quand même pas ce genre de type qui, sous prétexte qu'il a couché avec une nana, estime qu'elle est désormais chasse gardée et qu'aucun de ses copains n'a le droit d'y toucher, si ?

L'était-il ? Pas du tout, décida-t-il après réflexion.

— Non, Mandy, mais…

— Ça colle vraiment entre nous, tu sais. Bon, laisse-moi t'aider et…

Mandy se retourna et Bo vit son regard devenir rêveur : Brad s'avançait sur le trottoir, les yeux aussi songeurs que ceux de la jeune femme.

— Oh, ma tête…, gémit Bo en se tenant le crâne. Voilà que mes amis, les meilleurs que j'aie jamais eus, sont en train de finir le travail que ce fils de pute a commencé cette nuit !

— Ne sois pas bête. Et au cas où tu l'ignorerais, je te signale que tu es sur le pas de la porte en caleçon… Un caleçon plus tout neuf. Hé, Brad ! Il va bien !

Brad les rejoignit.

— Mon vieux, tu nous as fait vieillir de dix ans ! Ça va ? Tu as vu un toubib ? Tu veux qu'on t'amène faire une radio ?

— J'ai vu un toubib, grommela Bo quand Brad le prit dans ses bras.

— On était fous d'angoisse, vieux. On est venus immédiatement. Ta camionnette ?

— Grillée.

— Quelle merde ! Qu'est-ce qu'on peut faire ? Tu veux que je te passe ma bagnole ? Ou on peut te servir de chauffeurs si tu as besoin d'aller quelque part.

— Je ne sais pas. Je n'ai pas encore les idées bien en place.

— Ne t'en fais pas, ça va s'arranger, assura Mandy. Tu as envie de t'allonger ? Je peux te préparer une bricole à manger.

Brad et Mandy se tenaient maintenant par la main. Ils étaient ensemble, oui, et ils étaient là pour lui. Comme toujours.

— Il faut que je prenne une douche, que je m'habille et que je m'éclaircisse les idées.

— D'accord, vas-y. Pendant ce temps, je m'occupe du petit déjeuner, dit Mandy.

— Et quand tu redescendras, ajouta Brad, tu vas tout nous raconter.

Reena se frotta les yeux. À force de fixer l'écran de l'ordinateur, sa vision se brouillait.

— Écoute ça, O'Donnell : Pastorelli père a plus ou moins passé sa vie en prison. Il a été condamné pour agressions, ivresse, désordre sur la voie publique, voies de fait volontaires, vols et évidemment l'incendie du Sirico. Mais avant celui-ci, on l'avait soupçonné d'avoir mis le feu ailleurs à deux reprises, et deux autres fois après, à sa sortie de prison. Sa dernière adresse connue est dans le Bronx, mais sa femme est toujours dans le Maryland, juste à la limite du District de Columbia.

— Le fiston a suivi les traces de papa, l'informa O'Donnell. Il a comparu plusieurs fois devant le tribunal pour mineurs avant ses seize ans.

— J'étais au courant. John m'en a parlé. À l'époque, Joey avait été embarqué comme son père auparavant. Il avait tué son chien et l'avait fait brûler sur notre perron.

Reena abandonna son ordinateur et alla s'asseoir sur le coin du bureau d'O'Donnell afin d'être moins gênée par le fond sonore de la salle commune pendant qu'ils parlaient.

— Tu te rends compte, O'Donnell ? Il a tué son propre chien ! Les psychologues ont dit qu'il avait fait acte de violence en réaction à l'arrestation de son père. Que Joey était un enfant en difficulté, perturbé par une atmosphère difficile au foyer. Le père s'en prenait sans cesse à la mère et frappait aussi parfois le gosse.

— Tu n'es pas d'accord avec cette analyse ?

— Non. J'ai vu comment il a couru derrière la voiture quand ils ont emmené son père. Joey l'adorait, comme beaucoup d'enfants dans sa situation. La mère était faible, effacée. Son père faisait la loi. Regarde un peu le comportement de Joey. Coups et blessures, agressions sexuelles, vandalisme, cambriolages, violation de la liberté conditionnelle. Il ne se contente pas d'imiter son père : il fait bien pire.

— Il n'y a pas d'incendie volontaire sur son casier, remarqua O'Donnell.

— Peut-être parce qu'il est prudent, ou chanceux, dans ce domaine. Peut-être s'est-il associé avec son père. Ou peut-être qu'il me réserve ses talents d'incendiaire. À mon avis, Joey ou son père, ou les deux ensemble sont derrière tout ça.

— Hypothèse qui tient la route.

— L'un d'eux ou les deux ont tué Josh Bolton.

— Entre ce qui est écrit dans leur casier judiciaire et un meurtre, il y a un pas, Hale.

— Qui nous dit qu'il n'y en a pas eu d'autres ? Et qu'ils n'ont pas été pris ? Ce qui nous ramène à moi. Au jour où Joey m'a attaquée. C'était une agression sexuelle, O'Donnell, sauf qu'à l'époque j'étais trop jeune pour le comprendre.

Le souvenir était vif et net dans sa mémoire. La façon dont Joey lui avait touché la poitrine, avait glissé la main entre ses cuisses, l'avait injuriée. Et son visage, la sauvagerie qui déformait ses traits.

— Il m'a sauté dessus, et mon frère et ses copains ont entendu mes cris. Ils sont accourus et Joey a fichu le camp. Mais ensuite, j'ai tout raconté à mon père, qui a foncé droit chez les Pastorelli, il lui a dit son fait, au vieux. Mon Dieu, je n'avais jamais vu papa dans un tel état. Sans l'intervention de quelques voisins et de clients du Sirico, ç'aurait tourné très mal. Papa a menacé d'appeler la police et...

— ... et dans la nuit, le restaurant a brûlé.

— Oui. Joey m'a regardée sans dire un mot et c'était pourtant comme s'il m'avait crié « Regarde un peu, salope, tu as ce que tu mérites ». Pastorelli ne s'est même pas inquiété de la famille qui habitait au-dessus et aurait pu y laisser sa peau.

— Tu as vu l'incendie ?

— Oui. Et ensuite, les dégâts que les flammes avaient laissés derrière elles. Mais l'assurance a tout pris en charge, il n'y avait pas de victime, les voisins ont tous aidé... D'une certaine manière, on peut se dire que l'incendie a profité à ma famille. Bâtiment neuf, extension des locaux, réfection de ce qui était intact...

— De quoi rendre fou furieux celui qui voulait vous créer de gros ennuis, en somme.

— Le pauvre chien en a payé le prix. Il aboyait, je l'ai dit à John. Sa niche était dans la cour de leur maison, et c'est là qu'on a trouvé les jerrycans d'essence et la bière volée au Sirico. Les chaussures du père aussi, celles qu'il portait quand il est allé allumer le feu.

— Le gamin a tué le chien.

— Il était assez tordu pour lui attribuer la responsabilité de ce qui arrivait à son père.

— Donc, il fallait que le chien meure.

— Pas seulement. Il fallait qu'il brûle. Ensuite, Joey a été emmené, il est passé au tribunal pour enfants et on l'a envoyé en maison de redressement. Quand il est sorti, sa mère l'a envoyé à New York, où il a encore eu des ennuis. Son père, comme lui, était en liberté quand Josh est mort. À cette époque-là, Joe était agent d'entretien. Il avait vraiment dégringolé en bas de l'échelle.

Ça y était, elle le sentait. Les pièces du puzzle s'étaient enfin assemblées.

— Je continue. Le Sirico marche bien. Ma famille va bien. Et la petite garce qui est à l'origine de tout ça est à la fac et se fait un mec alors que quand Joey avait voulu la toucher, elle avait hurlé et tout foutu en l'air. Il faut qu'elle paie, au centuple. Ce soir-là, après le mariage de Bella, j'étais avec Josh. L'un des deux l'a tué, l'a fait brûler. Simplement parce qu'il était mon petit ami.

— D'accord, on peut voir les choses sous cet angle. Mais pourquoi les Pastorelli ne s'en sont-ils pas pris directement à toi ? Tu étais chez Josh. Ils auraient dû vous tuer tous les deux.

— Pour faire durer mon châtiment. Me tuer aurait mis fin à leur revanche. Ils ont choisi de me faire souffrir, se sont servis du feu pour que je m'interroge à n'en plus finir. Joe Pastorelli avait un alibi pour cette nuit-là : John l'a vérifié. Mais ce n'était peut-être que du vent. Des gens ont témoigné avoir vu Joey à New York. Il se peut qu'ils aient tous menti.

— J'imagine que des cinglés peuvent faire traîner une vengeance sur vingt ans. Mais quand même, ça me semble bien long.

— Pendant toutes ces années, il s'est passé des événements inquiétants autour de moi. En plus, certains ont peut-être échappé à mon attention.

Ou je ne les ai pas reliés aux Pastorelli. Un pompier avec qui je sortais, Hugh Fitzgerald, roulait seul vers la Caroline du Nord où nous devions passer le week-end. Je devais le rejoindre le lendemain avec Steve et Gina. Il a été retrouvé mort dans sa voiture. On lui avait logé une balle dans la tête, puis on avait incendié la voiture. Apparemment, il avait eu affaire à des pirates de la route, qui l'avaient volé, tué, et le feu n'avait servi qu'à faire disparaître d'éventuels indices. Cela s'est passé onze ans jour pour jour après l'incendie du Sirico.

— Je connaissais Hugh. Je me rappelle quand il est mort. J'ignorais que vous étiez ensemble, lui et toi.

— Nous commencions à peine à nous fréquenter. Hugh était un copain de Steve. La police locale a conclu qu'il avait été tué par hasard, que si cela n'avait pas été lui, ç'aurait été quelqu'un d'autre.

Elle en était arrivée à la même conclusion à l'époque et n'avait pas cherché plus loin.

— Un de ses pneus était à plat, tard dans la nuit, sur une petite route peu fréquentée. La police a pensé qu'il avait dû faire signe à la mauvaise personne. Ou bien qu'il changeait sa roue et qu'un voyou s'est arrêté pour le dévaliser. Hugh a résisté, il y a eu bagarre, un coup de revolver et ensuite, le voyou a poussé la voiture en retrait de la route, dans un bouquet d'arbres, et y a mis le feu pour couvrir ses traces. Ce qu'il a réussi de faire, vu que le dossier n'est pas clos. Pas un instant je n'ai songé à faire le lien avec le Sirico, les Pastorelli, moi… Il faut dire que j'étais toute nouvelle à la brigade. Qui étais-je pour poser des questions à des flics expérimentés sur la base d'une désagréable sensation dans l'estomac ? Hugh et moi n'étions pas vraiment proches. Nous le serions sans doute devenus, mais à ce moment-là, nous ne formions pas un couple. Aucune flèche ne pointait sur celui qui avait incendié le restaurant familial une décennie auparavant.

— Ta boule de cristal était embuée, ce jour-là.

— Le feu, O'Donnell… On a tout le temps le feu. Josh, Hugh, la voiture de Luke et maintenant celle de Bo. Il y a peut-être un plus que je n'ai pas vu.

— La différence, c'est que maintenant, il veut que tu saches.

25

Laura Pastorelli travaillait comme vendeuse dans un supermarché situé à la frontière d'État entre le Maryland et le District de Columbia. Maigre, le visage émacié marqué de rides profondes creusées par les chagrins et les ennuis, les cheveux poivre et sel coiffés n'importe comment, elle portait mal ses cinquante-trois ans. La croix autour de son cou et son alliance étaient les seuls bijoux qu'elle arborât.

À l'entrée de Reena et O'Donnell, elle leva les yeux sur eux, puis les détourna : manifestement, elle ne reconnaissait pas la fille Hale.

— Je peux vous aider ? demanda-t-elle sans conviction, comme elle le faisait des dizaines de fois par jour.

O'Donnell montra son badge.

— Laura Pastorelli ?

Reena vit le léger mouvement de recul de la femme et la crispation de ses lèvres.

— Qu'est-ce que vous voulez ? Je travaille. Et je n'ai rien fait de mal.

— Nous devons vous poser quelques questions au sujet de votre mari et votre fils.

— Mon mari habite New York et je ne l'ai pas vu depuis cinq ans, assura-t-elle, serrant la petite croix entre ses doigts.

— Et Joey ? demanda Reena, qui attendit que les yeux de l'autre se posent sur elle. Vous ne vous souvenez pas de moi, madame Pastorelli ? Je suis Catarina Hale, votre ancienne voisine.

Lentement, l'expression de la femme changea. Elle détourna les yeux.

— Non, je ne me souviens pas de vous. Ça fait des années que je n'ai pas mis les pieds à Baltimore.

— Mais si, vous vous souvenez, insista Reena avec douceur. Y a-t-il un endroit où nous pourrions parler sans être dérangés, madame Pastorelli ?

— Je travaille. Vous voulez me faire perdre mon boulot ? Je n'ai rien fait de mal, moi ! Pourquoi ne me laissez-vous pas tranquille ?

O'Donnell se dirigea vers un jeune homme au visage terreux qui cachait mal sa curiosité. Sur sa poche de chemise, un badge indiquait qu'il s'appelait Dennis.

— Pourriez-vous remplacer Mme Pastorelli un petit moment, Dennis ?

— Je dois approvisionner les rayons.

— Vous êtes payé à l'heure, n'est-ce pas ? Alors prenez sa place.

O'Donnell revint auprès de Mme Pastorelli.

— Pourquoi n'irions-nous pas faire quelques pas dehors ? La journée est belle.

— Vous n'avez pas le droit de m'obliger à vous suivre !

— Madame, si vous refusez, nous reviendrons et les choses seront alors moins faciles pour vous. Nous ne tenons pas à faire intervenir votre directeur, ni quoi que ce soit qui vous causerait des ennuis.

Sans argumenter, Laura Pastorelli quitta le comptoir et sortit du magasin, la tête basse.

— Il a payé… Joe a payé pour ce qui est arrivé. C'était un accident. Il avait bu et il y a eu un accident. C'est votre père qui l'a mis hors de lui. Il a dit des mensonges sur Joey et ça a fichu Joe en colère, alors il s'est saoulé et c'est tout ! Personne n'a été blessé, et l'assurance vous a tout remboursé, non ? Et nous, nous avons été obligés de déménager !

Des larmes brillaient maintenant dans les yeux de Mme Pastorelli.

— Nous avons dû déménager, répéta-t-elle à voix basse, et Joe est allé en prison. Est-ce que ça ne vous suffit pas, comme punition ?

— Joey était très perturbé, n'est-ce pas ?

— Évidemment, qu'est-ce que vous croyez ? Son père a été emmené les menottes aux poignets ! Joey n'était qu'un petit garçon ! Il avait besoin de son papa !

— Votre famille a traversé de dures épreuves.

— Dures ? fit Mme Pastorelli dans un rire triste. Ma famille a été détruite, oui ! Vous et votre père avez dit des choses terribles sur mon Joey. Et les gens ont tout entendu. Ce qu'a fait Joe, ce n'était pas bien. « La vengeance m'appartient, dit le Seigneur. » Mais ce n'était pas la faute de mon mari. Il avait bu.

— Il a vu la durée de sa peine allongée, remarqua O'Donnell. Il a fait du grabuge en prison.

— Il fallait bien qu'il se protège ! La prison lui a démoli les idées. Après, il n'a plus jamais été le même.

— Votre famille en veut à la mienne, madame Pastorelli. Elle m'en veut à moi personnellement.

Laura Pastorelli fronça les sourcils.

— Vous n'étiez qu'une enfant. Personne ne peut en vouloir à un enfant.

— Certaines personnes, si. Savez-vous si votre mari ou votre fils sont venus à Baltimore récemment ?

— Je vous ai dit que Joe était à New York.

— New York n'est pas bien loin. Peut-être a-t-il fait un saut ici pour vous voir.

— Il ne me parle plus. Il a bafoué Dieu, mais je prie pour lui tous les soirs.

— Il doit toujours voir Joey.

Mme Pastorelli haussa les épaules, et le mouvement parut lui coûter le peu de force qu'elle avait en elle.

— Joey n'a guère le temps de me rendre visite. Il est très occupé, il travaille beaucoup.

— Quand avez-vous eu des nouvelles pour la dernière fois ?

— Oh, ça fait des mois. Je vous ai dit qu'il était très occupé.

La voix de Mme Pastorelli était passée dans les aigus, comme si elle pleurait. À l'époque, elle avait dû verser bien des larmes dans son tablier jaune.

— Pourquoi vous en prenez-vous à lui ? demanda-t-elle. Vous avez fait arrêter son père et puis lui ! Et après, le petit a mal tourné, il a fait de mauvaises choses. Mais maintenant, ça va bien. Il travaille.

— Quel genre de travail ?

— Il est mécanicien. On lui a appris la mécanique en prison. L'informatique aussi. Il a reçu une formation et il s'en sort bien. Il a un emploi stable à New York.

— Dans un garage ? Vous connaissez le nom ?

— Quelque chose comme Auto Rite, à Brooklyn. Pourquoi ne laissez-vous pas mon fils tranquille ?

— Elle ne m'a pas reconnue, dit Reena quand ils furent de retour dans la voiture. Mais quand elle m'a enfin remise, elle n'a pas eu l'air étonnée que je sois flic. Quelqu'un la tient donc au courant de ce qui se passe dans son ancien quartier.

O'Donnell hocha la tête tout en composant un numéro sur le clavier de son portable.

Il se présenta à son correspondant, puis demanda qu'on lui trouve les coordonnées d'un garage appelé Auto Rite à Brooklyn et nota le numéro dans son calepin.

— Et voilà, dit-il en refermant le portable. On se partage le boulot. Je me charge de Pastorelli senior, toi, tu prends Junior.

De retour au bureau, Reena appela Auto Rite. Sur un arrière-fond sonore des Black Crows et un vacarme de métaux entrechoqués, la discussion avec le patron d'Auto Rite fut brève.

Elle alla immédiatement la rapporter à son coéquipier.

— Joey a bien travaillé là-bas, O'Donnell. Pendant deux mois il y a un an. Pendant ce temps, il y a eu deux cambriolages. Vol d'outils, de matériel. Le dernier coup, le voleur a filé au volant d'une Lexus. L'un des mécanos a entendu Joey se vanter de la facilité avec laquelle on pouvait piquer des trucs au garage. La police l'a interrogé. Ils n'ont rien pu prouver, mais il a été licencié. Cinq mois plus tard, le garage a été vandalisé : voitures saccagées, graffitis sur les murs et feu mis à une poubelle.

— Et où se trouvait notre cher petit à ce moment-là ?

— Prétendument à Atlantic City. Trois personnes lui ont fourni un alibi. Les trois ont des liens avec le milieu. Les Carbionelli du New Jersey.

— Oh, oh ! Le petit Joey fricote avec le milieu ?

— Il va falloir s'occuper de ça. Je vais lancer une recherche sur les noms des trois personnes qui étaient soi-disant avec lui.

— Bien. Quant à Joe Senior, il est actuellement sans emploi. Il a un peu bossé comme plongeur dans des bars, il a perdu le job parce qu'il se servait un peu trop à boire. C'était il y a six semaines.

— L'un des deux Pastorelli était à Baltimore, j'en mettrais ma tête à couper.

— Demandons à nos collègues de New York de faire une enquête.

L'émotion serrait l'estomac de Reena, ce qu'elle n'était pas près d'avouer à son coéquipier. Elle s'efforça de dissiper son malaise en se consacrant au travail de routine qu'exigeait toute ouverture de dossier. Car l'affaire Pastorelli devait être un dossier comme les autres et elle devait le considérer avec objectivité, avec tout le recul nécessaire. Comme elle ne pouvait pas enquêter officiellement sur un incendie de véhicule, elle fit signe à Younger et Trippley de la suivre au moment où elle et O'Donnell entrèrent dans le bureau du capitaine Brant.

— Vous devez entendre ce qu'on a, leur dit-elle.

— On travaille sur une théorie, commença O'Donnell, puis il laissa la parole à Reena.

Celle-ci développa l'histoire en détail, depuis l'incendie du Sirico jusqu'à la destruction de la camionnette la veille.

Reena exposa en détail au capitaine les soupçons qu'elle nourrissait concernant l'incendiaire qui la harcelait.

— Capitaine, le jeune Pastorelli s'est lié avec trois membres de la famille Carbionelli. Il a passé quelque temps à la prison de Rikers avec

Gino Borini, un cousin de Nick Carbionelli. Ce sont Carbionelli, Borini et un second couteau qui ont fourni l'alibi à Joey pour la nuit où le garage a été attaqué. Le coup semblait avoir été monté par des gamins, ou des amateurs. Vandalisme, vol et un feu maladroit destiné à masquer les indices.

— Nous avons demandé aux gars de la brigade de New York de bosser un peu là-dessus, précisa O'Donnell. Cette enquête ne fait pas partie de leurs priorités, mais deux inspecteurs vont quand même aller faire un tour aux dernières adresses connues des Pastorelli père et fils.

— Il y a beaucoup de similitudes entre l'incendie de la voiture de Luke Chambers et celui d'hier, signala Reena avec un regard vers Trippley. Il a peut-être utilisé le même dispositif dans les réservoirs d'essence.

— On y jettera un œil.

— Capitaine, je souhaite rouvrir le dossier Joshua Bolton.

— Younger s'en chargera. Il aura un œil neuf. Quant à vous, mettez votre téléphone sur écoute ainsi que celui de Goodnight, et allez donc de nouveau parler à la femme de Pastorelli.

Laura Pastorelli ayant terminé sa journée de travail, Reena et O'Donnell se rendirent à son domicile, une petite maison soignée dans une rue étroite. Une vieille Toyota Camry était garée dans l'allée. Reena remarqua la médaille de saint Christophe collée sur le tableau de bord à côté d'une babiole représentant un ange.

La femme qui leur ouvrit avait approximativement l'âge de Laura mais était infiniment mieux conservée que celle-ci, avec un visage rond soigneusement maquillé, des cheveux châtain foncé bien coiffés. Elle était vêtue d'un pantalon bleu marine et d'un chemisier blanc rentré dans la ceinture. Le loulou de Poméranie à la fourrure rousse duveteuse qui se tenait à ses pieds aboyait à pleins poumons.

— Attention, elle mord les chevilles, prévint la femme. Allons, Missy, sois sage.

— Compris, assura Reena en montrant son badge. Nous aimerions parler à Laura Pastorelli.

— À cette heure-ci, elle est à l'église. Elle y va tous les après-midi en sortant du travail. Il y a eu des histoires au supermarché ?

— Non, madame. Quelle église ?

— Saint-Michel, rue Pershing. Alors, s'il ne s'est rien passé au travail, votre visite a un rapport avec son vaurien de mari ou son vaurien de fils.

— Savez-vous si elle a récemment été en contact avec l'un ou l'autre ?

— Si ç'avait été le cas, elle ne me l'aurait pas dit. Je suis sa belle-sœur, Patricia Azi. Mme Frank Azi. Pourquoi n'entrez-vous pas ?

O'Donnell lança à la petite bestiole aboyeuse en fourrure un regard méfiant, ce qui fit sourire Mme Azi.

— Attendez une minute. Pour l'amour du Ciel, Missy, peux-tu mettre une sourdine ?

Elle prit le chien dans ses bras et l'emporta dans la maison. Un instant plus tard, une porte claquait et Mme Azi réapparaissait.

— Mon mari est gâteux de cette bête. Elle a onze ans et elle ne s'arrange pas. Mais entrez, entrez ! Laura aura fini de se mortifier et de se couvrir la tête de cendres dans une demi-heure. Ce que je viens de dire n'est pas très charitable, mais que voulez-vous, ce n'est pas facile de vivre avec une martyre, dit Mme Azi en les conduisant dans une petite salle de séjour pimpante et confortable.

— Ma grand-mère répétait toujours que deux femmes ne peuvent pas gérer une maison ensemble, même si elles s'aiment, dit Reena en souriant. Une cuisine, une femme.

— Oh, Laura n'est pas encombrante, et elle n'a pas les moyens de se loger. Ou quasiment pas. Alors nous l'hébergeons. Les gosses sont grands. Et elle travaille dur et insiste pour payer un loyer. Bon, allez-vous me dire de quoi il retourne ?

— Son mari et son fils ont peut-être des renseignements à nous donner concernant une affaire sur laquelle nous enquêtons. Nous avons parlé hier à Mme Pastorelli et elle nous a affirmé n'avoir vu ni Joey ni Joe depuis longtemps. Nous voudrions juste avoir quelques précisions.

— Comme je vous l'ai dit, si elle les a vus, Laura me le cachera, et à Frank aussi, depuis qu'il a imposé des règles.

Une partie du travail de policier consistait à sentir l'humeur d'une personne interrogée. Reena élargit donc son sourire.

— Oh, vraiment ? fit-elle d'un air étonné.

— Joey a fait une apparition l'an dernier juste avant Noël, comme s'il tombait du ciel. Laura a dévidé des chapelets pour remercier le Seigneur parce que ses prières avaient été exaucées. Vous voyez le truc, fit Mme Azi en levant les yeux au plafond.

— Je suis sûre qu'elle était heureuse de revoir son fils.

— Mmm. Quand on a une épine dans le pied, mieux vaut l'arracher avant que ça s'infecte...

— Votre neveu et vous, ce n'est pas le grand amour, hein ? remarqua O'Donnell.

— Je vais être franche : il me fait peur. Il est pire que son père. Et bien plus intelligent. Sournois aussi.

— Vous a-t-il déjà menacée, madame Azi ?

— Pas directement mais... ce regard qu'il a ! Il est allé plusieurs fois en prison. Laura lui trouve plein d'excuses mais le fait est là : il est mauvais. Et le voilà devant notre porte. Frank et moi n'avons pas du tout apprécié. Mais que voulez-vous, on ne rejette pas un membre de la famille... Alors il est venu et... Oh, je ne vous ai pas offert de café !

— Merci, mais non, s'empressa de déclarer Reena pour revenir aussitôt au cœur du sujet : Joey était donc venu voir sa mère pendant les fêtes ?

— Je ne sais pas ce qu'il avait en tête. Il semblait très content de lui, il conduisait une belle voiture, il portait des vêtements hors de prix, et il a donné à Laura une montre sertie de diamants et des boucles d'oreilles, également en diamants. Je ne serais pas étonnée qu'il les ait volées. Mais sur le moment, je n'ai rien dit. Il a affirmé avoir une super affaire en cours, un club en association avec d'autres gens, des « partenaires », selon ses termes, et qu'ils allaient ouvrir à New York et gagner des fortunes. Mon mari lui a alors demandé de quel genre de club il s'agissait, et comment il avait pu obtenir une licence de débit de boissons dans la mesure où il avait un casier, et ainsi de suite... Ça a mis Joey en colère, je le lisais sur sa figure, mais il a juste ricané et a affirmé qu'il existait « des moyens ». Enfin, peu importe. Bref, Joey est resté dîner, et a continué à nous parler de sa merveilleuse nouvelle vie. Il logeait dans un hôtel, où il occupait une suite, rien de moins ! Frank lui a posé des questions et chaque fois qu'il abordait le chapitre « business », Joey éludait et s'énervait. Le ton a fini par monter et Joey a balayé tout ce qui se trouvait sur la table d'un revers de bras. Il a cassé mes assiettes, expédié de la nourriture sur les murs, il a crié, injurié Frank, qui s'est levé et l'a affronté de toute sa hauteur. Frank n'est pas du genre à se laisser marcher sur les pieds, surtout dans sa propre maison. Alors Laura a attrapé Joey par le bras et a essayé de l'éloigner de mon mari. Et qu'a fait le cher petit ? Il a frappé sa mère ! En pleine figure ! C'est sûr que dans la famille, on a du caractère, mais je n'avais jamais vu un truc pareil : un fils frappant sa mère ! Et la traitant de salope et d'autres noms d'oiseaux ! J'avais déjà attrapé le téléphone pour appeler la police mais Laura m'a suppliée de n'en rien faire. Elle était là, devant moi, avec son nez qui saignait, et elle gémissait que non, il ne fallait pas appeler la police. Alors j'ai raccroché. Ce trouillard s'apprêtait à quitter la maison. Mon Frank est autrement plus costaud que lui, et il est plus facile de taper sur une femme que sur un homme de cent kilos. Frank l'a suivi et lui a dit qu'il lui interdisait de remettre les pieds chez nous, que s'il osait revenir il aurait droit à un coup de pied aux fesses qui le réexpédierait droit à New York. J'étais fière de mon mari.

Patricia Azi marqua une pause, le temps de hocher la tête à plusieurs reprises, puis enchaîna :

— Après ça, Laura s'est calmée et Frank s'est assis à côté d'elle et lui a dit que tant qu'elle vivrait sous notre toit, en aucun cas elle ne devait ouvrir la porte à Joey. Que si elle voulait le recevoir, elle aille habiter ailleurs.

Elle soupira.

— J'ai des enfants, reprit-elle, et des petits-enfants. Ça me briserait le cœur de ne pas pouvoir les voir. Mais Frank a fait ce qu'il fallait. Un garçon capable de battre sa propre mère est une ordure.

— C'est la dernière fois que vous l'avez vu ?

— Oui, et à ma connaissance, Laura aussi. L'épisode a un peu assombri la période des fêtes mais nous avons surmonté tout ça. La vie, c'est comme ça. Le temps passe et efface les mauvais souvenirs. Depuis, le seul événement pénible que nous ayons vécu, c'est le début d'incendie qui a touché la maison que mon fils se faisait construire dans le comté de Frederick.

— Un feu ? demanda Reena en échangeant un regard avec O'Donnell. Quand est-ce arrivé ?

— Vers la mi-mars. C'est parti du toit. Des gamins qui devaient s'amuser là y ont monté des jerrycans d'essence, histoire, probablement, de se réchauffer. L'un d'eux a été renversé et quelqu'un a jeté une allumette. La moitié de la maison a brûlé. Les pompiers ont sauvé le reste.

— A-t-on attrapé ces gamins ?

— Non, et c'est bien dommage. Des mois de travail sont partis en fumée. Et… Ah, Laura, te voilà !

La porte s'était ouverte sur Mme Pastorelli.

— Que font-ils ici, Patricia ? Je leur ai dit que je n'avais vu ni Joe ni Joey !

Ses yeux étaient rouges et gonflés. À l'église, elle avait dû davantage pleurer que prier.

— Nous n'avons pas réussi à contacter Joey, madame Pastorelli, expliqua Reena. Il ne travaille plus au garage de Brooklyn.

— Il a probablement trouvé un meilleur emploi.

— Possible. Madame Pastorelli, avez-vous une montre et des boucles d'oreilles offertes par votre fils à Noël ?

— Je… je ne sais pas de quoi vous parlez.

— Madame, vous revenez de l'église… Le mensonge est un péché.

— C'étaient des cadeaux ! protesta Laura, pleurant de nouveau.

— Nous allons monter les chercher dans votre chambre, dit Reena gentiment. Je les emporterai mais je vous donnerai un reçu. Ensuite, nous éclaircirons cette affaire.

— Vous pensez qu'il les a volées ! Pourquoi tout le monde imagine-t-il le pire concernant mon fils ?

— Il vaut mieux éclaircir ça, répéta Reena tout en poussant Mme Pastorelli vers l'escalier.

— Il les a volées, grommela Patricia Azi derrière son dos. Je le savais. Je le savais !

Reena examinait la montre.

— Piaget. Quarante brillants autour du cadran, or dix-huit carats. Un truc comme ça coûte quelque chose comme six, sept mille dollars.

— Comment sais-tu ça ? demanda O'Donnell.

— J'adore faire du lèche-vitrines, surtout regarder des choses que je ne pourrai jamais me payer. Les boucles d'oreilles font près de deux carats chacune. Elles sont superbes. Diamants bien taillés, monture classique… Le petit a fait des folies pour sa maman à Noël.

— On va contacter New York. Qu'ils cherchent une bijouterie braquée ou des particuliers cambriolés à leur domicile, et voient si des bijoux de ce genre ont disparu.

Reena leva l'une des boucles d'oreilles vers la lumière.

— Je crois qu'une gentille femme n'a pas reçu les babioles clinquantes qu'elle attendait du père Noël l'an dernier.

Elle baissa le miroir de courtoisie et plaça l'un des diamants contre le lobe de son oreille.

— Ravissant, commenta-t-elle.

— C'est vrai que t'es une nana, Hale !

— Exact. Bon, récapitulons : Joey est venu pour épater sa mère avec ces bijoux et son oncle avec son boulot, sa bagnole, ses fringues. Le problème, c'est que l'oncle ne s'est pas laissé impressionner et ça a mis Joey en rage. Il y a eu une dispute, Joey a été fichu dehors… et il s'est dit que ça n'allait pas se passer comme ça.

— Mais il est patient. Pour lui, la vengeance est un plat qui se mange froid.

— Il est plus malin que son père. Il attend son heure, il planifie tout. Il connaît bien la famille. Comment se venger du père ? Simple – on atteint le fils.

— Nous allons demander le dossier de l'incendie aux archives du comté de Frederick.

— Tout colle, O'Donnell. Le feu à l'école, le garage à New York… Il se débrouille pour que ça ait l'air d'être du travail d'amateur, de gamin. Il ne fait rien de compliqué, d'élaboré, en apparence. Et ça marche. Il est bon. Il est sacrément bon, le salaud.

Très, très intelligent, d'avoir filé un portable à la vieille et un numéro à appeler en cas de besoin. Quelle conne. Chiant d'avoir mis un temps fou à lui apprendre à s'en servir. Ce sera notre petit secret, maman. Toi et moi contre cette pourriture de monde entier… Et ça a marché ! La petite pute a enfin trouvé ! Enfin, elle s'est rappelé. C'était sacrément agréable de réussir à ranimer ses souvenirs. Maintenant, tout va s'inverser. À elle les mauvais moments, la malchance ! Parce que ça va flamber. Et la pute qui a tout déclenché avec.

Lorsqu'elle arriva au Sirico, Reena avait la tête pleine d'informations, de théories et de soucis. D'ordinaire, venir au restaurant était le meilleur remède pour chasser les miasmes d'une mauvaise journée. Ce soir, elle aurait droit à un bonus : elle allait y retrouver Bo.

Tout d'abord, elle ne le vit pas, mais elle aperçut la rouquine – comment s'appelait-elle déjà ? Ah, oui, Mandy – assise dans un box avec un jeune homme châtain d'une trentaine d'années, style décontracté alors qu'elle donnait dans le genre hippie rétro. Étroitement serrés l'un contre l'autre, ils buvaient du vin rouge de la maison.

Son regard, toujours en quête de Bo, s'arrêta sur John Minger. Installé à une table, il lui fit signe de la main et elle s'empressa de le rejoindre. Elle traversa la salle, distribuant au passage sourires et salutations aux clients.

— L'homme que je cherchais ! s'écria-t-elle en tirant la chaise libre face à lui.

— La soupe de clams est délicieuse, ce soir.

— J'en prends bonne note. John, il faut que je vous raconte ce qu'il se passe.

— J'en ai déjà eu vent.

— Oh. Papa vous a appelé.

— Bien sûr. Qu'est-ce que tu croyais ? Qu'il ne le ferait pas ? Et toi, pourquoi ne m'as-tu pas contacté ?

— J'allais le faire. J'ai besoin de votre écoute, John, et de votre intelligence, mais pas ici ni maintenant. Pourrions-nous prendre le petit déjeuner ensemble demain ? Je vous invite chez moi.

— À quelle heure ?

— Vous pouvez venir tôt ? Disons, 7 heures ?

— D'accord. En attendant, tu peux me donner un peu de grain à moudre, Reena ?

Elle commença son récit, consciente qu'il lui serait difficile de s'interrompre en chemin, comme il serait difficile à John de se contenter d'un épisode au lieu de l'histoire dans son intégralité.

— Je voudrais d'abord classer les informations dans ma tête et laisser mijoter toute la nuit.

— À 7 heures, alors.

— À 7 heures. Merci.

Elle se levait quand il la retint par la main.

— Reena, c'est superflu que je te demande d'être prudente ?

— Ça l'est, assura-t-elle en l'embrassant sur la joue.

Elle passa ensuite dans la cuisine, où elle envoya un baiser à Jack qui étalait de la purée de tomates sur un rond de pâte.

— Tu as vu Bo ? Nous avions rendez-vous ici.

— Va jeter un coup d'œil dans l'arrière-cuisine.

Elle s'exécuta et découvrit Bo... avec son père qui lui donnait une leçon sur l'art de la préparation de la pizza.

— Il faut que la pâte soit bien élastique, sinon on ne peut pas l'étirer. Si elle résiste, elle craque et on a des trous.

Bo prit une boule de pâte et entreprit de l'étaler en suivant les conseils de Gib.

— Bien. Maintenant, sers-toi de ton poing comme je te l'ai montré, dit Gib. Frappe dessus, au centre, puis sur le pourtour. Voilà...

Reena songea que pour un néophyte Bo s'en sortait plutôt bien.

— Je peux la faire sauter ?

— Si tu la brises, tu la paies, répondit Gib en riant.

— D'accord.

Bien stable sur ses jambes écartées, les yeux plissés sous l'effet de la concentration, avec l'allure d'un jongleur s'apprêtant à lancer des torches enflammées, Bo jeta le rond de pâte en l'air. Un peu trop haut, se dit Reena. Mais habilement, Bo réussit à le rattraper, le faire tourner, le lancer de nouveau. Un grand sourire se peignit sur ses lèvres. Amusée et émue, Reena songea qu'il semblait aussi heureux qu'un gamin qui aurait réussi à tenir tout seul sur un vélo pour la première fois.

— C'est cool ! Qu'est-ce que je fais avec, maintenant ?

— Sers-toi de tes yeux. Tu as une commande pour une grand modèle ?

— Je crois bien.

— Alors mets-la sur la planche.

— On y va. Mmm. Ce n'est pas très rond, observa Bo en s'essuyant les mains sur son tablier.

— Pas mal quand même. Essaie de l'arranger et donne-moi les bords que tu auras enlevés.

— Combien en a-t-il laissé tomber avant que j'arrive ? s'enquit Reena en entrant.

— J'en ai loupé deux mais je les ai rattrapées in extremis ! répondit Bo en riant. Elles n'ont pas touché le sol.

— Il apprend vite, confirma Gib pendant que Bo et Reena s'embrassaient.

— Qui aurait pu se douter que c'était tellement compliqué de confectionner une pizza ? dit Bo. Il y a cet énorme malaxeur à pâte, là, et puis il faut des mains viriles pour hisser ce bol sur le comptoir…

— Eh ! J'ai hissé ce bol, comme tu dis, je ne sais combien de fois et je n'ai pourtant pas des mains viriles, remarqua Reena en riant.

— Je ne te le fais pas dire. En tout cas, désormais je saurai apprécier une pizza à sa juste valeur.

— Venez terminer celle-ci devant, dit Gib en soulevant la planche.

— Arrête de m'observer, tu me rends nerveux ! Va t'asseoir avec Mandy et Brad sinon je vais tout louper.

— À vos ordres, chef, dit Reena en prenant un soda.

Elle alla rejoindre les amis de Bo.

— Ah, Reena... Je vous présente Brad, fit Mandy. J'ai fait la connaissance de Reena dans des circonstances très embarrassantes.

— Bonsoir, Reena. Depuis des années que j'entends parler de vous, je suis heureux de découvrir enfin la Fille de Rêve en chair et en os !

— Je suis contente de vous connaître aussi, Brad. À propos de ces circonstances embarrassantes, Mandy, rassurez-vous, j'y ai eu droit moi aussi. Quand j'avais quinze ans, alors que je traversais la salle de classe en courant, j'ai laissé tomber mon cahier de texte et il s'est ouvert par terre. Un garçon – larges épaules, cheveux blonds et yeux bleus – qui s'appelait Chuck a attrapé le cahier avant moi et il a vu des pages et des pages constellées de « Reena et Chuck » entourés de cœurs.

— Quelle horreur !

— Je peux vous dire que ça, c'était une situation embarrassante. Mes joues n'ont récupéré des couleurs normales qu'au bout d'un mois ! Alors je crois que nous sommes à égalité.

26

Elle avait fait un bon calcul, conclut Reena à la fin de la soirée : une petite visite au Sirico était exactement ce dont elle avait besoin. Maintenant, elle se sentait calme et le nœud dans son estomac avait disparu. De plus, passer une heure en compagnie des amis de Bo s'était révélé très intéressant et instructif. Ces deux-là étaient sa famille, au même titre que ses sœurs et son frère l'étaient pour elle.

— J'aime beaucoup Mandy et Brad, dit-elle à Bo en ouvrant sa porte.

— Heureusement, sinon c'en aurait été terminé de notre belle histoire ! Non, je plaisante. Mais je suis vraiment content que ça ait marché entre vous. Ils comptent beaucoup pour moi.

— Et manifestement l'un pour l'autre.

— Tu t'en es aperçue en les voyant baver l'un sur l'autre ?

— Avant cela. Dès que je suis entrée dans le restaurant. Des ondes de luxure, tu sais.

— Ouais. Il va me falloir un moment pour m'habituer à les considérer comme un couple.

— C'est parce que tu les voyais comme des membres de ta famille. Du moins à partir du moment où Mandy n'a plus fait de passages dans ton lit. Mais qu'ils soient ensemble ne les éloigne pas de toi pour autant.

— Je crois que je dois effacer de ma mémoire l'image de mon lit, oui.

Il posa la main sur le bras de Reena et le caressa doucement.

— Fatiguée ?

— Moins que je ne l'étais en début de soirée. J'ai retrouvé mon énergie et... peut-être pourrait-elle servir à quelque chose..., dit Reena en faisant glisser la main de Bo vers ses hanches.

— J'ai bien l'impression que oui. Suis-moi. Je veux te montrer un truc dehors.

Reena éclata de rire.

— Dehors ? Serais-tu devenu adepte des ébats en plein air ?

— Le sexe, le sexe... Les femmes ne pensent qu'à ça ! Merci, mon Dieu ! fit-il en entraînant Reena vers la porte qui donnait sur le jardin.

Un beau croissant de lune dispensait une clarté argentée qui illuminait les fleurs plantées par Reena. L'air était chaud et chargé des senteurs estivales.

Et là, sous un érable, se trouvait une balancelle.

— Ça alors ! Tu as fabriqué une balancelle pour mon jardin ! Mon Dieu..., fit Reena en passant les doigts sur les accoudoirs, les yeux soudain humides. Tu l'as fabriquée pour moi ! Mais quand ? Elle est si belle. Et le bois est si doux.

— Je l'ai terminée aujourd'hui. Ça m'a aidé à me vider l'esprit. Tu veux l'essayer ?

— Évidemment !

Elle s'assit, les bras étendus sur le dossier.

— C'est super. Grâce à toi, un bon paquet de stress vient de s'évanouir. Tu es un ange.

Il prit place à côté d'elle.

— J'espérais bien que ce serait un succès.

— C'est le top. Fabuleux ! Ma maison, mon jardin par une nuit chaude de juin, et un mec sexy à côté de moi sur une balancelle qu'il a fabriquée de ses propres mains. Du coup, tout ce qui s'est passé la nuit dernière semble irréel.

— Je pense que nous avions tous les deux besoin d'évacuer les soucis pendant au moins quelques heures.

— Que toi tu as consacrées à cette balancelle.

— Quand on aime ce que l'on fait, on ne le considère pas comme un travail.

— C'est vrai. On éprouve de la satisfaction.

— Exactement. Ah, autre chose : il paraît que demain, j'aurai une nouvelle camionnette. Ta mère va venir avec son cousin Sal, celui qui est concessionnaire Dodge.

— Tu veux mon avis ? Laisse-la faire.

De l'une des plantes qu'elle avait fait pousser s'exhalait un parfum fort et sucré, comme si l'on avait vaporisé de la vanille dans l'air.

— Maman saura lui faire baisser le prix jusqu'à ce qu'il ne fasse même plus de bénéfice. Arrête-la quand il commencera à pleurer, mais pas avant.

— Compris.

— Tu tiens bien le coup, Bo.

— Je n'ai pas le choix.

— Si. Tu pourrais fulminer, passer ta colère sur quelqu'un, taper du poing contre les murs…

— Ça m'obligerait à refaire les plâtres, après.

— Solide, voilà ce que tu es. Je sais qu'au fond de toi tu es furieux, mais tu maîtrises. Dis donc, tu ne m'as pas demandé si on avait fait des progrès.

— J'attendais que tu me racontes.

— Je le ferai, mais je dois d'abord parler à quelqu'un. Ensuite, je te mettrai au courant. En tout cas, merci de me faciliter les choses.

— Je t'aime trop pour chercher à te rendre la vie difficile.

Pendant un moment, Reena resta sans bouger, la tête appuyée sur l'épaule de Bo, laissant son calme la pénétrer. C'était fou, ce qu'elle éprouvait pour lui. Tout s'était passé si vite. L'amour était entré dans son cœur et s'y était étendu. Elle avait l'impression qu'il avait pris possession d'elle de la racine des cheveux jusqu'à la pointe des orteils.

— C'est le destin, murmura-t-elle en tournant la tête pour effleurer la mâchoire de Bo du bout des lèvres. Je crois que tu étais fait pour moi. Je le crois vraiment.

Elle pivota, se hissa sur les genoux de Bo puis noua les mains derrière sa nuque.

— Tu sais, ça me fait un peu peur. Juste ce qu'il faut pour que ce soit excitant. Mais la plupart du temps, c'est doux, tendre… J'ai l'impression… Comment dire ? Pas d'avoir été conduite quelque part ; je conduisais moi-même, mon esprit m'indiquait le chemin à suivre, et je n'obéissais qu'à ma propre volonté. Mais soudain, ça a été comme si une voix m'avait demandé : « Hé, pourquoi ne prends-tu pas cette route-là ? Tu as envie de continuer le voyage dans cette direction, non ? » Alors je l'ai fait, et tu étais là.

Elle inclina la tête en arrière, fixa quelques instants le croissant de lune, les étoiles, puis ramena son regard sur le visage de Bo.

— Je faisais du stop sur cette route ? s'enquit Bo en l'embrassant sur le front.

— Je pense que tu marchais au bord, dans le même sens. Alors nous avons décidé de partager la même voiture. Mais ça ne se serait pas passé si tu t'étais borné à ne voir en moi que la fille en rose de la fameuse soirée.

— J'ai vu qui elle était. Et je suis devenu fou de ce qu'elle est aujourd'hui.

Reena prit le visage de Bo entre ses mains et ils échangèrent un long baiser.

— Tu as fait une pizza, murmura-t-elle d'un ton rêveur.

— Et elle était bonne, quoi qu'ait dit Brad en parlant d'indigestion et d'intoxication alimentaire !

— Oui, tu as fait une pizza, et tu m'as construit une balancelle. Il faut que je t'exprime ma gratitude.

Ce qu'elle mit en pratique par un baiser intense.

— Je l'accepte, assura Bo dont la voix était soudain enrouée et les mains hardies. Viens, rentrons.

— Mmm… Je veux savoir si cette balancelle est solide.

Elle déboutonna la chemise de Bo puis la lui enleva et la jeta par-dessus son épaule.

— Reena, nous ne pouvons pas…

Un baiser le fit taire. Des doigts habiles s'activaient sur les boutons de son jean.

— On parie ? demanda-t-elle en lui mordant l'épaule.

Le jean commençait à glisser sur les cuisses musclées de Bo. Il poussa un gémissement. Le désir allait lui faire perdre toute lucidité, il le pressentait. Maintenant, Reena le chevauchait. Il voyait luire ses yeux dans le clair de lune.

— Détends-toi… Il n'y a que toi et moi, lui souffla-t-elle à l'oreille. Le monde se réduit à nous deux.

Elle lui prit les mains et les amena à ses seins.

— Touche-moi. Caresse-moi.

Il ne pouvait plus s'arrêter. Il glissa sa main sous le chemisier, mais cela ne suffisait pas. Il se débattit avec les boutons. La poitrine nue était maintenant à lui, ne restait qu'à savourer l'instant, dans le doux va-et-vient de la balancelle.

Quelque chose d'ensorcelant semblait flotter dans l'air. La lourdeur des parfums, l'odeur de l'herbe, cet homme enflammé plaqué contre elle… Reena se délectait de la magie prodiguée par la lune qui baignait sa peau nue d'un voile argenté. Les mains de Bo couraient sur son corps, la faisaient gémir doucement. Ils se mirent à bouger à l'unisson, puis se fondirent l'un dans l'autre.

— Tu fais vraiment du bon travail, souffla-t-elle.

— À mon avis, tu as pratiquement tout fait toute seule.

— Je parlais de la balancelle.

À 7 heures du matin, Reena avait préparé du bacon frit et croustillant, des beignets, du café et une omelette.

Elle se sentait coupable d'avoir mis Bo dehors à six heures et demie muni en tout et pour tout d'un beignet à emporter, mais elle voulait parler à John sans témoin. Elle était déjà habillée pour le travail, holster compris, pour pouvoir filer aussitôt après leur rencontre.

Comme toujours, il fut ponctuel. En toutes circonstances, elle savait pouvoir compter sur lui. Elle l'embrassa sur la joue.

— Merci. Sincèrement, John. Je vous ai fait venir tôt, mais je suis de service de 8 à 16. Si je suis un peu en retard, O'Donnell assurera. Pour me faire pardonner de vous avoir dérangé, je vous ai préparé une omelette.

— Ne te donne pas tout ce mal. Du café suffira.

— Mais non. Venez dans la cuisine. Cette histoire m'a couru dans la tête toute la nuit et j'aimerais vous en faire part. D'accord ?

— Oui. Vas-y.

— Je vais tout reprendre à partir du début, John. Depuis l'incendie du Sirico.

Tout en surveillant la cuisson de l'omelette, elle raconta sans rien omettre et John ne l'interrompit pas. Elle se déplaçait avec la même fluidité que Bianca, pensa-t-il, et ponctuait ses mots des mêmes gestes gracieux. Mais elle pensait en flic. Déjà, enfant, elle possédait cet esprit d'analyse et de synthèse propre aux policiers. Elle était logique et observatrice.

— On procède aux vérifications pour les bijoux. Ils ne viennent peut-être pas de New York, mais nous trouverons où il les a volés. Lancer un mandat d'arrêt contre lui serait utile. Il a commis une erreur en donnant ces bijoux à sa mère, non pas parce qu'il est stupide – il ne l'est pas –, mais parce qu'il est bouffi d'orgueil. Il a besoin de se mettre en valeur, de faire des choses qui ne passent pas inaperçues. C'est pour ça qu'il allume des feux. L'une des principales motivations des incendiaires, c'est le désir de se faire valoir. En plus, pour Joey, c'est une proclamation. Son père l'a fait, alors il le fait aussi, mais en mieux, en plus grand.

— Il y a autre chose.

— Oui. Tous ces feux, il les a allumés pour se venger. Si j'ai raison, et je crois que c'est le cas, John, ces vengeances sont dirigées contre moi et les miens, parce qu'il nous juge responsables de ce qui est arrivé à son père.

— Il fait ça trop bien pour s'en être tenu à ces incendies-là. Trop bien organisé, trop méticuleux.

— Il me semble aussi. Peut-être que le clan du New Jersey, les Carbionelli, l'a employé comme homme de main pour jouer avec des allumettes. Ou bien il a travaillé pour son propre compte.

Quoi qu'il en soit, attendre ne lui fait pas peur. Il guette le moment opportun : il a quand même patienté trois mois, après que son oncle l'a flanqué dehors, avant de faire brûler la maison de son cousin.

— Je peux sans doute t'aider avec ça. Je connais pas mal de gens dans le comté de Frederick.

— J'espérais bien que vous le feriez, John. Nous rouvrons le dossier Josh Bolton. C'est Joey qui était derrière cette horreur. Même si on ne trouve rien contre lui concernant les autres incendies, il faut que je le coince pour celui-là. Il le faut… pour Josh.

La voix de Reena tremblait, ce qui n'échappa pas à John.

— Attention, si tu en fais une affaire personnelle, tu entres dans son jeu.

— Je sais. Il veut que je sache qu'il est à l'origine de tout ce qui est arrivé. Mais pourquoi maintenant ? Pourquoi avoir œuvré dans l'ombre pendant tant d'années pour soudain me mettre au courant ? Quelque chose a changé dans sa vie, quelque chose s'est déclenché.

John approuva d'un hochement de tête tout en avalant une bouchée d'omelette.

— À mon avis, Reena, il t'a tout le temps gardée sur son écran radar tout en évitant le tien. Peut-être que c'est toi qui as changé la donne. Par exemple, tu as acheté une maison, tu t'es mise à sortir sérieusement avec ton voisin…

— Mmm… possible, fit Reena dubitativement. J'ai vécu des moments forts dans ma vie et ça a dû nourrir sa rage. J'ai eu mon diplôme à la fac, et lui son brevet en prison. Ensuite, j'ai intégré la police alors que lui, il passait d'un petit boulot à un autre. J'ai fréquenté plusieurs garçons et on ne lui a jamais connu de petite amie. Mais ne pouvant lire dans mes pensées, il n'avait aucun moyen de savoir si oui ou non mes affaires de cœur étaient sérieuses. Pour le spectateur qu'il était, avec Luke, c'était du solide. D'accord, il a mis le feu à la voiture de Luke. Mais il ne m'a pas contactée, n'a pas initié un dialogue.

— Et le timing ? Vingt ans. À marquer d'une pierre blanche, non ? Cette année, c'est l'anniversaire de l'incendie du Sirico, et de l'arrestation des Pastorelli père et fils.

— Possible.

— Tu as raison de chercher à comprendre ses motivations. Si tu y arrives, cela t'aidera à le coincer. Il faut l'attraper avant qu'il se lasse de jouer au chat et à la souris et s'en prenne directement à toi. Parce qu'il le fera, Reena. C'est la prochaine étape. Il est dangereux.

— Je le sais. C'est un sociopathe violent et misogyne. Mais je ne pense pas qu'il m'attaque avant encore un moment. Ce qu'il fait l'amuse, l'excite, lui donne l'impression d'être important. En revanche, il pourrait s'en prendre aux gens que j'aime, et ça, ça me terrifie, John. J'ai peur pour ma famille et pour Bo.

— Et voilà. C'est bien ce que je disais : tu entres dans son jeu.

— Je sais. Mais je suis un bon flic. Parce que je suis un bon flic, n'est-ce pas ?

— Oui, tu l'es.

— Mon travail est principalement axé sur les incendies criminels. Je réunis les indices, j'observe, j'étudie la psychologie, la physiologie… Je ne suis pas un flic de terrain. Je peux compter sur les doigts d'une main le nombre de fois où j'ai dû sortir mon revolver, mais jamais je n'ai eu à appuyer sur la détente. J'ai arrêté des suspects, et une seule fois j'en ai affronté un armé. C'était le mois dernier. Mes mains tremblaient, John ! J'avais mon 9 mm, et lui un couteau minable, mais... Mon Dieu, que je tremblais.

— Tu l'as arrêté ?

— Oui. Oui, je l'ai fait.

Elle passa la journée la tête dans ses dossiers, lisant ou rédigeant des rapports, passant des coups de fil et attendant qu'on la rappelle. Puis elle regagna son quartier pour y interroger d'anciens amis de Joey.

Autrefois, Tony Borelli était un gamin maigre au visage boudeur. Il était une classe au-dessus de Reena. Sa mère, se rappelait-elle, s'égosillait du matin au soir. Le genre de femme qui passait son temps plantée sur son perron ou sur le trottoir, à pester contre ses enfants, ses voisins, son mari, et tout étranger qui avait la mauvaise idée de passer devant chez elle. Une attaque d'apoplexie l'avait emportée à quarante-huit ans.

Tony avait accumulé les bêtises : chapardages dans les magasins, vols de voitures, recel, et avait fait un court séjour en prison à vingt ans pour vente illégale de pièces détachées dans South Baltimore.

Il était toujours maigre, un vrai sac d'os, dans un jean constellé de taches de graisse et un T-shirt élimé, coiffé d'une casquette grise portant le nom de « Stenson's Auto Repair », le garage dans lequel il travaillait.

Sur un pont se trouvait une Honda que Tony vidangeait. Il essuya ses mains noires d'huile sur un foulard qui avait dû être bleu.

— Joey Pastorelli ? Seigneur, je ne l'ai pas vu depuis qu'on était gosses !

— À l'époque, vous étiez très copains, tous les deux.

— Ouais, mais justement on était gosses, remarqua-t-il en continuant à vidanger la Honda. On traînait pas mal ensemble, et on était des vauriens.

— Ça, c'est sûr.

Tony eut un petit sourire.

— Il y a bien longtemps, Reena. Mais il faut grandir, non ?

Il jeta un coup d'œil à O'Donnell qui semblait fasciné par les outils posés sur l'établi.

— Je suis toujours pote avec plein de filles qui étaient à l'école avec moi, même celles qui ont quitté le quartier. On a gardé le contact.

— Les filles, c'est différent. Joey est parti à New York quand il avait… quoi ? douze ans ? Ça fait un bail.

Il surveillait le filet d'huile en même temps qu'il épiait nerveusement O'Donnell à la dérobée.

— Tu as eu quelques ennuis, Tony.

— Ouais. J'ai même fait de la taule. Le problème, c'est qu'il y a des gens qui pensent que quand on fait des conneries étant jeune, on ne peut pas s'acheter une conduite. Je suis marié, j'ai un gosse, je travaille ici. C'est un bon job et je suis un bon mécano.

— Ça t'aidait, pour démanteler des voitures.

— Merde, mais je n'avais que vingt ans ! J'ai payé ma dette à la société. Qu'est-ce que tu veux de moi, à la fin ?

— Je veux savoir quand tu as vu Joey ou lui as parlé pour la dernière fois. Il est revenu à plusieurs reprises à Baltimore. Dans ces cas-là, on passe dire bonjour à ses anciens copains… Tony, si tu persistes à me raconter des bobards, je vais te créer des ennuis. Ça ne me plaira pas, mais je te garantis que je le ferai.

Il soupira, puis hocha la tête d'un air résigné.

— Tout ça remonte à la fois où il t'a frappée, Reena. Je n'avais rien à voir avec ça. Ce n'est pas mon genre, de taper sur une nana. Tu as vu mon casier.

— Effectivement, ça n'en fait pas partie. Mais j'ai aussi vu que tu n'as pas ouvert la bouche quand on t'a interrogé sur les pièces détachées. Tu n'as pas dénoncé tes complices. Tu crois que c'est une histoire de loyauté, Tony ? On cherche Joey dans le cadre d'une enquête sur un meurtre. Tu veux être mêlé à ça ?

— Oh, là, attends ! Un meurtre ? Je ne sais pas de quoi tu parles, je te le jure !

— Parle-moi de Joey.

— OK. Il a peut-être fait un saut ici une fois ou deux. On a bu une bière. Il n'y a pas de loi contre ça, que je sache.

— Quand et où ?

Il repoussa sa casquette en arrière, révélant un crâne qui se dégarnissait.

— Après l'incendie, la première fois où j'ai eu de ses nouvelles, c'était juste avant que je me mette dans le business des voitures. C'est lui qui m'a entraîné là-dedans. Il m'a dit qu'il montait une affaire, qu'il connaissait des mecs qui pourraient m'aider à me faire du fric. Il m'a présenté, et c'est comme ça que je me suis retrouvé dans cette histoire.

— Tu t'es fait arrêter en 1993.

— Ouais. J'avais fait ça pendant un an avant d'aller en cabane.

— Donc, Joey t'a branché avec ces types en 1992 ?

— C'est ça.

— Quand ? Printemps, été, hiver ?

— Bon sang, comment tu veux que je me rappelle ?

— Le temps qu'il faisait peut te fournir une indication. Vous avez dû passer d'un bar à l'autre. Il y avait de la neige ?

— Non. Il faisait beau. Attends, je me souviens d'avoir fumé un pétard en suivant un match de foot à la radio. C'était tôt dans la saison, mais il faisait beau. Je dirais qu'on était en avril ou mai.

L'air était chaud et étouffant dans le garage, mais la sueur qui coulait sur le front de Tony, Reena l'aurait juré, n'avait rien à voir avec la température ambiante.

— Reena, si Joey a tué quelqu'un, il ne m'a pas mis au courant. Ça m'étonne pas, remarque. Il est capable de liquider quelqu'un. En revanche, il parlait pas mal de toi.

— Ah bon ?

— Oh, rien de spécial. Si je te voyais de temps à autre, si on avait… tous les deux… Enfin, bref, tu piges.

— Et quoi d'autre ?

— J'étais bourré et défoncé, Reena. Tout ce dont je me souviens, c'est qu'il m'a posé des questions sur toi et puis il m'a embringué dans son affaire, et ça m'a valu trois ans de cabane. Quand je suis sorti, j'avais compris. Je n'ai plus fait de conneries depuis. Je travaille.

— Joey…

— Il a réapparu quelques années après.

— En 1999 ?

— Oui. J'ai bu un pot avec lui en souvenir du bon vieux temps. De nouveau, il m'a proposé de faire des affaires avec lui mais je lui ai dit que c'était fini, que je m'étais rangé. Ça l'a mis en rogne et on s'est un peu engueulés. Il est remonté dans sa bagnole et m'a planté là. J'ai cru crever de froid en essayant de trouver un taxi pour rentrer chez moi.

— Il faisait froid ?

— Sacrément. J'ai même glissé sur de la glace et je suis tombé… J'ai rencontré Tracey quelques semaines plus tard, et ça a fini de me remettre les idées en place. Elle n'est pas du genre à accepter les trucs pas clairs.

— C'est très bien.

— Sûr. C'est ce qu'il me fallait. Alors, quand j'ai revu Joey, je lui ai bien dit qu'il ne fallait plus qu'il compte sur moi pour faire ses conneries.

— Et ça, c'était à quel moment ?

— Il y a quelques semaines. Deux ou trois. Il s'est pointé chez moi. Je ne sais pas comment il a trouvé où j'habitais. Il était pas loin de minuit. Tracey a eu peur et la môme s'est réveillée. Joey était bourré. Il voulait que je sorte pour lui parler. Mais je ne suis pas sorti et je ne l'ai pas laissé entrer. Je lui ai dit de foutre le camp et il n'a pas apprécié.

— Était-il à pied ?

— Non. Je l'ai surveillé : je voulais être sûr qu'il s'en allait. Je l'ai vu monter dans une jeep Cherokee noire. Un modèle 93.

— Tu as vu le numéro d'immatriculation ?

— Pas fait attention. Désolé.

Il triturait sa casquette entre ses doigts. Mais il n'était pas nerveux, songea Reena. Il avait peur.

— Il fout les jetons à ma femme, poursuivit-il, et des cauchemars à ma gamine. Reena, j'ai une famille, désormais. Si Joey a commis un meurtre, je ne veux pas qu'il vienne tourner autour de Tracey et de la petite !

— S'il te contacte de nouveau, je veux immédiatement en être informée. Et ne lui dis pas que tu m'as vue ! Essaie seulement d'apprendre où il loge mais ne te montre pas trop pressant.

— Tu me fiches vraiment la trouille, Reena.

— Normal : Joey est très dangereux. S'il commence à vraiment t'en vouloir, il te fera du mal, et à ta famille aussi. Et c'est pas des conneries, Tony. Juste la vérité.

Sur cet avertissement, Reena tourna les talons. O'Donnell fit de même. Ils descendaient la rampe d'accès au garage lorsque Tony appela :

— Reena ! J'ai autre chose à te dire. Seule.

— J'arrive, O'Donnell, souffla Reena avant de revenir sur ses pas.

— Reena, Joey a vraiment tué quelqu'un ?

— C'est l'objet de notre enquête.

— Et tu penses qu'il pourrait s'en prendre à ma femme ou à mon enfant ?

— Le moteur de Joey, c'est la vengeance. Pour le moment, il est trop occupé pour se soucier de toi, mais si nous ne l'attrapons pas, il trouvera peut-être le temps de penser à son pote Tony qui l'a laissé tomber… Alors fais en sorte de rester loin de lui et s'il te contacte, préviens-moi immédiatement.

— D'accord. Tracey est la chance de ma vie. Grâce à elle, je m'en suis sorti. Rien ni personne ne me fera dérailler. Alors écoute : quand nous étions gosses, avant toutes les histoires qu'il y a eu dans le quartier, Joey te suivait.

— Il me suivait ?

— Il t'espionnait à la sortie de l'école, autour de chez toi… La nuit, il faisait le mur pour aller te regarder par les fenêtres de ta maison. Il est monté dans ce gros arbre que vous aviez, à l'arrière, et il a essayé de voir dans ta chambre. Je… je l'ai accompagné plusieurs fois.

— Tu as vu quelque chose d'intéressant, Tony ?

Il baissa les yeux et s'abîma dans la contemplation de ses chaussures.

— Il voulait te violer, lâcha-t-il enfin à voix basse. Il ne le disait pas comme ça. Il voulait te… Enfin, tu as compris. Il désirait que je sois avec lui. J'ai refusé, et en plus, je pensais que ce n'étaient que des paroles en l'air. Mais quand j'ai appris qu'il t'avait tapé dessus, qu'il avait esquinté tes habits, j'ai compris qu'il disait la vérité, qu'il avait vraiment voulu te violer. Pourtant, j'ai gardé ça pour moi.

— Jusqu'à aujourd'hui.

— Oui. Reena, j'ai une petite fille, dit Tony en relevant la tête. Elle a cinq ans, et quand je pense que des types pourraient lui… Ça me… Oh, merde ! Joey a essayé de te faire du mal. Alors il faut que tu saches que s'il me contacte, je ne lui raconterai pas qu'on a parlé, tu as ma parole. Je ne lui apprendrai pas non plus que tu le cherches et je t'appellerai immédiatement.

— Parfait, Tony, dit Reena en prenant la main du jeune homme. Je suis contente que tu aies une famille.

— Sûr que ça change tout.

— Oh, oui, cela change tout.

Reena faisait le point avec les membres de la brigade, Steve en tant que pompier et les enquêteurs du département incendies volontaires.

— Nous avons confirmation de la présence de Joey Pastorelli ici au moment de la mort de Josh Bolton, et lors de l'incendie de la voiture de Luke

Chambers. Et nous savons désormais qu'il se trouvait à Baltimore il y a deux ou trois semaines. Il conduisait une jeep Cherokee noire de 1993. Aucun véhicule de cette marque n'est enregistré au nom de Joseph Pastorelli junior ou senior. Laura Pastorelli n'a pas de voiture. Ce Cherokee a été soit emprunté à une connaissance, soit plus vraisemblablement volé. Nous procédons à des recherches parmi les déclarations de vol. Oui, Younger ?

— Nous n'avons pas fini d'établir les comparaisons entre les différents modes opératoires, mais nous pouvons d'ores et déjà affirmer que le système de mise à feu installé dans le réservoir d'essence de Bowen Goodnight est identique à celui placé dans la Mercedes de Luke Chambers il y a six ans. Nous recherchons des similitudes dans des incendies criminels ayant eu lieu dans le New Jersey, la ville de New York et les États du Connecticut et de Pennsylvanie. Nous allons également étudier un cas d'homicide et de véhicule incendié en Caroline du Nord, celui où Hugh Fitzgerald a perdu la vie. Quant au dossier Joshua Bolton, clos sur une conclusion de mort accidentelle, il est officiellement rouvert.

Un autre inspecteur montra du doigt le tableau sur lequel étaient punaisées les photos de Pastorelli père et fils ainsi que des clichés des différentes scènes de crime.

— Doit-on comprendre que ce gars est soupçonné d'avoir déclenché des incendies depuis dix ans, voire davantage, d'avoir tué au moins deux personnes, et d'être passé à travers les mailles du filet pendant tout ce temps ?

— Oui, c'est exactement ça, acquiesça Reena. Il est très prudent et fait très bien son sale boulot. Il est possible qu'il bénéficie d'une protection de la part du clan Carbionelli et qu'il ait agi pour leur compte. Nous présumons également qu'il n'avait jusqu'à maintenant aucun motif pour entrer en contact avec moi. Alors, que s'est-il passé ? Pour l'instant, il est le seul à le savoir. Et à cause de cela, il revient obstinément à Baltimore.

— Une bonne part de ce motif, c'est toi, intervint Steve.

— Oui, moi. Et son père, et ce qui s'est passé en 1985. Joey rumine sa vengeance. Il est capable de nourrir sa rancœur pendant longtemps. De loin en loin, il fait un coup qui le calme un peu et puis il repart. Enfin, cela se passait ainsi jusqu'à maintenant. Cette fois-ci, il reste dans le coin et il joue son jeu en continu. Il me rappellera, j'en suis certaine, et il fera flamber de nouveau quelque chose.

Elle s'interrompit, le temps de regarder la photo sur le tableau.

— Il compte bien finir le boulot.

À la fin de la réunion, Reena fit une pile de ses dossiers et de ses notes afin de pouvoir les emporter facilement. Elle entendait bien travailler, aujourd'hui, mais elle le ferait chez elle, au calme. Et elle serait à côté de son téléphone, au cas où Joey appellerait.

Avant de partir, elle passa un coup de fil à la brigade de New York, s'enquit des derniers renseignements obtenus et demanda qu'on lui communique au plus tôt les noms des inspecteurs des Incendies volontaires ainsi que ceux qui s'étaient occupés des cambriolages. Elle donna son numéro de portable à son correspondant puis raccrocha et se tourna vers O'Donnell.

— Ils ont découvert que la montre et les boucles d'oreilles faisaient partie des objets volés dans un appartement de l'Upper East Side vers la mi-décembre de l'année dernière. On avait évacué le bâtiment suite à une alerte au feu chez l'un des copropriétaires absent à ce moment-là. À l'issue de l'intervention des pompiers, lorsque les habitants de l'immeuble ont pu rentrer chez eux, ces gens se sont aperçus qu'ils s'étaient fait dévaliser. Espèces, bijoux et collection de monnaie. Pénétrer dans un appartement vide de tout occupant, mettre le feu et ensuite s'introduire dans le domicile mitoyen qui avait été évacué a été un jeu d'enfant pour le voleur.

— Uniquement des pièces faciles à emporter.

— Le portier ce soir-là était dépassé par le nombre de personnes étrangères qui entraient et sortaient : l'un des résidents donnait une soirée. Du gâteau pour le voleur qui s'est glissé au milieu des invités et a ensuite pénétré sans problème dans l'appartement déserté où il a mis le feu.

— Cause de l'incendie ?

— Plusieurs foyers de départ. New York va nous envoyer les rapports. Apparemment, le feu est parti d'un placard contenant des produits d'entretien, d'un canapé et d'un lit. L'appartement inoccupé a été dépouillé de ses objets de valeur de petite taille, comme tu l'as noté : objets d'art et bijoux. Ceux qui n'avaient pas été enfermés dans le coffre-fort. À ce jour, aucun des biens dérobés n'a été retrouvé. À New York, ils sont contents que nous ayons une piste.

— Échange de bons procédés.

27

En rentrant chez elle, Reena fit un détour par le Sirico pour voir sa mère. Immédiatement, elle remarqua la camionnette bleue flambant neuve garée devant le restaurant. Elle tourna autour du véhicule et se dit que Bo s'était procuré un bel outil de travail.

À cette heure-ci – trop tard pour le déjeuner et trop tôt pour le dîner – le restaurant marchait au ralenti. Pete et sa fille Rosa, de retour à la maison pour les vacances d'été, s'occupaient de la salle.

— Ils sont dehors. Le gang au grand complet, dit-il.

— Tu as besoin d'un coup de main ?

— Non, ça va pour le moment, assura-t-il en répandant généreusement de la sauce sur des boulettes de viande. Mais si tu veux bien, dis à mon fils qu'il y a une livraison à faire tout de suite, alors qu'il se ramène vite fait, tu me rendras service.

— Ça marche.

Reena traversa l'arrière-cuisine et gagna le jardin par la porte réservée aux employés. Sa famille était là : Bianca, Gib, des cousins, oncle Larry mais aussi Gina, sa mère et ses deux enfants. Que tout le monde parle en même temps ne l'étonna pas.

Elle remarqua des croix orange tracées à la peinture sur le gazon.

Son père tendait le doigt dans une direction, sa mère dans une autre. Bo semblait pris entre deux feux. Reena s'approcha d'une table où Bella sirotait un verre d'eau gazeuse.

— Que se passe-t-il ?

— Ils prennent des mesures, ils posent des jalons pour la cuisine d'été et la nouvelle terrasse et ils s'engueulent. Tout ce bazar, c'est trop. Maman va en avoir des cheveux blancs.

— Pourquoi donc ?

— Parce que papa et elle ont déjà suffisamment de boulot comme ça à la boutique ! Ça fait trente ans qu'ils s'échinent dans ce restaurant ! Peut-être davantage.

Reena s'assit à côté de sa sœur. Quelque chose semblait ne pas tourner rond.

— Ils adorent cet endroit, tu le sais.

— Bien sûr que je le sais, mais ils ne sont plus tout jeunes !

— Oh ! pour l'amour du Ciel, ne...

— Ils ne le sont plus, Reena ! Ils devraient profiter de la vie, de l'instant présent, au lieu de chercher à se donner davantage de peine !

— Ils sont heureux de la vie qu'ils mènent. Pas seulement au Sirico, où ils voient leurs efforts largement récompensés jour après jour, où ils sont avec leur famille, leurs amis. Ils voyagent aussi.

Bella se tourna vers Reena, baissant la voix comme si elle énonçait un blasphème.

— Que se serait-il passé s'il n'y avait pas eu le Sirico ? S'ils ne s'étaient pas connus si jeunes et n'avaient pas, aussitôt mariés, pris la succession des grands-parents à la boutique ? Maman aurait peut-être fait les Beaux-Arts, serait devenue une artiste, et aurait vécu mille expériences, vu d'autres horizons avant de plonger dans le mariage et les bébés.

— Premièrement, permets-moi de te faire remarquer que s'il en avait été ainsi, tu ne serais pas là. Deuxièmement, elle aurait pu opter pour papa ET les Beaux-Arts. Elle a préféré choisir papa, le Sirico et cette existence.

Reena chercha sa mère des yeux et l'examina. Mince, ravissante, juvénile, avec sa queue-de-cheval, riant en enfonçant l'index dans la poitrine de son mari.

— Quand je la regarde, Bella, je ne vois pas une femme rongée par les regrets, une femme qui se demanderait ce qui se serait passé si elle avait joué une autre carte.

— Oh, Reena... pourquoi ne puis-je être aussi heureuse ?

— Je ne sais pas. Et ça me désole que tu ne le sois pas.

— Tu es allée parler à Vince et... Ne fais pas ta tête de flic, s'il te plaît ! Vince était furieux, mais tout de même secoué. Il n'imaginait pas que ma petite sœur pourrait lui tomber sur le poil. Merci, Reena.

— Pas de quoi. J'ai agi sur le coup d'une impulsion, mais ensuite, j'ai eu peur que ça te contrarie que je me sois mêlée de tes affaires.

— Ça ne me contrarie pas. Même si ton intervention n'avait rien changé, ça ne m'aurait pas contrariée que tu prennes ma défense. En plus, ça a marché. Il a mis le holà avec sa maîtresse en titre. Enfin, il me semble. Peut-être que ça durera, peut-être pas. De toute façon, quoi qu'il advienne, jamais je ne serai comme maman, qui forme un couple formidable avec papa. Je n'aurai pas un mari en adoration devant moi. Cela ne m'arrivera pas.

— Tu as de beaux enfants.

— C'est vrai, convint Bella dans un sourire. J'ai de beaux enfants… et je crois que je suis de nouveau enceinte.

— Tu penses que…

Reena se tut quand elle vit sa sœur secouer la tête à l'approche d'un des enfants.

— Maman ! On peut avoir des cornets de glace ? S'il te plaît, on peut ?

— Bien sûr, répondit Bella en caressant la joue de son fils. Mais juste un, OK !

Le garçonnet repartit aussi vite qu'il était venu pour aller annoncer la bonne nouvelle aux autres enfants.

— Je les aime tant, Reena… Pour le reste, on discutera une autre fois. Je vais préparer ces glaces. Sophia ! Viens m'aider !

Bella se leva et entra dans le restaurant, suivie d'une ribambelle d'enfants qui poussaient des cris de joie. Sophia fermait la marche. Elle boudait, nota Reena, mais elle obéissait. La jeune fille n'était pas encore assez âgée pour dédaigner un cornet de glace.

— Je ne sais pas pourquoi c'est toujours à moi qu'elle demande de l'aider, fit-elle à Reena au passage.

— Qu'est-ce qui t'embête ? Tu seras en première ligne, alors qui se rendra compte si tu te sers deux boules au lieu d'une ?

Le visage de Sophia s'éclaira.

— Tu en veux une ?

— Qu'est-ce que tu crois ? Il y a de la glace au citron, là-dedans. Allez, sois gentille avec ta maman, dit Reena en pinçant gentiment la joue de sa nièce. Et ne me regarde pas avec ces yeux ! Sois gentille, c'est tout. Offre-lui vingt-quatre heures de gentillesse, je suis sûre qu'elle en a besoin.

Sophia hocha la tête sans conviction puis partit rejoindre Bella.

— Tu arrives pile quand il faut, lança Bianca, qui venait retrouver sa fille. Ton père se rend enfin à l'évidence : c'est moi qui avais raison.

Suivant le regard de Bianca, Reena vit son père, Bo, Larry et quelques autres à l'angle du bâtiment. Bo se pencha et traça une longue ligne sur le gazon à l'aide d'un aérosol de peinture.

— Qu'est-ce qu'il fait, maman ?

— Il matérialise un passage à partir du coin. Comme ça, les clients pourront accéder directement de la rue à la pergola. Ceux qui auront réservé une table n'auront pas à traverser la salle de restaurant. S'ils viennent pour dîner dehors, écouter un peu de musique, je…

— De la musique ?

— Oui. On va installer des haut-parleurs. Quand on a une pergola, il faut de la musique. Et de jolies lumières tout le long de l'allée et de grands pots de fleurs. Des arbustes ornementaux aussi. Des citronniers ! Et puis là-bas au fond, une aire de jeux pour les enfants. Comme cela, ils ne s'ennuieront pas.

Bianca faisait des grands gestes. Elle était l'image vivante d'une femme heureuse et pleine de confiance en elle.

— Maman, tu me donnes le tournis ! s'écria Reena en riant.

— C'est un projet formidable.

— Oui, mais c'est un gros projet.

— J'en conviens.

Elle sourit lorsqu'elle ramena les yeux sur Bo, qui montrait quelque chose à Gib, lequel fronçait les sourcils.

— Je l'aime beaucoup, ton Bowen. Nous avons bien ri, aujourd'hui. Ton oncle Sal en pleurait. Et Bo m'a offert un hortensia.

— Oh ! Il t'a acheté un buisson ?

— Et il l'a mis en terre. Ma chérie, si tu ne l'épouses pas, je l'adopte, ce garçon ! Parce qu'il n'est pas question que je le laisse partir !

Les enfants ressortaient du restaurant munis de leurs cornets de glace. Gina et sa mère vinrent encadrer le petit groupe bruyant et agité. Quant à Bo, il délaissa son tracé au profit de Reena, qu'il prit par la taille en lui souriant.

Ce n'était pas le bon moment pour parler d'incendies volontaires en série et de meurtres.

Reena ne pouvait s'attarder. Il fallait qu'elle rentre chez elle, mais quand elle annonça son départ en s'excusant, les protestations fusèrent.

— Je vais donner à tes parents tous les détails concernant le projet d'aménagement, dit Bo, comme ça ils auront toute la nuit pour y réfléchir et en être sûrs. Si tu patientes encore trente minutes, je rentrerai avec toi.

— Tu as ta voiture. Un beau morceau, entre parenthèses. Moi, il faut que je me plonge dans mes dossiers. Tout ce dont j'ai besoin, c'est d'une heure de tranquillité pour réfléchir.

— J'apporte le dîner ?

— Bonne idée. Ce que tu voudras. Fais-moi la surprise.

Un baiser, puis elle s'engagea dans l'allée dessinée sur l'herbe.

— Je te raccompagne, annonça Xander en lui prenant le bras.

Conformément à une vieille habitude, il lui tira les cheveux. En retour, Reena lui expédia un coup de coude dans les côtes.

— Tu m'invites un moment chez toi, frangine ? On n'a jamais le temps de…

— Désolée, mais non : j'ai du boulot et je n'ai pas besoin que mon petit frère joue les gardes du corps.

— Je suis plus grand que toi !

— À peine.

— Je suis le jeune frère mais pas le petit frère. Plaisanterie mise à part, Reena, il pourrait venir chez toi.

— Oui, il le pourrait. Il sait où j'habite, mais je me suis préparée à sa visite. Avoir quelqu'un auprès de moi vingt-quatre heures sur vingt-quatre, ce n'est pas possible. Je veux que tu sois vigilant, dit-elle en se tournant vers son frère. Joey Pastorelli veut se venger. Tu as trois ans de moins que lui et pourtant à l'époque, tu lui as donné une raclée. Je suis sûre qu'il ne l'a pas oublié. Alors je veux que tu veilles sur toi, ta femme et le bébé. Ne t'en fais pas pour moi, et moi je ne m'en ferai pas pour toi. Marché conclu ?

— Si ce fils de pute s'approche d'An ou de Dillon, je…

Xander n'acheva pas mais Reena avait compris.

— C'est ça. Garde ta petite famille sous les yeux, et avec Jack, veille sur maman, papa, Fran et Bella et les petits. J'ai obtenu quelques patrouilles supplémentaires, mais personne ne connaît aussi bien l'ambiance du quartier que nous. S'il y a un truc bizarre, nous le sentirons. Alors, quoi que tu voies d'anormal, appelle-moi. Promets-le-moi, Xander.

— Évidemment.

— Il fait très chaud, ce soir. L'été s'installe. Bon, j'y vais.

Elle monta dans sa voiture et rentra chez elle. Une fois garée devant la maison, elle resta sur son siège, examinant la maison, les autres bâtisses, la rue. Elle connaissait depuis toujours la plupart des voisins qui habitaient là où elle avait choisi de vivre. Où qu'elle aille dans le quartier, elle croisait des gens qui la saluaient par son nom. Désormais, comme elle, aucune de ces personnes n'était en sécurité.

Ses dossiers sous le bras, elle verrouilla la portière puis regarda les éraflures et les cabossages causés par les projections de morceaux de métal sur la carrosserie lors de l'explosion de la camionnette de Bo. De combien de temps Joey aurait-il besoin pour enflammer la voiture de son ennemie jurée Catarina Hale ? Deux minutes ? Trois ? Il pouvait faire cela pendant qu'elle dormait, prenait une douche ou préparait le repas.

Mais incendier une voiture ne lui suffirait pas. Il allait passer à la vitesse supérieure.

Mary Kate Leoni lavait les marches en marbre du perron trois maisons plus loin. Reena lui fit un signe de la main tout en songeant que la vie tenait à des choses simples comme faire le ménage, servir les repas, manger des cornets de glace…

Elle entra chez elle, posa ses dossiers et retira son revolver du holster. Quoi qu'elle ait prétendu à propos de sa capacité à affronter la situation et de son désir de profiter d'une heure de solitude, elle allait au préalable inspecter toute la maison. Son arme à la main.

Soulagée à défaut d'être vraiment rassurée, elle redescendit au rez-de-chaussée pour récupérer ses dossiers et prendre une boisson fraîche. Il était temps de se servir enfin du bureau qu'elle avait commencé à aménager au second. Temps aussi de faire ce pour quoi elle était douée : organiser, étudier, analyser.

Un grand tableau mural se dressait à côté de l'ordinateur. Le dossier contenait des photographies, des coupures de journaux, des comptes rendus qu'elle photocopia avant de les punaiser au tableau. Lorsque tout fut affiché, elle recula, regarda l'ensemble, puis se mit à son clavier et dactylographia l'histoire en son entier, depuis ce funeste jour d'août de 1985, année de ses onze ans.

Cela lui prit plus d'une heure qu'elle ne vit pas passer. Elle lança un juron quand le téléphone sonna – elle s'était tellement plongée dans le passé qu'elle en avait oublié le présent. À deux doigts de décrocher, elle s'arrêta. L'écran affichait un numéro inconnu.

Elle laissa sonner une deuxième fois tandis qu'elle branchait le magnétophone. Sa ligne était sur écoute, quelque part un policier allait suivre la conversation, mais deux précautions valent mieux qu'une. Puis elle décrocha.

— Salut, Joey !

— Salut, Reena ! T'en as mis du temps !

— Bof... Pas vraiment, dans la mesure où je ne t'ai pas accordé une seule pensée en vingt ans.

— Oui, mais maintenant, tu penses à moi.

— Je me rappelle le petit connard que tu étais quand tu habitais dans la rue. On dirait que tu es devenu un grand connard.

— Et toi, t'as toujours eu une grande gueule. Dont je vais m'occuper très bientôt.

— Qu'est-ce qu'il se passe, Joey ? Tu n'es pas foutu de te trouver une femme ? Ta tactique, c'est toujours de leur taper dessus et de les violer ?

— Attends, et tu sauras. On a pas mal de trucs à mettre au point, nous deux. Et j'ai préparé une nouvelle surprise spécialement pour toi.

— Arrête les conneries, Joey ! File-moi un rencard. Dis-moi quand et où, et réglons nos affaires une bonne fois pour toutes.

— T'as toujours pensé que j'étais idiot. Que je ne t'arrivais pas à la cheville, ni à celle de ta sainte famille. Qui habite encore dans le coin et fait cuire des pizzas graisseuses, hein ?

— Oh, arrête ! Il n'y a rien de graisseux au Sirico. Viens vérifier. Je t'invite. Je t'offrirai une pizza géante.

Tout à coup, Reena entendit la respiration de Joey s'accélérer. Il se mit à cracher les mots.

— Dommage que le mec qui te baise n'ait pas été dans sa camionnette quand elle a pété.

Reena comprit qu'elle l'avait mis en colère. Comme on excite un cobra avec une baguette.

— Mais la prochaine fois, peut-être..., reprit-il. Il aura un accident chez lui, dans son lit... Il arrive des trucs cons, des fois. Le premier... il puait le cochon grillé ! Tu te souviens de lui, Reena ? J'ai senti ton odeur sur les draps dans lesquels je l'ai entortillé pour le faire cramer.

— Ordure, siffla Reena entre ses dents, bouleversée.

Joey se mit à rire, puis chuchota :

— Cette nuit, je vais faire un feu de joie avec quelqu'un...

Deux heures, et non une comme prévu, s'écoulèrent avant que Bo quitte le Sirico. Ce travail allait être très intéressant, se dit-il avec satisfaction. En plus, il avait pris une demi-douzaine d'autres commandes – réparations, restructurations, travaux d'ébénisterie – que lui avaient passées les gens qui se trouvaient là pendant qu'il prenait les mesures de la pergola. Et il avait distribué une bonne douzaine de cartes avant de s'en aller en emportant un poulet au parmesan. Si seulement un tiers des demandes débouchaient vraiment sur des travaux, il allait être obligé d'envisager l'embauche d'un ouvrier à plein temps.

Un grand pas en avant, songea-t-il. Jusque-là, il n'avait fait appel qu'à de l'aide ponctuelle ou bien mis Brad à contribution lorsqu'un boulot était trop lourd pour lui tout seul ou quand il était pressé par les délais. Le temps était venu d'adopter un nouveau mode de fonctionnement pour l'individualiste qu'il avait toujours été. Il lui faudrait donner toutes les semaines un salaire à une personne dont l'existence dépendrait de ce salaire.

Mmm. Il fallait qu'il réfléchisse sérieusement à cela, se dit-il en sortant de la camionnette. De la main, il en caressa le capot. Une belle machine, obtenue à un prix défiant toute concurrence. Bianca l'avait pratiquement volée pour lui.

Il fouillait ses poches à la recherche des clés de contact quand il entendit un bref sifflement.

Sur le trottoir opposé se tenait un homme portant lunettes de soleil et casquette de base-ball, les pouces coincés dans les poches de son jean. Un sourire sans aménité étirait ses lèvres.

Il avait quelque chose d'assez familier pour que Bo lève la main en guise de salut.

Le type du supermarché ! Celui qui achetait des roses pour obtenir de sa femme le droit de rentrer chez lui !

— Hé, salut ! Comment va ?

Toujours souriant, l'homme se dirigea vers une voiture, se mit au volant, baissa la vitre puis se pencha à travers l'ouverture, singeant avec deux doigts le geste d'appuyer sur une détente. Bo l'entendit dire « Bang ! » lorsqu'il le dépassa.

Bo secoua la tête. Bizarre, ce comportement.

Il cala sur le siège la boîte renfermant le poulet au parmesan, et démarra à son tour.

Quelques instants plus tard, il entra chez Reena, traversa le vestibule en criant qu'il était là et gagna la cuisine pour y déposer le poulet.

Il avait une odeur moins agréable que celle du poulet, estima-t-il en reniflant. Une bonne douche ne serait pas du luxe. Il la prendrait chez lui. Ainsi, il pourrait rapporter à Reena les croquis qu'il avait réalisés pour elle. Les regarder leur changerait les idées, les obligerait à mettre les choses sérieuses de côté pour quelques heures.

Il ressortit de la cuisine, monta au premier et se manifesta de nouveau.

— La chasse a été bonne ! Je fais un saut chez moi pour me doucher et…

Il baissa le ton. Apparemment, il parlait pour lui-même : Reena n'était pas dans sa chambre.

Il entendit s'ouvrir une porte à l'étage au-dessus, et il grimpa l'escalier.

— Hé, Reena ! Pourquoi avons-nous acheté des maisons avec des escaliers qu'il faut… Hé, qu'est-ce qu'il y a ?

Le visage livide, elle se tenait devant ce qu'il savait être une petite salle de bains.

— Il faut que tu t'asseyes, dit-il.

Négligeant son refus, il la prit par le bras et la guida jusqu'au bureau.

— Il a appelé, c'est ça ?

— Accorde-moi une minute, répondit-elle après avoir hoché la tête.

— Je vais te chercher un verre d'eau.

— Non, j'en ai bu. Ça va aller. Oui, il a rappelé et il m'a eue. Pourtant, j'avais le contrôle, j'appuyais sur les boutons qu'il fallait, mais à la fin, il m'a eue.

Au point qu'elle avait eu un mal fou à rendre compte de l'appel à O'Donnell. Cela fait, elle avait vomi, puis dû sortir la tête par la fenêtre pour trouver un peu d'air.

— Qu'est-ce qu'il a dit ? Plutôt que de répéter, Reena montra le magnétophone.

— Rembobine-le. Comme ça, tu entendras toi-même.

Bo écouta la bande pendant que Reena se penchait de nouveau par la fenêtre, regrettant que l'air fût si chaud et étouffant.

— Ce n'est pas exactement ce dans quoi tu pensais t'engager quand tu m'as rencontrée, non ? demanda-t-elle sans se retourner.

— Effectivement pas.

— Personne ne te jetterait la pierre si tu décidais de faire marche arrière, Bo. Il compte bien te faire du mal. Il t'en a déjà fait.

— Tu comprendrais si j'allais faire un tour dans quelques parcs nationaux, ou pêcher à la Jamaïque ?

— Oui.

— La bonne catholique que tu es va être obligée d'aller confesser ce gros, gros mensonge.

— Ce n'est pas un mensonge.

— Non ? Alors tu as une bien piètre opinion des hommes.

— Ça n'a rien à voir avec mon opinion, répliqua Reena en refermant la fenêtre. Je ne veux pas qu'il t'arrive quelque chose. J'ai peur !

— Moi aussi.

Elle se plaça face à lui et riva ses yeux aux siens.

— Je veux me marier avec toi.

Il resta bouche bée, ses joues pâlirent.

— Wouah…, fit-il enfin une fois qu'il se fut ressaisi, il y a de drôles de trucs qui volent dans cette pièce. Je vais m'asseoir avant qu'il y en ait un qui s'écrase sur ma tête.

— Qu'est-ce que tu en penses, Goodnight ? Au fond, je suis une bonne catholique. Regarde ma famille, regarde-moi… À ton avis, qu'est-ce qui m'intéresse, maintenant que j'ai trouvé quelqu'un que j'aime, que je respecte et avec lequel je suis heureuse ?

— Je ne sais pas. Je… Tout ce bazar institutionnel, ce n'est pas…

— Pour moi, ce bazar est un sacrement. Le mariage est sacré et tu es le seul homme avec lequel j'aie jamais désiré échanger des vœux sacrés.

— Je… je… je… Merde, voilà que je bégaie ! Je crois que finalement j'ai reçu un truc sur le crâne.

— Ça m'était égal de ne pas me marier et de ne pas avoir d'enfants parce que je n'avais pas rencontré celui avec lequel j'aurais eu envie de me marier et d'avoir des enfants ! Tout a changé avec toi, et maintenant, il faut que tu en assumes les conséquences.

— Es-tu en train d'essayer de me terroriser pour que je file visiter les parcs nationaux ?

Elle se pencha sur lui, prit son visage entre ses mains et l'embrassa longuement sur la bouche.

— Je t'aime.

— Oh ! bon sang…

— Dis « Je t'aime aussi, Reena ». Si tu le penses.

— Je le pense. Je t'aime.

Il lui rendait son regard et, amusée, elle voyait danser une lueur d'effroi dans ses pupilles.

— C'est que… Je n'ai jamais fait des plans finis. Je voyais les choses simplement, genre : « On vit de chouettes moments ensemble, même s'il y a du grabuge et qu'on a la pétoche. » Ensuite, on serait passés à : « On s'entend tellement bien qu'on pourrait habiter ensemble. » Mais le : « Maintenant, où va-t-on ? » était loin.

— Ça ne marche pas pour moi. J'ai trente et un ans. Je veux des enfants. De toi. Je veux une vie à deux avec toi. Un jour, tu m'as dit que tu savais parce que la musique s'était arrêtée. Moi, je sais parce que la musique a commencé. Réfléchis-y. Prends ton temps. Nous avons d'autres choses à quoi penser dans l'immédiat.

— Beaucoup de choses, en effet.

— Si tu t'éloignais pendant quelque temps, à ton retour, je voudrais toujours t'épouser.

— Je n'irai nulle part. Et ça me dépasse que tu puisses envisager de te marier avec un mec qui chercherait à sauver sa peau en priorité.

— C'est parce que ta peau m'est très chère.

Elle s'interrompit, soupira.

— Cette… digression m'a un peu calmée. Bon, c'est décidé : on aura Joey. Peut-être pas à temps pour l'empêcher de faire ce qu'il a projeté pour cette nuit ou demain, mais on l'aura.

— C'est bien que tu sois confiante.

— Je crois au pouvoir du bien pour l'emporter sur le mal, surtout quand on lui donne un coup de pouce. Exactement comme je crois au sacrement du mariage et à la poésie du base-ball. Pour moi, ce sont des constantes qui ne sauraient être remises en question. Ce point précisé, revenons à Joey Pastorelli. Il me connaît mieux que je ne le connais, et c'est là qu'il a l'avantage. Il a su m'observer, repérer mes faiblesses. Mais j'apprends vite. Et je veux découvrir pourquoi il s'en prend à moi maintenant, pourquoi il paraît persuadé de pouvoir m'atteindre et ce qui l'a poussé à sortir du bois. Il a tous les flics de la côte Est aux fesses. Or, avant cela, il a eu maintes occasions d'agir, il aurait pu me tuer sans que nul ne comprenne pourquoi.

— Est-ce un élément très important ?

— Oui. L'apothéose de quelque chose qu'il prépare depuis vingt ans. Bon sang, quel genre de personne peut être obsédé par une femme pendant vingt ans ? Je ne comprends pas.

— Moi, si. Évidemment, il faut comparer ce qui est comparable, mais je sais ce que c'est que d'avoir, contre toute logique, une femme dans la peau. Pour moi cela relevait du sortilège, pour lui, de la maladie mentale. Mais pour tous les deux, c'est un fantasme, sauf que le sien a pris une tournure différente.

Reena s'accorda le temps de la réflexion, les yeux fixés sur le tableau, avant de déclarer :

— Le sien a pris racine dans l'enfance, la sienne et la mienne. Le viol n'est pas d'ordre sexuel, c'est de la violence, une prise de pouvoir et de contrôle sur l'autre. Ce qu'il m'a fait quand j'avais onze ans n'avait rien à voir avec une attirance particulière qu'il aurait ressentie pour moi. Reena Hale en soi le laissait de glace. Mais ce qu'elle représentait le rendait fou de rage, de jalousie : la plus jeune fille et la plus choyée de la famille Hale. Une « sainte famille », ce sont ses mots. Nous étions aimés, respectés, entourés d'amis. Sa famille à lui était violente, mise au ban de la communauté, et en plus il était fils unique. Il y avait d'autres familles comme nous, dans le voisinage, mais nous étions plus visibles à cause du Sirico. Tout le monde nous connaissait. Les Pastorelli, on les ignorait. J'étais, de tous les gosses du coin, la plus proche en âge de Joey. Son père tapait sur sa mère, et la conséquence, c'est qu'il a imité le père : une femme doit être brutalisée et soumise. Mais non seulement sa tentative de domination sur moi a échoué – surtout grâce à l'intervention de mon frère – mais les conséquences ont changé le cours de sa vie. Il en est conscient et estime que je suis responsable de son problème.

— C'est complètement fou.

— Ça ne nous dit pas pourquoi maintenant, et ce qui viendra après. Joey est un sociopathe sans remords ni morale qui ne pense qu'à lui. Quand il est contrarié, il ne rend pas seulement la monnaie de sa pièce à celui ou celle qui lui a déplu : il met le feu. À mon avis, quelque chose a déclenché ce processus dans sa tête et l'a amené à se faire connaître de moi. Il y a eu un stimulus, et je dois le trouver.

Bo s'était approché du tableau et examinait les photographies. Il n'écoutait plus.

— C'est lui, là ? Pastorelli ?

— Junior, oui.

— Je l'ai vu ! Deux fois ! La première, il se trouvait aussi près de moi que tu l'es maintenant.

— Quoi ? Quand était-ce ?

— La première fois, le samedi avant le dîner avec tes parents. Je choisissais des fleurs et il y avait un client qui faisait la même chose. Nom de Dieu, qu'est-ce que je peux être idiot !

— Mais non, arrête et explique. Il t'a parlé ?

— Oui.

Bo sentit ses poings se serrer. Il s'obligea à relâcher la tension et raconta la rencontre avec l'homme qui soi-disant voulait des roses pour sa femme.

— Il t'a donc suivi. Il te surveille. Chez tes clients, dans les magasins… Ça l'excite de te parler. Il se sent supérieur, puissant. Il me faut un tableau noir ici. Bon sang, pourquoi n'ai-je pas pensé à acheter ça ?

Reena fouilla dans son bureau jusqu'à ce qu'elle ait trouvé un plan du quartier et l'épingla sur le grand panneau de liège.

— Bon, ça fera l'affaire. Montre-moi la maison de ton client et le supermarché. Mmm. Bien. Je les marque avec des punaises rouges. Maintenant, trouvons les autres endroits où il s'est montré. Voyons... le garage de Tony Borelli. Tu l'as vu une deuxième fois. Où ?

— Il y a vingt minutes, en face du Sirico.

— Quoi ? s'écria Reena, qui, sous le choc, faillit laisser tomber la boîte de punaises. Il y allait ?

— Non. Il est parti. Il était en face, quelques maisons plus loin. Quand il s'est rendu compte que je l'avais vu et reconnu, il est monté dans sa voiture.

— Marque de la voiture ? Modèle ?

— Euh... Attends. Toyota. 4×4. Bleu foncé, peut-être noir. Je sais que ça va porter un coup à ma virilité, mais je ne connais pas bien les marques de voitures. Je sais que la sienne était une Toyota parce que je sortais avec une fille qui en avait une. Enfin, bref. Je lui ai fait un petit salut de la main. Il a baissé sa vitre et en passant il a replié les doigts pour imiter une arme, et il a dit *bang !* puis il est parti.

— Foutu salaud !

La gorge soudain desséchée, Reena songeait que Joey aurait vraiment pu avoir une arme.

— Il devait se tenir devant sa propre maison, à observer le Sirico. Il a dit m'avoir préparé une autre surprise pour ce soir. S'il s'imagine que je vais lui laisser une chance de s'en prendre à la boutique, il se fiche le doigt dans l'œil !

Elle ajouta une punaise sur le plan. La colère couvrait son angoisse.

— Bon, il faut que je passe quelques coups de fil.

28

Des policiers établirent une surveillance autour du Sirico, deux autres s'installèrent à l'intérieur, où Bianca et Gib les traitèrent royalement, et une équipe fut chargée de la maison de Fran. Quant à celle de Bella, Vince protesta, assurant qu'elle était dotée d'un système d'alarme ultraperfectionné. Les policiers se cantonnèrent donc au jardin.

— Il peut s'attaquer à n'importe quel membre de ma famille, ou à aucun, dit Reena en faisant les cent pas dans son salon, mais je suis sûre qu'il craquera une allumette quelque part ce soir.

Elle s'arrêta devant le tableau que Bo avait descendu au rez-de-chaussée. Au temps pour son souhait de ne jamais mélanger travail et vie privée. Dans l'immédiat, son métier et sa vie se confondaient.

Son portable sonnait. Elle le sortit de sa poche.

— Ici Hale. Un instant, je prends mon carnet. Voilà, allez-y. OK. Il faut envoyer une équipe à l'aéroport Baltimore-Washington International et contrôler les véhicules garés dans le parking longue durée. C'est l'endroit idéal pour abandonner une voiture et s'en procurer une autre.

Elle rangea le téléphone, revint au plan et plaça une nouvelle punaise.

— Une famille a débarqué après un voyage en Europe et au moment de récupérer sa jeep Cherokee à l'aéroport Kennedy, bernique. Notre cher Joey a piqué cette bagnole et s'est offert avec un petit tour jusqu'à Baltimore, histoire d'aller voir un vieux pote. Il a pu la garder quelque temps, puis la déposer au parking longue durée de Baltimore, ou peut-être celui de Dulles, ou ailleurs, mais je pencherais pour Baltimore. Il fait l'échange et il s'en va.

Bo secoua la tête d'un air navré.

— Quel bazar… Je vais chez moi prendre une douche. Il a fait une chaleur à crever, aujourd'hui.

— Pardon ? fit Reena, perdue dans ses réflexions.

— Je dis qu'il faut que je fasse un saut chez moi pour me laver.

— Ça t'ennuierait de te laver ici ? Tu ne regardes donc jamais de film ? Le méchant entre toujours dans la maison quand le héros est sous la douche. Rappelle-toi ce qui est arrivé à Janet Leigh dans *Psychose*.

— Janet Leigh était une femme.

— Peu importe. Je préférerais que tu prennes ta douche ici. Tu as une chemise propre dans la buanderie.

— Tu es sûre ?

— Oui. Tu l'avais laissée ici et je l'ai lavée. Alors, fais-moi plaisir, veux-tu ?

— D'accord.

Bo posa ses mains sur les épaules de Reena et comprit le sens de l'expression « être tendu comme un ressort ».

— Rien ne te détendra ?

— Non, rien.

— Alors, je vais sous la douche. Mais si un mec habillé avec les fringues de sa mère déboule dans la maison, colle-lui-en une, que j'aie le temps d'enfiler mon pantalon.

— Entendu.

Une fois seule, Reena alla chercher une bouteille d'eau dans la cuisine. Là, elle vit la boîte contenant le poulet. Elle était certes incapable de se relaxer, mais elle pouvait éprouver de la gratitude d'avoir quelqu'un, désormais, qui faisait partie de son existence. Elle épouserait Bo, se dit-elle en sortant le poulet de sa boîte. Il opposerait de la résistance pendant un moment, comme un poisson accroché à un hameçon, mais à terme, elle le ferrerait.

Tout à coup, elle se mit à rire : elle se rappelait les escarpins rouges achetés avec Gina et celle-ci lui annonçant qu'elle se marierait avec Steve… qui n'en savait encore rien. Des années plus tard, elle comprenait enfin.

Elle plaça le poulet dans le four. Un repas régénérerait l'énergie que consumait son état de nerfs.

La bouteille à la main, elle regagna le salon et, devant le tableau, demanda à haute voix :

— Où es-tu, Joey ? Où es-tu en ce moment ?

La tactique consistait à s'activer ici pendant qu'ils regardaient là. Ce n'était pas seulement le timing qui importait, mais aussi la planification.

Elle devait avoir perdu son sang-froid, maintenant. Être persuadée qu'il allait s'en prendre à papa et maman. Pas encore. Ce serait pour plus tard.

Un coin sympa, Fells Point. *Ça le sera plus quand ça commencera à brûler.*

Les flics étaient tellement idiots, il l'avait prouvé si souvent. D'accord, il s'était fait gauler plusieurs fois, mais il était tout jeune, alors. Ça lui avait servi de leçon. Mieux, quelques séjours en taule lui avaient offert la possibilité de mettre ses plans au point, de lire, d'étudier. Il y avait appris l'informatique. Dans le monde d'aujourd'hui, l'informatique était la clé. Recherches, piratage, clonage de téléphones cellulaires. Ou trouver où habitait la veuve d'un certain flic. Dommage que le coéquipier se soit barré en Floride. Il s'occuperait de lui un jour ou l'autre. Mais ç'aurait été marrant de liquider ensemble les deux fumiers qui avaient embarqué son père, qui l'avaient sorti de force de chez lui, mis plus bas que terre, et l'avaient humilié lui aussi. Tant pis si l'un des deux flics était mort, sa veuve ferait l'affaire.

Il avait laissé la voiture – encore une Cherokee – à un pâté de maisons et marchait maintenant sur le trottoir du pas rapide de l'homme occupé. Chaussé de Nike, casquette noire à l'emblème des Orioles, il portait toujours son jean, mais avait échangé sa chemise contre une bleue dont il avait roulé les manches jusqu'au coude. Un petit sac à dos et, à la main, une jolie boîte de fleuriste complétaient sa panoplie.

Appelée Deb par ses amies, la femme de ce foutu bâtard de Thomas Umberio vivait seule. Pas de chance, sa fille habitait Seattle, hors de la zone de jeu, donc. Et le fils, à Rockville. S'il avait été plus près de Baltimore, il aurait pris le fils à la place de la veuve. Après tout, la représentation était réservée aux gens du coin.

Il savait que Deb Umberio avait cinquante-six ans, qu'elle était professeur de maths dans un lycée, conduisait une Honda Civic de 1997, faisait de la connerie de gym de nana trois fois par semaine après ses cours et fermait ses rideaux tous les soirs à 22 heures.

Sûrement pour se masturber, songea-t-il en entrant dans l'immeuble, où il prit l'escalier plutôt que l'ascenseur pour monter au troisième.

Quatre appartements. Mais pas de problème, il avait déjà visualisé le plan. Ça valait le coup de faire ses devoirs, pas vrai, prof ?

Il frappa à sa porte. Elle ouvrit mais laissa la chaîne de sécurité accrochée. Il n'aperçut donc qu'un petit morceau de sa tête. Cheveux bruns, tronche d'intello, regard prudent…

— Deborah Umberio ?

— Oui, c'est moi.

— J'ai des fleurs pour vous.

Il vit le rose lui monter aux joues. Ah ! que les femmes étaient prévisibles.

— Qui m'envoie des fleurs ?

— Attendez, fit-il en retournant la boîte, feignant de lire le nom de l'expéditeur. Sharon McMasters, à Seattle.

— C'est ma fille ! Eh bien, pour une surprise… Un instant, je vous prie.

Elle repoussa le battant, enleva la chaîne et rouvrit, tout grand cette fois.

— Quelle charmante surprise…, répéta-t-elle en tendant la main vers la boîte.

D'un coup de poing en plein visage, il la projeta en arrière. Elle tomba.

Il ne lui restait plus qu'à entrer, refermer la porte, tourner la clé et remettre la chaîne.

— Chouette surprise, hein ? demanda-t-il avant de passer à l'étape suivante.

Il la traîna jusqu'à la chambre, la déshabilla, la ligota et la bâillonna. Elle était K-O, mais il la frappa encore, pour faire bonne mesure. Ce soir, les rideaux seraient tirés plus tôt que d'habitude, mais il y avait peu de chances que les voisins remarquent ce détail. Et quand bien même ils le remarqueraient, ils s'en foutraient.

Dans la cuisine, la télévision était branchée sur Discovery Channel. Bon sang, elle regardait ça pendant qu'elle faisait la cuisine ! Mieux valait ne pas arrêter le poste. Comme ça, tout resterait normal.

Apparemment, elle se confectionnait une salade. Trop fainéante pour préparer un vrai plat, conclut-il en ouvrant le réfrigérateur. Mais quelque chose ne tarderait pas à cuire, dans cette maison... Ah, du vin blanc. Bas de gamme, mais il s'en contenterait. Quand il travaillait pour les Carbionelli, il avait appris à aimer les grands vins. Avec eux, il avait appris des tas de choses.

Il but le vin tout en mangeant les œufs durs qu'elle avait prévu de mettre dans sa salade. La bouteille porterait des empreintes. Il avait bien des gants chirurgicaux dans son sac à dos, mais désormais il s'en foutait de laisser des traces. Ils avaient dépassé ce stade du jeu.

Dans le congélateur, il trouva plusieurs plateaux-repas. Dégoûtant, se dit-il tout d'abord. Puis il vit la photo d'un steak entouré de pommes de terre sur l'un des emballages. Ça, c'était assez appétissant.

Il mit le plateau dans le four puis versa de la vinaigrette sur la salade.

En attendant que son plat soit cuit, il zappait. Cette abrutie de bonne femme n'aurait pas pu s'abonner à autre chose qu'au câble de base ? Enfin, il y avait quand même *Jeopardy*... Il baissa le son au cas où un voisin curieux viendrait écouter à la porte.

Après *Jeopardy*, il y eut *La Roue de la fortune*. La viande et les pommes de terre étaient cuites. Il mangea devant l'émission. Il avait une foule de choses à faire, mais disposait de beaucoup de temps.

Des gémissements étouffés arrivaient de la chambre.

— Achète une voyelle, connard! cria-t-il à l'adresse d'un des concurrents du jeu, tout en reprenant du vin.

Brusquement, l'image de son père surgit dans son esprit. Vautré sur le canapé du salon, buvant une bière en regardant *La Roue de la fortune* et beuglant à l'un des candidats : « Achète une voyelle, connard! »

Le souvenir ranima sa colère. Il avait soudain envie de balancer son poing à travers l'écran, des coups de pied dans le poste. Le cerveau bouillant de fureur, il résista à grand-peine à son impulsion.

« Achète une voyelle, connard! » criait son père, et quelquefois, rarement, il gratifiait son fils d'un sourire.

« Quand vas-tu t'inscrire à ce jeu? Quand est-ce que tu vas y aller pour nous rapporter un peu de pognon? Tu as plus de cervelle que tous ces connards! »

Il se mit à faire des allers-retours dans la petite cuisine pour se calmer, en se répétant ces mots.

Tout aurait pu s'arranger. Ils seraient sortis de la mouise, et tout se serait arrangé… Ils n'auraient eu besoin que d'un peu de temps. Pourquoi n'y avaient-ils pas eu droit? Pourquoi?

Parce que la petite pute était allée se plaindre à son fumier de pizzaiolo de père! À cause d'elle, tout avait été fichu en l'air.

De nouveau, la rage monta en lui comme la lave dans un volcan. Il sentit son corps se mettre à vibrer et, pour empêcher l'éruption, il but un autre verre de vin.

Il était temps de se mettre au boulot.

L'homme qui aimait son travail était un prince parmi les hommes, se dit-il en allumant le plafonnier de la chambre. La femme allongée sur le lit cligna des yeux, puis les arrondit sous l'effet de la terreur.

Ses potes de New York avaient beau dire que tout cela n'était que du business et qu'il ne fallait pas s'impliquer personnellement, pour Joey, c'était des conneries : il s'impliquait toujours. Sinon à quoi ça servait ?

Il marcha vers le lit, suivi par les yeux affolés.

— Salut, Deb ! Comment va ? Je dois dire que pour une gonzesse qui approche des soixante ans, tu tiens encore la route. Ça va me rendre les choses plus agréables.

Elle tremblait tant qu'on l'eût crue branchée sur le courant électrique. Ses membres se tendaient spasmodiquement pour essayer de se défaire de la corde à linge qui les ligotait. Un instant, il fut tenté d'arracher le ruban adhésif qui la bâillonnait. Juste pour entendre un cri brisé de sanglots. Il renonça, de peur d'alerter les voisins.

— Bon, si on y allait, hein ? demanda-t-il en commençant à déboutonner son jean, comblé de voir la femme, les yeux remplis de larmes, secouer frénétiquement la tête.

Seigneur, qu'est-ce qu'il aimait jouer ce rôle !

— Mais j'en oubliais les bonnes manières ! Permettez-moi de me présenter. Joseph Francis Pastorelli Junior. Vous pouvez m'appeler Joey. Votre enfoiré de mari a sorti mon père de sa maison, lui a passé les menottes et l'a exhibé devant tout le voisinage. Après, il l'a collé en taule.

Il acheva de déboutonner son pantalon. La femme mettait ses poignets à vif en s'agitant. Ils allaient saigner dans une minute. Et il adorait ça.

— Ça s'est passé il y a vingt ans. Certains disent que vingt ans, c'est long pour ruminer une vengeance, mais vous savez quoi, Deb ? Plus on attend, meilleur c'est.

Il retira son jean. Maintenant, elle n'émettait plus que de petits sons évoquant des jappements étouffés par le bâillon.

— Le connard que vous avez épousé, il aurait dû payer pour ce qu'il a fait. Sauf qu'il a cassé sa pipe. Oh, au fait, toutes mes condoléances. Vous allez avoir droit à ce qui lui était réservé.

Il s'assit au bord du lit et lui caressa la jambe, qu'elle agita et tordit dans tous les sens.

— Je vais vous violer, annonça-t-il en retirant ses chaussures. Mais j'imagine que vous l'aviez déjà compris. Et en plus, je vais vous faire mal. C'est très important pour moi, et c'est moi qui commande.

L'agitation de la femme redoubla. Ses pleurs aussi, ainsi que le saignement de ses poignets. Il se mit à fixer son visage, jusqu'à ce que les traits de Reena se superposent à ceux de la femme. Cela se passait toujours ainsi. Il voyait la petite salope.

Lorsque, au bout d'un moment, il roula sur le côté, elle en était réduite à des vagissements. Il alla dans la salle de bains, urina puis se nettoya. Il n'aimait pas l'odeur du sexe, cette odeur que les femmes déposaient sur les hommes.

De retour dans la cuisine, il but de nouveau du vin, et trouva un match de base-ball à la télévision. Il regarda un tour de batte en mangeant des crackers. Putains d'Orioles ! S'ils ne se remuaient pas le cul, ils n'attraperaient jamais la balle !

Sa forme retrouvée, il revint dans la chambre et annonça à Deb, qui essayait péniblement de se libérer de la corde, qu'il était prêt pour le deuxième round.

Cette fois, il la sodomisa.

Lorsqu'il eut fini, elle posa sur lui un regard éteint. Inerte sur le matelas, elle avait cessé de lutter. Un troisième round ? se demanda-t-il. Non, il devait respecter son emploi du temps. Il se doucha en chantonnant, avec le gel parfumé au citron de Deb. Une fois habillé, il regagna la cuisine afin d'y prendre ce dont il avait besoin. Du liquide détachant, des chiffons, des bougies et du papier paraffiné. Il n'était pas nécessaire de simuler un incendie accidentel, mais il n'allait quand même pas saloper le boulot. Tout homme retirait de la fierté d'un travail bien fait.

Il sortait une paire de gants de son emballage quand le téléphone sonna. Il se figea et attendit. La voix enregistrée de Deb pria le correspondant de laisser un message.

« Salut, maman ! Ce n'est que moi. Je venais aux nouvelles. Tu ne réponds pas... Je suppose que tu avais un rendez-vous. »

La fille s'interrompit, gloussa, puis reprit :

« Si tu ne rentres pas trop tard, rappelle-moi. Sinon, on s'appelle demain. Je t'aime. Bye. »

Joey reprit son ouvrage en ricanant.

— C'est pas mignon, tout ça ? Oui, fifille, maman avait un rendez-vous. Et un chaud.

Il dénuda le sol en arrachant un morceau de lino, dévissa quelques portes de placard en bois à l'aide de son tournevis électrique et les plaça de façon à former un entonnoir dans lequel courraient les flammes. Puis il ouvrit la fenêtre pour créer un appel d'air et installa ses accélérants de chiffons et de papier.

Bien. Il ne restait plus qu'à apporter dans la chambre d'autres chiffons et les bougies.

Cette pauvre Deb n'était plus qu'à moitié consciente. Néanmoins, malgré le peu de lucidité qui lui restait, elle était en alerte, et la peur habitait son regard.

— Désolé, Deb, mais je n'ai pas le temps pour un troisième round, alors nous allons passer directement à l'apothéose. Dis-moi, ton enfoiré de mari, il rapportait du boulot à la maison, des fois ? demanda-t-il en exhibant un couteau.

Bon sang, la vue de la lame la rendait folle ! Elle avait encore du ressort, cette vieille !

— Il vous racontait comment se passait sa journée ? Il lui est arrivé de vous montrer des photos de gens brûlés dans leur lit ?

Un sourire vicieux sur les lèvres, il amena le couteau à quelques centimètres de la hanche de Deb, qui devint hystérique. Elle se débattait comme un animal sauvage pris au piège, l'air sortait de son nez en sifflant, ses yeux étaient tellement écarquillés qu'il les crut sur le point de jaillir de leurs orbites.

Il incisa le matelas, en arracha le rembourrage, remit le couteau dans son sac et en sortit un bidon.

— J'ai utilisé quelques trucs qui étaient dans votre cuisine pour la pièce à côté. J'espère que cela ne vous dérange pas ? Pour la chambre, j'ai mes propres affaires. Regardez, de l'alcool méthylique. Il n'y a rien de mieux.

Il aspergea le rembourrage, les chiffons, les draps qu'elle avait souillés dans sa terreur, puis avec le reste des chiffons et le papier il fit une mèche jusqu'aux rideaux.

— Un petit feu de camp..., expliqua-t-il en sifflotant tandis qu'il cassait la table de chevet. Tu vois, Deb ? Avec le bois, je construis une jolie pyramide par-dessus les accélérants. L'alcool méthylique s'embrase quand la chaleur atteint les trente-huit degrés. Quant à l'huile de pin dont je me suis servi dans la cuisine, elle est plus longue à s'enflammer : vers quatre-vingt-treize degrés environ. Mais une fois partie, elle brûlera très bien. Là-bas, nous avons ce que j'appellerai ma deuxième vague. Ce que les pompiers nomment « foyer de départ ». Ici le point d'orgue du spectacle, Deb, et vous êtes la vedette. Mais avant le lever de rideau, je dois d'abord régler quelques détails.

Il monta sur une chaise pour désactiver, en retirant la pile, l'alarme anti-incendie de la chambre. Puis il brisa la chaise et dressa une nouvelle pyramide sur le matelas. Enfin, satisfait, il recula et hocha la tête.

— Pas mal. Pas mal du tout, si je puis me permettre de me complimenter. Oh, la la, voilà un autre morceau de bois bien dur..., fit-il en se caressant l'entrejambe. J'aurais bien aimé vous y faire goûter encore une fois, chérie, mais j'ai d'autres choses à faire.

Il répandit des pochettes d'allumettes tout le long du trajet des accélérants, sous les pyramides, puis sourit pendant qu'elle se contorsionnait, frappait des talons contre le matelas, essayait de crier sous le bâillon.

— Des fois, on meurt asphyxié. Mais d'autres fois, ça ne se passe pas comme ça. De la manière dont j'ai tout arrangé, vous devriez entendre crépiter votre peau, sentir l'odeur de votre chair en train de rôtir.

Les yeux de Joey étaient maintenant aussi froids et inexpressifs que ceux d'un requin.

— Les secours n'arriveront pas à temps, Deb. Alors pas de faux espoirs, d'accord ? Quand vous retrouverez votre pourri de mari en enfer, donnez-lui le bonjour de Joseph Francis Pastorelli Junior.

D'un coup de pouce, il alluma un briquet à gaz, montra à Deb la longue flamme qui s'en échappait avant de la mettre en contact avec le rembourrage du matelas, les allumettes et les chiffons.

Il s'accorda le temps de contempler la lente progression du feu qui ondulait comme un serpent en suivant le tracé de combustibles qu'il lui avait préparé. Puis il récupéra son sac et revint dans la cuisine, où il mit le feu à sa jolie mise en scène avant d'ouvrir la porte du four et d'ouvrir le gaz.

Le feu s'approchait de Deb en rampant sur le matelas. De la fumée montait en panache. Il entrouvrit la fenêtre puis, un moment immobile, il observa le brasier qui le cernait, le défiait.

Il n'aimait rien tant que la danse des flammes. Elles lui donnaient envie de rester, éperdu d'admiration. Une minute… Encore une petite minute…

Non. Il devait battre en retraite. Le feu commençait à chanter.

— Tu entends ça, Deb ? Il est vivant ! Excité et affamé. Tu sens sa chaleur ? Je suis jaloux que tu vives une telle expérience ! Oui, je t'envie… presque.

Il arrima son sac sur son épaule, récupéra la boîte de fleuriste et sortit de l'appartement.

Il faisait sombre, maintenant. Le feu scintillait merveilleusement dans le noir. Celui-là allait être magnifique. Il prit le menu du Sirico et le déposa devant l'immeuble.

De retour à sa voiture, il rangea son sac et la boîte de fleurs dans le coffre, consulta sa montre, calcula de combien de temps il disposait, puis se mit au volant et fit tranquillement le tour du pâté de maisons.

Déjà, des lambeaux de fumée s'échappaient par la fenêtre. Il distinguait les étincelles jaillissant des flammes qui commençaient à grandir, nourries par le courant d'air qu'il leur avait offert.

Il composa le numéro de Reena sur son portable. Donner l'adresse de Deb ne lui prit qu'un court instant. Cela fait, il jeta le téléphone par la portière et rentra chez lui.

Du travail l'attendait.

Lorsque Reena arriva, la bataille contre le feu était engagée. Des arcs liquides s'écrasaient sur l'immeuble dans un fracas d'enfer, luttant contre les flammes qui jaillissaient des fenêtres. Des pompiers évacuaient les résidents pendant que d'autres entraient, charriant des tuyaux.

Elle prit son casque et cria à Bo par-dessus le tapage :

— Reste en arrière ! Reste en arrière jusqu'à ce que la situation soit maîtrisée !

— Ce coup-ci, il y a des gens à l'intérieur !

— Ils sont en train de les faire sortir.

Elle se mit à courir et franchit les barricades que les agents de sécurité installaient. À travers le voile de fumée, elle aperçut le commandant qui hurlait dans un talkie-walkie.

Reena se présenta.

— Inspecteur Hale, brigade des incendies criminels. Pouvez-vous me faire un topo rapide ?

— Troisième étage, angle sud-est. Évacuation et neutralisation. Fumée noire, flammes actives à notre arrivée. Trois de mes hommes viennent juste d'entrer sur le site du foyer. Nous avons…

L'explosion coupa la parole au commandant, dominant tous les autres bruits. Une pluie de verre brisé et de briques s'abattit, telle une nuée de missiles mortels, sur les voitures, les gens, la rue. Reena leva le bras pour se protéger le visage et vit une lame de feu transpercer le toit. Les pompiers se ruèrent vers le bâtiment, fonçant tête baissée dans l'enfer.

— Je suis pompier ! cria Reena. J'entre !

Le commandant secoua la tête.

— D'après le rapport, il reste un civil à l'intérieur. Personne n'entrera tant que je ne saurai pas où en sont mes hommes, dit-il avant de se remettre à aboyer dans son émetteur-récepteur.

Une réponse lui arriva. Deux pompiers étaient touchés.

La nuit était gorgée de feu, de sa beauté mortelle, de sa force inouïe. Horrifiée et émerveillée, Reena fixait les flammes qui dansaient en s'échappant du bois, des briques, et montaient vers le ciel. Elle savait ce qui se passait à l'intérieur. Les flammes s'acharnaient sur ceux qui essayaient de les tuer. Le feu hurlait et chuchotait, lançait des éclairs, se déplaçait en ondulant. Qu'allait dévorer le monstre avant d'être anéanti ? Des matériaux inertes et de la vie.

Le deuxième étage s'effondra dans un craquement de foudre qui s'abat, procurant aux flammes une nouvelle opportunité, la possibilité de prendre un essor redoublé. Des hommes sortirent de l'immeuble, portant leurs camarades blessés sur leur dos. Les urgentistes se précipitèrent vers eux.

Accompagnant le commandant, Reena s'approcha de l'un des pompiers, qui respirait avidement de l'oxygène dans un masque. Il secouait la tête.

— Cette saloperie était en pleine furie. On est entrés dans l'appartement. Une victime sur un lit. Pour elle, c'était fini. Bien fini. On attaquait par là quand ç'a explosé. C'est Carter qui en a pris le plus. Mon Dieu, je crois qu'il est mort. Brittle est mal en point mais je crois que Carter est mort !

Reena leva la tête au son d'un nouveau coup de tonnerre et vit une autre partie du toit disparaître, emportant au passage le plancher de l'appartement qu'avait choisi Joey.

Qui avait-il tué, ce soir? Qui avait-il brûlé à mort?

Elle s'accroupit à côté du pompier et lui toucha l'épaule.

— Je suis Reena Hale. Brigade des incendies criminels. Comment vous appelez-vous?

— Jerry Bleen.

— Jerry, il faut que vous me disiez ce que vous avez vu là-dedans tant que c'est encore frais dans votre esprit. Dites-m'en le plus possible.

— Je peux vous dire que quelqu'un a allumé cette saloperie!

— OK. Vous êtes entré dans un appartement au troisième étage, situé dans l'angle sud-est.

— Ouais. Brittle, Carter et moi.

— La porte était-elle fermée?

— Oui, mais pas à clé. Et elle était brûlante.

— Avez-vous noté des traces d'effraction?

— Non. On a attaqué à la lance. La chambre était sur la gauche, complètement embrasée. La cuisine du côté opposé, pleine de fumée noire. Le fumier avait installé des cheminées.

— Où ça?

— Une dans la cuisine, peut-être deux. La fenêtre était ouverte. Brittle et moi, on s'est dirigés vers la chambre. Bon sang… je voyais le corps sur le lit, tout recroquevillé… et puis ç'a explosé dans la cuisine. J'ai senti l'odeur de gaz, mais pas assez tôt. Et ç'a explosé… Carter…

Reena referma ses mains sur celles du pompier et resta auprès de lui, les yeux fixés sur les hommes qui luttaient pour noyer la mortelle splendeur du feu.

Lorsqu'elle se releva, des débris de verre crissèrent sous ses chaussures.

— Ah, tu es là, O'Donnell. Cette fois, il a tué deux personnes. Un civil dans l'appartement qui était le point de départ de l'incendie et un pompier, soufflé par l'explosion due au gaz venant probablement du four. Son timing était parfait. Il m'a appelée et avait calculé que le feu serait à son apogée à l'arrivée des pompiers.

— Deborah Umberio habitait là, Reena.

— Qui ?

Ce nom lui disait quelque chose. Lorsque la lumière se fit dans son esprit, elle sentit ses cheveux se hérisser.

— Umberio... Elle avait un rapport avec l'inspecteur Umberio ?

— C'était sa veuve. Tom est mort il y a deux ans dans un accident de voiture.

— Ô mon Dieu... Son coéquipier, c'était Alistair, n'est-ce pas ?

— Oui.

— Qu'est-il advenu de lui ?

— Il a pris sa retraite en Floride. Ça fait six mois qu'il a déménagé. Je viens de l'appeler pour le mettre au courant.

— Bien, bien. Quand nous... Oh, grands dieux... John !

Elle sortit son téléphone. O'Donnell lui bloqua la main.

— Il va bien. Je l'ai eu lui aussi. Un coup de chance : il s'est dit que ce serait une bonne idée de faire un saut à New York pour creuser les renseignements qu'on a eus sur Pastorelli. À l'heure qu'il est, il roule sur l'autoroute. Par sécurité, j'ai envoyé une patrouille à son domicile.

— Il faut également faire protéger les assistantes sociales qui se sont occupées de Joey, le psychologue du tribunal, l'entourage du juge qui l'a sanctionné. Et surtout tous ceux qui ont contribué à faire condamner Pastorelli père. À commencer par ma propre famille.

— C'est déjà organisé et la surveillance restera en place jusqu'à ce qu'on ait agrafé Pastorelli Junior.

— Parfait. Il faut que je les appelle.

— Vas-y. Moi, je me charge des résidents de l'immeuble de Deb, pour savoir si quelqu'un a remarqué quelque chose.

Ses coups de fil passés, Reena revint auprès de Bo.

— Ce soir, il a tué deux personnes, lui annonça-t-elle.

— J'ai vu l'ambulance emporter le pompier. Quelle tristesse !

— La femme que Joey a tuée était la veuve de l'un des inspecteurs qui avaient arrêté son père après l'incendie du Sirico. Son projet a pris de l'ampleur. Il a élargi le champ. Il s'en fout qu'on sache, qu'on ait compris ce qui le pousse. Tout ce qui lui importe, c'est de pouvoir le faire. Bo, je voudrais te demander un service.

— Je t'écoute.

— Ne rentre pas chez toi. Appelle Brad et reste avec lui cette nuit. Ou avec Mandy. Ou chez mes parents.

— Je préférerais un compromis : je ne rentre pas chez moi, mais je reste avec toi. Je t'attendrai.

— J'en ai pour des heures et tu ne peux pas m'aider ici. Prends ma voiture, je repartirai avec O'Donnell. S'il te plaît, Bo.

— À une condition : quand tu auras fini, tu ne rentreras pas non plus chez toi. Tu m'appelleras d'abord, et je te retrouverai à la maison.

— D'accord.

Elle se serra contre lui et goûta quelques instants le bonheur d'être dans ses bras. Puis une ambulance arriva, sirène hurlante. Quelqu'un avait besoin d'aide, ou simplement d'être rassuré.

Elle quitta la douceur de l'étreinte de Bo et repartit dans la fumée et le malheur.

29

Lorsque John Minger s'aventura dans les rues inconnues du Bronx, la touffeur régnait. L'appel d'O'Donnell l'avait amené à changer son plan, qui consistait à trouver un motel près de l'autoroute, dormir, puis partir à la recherche de Joe Pastorelli le lendemain matin. Il se trouvait donc maintenant dans un quartier qui ne lui était pas familier, harassé par cette chaleur qui se plaquait sur lui comme un rideau humide.

En dépit de la carte du Bronx prise sur internet, il s'était déjà trompé de direction à plusieurs reprises. Bon, c'était sa faute, admit-il à part lui, tout en essayant de trouver une position confortable derrière ce volant qu'il tenait depuis quatre heures.

Il commençait à se faire vieux, songea-t-il, vieux et usé. La nuit, quand il conduisait, ses yeux le trahissaient. Bon sang, depuis quand ses yeux fonctionnaient-ils moins bien ?

Dire qu'il avait pu travailler quarante-huit heures d'affilée en tenant grâce à la caféine et de courtes siestes… Mais c'était parce que son job exigeait quarante-huit heures de présence ! Cette époque-là était révolue. Dans son esprit, la retraite n'était pas une récompense reçue au terme d'une longue et productive carrière. Il n'y avait qu'un grand vide hanté par les souvenirs des interminables heures passées sur le terrain.

Avoir conduit d'une traite jusqu'à New York était probablement une folie, mais Reena était venue le trouver, lui avait demandé son aide. Pour lui, cette requête était plus précieuse qu'une montre en or et une pension.

Le temps qu'il trouve enfin la bonne rue, il lui semblait avoir du sable dans les yeux, et la migraine martelait ses tempes lorsqu'il se mit en quête d'une place de stationnement.

La marche jusqu'à l'adresse de Pastorelli Senior détendit ses jambes contracturées, sans toutefois soulager les élancements dans ses reins. Il avait l'impression que la sueur formait une seconde peau sur son corps.

Il s'arrêta chez un épicier coréen et acheta une bouteille d'eau et de l'aspirine, puis reprit sa marche, regardant au passage une prostituée négocier avec un client, puis monter dans sa voiture.

Pastorelli habitait un immeuble en brique noircie par des années de fumées et de gaz d'échappement. Son nom apparaissait sur la liste des occupants du rez-de-chaussée. John appuya sur plusieurs sonnettes jusqu'à ce qu'un résident obligeant actionne l'ouverture automatique de la porte.

Si l'air extérieur était un bain de vapeur, à l'intérieur, on avait l'impression de s'engouffrer dans un four. La migraine de John se dissémina dans tout son crâne.

En approchant de la porte de Pastorelli, il entendit les dialogues de la série télévisée *New York District*. Une pensée lui traversa l'esprit : s'il n'était pas venu à New York, à l'heure qu'il était, il regarderait la même série chez lui, derrière des stores baissés.

Si le téléspectateur était bien Joe Pastorelli, en aucun cas il ne pouvait avoir joué avec le feu quatre-vingt-dix minutes plus tôt dans le Maryland.

De son poing fermé, John frappa à la porte.

Il dut s'y reprendre à trois fois avant que le battant s'ouvre, bloqué par une chaîne de sécurité.

Joe était méconnaissable, songea-t-il. S'il l'avait croisé dans la rue, jamais il n'aurait associé ce visage à celui de Pastorelli Senior. Les traits durs mais séduisants s'étaient affaissés, les yeux enfoncés dans les orbites. Teint jaunâtre, bajoues molles, comme si les chairs avaient fondu.

Il sentait la cigarette, la bière, et quelque chose qui évoquait le fruit pourri.

— Qu'est-ce que vous voulez ?

— Vous parler, Joe. Je suis John Minger, de Baltimore.

Une petite lueur brilla dans les yeux creux.

— C'est Joey qui vous envoie ?

— Oui, on pourrait voir les choses comme ça.

La porte claqua au nez de John, une chaîne cliqueta puis le battant se rouvrit, en grand cette fois.

— Il m'envoie du fric ? s'enquit Joe. Il a dit qu'il m'en enverrait.

— Pas aujourd'hui.

Deux ventilateurs diluaient dans l'air bouillant la fumée de cigarette et l'odeur de bière. Maintenant, John reconnaissait l'autre odeur : Joe Pastorelli n'était pas seulement vieux et malade. Il était mourant.

Un fauteuil de relaxation en cuir flambant neuf, aussi incongru qu'un homme en smoking dans un refuge pour SDF, voisinait avec une table bancale.

Une bouteille de bière et des boîtes de médicaments étaient posées dessus, à côté d'un cendrier débordant de mégots et de la télécommande du téléviseur dernier cri qui paraissait aussi déplacé que le fauteuil.

Un canapé, qui ne tenait en un seul morceau que grâce à du ruban adhésif, était calé contre le mur. Le plan de travail de la kitchenette disparaissait sous des taches de graisse et des emballages vides de plats à emporter. Manifestement, les menus de ces derniers jours se composaient de nourriture chinoise, de pizzas et de sandwiches. À l'évidence très à l'aise, un cafard se promenait sur la boîte de pizza.

— Comment vous avez connu Joey ? demanda Pastorelli.

— Vous ne vous souvenez pas de moi ?

— Euh…

— Asseyez-vous donc, suggéra John, estimant que ce ne serait pas superflu : Joe semblait avoir du mal à mouvoir sans cliqueter le sac d'os qu'il était devenu.

John prit l'unique chaise, un siège pliant en métal, et la tira face au fauteuil de relaxation.

— Joey doit me donner du fric ! Il faut que j'aie des sous, que je paie mon loyer, dit Pastorelli en attrapant de ses doigts squelettiques un paquet de cigarettes et des allumettes.

— À quand remonte la dernière fois où vous l'avez vu ?

— Deux mois, il me semble. Il m'a apporté une nouvelle télé. Écran plat, quatre-vingt-dix centimètres. Une putain de Sony ! Il achète pas du bas de gamme, mon fils.

— Elle est chouette.

— M'a aussi offert ce fauteuil à Noël. Vous vous rendez compte ? Ce bazar, il vibre si on veut ! Mais... il devait m'apporter des sous.

— Je ne l'ai pas vu, Joe. En fait, je le cherche. Vous lui avez parlé récemment ?

— Eh, c'est quoi tout ça ? Vous êtes flic ?

Il observa attentivement John puis secoua lentement la tête.

— Non. Vous êtes pas un flic.

— Non, je ne le suis pas. Je suis ici pour une affaire d'incendies, Joe. Joey s'est mis dans un sale pétrin à Baltimore. Si ça continue, il ne vous enverra plus un centime.

— Vous voulez créer des ennuis à mon petit ?

— Votre petit a déjà des ennuis. Il est revenu à Baltimore, dans votre ancien quartier, et s'est mis à allumer des feux. Cette nuit, il a tué quelqu'un. La veuve de l'un des inspecteurs qui vous avaient arrêté après l'incendie du Sirico.

— Ces salopards m'ont sorti de force de chez moi ! De ma propre maison ! s'écria Joey en soufflant des nuages de fumée et en toussant jusqu'à ce que ses yeux pleurent.

Il prit sa bouteille de bière, but une longue gorgée, tira de nouveau sur sa cigarette, toussa encore.

— Combien de temps vous reste-t-il, Joe ? Combien de temps, d'après les médecins ?

Pastorelli sourit, et John songea que c'était une vision cauchemardesque.

— Ces connards de toubibs ont dit que je devrais déjà être mort ! Et je suis encore là. Alors qu'est-ce qu'ils en savent ? Je suis plus fort qu'eux !

— Joey sait que vous êtes malade ?

— Il m'a accompagné plusieurs fois chez les médecins. Ils voulaient me remplir de poison.

Qu'ils aillent se faire foutre. Cancer du pancréas, d'après eux. Ils disent que le cancer me bouffe le foie. Faudrait pas que je boive, que je fume… Qu'ils aillent tous se faire foutre !

Il tira goulûment sur sa cigarette tout en continuant à sourire.

— Joey est revenu à Baltimore à cause de vous. Pour vous venger.

— De quoi vous me parlez, là ?

— Je vous explique que Joey s'en prend aux gens qui vous ont fait du tort. Catarina Hale en premier.

— Une petite pute. Elle se baladait dans le quartier avec l'air de celle qui se croit supérieure aux autres. Elle allumait mon garçon. Alors il a voulu en profiter. Et après ? Ce trou-du-cul de Gibson Hale s'imaginait qu'il pouvait nous emmerder, moi et ma famille ? Je lui ai donné une bonne leçon.

— Vous l'avez payé cher.

— Ça a ruiné ma vie, concéda Joe, tout sourire effacé. Après ça, j'ai jamais pu trouver un boulot correct, seulement nettoyer la merde des autres. Hale, il m'a privé de ma dignité, voilà ce qu'il a fait ! Il a salopé ma vie et si je suis tombé malade, c'est parce que je suis allé en prison. Les toubibs disent que non mais ils se gourent ! En plus, j'ai dû refiler cette merde à Joey. Tout ça à cause de cette petite pute.

John jugea inutile d'expliquer qu'on n'attrapait pas un cancer du pancréas en prison et que ce n'était pas contagieux.

— C'est moche, convint-il. Je comprends que Joey ait pensé ça lui aussi.

— Hé, il est mon fils, non ? Il respecte son père. Il sait que c'est pas ma faute si je lui ai filé le cancer. Il en a dans la tête, mon Joey. Il en a toujours eu. Et il a pas hérité ça de sa conne de mère. Il va m'envoyer du fric, et peut-être m'emmener en voyage pour que je sorte de cette putain de fournaise.

Il ferma les yeux un moment et leva son visage vers l'un des ventilateurs. Le déplacement d'air rabattit en arrière ses cheveux clairsemés.

— On ira en Italie, dans le Nord, à la montagne, là où il fait frais. S'il a un truc en cours, les flics ne le choperont jamais. Il est trop malin.

— Il a fait brûler une femme dans son lit la nuit dernière.

— Peut-être qu'il l'a fait, peut-être pas, fit Joe, avec dans le regard une lueur de fierté paternelle qui écœura John. En tout cas, si c'est vrai, la femme, elle devait le mériter.

— Monsieur Pastorelli, si Joey vous contacte, rendez-vous donc un service : téléphonez-moi. Tenez, voilà mes coordonnées. Que vous m'aidiez à le retrouver aiderait votre fils. Parce que si c'est la police qui lui met la main dessus, je ne peux pas vous garantir que ça se passera bien. Il a tué la femme d'un flic, quand même… Alors appelez-moi. Je m'arrangerai pour vous procurer un peu d'argent.

— Combien ?

— Deux cents dollars… Peut-être davantage, dit John tout en réprimant la nausée qui montait en lui.

Il se leva et ajouta :

— Votre fils va trop loin, croyez-moi.

— Quand on a de la cervelle, on va aussi loin qu'on veut.

Au moment où John quittait le Bronx, Joey ouvrait la porte arrière de la maison où habitait l'ex-flic. Après deux arrêts le long du trajet, il était pile dans les temps.

En crochetant la serrure, l'image de la femme du flic rôtissant comme un cochon de lait le fit sourire. Songer à la perspective du sort identique qui attendait John Minger, inscrit sur sa petite liste, élargit son sourire.

Il plongea la main dans son sac et en sortit le 22. Pour commencer il lui tirerait dessus. Dans le genou. Ensuite, ils discuteraient pendant qu'il préparerait le feu.

Ce soir, les héros de la ville allaient être très occupés, pensa-t-il en cherchant son chemin dans la maison obscure.

Le vieux devait déjà être au lit, à dormir comme une souche.

Mieux valait être mort que vieux. Mais l'âge ne serait bientôt plus un problème pour John Minger. Lui et tous les autres y passeraient avant son père. Justice rendue ! Ces foutus flics avaient tué Joe aussi sûrement qu'avec un couteau. Ils paieraient, et au centuple !

Mû par une excitation et une allégresse qui allaient croissant, il monta au premier. Dans le genou ! *Pam !* On verrait bien s'il appréciait.

Et regarder cheminer le feu vers lui à travers la chambre, est-ce qu'il aimerait ça ? Les flammes le boufferaient comme le cancer bouffait son père.

Lui, il ne permettrait pas à cette saloperie de le toucher. Joseph Pastorelli Junior ne mourrait pas d'un cancer. Il devait se concentrer sur ce qu'il avait à faire. Or il avait beaucoup de choses à régler avant d'arriver lui-même à la fin. Une fois Minger mort, il passerait au clou du spectacle. La nuit était encore jeune…

Le problème, le grain de sable qui grippait tout à coup la machine, c'était que Minger n'était nulle part ! Il avait regardé dans toutes les pièces sans trouver sa proie.

Dans la chambre, il resta quelques instants devant le lit vide, les doigts crispés sur la détente du 22, résistant à grand-peine à l'envie de tirer dans le matelas.

Minger était allé voir brûler la veuve ! La petite pute l'avait appelé en pleurant et il avait couru lui tenir la main. Depuis des années, il avait dû la sauter un paquet de fois !

Bon. Il ne restait plus qu'à patienter. Il était encore tôt. Il pouvait perdre un peu de temps. Dès que Minger rentrerait, il le choperait, comme le chat qui guette une souris, tapi devant le trou.

La fumée envahissait encore la chambre. Les bottes de Reena produisaient un bruit de succion sur la moquette détrempée.

La jeune femme regardait ce qui avait été Deborah Umberio. Les restes consumés du matelas racontaient l'histoire de son martyre.

— Elle a été brûlée là où elle se trouve, dit O'Donnell.

En chemise à manches courtes et pantalon de l'armée, Peterson, le médecin légiste, attendait que Reena ait pris des photos.

— Elle était vivante quand il a allumé le feu, avança Reena. Tout à fait consciente. Il a voulu qu'elle voie tout, qu'elle se rende compte de tout. Sentir sa terreur. Avant de la brûler, il l'a torturée. Il avait besoin qu'elle souffre d'abord.

Elle abaissa son appareil photo et soupira.

— Il a pris son temps parce qu'elle était une femme. De façon à se sentir viril, puissant. Si je me base sur son passé, je dirais qu'il l'a violée.

— On a trouvé des traces de tissu dans sa bouche, dit Peterson, penché sur le cadavre. Elle était bâillonnée.

— Et elle lui a ouvert la porte. Pourquoi ? Elle a été la femme d'un flic pendant trente ans, et elle ouvre à un étranger ? À mon avis, il a prétendu avoir quelque chose à livrer, ou s'est fait passer pour un agent d'entretien. Quelqu'un a dû le voir entrer dans l'immeuble ! Si on cherche bien, on trouvera.

— On va commencer par fouiller les décombres, dit O'Donnell.

— On voit d'emblée comment il a procédé. Il s'est servi de produits très inflammables, s'est concentré sur le lit, a placé ses accélérants tout autour de la pièce, a confectionné des cheminées pour que le feu prenne de la hauteur. Le foyer allumé dans la cuisine, le gaz, il n'en avait pas besoin pour tuer Deborah. Il n'était destiné qu'à nous et aux pompiers. Faire d'une pierre deux coups.

Reena marcha avec précaution sur les débris pour se diriger vers la cuisine.

Un couvercle de casserole, projeté par l'explosion, était encastré dans l'un des murs dégoulinants d'eau. Des portions de plafond encore en place, coulaient également des filets d'eau. Des placards, il ne restait que peu de chose. Les portes carbonisées gisaient par terre. Reena s'accroupit, munie de sa torche et d'une loupe.

— Ces portes n'ont été ni soufflées ni brûlées, O'Donnell. Il les a démontées pour les installer là, et en faire des cheminées. Il est vraiment inventif. Mais aurait-il débarqué chez ses victimes les mains vides, sûr de trouver sur place ce dont il avait besoin pour son sale boulot ? Il lui fallait de la corde, des produits inflammables, des allumettes, une arme, éventuellement, ce qui implique un sac, une mallette, enfin, quelque chose pour transporter tout ça.

Son portable sonnait. Soudain crispée, Reena l'ouvrit et se détendit aussitôt : elle avait John en ligne, et en informa O'Donnell.

— Vas-y, parle-lui. Moi, je demande à l'équipe de commencer par ici.

Les hommes de la brigade organisèrent le quadrillage de la pièce et commencèrent à prendre des photos.

— O'Donnell, le père Pastorelli est mourant, dit Reena après avoir raccroché. Cancer du pancréas. Il prétend n'avoir pas vu Joey depuis deux mois et que celui-ci doit lui envoyer de l'argent. Qu'ensuite, ils vont partir ensemble en Italie.

— Voilà pourquoi Joey est passé à la vitesse supérieure.

— Son père est à deux doigts de la mort, Joey ne peut pas laisser passer ça sans réagir. En plus, d'après ce que m'a dit John, Joe Pastorelli a mis dans la tête de son fils l'idée qu'il l'avait contaminé avec son cancer. Joey veut me faire savoir qu'il est derrière tout ça, qu'il le fait parce qu'il estime le devoir à son père. Mais, quelque part, ça ressemble à une mission suicide. Il est toujours le gamin courant après le fourgon de police qui emportait son père…

— Il s'imagine donc, s'il s'en sort, pouvoir filer à l'étranger, une fois tous ses crimes commis ? C'est ça ? Il prend sa revanche, et ensuite il va se cacher en Italie ?

— Il ne compte pas se cacher. Pour lui, cela équivaudrait à se montrer faible. Ce qu'il veut, c'est vivre avec la satisfaction du devoir accompli, pendant le temps qu'il leur reste. De la sorte, il ferait un pied de nez au passé. En décembre dernier, il avait de l'argent. Il a pu en utiliser une partie pour acheter de faux passeports, des billets d'avion et louer quelque chose de l'autre côté de l'océan. Il a peut-être des amis, là-bas. Le père Pastorelli a parlé du nord de l'Italie, des montagnes. On pourrait creuser ça un peu mais il n'ira pas aussi loin.

Elle s'interrompit, le temps de regarder la cuisine dévastée par le feu, puis conclut :

— Je ne le laisserai pas aller aussi loin.

— John envisage de rester à New York pour remettre le père sur le gril ?

— Non. Il pense avoir tout tiré de lui. Il rentre. Mais je lui ai conseillé de prendre une chambre au lieu de revenir d'une traite : il m'a paru complètement crevé, au téléphone.

Minuit. Et ce vieux fumier n'était toujours pas là. Il reviendrait plus tard s'occuper de ce salaud. Il lui laisserait une petite surprise et le tuerait un autre jour.

Des flics avaient patrouillé pendant un moment devant les deux entrées du bâtiment, sur l'avant et l'arrière. Ils avaient fini par s'en aller. Tout compte fait, le mieux, c'était de se livrer à un petit travail, puis de passer à l'étape suivante.

Dans la chambre, il y avait une penderie pleine de vêtements. D'excellents accélérants. Et aussi, le rembourrage du matelas, dont l'usage, en quelque sorte, devenait sa signature. Du papier, de l'alcool méthylique confirmeraient la marque de fabrique de l'artisan…

Évidemment, ç'aurait été bien de préparer du feu dans toute la maison, mais il était plus rapide et quand même très efficace de se concentrer sur la chambre.

Des photos de famille... Les sortir de leurs cadres, les déchirer et éparpiller les morceaux... Le vieux comprendrait l'avertissement : très bientôt, ce ne seraient pas que des images qui partiraient en fumée mais bel et bien les gens qui s'étaient tenus devant l'objectif. Œil pour œil, dent pour dent : le vieux lui avait pris sa famille, il lui prendrait la sienne.

Dans l'immédiat, il alluma une flamme, la regarda prendre vie.

En partant, il déposa sur le comptoir de la cuisine une serviette au logo du Sirico.

Reena travaillait dans la chambre de Deborah, prélevant des liquides qui avaient coulé sous les plinthes. Puis elle rangea dans des sachets les débris d'accélérants qui n'étaient pas entièrement carbonisés, ainsi que des échantillons de cendres.

Trippley vint s'accroupir à côté d'elle.

— On a trouvé des cheveux dans la grille d'évacuation de la douche. Ce sont peut-être les siens.

— Bon, ça, très bon. On va faire des analyses d'ADN et il sera piégé.

— On a aussi trouvé des tessons de verre provenant d'une bouteille. S'ils portent ses empreintes...

Trippley se tut, et Reena perçut son embarras.

— Qu'est-ce qu'il y a ? Autre chose, hein ?

— Euh... Oui. Une serviette du Sirico, dehors.

— Je me demandais où il l'avait mise... Un livreur ? Il se serait fait passer pour un livreur ? Pas de pizza, non. Deborah ne l'aurait pas laissé entrer puisqu'elle n'avait rien commandé. Le seul truc... Oui, c'est ça ! Le seul truc qui ait pu lui être livré sans qu'elle l'ait commandé, ce sont des fleurs !

Elle se rappelait la rencontre de Bo avec Joey, chez le fleuriste du supermarché.

— On y est. Pourquoi la veuve d'un policier ouvrirait-elle à un inconnu ? Parce qu'il apporte des fleurs. Il faut interroger les voisins, demander s'ils ont vu un homme chargé de fleurs et portant un sac ou une mallette.

— J'y vais de ce pas.

— O'Donnell fit irruption dans la chambre.

— Il a de nouveau frappé ! Les pompiers ont été appelés pour un feu chez John Minger !

Reena se releva aussitôt, et sentit ses jambes flageoler.

— John n'est pas chez lui. Il ne peut pas y être encore, même s'il a décidé de rentrer d'une traite.

— Vas-y, Reena, dit Trippley. Nous, on continue ici.

Elle retira ses gants en hâte.

— Si Joey a dans l'idée de tout finir cette nuit, alors mes parents sont en danger. Il peut s'en prendre à eux, à mes sœurs, à mon frère.

— Ils sont sous protection, remarqua O'Donnell.

— Ouais. Je vais quand même passer quelques coups de fil, dit Reena en ouvrant son portable. Papa ? Ne bougez pas de la maison ! Que personne n'en sorte ! Je pars chez John. Je rappellerai quand j'estimerai que le danger est écarté, d'accord ? Et je vous rappellerai dès que je le pourrai.

Elle raccrocha sans laisser à Gib le temps de discuter puis sortit de l'appartement en compagnie d'O'Donnell.

— Joey ne loge pas dans le coin. Il est quelque part dans le comté mais pas en ville. Peut-être même a-t-il filé jusqu'au District de Columbia.

— Nous avons lancé des équipes avec la photo de Joey dans tous les hôtels et motels. Mais ça fait beaucoup de terrain à couvrir.

— Il viserait le haut de gamme. Il a du fric, et en plus, il a tout prévu. Carte d'identité, de crédit... Peut-être se fait-il passer pour un voyageur de commerce. Quelques jours dans un endroit, quelques jours dans un autre...

O'Donnell freina. La voiture n'était pas tout à fait immobilisée quand Reena ouvrit la portière et descendit. L'incendie semblait contenu, voire maîtrisé, mais l'angoisse lui broyait quand même le cœur. Elle se dirigea immédiatement vers Steve.

— Les conduites de gaz ? interrogea-t-elle laconiquement.

— Pas de fuite. Le feu semble n'avoir touché que la chambre. L'alarme a été désactivée. Une femme qui promenait son chien a vu la fumée et nous a appelés.

— Où est-elle ?

— Là-bas. Elle s'appelle Nancy Long.

— Quoi ? Nancy ? Gina et moi étions à l'école avec elle.

Fendant la foule, Reena rejoignit son ancienne camarade qui d'une main tenait la laisse d'un terrier excité et de l'autre serrait le bras de son mari.

— Oh, Reena... C'est horrible. Mais les pompiers ont dit que M. Minger n'était pas chez lui. Je sortais Susie... c'est ma chienne... J'ai vu de la fumée qui sortait de la fenêtre. Je savais que c'était celle de la chambre de M. Minger. Totalement paniquée, je suis allée frapper à sa porte, je l'ai appelé en criant et comme il ne répondait pas, je suis revenue à la maison en courant. Mes mains tremblaient tellement que j'ai eu du mal à faire le numéro des pompiers. Il a fallu que je donne le téléphone à Ed.

— Tu as sauvé la maison de John, et s'il avait été dedans, tu lui aurais probablement sauvé la vie.

— Si tu le dis… Tout ce que je sais, c'est que j'en suis malade.

— As-tu vu quelqu'un, Nancy ? Un passant ? Un homme en voiture ?

— Personne. Pas à ce moment-là, du moins.

— C'est-à-dire ? Plus tôt, tu as vu quelqu'un ?

— Enseigner la propreté à un chiot est un travail qui exige de sortir souvent. Avant d'aller me coucher, j'ai fait faire ce que je croyais être sa dernière promenade à Susie. Je m'apprêtais à rentrer quand j'ai vu passer ce type… Il était quoi ? Minuit, à peu de chose près.

— Tu connaissais cet homme ?

— Non. Et je n'aurais pas fait attention à lui s'il ne m'avait pas jeté un coup d'œil quand j'ai parlé à Susie. Il m'a vaguement adressé un signe de tête et je me suis demandé qui était la veinarde.

— La veinarde ?

— Oui. Il tenait une de ces longues boîtes de fleurs… et ça m'a fait penser qu'Ed ne m'apportait plus jamais de fleurs.

— Aux alentours de minuit, dis-tu ?

— Oui.

— Nancy, je voudrais que tu regardes une photo.

Debout dans la cuisine de John, Reena fixait la serviette au logo du Sirico posée sur la paillasse. Elle la glissa dans un sachet puis marqua l'emplacement au feutre.

— John arrive, annonça O'Donnell en refermant son portable. Il sera là dans deux, trois heures. Tu veux commencer ou tu préfères l'attendre ?

— Tu pourrais t'en charger ? J'aimerais aller m'assurer que ma famille va bien et ensuite emmener tout ce qu'on a trouvé jusqu'ici au labo.

— Prends un flic en tenue avec toi.

— Oui. Joey... Il aurait pu attendre quelques jours avant d'attaquer John, vérifier qu'il était bien chez lui. Mais non. Nous obliger à partir dans tous le sens cette nuit lui a paru plus important. Tout ce qui comptait pour lui, c'est que je sois sûre qu'il était à l'origine de tout ça.

— Une unité est en place devant ta maison et une autre à l'arrière.

— Ça va l'énerver. Et...

Son portable sonnait. L'estomac soudain serré, elle décrocha.

— Dommage qu'il n'ait pas été dans son pieu ! À l'heure qu'il est, il serait rôti !

De la main, Reena alerta O'Donnell, qui se figea pour écouter.

— Tu as dû être bien déçu, Joey.

— Bof, pour ce soir, la femme du flic suffisait. Tu sais, Reena, pendant que je m'occupais d'elle, je pensais à toi. Je l'ai violée plusieurs fois, et à chaque fois, je te voyais... Tu as eu les messages que je t'ai laissés ?

— Oui.

— Sur la serviette, le portrait, c'est celui de ton père, avec la stupide toque de chef. Ta vieille l'a dessiné, non ? demanda Joey en riant.

Il attendit, mais Reena ne faisant pas écho à son rire, il reprit :

— Un autre message t'attend. Au cabinet de toubibs de ton frangin et sa nana. T'aurais intérêt à te grouiller.

— Merde ! cria Reena en coupant la ligne pour se connecter à la brigade des pompiers.

L'alarme lancée, elle courut à sa voiture, O'Donnell sur ses talons.

— Je conduis !

Quelques instants plus tard, dans un crissement de freins martyrisés, ils s'arrêtaient devant la clinique en feu. Reena vit la carte des vins du Sirico dans le caniveau.

— On y va ! cria-t-elle à O'Donnell.

— Reena, attends.

La surprise la bloqua sur place : jamais son coéquipier ne l'avait appelée par son prénom.

— Ça fait au moins dix-huit heures que tu travailles non-stop. Laisse les pompiers s'occuper de ça.

— Il nous tourne autour, O'Donnell, et il éparpille les effectifs. Comme il ne peut pas s'en prendre directement à la boutique, à ma famille ou à moi, voilà ce qu'il fait ! Pour me rendre dingue !

Balançant son casque au bout des doigts, Reena fixait le feu.

— Joey est incapable de s'arrêter désormais. Il est pris dans un engrenage parce que tout ça est trop fascinant, obsédant.

— Qu'est-ce qu'il a encore à brûler ? Tout ce qui reste est sous bonne garde.

— Il y a eu l'école, la camionnette de Bo… Mais il ne s'agissait que d'une opportunité qu'il a saisie, histoire de faire monter ma tension d'un cran. Ensuite, il y a eu la femme d'Umberio, puis John, et maintenant Xander…

— Son chemin le conduit vers toi.

— Je sais. Je suis la ligne d'arrivée. Tout n'est que vengeance, mais pas dans l'ordre. Xander aurait dû être sa cible juste après l'incendie de l'école. Ensuite, mon père, puis le Sirico et ainsi de suite. Son schéma est mal coordonné mais il s'y tient.

— Et sa maison ? Celle d'où son père a été expulsé par la police ? Et dont ensuite sa mère l'a viré, lui ?

— Oh, merde..., fit Reena en jetant son casque sur la banquette arrière de la voiture. On y va. Et je conduis.

30

Les flammes jaillissaient des étages de la maison qui avait autrefois été celle des Pastorelli. Pas d'alarme, pas de cris, pas de foule. Il n'y avait que le feu, qui montait en torche vers le ciel noir.

— Il faut entrer, O'Donnell ! Il y a des gens là-dedans ! Deux personnes, vraisemblablement dans une chambre au premier !

Reena récupéra son casque et son équipement de protection.

— Attends l'équipe !

— Il faut que j'essaie, répliqua Reena en s'habillant. Ils sont peut-être vivants mais coincés. Je ne laisserai personne d'autre brûler cette nuit.

Un extincteur à la main, elle escalada en courant les marches du perron. Derrière elle, elle entendait O'Donnell qui, tout en la suivant, donnait l'adresse aux pompiers et décrivait la situation.

— Reena, attends ! Et s'il te guettait à l'intérieur ?

O'Donnell avait sorti son arme.

— Occupe-toi du rez-de-chaussée, je monte au premier.

La porte d'entrée était grande ouverte, comme une invitation signée Joey Pastorelli. Entre donc… Fais comme chez toi…

Avant de s'engouffrer dans la maison, elle croisa le regard d'O'Donnell, qui hocha la tête. Il comprenait la même chose qu'elle.

Les lampadaires de la rue et le clair de lune éclairaient le vestibule. Les seules silhouettes étaient celles de meubles et d'encadrements de portes, qu'elle balaya du regard et de son arme serrée dans sa main. L'adrénaline affolait son pouls, qui frappait comme un gong dans ses tympans.

Elle commença à gravir l'escalier. Des lambeaux de fumée s'agglutinaient au plafond. Au fur et à mesure de son ascension, la fumée se faisait plus épaisse, la chaleur s'intensifiait. Le grondement du feu évoquait le roulement des vagues lors d'une tempête... Des vagues qui ne tarderaient pas à se muer en raz-de-marée. Elle posa la main sur la première porte. Fermée, et froide. Pas de risque dans cette pièce, conclut-elle avant d'aller plus loin dans le couloir, au bout duquel elle voyait une autre porte cernée par les flammes qui la paraient d'un surréaliste encadrement doré. Elle s'approcha et une langue de feu vint lécher ses bottes, lui arrachant un cri d'effroi. Dans la seconde, elle étouffait le monstre sous un jet de neige carbonique.

Dehors, elle entendit des hurlements – ceux des sirènes.

Elle donna des coups de poing dans la porte, sans résultat. Alors, réunissant tout son courage, elle la brisa d'un coup de pied et se trouva face à l'enfer.

Les flammes montaient du plancher à l'assaut d'une commode. Le vase de fleurs qui se trouvait dessus était déjà pris dans les rets du feu.

Le temps de quelques battements de cœur, Reena resta pétrifiée, fascinée par la brillance, la puissance, les couleurs et les mouvements ondoyants des flammes. Ses armes pour les affronter lui semblaient pathétiquement ridicules. De toute façon, il était trop tard.

Joey avait fait en sorte d'épargner le lit. Il s'était débrouillé pour qu'il ne s'embrase qu'à son arrivée. Il voulait qu'elle assiste au spectacle.

Évidemment, il avait mis le couple en scène. Après avoir tué d'une balle l'homme et la femme, il les avait assis de façon qu'ils aient l'air de contempler la géhenne. Des spectateurs captifs, aux premières loges pour admirer la majestueuse splendeur du feu.

Elle se libéra de l'envoûtement qui la gagnait et fondit vers le lit, indifférente aux risques qu'elle prenait. Elle devait s'assurer qu'il était vraiment trop tard.

— Recule ! Mets-toi à l'abri !

O'Donnell se tenait sur le seuil, cerné par les flammes dansant avec fureur. De la sueur noire de suie coulait sur son visage, mais son regard était clair et dur.

Ce n'était plus son revolver qu'il brandissait mais un petit extincteur domestique.

— Ils sont morts ! cria-t-elle par-dessus le grondement du feu, le craquement des matériaux. Il les a tués tous les deux. Dans leur lit.

Les yeux d'O'Donnell exprimaient la rage et le dégoût.

— Nous sauvons ce que nous sommes en mesure de sauver. C'est ça notre job…

Il leva l'extincteur et l'actionna.

L'explosion projeta Reena sur le lit. Elle tomba sur les cadavres. Pendant quelques instants, son esprit fut incapable d'analyser ce qui venait de se passer.

Puis elle hurla le nom de son coéquipier, arracha du lit le drap rouge de sang et se rua vers la porte, attaquée de toutes parts par les flammes opportunistes.

O'Donnell était mort, elle le savait, et pourtant elle se jeta sur lui, plaquant le drap sur son corps déchiqueté, pesant dessus de tout son poids pour étouffer le feu assassin.

Des gerbes d'eau s'abattirent sur elle, se déversèrent dans la chambre. Des pompiers unissaient leurs efforts pour éteindre le feu pendant que d'autres se démenaient pour arracher l'inspecteur Hale à son enfer personnel.

Assise au bord du trottoir, Reena repoussa le masque à oxygène que Xander avait plaqué sur son visage.

— Il savait que je monterais la première. Ces gens, là-haut, ils n'étaient rien pour lui. C'est pour ça qu'il les a abattus au lieu de les livrer vivants au feu. Ils n'avaient aucune importance, mais il était certain que je monterais la première !

— Tu ne pouvais rien faire, Reena. Tu ne pouvais rien changer à ce qui est arrivé.

— Il a tué mon coéquipier...

Elle baissa la tête, appuya son front sur ses genoux. Jamais elle n'oublierait le corps en lambeaux d'O'Donnell en proie aux flammes.

« C'est ça notre job... » Les derniers mots qu'il avait prononcés. Maintenant, elle s'interrogeait : était-elle vraiment capable de faire ce job qui l'avait tué ? La culpabilité et le chagrin lui tordaient le ventre.

— Ce salaud savait que je monterais la première. Il a piégé cet extincteur, persuadé que quelqu'un s'en servirait. Il devait se trouver dans la cuisine, accroché au mur, bien visible. Celui qui poserait les yeux dessus, instinctivement, s'en saisirait, et s'en servirait. Si au lieu d'entrer comme une furie j'avais attendu...

Xander l'attrapa par les épaules et l'obligea à se redresser, puis à le regarder bien en face.

— Tu sais bien que des « si » ne servent à rien, Reena. Tu as fait ce que tu avais à faire, et O'Donnell aussi. Il n'y a qu'un responsable, dans tout ce drame.

Reena ramena ses yeux sur la maison. La guerre contre le feu était toujours en cours, et elle avait fait d'autres victimes : O'Donnell, et elle-même, qui touchait le fond du désespoir et avait peur de sombrer.

— Il n'a tué ces gens que pour me montrer que c'était en son pouvoir. Et pour que je constate ce pouvoir. O'Donnell ne représentait pour lui qu'un petit plus. Salopard… Foutu salopard…

— Il faut que tu te reposes, Reena. Que tu dormes. Je vais t'amener chez maman et te donner un sédatif.

Elle se laissa retomber sa tête sur ses genoux. Mon Dieu, pourvu qu'elle arrive à retenir ses larmes, parce que si elle commençait à pleurer, elle ne s'arrêterait jamais.

— Non, Xander, pas ça.

Elle aurait voulu retrouver sa colère, la sentir courir, brûlante, dans ses veines. Elle lui permettrait de lutter contre son profond désespoir.

Le couple… Des gens plus jeunes qu'elle. Joey les avait abattus puis disposés dans le lit comme des poupées. Cette image la hanterait sa vie durant. Ainsi que celle d'un brave homme, d'un bon flic, d'un bon ami, couvert de flammes, devenu torche en une fraction de seconde.

Elle leva la tête, regarda son frère.

— Xander, je t'avais demandé de rester chez toi. De ne pas bouger de chez toi !

À la place d'O'Donnell, ç'aurait pu être son frère, songea-t-elle, ou son père, sa mère, ses sœurs. Tuer son coéquipier, pour Joey, équivalait à lui envoyer un message, mais n'importe qui d'autre eût fait l'affaire.

N'importe qui d'autre pouvait encore faire l'affaire.

— Ne t'en fais pas pour moi, Reena. La police a emmené An et le bébé chez maman, et des policiers gardent la maison.

Il lui caressa la joue et sa mémoire fit un bond de vingt ans en arrière. Après l'attaque de Joey, sous le choc, en larmes, elle avait senti sur sa joue la main de Xander et humé l'odeur de glace à la fraise sur ses doigts.

Le chagrin monta à sa gorge, la serrant, sous ses paupières, y amenant des larmes.

— Il a brûlé ton cabinet, Xander.

— Ça va aller. Tout va s'arranger, assura-t-il en lui ouvrant les bras.

Reena se nicha contre sa poitrine.

— Mon Dieu… Si nous ne l'arrêtons pas, il va s'en prendre à chacun de nous. O'Donnell faisait quasiment partie de la famille, il le savait. La menace se rapproche. J'ai peur, Xander. Je suis terrifiée.

Le tremblement parti de ses orteils gagna ses mains après avoir progressé le long de ses membres, et elle se crut sur le point de se fragmenter en mille morceaux.

— Je ne sais pas quoi faire, Xander. Je ne sais plus quoi faire.

— Rentrer à la maison, voilà ce qu'il faut faire, et…

L'arrivée sans discrétion de Bo fit taire Xander : le jeune homme, l'air éperdu, franchissait les barricades, bousculait les curieux tout en criant le nom de Reena, qui se mit debout.

— Attends-moi là, Reena, je vais le chercher.

— Non, Xander. Je ne peux plus rester assise.

Elle se déplaça aussi vite que ses forces le lui permettaient, mais elle avait l'impression d'essayer de nager dans du sirop.

— Il est avec moi ! lança-t-elle aux deux policiers qui le retenaient. Il est avec…

Elle n'acheva pas : Bo avait réussi à se frayer un passage. Jouant des coudes, il se précipita vers Reena, l'enferma dans ses bras, la serra à l'étouffer, puis dit en haletant :

— Ils ont dit que tu étais entrée. Et aussi qu'un flic était mort… Tu es blessée ? Ô mon Dieu…

— Je n'ai rien, Bo. Mais O'Donnell est mort, oui. Il a actionné un extincteur piégé qui lui a explosé dans les mains. Explosé ! Et le feu… Je… je n'ai pas pu le sauver.

Elle vit la peur dans les yeux de Bo se transformer en chagrin.

— O'Donnell ? Oh, non…, murmura-t-il en la serrant fort. Ma chérie, je suis tellement désolé… La pauvre Mme Malloy…

— Quoi ?

— Sa sœur. Seigneur…

La fumée, l'odeur de mort envahissaient la rue mais Bo berçait Reena contre lui.

— Je suis si heureux que tu sois en vie. Malheureux pour O'Donnell et heureux pour toi… Pour nous.

Il l'étreignit en frissonnant.

— Que puis-je faire, Reena ?

— Rien. Il n'y a rien à faire. Il est parti. O'Donnell est parti… Je n'arrive pas à remettre mes idées en place. Je suis tellement confuse que je ne sais même plus ce que je ressens.

— Mais si, tu vas y arriver. Tu vas de nouveau réfléchir avec lucidité et ensuite faire ce qu'il faut. C'est comme ça, assura-t-il en l'embrassant sur le front.

Oui, on sauvait ce que l'on pouvait… O'Donnell avait raison.

Elle se ressaisissait, se rendit-elle compte.

— Tu me stabilises, Goodnight. Mais dis-moi ce que tu fiches ici. Je t'ai vu remonter la rue en courant comme un dératé… Tu criais… Un vrai fou. Pourquoi personne ne m'écoute jamais ?

— Je suis plus jeune et plus rapide que ton père. J'ai réussi à filer entre les doigts des flics. Ton père, non.

Reena avait retrouvé le courage de regarder la maison du malheur. Le feu allait dévorer les deux étages et ferait quelques dégâts sur les bâtiments voisins, mais pas davantage. Ce soir, la liste des victimes était close, ici tout au moins. Son job était terminé – pour l'instant.

« C'est ça notre job. » Elle était censée trouver le pourquoi, le comment, étudier, observer, analyser… et non rester au bord d'un trottoir, hébétée et désespérée.

— Accorde-moi une minute, Bo, dit-elle avant de se diriger vers Younger, qui avait accouru en apprenant la mort de son collègue.

Le visage du policier était livide.

— Il a tué l'un des nôtres. Un flic. Un bon flic…, murmura Younger en levant les yeux vers le ciel. Lui, c'est un mort en sursis.

— Oui, mais il n'en a pas fini avec nous, Younger. On quadrille tout. Je vais aller me nettoyer un peu. Mais c'est ce qui est dans ma tête que j'aimerais bien nettoyer… Si tu veux faire la même chose, ne te gêne pas, sers-toi de la salle de bains de mes parents.

— Possible que j'accepte ton offre une fois que le capitaine sera arrivé. Je le brieferai, et je ferai placer des gardes.

— Très bien.

Reena pivotait sur ses talons quand Younger posa la main sur son bras.

— Il avait de l'avance sur nous, ce pourri, mais, Dieu m'en soit témoin, ça va changer !

Était-ce possible ? Joey se déplaçait avec la rapidité et la discrétion d'un cobra. Et il était aussi patient et mortel que le reptile. Il pouvait très bien disparaître, se volatiliser pendant des années et se manifester à nouveau le jour où l'envie lui en prendrait, songea Reena avant de jeter un dernier regard à la maison du drame.

Mauvais raisonnement, se reprocha-t-elle en s'éloignant. Un raisonnement d'épuisement et de découragement. Raisonnement faux aussi : Joey était désormais allé trop loin pour faire machine arrière, ou pour prendre son temps. Son but suprême était trop proche pour qu'il y renonce maintenant.

Bo la rejoignit alors qu'elle rangeait son équipement dans le coffre de sa voiture.

— L'inspecteur Younger passera peut-être chez mes parents quand il en aura terminé ici, dit-elle. Quant à John, il rentre de New York.

— Qu'était-il allé faire à New York ?

— Voir Joe Pastorelli. Il a un cancer du pancréas en phase terminale.

— Il suit un traitement ?

— D'après ce que j'ai compris, non, et Joey s'imagine peut-être avoir des tumeurs malignes, lui aussi.

— Pourquoi ? C'est un cancer d'origine génétique ?

— Aucune idée, fit Reena en raidissant les épaules : elle avait l'impression qu'un tas de cailloux pesait sur son dos. Tiens, voilà Xander. Il peut répondre à ta question, lui.

— Moins de dix pour cent des cas sont héréditaires. Le tabac est la cause numéro un des cancers du pancréas, expliqua le jeune médecin.

— J'aurai des détails quand je verrai John, mais cette histoire de maladie mortelle de son père expliquerait le comportement de Joey. Parce qu'il se croit atteint, il met les bouchées doubles. Il veut finir ce qu'il a commencé avant de mourir comme Joe. Bon, sur ce, je vais faire un saut chez moi pour me changer.

— Je t'accompagne.

— La maison est cernée par la police, Bo.

— Je t'accompagne, répéta le jeune homme avec autorité en ouvrant la portière côté passager.

Vaincue, Reena se tourna vers son frère.

— Toi aussi, tu montes. Je te déposerai chez maman. Personne ne se balade dans le coin cette nuit, compris ? Dis à maman que je serai là dans un petit moment.

Elle démarra et s'arrêta quelques instants plus tard devant la maison de ses parents, si proche de celle des Pastorelli. Deux policiers étaient en faction dans une voiture garée. Reena alla leur parler puis revint vers son frère.

— Fran, Jack, leurs gosses, Bella et les siens… Ils sont tous là. Je ne savais pas que tout le monde s'était réuni chez les parents.

— Eh si.

— Va les rejoindre, dit Reena en embrassant Xander sur la joue. Essaie de calmer les nerfs de la famille. Et aussi… demande à maman de dire un chapelet pour O'Donnell. Je reviens dans un quart d'heure.

De peur que quelqu'un ne la voie et sorte de la maison, elle s'engouffra dans la voiture et redémarra.

— Les tiens sont vraiment très liés, remarqua Bo. Ta famille est une base solide, Reena. Tu peux t'appuyer dessus, c'est du granite. Ils ont peur, ils sont bouleversés, mais ils restent ensemble.

— Joey veut les atteindre et je crains, sachant cela, d'être tentée de m'éloigner d'eux pour les protéger.

— Non, tu ne le feras pas. Si je me marie… Hé, j'ai prononcé les mots fatidiques ! Si je prends la totale – mariage et enfants –, j'entends bien imiter les Hale.

— Le timing n'est pas idéalement choisi, mais si c'est bien une demande…

— Stop ! La demande, c'est toi qui l'as faite. Je me borne à te dire que oui, j'accepte, Catarina Hale. Mais je ne considérerai cet accord comme officiel que lorsque tu m'auras acheté une bague de fiançailles.

Reena arrêta la voiture au milieu de la rue, appuya le front contre le volant et éclata en sanglots.

— Oh, non ! Ne pleure pas ! s'écria Bo en détachant sa ceinture de sécurité afin de se pencher pour prendre la jeune femme dans ses bras.

— Si, il le faut. Juste une minute, bredouilla Reena. J'ai pensé que ça allait arriver dans la chambre, là-bas, mais j'ai tenu bon. Ce qu'il leur a fait… Il leur a tiré dessus, puis les a assis dans le lit comme des poupées !

— Qui ?

— Carla et Don Dimarco. Je les connaissais à peine : il n'y avait que quelques mois qu'ils avaient acheté la maison. Un jeune couple. Leur première maison. La mère de Carla et celle de Gina étaient dans la même école. Joey s'est débrouillé pour que le lit ne s'enflamme pas, pour que je les voie… Il y avait les coussins dont il s'était servi pour étouffer les détonations… Je… j'étais là, paralysée, cernée par le feu, et j'imaginais comment il était arrivé sans bruit pendant qu'ils dormaient, je le voyais plaquer les coussins sur leurs visages puis tirer à travers. Un petit calibre. Un petit trou.

Elle s'était redressée et avait essuyé ses yeux. Silencieux, Bo lui tenait la main.

— Le feu… quand il est autour de toi, avec la fumée, la chaleur, la clarté… on l'entend parler. Il murmure, il chante, il gronde. Il me fascine. Il m'attire, depuis la nuit où, assise sur les marches devant chez moi, un soda à la main, je l'ai vu danser derrière les fenêtres du Sirico. Je… je comprends la passion que lui voue Joey.

Reena s'interrompit, le temps d'un soupir, puis continua tout en regardant Bo :

— Je comprends pourquoi le feu l'attire. Je vois ce qui nous a tous amenés là. Lui, moi, O'Donnell… Mais maintenant, avec sa mort, je me rends compte que je suis au bord d'un précipice. Dans cette chambre, j'ai perdu pied un moment. Je fixais ce couple qui venait d'acheter une jolie maison dans un joli quartier. C'est O'Donnell qui m'a ramenée à la réalité en m'appelant, en m'obligeant à reculer, en me rappelant que nous devions faire notre job, que nous étions là pour cela. Et que nous pouvions y laisser la vie. Ce qui anime Joey, et contre quoi il ne peut résister, c'est une fascination.

— Qu'est-ce que tu racontes ? Que ce fumier et toi auriez quelque chose en commun ?

— Oui. Mais moi, Dieu merci, j'ai cette base de granite sur laquelle m'appuyer pour ne pas perdre les pédales. Et je t'ai, toi. Je t'ai dit que tu me stabilisais. Si d'aventure je perdais mon équilibre, tu me rattraperais et me remettrais d'aplomb. Si tu ne t'en sentais pas capable, pourquoi serais-tu là, assis dans une voiture par une nuit de cauchemar à me parler de mariage et de bébés ?

Dans la poche arrière de son jean, Bo prit un bandana, le déroula et essuya les joues de Reena.

— Tu veux savoir pourquoi je suis là ? J'ai passé des heures debout, assis ou à faire les cent pas chez tes parents. À les regarder debout, assis, à faire les cent pas. Je me suis rendu compte que quand on aime quelqu'un, lorsque cet amour est ce qui prime dans une existence, il faut faire des efforts, ajouter sa pierre à l'édifice, à cette base de granite dont tu parlais. Quand on veut que quelque chose dure, on prend une charge sur son dos... et moi, j'ai le dos solide, conclut Bo en portant la main de Reena à ses lèvres.

— Moi aussi, dit-elle en l'embrassant en retour.

Elle repoussa ses cheveux en arrière et redémarra.

— Quel genre de bague te plairait ? demanda-t-elle.

— Un truc qui en jette, qui fasse baver d'envie tous mes copains !

Elle rit, un rire enroué par la fumée et la fatigue.

Peu après, elle se garait devant sa maison, derrière la voiture de police en faction.

— Il faut que j'aille parler à mes collègues. Ensuite, je monterai chercher des affaires.

— Pourquoi ne m'attendrais-tu pas bien tranquillement, à rêver de notre mariage ? Tu seras superbe, en longue robe blanche.

— Mmm, le blanc ne me va pas.

Elle se dirigea vers la voiture de police, son badge bien en évidence.

— Inspecteur Derrick, fit-elle en reconnaissant le conducteur, qui sortit du véhicule.

— Ce salopard a tué O'Donnell !

Reena encaissa du mieux qu'elle le put.

— Oui, il l'a tué. Depuis combien de temps êtes-vous là ?

— 2 heures du matin. Une autre équipe patrouillait dans le quartier, mais dans la mesure où Pastorelli semblait s'approcher de ce secteur, on nous a retirés de l'incendie du cabinet médical pour surveiller ici. Il y a deux agents à l'arrière de la maison. On fait le point avec eux toutes les quinze minutes.

— Et ?

— Rien à signaler. Quelques voisins sont sortis en entendant les sirènes. Il y avait plusieurs rassemblements sur le trottoir, on les a dispersés.

— Je vais chercher quelques affaires chez moi. Mon ami… euh… mon fiancé m'attend dans la voiture. Merci pour tout, inspecteur.

— Je vous en prie. Vous voulez que je vous accompagne à l'intérieur ?

— Non, c'est bon. Je ferai vite. Prévenez l'équipe qui est à l'arrière que j'arrive.

Faisant cliqueter ses clés dans sa main, Reena remonta l'allée et gravit les marches tout en réfléchissant : Joey avait allumé quatre incendies en moins de six heures. Que cherchait-il ? À figurer dans le *Livre des records*, histoire d'avoir la célébrité en plus de la vengeance ? Il connaissait le quartier comme sa poche, ce qui représentait un avantage. Mais tout de même, il agissait sacrément vite.

Elle ouvrit sa porte, alluma, posa les clés sur une sellette et monta l'escalier. Premier feu allumé entre 21 heures 15 et 21 heures 30. Ensuite, il avait disposé d'un délai suffisant pour se rendre chez John et tout organiser. D'après Nancy, il avait quitté l'appartement vers minuit. Là, il avait dû se hâter pour gagner le cabinet de Xander, où l'incendie était bien avancé à son arrivée, après qu'il l'eut appelée. Ensuite, il s'en était pris à son ancienne maison. Elle n'avait eu besoin que de quelques minutes pour comprendre que son ex-foyer familial était la cible suivante. Avec O'Donnell, elle s'était immédiatement rendue sur les lieux.

Ça ne collait pas. Personne ne pouvait se montrer aussi rapide. Joey devait avoir un complice. Non. Cela non plus ne collait pas : cette vengeance était la sienne et il ne la partagerait avec personne.

Dans ce cas, comment expliquer que dans un si bref laps de temps il ait pu mettre le feu au cabinet médical, puis foncer jusqu'au quartier de son enfance, entrer par effraction, tuer deux personnes, piéger l'extincteur et organiser un autre départ de feu ? L'incendie était déjà très avancé lorsqu'elle était entrée dans la maison.

La réponse s'imposa d'elle-même à l'esprit de Reena : il avait assassiné Carla et Don avant d'aller au cabinet de Xander. Son timing n'était pas celui qu'elle avait imaginé. Tous les horaires devaient être inversés. Il avait au préalable préparé tous ses feux, et installé des déclencheurs à distance. Ainsi, selon son plan, le feu était parti au cabinet en premier, et chez John ensuite. Logique : Xander, d'abord, puis John.

Et elle n'avait rien compris, courant à droite et à gauche, exactement comme il l'espérait. Il s'était bien amusé, à regarder la police et les pompiers se démener en tous sens. Une formidable distraction. Il devait être comblé.

Qu'avait dit Derrick ? Qu'ils montaient la garde devant la maison depuis 2 heures du matin. Mais avant cela ?

Les paumes des mains soudain moites, elle pivota sur ses talons, prête à sortir en trombe.

Alors qu'elle était sur le point de sortir son arme, il se dressa devant elle, en T-shirt à l'emblème du Sirico, braquant sur elle un calibre 22.

— Surprise ! La grosse surprise, hein ? Tu vas lentement baisser ce flingue, Reena, et le laisser tomber par terre.

Elle leva les mains sans lâcher son revolver. Ne jamais abandonner son arme.

— Il y a des flics tout autour de la maison, Joey.

— Ouais, je les ai vus. Deux devant, deux derrière. Ils se sont pointés environ dix minutes après moi. Nuit agitée, hein ? T'as de la suie sur la figure. T'es entrée chez moi, c'est ça ? Je savais que tu le ferais. J'ai bien observé comment tu fonctionnais, Reena. T'as vu les tourtereaux avant qu'ils brûlent ?

— Oui.

— Dis donc, il est là, ton coéquipier ? demanda Joey en souriant.

Il jubilait, cette ordure ! Rien que pour ça, elle l'expédierait en enfer. Peu importe ce que cela lui coûterait.

— Tu es foutu, Joey : tu as tué un flic. Toute la police de Baltimore est à tes trousses désormais. Tu ne t'en sortiras pas.

— Je pense que si. Mais dans le cas contraire, j'aurai la satisfaction d'avoir fini ce que j'avais commencé. Ton flingue, Reena.

— Si tu te sers du tien, mes collègues seront là avant même que j'aie touché le sol. Or ce n'est pas comme ça que tu envisages l'épilogue, n'est-ce pas ? Il te faut le feu. Il faut que je brûle.

— Et tu brûleras. Ton coéquipier… je parie qu'il a fait une super torche.

L'atroce vision d'O'Donnell en flammes traversa l'esprit de Reena. Elle serra les dents.

— Je suis au courant pour ton père. Le cancer va tuer Joe.

La colère déforma les traits de Joey.

— Ne parle pas de mon père ! Je t'interdis de prononcer son nom !

— Tu l'as peut-être chopé, ce cancer… Il est peut-être déjà en train de te ronger.

— Qu'est-ce que tu en sais ? Ouais, ça le bouffe de l'intérieur. Ça se voit, ça se sent… et ça m'arrivera pas à moi ! Et à lui non plus ! Je vais m'occuper de lui avant. Le feu purifie tout.

Quelle horreur ! Il envisageait de brûler son propre père !

— Joey, si tu meurs ici, tu ne pourras pas t'occuper de ton père.

— Possible que non, mais possible que si : il m'a appris à être toujours le meilleur. Je suis sûr que je vais m'en tirer. Tu brûleras, les flics arriveront à fond la caisse et moi, hop ! je m'évanouirai dans les airs. Comme de la fumée.

Il fit un pas en avant. Reena recula.

— Une balle dans le ventre ne te tuera pas, enfin, pas sur le coup, mais t'auras mal à en hurler. Ils entendront peut-être la détonation, mais c'est pas sûr : un petit calibre comme celui-là fait pas beaucoup de bruit. De toute façon, j'aurai devant moi le temps dont j'ai besoin, j'ai déjà tout préparé.

Il la poussa en arrière, dans la chambre, et appuya sur l'interrupteur.

Comme il l'avait annoncé, tout était prêt : produits inflammables répandus sur le sol, le lit, cheminées soigneusement élaborées... Il attrapa Reena par les cheveux et la força à s'agenouiller, arracha son arme du holster, la jeta loin, puis pressa le canon du 22 sur sa tempe.

— Un seul son, un seul mouvement et je te fais sauter la cervelle, et ensuite, je cramerai ce qui reste de toi.

Il fallait à tout prix rester en vie, se dit Reena. Si elle mourait, personne ne l'attraperait !

— Tu brûleras aussi, Joey.

— Parfait. Je ne connais pas meilleur moyen de partir. J'attends de savoir l'effet que ça fait depuis que j'ai douze ans. Et toi aussi, tu attends ça. Tu veux découvrir ce que l'on ressent en entrant dans le feu ? Eh bien, tu seras comblée d'ici peu. Voilà ce qu'on va faire : tu vas appeler ton père et lui dire de rappliquer, parce que tu veux lui parler en privé.

Il ignorait qu'elle n'était entrée que pour quelques minutes. On l'attendait dehors, mais il n'était pas au courant.

— Pourquoi ?

— Il brûle, tu brûles, tout est fini. Le cercle sera fermé.

— Tu crois que je te livrerais mon père ?

— Il a tué le mien ! Il doit payer. Alors tu as le choix : ou tu l'appelles et tu le sacrifies, ou bien toute ta famille y passe.

Il lui tordit les cheveux et tira, si fort qu'elle en eut des éclairs de douleur dans les yeux.

— Mère, frère, sœurs, tous les mouflets sans exception y passeront. Alors choisis. Ton père, ou tous les autres en bloc.

— Tout ce qu'a fait papa, c'était de me défendre ! C'est ce que font tous les pères !

— Il a mis le mien plus bas que terre ! Il l'a fait arrêter, jeter en prison !

— À la seconde où ton père a craqué une allumette dans le Sirico, il avait scellé son propre sort.

Un large sourire étira les lèvres de Joey.

— Il a pas fait ça tout seul. Tu ne t'en doutais pas, hein ? Il m'a emmené avec lui, cette nuit-là. Il m'a montré comment préparer un feu, comment le faire naître. Il m'a montré comment donner une leçon aux gens qui vous manquaient de respect.

D'un mouvement vif, il la gifla puis s'installa à califourchon sur elle.

— Ah ! tu trembles, maintenant ! lança-t-il en riant aux éclats, tu tremblais pareil, ce fameux jour. Quand ton vieux sera là, je vais m'occuper de toi devant lui. Je vais lui montrer quelle pute est sa si précieuse petite fille.

D'un coup sec, il déchira son chemisier puis lui enfonça le canon du 22 sous la mâchoire. Elle s'entendit geindre, se retint de se débattre.

— Tu te rappelles ce que je t'ai fait, sur le terrain de jeu ? Mais t'as des nichons, maintenant…

Il les serra brutalement entre ses mains.

— … en plus, ils sont pas mal. Il faudrait que tu coopères, Reena, sinon je violerai ta mère aussi, tes sœurs, et même cette Asiatique merdique qu'a épousée ton frangin. Et puis, il y a aussi ta petite salope de nièce… Les plus jeunes sont les plus savoureuses.

Reena se sentait glacée à l'intérieur et aussi dure que du marbre. Joey n'avait pas déclenché sa colère, se rendit-elle compte, il n'avait fait que la réveiller.

— Je te tuerai, Joey. C'est moi qui te tuerai.

— Qui tient un pistolet, d'après toi, Reena ? demanda Joey en faisant courir le canon sous le menton de la jeune femme. Qui détient le pouvoir, hein ? Qui mène la barque ?

Elle ne le quittait pas des yeux, puisant son courage dans sa colère. Elle devait faire son job.

— C'est toi, Joey.

— Exactement ! Ton père contre le mien, garce. Tu le sacrifies et j'épargne les autres.

Lui montrer de la faiblesse, de la peur. C'était ce qu'il attendait. Alors elle laissa couler quelques larmes et dit :

— Je vais lui téléphoner. Il préférera mourir plutôt que de te laisser toucher à un seul cheveu des membres de sa famille.

— Tant mieux.

Il cessa de peser sur elle, et se releva.

Respirer, maintenant, s'ordonna-t-elle. S'asseoir lentement, continuer à pleurer, faire en sorte qu'il lise bien sur son visage l'appel à la pitié et l'aveu de la défaite.

Sa main se déplaça lentement vers son chemisier déchiré, comme pour le refermer – et son bras partit en arrière, frappant le pistolet. En même temps, son poing droit s'envola pour s'écraser en plein dans la figure de Joey.

Elle entendit tomber le pistolet, puis une gerbe d'éclairs éclata dans ses yeux quand Joey s'abattit sur elle.

Dans la voiture, Bo tambourinait nerveusement du bout des doigts sur le tableau de bord. Bon sang, mais qu'est-ce qui retenait Reena si longtemps ? La lumière brûlait toujours dans sa chambre. De nouveau, il consulta sa montre. Bon, elle devait prendre son temps. Mais si elle traînait trop, le soulagement, l'inactivité et le fait qu'il était 4 heures du matin finiraient par l'endormir.

Mieux valait sortir et aller aux nouvelles.

— Je vais dans la maison, informa-t-il les policiers en faction. À mon avis, au lieu de prendre quelques vêtements, elle remplit une malle.

— Les femmes…

— Eh, oui. Mais qu'est-ce qu'on peut y faire, hein ?

Il sortit ses clés de sa poche et s'engagea dans l'allée, tout en songeant qu'il leur faudrait, une fois mariés, prendre une décision concernant les deux maisons. En vendre une ? Mais laquelle ? Réunir les deux ? Ce pourrait être un boulot intéressant, mais à terme ils auraient une gigantesque baraque de m'as-tu-vu, se dit-il en ouvrant la porte.

— Hé, Reena ! Tu as décidé que nous allions nous enfuir pour nous marier, alors tu prépares ton trousseau, ou quoi ? Et d'ailleurs, en quoi consiste exactement un trousseau ?

Il s'était avancé jusqu'à l'escalier lorsqu'il entendit crier Reena.

Il se rua au premier étage en l'appelant.

Le nez de Reena saignait. Tout en se battant férocement, elle sentait un goût âcre dans la bouche. Elle pensait que Joey l'avait frappée à coups de pied, mais elle n'éprouvait que rage et terreur. Elle lui avait ravagé le visage à coups d'ongles, visant les yeux. Elle n'était pas la seule à saigner. Le problème, c'était qu'il était plus fort qu'elle, et de ce fait sur le point d'emporter le duel à mort auquel ils se livraient.

La voix de Bo lui arracha un hurlement :

— Bo ! Sors d'ici ! Et envoie les flics !

Joey s'écarta d'elle, plongea à la recherche de son 22. La vision brouillée, hors d'haleine, des larmes roulant sur les joues, Reena bondit vers la porte, là où gisait son propre revolver. Elle se jeta par terre, roula sur elle-même, saisit l'arme à deux mains... et vit avec horreur que ce que Joey était allé chercher, ce n'était pas son arme. Ô Seigneur...

— Ne fais pas ça ! cria-t-elle. Pour l'amour du Ciel, arrête ! Tu ne sens pas l'odeur ? Tu vas flamber comme une torche !

— Toi aussi, répliqua-t-il en brandissant une allumette enflammée. Voyons un peu ce que ça donne...

Il jeta l'allumette par terre, dans la flaque de carburant. Le feu se libéra instantanément, émettant un grondement de satisfaction.

Joey s'y précipita. Reena roula sur elle-même tandis que les flammes jaillissaient dans sa direction, s'accrochant à son pantalon. Puis Bo la tira de là, essayant d'étouffer le feu avec ses mains.

Elle réclama des couvertures et retira son pantalon fumant.

— Ne touche pas à l'extincteur, Bo ! Il l'a peut-être piégé ! Va-t'en ! Vite !

Les dents s'entrechoquant, elle recula.

Joey poussait des hurlements inhumains. Toupie de feu, il tournait autour de la chambre en criant comme une bête torturée à mort.

Elle voyait, crut voir, et verrait toute sa vie les yeux de Joey dans son visage dévoré par les flammes, la fixant sans ciller. Il réussit à faire quelques pas vers elle. Un... Deux...

Puis il s'effondra et le feu l'enveloppa comme une vague en fusion.

Les policiers déboulèrent. On entendait des sirènes. Les camions, les lances, les héroïques soldats en tenue de protection arrivaient.

Les jambes flageolantes, Reena s'adossa au mur, regardant Joey.

— Oh, pour l'amour de Dieu, qu'il arrête de brûler… Qu'il arrête de brûler…

Épilogue

Assise à la table de la cuisine chez ses parents, une couverture sur les épaules, Reena buvait du vin frais. Elle n'avait nul besoin que son toubib de frère lui dise qu'elle était en état de choc. Ni qu'on l'envoie aux urgences ou qu'on lui administre des calmants. Tout ce qu'il lui fallait, c'était être là. Néanmoins, le baume qu'An passait sur ses brûlures lui faisait un bien fou.

— Pour ce que je peux en dire sans l'aide de radios, tu n'as pas de fracture, dit Xander. Seulement des contusions sur les côtes. Mais j'insiste : il faudrait des radios pour…

— Ça attendra, Doc.

— Tu es brûlée au deuxième degré, remarqua An. Tu as eu de la chance.

— Je sais, confirma Reena en tendant la main derrière elle pour attraper celle de Bo tout en adressant un sourire à son père.

— Elle va manger, puis se reposer ! déclara péremptoirement Bianca à l'intention de Younger. Pas question qu'elle continue son boulot de flic cette nuit !

— Certainement, madame. Nous ferons le point demain matin, Hale.

— Quand nous fouillerons les décombres, nous trouverons les déclencheurs à distance, dit Reena.

Je ne crois pas qu'il voulait mourir. Du moins pas tout de suite, pas avant la fin du dernier acte. Il ne voulait pas être humilié – vaincu, comme son père. Il était incapable d'affronter cette idée, ni la perspective d'une lente agonie. Alors, il a choisi.

Bianca intervint :

— Tu vas manger. Je vais te préparer des œufs. Je vais en préparer pour tout le monde et…

Bianca éclata en sanglots devant le réfrigérateur ouvert. Gib fit un pas vers elle, mais Reena lui tapota le bras.

— Attends, papa. Laisse-moi faire.

Lorsqu'elle se mit debout, Reena sentit la douleur dans tout son corps, mais cela ne l'empêcha pas d'aller étreindre sa mère.

— Ça va, maman. Nous allons tous bien.

— Mon bébé… Ma petite fille… *Bella bambina mia…*

— *Ti amo, mamma.* Et je vais bien. Mais j'ai faim.

— *Va bene*. Assieds-toi. Moi, je prépare, dit Bianca en séchant ses joues mouillées avec ses mains avant d'embrasser sa fille.

C'était exactement ce dont elle avait besoin, songea Reena. Les bruits, l'agitation et les parfums de la cuisine de sa mère.

Elle dévora le contenu de l'assiette placée devant elle par Bianca avec un appétit qui étonna celle-ci et lui fit plaisir. Puis elle alla retrouver son père et John, assis sur le perron, des tasses de café à la main. L'aube pointait, voilée d'une brume couleur de perle, promesse d'une nouvelle journée de touffeur.

Jamais un matin ne lui avait paru aussi beau.

— Ça remonte à loin, la première fois où on s'est assis sur ces marches, hein, Gib ? dit John.

C'était de la bière, à l'époque.

— Ça arrivera de nouveau.

— Ce jour-là, j'avais un coup de blues, mais ce matin, je ne sais pas trop ce que je ressens. Vous m'avez dit que j'étais un veinard : belle femme, beaux enfants. Vous aviez raison. Vous m'avez dit aussi que Reena était brillante. Pour ça aussi, vous aviez raison. Bon sang, John, j'ai failli la perdre. J'ai failli perdre ma petite fille cette nuit !

— Vous ne l'avez pas perdue, et vous êtes toujours un veinard.

— Il y a de la place pour quelqu'un d'autre, sur cette marche ? demanda Reena. Il va faire sacrément chaud, aujourd'hui. Quand j'étais gosse, j'adorais les journées chaudes. Elles duraient tellement longtemps. J'étais dans mon lit et j'écoutais. Fran rentrait après une soirée avec un petit ami, le vieux M. Franco promenait son chien dans la rue. Johnny Russo passait dans sa voiture avec son pot d'échappement trafiqué. Tu lui faisais passer de sacrés moments à cause de ça, papa.

La jeune femme se pencha et posa un baiser sur le sommet du crâne de son père.

— Les matins comme celui-là, les gens sortaient tôt de chez eux, avant que la chaleur soit trop forte. Ils descendaient au parc ou au marché, bavardaient par-dessus les clôtures ou de perron à perron. Certains partaient travailler, d'autres arrosaient leurs fleurs en restant à l'affût des derniers potins. Si vous voulez mon avis, je vous dirai que nous sommes tous des veinards.

Un long moment, ils restèrent assis sans parler, à regarder le ciel se colorer, puis John rompit le silence :

— Bon. Je dois aller chez moi. Il faut que je me fasse une idée de la remise en état.

— Je suis désolé pour votre maison, John.

— Et moi, pour la tienne, ma chérie.

— Nous avons des mains à vous offrir pour les réparations. En plus, je connais un bon menuisier.

John l'embrassa sur le front.

— Ton coéquipier serait fier de toi. Allez, j'y vais. À bientôt, et prenez soin de vous.

— Merci, John. Merci pour tout.

Reena suivit la voiture de John des yeux jusqu'à ce qu'elle ait disparu au coin de la rue, puis se tourna vers son père.

— Il m'a aidée à devenir celle que je suis, papa. J'espère que ça ne te pose pas de problème.

— Quand je vois la femme que tu es devenue, non, ça ne me pose aucun problème.

Il se tut et Reena remarqua les larmes brillant dans ses yeux.

— Ta maman et moi, reprit-il d'une voix remplie d'émotion, allons être un peu sur les nerfs pendant un jour ou deux, mais ça ira.

— Je sais. Papa… Maman et toi m'avez faite ce que je suis. *Vi amo molto, molto…*

Gib lui passa le bras autour des épaules.

— Tu vas te marier avec ce menuisier ?

— Oui.

— C'est un bon choix.

— Je le pense. Bon, là-dessus, je vais dire au revoir à tout le monde et essayer de renvoyer la petite famille dans ses foyers respectifs. Maman et toi avez besoin de repos.

Elle trouva Bella dans la cuisine.

— Tu mets de l'ordre ?

— Oui, maman a conduit Fran au premier. Elle a des contractions.

— Quoi ? Le travail a commencé ?

— Peut-être. Ou alors ce ne sont que des contractions utérines. Mais deux toubibs, son mari et maman s'occupent d'elle. Elle va bien. Tu sais, Reena, je l'envie. Pas seulement à cause de cette sérénité qu'elle porte comme un étendard, mais à cause de la façon dont Jack la regarde. Ça ferait fondre un glaçon. Je ne lui dénie pas le droit à tant d'amour, mais j'aimerais bien en avoir moi aussi un tout petit peu.

— Je suis navrée, Bella.

— Pas la peine. Comme on fait son lit..., dit la jeune femme en passant la main sur son ventre.

— Tu es sûre ?

— Oui. Et je l'ai fait exprès. C'était sans doute idiot et égoïste, mais tant pis. Je ne regrette pas d'attendre ce bébé.

— Vince est au courant ?

— Oui. Et il est aux anges. Il adore les enfants, même s'il ne m'aime pas, moi, comme je le souhaiterais. Pendant quelque temps, il sera gentil et attentionné et il fera ses petites affaires en douce... Quoique... Après ce que tu lui as dit, peut-être qu'il se tiendra à carreau !

— Tu seras heureuse, Bella ?

— J'y travaille. Je ne divorcerai pas. Je ne renoncerai pas à tout ce que j'ai, alors je m'arrangerai du reste. Pour le moment, ne parle pas du bébé à la famille. Je veux que Fran ait le sien sans que celui à venir lui fasse de l'ombre.

— Tu es OK, Bella, assura Reena en souriant. Tu l'as toujours été.

Tandis que Bo les ramenait vers leurs maisons, la jeune femme observait le quartier. Comme prévu, les gens s'étaient levés tôt. Certains prenaient le chemin du parc, d'autres se promenaient paisiblement ou faisaient leur jogging, flânaient avec leurs chiens et leurs enfants. Et il y avait ceux qui se hâtaient au travail. De la boulangerie s'échappait l'odeur du pain frais.

Quelques miasmes de fumée et d'humidité flottaient encore dans l'air, mais cela n'affecta pas Reena. Au passage, elle salua d'un hochement de tête les policiers en faction.

— J'ai besoin de me reposer un peu, ensuite, je voudrais aller à l'église allumer un cierge pour O'Donnell. Je suppose que tu vas rendre visite à Mme Malloy, la sœur d'O'Donnell.

— Oui, mais plus tard.

— Dans ce cas, je t'accompagnerai, et j'aimerais que tu viennes avec moi lorsque j'irai voir sa femme. Mais je dois d'abord rentrer !

— Je vais me mettre au lit. Et tout à l'heure, nous irons ensemble à l'église, nous allumerons un cierge, puis nous irons voir la famille. Cependant, il serait sage de faire un saut à l'hôpital, pour s'assurer que tu n'as vraiment rien.

— Pas de fracture, brûlures au deuxième degré. Je ne prendrai pas les calmants proposés par Xander, mais ce à quoi j'aspire avant tout, c'est à un bon lit. Le tien sera parfait. Mais d'abord, il faut que j'entre. Il faut que je voie…

Elle tourna la clé dans la serrure.

Elle huma les remugles de fumée, étudia les souillures laissées sur les murs par son passage, puis, sans prononcer un mot, l'estomac serré, elle monta à l'étage.

Le feu avait changé le chambranle de la porte en charbon de bois et attaqué le parquet. La commode était roussie, son bois gondolé. Les longues traînées brunâtres sur les cloisons montraient avec quelle avidité les flammes étaient montées vers le plafond.

Puis elle vit l'endroit où était tombé le corps de Joey, étouffant les flammes sous sa masse.

— Tu sais, quand tout ça a commencé, il n'était pas aussi fou qu'à la fin. Le feu lui a ravagé l'esprit, a peut-être même dévoré son âme, comme il dévore l'essence, comme le cancer dévore son père. Il l'a consumé.

— Tu n'as jamais été la cause. Tu n'étais qu'un prétexte.

Surprise, Reena se tourna vers Bo.

— Tu as raison ! Tu as absolument raison ! Et je ressens cela comme… comme une absolution.

Elle appuya sa tête contre l'épaule de Bo.

— Je suis consciente d'avoir eu de la chance de m'en tirer avec seulement des bosses, une poignée de bleus et quelques brûlures. Mais je suis triste quand je regarde cette chambre. Elle n'était pas parfaite, mais c'était la mienne.

— Elle l'est toujours. Je peux arranger ça, assura Bo en lui prenant doucement la taille.

— Oui, tu peux, confirma-t-elle en se laissant aller contre Bo.

Elle se détourna des ravages, prit la main du garçon d'à côté et ils rentrèrent à la maison.

8822

Composition
CHESTEROC LTD

Achevé d'imprimer en France (La Flèche)
par CPI BRODARD ET TAUPIN
le 15 décembre 2008. 50032

Dépôt légal décembre 2008.
EAN 9782290007396

ÉDITIONS J'AI LU
87, quai Panhard-et-Levassor, 75013 Paris

Diffusion France et étranger : Flammarion